BASTEI
LÜBBE

Von Ralf Isau sind bei Bastei-Lübbe Taschenbücher erschienen:

15234 Der Silberne Sinn
15318 Der Kreis der Dämmerung 1: Das Jahrhundertkind
15319 Der Kreis der Dämmerung 2: Der Wahrheitsfinder
15320 Der Kreis der Dämmerung 3: Der Weiße Wanderer
15321 Der Kreis der Dämmerung 4: Der unsichtbare Freund
15412 Pala und die seltsame Verflüchtigung der Worte
15562 Der Herr der Unruhe

Über den Autor

Ralf Isau wurde 1956 in Berlin geboren. Mit seinen fantastischen Jugendbüchern schuf er sich eine rasch wachsende Lesergemeinde. Seine Werke wurden in über ein Dutzend Sprachen, darunter ins Japanische, übersetzt. Mit Romanen wie »Der Silberne Sinn« und »Der Herr der Unruhe« ist es ihm gelungen, erwachsene Leser gleichermaßen zu fesseln. Ralf Isau lebt in der Nähe von Stuttgart. Besuchen Sie Ralf Isau im Internet unter www.isau.de!

Ralf Isau

Die Galerie der Lügen

oder
Der unachtsame Schläfer

Roman

BASTEI LÜBBE

BASTEI LÜBBE TASCHENBUCH
Band 15715

1. Auflage: August 2007

Vollständige Taschenbuchausgabe
der im Ehrenwirth Verlag erschienenen Hardcover-Ausgabe

Bastei Lübbe Taschenbücher und Ehrenwirth
in der Verlagsgruppe Lübbe

Lektorat: Helmut W. Pesch
Mit Illustrationen von Tina Dreher
Umschlaggestaltung: HildenDesign, München – www.hildendesign.de
Titelabbildung: Eigenarchiv HildenDesign
Satz: Kremerdruck GmbH Lindlar
Gesetzt aus der ITC Berkeley Oldstyle
Druck und Verarbeitung: Ebner & Spiegel, Ulm
Printed in Germany
ISBN 978-3-404-15715-0

»Darwins Theorie wird nun durch alles verfügbare sachdienliche Beweismaterial unterstützt, und ihre Wahrhaftigkeit wird von keinem ernst zu nehmenden modernen Biologen angezweifelt.«

Richard Dawkins

»Eine Theorie, zu der alle Fakten passen, ist mit ziemlicher Sicherheit falsch, da einige der vorliegenden Fakten mit Sicherheit falsch sind.«

Francis H. C. Crick

»Wer da nämlich erfindet, dem erscheinen die Erzeugnisse seiner Phantasie so notwendig und naturgegeben, dass er sie nicht für Gebilde des Denkens, sondern für gegebene Realitäten ansieht und angesehen wissen möchte.«

Albert Einstein

Gewidmet all den Mutigen,
die den Kreis des Schweigens
zu durchbrechen wagen.

Prolog

»Hermaphrodit
›[... mythologischer Sohn von Hermes und Aphrodite, welcher mit der Nymphe Salmacis in einem Körper vereint wurde] 1a: eine abnorme individuelle Besonderheit unter den höheren Wirbeltieren mit sowohl männlichen als auch weiblichen Geschlechtsorganen – auch Androgynie *genannt ... 2: eine Kombination verschiedenartiger Elemente ...‹«*

Webster's Third New International Dictionary

PARIS (FRANKREICH),
Sonntag, 9. September, 23.56 Uhr

Diese Nacht unterschied sich für Donatien Demis auf mancherlei Weise von den Tausenden davor. Gewöhnlich verwandelte sich das Museum in der Stunde des Zwielichts. Es verschmolz mit den Schatten, glitt übergangslos wie die Dämmerung selbst ins Land der Träume. Während der Puls von Paris außerhalb des alten Königspalastes weiterpochte, wurden hier drinnen aus Bildern Fenster, durch die man flüchtige Blicke in fantastische Reiche erhaschen konnte. Steinfiguren erwachten zum Leben. So zumindest empfand Demis die Zeit der Stille im Musée du Louvre.

Unter den Kollegen witzelte man über ihn, wenn er mit ernster Miene von seinen nächtlichen Eindrücken erzählte – dem koketten Blinzeln der Venus von Milo oder dem Hufgeklapper des Zentauren –, aber solche Spöttelei ließ ihn kalt. Seine Kollegen waren Ignoranten. Nette Ignoranten zwar, aber eben doch nur Männer, die zur Nachtschicht in das Museum kamen, um hier zu arbeiten. Demis *diente* dem Louvre, und das seit nunmehr fast dreißig Jahren. Er verdiente hier nicht einfach seine Brötchen, sondern er hütete die Schätze der Nation. Das Wort

»Nachtwächter« hatte er von jeher als Verhöhnung seiner Berufung empfunden. Wozu die Nacht bewachen? Die würde schon niemand stehlen. Nein, er bewachte die unersetzlichen Kunstwerke des Louvre, des ehrwürdigsten Museums von Frankreich, wenn nicht des bedeutendsten der ganzen Welt.

An diesem Abend hetzte der untersetzte Mittfünfziger jedoch achtlos an den Kunstschätzen vorbei. Selbst das beharrliche Lächeln der Mona Lisa im ersten Stock hatte seine Stimmung nicht aufhellen können. So schnell er konnte, stapfte Demis die Treppe zum Erdgeschoss hinab. Jeder hastige Schritt pumpte Daten in den Computer der Überwachungszentrale. Das einundzwanzigste Jahrhundert sei gepriesen! Über den Zustand seiner Eingeweide wusste die schweineteure Technik nichts. Manchmal sehnte sich Demis nach der guten alten Zeit der Stechuhren, als …

Sein Funkgerät knackte.

Er blieb abrupt stehen, fluchte leise, führte dann das Walkie-Talkie zum Mund und drückte die Sprechtaste. »Ja?«

»Was ist los, Donatien? Erst kommst du nicht vom Fleck, und jetzt sprintest du wie Hermes durch die Säle. Hast du heute Nacht noch eine Verabredung im Maxim?« Die Stimme von Jerrard Tonnelier, dem Schichtleiter, spritzte förmlich aus dem kleinen Lautsprecher.

»Die Pastete von Marie muss verdorben gewesen sein.«

»Soweit ich mich erinnere, hat du *drei* Pasteten gegessen. Wenn du den Ranzen nicht voll kriegen kannst, ist das noch lange kein Grund, die Hälfte der Kontrollpunkte auszulassen?«

»Ich mache mir gleich in die Hosen, Chef.«

»Im Haus gibt's ungefähr eintausend Klos.«

»Und die Hälfte davon hab ich auch schon besucht. Aber davon gehen die Krämpfe nicht weg. So schlimm war's noch nie. Ich brauche dringend meine Tropfen.«

Ein Moment der Stille trat ein, der nur vom leisen Rauschen des Sprechfunkgerätes und dem Rumoren der Eingeweide seines Trägers gestört wurde. Im Lautsprecher knackte es. »Na schön.

Ich lass dich ablösen, Donatien, damit du deine Medizin nehmen kannst. Eigentlich melde ich mich, weil dein roter Marker gerade von unserem Überwachungsbildschirm verschwunden ist. Wo treibst du dich rum?«

»Im Treppenhaus. Komme gerade aus dem ersten Stock des Sully-Flügels nach unten.«

»Wo genau?«

»Aufgang 1.«

»Das trifft sich gut. Warte im Saal 17 bei den Karyatiden. Rund um die *Cour Carrée* sind vorhin die Überwachungskameras ausgefallen. War nur ein Flackern, aber es kann nicht schaden, wenn du trotzdem mal nach dem Rechten siehst. Armand wird gleich bei dir sein und deine Runde übernehmen.«

»Aber bitte schnell, Chef!«

»Reiß dich zusammen, Mann. Wenn du da oben irgendeine Schweinerei anrichtest, dann bist *du* derjenige, der sie wieder aufwischt. Habe ich mich klar und verständlich ausgedrückt?«

»Ja, Chef.«

Das Gespräch endete, wie es begonnen hatte: mit einem Knacken.

Der Nachtwächter stöhnte und machte sich wieder an den Abstieg. Jeder Schritt tat ihm weh. In seinem Gedärm schien ein wildes Tier eingesperrt zu sein, das knurrte und stieß und manchmal sogar biss. Normalerweise hatte er seinen Reizdarm gut im Griff, aber in dieser Nacht …

Als Demis die letzten Stufen zum Erdgeschoss überwand, stockte er abermals. Die zweiflügelige Tür zur *Salle des Caryatides* stand offen, zweifellos wieder eine Schludrigkeit der Kollegen von der Tagschicht. Wie oft hatte er sich schon darüber beschwert! Das Licht vom Treppenhaus fiel auf den roten und weißen Marmorboden des Saals, der seinen Namen den vier weiblichen Säulenstatuen verdankte, die hier beim Nordeingang einen Balkon auf ihren Köpfen trugen. Die Halle selbst war stockfinster. Normalerweise brannte in den Ausstellungsräumen auch nachts immer eine »Sparflamme«, so nannte Demis das reduzierte, rote Servicelicht, das die Leuchten dicht über dem Boden verströmten. Es diente dem Schutz der kostbaren Gemälde, deren Farben so weniger schnell ausbleichten. Die Überwachungskameras, die um diese Zeit bestenfalls verwaschene Schemen zeigten, dienten hauptsächlich zur Abschreckung bei Tage für jene Museumsbesucher, die das Wort »Begreifen« ohne das Gefühl ständiger Überwachung leicht allzu wörtlich nahmen. Ohnehin war das Museum viel zu riesig und die Sicherheitstruppe bei weitem zu klein, um sämtliche Räume und Winkel einer ständigen Videoüberwachung zu unterziehen. Solange die Bewegungsmelder nicht ausgewählte Sektionen auf die Bildschirme schalteten, warteten die Kameras im Standby-Betrieb. So lange sie mit Elektrizität versorgt wurden.

Demis führte das Funkgerät zum Mund, um seine Beobachtung der Zentrale zu melden. Vielleicht war jetzt der Strom im ganzen Sully-Flügel ausgefallen.

Ehe er die Ruftaste drücken konnte, hörte er ein Geräusch. War das ein Flüstern gewesen? Er schloss die Augen und lauschte. Nichts. Völlige Stille – abgesehen vom Rumoren aus den Tiefen seines Verdauungstrakts. Demis schüttelte den Kopf. Bestimmt hatte er sich geirrt. Jetzt ließ er sich schon vom eigenen Dickdarm narren.

Sekundenlang stand er auf der Treppe, das Walkie-Talkie vor dem Mund. Obwohl die Anweisungen für solche Fälle eindeutig waren, zauderte Demis. Er konnte sich noch lebhaft an seinen letzten Fehlalarm erinnern. Damals war das Flüstern aus der Etruskischen Abteilung gekommen. Ein Besucher hatte seinen eingeschalteten Walkman samt Kopfhörern unter einer Bank liegen lassen. Die Polizei war in Mannschaftswagen angerückt und Donatien von der Museumsleitung abgemahnt worden. Man hatte ihm einige denkwürdige Dinge zu verstehen gegeben. Er werde allmählich alt und neige offensichtlich zu Fehlern. Die moderne Überwachungstechnik kenne dagegen keine Ermüdungserscheinungen, keine Grippe, keinen Urlaub, sie organisiere sich nicht in Gewerkschaften und habe auch nie einen schlechten Tag. Abschließend hatte der Personalchef dem dienstältesten Nachtwächter des Museums von seiner Hochachtung für dessen langjährigen Dienst erzählt wie auch von der Unmöglichkeit, Frankreichs Nationalschätze einem Träumer anzuvertrauen. Ob M. Demis ihm denn versichern könne, dass es einen Vorfall wie den mit dem Walkman niemals wieder geben werde.

»Niemals wieder«, wiederholte Demis flüsternd die Worte des jungen Personalleiters. Wie in Zeitlupe ließ er die Hand mit dem Funkgerät sinken. Der Schweiß rann ihm in Strömen übers Gesicht, was nicht allein am Gerangel seiner Gedanken lag. Er legte die Hand auf seinen Unterleib und wartete, bis das schmerzhafte Ziehen wieder nachließ. Besser nicht unnötig die Pferde scheu machen, sagte er sich. Einen kurzen Blick in den Saal konnte er riskieren. Armand würde ohnehin gleich hier sein. Der junge Kollege war belastbar. Er hatte seinen ersten Fehlalarm noch vor sich.

Leise stieg Demis die letzten Stufen zum Erdgeschoss hinab. Dabei zog er seine Halogenlampe aus der Gürteltasche, ließ sie aber ausgeschaltet. Notfalls würde er sie als Keule benutzen können. Das Tragen von Waffen war laut Dienstvorschrift in den Ausstellungsräumen verboten, da solche mehr Schaden anrichten als nützen konnten.

Demis lugte um einen der beiden Türflügel herum in den lang gestreckten Saal, der sich ungefähr über die halbe Westseite des quadratischen Innenhofs erstreckte. Von den zahlreichen altrömischen Statuen – die meisten waren Kopien griechischer Vorbilder – konnte er nur die nahe gelegenen ausmachen. Hinter der Diana, die mit ihrem Hirsch allein auf der Mittelachse des Raumes stand, verschwamm alles in Dunkelheit. Das durch die Fensterfronten zu beiden Seiten des Saales eindringende Streulicht konnte die Schatten nicht fortspülen, aber es beflügelte die Fantasie des Nachtwächters.

Hatte sich der kleine Amor auf dem Rücken des Zentauren nicht eben bewegt? Demis hätte schwören können, aus den Augenwinkeln einen huschenden Schatten gesehen zu haben. Er brachte ein verkniffenes Lächeln zu Stande – vermutlich nur ein Vogel, der das von draußen hereinfallende Licht gekreuzt hatte. Demis trat durch die Tür und blieb zwischen den beiden inneren der vier Gewandfiguren stehen, die dem Balkon als Gebälkstütze dienten. Zu seiner Linken lag der *Schlafende Hermaphrodit*, eine antike Marmorplastik, die von den Museumsbesuchern gewöhnlich mit scheuer Neugier beäugt wurde. Kein Geringerer als Gianlorenzo Bernini, der begnadete Schöpfer der Kolonnaden des vatikanischen Petersplatzes, hatte das mythische Geschöpf auf eine opulente Matratze gebettet. Von hinten sah man den wohl gestalteten Körper einer Frau, die sich so geschickt in ein Laken verwickelt hatte, dass sie praktisch hüllenlos war. Die Überraschung stellte sich ein, sobald man um die Figur herumging, denn ihr Unterleib war in jeder Beziehung männlich.

Im Karyatidensaal herrschte völlige Stille. Der Nachtwächter trat zwei, drei Schritte weit unter dem Balkon hervor, etwa bis zu dem viereckigen Messinggitter, das ins rot-weiße Rautenmuster des Marmorbodens eingelassen war. Er schüttelte den Kopf. Was immer er gehört hatte, es war wohl wieder einmal eine Ausgeburt seiner überbordenden Fantasie gewesen.

Einmal mehr verkrampften sich seine Gedärme. Demis kniff die Augen zusammen und krümmte sich. Flach atmend wartete er auf das Nachlassen des Schmerzes. Als das Ziehen allmählich schwächer wurde, richtete er sich wieder auf. Das Beste wäre wohl, sich für den Rest der Nacht frei zu nehmen. Aber zuerst sollte er den Stromausfall melden. Es zu unterlassen könnte ihn bei seinen Vorgesetzten erneut in Misskredit bringen. Er hob das Walkie-Talkie.

Plötzlich spürte er, wie sein Handgelenk gepackt und wieder nach unten gedrückt wurde. Was darauf folgte, spielte sich in nur wenigen Sekunden ab.

Flüchtig gewahrte er neben sich eine vermummte Person mit schlanker Statur, die ihn um einen halben Kopf überragte. Sie schob ihr unter einer wollenen Skimaske verborgenes Gesicht dicht an das seine. Ihm stockte das Blut in den Adern, als er durch die Sehschlitze in ein Paar *violetter* Augen blickte. Sie strahlten förmlich in dem vom Treppenhaus hereinfallenden Licht, was jeden Zweifel über ihre ungewöhnliche Färbung von vornherein ausschloss. Ihr Leuchten war weder grün noch braun oder grau, nicht einmal rot, sondern von einem Ton, der zwischen Purpur und Veilchenblau lag. Der Rest des Einbrechers war schwarz.

»Du bist zu früh!«, zischte der Gauner in unüberhörbar englisch gefärbtem Französisch. Die Schrecksekunde reichte ihm, um Demis das Funkgerät zu entreißen und es gegen den Steinsockel des *Schlafenden Hermaphroditen* zu schleudern, wo es in seine Einzelteile zerbrach. Für einen Moment sah Demis am unteren Rand seines Gesichtskreises etwas aufblitzen. Eine Waffe? Schon schnellte die Linke des Vermummten an seine Kehle, krallte sich förmlich hinein, und gleichzeitig wurde ihm ein fester Gegenstand in die Rippen gedrückt. »Hände hoch! Wenn dir dein Leben lieb ist, dann mach keine Dummheiten.«

Der Nachtwächter gehorchte. Er hatte nicht die Absicht, den Mann zu provozieren. Zwar ließ der Kerl seinen Hals los, machte ansonsten aber immer noch einen gefährlich nervösen Eindruck. Offenbar war die legendäre Pünktlichkeit des Donatien Demis eine feste Größe in seiner Planung gewesen. Jetzt drohte der Bursche durchzudrehen. Nicht anders konnte man seine zischelnden Worte deuten.

»Musstest du alles durcheinander bringen? Bis eben war's so gut gelaufen. Was jetzt passiert, hast du dir selbst zuzuschreiben.«

»Bleiben Sie ruhig«, sagte Demis in beschwörendem Ton. Er wusste, sein Kollege würde jeden Augenblick kommen, und hoffte inständig auf Armands Besonnenheit.

»Was bilden Sie sich denn ein, wie's nun weitergeht? Denken Sie, ich stelle mich der Polizei?«

»Warum nicht? Ich werde sagen, Sie hätten mich anständig …«

»Schnauze, alter Mann! Sie kapieren nicht das Geringste …«

Aus dem Treppenhaus scholl ein Knacken.

»Was war das?«, fragte der Einbrecher.

»Ich habe nichts gehört«, log Demis und hoffte, Armand würde ihn hören. Aber anscheinend spielte der junge Kollege nur mit seinem Funkgerät. Das Geräusch schlurfender Schritte näherte sich.

»Da kommt doch jemand«, zischte der Einbrecher. »Sie haben Verstärkung angefordert.«

»Nein!«, beteuerte der Nachtwächter. Er glaubte in den violetten Augen des anderen den Wahnsinn funkeln zu sehen. Demis hatte nie eine Ausbildung in Selbstverteidigung genossen. Sein Gegenangriff war nichts als Überlebensinstinkt.

Mit einem Ruck stieß er die Rechte des Gegners von seinen Rippen weg, leider nicht heftig genug, um ihn gleich zu entwaffnen. Verblüfft erkannte Demis, dass der Gauner ihn nicht mit einer Pistole in Schach gehalten hatte, sondern … mit dem Stiel eines *Handspiegels*?

Beide starrten einen Atemzug lang auf den ausgestreckten Arm mit dem nicht gerade üblichen Einbrecherutensil. Dann packte den Museumswärter die Wut. Ausgerechnet er, der erfahrenste Nachtwächter des Louvre, hatte sich von diesem frechen Burschen zum Narren halten lassen. So konfus, wie der Heißsporn war, musste er noch grün hinter den Ohren sein. Demis wollte wissen, wer ihn gefoppt hatte, wollte in das Gesicht dieses Bengels sehen. Ehe sein Gegenüber zur Besinnung kommen konnte, riss er ihm die Skimaske vom Kopf. Die schwarze Gestalt taumelte zwei Schritte zurück, und Demis erstarrte.

Der Einbrecher war eine Blondine, eine kühle Schönheit, in deren Gesicht sich jedoch wenig Liebreiz spiegelte. Ihre Züge waren irr verzerrt. Mehr noch als der Umstand, eine Frau vor sich zu haben, erschreckte den Nachtwächter allerdings ein anderes

Phänomen: Die Haut der Diebin leuchtete in einem fluoreszierenden Grün!

Sie vergrub ihre Rechte samt Spiegel in der aufgesetzten Tasche am Hosenbein, was Demis als Zeichen der Kapitulation deutete. Er legte den Kopf zur Seite und rief über die Schulter: »Armand, komm schnell! Der alte Donatien hat einen Dieb gestellt und könnte deine Hilfe gebrauchen.«

Als die Hand der Blondine wieder aus der Tasche kam, wurde Demis klar, dass er die Situation verkannt hatte. Eine rote Leuchtdiode strahlte zwischen den Fingern hindurch. Die Diebin verzog den Mund zu einem Lächeln, aber ihre violetten Augen blieben ernst.

Ehe Armand unter den Karyatiden erschien, war sie mit zwei schnellen Schritten bei der niedrigen Metallabsperrung, die den *Schlafenden Hermaphroditen* umgab, ein weiterer brachte sie darüber hinweg. Und dann verwirrte sie den Nachtwächter noch einmal. Sie schwang sich auf die Bernini-Matratze und schmiegte sich – fast wie eine Liebende – von hinten an die nackte Sagenfigur.

Das Letzte, was Donatien Demis in seinem Leben sah, war der Blitz einer gewaltigen Detonation.

LONDON (ENGLAND),
Montag, 17. September, 8.48 Uhr

Wenn Millionen rote Ziegelsteine mit einer kühnen Konstruktion aus Stahl und Glas in den Dialog traten, dann konnte einen das nicht kalt lassen. Gerade dieser Kontrast zwischen der sechzig Jahre alten Industriearchitektur und der neuzeitlichen Umgestaltung verlieh der Tate Modern ihre Faszination. Das ehemalige Elektrizitätswerk am Ufer der Themse war Heimstatt einer der bedeutendsten Sammlungen moderner Kunst, und das galt nicht nur für Großbritannien, sondern weltweit. Der viereckige gemauerte Schlot verlieh dem wuchtigen Backsteinbau etwas Monumentales, das sich drinnen in der fünfhundert Fuß langen, Schwindel erregend hohen Turbinenhalle fortsetzte. Peter Blueberry konnte sich keinen besseren Ort für seine Kollektion vorstellen.

Der Kustos des Museums war in mancherlei Beziehung mindestens so exzentrisch wie viele der ausgestellten Plastiken und Gemälde. Seinem gezwirbelten Schnurrbart verdankte er den Spitznamen B. D., was für *British Dalí* stand. Selbstverständlich umfasste die Sammlung des Museums auch Werke des spanischen Künstlers Salvador Dalí. Zu Blueberrys sonderlichem Gehabe passte die Eigenheit, vom »Krematorium« zu sprechen, wenn er die Tate Modern meinte – eine Anspielung auf den neunundneunzig Meter hohen Schornstein und die darunter befindliche überproportionale Anhäufung toter Meister.

Jeden Morgen, noch bevor um zehn die Besucher in die Galerie strömten, machte B. D. seine Runde durch die Ausstellungsräume. So hielt er es schon seit sechs Jahren. Immer noch verspürte er ein erregendes Prickeln, wenn er sich im Level 3 den *Inner Worlds* näherte. Der »Innenwelten«-Saal war den großen Surrealisten des zwanzigsten Jahrhunderts gewidmet: Max Ernst, René Magritte, Yves Tanguy und natürlich Salvador Dalí. Hier hingen materialisierte Träume an den Wänden. Bilder aus umgestülpten Seelen.

Blueberry widerstand dem Drang, schneller zu laufen, um endlich in seinen Lieblingsraum einzutauchen. Gemessenen Schrittes durchquerte er den »Natur-in-Aktion«-Saal. Den ausgestellten Kunstwerken schenkte er wenig Beachtung. Ihm ging es um den Gesamteindruck. Alles musste perfekt sein. Es gab einige Dinge, die er unausstehlich fand: defekte Lampen, Schmierereien aller Art, am Boden klebende Kaugummis – seinen scharfen Augen entging nichts, das den Kunstgenuss der Krematoriumsbesucher trüben konnte. Zufrieden durchschritt er das Portal zu den »Innenwelten«, warf Dalís *Hummertelefon* einen verklärten Blick zu und blieb wie angenagelt stehen.

Der Schläfer war weg.

Wie ein blindes Zyklopenauge starrte ihn der leere Rahmen an, in dem gestern noch *Le dormeur téméraire* geschlummert hatte, ›Der unachtsame Schläfer‹, eines der berühmtesten Gemälde des belgischen Surrealisten René Magritte.

Blueberry war fassungslos. Warum hatte es keinen Alarm gegeben? Sein Blick wanderte zum Boden. Unter dem Rahmen lag etwas, das dort nicht hingehörte. Staubig. Anscheinend achtlos fallen gelassen. Es sah aus wie …

Der Kustos näherte sich benommen dem leeren Rahmen, um die merkwürdige Entdeckung genauer in Augenschein zu nehmen. Natürlich wusste er, dass die Spurensicherung der Polizei es als Todsünde betrachtete, wenn ein Unbeteiligter vor ihnen den Tatort betrat, aber seine Füße gehorchten nicht mehr dem Verstand. Wie in Trance folgten sie dem Drängen der Gefühle. Erschüttert starrte er wieder auf den Rahmen. In seiner Vorstellungskraft hing das verschwundene Bild noch da.

Hundertsechzehn Zentimeter hoch sowie einundachtzig breit, musste es auf die meisten Museumsgäste wie ein Rätsel wirken. Oben sah man eine zum Betrachter offene, hölzerne Kiste, in der eine Gestalt, den kahlen Kopf auf ein weißes Kissen gebettet, unter einer roten Decke schlief. Darunter öffnete sich ein dunkler, wolkiger Himmel. Der Weg in diese düstere Weite war jedoch von einer Tafel mit unregelmäßigen Umrissen versperrt, die an einen Grabstein erinnerte. Wie mit dem Meißel herausgearbeitet, hatte der Künstler darauf sechs kolorierte Symbole von Alltagsgegenständen verteilt: eine Kerze mit gelber Flamme, einen orangeroten Apfel, eine blaue Stoffschleife, eine graue Taube, einen schwarzen Bowler und einen goldgefassten Spiegel.

Blueberry hatte das Ölgemälde Besuchern oft als Paradebeispiel für den veristischen Surrealismus präsentiert, dessen Aussagen sich im Gegensatz zur symbolhaften Formensprache seiner abstrakten Variante eng an der Wirklichkeit orientierten. Die Einflüsse der modernen Tiefenpsychologie waren für die gesamte

Kunstrichtung typisch, und gerade *Der unachtsame Schläfer* ließ erkennen, wie nahe auch René Magritte den Ideen von Sigmund Freud gestanden hatte. Seltsam, grübelte der Kustos, und sein Blick wanderte wieder zur verstaubten »Hinterlassenschaft« des Diebes, die zu seinen Füßen lag. Wieso musste er ausgerechnet in diesem Moment an Magrittes Faible für die Theorien Freuds denken? Sollte er nicht endlich Alarm schlagen?

Anstatt zum nächsten Telefon zu laufen, bückte sich Peter Blueberry, um den zurückgelassenen Gegenstand aus der Nähe zu betrachten. Er schüttelte den Kopf und murmelte: »Als sei sie geradewegs aus dem Bild gefallen.«

Die Medien sollten seinen Eindruck später in alle Welt verbreiten, denn unter dem leeren Rahmen lag am Boden die rote Wolldecke des unachtsamen Schläfers.

WIEN (ÖSTERREICH),
Montag, 24. September, 9.35 Uhr

Das Geklicke war künstlich. Nur Mimikry. So nannte man in der Fauna die Nachahmung der Gestalt oder Farbe eines gefürchteten Tieres zum Zwecke des eigenen Schutzes. Der harmlose Hornissenschwärmer verkleidete sich täuschend echt als Hornisse, um sich seine Feinde mit Gift, das er gar nicht hatte, vom Leibe zu halten. Menschen banden sich eine Rolex ums Handgelenk oder kleideten sich mit sündhaft teurer Designermode, um sich als Angehörige eines höheren Standes auszugeben. Auch eine Form der Mimikry. Und digitale Fotoapparate der Touristenklasse klickten eben, als seien sie teure Spiegelreflexkameras. In gewisser Hinsicht fühlte sich Direktor Hofrat Prof. Dr. Alois Stangerl selbst nicht ganz echt.

Das fing schon bei seinem Lächeln an, welches er der zwölfköpfigen Delegation aus dem Land des Lächelns zur Schau stellte. Als Leiter des Kunsthistorischen Museums Wien hätte er beim ersten Aufflackern des Blitzlichtgewitters eigentlich einen strengen Verweis aussprechen müssen. Die in den Ausstellungsräumen allgegenwärtigen Piktogramme sollten selbst für Japaner gut zu lesen sein: Fotografieren verboten! Die Botschaft war klar. Es wurde aber trotzdem fotografiert. Dabei schadete zu viel Licht den Gemälden. Zu wenig Geld allerdings auch.

Die Vertreter des japanischen Automobilriesen hatten großzügige Zuwendungen in Aussicht gestellt. Sollten aus den Absichtserklärungen echte Euro werden, dann stand dem Museum die größte Einzelspende seit seiner Fertigstellung im Jahre 1891 ins Haus. Mittel, die für die aufwändige Restaurierung einiger Werke dringend benötigt wurden. Als Gegenleistung würde die Gemäldegalerie zukünftig einen japanischen Beinamen tragen, was in der traditionsverhafteten österreichischen Hauptstadt schon im Vorfeld für einen Sturm der Entrüstung gesorgt hatte. Aber was sollte man tun? Das Kulturbudget des Staatshaushaltes schrumpfte von Jahr zu Jahr. Die Fördervereine konnten auch keine Wunder vollbringen. Kurzum, es gab Sachzwänge, die in der Generaldirektion des Kunsthistorischen Museums für ein mildes Klima gesorgt hatten, welches den potentiellen Geldgebern aus Fernost fast schon Narrenfreiheit bescherte.

Immerhin, die Gäste zeigten sich beeindruckt. Schon über die von der italienischen Renaissance inspirierte Pracht des Hauptgebäudes am Maria-Theresien-Platz waren sie fast aus dem Häuschen geraten, aber die darin ausgestellten, durch die Habsburger im Laufe von Jahrhunderten zusammengetragenen Kunstschätze begeisterten sie restlos. Obzwar sich der Direktor im Gehege von Regularien und Vorschriften am wohlsten fühlte, konnte man die asiatische Verzückung nicht ganz emotionslos verfolgen, schon gar nicht, wenn dieser Rauschzustand in einem Anfall von Freigebigkeit zu gipfeln drohte. Also verbuchte Hofrat Prof. Dr. Stangerl die Kamerablitze unter der Rubrik »höhere Gewalt«, machte gute Miene zum bösen Spiel und führte die Besucher zum nächsten Saal. Er selbst blieb am Durchgang stehen, um der fotografierwütigen Schar den Vortritt zu lassen – und eventuelle Nachzügler einzufangen. Abgesehen von der Gruppe war das riesige Museum praktisch leer, weil es montags für die Öffentlichkeit geschlossen blieb. Ein Umstand, den Stangerl sehr begrüßte, brauchte er sich so wenigstens nicht vor anderen zu blamieren. An diesem Morgen hatte er seinen unüberhörbar wienerischen Sprachapparat mit einem perfekten englischen Wortschatz bestückt. Um das Knarren der Parkettdielen und die angeregt tuschelnde Meute zu übertönen, musste er seine Stimme heben, als er, durchaus mit Herzblut, zu dozieren begann.

»Hier nun einige alte Meister, die den Ruf unseres Hauses als eines der weltweit führenden Kunstmuseen mitbegründet haben. Ich verweise insbesondere auf die Gemälde von Lukas Cranach dem Älteren. Darunter die *Hirschjagd des Kurfürsten Friedrichs des Weisen* von 1529, *Judith mit dem Haupt des Holofernes*, das etwa ein Jahr später entstand, und natürlich *Das Paradies*. Cranach nutzte hier die Möglichkeit, ungestraft von den gestrengen Sittenwächtern der Kirche, den unbedeckten menschlichen Körper zu erkunden – eine Verlockung, der im 15. und 16. Jahrhundert viele Künstler erlegen sind. Der Hofmaler des sächsischen Kurfürsten *liebte* Darstellungen des Sündenfalls. Eine andere, im Zweiten Weltkrieg verschollen geglaubte Umsetzung dieses Themas wurde übrigens erst vor zwölf Jahren bei einer Beutekunst-Ausstellung im Moskauer Puschkinmuseum wiederentdeckt. Unser Gemälde hier ist auf Lindenholz gemalt und stammt aus dem Jahr 1530. Wir sind besonders stolz auf das Werk, weil …«

»Entschuldigen Sie bitte, Professor«, unterbrach den Direktor eine sanfte Stimme. Sie gehörte Dr. Haru Nakamura, dem japanischen Delegationsleiter und Vorsitzenden der Förderkommission. Der grauhaarige, kleine Mann hatte sich einen Weg durch die Gruppe gebahnt, nur um dem Dozenten ins Wort zu fallen. So jedenfalls wertete Stangerl das Manöver. Der Hofrat gab äußerst ungern die Rolle des Museumsführers. Was er aber wirklich *hasste*, waren Störungen während eines solchen Auftritts.

»Ja, Dr. Nakamura?«

Der Japaner deutete in die Gruppe seiner Landsleute, die sich darauf zu teilen begann wie einst das Rote Meer vor Moses. Höflich sagte er: »Bitte, Professor, meine Mitarbeiter und ich verstehen das nicht ganz. Es ist doch nur ein Apfel da.«

»Was?«, keuchte Stangerl. Er schob sich an dem Delegationsleiter vorbei in die Gasse, die man ihm zuvorkommend offen hielt, und nun erst sah er es mit eigenen Augen.

Das Paradies war verschwunden.

Gestohlen! Stangerls erster Gedanke kam nicht von ungefähr. Die Medienberichte vom Einbruch in der Tate Modern vor einer Woche hatten wohl jeden Museumsdirektor erschüttert. Und erst der Bombenanschlag auf den Louvre sieben Tage davor! Grauenhaft. Obwohl er sich dafür verfluchte – wer würde schon Geld in ein Museum pumpen, das sich auf so dreiste Weise bestehlen ließ –, konnte er beim Anblick des Gegenstandes auf dem Holzfußboden nicht ruhig bleiben. Menschenleben gingen vor. Seine Stimme zitterte, als er sich an den Delegationsleiter wandte.

»Dr. Nakamura, Ihre Leute müssen umgehend den Raum verlassen. Aber bitte geordnet!«

»Stimmt etwas nicht, Professor?« Offenbar hatte Nakamura noch nicht begriffen, was geschehen war. Leihgaben an andere Museen, Restaurierungsarbeiten – es gab viele Gründe, warum ein Bild in einer Ausstellung fehlen mochte.

»Es ist nur eine Vorsichtsmaßnahme«, antwortete der Direktor tonlos. Er wollte eine Panik unter den Besuchern vermeiden. Sein Blick lag auf der vom Dieb zurückgelassenen »Visitenkarte«. Anscheinend hatte ihre Form nur in ihm diese schreckliche Assoziationen heraufbeschworen.

Der rotgoldene Apfel am Boden sah aus wie eine Bombe.

»Alles in Ordnung?«, fragte Nakamura.

Stangerl lächelte. Es war nur Mimikry.

Kapitel 1

»Um manche Delikte zu begreifen, genügt es, die Opfer zu kennen.«

Oscar Wilde

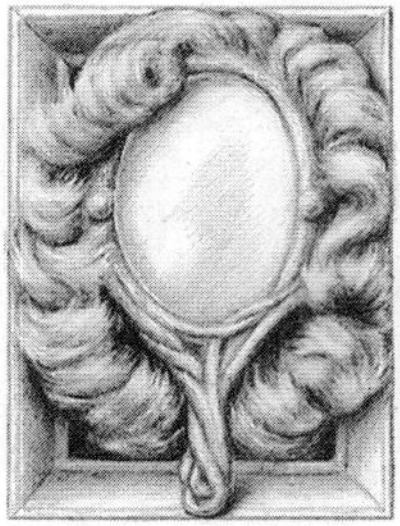

OXFORD (ENGLAND),
Dienstag, 25. September, 19.00 Uhr

Selten hatte ein Mensch so viele Widersprüche in sich vereint wie Alex Daniels. Allein das Erzählen ihrer Geschichte ist ein großes Wagnis, nicht nur für den, der sie niederschreibt. Daher gebietet die Fairness, auf die möglichen Auswirkungen der Lektüre hinzuweisen.

Es ist keinesfalls die Materie – Papier, Druckerschwärze, Kleister und Heftfäden –, von der die Gefahr ausgeht, obgleich im Allgemeinen die Übereinkunft herrscht, nur das Materielle sei wirklich und wahr. Dieses Buch beweist, so befremdend es klingen mag, das Gegenteil.

Seine Atome sind lediglich Vehikel. Sie halten die Worte fest, machen sie dem Leser zugänglich. Ebenso könnte die Erzählung auf einem Computerchip oder in den grauen Zellen eines Gedächtnisakrobaten gespeichert sein. Die Materie ist austauschbar, ohne Belang. Unsere Geschichte dagegen – ihre *Bedeutung* – ist immateriell. Geistig.

Nicht jeder will ein Buch lesen, das seine Gedanken zu ändern vermag. Dies ist daher ein guter Zeitpunkt, es zuzuschlagen und wieder ins Regal zurückzustellen. Sicher ist sicher.

Andererseits kann nur, wer sich weit ins Unbekannte hinauswagt, das Neue entdecken.

Die Wissenschaftsjournalistin Alex Daniels war also, um den Faden wieder aufzunehmen, ein Mensch der Gegensätze. Einige beschrieben sie als unnahbar, verletzlich, introvertiert, andere charakterisierten sie eher als angriffslustig, starrköpfig und exzentrisch. Für ihre mit spitzer Feder geschriebenen Artikel wurde sie gehasst und bewundert.

Je nach Lager deutete man ihren Namen auf unterschiedliche Weise: Alex, griechische Kurzform von Aléxandros, stand, frei übersetzt, für »Männerabwehrer«, aber auch für »Beschützer« und »Verteidiger«. Ihre Gegner – zumeist Angehörige des männlichen Geschlechts – bevorzugten das Bild der Amazone, hinter deren kühler Schönheit sich eine gefährliche Kämpferin für obskure Ideen verbarg. Doch es gab auch andere, die in ihr eine Verteidigerin der Wahrheit sahen. Diese Gleichgesinnten hatten ihrer »Stimme« Alex Daniels schon mehrmals Mäßigung ans Herz gelegt, um unnötige Schwierigkeiten zu vermeiden. Leider ohne nennenswerten Erfolg. Zu ihrem widersprüchlichen Naturell gehörte neben Gedankentiefe und einem brillanten Verstand auch die Vorstellung, das Universum aus den Angeln heben zu können – für eine Fünfundzwanzigjährige nichts Ungewöhnliches.

So unerbittlich Alex in der Sache sein konnte, so dünnhäutig war sie in persönlichen Angelegenheiten. Zwischenmenschliche Kontakte beschränkte sie auf ein Minimum. Wenn die Recherchen an einem Artikel Interviews erforderten, wickelte sie diese am liebsten über das Internet ab. Tausende von Meilen Glasfaserkabel zwischen sich und dem Gesprächspartner zu haben war für sie eine ungemein beruhigende Vorstellung. Unter der Rubrik »Albtraum« rangierten für sie dagegen öffentliche Auftritte. An diesem Dienstagabend hatte sie sich aber nicht um ein persönliches Erscheinen im Lady Margaret Hall College herumdrücken können.

Der Campus lag an der Nordseite der University Parks von Oxford. Alex war mit dem Zug aus London angereist und hatte sich von einem Taxi bis zur Porter's Lodge, dem Haupteingang am Ende von Notham Gardens, fahren lassen. Jetzt saß sie in der ersten Reihe der mit einhundertdreißig Ehrengästen bis zum letzten Platz gefüllten Talbot Hall. Man hatte für das Ereignis einen würdigen Rahmen gewählt, aber Alex nahm die viktorianische Eleganz des holzgetäfelten Saales kaum wahr.

Bereits während des musikalischen Auftaktes durch das aus Studenten bestehende Kammerorchester litt sie unter Kopfschmerzen. Zu ihrem Unwohlsein trug überdies das Gefühl bei, von unsichtbaren Fingern betastet zu werden. Sie wusste, es waren nur die auf ihr ruhenden Blicke der Besucher, aber trotzdem empfand sie diese wie kalte Hände, die sich unter ihre Kleider schoben und über ihre Haut wanderten. Ihre Augen blieben die ganze Zeit starr auf das Rednerpult gerichtet. Inzwischen stand dort Professor Lambert und lächelte ihr aufmunternd zu. Verlegen sah sie nach unten. Auf dem Schoß hielt sie einen Zettel mit ihrem Namen. Die Platzreservierung. Vom Handschweiß war das Papier schon ganz wellig. Sie wünschte, der Abend wäre zu Ende, noch bevor er richtig begonnen hatte.

Es ging nicht etwa um einen Vortrag oder eine Podiumsdiskussion – eine Marter, die sie in seltenen Fällen freiwillig auf sich nahm –, sondern sie sollte in dem ehrwürdigen College, das zur University of Oxford gehörte, einen Preis überreicht bekommen. Die elfköpfige Jury der Society of Critical Scientists – der »Gesellschaft kritischer Wissenschaftler« – hatte Alex Daniels für den diesjährigen IDEA ausersehen, dem Intelligent Design Encouragement Award. Mit dem Preis wurden die Verfasser von Veröffentlichungen geehrt, welche zum vorurteilsfreien Umgang mit dem Konzept des Intelligent Design ermunterten. Im Gegensatz zu den Anhängern der Evolutionstheorie, die Darwins Idee von einer fortdauernden Höherentwicklung der Organismen als wissenschaftliche Tatsache hinstellten, suchten die Verfechter des »intelligenten Designs« nach Beweisen für eine schöpferische Intelligenz hinter der Komplexität allen Lebens.

Alex Daniels hatte seit ihrer Londoner Studienzeit etliche Artikel in einschlägigen Fachmagazinen, gelegentlich auch in der Tagespresse veröffentlicht, die zu einem kritischeren Umgang mit der Wissenschaft im Allgemeinen und den Darwinisten im Besonderen aufriefen. Obwohl sie immer wieder betonte, nicht wissenschafts*feindlich* zu sein, war die Zahl ihrer Gegner von Jahr zu Jahr größer geworden.

Den vorläufigen Höhepunkt der Anfeindungen hatte ebenjener Aufsatz in der Zeitschrift *First Things* provoziert, dem Alex ihren »Ermutigungspreis« verdankte. Die Vertreterin der in Oxford ansässigen Society of Critical Scientists betonte in ihrer Begrüßungsansprache den »Mut zur Wahrheit« der jungen Autorin. Eine Gazette nannte die kontrovers besprochene Abhandlung hingegen »ein Pamphlet konzentrierter Dummheit«. Alex hatte in ihrer Veröffentlichung den vorgeblichen experimentellen Nachweis der Entstehung von Leben aus einer Ursuppe als »Schwindel« entlarvt. Die Arbeit war so brisant, weil sie den Extrakt wochenlanger Briefwechsel mit angesehenen Biologen und Chemikern aus aller Welt bildete. In der Vergangenheit hatte man die von ihr vorgebrachten Argumente oft mit dem Hinweis auf ihre mangelnde Qualifikation vom Tisch gewischt: Eine Journalistin solle sich nicht erdreisten, mit Biologen von Weltrang über deren Forschungsergebnisse zu streiten. Diesmal hatte Alex ihre Hausaufgaben gemacht.

Sie räumte ein, dass es zwar Simulationen wie den berühmten Experimenten von Stanley Miller gelungen sei, neben großen Mengen von Verunreinigungen auch einige wichtige organische Verbindungen hervorzubringen, aber man habe diese sofort aus der Versuchsumgebung entfernen müssen, um sie vor dem Zerfall zu retten. Außerdem musste man die Hälfte der Aminosäuren aussortieren, weil sie »rechtsdrehend« waren, in irdischen Organismen treten sie jedoch nur in der L-Form, also »linksdrehend«

oder »linkshändig« auf. So gereinigt und isoliert, seien mit den Molekülen Folgeexperimente zur Herstellung von DNA-Grundbausteinen durchgeführt worden, und diese habe man medienwirksam als »Beweis für die Entstehung von Leben« präsentiert. Alex resümierte in ihrem Artikel, der geballte Einsatz von Knowhow bei den Simulationen sei wohl eher ein Beweis für Intelligent Design als für die schöpferische Macht des Zufalls. Nach wie vor komme niemand um den Grundsatz herum, den Louis Pasteur mit den schlichten Worten formulierte: *Omne vivum e vivo* – »Alles Leben entsteht von Leben«.

Zuletzt fragte sie, warum die Vertreter einer angeblich bewiesenen Lehre nicht einfach einige der so zahlreich vorhandenen Fakten erläuterten, anstatt sich immer wieder betrügerischer Mittel zu bedienen, um ihren Ursprungshypothesen den Nimbus von Glaubwürdigkeit aufzusetzen. Sei es nicht endlich an der Zeit, die Vogelscheuche der Evolutionstheorie mit fundierten Tatsachen zu beleben, anstatt ihr falsche Pelze anzuziehen? Sollte der Piltdown-Mensch nicht als Warnung betrachtet werden, anstatt sich von ihm zu immer raffinierteren Fälschungen anspornen zu lassen?

Manchmal konnte Alex' Rhetorik wie ein Rasiermesser sein – man bemerkte den Schnitt erst, wenn er schon durch die Haut gedrungen war. Aber diesmal hatte sie das schartige Breitschwert benutzt. Den so genannten Piltdown-Menschen in eine Reihe mit den Experimenten zur Synthese von Nukleotid-Bausteinen zu stellen provozierte einen Aufschrei im Lager der Neodarwinisten. Über dieses Ding – einst als Bindeglied zwischen dem Menschen und seinen Vorfahren gefeiert – breitete man am liebsten den Schleier des Schweigens.

Tatsächlich stellte der Schädel von Piltdown ein dunkles Kapitel der Ursprungsforschung dar. Nachdem er 1912 in der englischen Grafschaft Sussex entdeckt worden war, hatte das Britische Museum für Naturgeschichte vierzig Jahre lang viel Mühe darin investiert, eine gründliche Untersuchung des Funds durch die Skeptiker zu verhindern. Im Jahr 1953 ließ sich die Fälschung nicht länger vertuschen, und seitdem wurde der Piltdown-Fall auf Seiten der Evolutionsverfechter als bedauerliche Ausnahme und als Verirrung übereifriger Darwin-Jünger heruntergespielt. Durch Alex Daniels' Bezugnahme auf die peinliche Angelegenheit war das Fass nun zum Überlaufen gekommen. Bei *Nature*, dem britischen Wissenschaftsmagazin schlechthin, stand sie seitdem auf dem Index. Selbst wenn sie dort mit einer Kreuzung aus Elefant und Giraffe in die Redaktion spaziert wäre, hätte man keinen ihrer Beiträge mehr gedruckt.

Alex versuchte sich wieder auf den Laudator zu konzentrieren. Die Lobrede wurde von Professor Jason C. Lambert gehalten. Er war es auch, der Alex dazu überredet hatte, sich zum Anlass der Preisverleihung in die Öffentlichkeit zu wagen. Lambert gehörte dem Leitungsgremium des benachbarten Green College an und hatte selbst einige viel beachtete Aufsätze veröffentlicht, die den Alleinerklärungsanspruch der Wissenschaft in Frage stellten. In seiner Lehranstalt kümmerte er sich um die seelsorgerische Betreuung der Studenten. Alex verdankte ihm, seit sie vor etwa fünf Jahren zum ersten Mal zu ihm Kontakt aufgenommen hatte, nicht nur Zuspruch, sondern auch wohlmeinende Kritik und manch wertvolles Argument. So hatte sie ihm seine Bitte nicht abschlagen können.

Im Anschluss an die Übergabe des mit dreitausend Pfund Sterling dotierten Preises musste Alex selbst ans Mikrofon. Artig wartete sie, bis der Applaus abgeebbt war.

»Mark Twain war der Überzeugung: ›Eine gute Rede hat einen guten Anfang und ein gutes Ende – und beide sollten möglichst dicht beieinander liegen.‹ Ich finde, er war ein kluger Mann, und will seinen Rat gerne beherzigen.« Mit diesen Worten, die ein spontanes Schmunzeln auf die Gesichter der Anwesenden zauberten, begann sie ihre Ansprache. Sie war geradezu vernarrt in solche Zitate, seit sie die menschliche Eigenart entdeckt hatte, einem großen, jedoch fernen Namen mehr Aufmerksamkeit zu schenken als einer tiefsinnigen, aber allzu greifbaren Denkerin.

Nachdem sie die Länge von Professor Lamberts Laudatio als »optimal« gelobt hatte, bedankte sie sich für die »außergewöhnliche und völlig unerwartete Ehrung«. Ihre Stimme war nach Ansicht einiger warm und etwas rau, andere dagegen hielten sie für zu tief. Alex selbst hatte sie lange als fremd empfunden, als etwas, das nicht zu ihr passte. In Momenten wie diesen wurde dieses Gefühl übermächtig. Während ihrer kurzen Rede glaubte sie aus einhundertdreißig Augenpaaren angestarrt zu werden. Was verbarg sich hinter den lächelnden Masken dieser Leute? Ob sie sich fragten, was für eine Frau das ist, die schon beim Einlass in den Saal sämtliche Handys abschalten lässt? Nicht dass alle diese exzentrische Bitte ernst genommen hätten, denn Alex spürte immer noch mindestens vierzig funkende Mobiltelefone – vermutlich waren sie lediglich lautlos gestellt worden. Zu ihren stechenden Kopfschmerzen gesellte sich ein unangenehmes Schwindelgefühl.

Nervös suchte sie in ihrem Manuskript eine Abkürzung, um schneller zum Ende zu kommen. Ohne es zu merken, nestelte sie an den Trägern ihres schwarzen Kleides herum. War der Ausschnitt zu tief? Saß die Frisur? Immer wieder ertappte sie sich dabei, wie sie in ihren kurzen, hellblonden Haaren herumzupfte. Als wenn das etwas nützen würde! Sagte man nicht, einen schönen Menschen könne nichts entstellen? Ihr analytischer Verstand präsentierte ihr sofort den logischen Umkehrschluss: Einen hässlichen vermochte *gar nichts* zu schmücken.

Nicht einmal violette Augen.

Sie hätte Kontaktlinsen tragen können, um diese Laune der Natur zu verbergen, tat es aber nicht, weil sie sich einbildete, so besser von ihren anderen Unzulänglichkeiten abzulenken. Manchmal dienten die Augen ihr auch als Waffe. Ein einziger Blick aus ihnen konnte viel Verwirrung stiften, vor allem bei Männern.

Mit dem ersten Satz von Joseph Haydns Symphonie Nr. 92, in einer eigens für das studentische Kammerorchester erstellten Bearbeitung, kam die Zeremonie zum Abschluss. Alex atmete auf. Jetzt noch ein wenig Smalltalk mit den Gratulanten und das Interview, dann konnte sie sich endlich wieder in ihr Londoner Refugium zurückziehen.

Die Glückwünsche dauerten noch länger als befürchtet. Alex hätte schwören können, einige Hände mehrfach geschüttelt zu haben. Sogar Autogramme musste sie geben. Sie lächelte, während ihre Kopfschmerzen Orkanstärke erreichten. Ihr war heiß. Ein Team des lokalen Fernsehsenders SIX TV filmte jeden Schweißtropfen. Sie kam sich vor wie die Barbara Cartland der ID-Szene. Irgendwann – eine Ewigkeit schien vergangen zu sein – drängte sich Susan Winter durch die Menge.

»Hallo, Schatz. Was ist mit unserem Interview?«

Susan Winter war Redakteurin beim *Daily Mirror*, der wohl größten Boulevardzeitung der Insel. Sie kannten einander seit ihrem ersten Semester am Londoner Goldsmiths, als Susan eines Morgens zu spät in die Vorlesung geplatzt war, sich neben Alex in die letzte Reihe gesetzt und von da an wie eine Klette an ihr gehangen hatte. Einige Wochen danach gestand ihr Susan, sie sei unsterblich in sie verliebt. Alex war geschockt. Gar nicht so sehr das Angebot löste ihre Bestürzung aus als vielmehr die Bestätigung der eigenen, bis dahin erfolgreich verdrängten Gefühle.

Beinahe brüsk hatte sie die Avancen ihrer Verehrerin zurückgewiesen. Damit hielt sie den Normalzustand – ihr Einzelgängertum – für wiederhergestellt. Doch Susan überrumpelte sie einmal mehr mit ihrer schonungslosen Offenheit. Freimütig bekannte sie, nie irgendwelche lesbischen Beziehungen gepflegt oder auch nur in Erwägung gezogen zu haben. Ob sie nicht trotzdem Freundinnen sein könnten?

Die Ehrlichkeit verhalf Susan schließlich zum Sieg. Von den wenigen oberflächlichen Freundschaften, die Alex je zugelassen hatte, rangierte die quirlige Reporterin an Platz eins. Ungefähr zweimal im Jahr gingen sie zusammen essen, und vielleicht doppelt so häufig telefonierten sie miteinander. Zuletzt hatte Susan ihrer alten Kommilitonin per E-Mail die Zusage für ein Interview abgetrotzt. Weil sie direkt von einer Dienstreise nach Oxford kommen werde, sei es das Beste, sich mit dem Fotografen am Ort der Preisverleihung zu treffen und dort das offizielle Gespräch zu führen. Anschließend könne man gemeinsam mit dem Zug nach London zurückfahren und von alten Zeiten plaudern.

Endlich wurde es leerer im Saal. Auch das Kamerateam rückte ab. Nachdem sich Alex bei Professor Lambert für seine Laudatio bedankt und der Fotograf vom *Mirror* seine obligatorischen Fotos geschossen hatte, konnte sie sich endlich ganz ihrer Freundin widmen. Sie saßen am Rand der Bühne, an einem weiß gedeckten Tisch, auf dem eine Vase mit einem bunten Blumenstrauß stand. Susans Miene war ernster, als es ein Wiedersehen nach Monaten erwarten ließ.

In Alex regte sich ein schlechtes Gewissen. Ihre Freundin hatte in den letzten Wochen zwei oder drei Nachrichten auf dem Anrufbeantworter hinterlassen. Sie waren wie viele weitere angehört und wieder vergessen worden. Inzwischen ging auf dem Gerät der Speicherplatz zur Neige. Das neue Projekt hatte Alex mit Haut und Haaren verschlungen.

»Ist dir eine Laus über die Leber gelaufen?«, fragte sie reumütig.

Die Reporterin verzog die Mundwinkel zu etwas, das wohl ein Lächeln sein sollte. Sie hatte rotblondes Haar, ein rundes Gesicht voller Sommersprossen und, wie sie nicht oft genug betonen konnte, einige Pfunde zu viel auf den Rippen. Alex, eher der schlanke, drahtige Typ, bewunderte sie ob ihrer Weiblichkeit.

»Mit solchen Situationen konnte ich noch nie umgehen«, erklärte Susan.

»Du könntest sagen: ›Herzlichen Glückwunsch zur Auszeichnung.‹ Würde sich auch gut in deinem Artikel machen.«

»Das ist nicht der Grund, warum ich mich so blöd anstelle. Es geht um den Autounfall.«

Das Wort ließ Alex erschauern. Ihre Eltern waren vor sechs Jahren bei einem Verkehrsunglück ums Leben gekommen. Seitdem hatte sie keine Angehörigen mehr. Sie war allein.

Susan musste die fragende Miene ihrer Freundin bemerkt haben, denn rasch fügte sie hinzu: »Bestimmt ist es nur ein dummer Zufall, aber die Ähnlichkeit ...« Sie breitete die Arme aus und schüttelte den Kopf.

»Ich habe nicht den geringsten Schimmer, wovon du sprichst«, sagte Alex.

Die Reporterin wirkte erleichtert. »Im ersten Moment hatte ich gedacht, *du* seist gegen die Mauer gerast. Aber dann war da der andere Name. Kommt ja vor, dass einer die Papiere von jemand anderem in der Tasche hat. Ich rief bei dir an, aber du bist nicht ans Telefon gegangen ...«

»Susan«, unterbrach Alex die aufgeregte Freundin. »Ich verstehe kein Wort von dem, was du da redest.«

Ein brüchiges Lächeln erschien auf Susans Gesicht. »Entschuldige, aber ... du hast nicht zufällig eine Zwillingsschwester?«

»Ich habe überhaupt keine Geschwister.«

»Ja, aber ... schau selbst.« Susan hievte ihre ausgebeulte Umhängetasche aus schwarzem Kunststoff vom Boden hoch, stellte sie auf ihre Oberschenkel, kramte einige Sekunden darin herum und förderte schließlich eine zusammengefaltete Zeitungsseite zu Tage. Sie legte das Blatt vor Alex auf den Tisch. »Schreckliche Sache. Ist ungefähr drei Wochen her. Der *Mirror* hatte über den Unfall berichtet. War eine von den Storys, die er gerne bis zum letzten Blutstropfen ausschlachtet. Wundert mich, dass du nichts davon weißt.«

»Ich lese den *Daily Mirror* nicht. Schon vergessen?«

»Die Schmuddelpresse – ich weiß. Was glaubst du, warum ich sogar in meiner Freizeit an meinen Storys recherchiere und herumfeile? Irgendwann wird jemandem auffallen, dass Susan Winter was auf dem Kasten hat. Der *Mirror* ist nur eine Durchgangsstation.«

Alex nahm die Zeitungsseite vom Tisch und faltete sie auseinander. Als ihr Blick auf das Foto des Unfallopfers fiel, wurde sie kreidebleich.

Susan bemerkte die Reaktion. »Die Ähnlichkeit ist krass, nicht wahr? Ich hatte im ersten Moment echt geglaubt, das bist du. Ihr Name ist Terri Lovecraft. Ist mit ihrem Honda gegen einen der Pfeiler des Torhauses am Südeingang des Blackwall-Tunnels gerast. Du weißt schon, drüben in Ost-Greenwich. Die Zeugen sagen, der Wagen habe sofort Feuer gefangen. Ehe die Rettungskräfte eintrafen, war er total ausgebrannt. Man konnte nicht mal mehr erkennen, ob die Leiche Männlein oder Weiblein ist. Völlig verkohlt, die Ärmste. Soll ziemlich gestunken ha…«

»Ist ja schon gut!«, fiel Alex der Reporterin ins Wort. Ihre Augen waren geschlossen. Sie rang sichtlich um ihre Fassung.

»Entschuldige, Schatz. Man kann wohl nicht längere Zeit für ein Skandalblatt arbeiten, ohne irgendwie abzustumpfen. Alles in Ordnung mit dir?«

Alex nickte. Mit flimmernden Lidern öffnete sie wieder die Augen und blickte erneut auf den Artikel in ihren Händen. Ein farbiges Foto zeigte das ausgebrannte Autowrack rechts von der Tunneleinfahrt. Um an den Leitplanken vorbei gegen einen der achteckigen Türme des Torhauses zu rasen, benötigte man schon eine gehörige Portion Pech. Oder Verzweiflung. Alex war schon oft durch diesen steinernen Bogen gefahren, unter der Themse hindurch, um drüben in Poplar an der East India Dock Road wieder ans Tageslicht zurückzukehren.

Sie betrachtete noch einmal das Bild der Toten und stellte sich vor, es wäre das ihrige. Dazu bedurfte es keines Fünkchens Fantasie. Wieder spürte sie den Schauer, der ihr schon beim ersten Mal über den Rücken gefahren war. Die Übereinstimmung war verblüffend. Ihr eigenes Passfoto hätte ihr nicht ähnlicher sehen können.

Es war eine überraschende Begegnung mit der unerforschten Seite ihres Ichs.

Vor Jahren – sie durchlitt gerade die Folter der Pubertät – war sie dahinter gekommen, dass ihre Eltern sie nur adoptiert hatten. Die Entdeckung war ein Schock gewesen, durch den sie sich noch weiter von dem Menschen entfremdet hatte, der ihr eigentlich am nächsten stand: Alex Daniels. Wer war sie wirklich? Wie lautete ihr wahrer Name? Gab es irgendwo Geschwister? Viele ihrer kindlichen Sehnsüchte hatten sich um den Wunsch nach einer Schwester oder einem Bruder gedreht. Wer waren ihre richtigen Eltern? Warum hatten sie ihr Kind fortgegeben? Etwa weil es nicht wie die anderen war? Weil …?

»In das Gesicht einer perfekten Doppelgängerin zu blicken kann einen ziemlich zu schaffen machen, was?«

Alex spürte Susans Hand auf ihrem Arm und riss sich von dem Foto los. Sie nickte, brachte sogar ein wackeliges Lächeln zustande. »Das kannst du laut sagen. Wenigstens ist mir jetzt klar, warum du mich unbedingt sprechen wolltest. Entschuldige, dass ich dich nicht zurückgerufen habe.«

»Schon in Ordnung. Bin ich ja von dir gewohnt. Woran arbeitest du gerade?«

»An einem Buch.«

»Echt? Worum geht's?«

»Um die Frage, ob unsere Gedanken tatsächlich frei sind. Seit ich mich mit der Auseinandersetzung zwischen den Vertretern der Evolution und des intelligenten Designs beschäftige, stoße ich immer wieder auf erstaunliche Beispiele menschlichen Verdrängungsvermögens.«

»Du meinst das Den-Wald-vor-Bäumen-nicht-sehen-Syndrom?«

»Ja. Du hältst es nicht für möglich, mit wie vielen Leuten ich gemailt habe, die allen Ernstes glauben, unsere Welt sei in sechs Vierundzwanzig-Stunden-Tagen erschaffen worden.«

»Du meinst die Kreationisten. Ich dachte, du seist auf ihrer Seite.«

Alex schüttelte den Kopf. »Mich konnte dieser Unsinn nie überzeugen. Aber deine Reaktion beweist, wie wirkungsvoll die Propaganda der Neodarwinisten ist. Sie benutzen gerne die haarsträubendsten Auswüchse des Kreationismus, um damit Vorurteile gegen *sämtliche* Gegner ihrer Lehre zu schüren. Dabei sind etliche Kritiker der Evolutionstheorie nicht mal religiös.«

»Verstehe. Na, mir ist es ziemlich egal, wer am Ende Recht behält.«

»Es tut mir weh, wenn meine beste Freundin so einen Schwachsinn redet. Solange nicht bewiesen ist, wie der blinde Uhrmacher namens Zufall all die komplexen Abläufe im Universum hat entstehen lassen, will ich mich auch keiner Philosophie anvertrauen, die das Überleben des Tüchtigsten zum alleinigen Prinzip erhebt. Wer ernsthaft daran glaubt, dass in der Natur nur der Stärkere vorankommt, wird schwerlich vernünftige Gründe dafür anführen können, warum diese Regel im menschlichen Miteinander nicht gelten soll. Ich meine, wir haben in den letzten beiden Jahrhunderten genug Auswüchse solchen Denkens erlebt. Deshalb schreibe ich das Buch.«

Die Reporterin grinste. »Hört, hört. Die Anwältin der vergessenen Geschöpfe Gottes hat gesprochen.«

»Ich meine es ernst, Susan.«

»Das weiß ich, Schatz. Deswegen sehen so viele in dir auch eine Gefahr, die es mit allen Mitteln zu bekämpfen ...«

Laute Stimmen am Eingang des Saales ließen Susan verstummen. Die beiden Freundinnen blickten zur Tür.

Durch den Mittelgang zwischen den Stühlen näherte sich ein Hüne im Regenmantel. Der Mann war dunkelhäutig, um die fünfzig, hatte kurzes, krauses Haar und bewegte sich wie ein Boxer auf dem Weg zum Ring. Dicht hinter ihm folgten zwei uniformierte Polizisten. Der breitschultrige Schwarze blieb vor der Bühne stehen. Sein Schnauzbart und die dichten Augenbrauen verliehen ihm eine Aura von Gemütlichkeit, die allerdings durch den grimmigen Ausdruck in seinem Gesicht gründlich ruiniert wurde.

»Ms Alexandra Daniels?«, wandte er sich mit tiefem Bass an die Preisträgerin.

Die Angesprochene erhob sich und trat zum Rand des Podiums vor. »Da muss eine Verwechslung vorliegen. Mein Name ist Alex Daniels. Einfach nur *Alex*. Und wer sind Sie?«

Der Gefragte griff in die Brusttasche des Mantels, zog eine abgeschabte schwarze Brieftasche hervor und ließ sie unter Alex' Augen aufklappen. Hinter einem Sichtfenster aus Plastik steckte ein Ausweis, auf dem ein Behördenname stand, der nichts Gutes verhieß: *The National Crime Squad of England & Wales*. »Ich bin Detective Superintendent Mortimer Longfellow. Die beiden Herren neben mir gehören der örtlichen Polizei an. Warten Sie …« Seine prankenartige Hand senkte sich in die rechte Außentasche des Mantels und kam mit einem zerknitterten Schriftstück hervor. Er faltete es auf, warf einen Blick hinein und nickte. »Mein Fehler. Hier steht's ja: *Alex* Daniels. Sie sind die Richtige.«

»Die Richtige wofür?«

»Um Sie festzunehmen.« Er streckte Alex den Haftbefehl entgegen.

Ihr Puls war schon beim Erscheinen der Polizisten auf Touren gekommen. Jetzt begann er zu rasen. Die »Nationale Kriminalpolizei von England und Wales«? Das war eine überregional arbeitende Behörde. Einer unbequemen Journalistin wie ihr mochte man Rufmord vorwerfen oder die Verletzung von Persönlichkeitsrechten, aber nichts, was die NCS interessieren würde. Ihr Mund öffnete sich, brachte aber kein einziges Wort hervor.

»Das kann nur ein Missverständnis sein«, sprang Susan für sie in die Bresche. Sie musste gerade den gleichen Gedanken gehabt haben.

»Bitte mischen Sie sich da nicht ein, Miss …«

»Susan Winter. *Daily Mirror*.« Sie zog ihren Presseausweis aus der Tasche und hielt ihn dem Beamten ebenso demonstrativ unter die Nase, wie der zuvor seine Legitimation gezeigt hatte. Mit der freien Hand deutete sie auf Alex. »Wenn hier irgendeine Schweinerei passiert, weil diese Frau einigen Leuten auf die Zehen getreten ist, dann wird meine Zeitung schonungslos darüber berichten. Die NCS ermittelt doch bei organisierter Kriminalität und Kapitalverbrechen, aber nicht, wenn sich eine Publizistin mal im Ton vergreift. Oder weshalb soll sie verhaftet werden?«

»Kein Kommentar. Im Interesse von Ms Daniels möchte ich Sie bitten, die Angelegenheit nicht künstlich hochzuspielen. Wäre ich nicht auf dem Weg von London im Verkehr stecken geblieben, hätten wir die verdächtige Person ohnehin längst in Gewahrsam genommen.«

»Ms Daniels hat gerade einen Preis für ihre Zivilcourage bekommen, und *Sie* sprechen von ihr, als wäre sie eine Schwerverbrecherin«, erboste sich Susan.

Detective Longfellow wich dem bohrenden Blick der Reporterin aus und wandte sich wieder an die »verdächtige Person«. »Ich bin verpflichtet, Ihnen mitzuteilen, dass Sie ein Recht auf einen Anwalt haben. Alles, was sie sagen, kann gegen Sie verwendet werden. Bitte strecken Sie mir Ihre Arme entgegen.« Aus einer der Regenmanteltaschen wurde ein Paar Handschellen gezogen.

Alex trat auf dem Podium rasch einen Schritt zurück, um sich dem Kriminalbeamten zu entziehen. »Das kann doch alles nicht wahr sein! Ich habe nichts verbrochen.«

Schneller als sie es gewahr werden konnte, zogen die beiden Polizeibeamten ihre Dienstwaffen hervor.

»*Bitte*, Ms Daniels, machen Sie keine Schwierigkeiten.«

Susan hielt sich zwar aus der Schusslinie fern, ließ aber ihrem Unmut freien Lauf. »Sie wollen doch nicht wirklich vor den Augen der Presse diese Frau erschießen.«

»Nur wenn sie uns keine andere Wahl lässt«, erwiderte Longfellow. Seine tiefe Stimme klang beherrscht, aber bedrohlich.

Alex schüttelte ungläubig den Kopf. Der martialische Aufmarsch der Polizei kam ihr immer noch wie ein böser Scherz vor. War es eine Drohkulisse, die ihre Gegner für sie aufgebaut hatten? »Wie lautet die Anklage, Superintendent?«

»Solange Sie nicht dem Haftrichter vorgeführt wurden, ist die Festnahme nur vorläufig.«

»Bitte verschonen Sie mich mit Ihren juristischen Haarspaltereien. Was wirft man mir vor?«

Longfellows Blick wanderte zu Susan.

»Ich habe keine Geheimnisse vor Ms Winter«, fügte Alex schnell hinzu und kam sich dabei wie eine Lügnerin vor. »Wir sind seit Jahren befreundet. Und nun sagen Sie mir endlich, was ich getan haben soll.«

Der Detective atmete so heftig aus, dass seine Nasenflügel sich wie Segel blähten. »Also gut. Wenn wir dadurch um die Schießerei herumkommen, soll es mir recht sein. Ihnen, Ms Alex Daniels, wird die Mittäterschaft am Einbruch in den Pariser Louvre zur Last gelegt, der sich am Sonntag, den 9. September zugetragen hat. Im Tatverlauf wurde ein Mann vom Sicherheitspersonal sowie einer Ihrer mutmaßlichen Komplizen durch eine Bombe getötet, die auch eine kostbare antike Steinfigur zerstört hat. Sind Sie jetzt zufrieden?«

Alex starrte den Polizeibeamten an, als sei er ein Geist. »*Was* soll ich getan haben?«

»Jetzt ist es genug, Ms Daniels. Treten Sie vor und lassen Sie sich die Handschellen anlegen, sonst zwingen Sie uns, Gewalt anzuwenden.«

»Ich bin unschuldig.«

»Darüber habe ich nicht zu befinden.«

»Aber ich arbeite seit einem Monat an einem Buch und habe meine Wohnung so gut wie nie verlassen.«

»Es genügt, wenn Sie am Tag der Tat in Paris gewesen sind, und daran besteht kein Zweifel, weil …« Longfellow klappte mitten im Satz den Mund zu. Offenbar hatte er schon mehr gesagt, als ihm erlaubt war.

»Weil …?«, echote Susan.

»Nicht jetzt«, beschied der Beamte. »Und nicht hier.«

Alex kam sich vor wie in einem Albtraum und fragte sich, warum sie nicht endlich aufwachte. »Wieso sind Sie von meiner ›Mittäterschaft‹ so überzeugt, Superintendent?«, bohrte sie weiter. »Sprechen Sie es ruhig aus. Wenn Ihre Beweise auf Tatsachen beruhen, sagen Sie mir ohnehin nichts Neues.«

»Na schön«, schnaubte Longfellow. »Anscheinend wollen Sie 's so richtig auskosten, was? Glauben Sie mir, Ms Daniels, Sie wären nicht die Erste, die einen Mord begeht, um ein bisschen Aufmerksamkeit zu erheischen. Vielleicht täusche ich mich auch im Hinblick auf Ihre Motive. An Ihrer Schuld wird das letztlich nichts ändern. Die Indizien sprechen gegen Sie.«

»Was für *Indizien*? Ich bin seit mindestens zwei Jahren nicht mehr in Paris gewesen.«

Longfellows Gesicht blieb unbewegt. »Eine ziemlich schwache Verteidigung, Ms Daniels. Wir können beweisen, dass Sie vor drei Wochen sogar den Louvre besucht haben, und zwar *nicht*, um sich die Mona Lisa anzuschauen. Die Apparatur zum Einspeisen eines Fremdsignals in das Videoüberwachungssystem des Museums wurde in einem der Öffentlichkeit nicht zugänglichen Bereich gefunden.«

»*Was* für eine Apparatur?«

Der Detective breitete die Hände aus. »Na die, auf der man Ihre Fingerabdrücke sichergestellt hat.«

Kapitel 2

»Vorstellungskraft ist wichtiger als Wissen.«

Albert Einstein

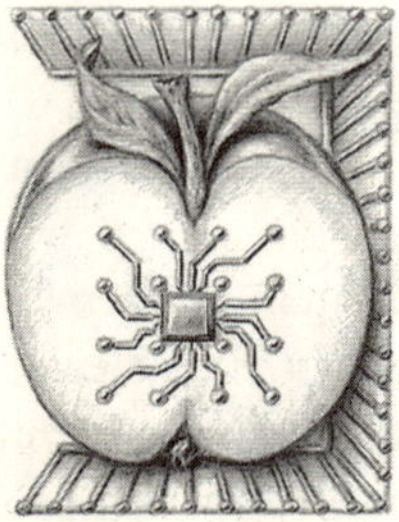

ÜBER ÖSTERREICH,
Dienstag, 25. September, 13.05 Uhr

Selbst durch das schlierige Fenster eines Airbusses wirkten die schneebedeckten Gipfel der Alpen noch majestätisch. Darwin Shaw sah auf seine Armbanduhr. Der Kapitän hatte gesagt, die Maschine würde pünktlich in Wien landen. In fünfundzwanzig Minuten also. Genug Zeit, um im Kopf noch einmal alles durchzugehen. Er hatte eine Menge Fragen an den werten Hofrat Professor Dr. Alois Stangerl. Darwin schüttelte den Kopf und musste unweigerlich schmunzeln. Der Titelfetischismus der Österreicher belustigte ihn. Fast so sehr wie der britische.

Das Gefühl der Heiterkeit verflüchtigte sich ebenso schnell, wie es gekommen war. Er befand sich nicht auf einer Vergnügungsreise. Wenn er morgen Abend nach London zurückflog, dann brauchte er mehr als Seifenblasen im Gepäck. Drei ungelöste Fälle waren für seinen Schreibtisch mindestens zwei zu viel.

Es machte ihm nichts aus, Tag und Nacht unter Strom zu stehen. Gegen den Druck in der Army war der Job bei ArtCare bisher eine Entspannungsübung gewesen. Aber jetzt drohte die Sache aus dem Ruder zu laufen. Wenn im Wochentakt neue

Museumseinbrüche hinzukamen und der Ruf nach Ergebnissen im Direktorium immer lauter wurde, obwohl die Faktenlage mehr als lückenhaft war, dann roch das verdammt nach einem weiteren Karriereknick.

Darwin Matthew Shaw hatte den Rauswurf bei der Royal Military Police noch nicht ganz verkraftet.

Er war als junger Bursche direkt von der Schule in die Armee Ihrer Majestät gewechselt, hatte eine Ausbildung in der Royal Army School of Mechanical Transport genossen und gerade seinen Ingenieur gemacht, als man sein investigatives Talent entdeckte und ihm vorschlug, zur Militärpolizei zu gehen. Er sagte ja und wurde in Rekordzeit zum Corporal befördert. Kaum zwei Jahre später fragte ihn sein Vorgesetzter, ob er sich eine Zukunft im *Special Investigation Branch* vorstellen könne. Der SIB beschäftigte sich nicht nur mit Schwerverbrechen, sondern auch mit den heiklen Fällen, die besonderes Fingerspitzengefühl benötigten. Wieder hatte Darwin seine Chance genutzt. Im SIB stieg er schnell zum Warrant Officer auf. Als er mit zweiunddreißig Provost Marshal, also Kommandeur, geworden war, wurde ihm ein besonders sensibler Fall übertragen.

Und der brach ihm das Genick.

Darwin hatte einen im dritten Golfkrieg hoch dekorierten Offizier einer Reihe besonders schmutziger Verbrechen überführt. Wäre die Angelegenheit an die Öffentlichkeit gekommen, hätte die Royal Army nicht nur einen herben Imageverlust einstecken müssen, sondern sich auch mit horrenden Schadensersatzforderungen konfrontiert gesehen. Die Sache lief darauf hinaus, dass der General ehrenhaft entlassen und Shaw vom Dienst suspendiert wurde. Man gestattete ihm jedoch, »freiwillig« aus der Armee auszutreten. Der Preis war sein Stillschweigen gewesen.

Bei ArtCare hatte man den erfahrenen Ermittler mit Kusshand genommen. Im Vergleich zu den Dinosauriern der Versicherungsbranche war das zum MacKane-Konzern gehörende Unternehmen ein Newcomer. Nichtsdestotrotz hatte es sich unter der Leitung von Dr. Martin Cadwell im Revier der Platzhirsche behaupten können. Sein Rezept klang wie die Quadratur des Kreises: aggressive Preispolitik, Anheuerung von Spitzenkräften und Konzentration aufs Kerngeschäft, das er bei jeder Gelegenheit mit einfachen Worten umriss:

»Wir versichern die kostbarsten Ausstellungsstücke der wichtigsten Museen und Galerien auf diesem Planeten.«

»Was haben Sie gesagt?«

Darwin blinzelte. Hatte er gerade das Kredo seines Chefs vor sich hin gemurmelt, ohne es zu merken? Er wandte sich nach links und blickte in das Gesicht der hübschen Brünetten, die den undankbaren Mittelplatz abbekommen hatte. Ihr Arm drückte warm gegen den seinen. Er verzog das Gesicht. »Nichts. Ich habe nur laut nachgedacht. Bitte entschuldigen Sie.«

Sie lächelte, und ihre dunklen Augen wanderten dabei über sein Gesicht. »Kein Problem. Fliegen Sie geschäftlich nach Wien?«

»Ja.« *Flirtet sie mit dir?* Darwin empfand seine Wirkung auf Frauen manchmal als lästig, weil er Oberflächlichkeit nicht ausstehen konnte. Eine Freundin – sie war Kunststudentin – hatte einmal geschwärmt, er habe das typische Gesicht eines antiken Helden. Wenn er morgens in den Spiegel blickte, sah er etwas anderes. Das runde Kinn, die markanten Kiefer- und Backenknochen, die zwar gerade, aber ein wenig zu flache Nase und die nach seinem Geschmack etwas zu tief in den Höhlen liegenden dunklen Augen – war das wirklich der Adonis, den das weibliche Geschlecht unwiderstehlich fand? Immerhin hatte das knallharte Trainingsprogramm bei der Royal Army seinen Körper in eine athletische Form getrimmt. Leider ließen ihm der Büroalltag und die vielen Dienstreisen oft wenig Zeit, um seinen Waschbrettbauch im Fitnessstudio zu konservieren. Aber im Designeranzug machte er mit seinen sechs Fuß und einem Zoll nach wie vor eine akzeptable Figur. Das dunkelbraune, fast schwarze Haar trug er jetzt länger als früher, wenngleich es immer noch kürzer als ein Streichholz war und so aufrecht stand, wie er sich selbst kerzengerade zu halten wusste – äußerliche Reminiszenzen an den Dienst in der Royal Army.

Weil er mit seinen Gedanken allein sein wollte, widerstand Darwin der Versuchung, sich auf ein Wortgeplänkel einzulassen. Er riss die Zeitung aus der Tasche am Vordersitz und versenkte den Blick darin.

Der warme Ellbogen zog sich zurück. Die Botschaft war angekommen.

Um nicht am Ende doch in ein Gespräch verwickelt zu werden, vertiefte sich Darwin tatsächlich in die *Times*. Seine Aufmerksamkeit wurde bald von einer fast reißerisch klingenden Überschrift angezogen. Als er die Einleitung überflog, spürte er einen Sog, dem er nicht mehr entkam. Er musste den ganzen Artikel lesen.

TURBOLADER FÜR DIE EVOLUTION

London – (ps) Die Debatte um die ethischen Aspekte der humangenetischen Forschung ist neu entbrannt. In welchem Umfang sollen Embryonen für die Forschung verwendet werden? Darf die Wissenschaft das Erbmaterial des Menschen gezielt verändern, um der Evolution auf die Sprünge zu helfen? Ist es ethisch vertretbar, Menschen nicht nur zu therapeutischen Zwecken zu klonen, sondern auch zur Reproduktion ganzer Individuen? Spricht etwas dagegen, Designerbabys im Internet zu bestellen? Zu diesem Fragenkomplex sollen am 30. Oktober die Weichen neu gestellt werden, wenn das britische Unterhaus über ein weit reichendes Gesetz abstimmt.

Seit dem Jahrtausendwechsel weht ein frischer Wind durch die Parlamentsgebäude an der Themse. Als das Unterhaus am 19. Dezember 2000 das zehn Jahre zuvor verabschiedete Gesetz zur künstlichen Befruchtung reformierte, ging ein Aufschrei durch Europa. Immerhin stimmten damals noch 174 britische Abgeordnete gegen den wegweisenden Entwurf, 366 *waren dafür. Einige Wochen später legitimierten die Volksvertreter das so genannte »therapeutische Klonen«. »Darunter versteht man ein Verfahren, bei dem im Reagenzglas (*in vitro*) der Zellkern einer menschlichen Eizelle durch den einer anderen Person ersetzt wird«, erklärte uns Prof. Charles Tyrrell, Leiter des in Cambridge ansässigen Humangenetischen Instituts* HUGE. *Anschließend werde die Eizelle elektrisch stimuliert und beginne sich zu teilen. Es entsteht ein Zellhaufen, aus dem sich embryonale Stammzellen gewinnen lassen. Diese können dem Spender des Zellkerns zu therapeutischen Zwecken eingesetzt werden, um sich in dessen Körper zu gesunden spezialisierten Zellen zu entwickeln.*

*Von der Öffentlichkeit fast unbemerkt erteilte die Human Fertilisation and Embryology Authority (*HFEA*) im August 2004 einer Gruppe von Forschern des »Centre for Life« der Newcastle Universität die Genehmigung zum Klonen menschlicher Embryonen. Die zweite von der Behörde vergebene Lizenz erweckte weit mehr Aufmerksamkeit. Sie ging am 8. Februar 2005 an keinen Geringeren als Professor Ian Wilmut, den Schöpfer des Klonschafes Dolly. Seitdem wurden viele weitere Zulassungen erteilt. Das therapeutische Klonen ist heute tägliche Praxis, der Wettlauf um Genpatente längst in Gang. In vier Wochen will das Unterhaus nun die nächste Runde einläuten und damit die Spitzenposition Großbritanniens in der Humangenetik sichern. Was die Behandlung von »Altlasten«, betrifft, wurde zwischen Kritikern und Befürwortern zäh um einen Kompromiss gerungen. Es soll keine nachträgliche Legitimierung von Gesetzesverstößen übereifriger Forscher geben. Sir Thomas H. Larkin vom House of Lords, das dem Entwurf ebenfalls zustimmen muss, sprach vom englischen Fair Play: »In Wirtschaft und akademischer Forschung soll jeder die gleichen Chancen bekommen. Fehlstarts sind nicht erlaubt. Wer sich rechtswidrig Vorteile verschafft hat, wird disqualifiziert.« Die strengen Regeln sind wohl angebracht, denn es geht um die Vorherrschaft in der*

Königsdisziplin der Biotechnologie. In einem Monat soll darüber abgestimmt werden, ob geklonte Menschen sich über das Stadium des Zellhaufens weiterentwickeln dürfen – bis zu einem voll entwickelten Jungen oder Mädchen oder was immer sich die Wissenschaftler als den perfekten Menschen von morgen vorstellen.

Erst als der Airbus in den Landanflug überging, wagte Darwin von seiner Zeitung aufzublicken. Die hübsche Brünette bezirzte inzwischen den Mann am Mittelgang. Nachdem die Maschine gelandet war, stürmten alle Passagiere hinaus, als handele es sich um eine Brandschutzübung. Zeit ist Geld. Die meisten Fluggäste waren geschäftlich unterwegs.

Weil sein Gepäck nur aus einem Pilotenkoffer bestand, in dessen Kleiderfach sich ein frisches Hemd und ein paar andere notwendige Reiseutensilien befanden, konnte Darwin das Ankunftsgebäude auf schnellstem Weg verlassen. Mit dem Taxi fuhr er direkt zum Maria-Theresien-Platz. Der Hauptsitz des auf mehrere Standorte verteilten Kunsthistorischen Museums lag direkt in Wiens Zentrum.

Für Besucher aus dem Vereinigten Königreich ist es bisweilen ein Schock, wenn sie in ein scheinbar unbedeutendes Land kommen und dort auf ein kulturelles Erbe stoßen, das dem des britischen Empire durchaus ebenbürtig ist. Darwin besuchte die österreichische Hauptstadt zum ersten Mal. Als er vor dem so genannten Kaiserforum aus der Droschke stieg, war sein Erstaunen dementsprechend groß. Kein Geringerer als der berühmte Architekt Gottfried Semper, bekannt als Schöpfer der Dresdner Oper, hatte die von Kaiser Franz Joseph in Auftrag gegebene Museumsanlage entworfen. Mitten über der breiten Fassade mit ihren langen Reihen von Rundbogenfenstern erhob sich eine mächtige Kuppel. Dort betrat Darwin das Gebäude.

Vom Haupteingang gelangte er in das klassisch kühle, von weiß-grau-schwarzer Eleganz geprägte Vestibül. Er durchquerte die Eingangshalle und meldete sich an der Information. Nach einem kurzen Telefonat bat ihn die freundliche Dame in der Museumsuniform um einen Moment Geduld.

Ungefähr zehn Minuten später traf eine Frau in grauem Kostüm ein, die sich ihm als Professor Stangerls Sekretärin vorstellte. Sie war Ende dreißig, ein wenig pummelig und der englischen Sprache nur bedingt mächtig. Daraus resultierte eine gewisse Einsilbigkeit.

»Haben Sie auch einen Namen?«, fragte Darwin freundlich.

Sie lächelte verlegen. »Maria Dobler.«

Er gab sich Mühe, ihr die Befangenheit zu nehmen. »Sehr schön, Frau Dobler. Was fangen wir jetzt miteinander an?«

»Ich bringe sie in die Galerie«, antwortete sie betont langsam. »Professor Stangerl erwartet Sie.«

Darwin deutete mit offener Hand zum Stiegenhaus. »Na, dann nichts wie los.«

Die Sekretärin schien froh zu sein, die Führung übernehmen zu dürfen. So musste sie mit dem englischen Gast keine Konversation pflegen.

Vorbei an steinernen Löwen, einem Zentauren, dem gerade der Garaus gemacht wurde, diversen Büsten und anderen Plastiken ging es in den ersten Stock. Hier war eine Gemäldegalerie beheimatet, die weltweiten Ruhm genoss. Und nun auch rund um den Globus für Schlagzeilen sorgte.

Das Museum verdankte dem spektakulären Raub an diesem Dienstag eine wahre Besucherflut, obwohl der Tatort weiträumig abgesperrt war. Allein der Geruch des kapitalen Verbrechens schien Schaulustige anzuziehen wie die Fliegen. Es war jedoch nichts zu sehen, außer ein paar Damen und Herren mit ernsten Gesichtern, die in Uniform und auch in Zivil durch die Ausstellung eilten. Nicht nur der Saal, in dem Cranachs *Paradies* gehangen hatte, sondern auch die angrenzenden Räume waren für die Öffentlichkeit geschlossen.

Über knarrendes, gelbbraunes Parkett hinweg führte Frau

Dobler den Versicherungsdetektiv im Sturmschritt zum Tatort. Am Eingang des Saales erwartete den Gast bereits, wie angekündigt, Direktor Hofrat Professor Dr. Alois Stangerl.

»Wie redet man Sie eigentlich korrekt an?«, fragte Darwin, nachdem Marie Dobler sie einander vorgestellt hatte.

»Professor Stangerl genügt«, antwortete der Museumsleiter und lächelte dabei auf Sparflamme. Er war Anfang fünfzig, eher kleinwüchsig, dafür korpulent, hatte lichtes, graues Haar und eine dickrandige Schildpattbrille. Auf Darwin machte er keinen steiferen Eindruck als die leitenden Angestellten britischer Museen.

»Gut, Professor Stangerl. Dann beginnen wir am besten mit einer Tatortbesichtigung.«

»Soll ich nicht zuerst schildern, wie wir den Raum entdeckt haben?«

»Wenn es Ihnen recht ist, würde ich mir gerne zunächst ganz unvoreingenommen ein Bild machen.«

»Meinetwegen. Bitte folgen Sie mir.«

Stangerl führte den Vertreter des Unternehmens, von dem er eine Entschädigung in Millionenhöhe erwartete, nicht eben begeistert, aber willig in den Saal. Die Polizei hatte in den letzten vierundzwanzig Stunden ein paar Schildchen mit Nummern aufgestellt, eine dreistellige Zahl von Fotos geschossen und eifrig nach Fingerabdrücken gesucht. All das wusste Darwin bereits. Aber irgendjemand hatte einmal gesagt, Vorstellungskraft sei wichtiger als Wissen. Deshalb suchte er nach dem, was nicht fotografiert werden konnte.

Ungefähr eine Viertelstunde lang bewegte er sich stumm durch den Saal. Ihm ging es nicht darum, die Arbeit der hiesigen Spurensicherung in Frage zu stellen. Die Leute von der Wiener Kriminalpolizei verstanden zweifelsohne ihr Geschäft. Auf den Direktor musste es daher befremdend wirken, dass sich der Ermittler von ArtCare zunächst wie ein ganz normaler Museumsbesucher verhielt und eingehend die ungestohlenen Gemälde im Raum studierte.

»Was tun Sie da?«, brach es dann auch schließlich aus Stangerl hervor.

»Ich lade mein Vorstellungsvermögen auf.«

»Sollten Sie nicht lieber die durchgeschnittenen Fäden kontrollieren, an denen das Bild gehangen hat?«

»Dazu müsste ich nicht extra aus London anreisen.«

»Ich kann Ihnen einen Ausstellungskatalog geben«, sagte Stangerl spitz.

Darwin lächelte. »Die meisten Verbrecher sind Lügner. Der einzige Ort, an dem sie die Wahrheit sagen, ist der, an dem sie ihre Tat verüben. Meist treffen sie dort Entscheidungen, die nicht allein durch das Offensichtliche – hier durch den Raub – erklärbar sind. Die Spuren dieser Entscheidungen sind Schlüssel ins wahre Ich des Täters. Sie erschließen uns seine innersten Bedürfnisse.« Er war kein Kriminalpsychologe, aber in der Tatortanalyse konnte er auf einige Erfahrungen verweisen. Während seiner Ausbildung beim SIB hatte er sich zudem einige Grundkenntnisse auf dem Gebiet des Profiling erworben.

Stangerls Blick wischte über die Bilder, ehe er wieder zu dem englischen Detektiv zurückkehrte. »Glauben Sie, jemand hat *Das Paradies* gestohlen, weil ihm irgendein anderes Bild in diesem Raum gegen den Strich geht? Das ist doch absurd.«

Darwin trat endlich vor die Stelle an der Wand, wo das entwendete Gemälde gehangen hatte. Er ging in die Hocke und betrachtete nachdenklich den am Boden liegenden Apfel. Es war keine jener täuschend echten Dekorationsfrüchte, die man im Kaufhaus erstehen konnte, sondern sah eher nach dem Gesellenstück eines Feinblechners aus. Die rotgoldene Oberfläche glänzte zwar wie die Wachsschicht jener Früchte, die man auf dem Wochenmarkt kaufen konnte, vermochte ihre Künstlichkeit aber nicht zu verhehlen. Vielleicht sollte sie es auch gar nicht. »Wieso engen Sie Ihre Sichtweise so ein?«, entgegnete der Engländer.

»Wie meinen Sie das?«, fragte Stangerl brüskiert. »Wollen Sie etwa auch die übrige Galerie in Augenschein nehmen?«

»Das wird nicht nötig sein. Ich habe gerade an ein Bild gedacht, das nicht in Österreich hängt – jedenfalls vermute ich das. Nicht einmal auf dem Kontinent.«

»Und das soll etwas mit unserem verlorenen *Paradies* zu tun haben?«

»Es ist zunächst nur eine Hypothese.«

»Und von welchem Bild reden Sie?«

»Sie haben bestimmt davon gehört. Bis vor einer Woche hing es noch in London, in der Tate Modern.«

»Sie meinen den Magritte? *Le dormeur téméraire*?«

Darwin nickte. »*Der unachtsame Schläfer*. Das Gemälde, auf dem ein *Apfel* zu sehen ist«, er deutete auf die metallene Frucht, »der genauso aussieht wie dieser hier.«

Gegen zwanzig Uhr checkte Darwin im Hotel Maria Theresia ein, das im Künstlerviertel Spittelberg lag, nur wenige Gehminuten vom Museum entfernt. Sein Zimmer befand sich im dritten Stock. Die Einrichtung aus Rattanmöbeln und Plakaten von Friedensreich Hundertwasser nahm er nur am Rande wahr. Seine Gedanken drehten sich um den rotgoldenen Apfel, den er im Museum gesehen hatte. Ihm war dabei eine Idee gekommen, die ihn nicht mehr losließ.

Er stellte seinen Pilotenkoffer auf die Gepäckablage, entkleidete sich und ging ins Bad, um sich zu erleichtern und zu duschen. Am Morgen war er gegen vier Uhr aufgestanden, weil er vor seiner Abreise noch einmal das Büro im Londoner Bankenviertel hatte aufsuchen müssen. Jetzt, sechzehn Stunden später, schien sein Kopf mit Watte voll gestopft zu sein. Er musste ihn dringend klarbekommen, um seine gewagte Hypothese in allen Einzelzeiten zu durchdenken. Außerdem hatte ihm Professor Stangerl einige Unterlagen ausgehändigt, die es bis zum nächsten Morgen durchzuackern galt.

Nachdem Darwin abwechselnd heiß und kalt geduscht hatte, fühlte er sich besser. Nur mit dem Badetuch bekleidet machte er sich wieder an die Arbeit. Routiniert ordnete er auf dem Bett die Dokumente, die ihm das Museum und die Wiener Kriminalpolizei überlassen hatten: erste Berichte der Tatortuntersuchung, Zeugenvernehmungen, ergänzende Unterlagen zur Versicherungspolice, die das gestohlene Kunstwerk betrafen, die letzten Prüfprotokolle der Sicherheitstechnik, den Schichtplan des Wachdienstes, Auszüge aus den Personalakten mehrerer Museumsmitarbeiter und vieles mehr. Darwin blickte kaum von den Papieren auf, als er einige Zeit später den Zimmerservice anrief, um sich einen Imbiss zu bestellen. Anschließend vertiefte er sich wieder in die Akten. Gab es irgendwo einen Hinweis, der seine Theorie bestätigte?

Jedes Mal, wenn er ein Museum oder eine Galerie aufsuchte, die einen Schadensfall gemeldet hatte, sammelte er ähnliches Material. Die wenigsten Kunden waren sich darüber im Klaren, dass ArtCare nicht ihre Kunstwerke schützte, sondern zunächst sich selbst. Ein ehernes Gesetz der Branche lautete: Sei schnell beim Kassieren deiner Prämien, aber prüfe gründlich, ob du die Auszahlung deiner Leistungen vermeiden kannst. Nicht allein Versicherungsbetrug galt es abzuwenden, sondern *jegliche* Schadensregulierung. Deshalb musste er zunächst nach Fahrlässigkeiten seitens der Versicherungsnehmer fahnden. War die Alarmanlage eingeschaltet? Hatten die Sicherheitsleute ihre Patrouillen nach Plan durchgeführt? Konnten unbefugte Personen Zugang zur beschädigten oder verloren gegangenen Sache erlangen? Gab es irgendwelche anderen Versäumnisse, die ArtCare davor bewahrte, die Versicherungssumme auszuzahlen?

Darwin versuchte seine Befragungen grundsätzlich so klingen zu lassen, als gehe es seinem Arbeitgeber vordringlich darum, den verloren gegangenen Gegenstand wieder in den Besitz des Versicherungsnehmers zurückzuführen. Immerhin hatte er den Job überhaupt deswegen angenommen. Viele der von ArtCare versicherten Kunstwerke waren einmalige Kulturgüter der Menschheit. Man konnte Leonardo da Vinci nicht bitten, die Mona Lisa erneut zum Lächeln zu bewegen. Aus diesem Grund nahm Darwin den für ArtCare zweitrangigen Teil seiner Tätigkeit sehr ernst. Er hielt sich für einen guten Ermittler. Gut genug jedenfalls, um das metallene »Souvenir« des Täters nicht nur als Marotte abzutun.

Natürlich konnte es Zufall sein, dass sieben Tage zuvor in London ein Gemälde gestohlen und dass auch im Tate Modern ein Gegenstand aus Magrittes *Unachtsamem Schläfer* gefunden worden war. Zwei Fälle anhand dieser Indizien als Serie zu bezeichnen mochte tatsächlich kühn sein. Aber wenn es *drei* waren? Seit Darwin mit eigenen Augen den Apfel gesehen hatte, rotierte dieser Gedanke wie ein Brummkreisel in seinem Schädel.

Alle Einbrüche der vergangenen drei Sonntage hatten nicht nur prominente Museen getroffen, sondern auch ein und denselben Versicherer: ArtCare. Auf den ersten Blick schien jedoch der Vorfall in Paris mit jenen in London und Wien wenig gemein zu haben. In der französischen Hauptstadt hatte sich Darwin vom Gerichtsmediziner die zwei im Karyatidensaal des Louvre aufgefundenen Leichen zeigen lassen. Aus seiner Zeit bei der Militärpolizei war er einiges gewohnt, aber das …!

Einer der Toten konnte zweifelsfrei als der vermisste Sicherheitsmann des Museums identifiziert werden. Die Splitter der von der Explosion zerrissenen Marmorstatue mussten wie Schrapnelle durch den Saal geschossen sein und hatten den Nachtwächter regelrecht durchsiebt.

Erheblich schlimmer stand es um die zweite Person, über deren Identität die Ermittlungsbehörden im Dunkeln tappten. Laut Laborbericht waren in ihrem Overall großflächig Taschen eingenäht gewesen, die verschiedene chemische Stoffe enthalten hatten. Dazu gehörten Roter Phosphor und Kaliumchlorat, die, wenn sie miteinander verrieben werden, eine explosive Mischung ergeben. Der während der Detonation aufgebaute enorme Druck hatte genau diese Wirkung gehabt. Andere in den Fasern der Kleidung aufgespürte Verbindungen mussten wie Brandbeschleuniger gewirkt haben. Was dieser hochbrisante Cocktail übrig gelassen hatte, war als Mensch nicht mehr zu erkennen gewesen. Die forensischen Pathologen wollten sich nicht einmal dazu äußern, welches Geschlecht der Einbrecher hatte.

Anhand einer Reihe von Spuren – darunter die Art und Weise, wie die Sicherheitstechnik im Louvre ausgehebelt worden war – ging die Pariser Kriminalpolizei von mindestens zwei Tätern aus. Auf einem funkgesteuerten elektronischen Schalter, der falsche Videosignale auf die Monitore der Überwachungszentrale geleitet hatte, waren sogar Fingerabdrücke gefunden worden. Inzwischen mussten bei Europol und Interpol die Computer heißlaufen, um dem Phantom ein Gesicht zu geben.

War es möglich, dass dieser Unbekannte auch in London und Wien zugeschlagen hatte?

Darwin wusste, auf welch wackeligen Füßen sein Verdacht stand. Der Vorfall im Louvre sah aus wie die Tat eines Geisteskranken, eines Terroristen oder einer Mischung von beidem – wie von Phosphor und Kaliumchlorat. Bis zum Morgen hatte es jedenfalls kein Bekennerschreiben gegeben, was bei politisch motivierten Taten ungewöhnlich war. Also doch nur eine verschworene Gemeinschaft von Irren?

Die Handschrift der beiden anderen Einbrüche war eindeutig anders. Sieben Tage nach dem Sprengstoffanschlag auf den Hermaphroditen hatten sich Diebe ans Werk gemacht und ebenso am vergangenen Sonntag im Kunsthistorischen Museum. Wenn es eine Beziehung zwischen dem Apfel von Wien und dem *Unachtsamen Schläfer* in London gab, warum hatten die Einbrecher dann nicht auch in Paris Hut, Spiegel, Kerze oder sonst ein Symbol des Magritte zurückgelassen?

Vielleicht war es nur ein Zufall, dass die drei Einbrüche fast auf die Stunde genau im Sieben-Tage-Takt verübt wurden …

Darwin hörte ein zaghaftes Klopfen. Das musste der Zimmerservice sein.

Er sprang vom Bett hoch, eilte zur Tür und öffnete sie. Vor

ihm stand eine junge Hotelangestellte, die auf ihrer Rechten ein Tablett mit dem bestellten Imbiss balancierte und in erstaunlich kurzer Zeit knallrot anlief. Weil sie nichts sagte, nahm ihr Darwin einfach das Servierbrett ab.

»Danke. Muss ich irgendetwas unterschreiben?«

Sie kicherte. »Ist vielleicht besser, wenn Sie das später erledigen, Sir.«

»Ich habe leider gerade kein Kleingeld zur Hand …«

»Das sehe ich, Sir. Ist schon in Ordnung. Ich wünsche Ihnen einen guten Appetit.« Sie machte auf dem Absatz kehrt und flüchtete den Gang hinab.

»Soll noch einer sagen, die Wiener seien hochnäsig«, murmelte Darwin und stemmte sich gegen die Zimmertür. Dabei bemerkte er eine überraschende Kälte am Hinterteil. Er streckte die Arme mit dem Tablett aus und blickte an sich herab.

Irgendwo auf dem Weg vom Bett zur Tür musste er sein Badetuch verloren haben.

»Oh!«

Sein Handy spielte die Titelmelodie der Serie *Starsky & Hutch*.

»Auch das noch!«

Im Adamskostüm trat er den Rückweg ins Zimmer an. Dabei verfingen sich seine Füße in dem am Boden liegenden Badetuch. Eigentlich war das Schicksal seines Nachtmahls damit beschieden, aber im Karatetraining hatte er gelernt, wie man auch in schwierigen Lagen sein Gleichgewicht bewahrte. Auf wundersame Weise gelang es ihm, das Tablett samt Sandwiches, Kaffee und Orangensaft zu retten.

»Wozu ein schwarzer Gürtel nicht alles gut ist«, murmelte er, nachdem er alles aufs Bett gestellt hatte. Er streckte sich nach dem Funktelefon aus, das nicht nur dudelte, sondern auf der Glasplatte des Nachttisches auch ganz energisch schnarrte.

»Hallo?«

»Mr Shaw, sind Sie das?«

»Ja.«

»Hier ist Reena. Sie klingen so gehetzt. Alles in Ordnung bei Ihnen?«

Darwin stutzte. Reena Baker war die Sekretärin des Vorstandsvorsitzenden von ArtCare. »Alles bestens. Der Chef hat Sie also wieder mal zu Überstunden verdonnert.«

»Bei uns ist es erst acht.«

»Viel zu spät für eine schöne Frau, um noch hinter dem Schreibtisch zu sitzen.«

»Sie sind ein Macho, Darwin.«

»Ein Gentleman, Reena, der nur ein Kompliment ausspricht, wenn es auch angebracht ist. Was verdanke ich die Ehre Ihres späten Anrufs?«

»Sind Sie bereit, um vor den Herrn zu treten?«

»Wie bitte?« Unwillkürlich ließ er erneut den Blick über seinen Körper wandern.

»War nur bildlich gemeint. Dr. Cadwell möchte Sie gerne sprechen. Bleiben Sie dran. Ich stelle Sie durch. Schönen Abend noch und viel Spaß.«

Ehe Darwin fragen konnte, was genau sie damit meinte, hatte Reena ihn schon weggedrückt. Der Telefoncomputer von ArtCare spielte ihm *We are the Champions* von Queen in einer lausigen Synthiversion vor.

Er fragte sich, was er von dem Anruf halten sollte. Ein Mann wie Dr. Martin Cadwell hatte wirklich Besseres zu tun, als sich in die Arbeit seiner Ermittler einzumischen. Das elektronische Gedudel fand ein jähes Ende. Cadwells Stimme drang aus dem Hörer.

»Darwin?«

»Guten Abend, Martin.« Der Chef bestand darauf, von allen Mitarbeitern mit Vornamen angeredet zu werden.

»Wie kommen Sie voran, mein Junge?« Cadwell war im Frühjahr sechzig geworden und gefiel sich in der Rolle des väterlichen Freunds.

»Alles Routine bis jetzt. Morgen früh werde ich noch ein

Interview mit Professor Stangerl führen und ein paar Mitarbeiter des Museums befragen. Die meisten Dokumente habe ich bereits hier bei mir. Bis jetzt konnte ich keine Unregelmäßigkeiten entdecken.«

»Wenn ein bei uns versichertes Bild gestohlen wird, dann *ist* das eine Unregelmäßigkeit, Darwin.«

»Selbstverständlich, Sir. Darf ich Sie etwas fragen, Sir?« Im Gespräch mit hohen Vorgesetzten fiel Darwin oft unbewusst in den militärischen Ton zurück.

»Nur zu, mein Junge.«

»Seit wann kümmert sich der Oberbefehlshaber um die Stiefel seiner Rekruten?«

»Erstens«, antwortete Cadwell geduldig, »sind Sie bei der RMP kein einfacher Soldat, sondern Kommandeur gewesen, und zweitens interessiere ich mich immer für Angelegenheiten, die für den Erfolg unseres Unternehmens von essenzieller Bedeutung sind. Die Börse hat schon reagiert, nachdem ArtCare an drei aufeinander folgenden Wochenenden mit Millionenforderungen ihrer Versicherungsnehmer konfrontiert wurde. Mich *darum* zu kümmern ist mein Geschäft, Darwin. Deshalb will ich in dieser unangenehmen Sache ab sofort auf dem Laufenden gehalten werden, und zwar von Ihnen persönlich. Wenn es irgendetwas gibt, das ich für Sie tun kann, dann zögern Sie nicht, es mich wissen zu lassen. Haben wir uns verstanden?«

»Ja, Sir!«

»Gut. Ich rufe Sie an, damit Sie Ihre Prioritäten neu setzen können. Es gibt hier etwas zu tun, das dringender ist als Wien.«

»Doch nicht etwa ein neuer Raub?«

»Nein. Ich hoffe auch, es wird keinen weiteren geben. Wie schnell können Sie wieder in London sein?«

»Ich bin auf die Maschine morgen Abend gebucht. Geht kurz nach sieben und müsste so gegen halb neun in Heathrow landen.

»Früher geht nichts?«

»Wie gesagt, die Interviews im Museum …«

»Die vergessen Sie jetzt mal. Ich schicke einen Kollegen, der sich meinetwegen die ganze Woche mit Ihrem Professor unterhalten kann. Aber *Sie* brauche ich jetzt hier. Reena wird für Sie den frühestmöglichen Rückflug buchen und Ihnen noch einmal über Ihr Handy Bescheid geben.«

»Sir?«

»Ja?«

»Sie haben mir noch nicht gesagt, warum ich so dringend nach London kommen soll.«

»Ach so, ja. Heute kam eine Eilmeldung von Interpol. Sie haben die im Louvre sichergestellten Fingerabdrücke identifiziert. Die National Crime Squad ist gerade dabei, die Frau zu verhaften. Wer weiß, vielleicht kann sie uns auch etwas über die anderen zwei Einbrüche sagen.«

»Eine Frau?«, fragte Darwin erstaunt.

»Ja. Ich weiß nicht, ob der Name Alex Daniels Ihnen etwas sagt.«

»Die Journalistin, die *Nature* zur Unperson des Jahres erklärt hat?«

»Freut mich immer, wenn meine Mitarbeiter über das Tagesgeschehen informiert sind. Ich habe mir schon vor ein paar Tagen erlaubt, den Vorgesetzten Ihres Freundes bei der NCS über die Dringlichkeit unseres Anliegens in Kenntnis zu setzen.«

»Meines …? Sie meinen Detective Superintendent Longfellow? Wir sind gute Kollegen und trinken hin und wieder ein Bierchen miteinander, aber ›Freunde‹ ist wohl nicht das richtige …«

»Spielt jetzt keine Rolle, mein Junge. Solche informellen Kontakte sind lebenswichtig. Sie haben Ihre und ich die meinen. Nachdem man mich über die Identifizierung der verdächtigen Person in Kenntnis gesetzt hatte, habe ich gleich alle Hebel in Gang gesetzt. Um es kurz zu machen: Morgen Früh haben Sie eine Besuchserlaubnis für Daniels auf dem Schreibtisch liegen. Kommen Sie nach Hause, Darwin, und quetschen Sie die Dame wie eine Zitrone aus.«

Kapitel 3

»Konformismus: die kollektive Weisheit individuellen Unwissens.«

Thomas Carlyle

LONDON (ENGLAND),
Dienstag, 25. September, 23.35 Uhr

Glücklich sind die Unwissenden, die nie eines Kapitalverbrechens verdächtigt worden sind, dachte Alex, während sie die Strecke von Oxford nach London in einem Kleinbus mit vergitterten Fenstern zurücklegte. Die Polizei der Universitätsstadt hatte Detective Superintendent Longfellow das Fahrzeug samt Wachpersonal zur Verfügung gestellt. Der Kriminalbeamte saß hinter den beiden Uniformierten und träumte vor sich hin. Er hatte einige Male vergeblich versucht, Alex in ein Gespräch zu verwickeln. Als der Wagen den Londoner Stadtteil Holloway erreichte, war sie es, die das Schweigen brach.

»Ich bin nie erkennungsdienstlich behandelt worden.«

Longfellow wandte sich langsam zu ihr um. In seinem schwarzen Gesicht konnte Alex nicht viel mehr als Augen und Zähne ausmachen. Er grinste. »Hat Ihnen scheinbar nichts genützt.«

»Wer steckt hinter dieser Farce, Superintendent?«

»Ihre Fingerabdrücke wurden vom Interpol-Computer ausgespuckt.«

»Und wie sind die da hineingekommen?«

»Das müssten Sie doch am besten wissen.«

»Mein polizeiliches Führungszeugnis ist einwandfrei.«

»Wenn Sie in Ihrer Studienzeit auf einer Demonstration verhaftet worden und Ihnen Fingerabdrücke abgenommen worden sind, dann taucht das in keinem Führungszeugnis auf. Trotzdem bleiben Sie erfasst. Haben Sie etwa nie an einem Sit-in vor irgendeiner Behörde teilgenommen oder die Einfahrt eines Atomkraftwerkes versperrt? Das machen doch alle Studenten.«

»Vielleicht zu Ihrer Zeit. Ich war 1968 noch nicht geboren.« Alex fröstelte, obwohl auf ihren Schultern der warme Mantel lag. Ihre schnoddrige Antwort hatte nur über ihre zunehmende Panik hinwegtäuschen sollen. Sie war tatsächlich im Sommer 2003 während einer Demo verhaftet worden. Der Premierminister hatte die Mär von Massenvernichtungswaffen im Irak verbreiten lassen, um im Parlament eine Mehrheit für Großbritanniens Teilnahme am dritten Golfkrieg zu erhalten. Aber blieben alle, die Tony Blair damals öffentlich als Schwindler angeprangert hatten und zur Feststellung ihrer Identität festgenommen worden waren, lebenslänglich in Interpol-Computern gespeichert?

Longfellows Zähne blitzten im Halbdunkel des Wagens. Er machte sich wohl seinen eigenen Reim auf das Schweigen der Festgenommenen.

Der Kleinbus verlangsamte sein Tempo, bog in eine Einfahrt ab und blieb vor einer rot-weiß gestreiften Schranke stehen. Der Fahrer stieg aus und ging mit einem Formular zum Pförtnerhaus. Unbehaglich blickte Alex durch die Maschen des Fensters. Die hellroten Backsteinmauern des Holloway-Frauengefängnisses waren eine bekannte Landmarke im Norden Londons. Obwohl Alex ganz in der Nähe wohnte, hätte sie nie gedacht, den Bau einmal von innen zu sehen.

Ohne große Eile kehrte der Fahrer in den Wagen zurück. Die Schranke schwang nach oben. Ungefähr dreißig Meter dahinter lag ein braunes Tor, das sich ferngesteuert wie ein Leporello zusammenfaltete. So also sieht das Tor zur Hölle aus, dachte Alex.

Die Aufnahme in ein Krankenhaus kam ihr komplizierter vor

als das Wegschließen eines Menschen ins Gefängnis. Longfellow lieferte die vorbereiteten Papiere nebst der Verhafteten beim Diensthabenden ab. Nachdem seine Handschellen gegen anstaltseigene Exemplare ausgetauscht worden waren, nickte er ihr mit versteinerter Miene zu und verschwand.

Zwei Vollzugsbeamtinnen erschienen auf der Bühne. Beide waren kräftig gebaut. Die erste trug ein kurzärmeliges Hemd und dunkelblaue Hosen, in denen sie fast wie ein Mann aussah. Die andere – dunkelblonde, hochgesteckte Haare; abschätziger Blick – steckte in einer zu engen Uniformjacke, aus der ein wadenlanger Rock hervorschaute. Ihre unförmige Figur ließ Alex an eine Seekuh denken. Vermutlich konnte diese Frau eine störrische Gefangene allein durch ihr Körpergewicht am Boden fixieren, bis Verstärkung kam.

»Zum ersten Mal bei uns?«, fragte sie mit süffisantem Grinsen. Ihre Hände beschäftigten sich mit einem Schlagstock.

Alex antwortete nicht.

Dem Diensthabenden, einem bierbäuchigen, grau melierten Beamten in den Vierzigern, schien diese unverhohlene Drohgebärde nicht sonderlich zu gefallen, denn in strengem Ton sagte er: »Das ist Ms Alex Daniels. Untersuchungsgefangene. Morgen früh wird sie dem Haftrichter vorgeführt. Es ist schon spät. Sehen Sie zu, dass die Aufnahmeformalitäten nicht unnötig in die Länge gezogen werden, Hammersmith.«

»Wir haben schon im Radio von ihr gehört, Sir«, erwiderte die Füllige.

Alex stockte der Atem. *So schnell?* Hatte Susan etwa gleich sämtliche Rundfunksender im Land informiert? Zuzutrauen wäre es ihr. Vermutlich witterte Susan hinter der Verhaftung eine Verschwörung. Darwinisten aller Länder vereinigt euch, um die Stimme eurer ärgsten Kritikerin hinter Kerkermauern verstummen zu lassen! Dem *Daily Mirror* wäre so eine Story zuzutrauen. Je länger Alex aber über ihre Verhaftung nachdachte, desto grotesker erschien ihr dieser anfängliche Verdacht.

»Ärger mit den Medien können wir hier nicht gebrauchen«, erklärte der Diensthabende seinen beiden Untergebenen. »Ms Daniels bekommt keine Sonderbehandlung, weder in der einen noch in der anderen Weise. Haben wir uns verstanden?«

Die Beamtinnen nickten.

»Das wäre alles.«

»Na dann woll'n wir mal«, sagte Hammersmith, die Wärterin mit dem Schlagstock, und deutete mit dem Disziplinierungswerkzeug zur Tür.

Das nüchterne Ambiente des Frauengefängnisses war dazu geeignet, ein Gefühl der Trostlosigkeit heraufzubeschwören. Alex schritt zwischen ihren beiden Aufpasserinnen über grünen Linoleum hinweg, sah von Ölfarbe ocker und weiß glänzende Wände an sich vorüberziehen, hörte das hallende Klacken ihrer Pumps wie das Einschlagen von Nägeln in einem Sargdeckel. Ein Kanarienvogel hätte in einem Kohlenkeller auch nicht deplacierter sein können als sie hier, an diesem Ort, in ihrem weit ausgeschnittenen schwarzen Abendkleid mit dem langen, ausgestellten Rock.

Die Wärterin im Beinkleid schloss eine Stahltür auf, in der sich ein viereckiges Fenster aus drahtverstärktem Sicherheitsglas befand. Es war eindeutig keine Zelle. Alex sah die größere der zwei Wärterinnen fragend an.

»Erkennungsdienstliche Behandlung«, sagte die.

»Aber Sie haben meine Fingerabdrücke doch schon.«

»Bleiben Sie ganz ruhig, Herzchen. Das ist die Standardprozedur. Da muss jede durch.« Die Beamtin benutzte wieder ihre Zeigehilfe, um ihr den Weg zu weisen.

Alex betrat einen Raum, der ebenso nüchtern war wie die Gänge draußen. Der Mantel wurde von ihren Schultern gezogen und auf den Tisch geworfen. Sie musste sich auf einen kalten Plastikstuhl setzen.

Was folgte, war eine entwürdigende Behandlung, die in einem Fiasko enden sollte. Zunächst wurden von jedem Finger

Abdrücke genommen. Im Anschluss gab man ihr ein trockenes Papiertuch, um die Tinte wieder abzuwischen, was aber nicht gelang.

Nun war es Zeit für die obligatorischen Fotos. Alex wurde vor eine weiße Wand mit aufgemaltem Größenmaßstab platziert. Es stand ihr frei, zu lächeln, aber ihr war zum Heulen zumute. Selbst wenn sie es gewollt hätte, wäre ein Blick in den Spiegel, ein flüchtiges Ordnen des Haares nicht möglich gewesen. Jetzt wusste sie, warum es auf den sprichwörtlichen »Verbrecherfotos« keine fotogenen Menschen gab. Noch vom Blitz geblendet, ließ sie sich wieder auf den Stuhl sinken. Vor ihr wurde ein Pappkarton auf den Tisch gestellt.

»Legen Sie da Ihre persönlichen Habseligkeiten rein«, befahl die Schlagstockschwingerin.

Alex sah sie entgeistert an.

»Nun machen Sie schon! Das Handtäschchen, die Uhr, den Schmuck – alles da rein. Die Tampons können Sie weglassen. Darum kümmern wir uns gleich anschließend.« Die Unförmige grinste.

Wie in Zeitlupe nahm Alex ihren Schmuck ab. In ihr stieg eine Ahnung auf, die sie fast lähmte. Wie hatte die Wärterin das mit den Tampons gemeint?

»Brav«, lobte Hammersmith.

Alex bemerkte, wie die kleinere der beiden Aufpasserinnen ihre Kollegin mit dem Ellbogen anstieß. Das Flüstern der zwei war nicht wirklich leise.

»Hast du ihre Augen gesehen?«

»Bin ja nicht blind.«

Hammersmith konzentrierte sich wieder auf ihre Arbeit, soll heißen, auf ihre Gefangene. »Und jetzt ziehen wir uns schön aus.«

Alex traute ihren Ohren nicht. Sie meinte zu spüren, wie sich ihr Puls beschleunigte. »Wozu denn das?«

»Leibesvisite.«

»Außer den Kleidern, die ich auf dem Leibe trage, liegt alles in dem Karton.«

»Ich glaube Ihnen ja, Herzchen, aber so ist leider die Vorschrift. Sie würden staunen, was unsere Gäste schon alles in ihren Körperöffnungen ›vergessen‹ haben, bevor wir ihrem Gedächtnis auf die Sprünge halfen: Springmesser, Kondome voller Drogen ...«

»Und Tampons«, fügte die Kleinere hinzu.

Alex bewegte sich nicht. Sie fühlte sich dazu außerstande. Ihr Herz pochte wie wild in der Brust. Zu oft hatte sie solche Situationen erdulden, hatte sich für andere zur Schau stellen müssen.

»Jetzt machen Sie kein Theater, Herzchen«, sagte wieder die Große. Ihre Stimme klang kalt.

»Ich *will* mich nicht vor Ihnen ausziehen«, beharrte die Gefangene. Ihr Gesicht war kreidebleich.

»Wenn Sie sich weigern, dann müssen wir nachhelfen.«

»Ich habe nichts getan. Wollen Sie eine Unschuldige zusammenschlagen?«

»In Holloway sind *alle* unschuldig, Herzchen. Und jetzt fangen Sie an. Die Anweisung des Diensthabenden war doch klar und deutlich. Wir sollen uns sputen; Ms Daniels braucht ihren Schönheitsschlaf.«

Die kalte Nüchternheit des Raumes erschien Alex mit einem Mal schrecklich vertraut. Die Zimmer der Kliniken, in denen man sie als Kind und später als Jugendliche untersucht hatte, sahen ähnlich aus. Sie presste ihre Handflächen gegen die Oberschenkel, um die Feuchtigkeit vom Stoff des Kleides aufnehmen zu lassen. Das Gefühl, in einem Albtraum gefangen zu sein, wurde übermächtig. Erst langsam, dann zunehmend schneller schüttelte sie den Kopf. »Nein. Ich will meinen Anwalt sprechen.«

Hammersmith grinste. »Eins nach dem anderen, Herzchen. Erst fallen die Hüllen.«

»Dazu können Sie mich nicht zwingen.«

»Was glauben Sie, wo wir hier sind? Natürlich kann ich das.

Und jetzt *runter* mit dem Fummel!« Die Wärterin unterstrich ihren Befehl, indem sie den Schlagstock in die linke Handfläche klatschen ließ.

Das Geräusch löste eine heftige Reaktion aus. Alex sprang vom Stuhl auf. Sie wollte nur hinaus aus diesem Schlachthaus der Gefühle. Aber ehe sie die Tür erreichen konnte, hatten die beiden Wachfrauen sie schon gepackt.

Alex gebärdete sich wie eine Wahnsinnige. Sie schrie und zappelte und wand sich immer wieder aus dem Griff ihrer Kontrahentinnen heraus.

»Mein Gott, die ist stark wie ein Kerl!«, keuchte Hammersmith. Sie klang beinahe euphorisch, als habe sie eine solche Herausforderung seit langem vermisst. Wie die Backen eines Schraubstockes schlangen sich ihre Arme um den Körper der Tobenden.

Wegen der Handschellen konnte Alex sich nicht so frei bewegen, wie es nötig gewesen wäre, um den beiden Wärterinnen zu entkommen. Natürlich war ein solches Unterfangen von vornherein zum Scheitern verurteilt, denn spätestens bei der nächsten Sicherheitspforte hätte die Verfolgungsjagd ein jähes Ende gefunden. Alex spürte einen stechenden Schmerz in der Nierengegend. Eine der Gegnerinnen musste ihr das stumpfe Ende des Schlagstockes in die Seite gerammt haben. Sie gab ihren Widerstand auf.

»Noch einmal so ein Ausfall, und ich ziehe dir meinen Prügel über den Schädel«, keuchte Hammersmith. Auch die zwei Wärterinnen waren ins Schwitzen gekommen.

»Habe ja schon eine Menge erlebt, aber so was …!« Die Burschikose schüttelte fassungslos den Kopf. »Sie ist so schlank, Thelma. Fast zierlich. Und trotzdem hätte sie uns beide fast umgerissen.«

»Mich legt so schnell keine aufs Kreuz«, widersprach Hammersmith. Sie wandte sich wieder ihrer Gefangenen zu. Fast beschwörend sagte sie: »Lassen Sie sich den Nierenschlag eine

Warnung sein, Herzchen. Am Ende sind wir sowieso immer die Stärkeren. Und jetzt ziehen Sie sich aus.«

Der Verstand sagte Alex, dass die Unförmige Recht hatte, aber ihr Gefühl sträubte sich immer noch gegen das Unvermeidliche. Ihr Atem ging schnell und stoßweise. Ohne die beiden Wächterinnen aus den Augen zu lassen, ging sie rückwärts, bis sie gegen die Wand stieß.

Die Kälte des abwaschbaren Anstrichs tat ihrem glühenden Körper gut. Ihre Hand suchte auf dem Rücken nach dem Reißverschluss, fand und öffnete ihn. Sie streifte die dünnen Träger des Abendkleides über die Schultern und ließ es zu Boden fallen.

Hammersmith verzog keine Miene, ihre kleinere Kollegin schmunzelte genüsslich.

Alex schloss die Augen. Aber dadurch wurde der Albtraum nur noch schlimmer. Sie sah sich selbst als Vierzehnjährige. Die Adoptiveltern waren ins Theater gegangen. Sie hatte sich splitternackt vor den Garderobenspiegel der Mutter aufgebaut, um ihre Genitalien einer gründlichen Prüfung zu unterziehen. Es war ein aufregendes Erlebnis! Aber dann änderte sich alles. Die Besuche in der Universitätsklinik wurden zu einer regelmäßigen Einrichtung. Ärzte steckten ihre Finger in ihre Vagina, Studenten schossen Erinnerungsfotos von dem verängstigten, gänzlich entblößten Studienobjekt. Vor einer Messlatte.

Irgendwann – an den genauen Zeitpunkt konnte sie sich nicht mehr erinnern – hatte sie die Entdeckungsreisen ins eigene Ich aufgegeben. Den Blick in den Spiegel gestattete sie sich von da an normalerweise nur noch während der Morgentoilette, und auch nur dann, wenn sie dabei nicht mehr als ein lebendiges Porträtfoto zu sehen bekam. Mit welchem Recht verlangten Hammersmith und ihre burschikose Kollegen mehr, als sie sich selbst zugestand?

Während ihr Atem immer schneller ging, kämpfte sie gegen das Empfinden an, sich aus dem eigenen Körper zu lösen. Sie stand neben den beiden geilen Wärterinnen und sah dieses keuchende, jämmerliche Geschöpf an der Wand. Sein schlanker Körper war fast knabenhaft, die helle Haut so rein wie ein Pfirsich, und die Brüste konnten in jeder Hinsicht auf Stützen verzichten; ihre Größe war von der Art, die Schönheitschirurgen zu reichen Männern machte. Abgesehen von den Schuhen, die jetzt unter dem zusammengefallenen Kleid verborgen waren, trug das Mädchen nur noch ihre Boxershorts aus champagnerfarbener Seide.

»Haben wir nicht noch etwas vergessen?«, fragte die Unförmige spöttisch.

»Bitte!«, bettelte Alex. Schamhaft bedeckte sie ihre Brüste mit den Unterarmen. In ihren Ohren rauschte ein Wildbach. Wäre die Wand nicht da, hätte der Schwindel sie längst umgeworfen.

»Nur keine Prüderie, Herzchen. Wir sind solche Anblicke gewohnt.«

Alex drehte sich mit dem Bauch zur Wand, streifte den Bund der Shorts so weit über die Hüften, bis das seidige Höschen ihre langen Beine hinabrutschte und in dem gebauschten Abendkleid verschwand. Wie damals das verängstige kleine Mädchen an seine Mutter, drückte sie sich an die Mauer. Handflächen, Brüste, Unterleib und Schenkel sogen die Kälte aus dem Gestein.

»Und jetzt umdrehen«, befahl Hammersmith.

Die Gefangene presste sich nur noch fester an die Wand. Ihre Finger kribbelten, im Mund fühlte sich alles taub an. Hinter sich hörte sie einmal mehr das Klatschen des Schlagstockes in der hohlen Hand.

»Wie's aussieht, Thelma, müssen wir doch nachhelfen«, sagte die Unförmige.

Alex keuchte wie ein Sprinter nach dem Zieleinlauf. Krämpfe durchliefen ihre Arme und Beine. Sie hörte, wie ein Stuhl über den Boden schabte. *Keine Gewalt mehr!* Der Gedanke half ihr dabei, sich umzudrehen. Schwer atmend stützte sie sich mit dem Rücken an die Wand und erwartete mit geschlossenen Augen irgendeine Reaktion. Aber nicht einmal der Hieb mit dem Schlagstock kam. Schließlich hob sie die flimmernden Lider.

Die Augen der beiden Wärterinnen waren weit aufgerissen, die Unterkiefer hingen schlaff herab. Wie angewurzelt standen sie da und glotzten die Gefangene an. Zuerst gewann die Große ihre Fassung zurück. Ein Ruck ging durch ihren unförmigen Leib, sie zog ein Funkgerät unter der Jacke hervor und drückte die Sprechtaste.

»Hier Hammersmith. Sir, wir haben ein Problem …«

Mehr bekam Alex nicht mit, denn in diesem Moment verlor sie die Besinnung.

Als Alex die Augen öffnete, wurde sie von grellem Licht geblendet. Es dauerte eine Weile, bis ihre Benommenheit sich einigermaßen verflüchtigt hatte und sie ihre Umgebung wieder deutlich wahrnehmen konnte. Sie lag – ohne Handschellen! – auf einer gepolsterten Unterlage, ihre Finger ertasteten kühles, glattes Kunstleder. Man hatte eine Wolldecke über ihre Blöße gebreitet. Von ihren Kleidern fehlte jede Spur. Dafür entdeckte sie beim Umherblicken zwei Stühle, auf denen Hammersmith und ihre Kollegin Wache hielten.

»Wenn du dich nicht rührst, tun wir dir nichts«, sagte die Unförmige.

Alex zog die Decke bis unters Kinn und starrte zu den Neonröhren, die an der Decke vor sich hin brummten.

Nach fünfzehn oder zwanzig Minuten traf ein übermüdeter, schlecht gelaunter Arzt ein.

»Ich will nicht mehr untersucht werden«, wehrte sich Alex schwach, als der Mediziner genau diese Absicht kundgetan hatte.

»Was meint sie mit ›nicht mehr‹?«, fragte er in Richtung der Wärterinnen.

Beide zuckten die Achseln.

Der Arzt beugte sich über die Gefangene und stellte sich als Dr. Chestnut vor. Dann zog er ohne Vorwarnung die Decke von ihrem Leib. »Wollen doch mal sehen, was wir da haben.«

Alex versuchte einmal mehr mit Händen und Armen ihre Brüste und Genitalien zu bedecken. »Bitte lassen Sie mich«, bettelte sie.

»Jeder Neuzugang in Holloway muss untersucht werden«, beharrte Chestnut.

»Wozu? Ich bin doch gesund.«

»Das haben schon viele behauptet und sich nachher in ihrer Zelle erhängt. Mir wurde gesagt, dass Sie möglicherweise psychisch labil sein könnten, Ms Daniels. Ich muss feststellen, ob Sie eine Rund-um-die-Uhr-Überwachung benötigen.«

»Das liegt doch wohl auf der Hand, Doktor«, grunzte Hammersmith.

Der Arzt blickte über die Schulter zu der Unförmigen hin und erwiderte kühl: »Hier bin immer noch *ich* der Anstaltsarzt, Thelma. Wenn diese Sache schon nicht bis morgen Früh Zeit hat, dann lassen Sie mich jetzt wenigstens meine Arbeit tun.«

Hammersmith schwieg.

Der Arzt deutete über den Kopf seiner Patientin hinweg. »Bitte nehmen Sie dort Platz.«

Alex eroberte sich die Decke zurück, drückte sie schamhaft an den Körper, richtete sich zum Sitzen auf und blickte in die vom Doktor bezeigte Richtung. Was sie sah, versetzte ihr einen Schock. Sie hatte sich einmal geschworen, ihre Unterschenkel nie wieder auf die Beinauflagen zu packen.

»Das ist ein Gynäkologenstuhl, Doktor.«

»Vielen Dank für die Aufklärung. Würden Sie sich bitte darauf setzen?«

»Inwiefern hilft der Stuhl Ihnen dabei festzustellen, ob ich suizidgefährdet bin?«

»Das überlassen Sie bitte mir.«

»Nein.« Alex merkte, wie ihr Herz erneut zu rasen begann.

»Wie bitte?« Der Arzt war überrascht.

»Ich werde *nicht* auf diesen Folterstuhl steigen, damit Sie Ihren Finger in meine Vagina stechen, mich begrabschen und

Ihre perverse Neugierde an mir befriedigen können. Wenn Sie mich dazu zwingen, wird mein Anwalt Sie verklagen.«

»Aber ich muss doch sehr bitten!«, empörte sich der Doktor. »*Sie* sind es, die gerade die Justiz zu fürchten hat. Sollten Sie auch nur den Versuch unternehmen, mich zu verunglimpfen, dann kriege ich Sie wegen Rufschädigung dran, und Sie zahlen, bis Sie schwarz werden.«

Alex kannte sich im echten Leben mittlerweile gut genug aus, um die Worte des Arztes nicht als leere Drohung abzutun. Bei einem gerichtlichen Kräftemessen würde sie gegen Chestnut in Bausch und Bogen verlieren. Und trotzdem war sie nicht mehr das kleine, wehrlose Mädchen, das alles mit sich gefallen ließ.

»Nein«, sagte sie mit fester Stimme und noch einmal: »Nein, Doktor. Ich werde mich mit Leibeskräften gegen diesen Übergriff wehren. Sie haben kein Recht, eine solche Untersuchung zu erzwingen. Sie müssen mich schon krankenhausreif schlagen, um mich auf diesen Stuhl zu bringen. Ob das dann noch dem Grundsatz der Verhältnismäßigkeit entspricht, dem selbst Ärzte wie Sie verpflichtet sind? Ich denke, das können Sie ganz gut selbst beurteilen.«

Der Mediziner funkelte sie erbost an. Unvermittelt wandte er sich den beiden Wärterinnen zu und sagte: »Lassen Sie den Häftling Daniels sich anziehen und bringen Sie ihn in seine Zelle. Er ist suizidgefährdet und hat unter ständiger Beobachtung zu stehen.«

Hammersmith grinste. »Na, dann werden wir Ihnen mal eine nette Zellengenossin aussuchen, Herzchen. Ich glaube, ich weiß schon …«

»Sind Sie nicht bei Trost?«, fiel der Anstaltsarzt der Wärterin zornig ins Wort. »Sie werden diese Person zu niemandem sperren. Sie bekommt eine Einzelzelle. Möglichst weit weg von den anderen. Und dass Sie mir Stillschweigen über die Sache bewahren, hören Sie? Sollte morgen oder irgendwann in Holloway darüber gesprochen werden, dann sorge ich persönlich dafür, dass

Sie beide ein Disziplinarverfahren an den Hals bekommen. Habe ich mich verständlich ausgedrückt?«

Die beiden Wärterinnen nickten.

Tränen rannen wie Sturzbäche über ihre Wangen. Sie hatte jedes Gefühl für die Zeit verloren. Die Registrierung in Holloway war für Alex nur ein weiterer in einer langen Reihe von Missbräuchen gewesen. Dennoch hätte wohl kaum ein Richter der Welt die Untaten geahndet. Ärzte und staatliche Ordnungskräfte waren immer im Recht – solange sie sich an ihre Vorschriften hielten.

Wenigstens hatte sie die Untersuchung im Gynäkologenstuhl abwenden können. Sie hasste es, wenn Ärzte an ihr herumfingerten; selbst bei vierzig Grad Fieber hätte sie keinen an sich herangelassen. Schon ein Krankenbesuch in einem Hospital konnte sie in die Ohnmacht treiben. Es war eine richtige Phobie. Ihre Gedanken drifteten in die Vergangenheit ab.

Als Heranwachsende hatte Alex irgendwann damit begonnen, sich hinter einer Maske der Unnahbarkeit zu verstecken, hatte auf das Unrecht des Lebens mit Härte gegen sich und ihre Kontrahenten reagiert. Sie entwickelte großes Geschick darin, andere zu verunsichern. Das half ihr, die eigenen Selbstzweifel zu betäuben. Gewissensbisse empfand sie keine, wenn sie mit spitzer Feder gegen Zyniker anschrieb, die sich Wissenschaftler nannten und in Wirklichkeit Priester der Lehre des Naturalismus waren, dieser Philosophie, nach der sich die Natur mit allem darin aus sich selbst erklärte.

Obwohl die Jünger des Naturalismus jegliche Religion als Hirngespinst ablehnten, eiferte so mancher von ihnen mit religiösem Wahn für seine Weltanschauung. Der Literaturnobelpreisträger Bertrand Russell vertrat sogar die Ansicht: »Alles erreichbare Wissen muss durch wissenschaftliche Methoden erlangt werden; und was die Wissenschaft nicht entdecken kann, kann die Menschheit nicht wissen.« Alex bemitleidete Menschen, die blind für die immaterielle Komponente des Universums waren und die ethische wie auch moralische Werte im Kosmos der zufällig wirkenden Naturkräfte lediglich für eine Illusion hielten, die sagten, so etwas wie Hoffnung gebe es nicht, weil letztlich nur der Stärkste siegen werde. Der am besten Angepasste, korrigierte sie sich. Mit der Sprache konnten die Darwinisten täuschend echte Scheinwirklichkeiten erschaffen, in denen Freigeister wie eine Alex Daniels keinen Platz hatten. »Anpassung« lautete das Zauberwort, gegen das sie nicht ankam, ohne sich selbst zu zerstören. In den Augen der Jasager war sie vermutlich eine Neurotikerin, ein Monstrum, eine verblendete Emanze, die alle Männer hasste. Wenn sie wüssten …!

Sie hörte das Klappern von Schlüsseln. Schnell wischte sie sich mit dem Ärmel die Tränen aus dem Gesicht. Die Tür wurde geöffnet. Eine Wärterin beugte sich unter den Sturz, als fürchte sie, auch nur einen Fuß in die Zelle von Alex Daniels zu setzen.

»Mittagessen!«

Mittag? Alex stutzte. Wie lange hatte sie geschlafen? Dieser hinterhältige Anstaltsarzt musste ihr ein Beruhigungsmittel in den Früchtetee getan haben. Es konnte gar nicht anders sein. Nach der »Registrierung« und dem missglückten Telefonat mit ihrem Anwalt – sie hatte nur eine Nachricht auf dem Anrufbeantworter zurücklassen können – war sie viel zu aufgeregt gewesen, um auch nur ein Auge zuzutun. Alex verspürte Ekel. Man hatte schon wieder über ihren Körper entschieden, ohne sie zu fragen. Vermutlich war Dr. Chestnut sogar überzeugt, ihr etwas Gutes zu tun.

Draußen auf dem Gang sah sie eine Art übergroßen Servierwagen aus Edelstahl. Eine Frau mit asiatischen Gesichtszügen nahm aus den Einschüben ein Tablett heraus und brachte es in die Zelle. Sie trug Bluejeans und eine Denimbluse. Eine Knastschwester.

Sie lächelte. »Hi. Ich bin Maggy.«

Alex nickte mit unbewegter Miene.

»Bist zu Unrecht eingelocht worden, was?«

»Woher weißt du …?«

Die Asiatin lachte. »Hier drin sind alle unschuldig. Noch nicht gehört?«

»Halt keine Reden, Mädchen«, schnaubte die Wärterin vor der Tür.

Maggy blickte demonstrativ zum Kameraauge, das unter der Decke hing, dann wieder in Alex' Gesicht. Leise, aber in fast beschwörendem Ton, sagte sie: »Das Essen ist gehaltvoll. Lass dir Zeit damit.«

Ehe die Wärterin eine zweite Ermahnung aussprechen konnte, drehte sie sich um und verließ die Zelle. Die Tür krachte ins Schloss. Der Schlüssel klapperte erneut. Dann war es wieder still.

Eine ganze Weile saß Alex einfach nur bewegungslos auf dem Bett und versuchte die Informationen zu verarbeiten, die sie gerade erhalten hatte. Auf ihrem Schoß lag das Tablett mit dem *Mittagessen*.

Sie sah zur Kamera hoch. Kalt und gefühllos erwiderte Big Brothers gläsernes Auge den Blick. Was hatte Maggy mit ihrem letzten Hinweis gemeint? *Das Essen ist gehaltvoll. Lass dir Zeit*. Vorsichtig lüpfte sie den Deckel, der die Speisen auf dem Teller warm halten sollte. Kartoffelbrei mit Hackfleischragout. Von Letzterem probierte sie eine Löffelspitze. In der Soße war Meerrettich. Sie schmeckte besser, als Alex es von dem sprichwörtlichen »Gefängnisfraß« erwartet hätte.

Als sie sich mit dem Tablett erhob, um dieses zu dem kleinen Tisch zu tragen, rutschte der Teller bis zum hochgewölbten Rand des Brettes. Alex durchfuhr ein Kribbeln wie ein elektrischer Schlag.

Unter dem Teller klemmte ein Zettel.

Etwa eine Botschaft von Susan? Warum sollte sie diesen riskanten Kommunikationsweg wählen, wenn sie mit ihrem Presseausweis vergleichsweise leicht eine Besuchserlaubnis erhalten konnte?

Alex setzte sich an den Tisch und verspeiste bedächtig ihr Mahl. *Das Essen ist gehaltvoll. Lass dir Zeit.* Wie konnte sie die Nachricht unauffällig lesen? Als sie das Dessert löffelte – ein undefinierbarer, künstlich schmeckender, neongelber Pudding mit der Konsistenz roher Austern –, stützte sie den Ellbogen auf den Tisch und legte ihren Kopf in die Hand. Dadurch verdeckte ihr Rücken für die Kamera das Tablett. Rasch ließ sie den Zettel im Ausschnitt ihrer Bluse verschwinden.

Nachdem sie fertig war, reckte sie sich, gähnte ausgiebig und legte sich wieder auf die Pritsche, wie jemand der ein Mittagsschläfchen halten will. Einige Minuten später markierte sie ein Zittern und schlüpfte unter ihre Decke. Wieder ließ sie ausreichend Zeit verstreichen, warf sich mal nach links, dann wieder nach rechts, legte den Unterarm über die Augen, als störe sie die Helligkeit, und zog sich schließlich die Decke übers Gesicht. Sie drehte sich auf die Seite, holte den Zettel wieder hervor und ließ ihre Haut aufleuchten. In Momenten wie diesem schätzte sie ihre ungewöhnliche Fähigkeit, die sie mit Glühwürmchen, Bakterien und einigen Tiefseefischen teilte. Im grünlichen Schimmer ihres Gesichts und der Hände konnte sie den Kassiber problemlos lesen. Die schwungvolle Handschrift wirkte irgendwie unausgewogen, beinahe trotzig. Schon nach den ersten Worten lief es Alex eiskalt den Rücken herab.

Alex,
du magst dich wundern, was mit dir geschieht, vermutlich schon viele Jahre lang. Wie oft hast du dich schon gefragt, ob du eine neue Schöpfung bist oder eine Folge ihres Missbrauchs? Und jetzt deine Verhaftung. Niemand will dir glauben, dass du den Wachmann im Louvre nicht ermordet hast, nicht wahr? Alles spricht gegen dich. Lügen können sehr überzeugend sein.

Ich kenne einen Weg, wie du deine Unschuld glaubhaft machen kannst. Vertrau mir. Niemand steht dir näher als ich. Lass uns einen Pakt schließen: Ich helfe dir, deine

Freiheit zurückzuerlangen, und du revanchierst dich dafür bei mir. Abgemacht? Übergib der Botin eine Nachricht, wenn du auf unseren Handel eingehen willst.

Theo

Sie kannte niemanden mit diesem Namen. Möglicherweise war der Brief ein makabrer Trick der Polizeipsychologen, um sie gefügig zu machen …

Irgendwie stellte diese Erklärung Alex nicht zufrieden.

Natürlich wollte sie so schnell wie möglich wieder auf freien Fuß kommen. Aber der Kassiber kam ihr mehr als dubios vor. In ihr sträubte sich alles gegen das Angebot. Dieser Theo erwartete eine Gegenleistung, sagte aber nicht, wie die aussehen sollte. Er wollte einen Blankoscheck. Niemals!

Andererseits, grübelte sie, könnte es böse mit ihr enden, wenn sie den Mordverdacht nicht entkräftete. Es gab Fingerabdrücke. Ermittler liebten Fingerabdrücke. Sie waren ein gerichtsverwertbarer Ersatz für logisches Denken.

Könnte ich, überlegte Alex weiter, *nicht einfach so tun, als würde ich auf das Angebot eingehen …?*

Kapitel 4

»Wer zu schweigen versteht, weiß auch zur rechten Zeit zu sprechen.«

Niccolò Tommasèo

LONDON (ENGLAND),
Mittwoch, 26. September, 17.20 Uhr

Londons Rushhour war tödlich. Die sicherste Methode, sich ein oder zwei Stunden nicht vom Fleck zu bewegen, bestand darin, sich in ein Auto zu setzen und dieses geradewegs in den Feierabendverkehr zu lenken. Darwin hatte das einzig Vernünftige getan. Er fuhr mit der Tube, der Untergrundbahn.

Die fünf Stationen von Bank in Richtung Norden nutzte er, um das Studium von Alex Daniels' Akte fortzusetzen. Die vier Mitarbeiter seiner Abteilung hatten in der letzten Nacht und am Vormittag ihr Bestes getan, um den Bericht der National Crime Squad und ergänzende Informationen aus dem Internet zu einem aussagefähigen Dossier zusammenzustellen. Ein Telefonat mit Darwins Verbindungsmann bei der NCS warf dann aber mehr Fragen auf, als es Antworten gab.

Mortimer Longfellow hatte, nach eindringlichem Hinweis auf die Geheimhaltungspflicht, von »neuen daktyloskopischen Erkenntnissen im Hermaphroditen-Fall« berichtet: Die im Louvre sichergestellten Fingerabdrücke hätten unerwartet einige unbequeme Fragen aufgeworfen. Nichts, was Ms Daniels wirklich entlaste. Möglicherweise nur ein Datenerfassungsfehler. Die NCS gehe der Sache im Augenblick nach. Darwin solle sich davon vorerst nicht irritieren lassen.

Genau das Gegenteil traf ein. Nachdem der Kripobeamte einige Details herausgelassen hatte, *war* Darwin verunsichert.

Longfellow hielt sich nicht lange mit der Vorrede auf, sondern erzählte in seiner typisch knappen Art von der Verhaftung am vergangenen Abend; von der *Daily-Mirror*-Furie, die ihm eine »aufmerksame Presse«, versprach; von Ms Daniels' vorzüglich gespielten Unschuldsbeteuerungen; von einem Zwischenfall bei der ID-Behandlung, über den er auch nichts Näheres wissen wollte; davon, dass man die Gefangene schließlich ruhig gestellt habe und nun der ganze Zeitplan ein wenig durcheinander geraten sei: nach dem Mittagessen Gespräch mit dem Anwalt, anschließend die Vorführung beim Haftrichter, dann eine nette Unterhaltung mit der Nationalen Kriminalpolizei. Erst danach, so gegen halb sechs, könne ArtCare die Verdächtige haben.

Der Versicherungsdetektiv war mit den feinfühligen Verhörmethoden Longfellows bestens vertraut. Die beiden kannten sich seit Darwins Zeit bei der Militärpolizei, als sie in einem Fall schweren Kunstraubes Hand in Hand zusammengearbeitet hatten. In den Wirren des letzten Golfkrieges waren aus dem Irakischen Museum Jahrtausende alte Artefakte entwendet worden. Darwin und Longfellow hatten dem irakischen Volk und damit der gesamten Menschheit einige der Kulturschätze zurückgeben können, als sie vier Angehörige der Royal Army dabei erwischten, wie sie die Objekte in Militärmaschinen nach Großbritannien schmuggelten. Auch wenn aus dem gemeinsamen Erfolgserlebnis nicht die große Männerfreundschaft geschmiedet worden war, schätzten und achteten die zwei Ermittler sich gegenseitig.

Nachdem Darwin am Bahnhof King's Cross in die Piccadilly Line umgestiegen war, las er den vom *Oxford Chronicle* am Morgen online gestellten Artikel.

PREISTRÄGERIN UNTER MORDVERDACHT

Oxford – (jr) Die Society of Critical Scientists verlieh gestern Abend den Intelligent Design Encouragement Award 2007 (IDEA) an die Londoner Publizistin Alex Daniels (25). Die Auszeichnung wird alljährlich für herausragende publizistische Arbeiten im Bereich der »Schöpfungswissenschaften« vergeben. Im Anschluss an den Festakt stürmte ein Einsatzkommando der National Crime Squad die ehrwürdigen Räume des Lady Margaret Hall College und verhaftete die Preisträgerin. Noch in der Nacht wurde Daniels ins Londoner Frauengefängnis Holloway verbracht und soll heute dem Haftrichter vorgeführt werden. Die Anklage: Mittäterschaft bei dem spektakulären Museumseinbruch im Pariser Louvre am 9. September, in dessen Verlauf eine Bombe zwei Menschen tötete und eine antike Statue zerstörte.

In den letzten vier Jahren hat sich Alex Daniels zur intellektuellen Speerspitze der britischen Kreationisten gemausert. In der Szene wird sie für ihre Spitzzüngigkeit gefeiert, bei den ernst zu nehmenden Naturwissenschaftlern gilt sie dagegen als Enfant terrible. Kreationisten sehen in den Erkenntnissen moderner Evolutionsforschung reine Augenwischerei. Sie behaupten, es gebe bei den Fossilien keine Übergangsformen, die eine fortlaufende Aufwärtsentwicklung vom Einzeller zum Menschen belegten. Die zufällige Entstehung des in der DNA gespeicherten genetischen Codes halten sie ebenfalls für unmöglich. Außerdem müsse die gestalterische Kraft der natürlichen Zuchtwahl ohnehin scheitern, wenn sie auf »nicht reduzierbare Komplexität« treffe. Diese finde man zahlreich in vernetzten Strukturen wie Körperorganen, deren einzelne Teile, Funktionen und Gene erst aus dem Zusammenspiel zahlreicher Komponenten einen biologischen Wert ergäben. Hinter solchen und anderen pseudowissenschaftlichen Argumenten verbergen die Kreationisten ihre alttestamentlichen Glaubenssätze: Die Erde wurde von Gott vor 10 000 Jahren erschaffen, und er brauchte dazu nur sechs 24-Stunden-Tage.

In den USA zweifelt die Hälfte der Bevölkerung daran, dass der Mensch vom Affen abstammt. Deshalb treten die Kreationisten dort auch mit mehr Dreistigkeit auf als hierzulande. Immer wieder versuchen sie sogar, die Evolutionslehre aus dem Schulunterricht zu verbannen oder zumindest eine Gleichstellung mit der »Schöpfungswissenschaft« durchzusetzen. Bisher ohne größeren Erfolg. Im 21. Jahrhundert wirkt ein solcher Dogmatismus befremdend, gestand Papst Pius XII. doch schon 1950 in der Enzyklika »Humanae Generis« jedem Christen zu, jede wissenschaftliche Lehre für wahr zu halten. Nur die Unsterblichkeit der Seele dürfe nicht in Frage gestellt werden. Papst Johannes Paul II. bekräftigte 1985 diesen kirchlichen Standpunkt, und 1996 sagte er von der Abstammungslehre, sie sei »mehr als eine Hypothese«.

Den Kreationisten ist eine solche Haltung zu liberal. Ihr Hauptziel besteht darin, in den angeblichen Schwächen der Evolutionstheorie herumzustochern, um diese unglaubwürdig zu machen. Die Forschungsergebnisse Tausender Naturwissenschaftler halten sie für unbewiesen, verteidigen aber zugleich den Glauben an eine Hölle und die Vorherbestimmung des einzelnen Menschen zur Seligkeit oder Verdammnis durch Gottes Gnadenwahl.

Eigentlich ist die am Dienstag in Oxford verhaftete Publizistin eine intelligente Frau. Sie hat am Londoner Goldsmiths studiert, besitzt einen BA in Anthropologie und Kommunikation sowie einen MA in Journalismus. In der Szene gilt sie als publikumsscheu. Bezeichnend ist allerdings, dass sie ihre wenigen öffentlichen Auftritte einer Vorliebe der Kreationisten widmet: öffentliche Debatten mit prominenten Wissenschaftlern – ein schlechtes Forum, um die Komplexität von Themen wie etwa der Evolutionsbiologie zu vermitteln, doch vortrefflich dazu geeignet, einem nicht-wissenschaftlichen Publikum simplifizierende »Wahrheiten« einzuflüstern.

Was motiviert in unserer fortgeschrittenen Zeit eine junge

Frau mit akademischer Bildung dazu, das wissenschaftliche Allgemeingut zu verneinen und sogar Nobelpreisträger des Irrtums zu bezichtigen? Die Psychologen müssen sich nun mit der Frage beschäftigen, ob Daniels' Querulantentum außer Kontrolle geraten ist. Für jemanden, der jenseits der Gesellschaft steht, ist es nur ein kleiner Schritt in die Kriminalität. Sollte Daniels vor Gericht schuldig gesprochen werden, wäre das für die Kreationisten zweifellos ein herber Schlag.

Erschrocken sprang Darwin von seinem Sitzplatz auf. Fast hätte er über seiner Lektüre das Aussteigen vergessen. An der Caledonian Road Station kehrte er unter den freien Himmel zurück. Der Verkehrslärm unterschied sich nur unwesentlich von dem in der City. Die Sonne war bereits untergegangen. In der Dämmerung kämpften unzählige Scheinwerfer gegen das Zwielicht an. Darwin stieg in den nächstbesten Bus. Alle fuhren nach Holloway.

Der Artikel aus dem *Oxford Chronicle* war aufschlussreich gewesen. Einerseits bestätigte er seinen alten Vorbehalt gegen die unter ständigem Zeitdruck arbeitende und daher oft ungenaue Tagespresse. Von Mortimer wusste er, dass es keine Erstürmung der Talbot Hall durch ein Einsatzkommando der National Crime Squad gegeben hatte. Hoffentlich stimmte wenigstens der übrige Bericht. Er war schon gespannt auf diese intelligente, publikumsscheue Frau.

Einige Minuten später stieg er vor dem Frauengefängnis aus dem Bus. Er wurde bereits erwartet. Martin Cadwell hatte Wort gehalten. Die vorbereiteten Papiere wirkten wie ein Generalschlüssel. Zudem hatte der ermittelnde Beamte der NCS seinen Nachfolger im Staffellauf der Verhöre schon angekündigt. Darwin war dann aber doch etwas überrascht, als der Diensthabende die Abwesenheit von Daniels' Anwalt erwähnte. Er habe die Haftanstalt kurz nach Longfellow verlassen. Ein taktischer Schachzug? Daniels konnte auf ihren Rechtsbeistand während der Befragung bestehen.

»Machen Sie sich keine Sorgen«, erklärte der Aufseher und drückte dem Besucher einen geschlossenen Briefumschlag in die Hand. »Soll ich Ihnen von Detective Superintendent Longfellow geben.« Anschließend reichte er Darwin an eine mollige dunkelhäutige Wärterin weiter, die nicht aussah, als könne sie Spaß verstehen. Auf ihrem Namensschild stand der Name Betty Turner.

Durch klinisch reine Gänge und mehrere Sicherheitsschranken wurde er in ein Besuchszimmer geführt, das üblicherweise von Rechtsanwälten und ihren Mandantinnen benutzt wurde. Er zog seinen Regenmantel aus und hängte ihn an den Aluminiumkleiderständer, der neben der Tür stand. Anschließend nahm er auf einem ungepolsterten Plastikstuhl Platz, legte seine Aktenmappe auf die Tischplatte aus grauem Kunststoff und entnahm ihr das Dossier. Die Wärterin beschied ihm zu warten. Es dauere nicht lang. Dann ließ sie ihn allein.

Männergefängnisse hatte Darwin schon zuhauf besucht, aber noch nie einen Frauenknast. Er ertappte sich dabei, wie er den Sitz seiner Krawatte kontrollierte. Kleiderkonventionen waren ihm ein Graus. Am liebsten trug er legere, sportliche Kleidung. Im Dienst erfüllte er aber die Minimalanforderungen des im Mitarbeiterhandbuch von ArtCare festgeschriebenen Dresscode: Kulturstrick, Sakko und Baumwollhosen. Den Designeranzug zog er nur an, wenn er sich mit frisch bestohlenen Museumsdirektoren oder anderen VIPs auseinander setzen musste.

Er holte ein kleines digitales Sprachaufzeichnungsgerät aus der Brusttasche, drückte den Aufnahmeknopf und ließ es wieder in der Jacke verschwinden. Anschließend öffnete er den Umschlag, um Mortimers Nachricht zu lesen. Auf dem Zettel standen nur drei Worte:

Sie leugnet alles.

Schon nach kurzer Zeit öffnete sich die Tür des Besucherzimmers, und eine junge Frau in Handschellen wurde hereingeführt.

In natura sah sie besser aus als auf dem Foto, das der *Oxford Chronicle* auf seiner Website veröffentlicht hatte. Das war schon bemerkenswert, denn Alex Daniels war ungeschminkt und machte einen eher verstörten Eindruck. Seinem Blick begegnete sie mit versteinerter Miene.

Einen Atemzug lang starrte er sie verwirrt an. *Ihre Augen! Kann ein Mensch eine violette Iris haben?* Er rief sich das Dossier in Erinnerung. Darin hatte viel über die Journalistin gestanden, aber dieses wohl einmalige Merkmal war ungenannt geblieben. Vielleicht trug sie besonders ausgefallene Kontaktlinsen? Ein unbestimmtes Gefühl sagte ihm, dass die Farbe echt war, eine Laune der Natur.

Sein detektivischer Spürsinn empfing aber noch andere Signale: Diese Frau verbarg etwas. Er suchte nach rationalen Gründen für seine Empfindung. Lag es an ihren Augen? Oder an ihrer Körperhaltung? Obwohl jede Verhaftung für die Betroffenen eine Demütigung war, hielt sie sich auf eine fast trotzige Weise aufrecht. In Darwins sauber geordnetem Kategoriensystem verkörperte Alex Daniels perfekt das Klischee der James-Bond-Schurkin: nordische Schönheit, kühl wie ein Fjord, verführerisch wie ein Polarlicht und zugleich unnahbar wie eine Eisbärenmutter. Wahrscheinlich eine Emanze, dachte er, die mit Polemik gegen die Übermacht der Männerwelt in der Forschung kämpft.

Während sie näher trat, beobachtete er ihren geschmeidigen Gang. Obwohl oder gerade weil die anstaltseigenen Jeans und die blaue Hemdbluse eher weit saßen, schätzte Darwin sie als jenen drahtigen Typ ein, der seine Grenzen immer wieder in sportlichen Herausforderungen auslotete. Marathon oder Freeclimbing, tippte er. Sie mochte annähernd fünf Fuß und neun Zoll groß sein. Die hellblonden Haare trug sie kurz, vermutlich um das lange schmale Gesicht etwas runder erscheinen zu lassen. Selten hatte er bei einer Frau einen so makellosen Teint gesehen.

»Ihre Gefangene«, sagte die Wärterin, als überreiche sie eine wiedergefundene Jacke.

»Danke«, erwiderte Darwin. »Würden Sie Ms Daniels bitte die Handschellen abnehmen?«

»Davon rate ich ab.«

»Wieso?«

»Sie hat sich gestern bei der Registrierung auffällig verhalten.«

»Was soll das heißen?«

»Darüber kann ich nichts sagen.«

Darwin wandte sich Alex zu. »Versprechen Sie mir, keine Schwierigkeiten zu machen?«

Sie antwortete nicht, sondern sah ihn nur mit ausdrucksloser Miene an.

»Ich denke, ich kann mich dreißig Sekunden lang gegen Ms Daniels wehren. Länger brauchen Sie nicht, um mir zu Hilfe zu kommen. Machen Sie die Dinger ab!«, verlangte Darwin von der Wärterin.

Während die Handschellen aufgeschlossen wurden, zog er eine Visitenkarte aus der Jackentasche und hielt sie Daniels entgegen. Sie griff danach. *Linkshänderin*, notierte er im Geist. Überraschung spiegelte sich auf ihrem Gesicht. Wenigstens irgendeine Regung, dachte er, fühlte sich aber doch veranlasst, der Reaktion auf den Grund zu gehen.

»Hat man Ihnen nicht gesagt, dass ich von ArtCare bin?«

Ihre ganze Antwort bestand in einem finsteren Blick.

»Hieß nur, da kommt noch so ein Ermittler«, sagte die Wärterin.

»Ist ja auch richtig«, antwortete Darwin, richtete das Wort jedoch direkt an die Gefangene. »Bei ArtCare waren die Kunstwerke versichert, die an den vergangenen drei Wochenenden gestohlen oder zerstört wurden.«

Wieder schwieg die junge Frau.

»Wir würden jetzt gerne unter vier Augen weiterreden«, erklärte Darwin der Vollzugsbeamtin.

Sie grinste. »Kann ja eine anregende Unterhaltung werden.

Wenn Sie fertig sind oder wenn Sie Hilfe brauchen, machen Sie sich bemerkbar. Neben der Tür ist ein Klingelknopf. Ich bin die ganze Zeit im Nebenzimmer und spitze die Ohren.«

Der Detektiv bedankte sich und wartete, bis die Wärterin den Raum verlassen hatte. Danach deutete er zum Tisch. »Bitte setzen Sie sich, Ms Daniels.«

Die Gefangene nahm Platz. Sie zupfte nervös an ihren Haaren im Nacken. Als sie Darwins Blick bemerkte, legte sie ihre Hände vor sich auf die Platte.

Er setzte sich ihr gegenüber. Gesprächsbereitschaft kann man nur auf gleicher Augenhöhe einfordern. Ihm ging es weniger darum, Daniels der Teilnahme am Einbruch im Louvre zu überführen. Selbst wenn sie alles leugnete, wie Mortimer geschrieben hatte, musste sie sich in irgendeiner Weise zu den im Pariser Museum gefundenen Spuren äußern. Er beschloss, es zunächst auf die sanfte Tour zu versuchen.

»Ich entscheide nicht über Ihr Strafmaß, Ms Daniels. Aber ich kann Ihnen helfen, es so gering wie möglich zu halten. Sind Sie an einem Handel interessiert?«

Keine Antwort.

»Die Toten im Louvre machen Sie mit einem umfassenden Geständnis natürlich nicht wieder lebendig, aber womöglich handelte es sich ja um einen Unfall. Können Sie vielleicht Licht in die Sache bringen?«

Daniels' Augen schossen violette Blitze, denen er nicht lange standhalten konnte.

Wider besseres Wissen erhob sich Darwin doch.

»Warum machen Sie es uns so schwer, Ms Daniels? Vielleicht fangen wir bei etwas ganz Einfachem an, das für meine Firma jedoch sehr wichtig ist: Wie haben Sie die Sicherheitsvorkehrungen im Louvre ausschalten können? Ich meine, nicht technisch. Wir haben ja die Apparaturen gefunden, auf denen sich Ihre Fingerabdrücke befanden. Aber wie sind Sie überhaupt so weit gekommen?«

Er ließ ihr Zeit, um die Fragen einwirken zu lassen. Aber auch das nützte nichts. Daniels sagte kein einziges Wort.

Nachdem er ungefähr zwei Minuten lang wie ein Panther um sie herumgeschlichen war, beschloss er das Tempo ein wenig zu forcieren.

»Es besteht der dringende Verdacht, dass Sie auch am Einbruch in der Tate Modern und im Kunsthistorischen Museum Wien beteiligt waren.« Das war ein Bluff. Seine Vorwürfe beruhten auf einer mehr als fadenscheinigen Theorie.

Die Gefangene veränderte die Lage ihrer Hände. Auf dem grauen Kunststoff der Tischplatte blieben feuchte Flecken zurück. Während Darwin zusah, wie sie allmählich verblassten, fragte er sich, ob ihn sein Instinkt trog.

Daniels wirkte beunruhigt.

Fühlte sie sich ertappt? Oder hatte sie von den beiden Kunstrauben noch gar nichts gewusst? Letzteres hielt er für ausgeschlossen, obwohl die Beschuldigte gegenüber Mortimer behauptet hatte, ihre Wohnung wochenlang so gut wie nie verlassen zu haben. Das Alibi war so schlecht, dass es schon fast wieder gut war.

Irgendetwas passte nicht.

»Sie verschweigen etwas«, sagte Darwin unvermittelt.

Auch mit dem Offensichtlichen konnte er sie nicht aus der Reserve locken.

Also gut, dann noch einen Gang höher schalten, dachte er, ging um den Tisch herum und klappte den Aktendeckel auf. Aus einer Klarsichthülle suchte er mehrere Fotografien heraus und warf die erste in Daniels' Richtung. Sie glitt auf einem Luftpolster über die Platte, bis sie von den sauber manikürten Fingern der Gefangenen abgebremst wurde.

Unschwer war das Gemälde auf dem Foto als Garten Eden zu erkennen. In bildhafter Form erzählte der Künstler die Kapitel zwei und drei der Genesis: die Erschaffung Adams und Evas, den Sündenfall, das Versteckspiel des sich plötzlich nackt fühlenden

Menschenpaars, die Vertreibung aus dem Paradies. Zahlreiche Tiere bevölkern, zumeist paarweise, die ausgedehnte Gartenlandschaft. Größer als in den anderen Szenen sieht man im Vordergrund drei Personen: Gott im trauten Gespräch mit Adam und Eva. Vermutlich erklärt er den beiden, dass sie dem Baum der Erkenntnis von Gut und Böse fernbleiben sollen. Der Schöpfer ist ein alter Mann mit Bart, roter Toga und blauer Tunika. Adam hält zärtlich Evas Hand.

»*Das Paradies* von Lukas Cranach dem Älteren. Das Gemälde wurde letzten Sonntag in Wien gestohlen«, sagte Darwin und verfiel in denselben dozierenden Ton, mit dem er seine Mitarbeiter in neue Fälle einzuweisen pflegte. Er ließ ein zweites Foto folgen. »So sah der Tatort aus, nachdem der oder die Einbrecher das Kunsthistorische Museum wieder verlassen hatten. Die hoch moderne Sicherheitstechnik des Hauses ist auf ähnlich raffinierte Weise ausgeschaltet worden wie die in Paris. Zufall?«

Darwin bemerkte, wie Daniels' Blick über das Foto wanderte. Ansonsten blieb sie stumm.

Er atmete tief durch und ließ das nächste Bild über den Tisch gleiten und an den langfingrigen schlanken Händen der Beschuldigten stranden.

Es zeigte den schlafenden Kahlkopf unter der roten Decke. Darunter, vor dem düsteren blauschwarzen Himmel, die graue, unregelmäßig geformte Steintafel mit den sechs Symbolen. Fünf waren wie die Augen auf einem Würfel angeordnet, das sechste – der Spiegel – thronte wie ein allsehendes Auge über ihnen.

»Fast auf die Stunde sieben Tage vorher«, fuhr Darwin in seinem sachlichen Vortrag fort. »Diesmal trifft es die Tate Modern hier in London. Wie man sieht, schätzen die Diebe auch die Surrealisten. René Magrittes *Le dormeur téméraire* hat es ihnen angetan, *Der unachtsame Schläfer*. Wie später auch in Wien wird man den Diebstahl erst am Morgen nach der Tat bemerken.«

Das Foto mit dem leeren Bilderrahmen schwebte hinterher. »Erinnern Sie sich?«, fragte der Ermittler provokativ.

Und erreichte damit nichts.

Darwins Geduld war schon lange nicht mehr auf eine so harte Probe gestellt worden. Er setzte sich neben Daniels auf den Tisch und legte ihr Bild Nummer fünf vor.

»Der *Schlafende Hermaphrodit* aus dem Louvre …«, begann er, hielt aber sogleich wieder inne.

Endlich reagierte die Gefangene. Sie ließ sich weit in den Stuhl zurückfallen, als wolle sie vor dem Foto fliehen. Ihre Brust pumpte mit einem Mal wie ein Blasebalg. Die violetten Augen weiteten sich. Das ohnehin schon blasse Gesicht wurde noch bleicher und zugleich von einem Ausdruck des Entsetzens überschattet. Erkennbar verkrampfte sie sich. Darwin verfolgte diese sich innerhalb kürzester Zeit vollziehende Entwicklung mit Sorge. Die Worte der Wärterin hallten durch seinen Sinn. *Sie hat sich gestern bei der Registrierung auffällig verhalten.* Sollte er Verstärkung anfordern? Dann wäre die Befragung zweifellos vorbei, ehe sie überhaupt begonnen hatte.

Plötzlich wischte Daniels die Fotos vom Tisch, als müsse sie eine giftige Vogelspinne aus dem Weg räumen.

»Wozu?«, stieß sie hervor.

Darwin blickte konsterniert den zu Boden flatternden Bildern nach, bevor er wieder die aufgebrachte Frau ansehen konnte. »Wozu, *was*?«

»Warum quälen Sie mich mit diesen Bildern? Glauben Sie wirklich, ich spreche Ihnen mein Geständnis in Ihr Diktiergerät, das Sie da in der Tasche tragen? Das haben schon der Superintendent von der NCS und sein Kollege versucht. Dürfen Sie das überhaupt, ohne meine Einwilligung? Ich werde morgen gleich meinen Anwalt fragen.«

Der Versicherungsdetektiv vergaß für einen langen Moment zu atmen. Diese anscheinend wehrlose, so beharrlich schweigende Frau hatte ihn mit einem einzigen Wortschwall in die Defensive gedrängt. Dabei hätte er wissen müssen, dass eine Journalistin, zu deren Geschäft das Mitschneiden von Interviews gehörte, sich in solchen Dingen auskannte. Aber wie konnte sie von dem Sprachrekorder wissen?

Darwin entschied, dass die Flucht nach vorn in einem solchen Fall die beste Strategie sei. Demonstrativ legte er das Diktiergerät auf den Tisch und drückte die Stopptaste. Er lächelte so gewinnend wie möglich.

»Mein Gedächtnis lässt mich manchmal im Stich. Entschuldigen Sie bitte, Ms …«

Er hatte seine Hand beschwichtigend auf ihren Unterarm legen wollen, aber sie wich der Berührung so heftig aus, als habe sie einen elektrischen Schlag erhalten.

Einige Sekunden lang sahen sie sich an, wie zwei Menschen, die einander plötzlich im Nebel begegneten.

Daniels hielt die Arme um ihren Leib geschlungen. Ihre Linke lag auf der Schulter. Nach einer Weile begannen ihre langen Finger wieder an den blonden Strähnen im Nacken zu zupfen.

»Verzeihen Sie«, stammelte Darwin und stand vom Tisch auf, um mehr Abstand zwischen sich und diese kontaktscheue Person zu bringen. Er lächelte, ziemlich unbeholfen, wie er glaubte. »Jetzt muss ich mir wohl Notizen machen.«

Die Hände der Frau kehrten langsam auf die Tischplatte zurück, ihr Blick fixierte eine Stelle irgendwo zwischen den abgespreizten Daumen. Sie verzog keine Miene, als sie den Wunsch hinzufügte: »Wenn Sie schon gerade dabei sind: Bitte machen Sie auch Ihr Handy aus.«

Darwin fragte sich, ob Daniels paranoid sein könnte. Womöglich würde sie ihn als Nächstes anflehen, seine Armbanduhr anzuhalten. Merkwürdig war die Sache mit dem Mobiltelefon allerdings schon. Er hätte das aktivierte Gerät gar nicht in den Besucherraum mitnehmen dürfen. Woher wusste sie, dass er gleich zweimal gegen die Vorschriften verstoßen hatte?

Er ließ sich Zeit, als er zunächst das Mobiltelefon abschaltete und anschließend Schreibblock und Kugelschreiber aus der Aktenmappe holte. Sie musste sich beruhigen und er ebenso.

Wenigstens war er mit dem Hermaphroditenfoto auf eine Ader gestoßen. Jetzt galt es, ihr Wissen nur noch ans Tageslicht zu befördern. Wenn Dynamit einmal hilft, dann vielleicht auch ein zweites Mal, schlussfolgerte er und schob eine weitere Fotografie über den Tisch. Sie verharrte genau an der Stelle, die von den violetten Augen fixiert wurde.

Auf dem Bild war der Saal 17 des Louvre zu sehen: ein geschwärzter Steinsockel, ein Fußboden voller Schotter, der einmal Kunst gewesen war, ein abgesprengtes Gesicht aus Marmor, reichlich Blut, ausgebeulte Plastikplanen. Unter einer schaute ein Fuß hervor.

»So sah der Karyatidensaal des Louvre nach der Explosion aus«, sagte Darwin. »Wollen Sie Ihr Gewissen wirklich bis an Ihr Lebensende mit dieser schrecklichen Tat belasten? Vielleicht waren Sie ja nur eine Komplizin, die lediglich das Sicherheitssystem des Museums manipuliert hat. Alle drei Einbrüche, von denen Sie die Bilder gesehen haben, weisen diesbezüglich auf ein erstaunliches technisches Wissen hin. Auffällig ist auch der exakte Zeittakt der Verbrechen – wie bei einem Metronom, das auf sieben Tage eingestellt ist. Wenn Sie mir irgendetwas über die Vorfälle sagen können, dann – *bitte!* – tun Sie es.«

Daniels sah von dem Foto auf. Ihre geheimnisvollen Augen blickten ihn durchdringend an. Er spürte ein merkwürdiges Kribbeln im Nacken. Diese Frau war von einer unsichtbaren Aura umgeben, die seine Selbstsicherheit mehr erschütterte, als er es sich eingestehen wollte.

»Wozu?«, wiederholte sie. »Für Sie steht doch sowieso schon fest, dass ich schuldig bin.«

»Bisher haben Sie leider wenig zu Ihrer Entlastung beigetragen, Ms Daniels. Oder glauben Sie wirklich, es gibt irgendeinen Ermittler, der Ihr Alibi für glaubhaft hält? Ich meine, wochenlang in der Wohnung hinter dem Computer sitzen – welcher normale Mensch tut so was? Nachbarn, der Postbote – irgendjemand muss Sie doch gesehen haben?«

»Jeden Morgen laufe ich durch den Regent's Park.«

»Haben Sie Zeugen?«

»Es ist immer noch dunkel, wenn ich nach Camden Town zurückkehre.«

»Niemand, mit dem Sie ab und zu ein Schwätzchen halten?«

»Ich achte nicht besonders auf andere Leute.«

»Und warum verhalten Sie sich wie ein Phantom, das nur im Dunkeln seine Wohnung verlässt?« Darwin merkte, wie sein Ton schärfer wurde.

Sofort schaltete sie wieder auf stur.

Deutlich milder fragte er: »Ms Daniels, bitte denken Sie nach. Wie sieht es mit Dienstleistern aus? Ärzte zum Beispiel.«

»Ich gehe nicht zum Arzt.«

»Aber Sie werden doch wenigstens einkaufen. Oder den Pizza-Service rufen.«

»Ein- oder zweimal war ich im Supermarkt, um meine Gefriertruhe aufzufüllen. Aber glauben Sie wirklich, die Kassiererin bei ASDA kann sich an mich erinnern?«

Darwin zweifelte daran. Natürlich würde Mortimer seine Leute darauf ansetzen. Barscher als beabsichtigt fragte er: »Warum wollen Sie sich eigentlich nicht verteidigen?«

Sie fuhr erschrocken zusammen, hielt seinem bohrenden Blick jedoch stand. Ihre violetten Augen schienen ihn verbrennen zu wollen. Und dann – er konnte sich nicht erklären, wie es dazu kam – erlosch dieses Glühen.

Er hatte das Gefühl, hinter ihren Pupillen sei ein Rollladen heruntergefallen. Die eben noch so verletzlich wirkende junge Frau schien sich in einen abgebrühten Kerl zu verwandeln, der mit allen Wassern gewaschen war. Kühl antwortete sie: »Es hätte keinen Sinn, Ihnen die Wahrheit zu sagen. Ihr Kopf steckt in einer Schlinge und schnürt Ihrem Gehirn das Blut ab, aber Sie merken es nicht einmal.«

Darwin öffnete den Mund, um eine harsche Antwort zu geben, aber ihm fiel nichts ein. Schon wieder hatte es diese Person geschafft, ihn aus dem Konzept zu bringen. Aber die Benommenheit dauerte nicht länger als ein, zwei aufgeregte Herzschläge. Hiernach reagierte er auf die typische Shaw-Art: impulsiv, aber humorvoll. Er öffnete den Krawattenknoten, dann den obersten Hemdenknopf, befreite sich sodann vollends vom Schlips und ließ ihn vor Daniels auf den Tisch fallen.

»Sie haben völlig Recht. Das Ding hat mich schon die ganze Zeit gestört.«

Er bemerkte, wie ihre Mundwinkel zuckten. Hatte sein Verhalten sie amüsiert? War etwa durch das Ablegen der Krawatte auch bei ihr der sprichwörtliche Knoten geplatzt? Das Fenster in ihre Seele blieb nur einen Moment geöffnet. Dann versteinerte ihre Miene wieder und machte damit seine Hoffnungen zunichte.

Nachdem er seine Enttäuschung heruntergeschluckt hatte, sagte er mit aller Eindringlichkeit, zu der er fähig war: »Ich glaube, es ist eher *Ihr* Hals, um den es hier geht, Madame.«

Ihr Kinn reckte sich ihm entgegen. »Sie haben sich ohnehin schon Ihr Urteil gebildet und sind blind für das Offensichtliche.«

»Dann helfen Sie bitte einem blinden Mann über die Straße. Klären Sie mich auf. Sie haben von Wahrheit gesprochen. Ich bin begierig, Ihre Version zu hören.«

»Weder Sie noch ich besitzen eine eigene Wahrheit, Mr Shaw. Aber mir scheint, Sie sind unfähig, die *eine* Wahrheit zu erkennen, weil Sie Ihre Gedanken in einen Zwinger gesperrt haben. Die Tür des Käfigs mag zwar offen stehen, aber Sie scheuen sich davor, Ihren Geist daraus zu befreien.«

»Ms Daniels, das sind doch nur Ausflüchte. Sie sind das beste Beispiel: Jeder erschafft sich die Wahrheit, in der er sich am wohlsten fühlt.«

»Pah!«

»Wie bitte?«

»Dieser Irrglaube ist eine der wirksamsten Verführungen. Es ist ein Wortspiel, ein verbaler Trick. So einfach, aber trotzdem wird er nur von wenigen durchschaut: Wahrheit und Wirklichkeit werden gleichgemacht. Man benutzt sie wie Synonyme. Aber das sind sie keinesfalls.«

»Wer sagt das?«

»Der kluge Menschenverstand – vorausgesetzt, Sie verfügen über so etwas. Jeder Mensch hat seine eigene subjektive Wahrnehmung und erschafft sich damit eine ganz persönliche Wirklichkeit. Aber die *Wahrheit* wird davon nicht berührt. Wenn dieser Nachtwächter im Louvre von mir getötet wurde, dann habe ich es getan, egal ob mir Verdrängung, der Wahnsinn oder irgendeine andere Bewusstseinstrübung das Gegenteil glaubhaft macht. Aber falls ich mit seinem Tod nichts zu schaffen habe, dann können Sie auch noch so fest dran glauben, Mr Shaw, es wird dadurch nicht wahr.«

Ein Hochgefühl durchwogte Darwin. Endlich hatte er sie aus der Reserve gelockt. Jetzt musste er das Gespräch am Laufen halten.

»In diesem Fall gebe ich Ihnen Recht, Ms Daniels. Haben Sie den Wachmann umgebracht?«

»Ich?« Sie verzog das Gesicht zu einem grimmigen Lächeln. »Nein. Ganz bestimmt nicht.«

Etwas an ihrem Tonfall ließ Darwin aufhorchen. Wusste sie doch mehr, als sie zugeben wollte? »Sie kennen nicht zufällig den Namen des Täters?«

»Nein.«

»Irgendein Tipp?«

»Wissen Sie, woher die Figur des Hermaphroditos kommt?«

Darwin runzelte die Stirn. Zum dritten Mal hatte die Gefangene es geschafft, ihn zu überraschen. Zögernd erwiderte er: »Aus der griechischen Sagenwelt, vermute ich. Mehr weiß ich darüber nicht.«

»Das erstaunt mich. Muss man sich als Ermittler nicht mit einem Opfer befassen, um den Täter zu finden?«

»Worauf wollen Sie hinaus, Ms Daniels?«

»In der griechischen Mythologie war Hermaphroditos der Sohn von Hermes und Aphrodite. Als bildschöner Jüngling ging er in der Quelle der Nymphe Salmacis baden, die sich unsterblich in ihn verliebt hatte. Sie klammerte sich an ihn und betete inständig zu den Göttern um Verschmelzung mit ihm. ›Sodass sie weder Knabe noch Frau genannt werden konnten und wie keines oder wie beides schienen‹, dichtete Ovid in seinen *Metamorphosen*. Die Götter erhörten Salmacis' Bitte. Fortan besaß Hermaphroditos ein männliches Glied und die Brüste einer Frau. Können Sie sich vorstellen, Mr Shaw, dass die Götter ein solches Wesen ins Dasein bringen?«

»Was soll die Frage?«, erwiderte Darwin mürrisch. »Solche Missgeburten gibt es nicht. Falls doch, dann wären sie ein bedauerlicher Fehlgriff der Evolution. Und die Figuren aus dem Mythos sind nichts weiter als Ausgeburten der Fantasie irgendwelcher lüsterner Griechen. Sie wollen mir doch nicht ernsthaft weismachen, dass Sie an die antiken Gottheiten glauben.«

Einmal mehr bemerkte er eine Veränderung im Gesicht der Gefangenen. Eben noch hatte er die kämpferische Journalistin gesehen, die keinen intellektuellen Waffengang scheute. Aber nun war sie, als habe die eigene Courage sie erschreckt, in ihr Schneckenhaus des Schweigens zurückgeflüchtet.

»Schlägt Ihnen endlich das Gewissen, oder sind Ihnen nur die Argumente ausgegangen?«, fragte Darwin. Er wusste, dass seine Worte sie provozieren mussten, aber das erschien ihm allemal besser als die Aussicht auf einen weiteren Monolog.

Unüberhörbar kühl erwiderte Daniels: »Vielleicht bin ich den alten Griechen näher, als Sie sich vorstellen können, Mr Shaw. Ich entnehme Ihren Worten, dass Sie nicht an einen Schöpfer glauben, nicht wahr?«

»Nein, ich bin nicht religiös.«

»Sagen Sie lieber, der Naturalismus ist Ihre Religion, der Glaube an die Alleinherrschaft der Naturkräfte.«

»Ich brauche niemanden, der mir erklärt, welche Überzeugungen ich habe, das kann ich ganz gut allein beurteilen. Im Übrigen kenne ich Ihren Ruf als Fundamentalistin …«

»Wo haben Sie denn diesen Schwachsinn her? Lesen Sie etwa *The Sun*?«

»Heute ist im *Oxford Chronicle* ein Artikel erschienen, in dem Sie als ›Speerspitze der britischen Kreationisten‹ …«

»Nehmen Sie eigentlich alles, was in der Presse steht, für bare Münze? Ich glaube weder, dass die Erde vor sechs- bis zehntausend Jahren in nur einhundertvierundvierzig Stunden erschaffen wurde, noch an die Hölle oder an irgendeinen anderen Humbug, den diese Leute verbreiten.«

»Dann ist also alles Schwindel, was über Sie in der Zeitung steht.« Darwin schüttelte amüsiert den Kopf.

»Gegen Lügen kann man sich wehren, die eigentliche Gefahr steckt in den Halbwahrheiten. Ja, ich bin überzeugt, es gibt einen intelligenten Designer, der die Grundtypen des Lebens mit ihrer erstaunlichen Variationsbreite hervorgebracht hat. Diese Ansicht teile ich mit Hunderten, wenn nicht gar Tausenden von Wissenschaftlern, und Sie würden staunen, wie viele davon nicht einmal religiös sind. Aber indem man diese Querdenker mit den Kreationisten auf eine Stufe stellt, macht man sie unglaubhaft – es war schon immer leichter, die Kritiker zu bekämpfen, als ihre Argumente zu entkräften. Oder um es mit Jean Jacques Rousseau zu sagen: ›Beleidigungen sind die Argumente jener, die über keine Argumente verfügen.‹«

»Dann wollen Sie also nicht die Evolutionstheorie in den Schulen verbieten lassen?«

»Ein falsches Gedankengebäude kann man nicht zusperren, man muss es einreißen.«

»Na schön. Ich will mich nicht mit Ihnen auf eine fruchtlose Diskussion über Weltanschauungen einlassen. So kommen wir nur vom Thema ab.«

»O nein, Mr Shaw. Es führt direkt darauf zu. Sie glauben doch an die natürliche Zuchtwahl, nicht wahr? An das Überleben des

Stärkeren, wie Charles Darwin oft fälschlich wiedergegeben wird – er meinte wohl eher den Tüchtigsten oder Bestangepassten. Haben Sie Ihre Überzeugung eigentlich je überprüft?«

Bisher hatte sich Darwin immer eingebildet, er kenne alle Schliche von Kriminellen, die sich aus einer Sache herauslavieren wollten. Ein Verbrecher, der in die Enge getrieben wird, reagiert oft wie ein angeschossenes Raubtier. Aber diese Journalistin war anders als alles, was er je in Verhören erlebt hatte. Ihr Benehmen, der Ton ihrer Stimme und die Worte – in allem glaubte er eine unterschwellige Bitterkeit wahrzunehmen, die ihm Rätsel aufgab. Mit einem Lachen täuschte er über seine Unsicherheit hinweg.

»Dieses Frage-und-Antwort-Spiel ist doch albern, Ms Daniels. Die Wissenschaft kann bald die letzten Millisekunden bis zum Urknall erklären. Wir wissen, wie das Räderwerk des Universums funktioniert. Gott hat sich damit erübrigt.«

Die Gefangene betrachtete Darwin mit einem schwer zu deutenden Ausdruck. Lag Verachtung darin? Oder Mitleid? »Merken Sie nicht, dass Sie in einer Gedankenfalle stecken, Mr Shaw? Man kann doch eine Person nicht durch ihre Erfindung oder den von ihr geschaffenen Mechanismus ersetzen. Oder kämen Sie jemals auf die Idee, nachdem Sie ein Ford-T-Modell bis zur letzten Schraube erforscht und seine Funktionsweise genau verstanden haben, Henry Ford als Konstrukteur zu verleugnen?«

»So ein Wagen ist eine Maschine. Sie kann sich nicht fortpflanzen. Lebende Organismen tun das aber.«

»Wollen Sie mir sagen, weil ein biologisches System mehr leistet als ein technisches, kann es keinen intelligenten Designer haben? Die Logik erschließt sich mir nicht. Viele selbstständige Regelungs- und Steuermechanismen in der Technik sind biologischen Vorbildern abgeguckt. Wenn schon deren *Nachbau* wissenschaftliches Know-how und höchste Ingenieurkunst erfordert, sollte man dann vom Erfinder nicht erst recht überragende Intelligenz erwarten?«

»Diese kindischen Vergleiche führen doch zu nichts, Ms Daniels. Ich bleibe dabei: Die Evolution ist keine Angelegenheit von Überzeugungen, sondern eine wissenschaftliche Tatsache.«

»Sie scheinen Ihrer Sache sehr sicher zu sein. Hat das mit Ihrem Vornamen zu tun?«

Die Frage klang weniger aggressiv als die Bemerkungen davor, nicht etwa spöttisch, sondern eher von Neugier beflügelt. In der Hoffnung, das Gespräch wieder in ein ruhigeres Fahrwasser zu lenken, antwortete Darwin freimütig: »Sie werden lachen, das könnte durchaus sein. Mein Vater war ein großer Bewunderer von Charles Darwin, und ich teile seine Hochachtung vor diesem großen Mann. Abgesehen davon fand er den Namen schön. Er ist altenglisch und bedeutet …«

»… ›Geliebter Freund‹. Ich weiß.« Der Anflug eines Lächelns huschte über ihr Gesicht. »Jetzt verstehe ich Sie besser, Mr Shaw. Früher haben die Leute eine Religion in die Wiege gelegt bekommen und sie bis zur Bahre nie hinterfragt, und heute geschieht das Gleiche mit dem Glauben an die Evolution. Sind Ihnen jemals Zweifel daran gekommen?«

»Sie verwechseln Mythen mit Wissenschaft. Warum sollte ich die Abstammungslehre in Frage stellen? Ich habe ja auch nicht daran gezweifelt, dass die Bilder, die Sie eben vom Tisch gefegt haben, zu Boden fallen würden.«

»Sie vergleichen schon wieder Birnen mit Äpfeln. Phänomene wie die Gravitation können durch wissenschaftliche Methoden nachgewiesen werden. Sie brauchen sich nur im Herbst unter einen Apfelbaum zu legen, und Ihnen wird früher, als Ihnen lieb sein mag, eine Frucht auf den Kopf fallen. Gattungsübergreifende Evolution ist dagegen keinesfalls von jedem zu jeder Zeit experimentell wiederholbar. Man hat sie nie beobachtet. Darf ich fragen, welcher Glaubensrichtung des Darwinismus Sie angehören?«

Darwin blinzelte irritiert. »Was meinen Sie?«

»Na, es ist doch ganz ähnlich wie in der Christenheit, wo es

Anglikaner, Katholiken, Puritaner, Baptisten und die anderen Bekenntnisse gibt. So haben auch die Widersprüche in Darwins Theorie unterschiedliche ›Konfessionen‹ entstehen lassen. Wie bei den religiösen Glaubensbekenntnissen finden Sie Überschneidungen, manchmal aber auch ganz klare Gegensätze. Es gibt die Vertreter der synthetischen Evolution – die Protestanten, wenn man so will –, dann die Anhänger der kritischen Evolution oder die Jünger der Panspermie, zu denen Francis Crick gehörte, der berühmte Doppelhelix-Pionier und Nobelpreisträger. Glaubt man dieser Idee, dann sind die ersten Lebenskeime von irgendwo aus dem Weltraum zu uns auf die Erde gekommen. Welcher Sekte gehören Sie an, Mr Shaw?«

»Ehrlich gesagt war mir bisher nicht bewusst, dass es da solche Unterschiede gibt.«

»Kein Wunder.«

»Was soll das jetzt heißen?«

»Geht nicht gegen Sie, sondern gegen die Neodarwinisten, die reformierten Anhänger von Darwins Heilslehre. Nach außen stellen sie ihre Theorie gerne als monolithische Lehre dar, einen gewichtigen Granitblock, an dem bestenfalls hier und da noch ein wenig zu polieren ist. Man muss schon mit Ausdauer suchen, um ehrliche Wissenschaftler wie Colin Patterson zu finden – er war hier in London der Senior-Paläontologe und Leiter der Paläontologischen Abteilung des British Museum of Natural History. Ich weiß nicht, ob ich es noch zusammenbekomme, aber er hat sinngemäß in seinem Buch *Evolution* geschrieben: ›Eine Theorie, selbst eine wissenschaftliche Theorie, kann eine intellektuelle Mode werden, ein Religionsersatz, ein Dogma, das sich eingebürgert hat. Das ist sicherlich mit der Evolutionstheorie so gewesen.‹ Ich finde, das sagt alles. Sie wollen Ihre Museumseinbrüche doch aufklären, nicht wahr?«

Die Gedankensprünge der jungen Frau waren verwirrend. Darwins Stirn warf Falten. »Was hat das eine mit dem anderen zu tun?«

»Sie müssten denken wie diese Leute, um das zu verstehen.«

Darwin war es jetzt leid. Wollte diese Frau nur von ihrer Schuld ablenken, oder wusste sie wirklich etwas, das sämtliche an dem Fall beteiligte Ermittler bisher übersehen hatten? »Reden Sie Klartext, Ms Daniels.«

»Das kann ich nicht.«

»Und warum?«

»Weil Sie den Test nicht bestanden haben. Wenn ich Ihnen meine Gedanken offen legen würde, klängen sie in Ihren Ohren vermutlich wie ein Hirngespinst. Sie würden mir nicht glauben. Und selbst wenn, könnten Sie dadurch die weiteren Einbrüche nicht verhindern.«

»Weitere …?«

»Wenn Sie damit Ihren Fall lösen könnten, Mr Shaw, wären Sie bereit, Ihre Ansichten auf den Prüfstand zu bringen?«

»Sie meinen, im Hinblick auf die Entstehung des Lebens?«

Daniels nickte. »Angenommen Sie würden erkennen, dass die Evolutionstheorie von ihren Anhängern a priori – damit meine ich, von vornherein – als wahr angesehen wird und sich einer auf Logik und Beweisen beruhenden wissenschaftlichen Prüfung entzieht, würden Sie in diesem Fall zugeben, dass diese Lehre auch nur eine moderne Form der Religion ist?«

Darwin musste sich zusammenreißen, um nicht die Beherrschung zu verlieren. Den drohenden Unterton konnte er trotzdem nicht ganz aus seiner Stimme verbannen. »Hören Sie auf mit Ihren Spielchen, Ms Daniels. Sie wissen genau, ich bin weder Biologe noch Paläontologe, noch habe ich sonst irgendeine Qualifikation, die mich zur kritischen Hinterfragung einer solchen Theorie befähigen würde.«

»Sie plappern schon wieder eine Schutzbehauptung der Darwinisten nach. Lesen Sie bei Ihrem Namensvetter nach – nicht Charles Robert Darwin, sondern George Bernard Shaw. Er sagte: ›Hohe Bildung kann man dadurch beweisen, dass man die kompliziertesten Dinge auf *einfache* Art zu erläutern versteht.‹ Um in einer Lehre eklatante Fehler zu erkennen, braucht es nicht mehr als einen willigen und wachen Verstand. Wie ich Sie einschätze, haben Sie den.«

»Danke. Leider brauche ich meinen Grips, um den nächsten Diebstahl abzuwenden, den Sie eben angekündigt haben. Ich werde meine Zeit nicht an ein Thema verschwenden, das längst zum Wissen der Menschheit gehört und durch Tausende von Fakten belegt ist.«

Die Gefangene schüttelte den Kopf wie eine Lehrerin, die über einem begriffsstutzigen Schüler zu verzweifeln droht. »Solange Sie sich weigern, den Unterschied zwischen einem metaphysischen Paradigma und einer wissenschaftlichen Theorie auch nur zu durchdenken, werden Sie die Absichten dieser Leute nie verstehen.«

Jetzt platzte Darwin der Kragen. »Das hier ist nicht das *Schweigen der Lämmer*«, zischte er. »Ich bin zu lange in diesem Geschäft, um mich auf irgendwelche psychologischen Spielchen mit einer Mordverdächtigen einzulassen. Wenn Sie etwas zur Aufklärung der Fälle beitragen können, dann *reden* Sie endlich.«

»Anscheinend haben Sie noch nicht bemerkt, dass der Kopf, der sich diese drei Einbrüche ausgedacht hat, mit Ihnen genau das tut, wovor Sie sich fürchten: Er will Sie zu einem ›psychologischen Spielchen‹ einladen. Er möchte herausfinden, ob Sie ein ›unachtsamer Schläfer‹ sind, Mr Shaw.«

Darwin merkte auf. Hatte sein Schuss ins Blaue etwa doch getroffen? »Dann geben Sie also zu, dass zwischen dem Anschlag auf die Skulptur und den beiden Diebstählen ein Zusammenhang existiert?«

»Gar nichts gebe ich zu.«

»Aber eben sagten Sie doch ...«

»Die Täter haben etwas zurückgelassen, das sich im Bild von Magritte wiederfindet. Darauf wollte ich Ihre Aufmerksamkeit lenken.«

»Sie werden lachen, aber die rote Decke und der Apfel sind

mir auch schon aufgefallen. Im Louvre gab es allerdings nichts dergleichen.«

»Sind Sie sicher?«

Darwin zögerte. »Die französische Spurensicherung versteht ihr Handwerk.«

»Vielleicht ist er übersehen worden.«

»Wer?«

»Der Spiegel.«

»Wie kommen Sie darauf, dass ausgerechnet ein Spiegel …?« Darwin schüttelte den Kopf. Mit dieser Frau war anscheinend kein vernünftiges Gespräch möglich. »Auf die Gefahr mich zu wiederholen: Ihre Fingerabdrücke, Ms Daniels, sind in Paris auf einem Apparat gefunden worden, der eindeutig mit der Tat in Verbindung steht. Das können Sie nicht leugnen. Es ist wissenschaftlich erwiesen, dass unter einhundert Millionen untersuchten Personen keine zwei gleichen Linienmuster zu finden seien. Alle Indizien sprechen gegen Sie.«

Daniels entgegnete kühl: »Wissen Sie, was Francis Crick einmal gesagt hat? ›Eine Theorie, zu der alle Fakten passen, ist mit ziemlicher Sicherheit falsch, da einige der vorliegenden Fakten mit Sicherheit falsch sind.‹«

»Wollen Sie ernsthaft behaupten, die Fingerabdrücke stammten von jemand anderem?«, entgegnete Darwin argwöhnisch. Hatte Mortimer mit ihr über seine Zweifel gesprochen?

»Ja. Als Experte müsste Ihnen bekannt sein, dass die Wissenschaftlichkeit der Daktyloskopie seit Anfang der neunziger Jahre des letzten Jahrhunderts in Frage gestellt wird. Oft sind die gesicherten Spuren unvollständig oder von schlechter Qualität. In den Vereinigten Staaten haben die Richter in mehreren Prozessen Fingerabdrücke als Beweismittel abgelehnt.«

Natürlich hatte er darüber gelesen. Aber so etwas bindet man in einem Verhör keinem mutmaßlichen Täter auf die Nase, schon gar nicht, wenn die Anklage ohne dieses Indiz zusammenbricht. Darwins Augen verengten sich zu schmalen Schlitzen. »Wieso wissen Sie so gut darüber Bescheid? Sagen Sie jetzt nicht, dass Fingerabdrücke etwas mit der Evolutionstheorie zu tun haben.«

»Nicht direkt, sieht man davon ab, dass ein Pionier dieses Verfahrens Sir Francis Galton gewesen ist, ein Cousin von Charles Darwin.«

»Und?«

»Beide haben sich sehr für menschliche ›Rassen‹ interessiert. Der große Charles dachte seine Theorie vom Überleben des Fittesten konsequent zu Ende und meinte, die zivilisierten Rassen würden die wilden in einer nicht allzu fernen Zukunft ausrotten. Sein Vetter Francis war weniger radikal und wollte aus Fingerabdrücken lediglich Rückschlüsse auf die ethnische Herkunft wie auch auf die Intelligenz und das Erbgut einer Person herleiten. Galton sah die Unmöglichkeit seines Ansatzes ziemlich schnell ein.«

»Deshalb kennen Sie sich in der Daktyloskopie aus? Lächerlich!«

»Der eigentliche Grund war ein anderer. Ich habe nach Analogien gesucht, um die Frage zu prüfen, ob die Evolutionstheorie eine möglicherweise gefährliche Ideologie oder ob sie wissenschaftlich ist. Das Oberste Gericht der USA hatte vor vierzehn oder fünfzehn Jahren neu bestimmt, welchen Anforderungen eine Methode genügen muss, um als Wissenschaft und damit als Lieferantin gerichtsverwertbarer Beweise anerkannt zu werden. Der Supreme Court verlangte unter anderem von den Richtern festzustellen, ob die Methode *überprüfbar* ist und *überprüft worden* ist. Außerdem sollte belegbar sein, welche Fehlerraten sie besitzt. Ein Verfahren, das sich dauerhaft der Falsifizierbarkeit entzieht, sich also unmöglich als *falsch* entlarven lässt, kann kaum den wissenschaftlichen Anspruch auf Richtigkeit erheben. Diese höchstrichterlichen Beurteilungskriterien fand ich sehr aufschlussreich für meine Arbeit.«

»Mag ja sein, aber bis heute sind Fingerabdrücke immer noch

das wichtigste Mittel zur Personenidentifikation. In Großbritannien werden Sie kaum einen Richter finden, der daran zweifelt.«

Wieder musste Darwin sekundenlang dem stechenden Blick aus Daniels' violetten Augen standhalten, ehe sie erstaunlich ruhig entgegnete: »Es gibt mehr als sechs Milliarden Menschen auf der Welt, Mr Shaw. Wenn Sie Ihre eigene Aussage hernehmen und falls Ihre Statistik stimmt, dann könnten außer mir noch *sechzig* andere Personen auf diesem Planeten den Einbruch im Louvre begangen haben.«

Sie verschränkte die Arme über der Brust und lehnte sich wieder in den Stuhl zurück. Eine unmissverständliche Geste, die auf eine neue Phase des Schweigens hindeutete.

Darwin verfluchte innerlich diese Frau. Wie kann man in einer so verzwickten Lage dermaßen viel Arroganz aufbringen? Nach einem tiefen Atemzug sagte er: »So kommen wir nicht weiter. Wenn Sie mir nicht helfen wollen, kann ich Ihnen auch nicht helfen.«

Alex Daniels rührte sich nicht. Nicht einmal einen weiteren Blick hatte sie für ihn übrig.

Wie ein müder alter Mann stemmte sich Darwin aus dem Stuhl und lief zur Tür. Gerade wollte er den Klingelknopf drücken, um nach der Wärterin zu rufen, als er hinter sich Daniels' Stimme hörte.

»Mr Shaw?«

»Ja?«

»Kann ich mir einen Zettel von Ihrem Block nehmen? Ich werde hier ziemlich kurz gehalten und möchte mir etwas notieren.«

»Zufällig ein Geständnis?«

»Nein. Nur eine Einsicht, die mir im Laufe unseres Gesprächs gekommen ist.«

»Meinetwegen können Sie den ganzen Block behalten. Ich habe sowieso nichts mitschreiben können.«

Er drückte den Knopf. Während er auf die Wärterin wartete,

warf er einen Blick über die Schulter. Daniels hatte einen Zettel aus dem Block gerissen, ihn auf die harte Tischplatte gelegt und kritzelte mit seinem Kugelschreiber irgendetwas darauf. Anschließend faltete sie das Blatt zusammen, steckte es in die Gesäßtasche ihrer Jeans und beschäftigte sich wieder mit ihrem Haar.

Die Wärterin betrat den Raum. Ihre dunklen Augen lagen auf dem Hemdkragen des Versicherungsdetektivs, den nun keine Krawatte mehr zusammenhielt. Sie grinste. »Wie war das Schäferstündchen, hübscher junger Mann?«

Er zog eine Grimasse. »Sie hat mich abblitzen lassen.«

»Da kann man nichts machen. Ich übergebe die Gefangene kurz an meine Kollegin, dann hole ich Sie ab.«

»Ich warte.«

Daniels kam unaufgefordert zur Tür und ließ sich die Handschellen anlegen. Ehe die Wärterin sie abführte, sagte sie zu Darwin: »Denken Sie über meine Worte nach, Mr Shaw. Die Tür des Käfigs steht offen. Sie müssen Ihren Gedanken nur erlauben hinauszuflattern.«

Erst als die beiden Frauen aus dem Fenster der Tür verschwunden waren, wurde ihm bewusst, dass er sich nicht einmal verabschiedet hatte.

Fahrig sammelte er die immer noch am Boden liegenden Fotografien ein und warf sie zusammen mit dem Schlips in seine Ledertasche. Dieser geheimnisvollen Ms Daniels war es mit wenigen verwirrenden Äußerungen gelungen, sein Gleichgewicht zu stören. Das ärgerte ihn. Was ihn aber mehr als alles andere wurmte, war ihr erstaunliches Gespür für den Hauptschwachpunkt seiner Argumentation.

Als hätte sie von der Sache gewusst.

Es existierte tatsächlich ein zweiter Satz Fingerabdrücke, der mit denen vom Louvre übereinstimmte. Das waren die »neuen daktyloskopischen Erkenntnisse im Hermaphroditen-Fall«, von denen Mortimer gesprochen hatte. Eigentlich sollte er sich darüber nicht weiter den Kopf zerbrechen. Die andere Person schied als Verdächtige aus, weil sie vor dem Louvre-Einbruch auf tragische Weise ums Leben gekommen war. Wie hieß die Ärmste doch gleich? Hatte Mortimer sie Jessica genannt? Merrilee? Mary …? Nein! Mit einem Mal war der Name wieder da.

Terri Lovecraft.

Kapitel 5

»In der Mitte von Schwierigkeiten liegen die Möglichkeiten.«

Albert Einstein

LONDON (ENGLAND),
Mittwoch, 26. September, 18.51 Uhr

Die Gefängniszelle war nicht länger das Loch, in das man ihre Freiheit geworfen hatte, stattdessen begrüßte Alex sie als einen sicheren Hort. Als hinter ihr die Tür ins Schloss fiel, fühlte sie sich erleichtert.

Aber auch erschöpft. Ohne das Internet, eine Telefonleitung oder das gute alte Briefpapier als abschirmenden Puffer laugten zwischenmenschliche Kontakte sie immer aus. Das Gespräch mit Shaw jedoch hatte mehr angerichtet. Bis zum Hals hinauf schlug ihr Herz. Den Tränen nahe, warf sie sich auf die Liege, zog ihre Decke bis über den Kopf und drückte das Gesicht so fest ins Kissen, dass sie kaum mehr atmen konnte.

Hatte sie dem Ermittler zu viel von sich preisgegeben? Sie wusste nicht, was sie mehr aufgewühlt hatte, das Bild von dem Hermaphroditen oder Shaws Bemerkung über die »Missgeburten«.

Dieser Mann konnte ihr gefährlich werden. Auf vielerlei Weise. Er war wie ein Magnet, der ihren Kompass durcheinander brachte. Schon als sie in den Besucherraum gekommen war, hatte sie es gespürt – viel stärker als die Strahlung seiner elektronischen Gerätschaften. Warum hatte sie sich so darauf fixiert, ihm ihre Sicht des Universums begreiflich zu machen? Hätte es nicht genügt, ihm das Bild zu erklären, das sich beim Anblick der Fotografien in ihrem Kopf zusammengesetzt hatte?

Nein, beruhigte sie sich. Du hast genau das Richtige getan. Die Fotografien von den Kunstwerken haben Gedankenverbindungen ausgelöst, Vermutungen heraufbeschworen. Aber du kannst von all dem nichts beweisen. Außerdem hat Shaw kein Recht zu erfahren, wieso ausgerechnet *du* zu dieser Einsicht kommst, wo doch bestimmt Dutzende von Kriminalisten in ganz Europa an den Fällen arbeiten. Er hätte sich nur in seiner vorgefassten Meinung bestätigt gesehen: Die Daniels ist in die Museen eingebrochen; sie ist die Mörderin.

Das großherzige Angebot, ihr in die Freiheit zu verhelfen, hielt Alex für ein taktisches Manöver. Shaw wollte den Verlust für seine Versicherung so gering wie möglich halten, da griff er eben nach jedem Strohhalm. Sogar vor unerlaubten Tricks schreckte er nicht zurück. Der Mann musste ziemlich unter Druck stehen.

Je länger Alex darüber nachgrübelte, desto klarer wurde ihr, dass sie sich nicht auf andere verlassen durfte. Die Entscheidung, die sie gegen Ende der Befragung gefällt hatte, war richtig. Sie musste die einzige Chance nutzen, die ihr noch blieb, selbst wenn diese einem Fallschirmsprung inmitten dunkler Gewitterwolken glich.

Im Besucherraum war sie lange genug den Blicken der Bewacher entrückt gewesen, um ihren Entschluss in die Tat umzusetzen. Shaw hatte sie sogar mit den nötigen Schreibutensilien versorgt. Im Schutz der Bettdecke zog sie den Zettel aus der Gesäßtasche, um noch einmal die Worte zu lesen, die sie hastig auf das Papier geworfen hatte.

Ich willige ein, aber nur wenn es kein Pakt
mit dem Teufel ist. A. D.

»Tu es!«, befahl sie sich flüsternd und faltete den für Theo bestimmten Kassiber ganz klein zusammen.

Als Maggy am Freitagmorgen ihre mobile Essensausgabe vor der Zelle des Untersuchungshäftlings Alex Daniels parkte, schien sie phlegmatischer zu sein als sonst. Dorothy, die sie beaufsichtigende Wärterin, kannte die vielfältigen Tricks ihrer Mädels, aber die Gemächlichkeit der kleinen Asiatin kam ihr gerade gelegen – wer konnte schon etwas dagegen haben, die Arbeitswoche etwas ruhiger ausklingen zu lassen?

Maggys Schneckentempo zielte allein darauf ab, ihre Botschaft unauffällig zu überbringen.

Das Schlüsselbund rasselte. Die Tür wurde geöffnet.

»Frühstück!«, trompetete Dorothy und gab den Weg frei.

Maggy balancierte das Tablett an ihr vorbei in die Zelle.

Deren Insassin saß bereits am Tisch. Erwartungsvoll blickte sie der Mitgefangenen entgegen. An diesem Morgen wirkte Alex schon erheblich aufgeräumter als vor zwei Tagen.

»Dir scheint's heute besser zu gehen«, bemerkte Maggy.

Alex verzog den Mund, schwach zwar, aber es war eindeutig ein Lächeln. »Wer in Hoffnung lebt, der tanzt ohne Musik.«

»Du hast auch allen Grund dazu«, versicherte Maggy und zwinkerte Alex zu.

Deren erstaunliche Augen leuchteten auf, ein sicheres Zeichen, dass die Botschaft angekommen war.

»Nicht schwatzen, sondern schieben«, meldete sich Dorothy vom Gang. Unmissverständlich klopfte sie mit dem Schlüssel gegen das Gestänge des Servierwagens.

Maggy verdrehte theatralisch die Augen. »Auf einer Sklavengaleere konnte es auch nicht schlimmer gewesen sein als hier. Mach's gut, Schwester.«

Alex nickte. »Danke, Maggy. Für alles.«

Ihre Beherrschung wurde auf eine harte Probe gestellt, nachdem sie den Kassiber unter dem Teller entdeckt hatte. Theo antwortete überraschend schnell. Wie schaffte er das? Mit Bestechung? Oder war er selbst ein Rädchen im Uhrwerk der Vollzugsbehörde, das gerne einmal selbst das Tempo vorgeben wollte?

Weil Alex nie wusste, ob das Kameraauge gerade schlief oder wachsam auf sie herabblickte, gab sie wieder die gleiche Vorstellung wie schon an den Tagen zuvor. Sie legte sich nach dem Essen auf ihre Liege und deckte sich einige Minuten später zu. Alsbald las sie im fluoreszierenden Widerschein ihrer Haut die handgeschriebene Nachricht.

Alex,
ich freue mich über deine Entscheidung. Jetzt, nachdem unsere Lebenslinien sich kreuzten und ich einiges von dir gelesen habe, bin ich überzeugt, dass wir beide dieselben Ziele verfolgen. Die großen Lügen müssen bloßgestellt werden. Du besitzt die Gabe, Menschen zum Nachdenken zu bewegen. Leider hat bisher nur eine kleine Minderheit von dir Notiz genommen, Menschen, die sich nicht von der Wissenschaftsgläubigkeit der Masse haben blenden lassen. Wie sagte Einstein doch so treffend? »Um ein tadelloses Mitglied einer Schafherde sein zu können, muss man vor allem ein Schaf sein.« Dir ist die Möglichkeit gegeben, der Wolf zu sein, der ein paar Leithammel reißt.

Als dein brüderlicher Freund rate ich dir, auf einen Vergleich deines genetischen Fingerabdrucks mit jenem der unidentifizierten Leiche aus dem Louvre zu bestehen. Dadurch wirst du deine Freiheit zurückerlangen. Als kleines Dankeschön für meinen Dienst würde ich es schätzen, wenn du mir auch einen Gefallen tätest. Sofern es weitere spektakuläre Kunstdiebstähle geben wird, wovon ich ausgehe, könnten deine journalistischen Fähigkeiten unserer Sache wertvolle Dienste leisten. Mir ist bewusst, dieser Kampf gleicht dem von David gegen Goliath, aber wir alle wissen, dass der ver-

meintlich Schwächere am Schluss den Sieg davongetragen hat. So kann auch für uns jeder Museumseinbruch zu einem Schöpfungstag werden, und alle zusammen vermögen in den Köpfen der Menschen eine neue Welt erstehen zu lassen.

Aber davon später mehr.

Theo

Nachdenklich faltete Alex den Briefbogen zusammen und versteckte ihn in der Hosentasche. Später würde er in der Toilette verschwinden wie schon der Kassiber zuvor.

Weshalb sollte sie ihren genetischen Fingerabdruck mit dem der Leiche aus Paris vergleichen lassen? Das ergab keinen Sinn … Oder vielleicht doch?

Wer war dieser Theo? Warum hatte er sich ausgerechnet dieses Ausspruchs von Einstein bedient, der für sie von ganz besonderer Bedeutung war? Kannte er ihre Schwäche für derlei Zitate und hatte bei dem Versuch, sie auf diese Weise für sich einzunehmen, einen Zufallstreffer gelandet? Sie würde wachsam sein müssen, so lange sie nicht mehr über die wahren Motive dieses mysteriösen »Freundes« wusste, als er in seinen Andeutungen erkennen ließ.

Langsam schlug sie die Decke zur Seite und erhob sich aus dem Bett. Sie ging zur Zellentür und hämmerte mit den Fäusten dagegen.

Schon nach kurzer Zeit hörte sie das vertraute Rasseln der Schlüssel. Die Tür öffnete sich, und Dorothy stand vor ihr.

»Was soll der Lärm? Haben Sie das Frühstück in den falschen Hals bekommen? Sind Sie am Ersticken?«

»Ich muss dringend Detective Superintendent Longfellow sprechen.«

»Und *dafür* schrecken Sie mich hoch? Hat das nicht Zeit bis zum nächsten Verhör?«

»Nein! Sagen Sie ihm, wenn er nicht länger im Dunkeln tappen möchte und weitere Museumseinbrüche verhindern will, dann soll er seinen Hintern hierher bewegen.«

War es der Blick aus ihren fast magischen violetten Augen oder der fordernde Ton, in dem sie ihr Anliegen vorgebracht hatte? Dorothy zögerte jedenfalls nicht lange. Nachdem sie vernehmlich die Luft durch die Nase ausgestoßen hatte, sagte sie: »Also gut, Mädchen. Ich sorge dafür, dass Ihr geliebter Kommissar einen Anruf erhält. Aber wenn das hier nur eine Finte gewesen ist, um mich ein wenig herumzuscheuchen, dann machen Sie sich auf etwas gefasst.«

Drei Tage später wurde Alex beim Frühstück gestört. Betty Turner öffnete die Zellentür und grinste.

»Besuch für Sie.«

»Wieder dieser Shaw?«

»Wenn er sich nicht seit letzter Woche hat einschwärzen lassen, würde ich eher auf einen anderen tippen. Prächtiger Bursche. Groß wie ein Bulle. Für meinen Geschmack allerdings etwas zu alt. Der andere war knackiger.«

Vielleicht entwickelte sich diese Art von Humor ja zwangsläufig, wenn man tagein, tagaus fünfhundert weibliche Häftlinge bewachte. Alex hatte dafür jedenfalls wenig übrig. Ohne die Miene zu verziehen, erhob sie sich, ließ sich die Handschellen anlegen und begleitete die Wärterin in den Besucherraum. Dort wurden sie bereits von Detective Superintendent Longfellow erwartet. Betty ließ die beiden allein.

Der Kommissar und die Gefangene standen sich gegenüber wie zwei Engländer, die niemand miteinander bekannt gemacht hatte: unmöglich, miteinander ins Gespräch zu kommen.

Plötzlich erschrak Alex. Das *Monsterding*, schoss es ihr durch den Sinn. So nannte sie diesen bewussten, lüsternen Blick, den sie in den letzten Tagen wieder öfter gesehen hatte, zuerst bei Dr. Chestnut, dem Anstaltsarzt, und dann bei einigen Wärterinnen. Was wusste Longfellow? Wieso war er gekommen?

Weil er sie nur anstarrte, ergriff Alex das Wort. »Heute ohne Ihren Kollegen hier?« Sie merkte, wie ihre Stimme zitterte.

Der Polizist zuckte zusammen, als hätte sie ihn aus einer Trance gerissen. Er räusperte sich und antwortete: »Das ist kein Verhör. Ich komme nur, um Ihnen eine Mitteilung zu machen.«

Longfellow schwitzte. Er wartete, vielleicht um der Gefangenen Gelegenheit zur Antwort zu geben, aber die schwieg.

Ein weiteres Mal musste er sich räuspern. Das Selbstbewusstsein des Polizisten, der sie vor einer knappen Woche verhaftet hatte, war wie weggeblasen. »Die französischen Kollegen hatten bereits einen genetischen Fingerabdruck von der Leiche der unbekannten Person erstellt. Deshalb dauerte es, nachdem Sie Ihre Haarprobe abgegeben hatten, nicht lange; hätte das Wochenende nicht dazwischen gelegen, wäre es sogar noch schneller gegangen.«

Alex traute ihren Ohren nicht. »Sie lassen lieber eine Unschuldige zwei Tage länger im Gefängnis sitzen, als eine Überstunde zu machen?«

»Ich verstehe Ihren Unmut, aber die Kollegen bearbeiten so viele Fälle … Und sie müssen schließlich auch mal …«

Der Detective kam Alex völlig konfus vor. Sie schluckte ihren Ärger hinunter. »Was ist bei dem Test herausgekommen?«

»Nun ja, um es kurz zu machen. Die Analyse des Zellmaterials, das aus dem Hüftknochen der unidentifizierten Leiche entnommen wurde, und das Ihrige … genauer gesagt der Vergleich Ihrer DNA mit der …« Longfellow griff in die Hosentasche, zog ein kariertes Schnupftuch heraus und tupfte sich den Schweiß von der Oberlippe.

»Mit der DNA der Toten?«, half Alex aus.

»Ja. Die Untersuchung hat etwas Unglaubliches zu Tage gefördert. Ihre DNA ist mit derjenigen der verkohlten Leiche fast einhundertprozentig identisch.«

Longfellow war das personifizierte Unbehagen. Entweder konnte oder wollte er seinem Gegenüber nicht ins Gesicht sehen.

Er musste aus dem Bericht noch etwas anderes über die Tote und ihren genetischen Zwilling erfahren haben. Etwas, das er nicht an sich heranlassen wollte.

Alex verspürte wenig Neigung, das Thema von sich aus zur Sprache zu bringen. Das Monsterding hatte ihr genügt. Eines interessierte sie aber doch.

»Haben Sie inzwischen herausbekommen, wie meine Fingerabdrücke in die Polizeicomputer gekommen sind, Superintendent?«

»Woher soll ich das wissen? Vielleicht haben Sie das ja Ihren Adoptiveltern zu verdanken.«

»Das verstehe ich nicht.«

»Unsere Ermittlungen ergaben, dass Ihre Eltern bei einem wissenschaftlichen Projekt mitgearbeitet haben, das eine Sicherheitsüberprüfung erforderte. In gewissen Fällen bezieht man in so einen Check auch die übrigen Familienangehörigen mit ein. Das ist ganz normal.«

»In gewissen Fällen?«, echote Alex.

»Mehr kann ich Ihnen dazu nicht sagen«, wiegelte Longfellow ab. Rasch und unüberhörbar erleichtert fügte er hinzu: »Sie werden jedenfalls unverzüglich aus der Untersuchungshaft entlassen.«

Alex spürte ihren Puls hinter den Ohren, so heftig schlug ihr Herz. »Dann ist dieser absurde Verdacht gegen mich also vom Tisch?«

»Noch sind Sie nicht ganz aus dem Schneider. Eineiige Zwillinge sind genetisch völlig identisch, aber trotzdem hat man noch nie bei zweien gleiche Fingerabdrücke gefunden.«

»Manchmal sind sie sich aber sehr ähnlich, nicht wahr?«

»Das stimmt. Anscheinend kennen Sie sich in so was aus.«

»Reines Amateurwissen. Ich habe mal gelesen, Fingerabdrücke seien empirische Tatsachenbeweise, also ein auf Erfahrungen, Beobachtungen und Experimenten beruhendes Verfahren.«

»Sie sagen das so, als hätten Sie Zweifel an der Sicherheit der

Methode. Das Muster der Papillarleisten ist bei jedem Menschen einzigartig.«

»Da hat Mr Shaw aber letztens etwas anderes behauptet. Er sagte, die Chancen, dass zwei Menschen die gleichen Fingerabdrücke haben, stünden eins zu einhundert Millionen, wären demnach also durchaus gegeben.«

»Nichts als Spekulationen.«

»Mir erscheint es vernünftiger als die Vorstellung, dass mein Körper ein Archiv sämtlicher Linienmuster besitzt, die es gab, gibt und jemals geben wird. Wie anders könnte er sonst für mich eines heraussuchen, das einmalig ist?« Alex registrierte zufrieden, wie das »Monsterding« aus Longfellows Augen wich; sie hatte es wieder einmal geschafft, sich unsichtbar zu machen.

Er reckte unbehaglich den Hals im Kragen. »Was wollen Sie eigentlich, Daniels? Möchten Sie lieber im Knast bleiben?«

»Natürlich nicht. Mich interessiert lediglich, warum ich überhaupt freikomme. Wenn sogar eineiige Zwillinge die Polizei nicht an der Nase herumführen können, dann doch erst recht nicht eine Person, die nur *annähernd* das gleiche Genom besitzt wie ich.«

Wieder räusperte sich Longfellow. »Die Fingerabdrücke im Louvre waren nicht besonders gut.«

»Oh? Das höre ich zum ersten Mal.«

»Der Befund hätte für eine Verurteilung sicher ausgereicht. Die für die eindeutige Identifizierung gesetzlich vorgeschriebenen sechzehn Minutien, also die zu vergleichenden anatomischen Merkmale der Papillarlinien …«

»Ich kenne das Verfahren.«

»Ja. Jedenfalls, die stimmten bei Ihren und den im Louvre gefundenen Abdrücken überein, aber man fand auch Abweichungen.«

»Wie manchmal bei den Zwillingen.«

»Ja. Es könnte an der schlechten Qualität liegen. Davon waren die Experten bei Interpol bislang ausgegangen. Das ist auch der

Grund, weshalb der Verdacht gegen Sie nicht völlig ausgeräumt ist.«

Irgendwie überzeugte die Erklärung Alex immer noch nicht. Sie musste die Frage stellen, die ihr seit vierundzwanzig Stunden im Kopf herumspukte, selbst wenn sie sich dadurch wieder verdächtig machte. »Heute ist Montag. Vor einer Woche wurde der Raub im Kunsthistorischen Museum Wien entdeckt. Hat es wieder einen Einbruch gegeben, Superintendent?«

Longfellows schwarze Augen glitzerten matt im Neonlicht, als er Alex durchdringend musterte. Seine Antwort klang wie eine Kapitulationserklärung. »Ja. Direkt vor unserer Nase. Am Trafalgar Square. In der National Gallery.«

Alex lächelte schwach. »Also, ich bin's nicht gewesen.«

Der Beamte verzog keine Miene. »Das sehe ich auch so. Haben Sie Geschwister, Ms Daniels?«

»Nicht dass ich wüsste. Ich bin von meinen Eltern adoptiert worden.« Sie musste an den Zeitungsartikel denken, den Susan ihr nach der Preisverleihung gezeigt hatte.

»Haben Sie Kontakt zu Personen gehabt, die sich als Ihre Geschwister ausgaben?«

Als dein brüderlicher Freund rate ich dir … Die Worte aus Theos Brief hallten durch Alex' Geist. »Nein«, antwortete sie knapp.

»Tja, das ist merkwürdig«, erwiderte Longfellow. »Anhand des mir vorliegenden Laborberichts hätte ich mein Gehalt darauf verwettet, dass Ihre leibliche Mutter eine Mehrlingsgeburt hatte. Alles weist auf eine Verwandtschaft zwischen Ihnen und der Leiche aus Paris hin.«

»Offen gestanden wäre das eine ziemliche Überraschung für mich«, gab Alex zu.

Longfellow nickte. »Die Möglichkeit eines solchen Verwandtschaftsverhältnisses hindert uns leider daran, Sie einfach laufen zu lassen.«

»Ich wusste nicht, dass es in der britischen Justiz neuerdings Sippenhaft gibt.«

»Solche Unterstellungen verbitte ich mir, Ms Daniels. Ich tue nur meine Pflicht. Aus kriminalistischer Sicht wäre es höchst fahrlässig, einer möglichen Beziehung zwischen Ihnen und der tatverdächtigen Person keine Beachtung zu schenken. Ich muss wissen, ob Sie Kontakt zu dem Einbrecher hatten.«

»Sie könnten mich ja danach fragen – ich hatte *keinen*.«

»Leider genügt mir das nicht.«

»Weil Sie glauben, ich belüge Sie.«

»Sagen wir, weil Sie gegenüber Mr Shaw eine zutreffende Angabe über ein Detail gemacht haben, das die Polizei nie veröffentlicht hat.«

»Ein Detail …? Sie haben den *Spiegel* gefunden?«

»Woher wussten Sie davon?«

»Ich habe nur eins und eins zusammengezählt. Er ist das beherrschende Traumsymbol in Magrittes Gemälde vom unachtsamen Schläfer. Wo haben Sie ihn entdeckt?«

»In der Kleidung der durch die Bombe zerfetzten Leiche … Sagten Sie eben *Traumsymbol*?«

»Schlagen Sie bei Sigmund Freud nach. Dann wissen Sie, was ich meine.«

»Das werden wir tun. Und bis nicht alle ungeklärten Fragen beantwortet sind, lastet weiter auf Ihnen ein Restverdacht.«

»Segen und Fluch der Gentechnik«, murmelte Alex.

»Das können Sie gerne so sehen. Sie haben offenbar weder den Wächter im Louvre getötet noch die Sicherheitstechnik des Museums ausgetrickst, aber auf Grund der Ähnlichkeit des genetischen Fingerabdrucks könnten Sie eine Komplizin oder zumindest Mitwisserin sein. Vor allem deshalb muss ich Sie bitten, die Stadt bis auf weiteres nicht zu verlassen und sich den ermittelnden Behörden weiter zur Verfügung zu halten.« Longfellow blickte demonstrativ auf seine Armbanduhr. »Alles Weitere können wir später besprechen. Ich muss jetzt los. Der Einbruch in der National Gallery. Sie verstehen.«

»Natürlich.« Alex nickte. Da war es wieder: das Monsterding.

Longfellow klingelte Sturm, um die Wärterin herbeizurufen. Als er den Besucherraum verließ, sah es aus wie eine Flucht.

Ein paar Tage Gefängnis können das Gesicht einer Stadt stärker verändern als zehn Jahre Bauboom. Als Alex mit dem Taxi nach Hause fuhr, kamen ihr Londons Straßen und Plätze irgendwie weiter vor, heller und freundlicher. Longfellows Blick würde sie so schnell nicht vergessen. Es hatte den Anschein gehabt, als ob er alles über sie wusste.

Vom Frauengefängnis bis zu ihrem Haus in Camden Town waren es nur wenige Minuten. Sie schwieg die ganze Zeit. Wenn der Fahrer nicht gerade auf den Verkehr achtete, musterte er sie im Rückspiegel. Vermutlich überlegte er, ob sie eine Kriminelle war. Und noch etwas anderes schien ihn zu bewegen. Die Frage in seinen Augen hatte Alex schon so oft gesehen. Irgendetwas stimmt nicht an dieser Frau, aber was?

Das schwarze Taxi rollte in die Rochester Mews, ein kurzes, L-förmiges Sträßchen zwischen der Rochester und der Camden Road. Nachdem Alex das Taxi bezahlt hatte, konnte sie nicht schnell genug in ihr Refugium gelangen. Erst als sie hinter sich die Tür geschlossen hatte, normalisierte sich allmählich ihr Puls. Langsam, so als fürchte sie einen Dieb aufzuschrecken, durchquerte sie die kurze Diele und betrat den Wohnbereich, der vor über einem Jahrhundert die Pferde einer wohlhabenden Londoner Familie und das dazu gehörige Personal beherbergt hatte.

Alex konnte sich an kein anderes als dieses Zuhause erinnern. Bis vor sechs Jahren hatte sie hier mit ihren Eltern und dem Geist des viktorianischen Zeitalters gelebt. Der Verkehrsunfall, bei dem ihre Eltern ums Leben kamen, spielte ihr das Haus, ein stattliches Vermögen und das Gespenst von Rochester Mews in die Hände. Letzteres trieb sie dann ziemlich schnell aus. Mit gläsernen Wänden und Treppen sowie spiegelnden Steinflächen und Edelstahlverstrebungen gestaltete sie ihr Heim ebenso radikal um, wie sie von nun an ihr Leben zu verändern suchte.

Der Umbau des Hauses war nach wenigen Wochen abgeschlossen gewesen, am Rest bastelte sie noch.

Argwöhnisch ließ Alex den Blick durch den Raum schweifen. Von der Hausdurchsuchung durch die Polizei war kaum etwas zu bemerken. Trotzdem empfand sie Ekel bei dem Gedanken, dass hier alles von wildfremden Personen befingert worden war. Sie würde sich erst wieder richtig wohl fühlen, wenn sie alles geputzt und sämtliche Wäsche gewaschen hatte. Doch zunächst musste sie etwas anderes tun.

Entschlossen schnappte sie sich das Telefon, zog es am langen Kabel bis zu ihrem eierschalenfarbenen Ledersofa, ließ sich darauf fallen und wählte die Nummer des *Daily Mirror*.

»Winter?«, bellte Susans Stimme aus dem Hörer.

»Entschuldige, wenn ich dich bei der Arbeit gestört habe …«

»Alex? Bist du das? Haben sie dich wieder rausgelassen?«

»Nein. Ich stehe unter dem Galgen mit einem Strick um den Hals und wollte dir nur Lebewohl sagen.«

»Was …?« Ein Keuchen drang aus der Ohrmuschel. »Alex! Wie oft habe ich dir schon gesagt, du sollst deinen schwarzen Humor zügeln. Wie geht's dir, Schatz?«

Alex fasste die Ereignisse der vergangenen Tage zusammen und kam dann schnell auf den Punkt. »Ich brauche deine Hilfe, Susan.«

»Lass hören!«

»Denkst du, die Nachrichtenredaktionen werden von meiner Freilassung berichten?«

»Wenn du nur der Quälgeist aus der Spinnerszene wärst …«

»Wann kapierst du endlich, dass ich mit den Kreationisten nichts am Hut habe, Susan.«

»Schon gut. Ich wollte nur ausdrücken, wie man dich in der Öffentlichkeit sieht. Seit den Museumseinbrüchen ist allerdings ein Sensationsfaktor hinzugekommen. Solange dein Name mit den Verbrechen verbunden ist, bist du immer eine Story wert.«

»Na prima! Wenigstens habe ich dadurch ein Forum.«

»Was heckst du schon wieder aus?«

»Ich möchte eine Erklärung herausgeben. Wenn die Medien über mich berichten wollen, dann zu meinen Bedingungen.«

»Schon mal was von Pressefreiheit gehört, Schatz?«

»Wir hatten denselben Professor. Mir ist klar, dass jeder Redakteur Gift und Galle spuckt, sobald ihn das Gefühl beschleicht, manipuliert zu werden. Trotzdem wissen wir beide, wie das Spiel funktioniert: Die Prominenten brauchen Publicity, und die Presse braucht Auflagen. Also arrangiert man sich.«

»Worum geht es dir? Sollen die Blätter dich von dem Schmutz reinwaschen, mit dem sie dich letzte Woche beschmissen haben?«

»Ja.«

»Das kannst du vergessen. Jeder Prominente bekommt sein Image aufgedrückt. Du bist gerade die böse Spinnerin.«

»Angenommen, ich könnte dir eine Verschwörungsstory liefern, in der ich das unschuldige Opfer bin.«

»Schreib doch einen Roman.«

»Ich rede nicht von einer erfundenen Geschichte, Susan. Die Museumseinbrüche der letzten drei Wochen hängen zusammen. Hinter allem gibt es einen Plan.«

»Den du kennst?«

»Meine beste Freundin könnte ruhig etwas vertrauensvoller klingen. Ich hatte gehofft, der *Mirror* würde den Vorreiter spielen. Wenn du die Information in euren einschlägigen Internetforen lancierst, beißen vielleicht auch andere große Fische an.«

»Du badest da in einem Haifischteich, Schatz.«

»Das ist mir klar.«

»Was kannst du mir bieten?«

Alex erzählte, wie sie sich ihre Pressemitteilung vorstellte. Die Nachricht von ihrer Freilassung und die Zusammenhänge mit den Einbrüchen in Paris, London und Wien sollten den Schneeball bilden, der eine Lawine auslöste. Die Medien gierten nach Sensationen. Verschwörungstheorien standen hoch im Kurs. Der jüngste Einbruch in der National Gallery sei ein Geschenk. Die Gazetten würden, abgesehen von den Abendblättern, ohnehin erst morgen darüber berichten. Wenn sie, Alex, es richtig anpackte – und so viel Schreibtalent traute sie sich durchaus zu –, dann würden sich die Zeitungen und Sender um die Story schlagen.

»Klingt viel versprechend«, sagte Susan lahm, nachdem sie sich das Konzept angehört hatte.

»Da gibt es noch etwas.«

»Raus damit.«

»Du hast mir vor einer Woche doch diesen Zeitungsartikel von dem Autounfall am Blackwall-Tunnel gegeben.«

»Ja. Was ist damit?«

»Diese Terri Lovecraft ähnelt mir wie ein eineiiger Zwilling.«

»Wem sagst du das! Aber du hast ja keine Geschwister.«

»Zumindest haben mir meine Adoptiveltern nie von solchen erzählt. Heute früh sagte mir Longfellow …«

»Der schwarze Bursche, der dich festgenommen hat?«

»Ja. Ich hatte letzte Woche eine DNA-Probe abgeliefert, um diese mit dem genetischen Fingerabdruck der Leiche aus dem Louvre vergleichen zu lassen. Heute Morgen kam also dieser Superintendent zu mir und behauptete, dass ich so etwas wie ihr Zwilling bin.«

»*Ihr?* Ich dachte immer, der Einbrecher sei ein Mann gewesen.«

Alex musste ihre Zunge befeuchten, um das aussprechen zu können, was seit annähernd zwei Stunden wie ein Propeller in ihrem Kopf rotierte. »Wenn ihre DNA, wie Longfellow sagte, fast einhundertprozentig mit meiner identisch ist, dann muss sie so sein wie ich.«

»Und warum erwähnst du den Unfallbericht …? Halt mal, du denkst doch nicht etwa, die Tote vom Blackwall-Tunnel könnte was damit zu tun haben?«

»Warum nicht?«

»Na, diese … Wie hieß sie doch gleich …?«

»Terri Lovecraft.«

»Richtig. Sie ist ein paar Tage *vor* dem Louvre-Anschlag verunglückt.«

Wieder zögerte Alex. Sie wusste, wie abenteuerlich ihre Überlegungen klingen mussten. »Nur mal so ins Unreine gedacht«, begann sie dann aber doch. »Könnte es nicht sein, dass Lovecraft gar nicht im Auto saß? In eurem Artikel stand lediglich, die Leiche sei völlig verkohlt gewesen. Man konnte nicht einmal ihre Fingerabdrücke untersuchen. Sie wurde nur anhand ihrer persönlichen Gegenstände identifiziert.«

Diesmal kam das Schweigen von der anderen Seite der Leitung. Nur Susans Atem war zu hören.

»Worüber denkst du nach?«, fragte Alex, als ihr das Warten zu lang wurde.

»Du musst mit der Story an die Öffentlichkeit. Zu schade, dass du sie nicht dem *Mirror* exklusiv anbieten willst.«

»Terri Lovecrafts Namen sollten wir vielleicht vorerst ungenannt lassen. Wäre es dir möglich festzustellen, ob man ihre Identität anhand eines genetischen Fingerabdrucks überprüft hat?«

»Kein Problem. Ich habe eine Quelle beim Yard. Mein Informant ist zwar nicht für Verkehrsunfälle zuständig, aber wenn es solche Daten gibt, kommt er auch ran.«

»Dann werde ich sie in meinem Presseartikel zunächst aussparen. Ich könnte von einem bisher unbekannten Zwilling sprechen und weitere Enthüllungen ankündigen.«

»Tu das. So was kommt immer gut.«

»Wenn du was Neues für mich hast, lass das Telefon dreimal klingeln, leg auf und wähle dann erneut.«

»Du bist paranoid, weißt du das?«

»Ja. Und für die nächsten Tage vermutlich ziemlich schwer beschäftigt.«

»Soll mir recht sein. Oh, Schatz, ich kann noch gar nicht in

Worte fassen, was du in mir ausgelöst hast! In meinem Kopf sind plötzlich so viele Gedankenverbindungen.«

Alex lächelte. »Irgendwie beruhigend, dass es nicht nur mir so geht.«

Schon als sie im Gefängnis die Fotografien von den Tatorten und Kunstwerken gesehen hatte, waren die beunruhigenden Gedanken wie eine Vision über sie gekommen, anfangs nur als schwaches Bild hinter den Nebelschwaden des Zweifels, aber mit dem *Hermaphroditus nobilis* waren die verhüllenden Schleier schlagartig fortgeweht worden.

Sie hatte von dem griechischen Original der Marmorplastik aus dem zweiten Jahrhundert vor Christus gelesen. Plinius der Ältere erwähnte sie in seiner monumentalen *Naturalis historia*, der wohl ältesten Enzyklopädie über die Erscheinungen der Natur. Alex hätte allzu gerne gewusst, ob der römische Autor der »Naturgeschichte« einen echten Hermaphroditen gekannt hatte.

Mit einer dampfenden Tasse Tee hatte sie sich kurz nach der Heimkehr in ihr Arbeitszimmer in den ersten Stock des Stallhauses begeben, wo sie inmitten von Bücherregalen ihre Artikel zu schreiben pflegte. Die wenigsten ihrer Veröffentlichungen waren Angriffe auf die Evolutionstheorie, wenngleich letztere den größten Wirbel verursachten. Oft berichtete sie über Forschungsprojekte oder die erstaunlichen Wunder der Natur. Solche »Brot-und-Butter-Beiträge« erschienen nicht selten sogar in der Tagespresse, weshalb Alex in den englischsprachigen Zeitungsredaktionen diesseits und jenseits des Atlantiks über einige Kontakte verfügte. Jetzt war es an der Zeit herauszufinden, wie tragfähig diese Verbindungen waren.

Zur Vorbereitung der Pressemitteilung trug sie zunächst mit Hilfe des Internets alles Wichtige zusammen, das sie über die zerstörte Skulptur und die gestohlenen Gemälde wissen musste. Ihr Tintenstrahldrucker spuckte farbige Kopien der Kunstwerke aus. Schnell füllte sich ihr Schreibtisch mit Nachschlagewerken,

Fachbüchern und anderen Hilfsmitteln, deren Gebrauch ihr in Fleisch und Blut übergegangen war. Sie schuldete ihrem »brüderlichen Freund« Theo dieselbe Gründlichkeit, die sie sonst in die Recherchen für ihre Artikel und Essays investierte – immerhin verdankte sie ihm die Freiheit. Was sie als Gegenleistung für ihn tun konnte, war für sie im Grunde nichts Neues. Ja, beinahe kam es ihr so vor, als habe sie jahrelang nur für diese Herausforderung ihres Könnens geprobt.

Ein Gefühl, das sie durchaus beängstigend fand.

Fieberhaftes Arbeiten hatte ihr schon oft über die Verdunkelungen der Seele hinweggeholfen, und mit der gleichen Verbissenheit kniete sie sich jetzt in ihre neue Aufgabe. Nebenbei würde sie sich vielleicht rehabilitieren können, aber das erschien ihr im Moment zweitrangig. Die Menschen vergaßen schnell. Bald würde sich niemand mehr an ihren Namen erinnern. Wichtiger war zunächst die Entschlüsselung der Botschaft.

Die Auswahl der vier Kunstwerke hatte für sie mit Zufall so wenig zu tun wie die Entstehung des Lebens.

Davon war Alex fest überzeugt. Sie musste die Nachricht nur decodieren. Nicht allein diesem ominösen Theo schuldete sie dies. Zweifellos würden sich früher oder später auch wieder Longfellow und Shaw bei ihr melden. Alex bedauerte manche Äußerung, zu der sie sich auf der schäumenden Woge ihrer Gefühle hatte hinreißen lassen und die einem fähigen Ermittler zu denken geben musste. Auf ihre Weise schienen die zwei Männer clever zu sein. Ja, sie würden wiederkommen. Ein Schauer überlief Alex' Rücken, als sie sich an die Berührung Darwin Shaws erinnerte.

War da mehr gewesen als sonst, wenn ihr ein Mensch zu nahe kam?

Sie konnte ihre Empfindungen nach wie vor nicht richtig einordnen. Ja, wollte sie es überhaupt?

Mit fast ruppigen Tastenanschlägen hämmerte sie den Gedanken aus ihrem Kopf. Sie legte im Computer ein neues Textdokument an. Der Titel war schnell gefunden:

Nach Aussagen der Polizei waren mindestens zwei Täter in den Louvre eingebrochen. Die Interviews mit Fachleuten, die sie in der Presse gefunden hatte, gingen auch bei den anderen Einbrüchen von mehreren Beteiligten aus. Anders sei die Überwindung der hochmodernen Sicherheitssysteme in den Museen kaum zu erklären. Trotzdem glaubte Alex an einen planenden Verstand hinter der Einbruchsserie. »Wer ist das ›Gehirn‹?«, schrieb sie in ihr Dossier.

Der Hermaphrodit hatte ihr die Augen geöffnet. Sie wusste nur nicht, wie sie ihre Erkenntnis der Presse oder einem Darwin Shaw erklären sollte. Hier würde sie vielleicht mit Halbwahrheiten jonglieren müssen.

Fest stand, dass Hermaphroditen tatsächlich existierten. In den meisten Fällen sprach die Medizin jedoch von »Pseudohermaphroditen«, denn selten waren sie so ausgewogen wie jene Figuren von Polyklet oder anderen griechischen Bildhauern. Wenn der Mann das eine Ende auf der Messlatte der Sexualität darstellt und die Frau das andere, dann gibt es dazwischen unzählige Abstufungen, die unter dem Begriff »Intersexualität« zusammengefasst werden. Bei manchen Intersexuellen stimmt das äußere Erscheinungsbild nicht mit der genetischen Grundlage überein. Andere besitzen Genitalien, die nicht klar in eine der Kategorien »weiblich« oder »männlich« einzuordnen sind. Die Fachliteratur kennt mindestens zwanzig Abweichungen von der typischen genetischen Entwicklung, die zu uneindeutigen Ausbildungen des Geschlechts führen können.

Vor einigen Jahren hatte Alex den Roman *Middlesex* des griechisch-amerikanischen Schriftstellers Jeffrey Eugenides gelesen. Ein Dialog daraus war ihr bis auf diesen Tag haften geblieben: Cal will von Zora wissen – beide sind intersexuell –, warum sie ihre Natur offen gelegt habe, schließlich merke es ihr keiner an. »Ich möchte, dass die Leute es wissen«, antwortet Zora.

»Und warum?«, fragt Cal. Zoras Antwort hatte Alex tief berührt.

»Weil wir das sind, was als Nächstes kommt.«

Nicht nur bei den alten Griechen, auch in anderen Kulturen gab es Vorstellungen von einem »dritten Geschlecht«. Am erstaunlichsten sind in diesem Zusammenhang die sehr seltenen »echten Hermaphroditen«, die sowohl über Eierstöcke wie auch Hoden verfügen. Im strengen Sinne des Wortes ist ein Mensch mit männlichen *und* weiblichen Keimdrüsen nicht intersexuell – also *zwischen* den Geschlechtern –, sondern omnisexuell – er ist alles zugleich.

Vor einigen Jahren war Alex tief in das Thema eingetaucht, hatte alles verfügbare Material gelesen. Es war nicht sehr viel gewesen. Zu dieser Zeit gab es weltweit nur ein wenig mehr als zweihundertachtzig bekannte echte Hermaphroditen. Einige waren Mütter gesunder Babys geworden, und zumindest in einem Fall hatte einer ein Kind gezeugt. Sie seien der nächste Schritt der Evolution, wurde manchmal aus dem Lager der Darwinisten erklärt.

An dieser durch nichts bewiesenen Behauptung hatte sich damals Alex' Ablehnung der Abstammungslehre entzündet.

Das Erbmaterial jedes Lebewesen ist auf Chromosomen festgelegt, die aus Eiweißmolekülen und der DNA bestehen. Beim Menschen sind dies gewöhnlich dreiundzwanzig Chromosomenpaare. Das letzte – die Gonosomen – bestimmt das Geschlecht: ein kleines Y-Chromosom zusammen mit dem sechsmal so großen X ergibt einen Jungen; zweimal X bedeutet Mädchen. Aber manchmal legt die Natur noch ein oder sogar zwei Chromosomen drauf. So ziemlich alle denkbaren »Mosaike« wurden gefunden. Mit 48,XXXY beschreiben die Mediziner zum Beispiel einen Menschen, der je einen kompletten weiblichen und männlichen Gonosomensatz besitzt.

Einige Evolutionstheoretiker sprechen der Polyploidisierung – der Vervielfachung von Chromosomensätzen – eine wichtige Rolle bei der Entstehung neuer Arten zu. Auf den ersten Blick ein verlockender Gedanke, lässt sich aus den multiplizierten Erbinformationen sich kreuzender Individuen doch einiges zusammenwürfeln. Im Pflanzenreich gibt es Arten, deren Vervielfachungsgrad bei vierundsechzig Chromosomensätzen oder noch höher liegt. Jede Kulturerdbeere stellt eine Polyploidisierung ihrer im Wald wachsenden Wildform dar. Sie ist eine neue biologische Art, weil sie unter natürlichen Bedingungen fruchtbare Nachkommen hervorbringen kann. Aber selbst wenn es zu einer starken Durchmischung der vervielfachten Chromosomensätze kommt und veränderte Merkmale oder Eigenschaften beobachtet werden können, entstehen doch keine prinzipiell neuen Organe. Die Umgestaltung beschränkt sich auf den Bereich der Mikroevolution.

Darwinisten leugnen, dass es überhaupt einen Unterschied zwischen Mikro- und Makroevolution gibt. Sie sagen, derselbe Mechanismus, der einem Finken einen etwas kräftigeren Schnabel wachsen lässt, könne ihn auch in einen Storch verwandeln. Alles sei im Fluss, überall wirke die Evolution. Allein dieser rhetorische Trick hatte Alex manche Niederlage bereitet. Sie wurde beschuldigt, die Evolution zu leugnen, die doch allgegenwärtig zu beobachten sei. In Wirklichkeit hatte sie sogar oft betont: Ja, es gibt eine enorme Variationsbreite *innerhalb* der Grundtypen, der Gruppe von Individuen also, die direkt oder indirekt durch Kreuzungen miteinander verbunden sind. Aber sie bestritt aufs Entschiedenste, dass durch Mutation und Selektion neue *Baupläne*, also makroevolutionäre Veränderungen, entstehen können.

Gelegentlich warf sie den Neodarwinisten vor, sie benutzten die Mutation als Universalwerkzeug, mit dem sich alles zurechtstutzen und -feilen ließ. Beobachtungen in der Natur und Experimente bewiesen genau das Gegenteil. Mutationen sind ein äußerst zerstörerischer Mechanismus. Spontane oder künstlich herbeigeführte Veränderungen im Erbgefüge schädigen in den allermeisten Fällen den Organismus. Auch die überwiegende Zahl intersexueller Menschen, die ihr Anderssein einer genetischen »Fehlschaltung« verdanken, sind ganz oder eingeschränkt unfruchtbar. Einige würden ohne regelmäßige Zufuhr von Cortison oder anderen Medikamenten innerhalb kürzester Zeit sterben.

Der letzte Schluck Tee verbreitete sein herbes Aroma auf Alex' Zunge. Sinnend ließ sie sich im Bürostuhl zurücksinken, steckte sich einen Bleistift in den Mund und blickte aus dem Fenster auf das Kopfsteinpflaster der Rochester Mews hinab. Gestern, am Sonntag, hatte ein Regenschauer den Sommer fortgeschwemmt. An diesem Montagmorgen war es herbstlich kühl, doch der Sonnenschein verlieh dem radikalen Umschwung einen freundlichen Anstrich. Ob es tatsächlich möglich wäre, auch in den Köpfen der Menschen einen Paradigmenwechsel herbeizuführen?

Mit einem Ruck schnellte Alex wieder vor, ließ ihre Finger erneut über die Tastatur fliegen. Sie durchforstete ihre Festplatte nach einer bestimmten Notiz, die sie vor einiger Zeit festgehalten hatte. Es ging um einige erstaunliche wissenschaftliche Erkenntnisse, die sie in ihre Beweisführung einflechten könnte. Nicht dass sie solche Argumente überschätzte: Fakten mochten eine *echte* wissenschaftliche Theorie widerlegen, aber sie allein würden nicht ausreichen, um ein philosophisches Denkmuster zu verändern, das sich jeder Falsifizierung widersetzte.

Neuere Forschungen entzaubern eher den Mythos der Mutationen als Motor der Evolution, anstatt ihn zu beleben. Experimente deuten darauf hin, dass es nur ein beschränktes Spektrum an Variationen in der Erbmasse gibt. Der deutsche Genetiker Lönnig hatte in seinen Züchtungsexperimenten an Pflanzen das häufige Wiederkehren gleicher Mutationen beobachtet und daraus die »Regel der rekurrenten Variation« abgeleitet. Es gebe, so vermutet er, nur eine begrenzte Zahl von Erbfaktoren, »bei denen unter schrittweisem bis völligem Funktionsverlust noch ein lebensfähiger, aber in vielen Fällen mehr oder weniger geschädigter Organismus gebildet werden kann«. Beim Menschen sind über fünftausend solcher rekurrent auftretenden erblichen Abweichungen bekannt. Die meisten gehen mit einer Einschränkungen der Lebensqualität einher oder sogar mit Krankheit und Tod.

Alex konnte daher den Hermaphroditen nicht als nächsten Schritt in der Evolution sehen, und sie vermutete, dass auch das »Gehirn« diesen Irrtum ins Bewusstsein der Öffentlichkeit rücken wollte.

Sie selbst hatte bis auf diesen Tag nie den Mut gefunden, das Thema zum Gegenstand einer ihrer Arbeiten zu machen.

Regelrecht zornig konnte sie werden, wenn sich die Verteidiger von Darwins Lehre in die vierte Dimension flüchteten: die Zeit. Zugegeben, argumentierten sie, Mutationen seien eigentlich schlecht für die Gesundheit, und eine Hand voll positiver Änderungen sei seltener als ein Hauptgewinn in der staatlichen Lotterie. Aber im Laufe von Jahrmillionen könnten sich genug solcher Treffer aufgehäuft haben, um aus einem Einzeller einen Lottokönig zu machen. Leider lebten Wissenschaftler nicht lange genug, um diese schöpferische Kraft experimentell nachzuweisen.

Alex hielt diese Behauptung für eine Lüge. Mit zehn Fingern tippte sie flink einen Extrakt ihrer Beweisführung ins Textdokument: Nach herrschender Meinung sind etwa einhunderttausend Generationen ausreichend gewesen, um vom primitiven »Vormenschen« zum *Homo sapiens* zu gelangen. Ebenso viele Generationswechsel können an Bakterien *in einem Jahr* untersucht werden, um die Makromutationen in der erforderlichen Größenordnung modellhaft nachzuweisen. Nie wurden jedoch derart weitreichende Veränderungen im Erbgefüge entdeckt. Nach wie vor fehlen stichhaltige Beweise für eine grundlegende Änderung der Organisation von Lebewesen oder für die Entstehung *qualitativ* neuer Gene.

Ähnlich verhält es sich bei *Drosophila*, der zum Lieblingstierchen der Mutationsforscher avancierten Fruchtfliege. Buchstäblich Tausende von Generationen und Millionen von Individuen wurden untersucht, aber nahezu alle bekannten Mutationen waren schädlich. In jedem Fall veränderten sie nur Vorhandenes, schufen aber niemals Neues. Fruchtfliegen blieben immer Fruchtfliegen.

An der Universität London hatte es einen Zellbiologen gegeben, den Alex für seinen Mut zur Aussprache unbequemer Erkenntnisse bewunderte. Nach Ansicht von E. J. Ambrose waren mindestens fünf Gene erforderlich, um in einem biologischen Organismus selbst die einfachste neue Struktur hervorzubringen. Aber nur eine von tausend Mutationen bringe für das Individuum keine Nachteile. Die Wahrscheinlichkeit des Auftretens von fünf nichtschädlichen Mutationen liege daher bei eins zu einer Million Milliarden. Und das sei nur der Anfang der Probleme, betonte Ambrose, weil solche vorteilhaften Mutationsgruppen erst noch in die Entwicklung des gesamten Organismus eingebunden und im Erbmaterial weitergegeben werden müssten. Alex notierte für ihre Pressemitteilung die Schlussfolgerung des renommierten Forschers, nämlich »dass jüngste Hypothesen über den Ursprung der Arten sich zerschlagen, außer man akzeptiert, dass eine intensive Zufuhr neuer Information zur Zeit der Isolation des neuen Zuchtpaares erfolgt«.

Eine Zufuhr neuer Information? War dies nicht auch ein wesentliches Element zur Entschlüsselung des Codes, der sich hinter den Museumseinbrüchen verbarg? Alex' Blick schweifte zu dem Ausdruck von *Le dormeur téméraire*, den sie an die Korktafel neben dem Fenster gepinnt hatte. René Magrittes Gemälde vom unachtsamen Schläfer enthielt mindestens sechs Symbole, die nur durch die Zufuhr neuer Information richtig gelesen werden konnten; rechnete man die rote Wolldecke hinzu, dann waren es sieben. Durch die Verbindung mit den anderen Kunstwerken entstand ein Kontext, der die Nachricht verständlich machte. Jedenfalls für jene, die fähig und willens waren, sich in das »Gehirn« hineinzuversetzen.

Nachdem der Dieb mit dem Magritte das Codebuch vorgelegt hatte, war er direkt zum Gemälde von Lukas Cranach d. Ä. übergegangen. *Das Paradies* zeigte den Sündenfall, nach christlichem Glauben die Ursache für die Degeneration des Menschen. Es konnte kein Zufall sein, dass der Dieb ausgerechnet die Erbsünde in seinen Dialog mit der Öffentlichkeit einbezogen hatte. War er ein religiöser Eiferer? Einiges schien darauf hinzudeuten.

Das Telefon klingelte. Alex lehnte sich zurück und zählte die Versuche, sie aus ihrem Bau zu locken. Beim fünften Mal schaltete sich der Anrufbeantworter ein. Vermutlich wollte irgendein Reporter ein Interview. Susan hätte nach drei Ruftönen aufgelegt.

Alex' Blick wanderte erneut zum *Unachtsamen Schläfer* an der Pinwand. Gleich oben auf der gemalten Steintafel befand sich der Spiegel. In einem solchen sieht der Betrachter sein eigenes Gesicht. Er stand für die Selbsterkenntnis. Der im Louvre aufgefundene Spiegel hatte in der Tasche des Einbrechers gesteckt. Bei einem von einer Bombe zerrissenen Hermaphroditen.

Der Dauerlauf durch den Regent's Park war eine Art Ritual, das Alex jeden Morgen vor Sonnenaufgang zelebrierte. »Pflege eine Freundschaft mit deinem Körper«, lautete eines ihrer wichtigeren Lebensprinzipien. »Sorge dafür, dass du dich in ihm wohlfühlst.« Normalität befand sich noch außerhalb ihres Vorstellungsvermögens, aber sie hatte in den vergangenen sechs Jahren viel dazugelernt. Inzwischen sah sie ihren Körper nicht mehr als etwas Fremdes, das sie lediglich verwaltete und das gut zu funktionieren habe.

Aber aus ihren inneren Spannungen entsprangen immer noch bizarre Albträume. Früher hatte sie fast täglich darunter gelitten. Jetzt kamen sie nur noch etwa einmal die Woche. Jedenfalls bis vergangenen Dienstag. Seit der Aufnahme in Holloway war der Takt wieder schneller geworden. In der vergangenen Nacht hatte sie geträumt, ihr seien die Brüste abgefallen. Danach bereitete es ihr keine Probleme, das Bett frühzeitig zu verlassen.

An diesem Dienstagmorgen ließ der Herbst seine Muskeln spielen. Dunkle Wolken am Himmel rangen mit dem ersten Tageslicht. Als Alex den Rückweg antrat, war von der Dämmerung bestenfalls ein grafitfarbener Schleier zu erahnen. An der Underground-Station Camden Town kaufte sie einen Stapel Zeitungen, auch Blätter wie *The Sun*, die sie sonst nicht einmal mit der Kneifzange angefasst hätte. Zu Hause angekommen, sprang sie kurz unter die Dusche, schlüpfte anschließend in eine bequeme Pumphose aus hellgrauem Sweatshirtstoff und zog sich ein frisches weißes T-Shirt über. Mit einem großen Topf Tee bewaffnet machte sie sich im Arbeitszimmer an die Lektüre der Morgenpresse.

Erstaunlicherweise waren viele auf ihre Informationskampagne eingegangen und berichteten nicht selten mehrspaltig von ihrer Freilassung und den politisch-philosophischen Hintergründen der Museumseinbrüche. Susan hatte ihren Chefredakteur sogar überreden können, neben einer kurzen Notiz auf Seite eins weiter hinten einen umfangreichen Artikel zu bringen. Mit der ihr eigenen Finesse hatte sie den *Daily Mirror* – den »Tagesspiegel« – zum Gegenstück des dominierenden Traumsymbols in Magrittes Gemälde erhoben. Wenigstens diese Botschaft war klar: Kaufen Sie unsere Zeitung, denn nur wir werden das Geheimnis der Galerie der Lügen lüften. Spontan wählte Alex die Büronummer ihrer Freundin.

»Herzlichen Glückwunsch, Susan?«

»Morgen, Schatz, und danke. Wie gefällt dir der Artikel?«

»Guter Serienstart.«

»Sei nicht *zu* optimistisch. Solche Themen rennen sich schnell tot.«

»Ob es weiter läuft, wird von dem ›Gehirn‹ abhängen, das hinter den Anschlägen steckt. Ich fange jedenfalls gleich mit der Fortsetzung an.«

»Bitte sage mir nicht, dass du schon das Kunstwerk kennst, das als nächstes gestohlen wird.«

»Zweifelst du an mir? Ich kenne nicht mal den Einbrecher.«

»Nein. War nur ein Scherz. Aber wenn ich deinen Appell richtig verstehe, dann sollen unsere Leser lernen, sich in die Gedanken des Diebes hineinzuversetzen, um ihm irgendwann einen Schritt voraus zu sein.«

»Ja. Aber so weit bin selbst ich noch nicht. Das ›Gehirn‹ will seine *ganze* Botschaft verbreiten. Deshalb wird es die ausgelegten Spuren bewusst vieldeutig gestalten. An seiner Stelle würde ich die Galerie der Lügen so anlegen, dass es einem immer erst *nach* einer Aktion wie Schuppen von den Augen fällt.«

»Ginge es hier nicht um unwiederbringliche Kunstschätze, könnte ich an dieser Schnitzeljagd sogar Gefallen finden.«

»Heuchlerin! Gib zu, dass sie dir eine diebische Freude bereitet.«

»Okay, du hast mich ertappt.«

»Schon was Neues von Terri Lovecraft?«

»Dem Unfallopfer aus Greenwich? Wie man's nimmt. Meine Quelle bei Scotland Yard sagt, sie könne im Computer nichts über eine DNA-Analyse finden. Aber das muss nichts heißen.«

»Warum?«

»Möglicherweise gibt es einen Laborbericht, aber die Daten wurden noch nicht erfasst oder ins zentrale Rechnernetz übertragen. Definitives kann ich dir erst in ein paar Tagen sagen.«

»Bitte vergiss es nicht!«, bat Alex und hoffte, Susan würde ihr die Ungeduld nicht allzu deutlich anhören.

»Versprochen, Schatz. War das alles? Wir haben gleich Redaktionskonferenz.«

»Ja. Danke noch mal und bis bald.«

»Man sieht sich.«

Es klickte in der Leitung.

Alex blickte durchs Fenster. Es würde Regen geben. Wenn sie ein Problem beschäftigte, dann drückten bleigraue Wolken auf ihre Stimmung. Diese Terri Lovecraft ...

Entschlossen packte sie den wirren Haufen aus Zeitungen und

ließ ihn neben ihrem Schreibtisch zu Boden fallen. Sie hatte Strategien gegen die Depressionen entwickelt. Nur mit der Umsetzung haperte es bisweilen. Trotzig drückte sie die Knöpfe, die ihren Computer starteten und den Bildschirm einschalteten. Dann versetzte sie sich erneut in jenen Zustand, der ihre Gedanken mit denen des »Gehirns« auf eine Wellenlänge bringen sollte.

In der Nacht hatte sie kaum schlafen können, weil der Empfänger in ihrem Kopf auf volle Lautstärke eingestellt war und sich nicht abstellen ließ. Was bezweckte das »Gehirn« mit den Einbrüchen? Und was erwartete Theo von ihr? In seinem zweiten Kassiber hatte er die Museumseinbrüche euphorisch als »Schöpfungstage«, bezeichnet, die in den Köpfen der Menschen eine neue Welt erstehen lassen würden.

Das war starker Tobak. Einen gesellschaftlichen Konsens zum Kippen zu bringen, das hielt Alex schlechthin kaum für möglich. Andererseits hatten einschneidende Ereignisse wie die Terroranschläge vom 11. September 2001 oder die verheerende Flutwelle in Südostasien auch zu einem globalen Umdenken geführt – hier waren bürgerliche Freiheiten zu Gunsten von mehr Sicherheit geopfert worden, und dort hatte das Bewusstsein, dass alle Völker nur die Besatzung des kleinen, verletzlichen Raumschiffes Erde waren, zu einer bis dahin einmaligen weltweiten Welle der Solidarität geführt. Aber dieses Umdenken war mit tausendfachem Tod und großem Leid erkauft worden. Die Museumseinbrüche vernichteten zuallererst ideelle Werte. Plante das »Gehirn« womöglich einen finalen Paukenschlag, ein kulturelles Harmagedon?

Alex versuchte sich von diesem lähmenden Gedanken zu lösen. Eine neue Welt in den Köpfen der Menschen musste nicht zwangsläufig den Untergang der alten bedeuten. Wenn sich die Einbrüche, wie sie annahm, gegen den Naturalismus als globale Doktrin richteten, dann wollten sie wohl eher die Radikalität anprangern, mit der seine Jünger jeden anderen Denkansatz bekämpften.

Sie erinnerte sich an einen skandalösen Bericht, den sie im *Wall Street Journal* gelesen und anschließend in ihr elektronisches Archiv eingescannt hatte. Rasch rief sie sich die Kopie des Artikels auf den Flachbildschirm. Darin wurde der Fall von Dr. Richard Sternberg geschildert, einem mit dem Washingtoner Smithsonian's National Museum of Natural History verbundenen Biologen. Sternberg war leitender Redakteur eines vom Museum herausgegebenen, aber nominell unabhängigen Wissenschaftsjournals. Im August 2004 hatte er Stephen Meyer, einem Doktor der Biologie und Philosophie, die Veröffentlichung eines Artikel über den »Ursprung biologischer Informationen« in ebendieser Zeitschrift ermöglicht, was ihm zum Verhängnis werden sollte.

In dem umstrittenen Essay erdreistete sich Sternbergs Kollege zu dem Bekenntnis, bestimmte Merkmale lebender Organismen – wie »Miniaturmaschinen« und komplexe Regelkreise in Zellen – seien besser durch eine gestaltende Intelligenz zu erklären als durch ungerichtete natürliche Prozesse wie zufällige Mutationen und natürliche Zuchtwahl. Die Veröffentlichung bot erstmalig die Möglichkeit, einen Aufsatz zum Konzept des Intelligenten Designs dem *peer review* zuzuführen, also einer kritischen Prüfung und dem Meinungsaustausch durch Fachkollegen. Lange hatte man den Vertretern des Intelligent Design vorgeworfen, sie würden sich dieser »goldenen Regel« der Wissenschaftsgemeinde entziehen. Nun ging ein Aufschrei durch deren Reihen, als tatsächlich einer seine Argumente zur Diskussion stellte. Offenbar gab es Interessengruppen, die einen solchen Präzedenzfall um jeden Preis verhindern wollten.

Innerhalb kürzester Zeit geriet Sternbergs Forscherkarriere ins Rutschen. Jonathan Coddington, der Leiter der Zoologischen Abteilung des Naturhistorischen Museums, rief die Vorgesetzte des Querdenkers an. Als Erstes fragte er: *Ist er ein religiöser Fundamentalist?* Sie antwortete: *Nein.* Darauf wollte er wissen: *Gehört er einer religiösen Organisation an, oder ist er mit einer solchen ver-*

bunden? Danach erkundigte er sich nach Sternbergs politischer Orientierung. *Ist er ein Rechter? … Wo ist er denn nun politisch anzusiedeln?*

Alex verabscheute diesen unter Darwinisten sehr verbreiteten Reflex: Anstatt sich den Fakten und Argumenten zu stellen, griffen sie die Person an. Sternberg hatte im Gegensatz zu manchem Kollegen wohl an die Einsichtsfähigkeit oder zumindest an die Toleranz seiner Fachkollegen geglaubt. Als seine Vorgesetzte ihn über das Telefonat mit Coddington unterrichtete, muss der Zorn in ihm hochgekocht sein. Jedenfalls bestätigte er ihre Beobachtungen.

»Hier gibt es Christen, aber sie behalten ihre Köpfe unten.«

David Klinghoffer, der Verfasser des Kommentars im *Wall Street Journal*, kam zu einem ähnlichen Resümee, wie auch Alex es formuliert hätte: »Darwinismus … ist eine wesentliche Voraussetzung der Säkularisierung, ein aggressiver, quasi-religiöser Glaube ohne eine Gottheit. Der Sternberg-Fall scheint in vielerlei Hinsicht ein Beispiel dafür zu sein, wie eine Religion eine andere verfolgt, Loyalität von jedem einfordert, der eine ihrer Kirchen betritt – wie das National Museum of Natural History.«

Weil der überwältigende Teil der Medien so tat, als gebe es nur die globale Religion des Naturalismus, hatte Alex schon seit längerem mit einer völlig neuen Form des Terrorismus gerechnet. Jetzt schienen sich ihre Befürchtungen zu bestätigen. Vielleicht sah das »Gehirn«, das im Louvre sogar Menschenleben geopfert hatte, sich sogar als Freiheitskämpfer, denn der Anspruch nach absoluter Macht hatte im Laufe der Geschichte immer wieder Rebellen auf den Plan gerufen.

Einmal mehr klingelte ihr Telefon. Zum wievielten Mal? Sie wusste es nicht, überließ den Anrufer ihrem automatischen Schutzschild.

Die Behauptung, es gehe in Auseinandersetzungen wie dem Sternberg-Fall nur darum, »Unsauberkeiten« von der reinen Lehre fern zu halten, hielt sie für ein propagandistisches Täuschungsmanöver. Darin stimmte sie mit dem amerikanischen Wissenschaftshistoriker T. S. Kuhn überein, nach dessen Ansicht ein unsicheres Paradigma weiterlebt, wenn es imstande ist, Anomalien unsichtbar zu machen. Solche Fähigkeiten zur Verdrängung unbequemer Erkenntnisse zeigten sich eindrucksvoll in der Behauptung, dass es nichts in der Natur gibt, das nicht Teil der materiellen Natur ist, und außerhalb der Natur nichts existieren kann. Diese Grundannahme des Naturalismus war in keiner Weise messbar und somit auch nicht beweisbar. Folglich war sie metaphysisch. Ein philosophischer, sich jeder Überprüfung entziehender Glaubenssatz. Ein Dogma.

Im Allgemeinen sahen es Vertreter der Wissenschaft nicht gern, wenn ihr Streben nach den letzten Wahrheiten unter staatliche Kontrolle gestellt wurde, und strebten daher nach größtmöglicher Unabhängigkeit. Alex sah darin Vorteile, aber auch Gefahren. Die Geschichte kannte genug Beispiele für machtbesessene Priesterschaften, die sich zu alleinigen Verkündern von Wahrheiten erklärt und ganze Völker ins Verderben gerissen hatten. Da machte es für sie keinen Unterschied, ob das Glaubensbekenntnis der Neuzeit Gott außen vor ließ. In der Vorstellung, die Evolution brauche nur einen Schubs, um die Menschheit auf ihre nächsthöhere Stufe zu hieven, sah sie eine gefährliche Irrlehre, die in einer Katastrophe enden konnte.

Offenbar wollte auch das »Gehirn« genau davor warnen.

Denn es kannte die Schwächen eines echten Hermaphroditen.

Es war wie ein Puzzle. Stundenlang hatte Alex an ihrem Schreibtisch gesessen, literweise Tee getrunken, wohl ein Dutzend Telefonanrufe ignoriert und, nur von gelegentlichen Besuchen der Toilette und des Wasserkochers unterbrochen, Daten und Fakten zusammengetragen. Manchmal glaubte sie bereits Zusammenhänge zu erkennen, suchte verbissen nach Kunstwerken, die zu ihren Überlegungen passen könnten. Aber immer wieder verwarf sie ihre Hypothesen, weil sie ihr zu vage erschienen. Das »Gehirn« versteckte sich hinter Mehrdeutigkeiten.

Ob nun der *Schlafende Hermaphrodit* oder eines der anderen Kunstwerke, sie alle sollten die Stützpfeiler des Darwinismus als Lügen entlarven; so weit glaubte Alex den Drahtzieher hinter den Museumseinbrüchen durchschaut zu haben.

In einem versteckten Winkel ihres Bewusstseins glomm aber noch eine andere Deutung: Sollten die spektakulären Aktionen auf die *inneren* Widersprüche ihres Drahtziehers aufmerksam machen? Sah er sich als Opfer einer Gesellschaft, deren Verhalten er aufdecken wollte, bis es so entblößt wäre wie die zerstörte Skulptur oder die Figuren in den Gemälden? Alex nannte es »das Schweigen der Schafe«, eine gedankliche Verquickung aus Thomas Harris' Psychothriller und Albert Einsteins Ausspruch: »Um ein tadelloses Mitglied einer Schafherde sein zu können, muss man vor allem ein Schaf sein.«

Warum hatte Theo ausgerechnet dieses Zitat gewählt?

Alex wusste, sie war kein tadelloses Mitglied der Schafherde.

Ihr Blick wanderte am Bildschirm vorbei zum Fenster, hinaus auf die Straße. Plötzlich erstarrte sie. Erschrocken beugte sie sich über den Schreibtisch, um besser hinaussehen zu können. Aus Richtung des Rochester Place näherte sich ein Mann, dessen hoch gewachsene Statur ihr irgendwie bekannt vorkam. Weil es zu regnen begonnen und er offensichtlich keinen Schirm dabei hatte, hielt er sich eine braunlederne Aktentasche über den Kopf.

Erschrocken wich Alex zurück. Hinter ihr rollte der fortgestoßene Bürostuhl über den Marmorboden, bis er gegen ein Sideboard stieß. Der Mann sah zu den Fenstern hinauf. Mit Sicherheit würde er Alex hinter den stark spiegelnden Scheiben nicht sehen, aber sie konnte sein Gesicht erkennen.

Es war Darwin Shaw. Und er wollte zu ihr.

Als sie zum ersten Mal die Klingel hörte, geriet sie in Panik. *Was will er hier? Mein Haus ist doch kein Museum.* Ihre ersten Gedanken waren völlig irrational. Abgesehen von Sindhamani, ihrer tamilischen Haushaltshilfe, durfte so gut wie niemand ihr Refugium betreten. Sogar mit Susan traf sie sich fast ausschließlich in Cafés oder Restaurants – auf neutralem Boden.

Es klingelte erneut.

Sollte sie sich tot stellen? Vogel-Strauß-Politik praktizieren? Darin besaß sie Übung. Die Erinnerung an Shaws Berührung im Frauengefängnis stieg wieder in ihr hoch, an das elektrisierende Gefühl, das sie in Verwirrung gestürzt hatte, obwohl und gerade weil sie normalerweise jede körperliche Nähe zu anderen Menschen mied …

Als habe sie erneut einen Stromstoß bekommen, brach Alex unvermittelt in Betriebsamkeit aus. Sie schoss in Richtung Tür, wäre dabei fast auf dem Zeitungsstapel ausgerutscht, fing sich aber wieder, während sie aus dem Arbeitszimmer stolperte. Auf Socken schlidderte sie durch den kleinen Flur, vorbei an der Wand mit den alten Familienfotos, hinein ins Schlafzimmer, zum Kleiderschrank und riss die Türen auf.

»Ich habe nichts anzuziehen«, jammerte sie verzweifelt.

Abermals verbreitete sich das Läuten der antiquierten Klingel im Haus.

Mit fahrigen Bewegungen zog sie einen Pullover aus dem Schrank, griff sich eine graue Hose aus Kammgarnwolle, kämpfte einen Moment mit dem Bügel, der das Kleidungsstück nicht freigeben wollte, siegte dann aber doch. Im Nu war sie aus den Schlampersachen heraus. Während sie sich in die ansehnlichere Hose einfädelte, hüpfte sie auf einem Bein ins Bad. Bei der Ankunft vor dem Spiegel steckte ihr Kopf noch im schwarzen Kaschmirpulli. Als er den Durchbruch im Halsausschnitt schaffte, schrie sie entsetzt auf.

Es würde Stunden dauern, sich in einen präsentablen Zustand zu versetzen.

In diesem Moment klingelte es zum vierten Mal.

Kapitel 6

»[Wir müssen] scharf unterscheiden zwischen der Evolutionslehre als einer biologischen Theorie und dem populären Evolutionismus, … der unzweifelhaft ein Mythos ist. … Wenn der populäre Evolutionismus nicht ein Mythos wäre, sondern (wie er von sich glaubt) die intellektuell fundierte Auswirkung der wissenschaftlichen Lehre auf das Denken der Allgemeinheit, dann hätte er entstehen müssen, nachdem diese Lehre allgemein bekannt geworden war.«

C. S. Lewis

LONDON (ENGLAND),
Montag, 1. Oktober, 6.12 Uhr

Manchmal werden die Werke eines Bildhauers mit einem Tuch verdeckt, bevor die Öffentlichkeit sie sehen darf. Der Betrachter erahnt die Größe des Kunstwerkes und manche Form, die bereits durch das Gewebe drängt, und fühlt sich nachher dann bestätigt, wenn der Schleier endlich gelüftet wird. Ähnlich erging es Darwin an diesem Montagmorgen.

Der vierte Museumseinbruch hatte wie ein Damoklesschwert über ihm gehangen. Seine Befürchtungen waren im Laufe des verwirrenden Gesprächs mit Alex Daniels nicht gerade zerstreut worden. Für Darwin gab es kaum Zweifel an einer Fortführung der Serie, nur hoffte er, die Diebe würden sich beim nächsten Mal ein Kunstwerk aussuchen, das nicht bei seinem Arbeitgeber versichert war. Bei der Militärpolizei war ihm allerdings beigebracht worden, immer mit dem Schlimmsten zu rechnen. Deshalb hatte ihn sein Wecker an diesem Montagmorgen bereits um fünf aus dem Schlaf geschreckt.

Eine Stunde später befand er sich auf den Weg in die Londoner City. Wann immer es die Verkehrsverhältnisse zuließen, verzichtete er auf das Geschuckel in der U-Bahn und fuhr lieber mit seinem TVR Griffith 500 ins Büro. Der Wagen war Darwins heimliche Leidenschaft, ein englischgrüner, zweisitziger Vollblut-Roadster mit beigefarbenen Ledersitzen und einem über dreihundert PS starken Fünf-Liter-Motor unter der Haube. Er hatte »das Geschoss« von einem General a. D. aus zweiter Hand erworben, damals zehn Jahre alt, aber in tadellosem Zustand. Als das V8-Triebwerk seinen jetzigen Besitzer gerade mit trügerisch unschuldigem Blubbern in die Tiefgarage der ArtCare-Zentrale schob, klingelte Darwins Mobiltelefon.

Er blieb an dem automatischen Rollentor stehen und drückte die Abhebetaste seiner Freisprechanlage. »Hallo?«

»Guten Morgen, Mr Shaw, hier ist Reena Baker«, meldete sich die Sekretärin des Firmenchefs. Ihre Stimme klang selbst über die Lautsprecher angenehm warm.

»Hi, Reena. Haben Sie Ihre Pritsche inzwischen unter dem Schreibtisch aufgeklappt?«

»So ungefähr. Im Vorstand herrscht Krisenstimmung. Wann können Sie hier sein?«

»Ich fahre gerade in die Garage.«

»Sehr gut. Der Doktor möchte Sie umgehend sprechen.«

»Gibt es etwas, das ich wissen sollte?«

»In der vergangenen Nacht wurde in der National Gallery eingebrochen. Ein bei uns versichertes Bild ist gestohlen worden.«

»So etwas habe ich befürchtet.«

»Tatsächlich?«

Von hinten ertönte ein ungeduldiges Hupen. Vermutlich ein Kollege, den es auch schon zu nachtschlafender Zeit an den Schreibtisch zog.

»Bin gleich bei Ihnen, Reena.«

»Ich sage dem Chef Bescheid.«

Darwin parkte den Griffith auf dem für ihn reservierten Stellplatz. Mit dem Lift fuhr er von der Tiefgarage aus direkt in den siebten Stock des fast einhundertfünfzig Jahre alten Hauses. Art-

Care gehörte nicht zu den Versicherungsgiganten, die sich auf mehrere Bürokomplexe verteilen mussten, weil in der Londoner Innenstadt kein Gebäude höher als St Paul's Cathedral sein durfte. Die Firma beschäftigte an ihrem Stammsitz nur etwa zweihundert Mitarbeiter. Schon um der Symbolik willen hatte der Mann an der Spitze der Unternehmenshierarchie seine Büroflucht direkt unter dem Dach.

Ein Glöckchen kündete das Erreichen der obersten Etage an. Die Fahrstuhltüren glitten auseinander. Darwin durchquerte mit raumgreifenden Schritten eine großzügige Halle, die von der viktorianischen »Verpackung« der ArtCare-Zentrale wenig erahnen ließ. Nussbaumholz, schwarzer Granit und ein flaches, steingefasstes Goldfischbecken bildeten ein sachlich-elegantes Ambiente, in dem Reena Baker wie eine Lotusblüte in einem japanischen Zen-Garten wirkte.

Cadwells Vorzimmerdame war nicht eines dieser jungen Dinger, deren ganze Begabung darin bestand, eine gute Figur zu machen, während sie die Kaffeemaschine bedienten, und die sich pausenlos die Fingernägel lackierten. Ein Klischee, dessen war Darwin sich bewusst. Aber er hatte genügend Damen kennen gelernt, die es hingebungsvoll pflegten. Reena war anders. Sie verkörperte das Ideal einer aufopferungsvollen Chefsekretärin. Im oft hektischen Olymp von ArtCare bildete sie den ruhenden Pol, den Schwerpunkt, der scheinbar alles im Gleichgewicht hielt.

An diesem Morgen trug sie ein schmal geschnittenes Kostüm aus silbrig glänzender Wildseide. Gerüchten zufolge war sie zweiundvierzig, sah aber fast zehn Jahre jünger aus. Ihr mittellanges, an den Spitzen nach innen geföhntes blondes Haar saß wie immer perfekt. Das Make-up war dezent, das Lächeln routiniert.

»Sie sehen heute Morgen grauenvoll aus, Mr Bond«, begrüßte sie ihn.

Er grinste. »Was man von Ihnen nicht sagen kann, Moneypenny. Wie schaffen Sie es nur, zu jeder Tageszeit wie aus der *Vogue* gesprungen auszusehen?«

»Alter Schwerenöter.« Sie deutete mit dem Daumen zum Allerheiligsten. »Gehen Sie rein. Ich habe Sie dem Doktor bereits avisiert.«

Darwin klopfte an die Tür, obgleich ihm bewusst war, dass ihre Schalldämmung das Geräusch so gut wie vollständig verschluckte. Dann trat er in Cadwells Büro.

Die Bezeichnung Luxuskommandozentrale beschrieb den Raum eigentlich treffender. Er war groß wie ein Tanzsaal. Ohne sich gegenseitig ins Gehege zu kommen, verteilten sich darin ein Konferenztisch in Nussbaum für zwölf Personen, zwei Sitzgruppen aus schwarzem Leder und gebürstetem Edelstahl, diverse Plastiken – vorwiegend Akte vollkommener Körper beiderlei Geschlechts –, eine Glasvitrine mit der effektvoll beleuchteten Rüstung eines Samurai sowie ein gigantischer, auf Hochglanz polierter Schreibtisch aus dem gleichen schwarzen Granit wie der Fußboden – das Arbeitsmöbel glich selbst einer kubistischen Installation. Die Wand rechts davon bestand hauptsächlich aus Monitoren mit den Programmen der wichtigsten internationalen Nachrichtensender.

Cadwell stand hinter seinem Schreibtisch und telefonierte. Die schwere Tür fiel mit leisem Klicken hinter Darwin ins Schloss. Er glaubte rechts von sich jemanden zu spüren; vielleicht hatte er auch den Schatten am äußersten Rand seines Blickfeldes bemerkt. Jedenfalls reagierten seine im Kampfsport trainierten Instinkte, ehe der Verstand die Wahrnehmung einordnen konnte. Darwin fuhr herum – und atmete erleichtert aus.

»Jack! Sie haben mich erschreckt.«

Jack Jordan war Cadwells Bodyguard, hätte mit seinen fast sieben Fuß aber auch als Center in der britischen Basketball-Nationalmannschaft eine gute Figur gemacht. Der breitschultrige Riese war in Hongkong als Sohn eines englischen Offiziers und einer chinesischen Mutter zur Welt gekommen. Eigentlich hätte Darwin mit der Anwesenheit des allgegenwärtigen Schattens seines Chefs rechnen müssen, aber der Eurasier schaffte es immer wieder, sich im Hintergrund zu halten und seine Ehrfurcht einflößende Präsenz erst dann auszuspielen, wenn jemand den unsichtbaren Bannkreis betrat, den er um seinen Schutzbefohlenen gezogen hatte.

Jordans linke Hand befand sich unter seinem Sakko, wo er, wie Darwin wusste, zwei Halfter trug: Das linke beherbergte seine Glock 17, eine Neun-Millimeter-Pistole, die sogar unter Wasser schießen konnte, und in dem rechten befand sich die Lieblingswaffe des Leibwächters, ein schwarzes Applegate-Fairbane-Kampfmesser.

»Kleiner Wettkampf, Provost Marshal Shaw?«, fragte Jordan grinsend.

Darwin legte keinen gesteigerten Wert darauf, mit seinem letzten militärischen Rang angesprochen zu werden, schon gar nicht von Jordan. Er zog sein »SwissFlame« aus der Jackentasche, das Schweizer Messer mit integriertem Feuerzeug, und entfachte die gebündelte blaue Gasflamme. »Hiermit?«

Der Bodyguard präsentierte seine Handkanten. »Wir könnten's auf die klassische Art machen.«

Darwin lächelte säuerlich. »Ich bin doch nicht lebensmüde. Lassen Sie 's gut sein, Jack.«

»Schade. Hätte mich gern mal mit einem gemessen, der den Godan im Karate besitzt.«

»Vielleicht ein andermal.«

»Der Chef erwartet Sie bereits.«

Cadwell, immer noch telefonierend, dirigierte Darwin mit der linken Hand in den Konferenzsektor des Büros. Seinem Schatten bedeutete er, den Raum zu verlassen.

Jordan zögerte.

»Keine Sorge, Jack. Ich lasse ihn am Leben«, frotzelte Darwin.

Der Bodyguard verzog keine Miene. Was die Sicherheit seines Chefs anging, verstand er keinen Spaß. Stumm verließ er das Büro.

Als die Tür sich hinter dem Hünen schloss, fühlte Darwin sich wohler. Er betrachtete Cadwells Leibwächter als wandelnde Zeitbombe.

Wie er, so war auch Jordan militärisch vorbelastet. Als Angehöriger des 22nd SAS Regiment hatte er im Rahmen der Operation »Enduring Freedom« im Irak gekämpft. Darwin kannte die Männer des *Special Air Service* als extrem motiviert, in Spezialeinsätzen hochkonzentriert und zu fast übermenschlichen Leistungen fähig, das effektive Töten von Gegnern eingeschlossen. Damit ein Mensch solche Fähigkeiten erwerben konnte – das war Darwins feste Überzeugung –, musste in ihm ein natürlicher Schutzmechanismus ausgeschaltet werden. Deshalb betrachtete er die Mitglieder der Spezialeinheiten alle als psychisch Amputierte.

Er ging zu dem lang gestreckten Tisch. Sein Blick fiel auf eine Reihe von Fotografien und Papieren, die fein säuberlich auf dem braunen Holz aufgereiht lagen. Es dauerte keine Sekunde, bis Darwin begriff, dass es die Unterlagen zum jüngsten Einbruch waren.

Er drehte sich zu dem Schreibtisch um, hinter dem Cadwell stand und ihm mit Gesten zu verstehen gab, dass er sich schon mit dem Material vertraut machen solle.

»Nicht auch noch ein Rubens!«, stöhnte Darwin leise, als er den Steckbrief las.

Titel: »Das Urteil des Paris«
Künstler: Peter Paul Rubens (1577-1640)
Entstehung: um 1625
Ausführung: Öl auf Eiche
Größe: 52,72 x 68,70 Zoll (133,9 x 174,5 cm).
Inventar-Nr.: NG6379
Versicherungswert: 50 Mio. Pfund
Im Besitz des Versicherungsnehmers seit: 1966

BESCHREIBUNG:

Paris, mit dem Rücken zum Betrachter sitzend, übergibt den Preis für die schönste von drei Göttinnen, einen goldenen Apfel, an Venus (Aphrodite). Links von ihr steht Juno (Hera), rechts, nur von hinten zu sehen, Minerva (Athene). Cupido (Eros) umfasst Venus' rechten Oberschenkel. Sie wird von einem Putto gekrönt; ein zweiter hält zwei Tauben. Paris befindet sich in Begleitung von Merkur (Hermes) – links von ihm. Im Hintergrund verfolgen zwei Satyrn den Schönheitswettbewerb. Am rechten Bildrand sitzen ein Wassergott und eine Nymphe auf dem Boden.

Darwin sah von den Dokumenten auf, als er hörte, wie sich Cadwell von seinem Gesprächspartner verabschiedete. Sein Chef kam zum Konferenztisch herüber. Er bewegte sich mit einer bedächtigen Sorgfalt, wie man sie von einem erfahrenen Bergführer erwarten würde: nicht hastig, aber keinesfalls wie ein alter Mann, der seine abgenutzten Gelenke schonen musste. Martin Cadwell war stolz darauf, jeden Tag im eigenen Pool drei Meilen zu schwimmen und beim Golf schon manch jüngeren Geschäftspartner besiegt zu haben.

Obwohl sein Äußeres an einen alternden Bonvivant denken ließ, hörte man nie irgendwelche Affären über ihn. Sein dichtes graues Haar trug er länger, als man es von Topmanagern seriöser Branchen gewöhnlich erwartete. Es war rechts gescheitelt und musste häufig durch manuelle Eingriffe aus dem Blickfeld geräumt werden. Zum Markenzeichen des sechzigjährigen Witwers gehörten die Halstücher, meist in Weinrot gehalten. Sein auffallendstes Merkmal waren jedoch die Augen: das rechte strahlte blau wie ein Bergquell, das andere rot wie bei einem Albino.

Cadwell wirkte ernst an diesem Morgen. Ohne sich lange mit Begrüßungsritualen aufzuhalten, deutete er mit dem Kinn auf die penibel aufgereihten Dokumente.

»Was sagen Sie dazu?«

Darwins Blick wanderte zu den Papieren. »Ich bin noch dabei, die Sache zu verdauen.«

»Mir geht's genauso. Die drei schönsten Frauen des Universums – einfach gekidnappt.« Der Doktor, wie Reena Baker ihn zu nennen pflegte, schüttelte den Kopf, auf dem Gesicht ein Ausdruck tiefsten Bedauerns. Darwin kannte ihn als einen Ästheten, den wenig mehr begeistern konnte als vollendete Formen. Im Grunde waren die klaren Linien und polierten Oberflächen der Vorstandsetage nur eine Manifestation von Martin Cadwells Schönheitsidealen.

Darwin deutete auf das Foto im Steckbrief.

»Mich bedrückt eigentlich mehr der Gedanke, einen Fünfzig-Millionen-Dollar-Rubens auf der Verlustliste zu haben! Die Kerle steigern sich.«

»Woher wissen Sie, dass es Kerle sind?«

»Reine Gewohnheit. Solche Verbrechen werden meistens von Männern begangen.«

»Die einzige Tatverdächtige, die wir hatten, war offenbar eine Frau.«

»Wieso ›hatten‹?«

Cadwell entnahm dem Dokumentenraster ein Telefax und reichte es Darwin. »Die in Paris gefundenen Fingerabdrücke gehören offenbar nicht Daniels, sondern stammen von einer anderen Person.«

»Hat man etwa einen Täter gefasst?«

»Nein.« Cadwell erklärte seinem Mitarbeiter, was wenige Minuten später auch Detective Superintendent Longfellow einer zu unrecht verhafteten Frau im Holloway-Gefängnis mitteilen würde.

Darwin schüttelte ungläubig den Kopf. Das verworrene Gerede von Alex Daniels war also nicht kompletter Unsinn gewesen? An diese Vorstellung musste er sich erst noch gewöhnen. »Ich hätte nie gedacht, dass so etwas möglich ist.«

»Eineiige Zwillinge sind immer genetisch gleich.«

»Sie meinen Drillinge. Diese Frau, die beim Autounfall ums Leben kam …«

»Die vergessen Sie mal ganz schnell wieder«, fiel Cadwell ihm ins Wort. »Mein Informant bei der National Crime Squad meinte, die im Louvre gesicherten Fingerabdrücke seien unvollständig und zum Teil verwischt gewesen.«

»Tatsächlich? Das höre ich zum ersten Mal.«

»Anscheinend bestand kein Anlass zu Zweifeln, solange die Identifizierung auf eine einzige Verdächtige hinauslief.«

»Und die Übereinstimmung der genetischen Marker?«

»Was wissen Sie darüber?«

»Daniels wurde adoptiert. In ihrer Akte sind keine Geschwister erwähnt.«

»Mag sein. Es ist keine Seltenheit, dass Zwillinge nach der Geburt getrennt und in unterschiedliche Familien gegeben werden. Wenn eines der Babys krank ist, wird die Adoptionsbehörde wenigstens dem anderen die Chance auf eine normale Kindheit sichern wollen.«

Darwin nickte. Mit einem Mal zogen sich seine Augenbrauen zusammen. »Warten Sie! Wenn die Leiche aus dem Louvre tatsächlich ein Zwilling von Daniels ist, dann muss es sich ja auch um eine Frau gehandelt haben.«

»Bei eineiigen Zwillingen mit Sicherheit. Und wenn das genetische Material so weit identisch ist, ist davon auszugehen, dass sie beide aus einer Zygote hervorgegangen sind.«

»Einer *was*?«

»Einer befruchteten Eizelle.«

»Ach so. Ich muss immer wieder staunen, was Sie alles wissen, Martin.«

Der Direktor lächelte. »Nur Geduld, mein Junge, in dreißig Jahren geht es Ihnen genauso. Wie sieht Ihr weiteres Vorgehen aus?«

»Der Tag heute dürfte gelaufen sein. Ich fahre gleich zum Trafalgar Square rüber, um mir den Tatort anzusehen. Für morgen habe ich einen Termin mit Dr. Simmons. Er ist Kriminalpsychologe beim National Criminal Intelligence Service.«

»Ein Profiler? Warum ziehen Sie ihn nicht gleich heute hinzu, um den Tatort gemeinsam zu besichtigen?«

»Der NCIS unterstützt die regionalen und landesweiten Ermittlungsbehörden, aber nicht die Versicherungswirtschaft.«

»Darum kümmere ich mich. Wie hieß der Mann?«

»Simmons. Dr. Ken Simmons.«

»Sie werden ihn in der National Gallery treffen. Was ist mit Daniels?«

»Wird sich nicht vermeiden lassen, sie noch einmal zu befragen.«

»Ist sie so hässlich?«

»Was? – Ach so! Nein. Wenn Uma Thurman Ihr Typ ist, dann würden Sie an Alex Daniels vermutlich auch Gefallen finden. Ihre Ansichten sind allerdings nicht von dieser Welt.«

»Sie meinen, weil sie keine Gelegenheit auslässt, das naturwissenschaftliche Establishment gegen sich aufzubringen?«

»Sie sagen es.«

»Bleiben Sie dran, Darwin. Aber halten Sie die Sache aus der Öffentlichkeit raus!«

»Wie soll ich das machen? Die Verhaftung von Daniels ist durch alle Medien gegangen.«

»Das wird sich auch nach ihrer Freilassung nicht vermeiden lassen. Mich stört nicht, wenn *The Sun*, der *Daily Mirror* und die einschlägigen Kabelsender sich über sie die Mäuler zerreißen. Unangenehm könnte es nur für uns werden, wenn das öffentliche Bild von ArtCare beschädigt wird.«

»Alle vier Einbrüche treffen unser Haus. Sie fürchten, jemand könnte es auf die Versicherung abgesehen haben?«

»Sie sind ein schlauer Junge, Darwin.«

»Ein Konkurrent?«

»Wer weiß. Vielleicht fühlt sich irgendjemand auch von

einem anderen Unternehmen unserer Gruppe unrecht behandelt. MacKane Enterprises ist riesig, fast unangreifbar, aber ArtCare könnte ein wunderbares Opferlamm abgeben.«

»Haben Sie einen konkreten Verdacht?«

»Nein. Ich mache mir nur meine Gedanken. Wenn diese Kunstraube weitergehen, könnten wir in ernsthafte Schwierigkeiten geraten.«

»Ich denke, wir sind rückversichert.«

»Noch, mein Junge. Aber das kann sich leicht ändern. Wenn Sie zu Hause ständig kaputte Fensterscheiben an Ihre Hausratversicherung melden, dann wird sie Ihnen irgendwann kündigen. Dasselbe Schicksal könnte uns ereilen. Wir haben uns den stolzen Marktanteil mit einer aggressiven Preispolitik erkauft. Zur Zeit ist unsere Finanzdecke dünn. Dünner als ein Rubens, wenn Sie verstehen, was ich meine.«

Darwin nickte.

»Ich möchte nicht, dass Sie im Pub oder sonst wo mit jemandem darüber sprechen. Ist das klar?«

»Selbstverständlich, Sir.«

»Und dasselbe gilt für alles, was Sie aus der Vergangenheit dieser Alex Daniels ausgraben. Sie sind ein hervorragender Ermittler, Darwin, aber im Umgang mit den Medien bin ich der Profi.«

»Kann mir nur recht sein, Sir.«

Cadwell legte seine Hand auf Darwins Schulter. »Mitarbeiter wie Sie sind das Rückgrat unseres Unternehmens. Betrachten Sie mein Vertrauen in Sie als Ihr Kapital. Wenn Sie es richtig einsetzen, bleibt der Profit für Sie nicht aus. Aber sollten Sie leichtfertig damit umgehen, dann werden Sie am Ende alles verlieren.«

Wirklich eine herzerfrischende Art, seine Mitarbeiter zu motivieren, dachte Darwin, während er, beladen mit den Dokumenten des neuesten Falles, in sein Büro hinabfuhr. *Dann werden Sie am Ende alles verlieren.* Cadwells Worte wollten ihm nicht aus dem Sinn gehen. Der Spieß aus der Rekrutenzeit war feinfühliger gewesen als sein jetziger Boss. Nun, auf den Schultern des ArtCare-Chefs lastete allerdings auch eine größere Verantwortung.

Im fünften Stock verließ Darwin den Aufzug. Es war kurz vor sieben. Im Flur herrschte Stille. Keine schnatternden Sekretärinnen. Sein Team glänzte durch Abwesenheit. Er betrat das Arbeitszimmer am Ende des Ganges und schaltete den Computer an, um in den Datenbanken von ArtCare eine kurze Recherche zu dem gestohlenen Gemälde zu starten. Die Äußerungen der Wissenschaftsjournalistin, die auf ein bestimmtes Denkschema der Täter angespielt hatte, ließen ihm keine Ruhe. Wenn es einen roten Faden gab, der sich durch die einzelnen Aktionen zog, dann musste dieser in der Auswahl der betroffenen Kunstwerke zu erkennen sein. Mit den Zeigefingern tippte er den Titel des Bildes in das entsprechende Suchfeld ein, drückte die Bestätigungstaste, kaum zwei Sekunden später erlebte er eine Überraschung.

Peter Paul Rubens hatte *Das Urteil des Paris* nicht weniger als *dreimal* gemalt.

Zumindest waren so viele Gemälde bei ArtCare versichert. Außerdem gab es noch einen Vertrag zu einem gleichnamigen Bild von Hendrick van Balen d. Ä. in der Berliner Gemäldegalerie. Darwin fragte sich, was wohl den Ausschlag gegeben hatte, ausgerechnet das jüngste der drei Ölgemälde von Rubens zu stehlen. Der Name des Künstlers konnte eindeutig nicht der Grund sein, ja, nicht einmal die Bedingungen am Tatort, denn – diese Entdeckung verwunderte Darwin am meisten – die National Gallery am Trafalgar Square besaß gleich *zwei* der betreffenden Werke des flämischen Malers.

Darwin lehnte sich in seinem Bürostuhl zurück und starrte auf den Monitor. Warum ausgerechnet dieses Bild? Bedächtig ließ er den Mauszeiger zum Knopf mit der Aufschrift »Drucken« wandern und klickte ihn an.

Während sein Tintenstrahler die Vertragsdaten und Abbildungen zu den aufgelisteten Gemälden ausgab, rief er das E-Mail-

Programm auf. Bevor er in die National Gallery fuhr, wollte er einen Blick in seinen elektronischen Briefkasten werfen.

Die E-Mail von Mortimer stach ihm sofort ins Auge. Im Betreff stand: »Beim Louvre-Täter sichergestellte Gegenstände«. Darwin klickte die Nachricht an. Sie enthielt eine von der französischen Polizei zusammengestellte Auflistung der Dinge, die man bei der Leiche des Unbekannten in Paris gefunden hatte. Bereits an zweiter Stelle der insgesamt ungefähr zehn Positionen entdeckte Darwin, wonach er gesucht hatte:

Handspiegel mit Stiel, Holzfassung,
21,3 cm x 9,5 cm (zerbrochen)

Als Darwin die Underground an der Charing Cross Station verließ, kreisten seine Gedanken immer noch um die Frage, wie Alex Daniels von dem Spiegel gewusst haben konnte. Sie hatte es im Gefängnis wie eine Rechenaufgabe dargestellt: Sie habe nur eins und eins zusammengezählt. Der Spiegel sei das beherrschende Traumsymbol in Magrittes Gemälde vom unachtsamen Schläfer. War es wirklich so einfach?

Er überquerte den Trafalgar Square. Es war noch zu früh für die Touristen, um die Scharen von Tauben zu füttern, die um das Nelson Monument herum den Platz bevölkerten. Darwin griff zu seinem Handy und wählte die Nummer von Longfellow.

»Morgen, Mortimer. Hier ist die Nervensäge von ArtCare.«

»Darwin! So früh schon auf den Beinen?«

»Wenn die Diebe nicht schlafen, wie könnten wir 's da tun?«

»Da haben Sie wohl Recht. Ich komme gerade aus Holloway.«

»Sie waren bei Daniels?«

»Ja. Wir können sie nicht länger festhalten, weil …«

»Ich bin im Bild. Dr. Cadwell hat mich aufgeklärt.«

»Ihr Boss und der meine scheinen Blutsbrüderschaft geschlossen zu haben. Gefällt mir gar nicht, dass ein Zivilist ständig dazwischenfunkt.«

»Ich bin auch einer, Mortimer.«

»Das ist was anderes. Sie waren bei der Militärpolizei Ihrer Majestät.«

»Wäre trotzdem ein feiner Zug gewesen, wenn Sie mich früher über die Auswertung der genetischen Fingerabdrücke von Daniels und der Leiche aus dem Louvre informiert hätten.«

»Bin selbst davon überrascht worden, als der Generaldirektor mich heute früh aus dem Bett geklingelt hat.«

»Sie meinen den *obersten* Chef der National Crime Squad?«

»Kein Geringerer als Sir Walter H. Ramleigh. Fragen Sie mich nicht, warum die Sache so weit oben aufgehängt ist. Ich weiß es nicht.«

»Der Doktor«, murmelte Darwin.

»Was haben Sie gesagt?«

»Da steckt bestimmt Martin Cadwell dahinter. Er fürchtet, die Einbruchsserie könnte das Vertrauen von Kunden und Anlegern in ArtCare erschüttern. Scheint nicht ganz unbegründet zu sein. Ich denke, wir sollten mal in dieser Richtung ermitteln. Vielleicht hat da jemand ein falsches Verständnis von Wettbewerb und Marktwirtschaft.«

»Wäre möglich. Ich werde jemand darauf ansetzen. Treffen wir uns in der Gallery?«

»Ja. Bin schon auf der Treppe am Säulenvorbau.«

»Wie immer von der schnellen Truppe, was? Also dann bis gleich.«

»Man sieht sich.« Darwin beendete das Gespräch, steckte das Mobiltelefon in seine Jackentasche zurück und betrat Großbritanniens bedeutendste Sammlung alter Meister.

Wie in die Jahre gekommene Filmstars sich ab und an unter das Messer eines Schönheitschirurgen legen, um für das Publikum attraktiv zu bleiben, so unterzog sich auch die National Gallery gerade einer umfassenden Verjüngungskur, die auch den nördlichen Trafalgar Square nicht verschonte. Seit der Tate Modern stemmte die Nation hier unter Lord Nelsons wachsamen

Augen ihr ehrgeizigstes kulturelles Bauprojekt. Darwin fragte sich, ob es da einen Zusammenhang zum Gemälderaub geben könnte. Jeder Umbau erforderte die Erstellung vieler neuer Pläne. Auch die Sicherheitstechnik muss auf den Prüfstand. Unterlagen, die sonst im Safe lagerten, werden hin und her gereicht.

Er durchschritt die Säulen des Portikus, der dem Museum das Aussehen eines antiken griechischen Tempels verlieh. Am Haupteingang empfing ihn eine ernste junge Dame, die Miller hieß. Sie führte ihn durch den eher nüchternen Eingangsbereich in ein Treppenhaus aus verschiedenfarbigem Marmor. Diesem schloss sich die große, längliche Zentralhalle an. Durch das gewölbte Glasdach des rechteckigen Saals fiel mattes Morgenlicht auf Blattgold, pfirsichfarbene venezianische Tapete und natürlich auf die großen Meister der Renaissance. Darwin entdeckte den *Tod des Aktäon* von Tizian, der ebenfalls bei ArtCare versichert war.

Warum der Rubens?, fragte er sich. *Sie müssten denken wie diese Leute, um das zu verstehen.* Die rätselhafte Bemerkung der Journalistin ging ihm nicht aus dem Kopf.

Endlich gelangten sie in die großzügigen, mit weißen Stuckdecken verzierten Räume, die den Künstlern des siebzehnten Jahrhunderts gewidmet waren. Die ernste junge Dame verabschiedete sich am Eingang eines Saals, durch den sich seltsam gekleidete Gestalten bewegten. Sie trugen extrem weite Anzüge, Überzieher an den Füßen und Hauben auf dem Kopf – alles in Weiß. Die Spurensicherung der National Crime Squad. Darwin entdeckte ein bekanntes Gesicht.

»John!« Er winkte dem Beamten zu.

Detective Constable John Spencer gehörte zu Longfellows Team. Er war ein schwergewichtiger Typ mit kurzen, rotblonden Haaren. Grinsend kam er auf den ArtCare-Ermittler zu.

»Hi, Darwin. So früh schon auf den Beinen?«

Der Gefragte zog die Augenbrauen hoch. »Alle Welt scheint heute um meinen Schönheitsschlaf besorgt zu sein. Ist niemand von der Museumsleitung hier?«

»Die berufen gerade ihren Krisenstab ein.«

»Schon was herausgefunden?«

Spencer deutete zu den merkwürdig gekleideten Gestalten. »Keinen Zettel, auf dem steht: ›Mein Name ist Tom Smith, und ich bin der Dieb.‹ Wird noch eine Weile dauern, bis die Spurensicherung hier fertig ist. Aber wenn Sie es sich selbst ansehen wollen, dann folgen Sie mir unauffällig. In der Mitte des Saales dürfen wir uns frei bewegen.«

Während Darwin im Schlepptau des Kriminalbeamten über den Parkettboden lief, fragte er: »Was genau meinen Sie mit *es*?«

»Was Sie sich anschauen sollen?« Spencer blieb stehen und deutete zur Wand. »Das da.«

Der leere Goldrahmen, in dem bis gestern ein Fünfzig-Millionen-Pfund-Rubens gehangen hatte, war für Darwin ein zwar deprimierender, aber nicht wirklich überraschender Anblick; die Parallele zum Tate Modern ließ sich nicht übersehen. Wie bei den drei vorhergehenden Museumseinbrüchen hatte der Dieb auch hier ein »Andenken« zurückgelassen. Es lag auf dem Parkettboden, direkt unter dem leeren Rahmen.

»Eine graue Taube«, sagte Darwin.

»Die Oberfläche sieht irgendwie rau aus. Könnte aus Ton sein«, mutmaßte Spencer. »In der Tate war's 'ne Wolldecke, oder?«

Darwin nickte. »Es sind immer Elemente aus dem *Unachtsamen Schläfer*.«

»Ist mir auch schon aufgefallen.«

»Irgendeine Idee, was er damit bezweckt?«

Spencer zuckte die Achseln. »Was weiß ich! Vielleicht will der Bursche sich über uns lustig machen.« Er deutete auf ein Bild, das auf den ersten Blick wie eine spiegelverkehrte Ausgabe des gestohlenen Parisurteils aussah. »Das da ist auch ein Rubens. Dasselbe Motiv. Käpten Langfinger hätte nur ein zweites Mal zuzulangen brauchen, und schon wäre er um fünfzig Millionen Pfund reicher gewesen. Hat er aber nicht. Verrückt, was?« Der Polizist zuckte die Achseln. »Soll der Chef sich darüber den Kopf zerbrechen.«

Darwin saugte die in Öl gebannte Szenerie regelrecht in sich auf. Die drei nackten Göttinnen, Paris und Hermes, die eher mitteleuropäisch anmutende Gartenlandschaft im Hintergrund – in ihren Grundelementen waren sich die zwei Bilder sehr ähnlich. Er wandte sich wieder dem Constable zu.

»Hat es einen Alarm gegeben?«

»Negativ.«

»Wie sind die Diebe hereingekommen?«

»Wissen wir noch nicht.«

»Lassen Sie mich raten: keine Einbruchsspuren, die Sicherheitstechnik wurde professionell ausgetrickst.«

John nickte. »Genauso wie in der Tate Modern. Man könnte glauben, die Mistkerle hätten Nachschlüssel zu sämtlichen Museen der Welt.«

»Malen Sie nicht den Teufel an die Wand, John!«

»Mr Shaw?«, hallte eine Stimme durch den Raum.

Der Gerufene wandte sich dem Durchgang zu. Dort stand ein schmächtiger Mann mit Brille und lichtem dunklen Haar. Er war ungefähr Mitte vierzig, trug einen Trenchcoatmantel und klammerte sich an eine braune Aktentasche.

»Kann ich etwas für Sie tun?«, fragte Darwin.

»Ich bin Dr. Ken Simmons vom NCIS.«

»Der Kriminalpsychologe? Warten Sie dort, ich komme zu Ihnen.«

Darwin durchquerte den Saal in umgekehrter Richtung und reichte dem Beamten die Hand. »Das ging schneller, als ich erwartet hatte.«

»Sir Ramleigh hat mir – wie soll ich sagen? – Feuer unter dem Allerwertesten gemacht.«

»Ramleigh? Ich dachte, er sei Direktor der NCS.«

»Der National Criminal Intelligence Service wird von einem elfköpfigen Gremium geleitet, das im Kern mit der entsprechenden Körperschaft der National Crime Squad identisch ist.«

»Das erklärt vieles. Hatten Sie Zeit, die Unterlagen von den drei bisherigen Museumseinbrüchen durchzusehen, die ich Ihnen letzte Woche zugesandt habe?«

»Ja. Wir waren ja ohnehin für morgen miteinander verabredet. Kann ich einen Blick auf den Tatort werfen?«

»Solange Sie sich in dem Korridor bewegen, den die Kollegen von der Spurensicherung für uns freigegeben haben, kein Problem.«

Der Psychologe ließ sich mit der Inaugenscheinnahme des Tatortes Zeit. Unterdessen traf auch Detective Superintendent Longfellow ein. Er ließ sich von John Spencer auf den neuesten Stand der Dinge bringen.

»Warum schon wieder London? Hätten die Langfinger nicht in Rom oder Berlin zuschlagen können?«, klagte Longfellow.

Darwin zuckte die Achseln. »Vielleicht geht es ihnen wie uns: Sie sparen Reisekosten.«

»Wäre nahe liegend, wenn der tote Louvre-Täter tatsächlich mit Alex Daniels verwandt ist. Geschwister haben meistens dieselbe Staatsbürgerschaft, auch wenn sie durch Adoption getrennt wurden.«

»Sagt der Obduktionsbericht der unidentifizierten Leiche aus Paris eigentlich irgendetwas über Missbildungen aus?«

»Nein. Von ihr war nicht viel übrig geblieben, das in dieser Hinsicht zuverlässige Aussagen gestatten würde. Wieso fragen Sie?«

Darwin schob die Unterlippe vor. »Wenn Daniels und die Leiche aus Paris Geschwister gewesen sind, dann hätten die Adoptivbehörden zunächst alles daran gesetzt, sie gemeinsam aufwachsen zu lassen. Für ihre Trennung muss es einen triftigen Grund gegeben haben.«

»Vielleicht sind Sie zu idealistisch, Darwin. Gibt bestimmt genug Holzköpfe im Amt, die sich sagen: Wenn die Zwillinge nichts voneinander ahnen, können sie sich auch nicht vermissen.«

»An Ihnen ist ein Sozialarbeiter verloren gegangen.«

Der Polizist bleckte die Zähne. »Mal zu etwas anderem, Darwin. Abgesehen von dem Anschlag im Louvre, wo den Tätern offensichtlich ein Wachmann in die Quere gekommen ist, scheinen die drei letzten Einbrüche wie geschmiert über die Bühne gegangen zu sein. Wie ich Sie kenne, haben Sie dazu schon eine Theorie.«

»Allerdings.«

»Und?«

Darwin sah in das interessierte Gesicht des Kriminalpsychologen.

Als Simmons den Blick bemerkte, lächelte er verlegen. »Wie wäre es, wenn ich unten im Café auf Sie warte, Mr Shaw?«

»Glänzende Idee, Dr. Simmons. Gehen Sie ruhig schon vor. Ich komme gleich nach.«

Darwin nahm Longfellow auf die Seite und wartete, bis der Psychologe außer Hörweite war. Dann erklärte er: »Als ArtCare vor einigen Jahren in einen Markt drängte, der eigentlich schon unter den Großen der Branche aufgeteilt war, ging das nur mit Dumpingprämien. Um das Risiko so gering wie möglich zu halten, leisten wir uns eine Abteilung, die zusammen mit den Kunden ausgefeilte Schutzmaßnahmen erarbeitet. Manchmal sind aufwändige Nachbesserungen erforderlich, um überhaupt eine Deckung im Schadensfall zu erhalten. Mit anderen Worten, wenn irgendjemand über Informationen verfügt, wie man unauffällig in die Museen kommt, die Sicherheitssysteme ausschaltet und mit den Bildern sang- und klanglos verschwindet, dann wir.«

»Ich hatte gehofft, dass Sie von selbst darauf kommen würden.«

»Sie meinen, weil unsere Generäle sich verbündet haben?«

»Ja. Ich will nicht mit einem Haussuchungsbefehl bei Ihnen in die Firma platzen. Mir wäre lieber, wenn Sie da vorerst ganz diskret ...« Longfellow drehte seine Pranke im Handgelenk hin und her. »Sie wissen schon.«

»Ich gehe der Sache nach.«

»Das beruhigt mich.«

»Und Sie geben mir Bescheid, wenn die NCS oder Interpol etwas Neues herausfindet?«

»Solange ich meine Vorschriften nur ein bisschen verbiegen, aber nicht brechen muss, sind wir Partner.«

»Danke, Mortimer. Ist mir irgendwie lieber, die Fakten frisch von Ihnen serviert zu bekommen, als den aufgewärmten Kaffee meines Chefs schlucken zu müssen.«

»Verständlich.«

»Dann verschwinde ich mal in die Unterwelt, um mir von Dr. Simmons etwas über die verlorenen Seelen von Serientätern erzählen zu lassen.«

Das Museumscafé lag in der Ebene null, unweit des neu geschaffenen Sir-Paul-Getty-Einganges. Weil es für die Öffentlichkeit erst ab zehn Uhr zugänglich war, hatten es Darwin und der Kriminalpsychologe ganz für sich allein. Sie saßen an einem grünlich gläsernen Tisch auf weißen Kunststoffstühlen, die in ihrer Schlichtheit den Sitzmöbeln im Holloway-Gefängnis in nichts nachstanden. Darwin kam schnell zur Sache.

»Was können Sie mir über den oder die Täter sagen, Dr. Simmons?«

Der reagierte verhalten auf die geballte Direktheit. Er nahm eine lange, über seinem rechten Brillenglas hängende Haarsträhne zwischen die Finger und warf sie nach hinten über den nur dünn bewachsenen Schädel. Nachdem er sein Gegenüber eine Weile gemustert hatte, klagte er: »Sie glauben ja nicht, wie oft ich diese Frage höre. Die meisten denken, ein Profiler braucht sich den Ort eines Verbrechens nur anzuschauen und schon weiß er, wie der Täter heißt, wo er wohnt, mit wem er in seiner Schulzeit gespielt hat, mit wem er nicht gespielt hat und was er am liebsten zum Frühstück isst.«

»Ach, ist das etwa nicht so?«

Simmons starrte erschrocken in Darwins Gesicht. Dann schmunzelte er. »Das war ein Scherz – habe ich Recht?«

Der Detektiv hob grinsend die angewinkelten Arme, um seine Handflächen zu zeigen. »Wie konnte ich annehmen, einen Profiler zu täuschen? In einem früheren Leben war ich bei der Militärpolizei. Da durfte ich mich ein wenig mit Tatortanalyse befassen, hauptsächlich, um für Experten wie Sie nicht die Spuren zu zertrampeln. Und wo haben Sie Ihre Fachkenntnisse erworben?«

Simmons nahm seine Brille von der Nase und begann sie mit einem Stofftaschentuch zu putzen. »Gleich nach der Dissertation bin ich zur National Crime Squad gekommen. Die schickte mich in die Staaten, um die Methoden der Behavioral Science Unit zu studieren. Das ist eine Art Verhaltensforschungseinheit der amerikanischen Bundespolizei. Später holte man mich in den NCIS, um meine Kenntnisse möglichst vielen Behörden zugänglich zu machen.«

»Fein«, sagte Darwin und hoffte insgeheim, seinem Gesprächspartner nun ausreichend Gelegenheit zum gegenseitigen Abtasten eingeräumt zu haben. »Nachdem wir jetzt wissen, wo die Kompetenzlinie zwischen uns verläuft, zurück zu meiner eingangs gestellten Frage: Was für ein Typ ist der Dieb?«

Die Brille landete wieder auf der Nase. Erneut ließ sich Simmons mit seiner Antwort Zeit. »Sie müssen wissen, das Verhalten des Menschen ist zu komplex, um es in zehn oder zwölf Schubladen einsortieren zu können, obwohl wir dergleichen tagtäglich versuchen. Meine Aufgabe ist es, Ihnen beim Nachdenken zu helfen. Ich kann den Täter für Sie nicht fassen, aber ich kann Ihnen etwas über seine Bedürfnisse sagen, die ihn zu bestimmten Handlungen getrieben haben.«

»Das ist mir klar. Aus Ihrer Wortwahl entnehme ich, dass Sie hinter den Einbrüchen ein und denselben Drahtzieher vermuten.«

»Ja.« Im Schneckentempo faltete der Psychologe sein Taschentuch zusammen und verstaute es wieder in der Hosentasche. »Vermutlich hat er Komplizen, aber die Aktionen wurden mit ziemlicher Sicherheit von *einem* Hirn ausgebrütet.«

»Persönliche Bereicherung als Motiv halte ich eher für unwahrscheinlich.«

»Wie kommen Sie darauf?«

»Da ist zunächst der Bombenanschlag im Louvre.«

»*D'accord.* Und weiter?«

»Alle vier Fälle treffen ArtCare. Jemand könnte versuchen, uns aus dem Versicherungsmarkt zu drängen.«

»Das ist nicht auszuschließen. Haben Sie einen konkreten Verdacht?«

»Leider nein. Was halten Sie von der zeitlichen Abfolge der Einbrüche? Jedes Mal lagen genau sieben Tage dazwischen.«

Wieder kostete Simmons seine Bedenkzeit bis zur Schmerzgrenze aus. »So ein Verhalten ist nicht untypisch. Der Täter scheint damit zeigen zu wollen, dass er die Kontrolle besitzt: Er bestimmt, wann er zum nächsten Mal zuschlägt, niemand kann ihn daran hindern. Es ist eine Demonstration der Macht.«

»Sehr aufschlussreich. Sie sprachen eben von Bedürfnissen, die nach Verwirklichung streben.«

»Ja, eine der Schlüsselfragen, die sich jeder Profiler stellen muss, lautet: Was hat der Täter getan, das er nicht hätte tun müssen, um das Verbrechen zu begehen? Das totale Gefühl der Überlegenheit kann eine starke Triebfeder sein, um solche an sich unnötigen Zeichen zu setzen.«

»Wie beurteilen Sie unter diesem Aspekt die Museumseinbrüche? Ist das Verlangen nach Macht und Kontrolle hier reiner Selbstzweck gewesen, oder dient es einem höheren Ziel?«

Simmons stellte seine Aktentasche auf den Schoß, holte eine Thermoskanne heraus, schraubte sie auf und goss dampfenden Tee in den als Becher umfunktionierten Deckel. Mit schmalen, blinzelnden Augen nippte er an dem heißen Getränk. Dann antwortete er: »Eine interessante Frage.«

Darwin musste sich beherrschen, um nicht wie ein Schuljunge auf dem kalten Plastikstuhl hin und her zu rutschen. »Könnte in der Auswahl der Kunstwerke eine Botschaft versteckt sein?«

»Zum Beispiel?«

Er stieß vernehmlich die Luft aus. Sollte er die merkwürdige Äußerung von Alex Daniels erwähnen. *Sie müssten denken wie diese Leute, um das zu verstehen*. Besser nicht. »Dr. Simmons, Sie sind der Psychologe. Was könnte dahinter stecken?«

»Vielleicht ein puritanisches Terrorkommando.«

»Wie bitte?«

»Eine Aktion gegen die Sittenlosigkeit. Ist Ihnen nicht aufgefallen, dass die von den Künstlern dargestellten Figuren allesamt *nackt* waren?«

»Nicht der unachtsame Schläfer.«

Simmons lächelte nachsichtig. »Aber er hat doch seine Wolldecke zurückgelassen, unter der er sich auf dem Bild so schamhaft verbirgt.«

Allmählich begann Darwin die Konsultation des Experten für eine weniger gute Idee zu halten. »Apropos Decke. Es ist doch auffällig, dass der Dieb jedes Mal am Tatort einen Gegenstand zurückgelassen hat, der auf Magrittes Gemälde *Le dormeur téméraire* abgebildet ist.«

»Nicht in Paris.«

»Doch. Erst heute früh erfuhr ich von dem Spiegel. Der Täter hatte es offenbar nicht mehr geschafft, ihn in der beabsichtigten Weise zu platzieren.«

»Bemerkenswert!« Simmons sah aus, als sei er soeben zu einer bahnbrechenden Erkenntnis gelangt.

Darwin beugte sich vor und wartete gespannt auf eine Bekanntgabe derselben. Als der Psychologe aber nur erneut an seinem Tee nippte, fragte er doch: »Was schließen Sie aus diesen ›Hinterlassenschaften‹?«

Der dampfende Becher wurde auf den Tisch zurückgestellt. »Er möchte mit uns kommunizieren.«

»Hat ihm noch niemand verraten, dass es E-Mails gibt?«

»Das weiß er. Die Art und Weise, wie er die Sicherheitsanlagen in den Museen ausgeschaltet hat, deutet auf ein profundes technisches Wissen hin. Die ungewöhnliche Art seiner Botschaften lässt überdies das Unvermögen erkennen, sich anderweitig mitzuteilen. Möglicherweise kommt darin auch ein übersteigertes Geltungsbedürfnis zum Ausdruck. Er dürfte im Voraus gewusst haben, welchen Medienrummel er mit seinen Aktionen auslöst. Der Wunsch nach Berühmtheit war schon die Triebfeder für weit schlimmere Verbrechen.«

»Jemand sagte mir, diese … Piktogramme im Gemälde von René Magritte seien Traumsymbole. Wie bewerten Sie diesen Umstand?«

»Da wagen Sie sich auf ein weites Feld der Spekulationen hinaus. Zugegeben, Freud sagt: ›Unsere Persönlichkeit dringt uns jeden Tag aus allen Poren.‹ Darin gebe ich ihm Recht. Niemand kann sein wahres Ich verleugnen, weil es laut aus seinem Handeln spricht. Aber die Psychoanalyse im Allgemeinen und die Traumdeutung im Besonderen sind ungefähr so aussagefähig wie die Texte in den Glückskeksen chinesischer Restaurants. Wenn Sie danach Ihre Ermittlungsstrategie ausrichten, werden Sie sich im Meer der Beliebigkeit verirren.«

»Der Täter muss ja nicht an die Traumdeutung glauben. Kann es nicht sein, dass er den *Unachtsamen Schläfer* nur als eine Art Chiffre benutzt, um sich uns mitzuteilen?«

»Soweit ich mich erinnere, ist das Bild vor ungefähr achtzig Jahren entstanden. Wenn sich darin also die Innenwelt eines Menschen spiegelt, dann wohl die von René Magritte. Aber mit welcher Bedeutung der Täter die ›Hieroglyphen‹ auf dem Magritte-Gemälde aufgeladen hat, das entzieht sich meiner Kenntnis.«

Einmal mehr griff Simmons nach dem Teebecher, führte ihn bedächtig an seine Lippen, blies hinein, bis seine Brillengläser beschlugen, und trank.

Der Versicherungsdetektiv glaubte schon, damit habe sich die fachliche Hilfe des Psychologen endgültig erschöpft, doch als er sich für selbige gerade bedanken wollte, sagte Simmons: »Allerdings …«

Darwin horchte auf.

»Allerdings«, wiederholte Simmons, »könnte der Bombenanschlag ein Schlüssel zur Psyche des Täters sein. Er fällt augenscheinlich aus dem Rahmen. Hier – am Anfang der Serie – kommt ein besonderes Bedürfnis, eine einmalige Entscheidung, etwas *Vorrangiges* zum Ausdruck.«

»Haben Sie eine Ahnung, worum es sich dabei handeln könnte?«

»In meiner beruflichen Laufbahn bin ich immer wieder auf Gewaltakte gestoßen, die Ausdruck eines Mangels an Fähigkeit oder Möglichkeit zu einer vernünftigen Kommunikation waren. Irgendwann sind diese Menschen an einen Punkt gestoßen, wo die Sache eskaliert ist.«

»Was könnte die Ursache für eine solche Zuspitzung sein?«

»Darüber kann man nur Vermutungen anstellen. Vielleicht schwelt im Kopf des Täters ein unverarbeitetes Trauma, ein Überbleibsel von beängstigenden Erlebnissen, denen er sich machtlos ausgeliefert sah.«

»Haben wir es mit einem Geistesgestörten zu tun?«

Der Kriminalpsychologe tippte sich mit dem Zeigefinger gegen die Stirn. »Wir haben alle unsere kleinen Schaltfehler da oben. Unser Museumsdieb mag psychisch gestört sein, aber hüten Sie sich davor, ihn als Schwachsinnigen einzustufen. Wenn ich mir die Fakten ansehe, vor allem die Spur von ›Visitenkarten‹, die er uns hinterlassen hat, dann ist er alles andere als das. Eher schon ein manischer Fanatiker.«

»Mehr können Sie mir nicht anbieten?«

»Nicht zum gegenwärtigen Zeitpunkt. Wir haben einfach zu wenig, um seine Motive eindeutig zu bestimmen. Tut mir Leid, Mr Shaw.«

Darwin war ein Papiermensch. Nach seiner Ansicht teilte sich die arbeitende Bevölkerung in zwei Kategorien auf: solche, die alles am Computer erledigten, und die anderen, die sich der ständigen Gefahr ausgesetzt sahen, am Bildschirm etwas Wichtiges zu übersehen, und als vorbeugende Maßnahme lieber einen Baum opferten, indem sie Kartons voller Blätter mit ihren Daten und Texten bedruckten. Darwin gehörte nicht zu den Bildschirmtypen. Er liebte Papier.

Als er aus der National Gallery ins Büro zurückgekehrt war, nahm er sich noch einmal die Akten zu den vier Museumseinbrüchen vor. Weil sein Schreibtisch zu überfüllt war, legte er die Checklisten, die jedem Versicherungsvertrag beilagen, auf dem Fußboden aus. Aus den Daten und Unterschriften konnte das Genehmigungsverfahren nachvollzogen werden. In der Rubrik »Sicherheitsüberprüfung«, tauchte jedes Mal derselbe Name auf: Julian Kendish.

Darwin kannte keinen Mitarbeiter, der so hieß. Dem Titel nach war Kendish der Leiter der zuständigen Kontrollabteilung. Kurz darauf befand sich der Versicherungsdetektiv drei Stockwerke tiefer im Büro des amtierenden Sicherheitschefs Jeff Blackwater, eines übergewichtigen schottischen Terriers mit Bürstenhaarschnitt, abstehenden Ohren und schlechten Zähnen.

»Kendish?«, antwortete Blackwater auf Darwins Frage. »Natürlich kenne ich Julian. Er hat mich nach London geholt und mich eingearbeitet, bevor er sich aufs Altenteil zurückzog.«

»Was war er für ein Typ?«

»Abgebrochener Zwerg mit Vollglatze. Aber bärenstark.«

»Nein, ich meinte, wie würden Sie ihn charakterisieren?«

»Immer pünktlich. Penibel in allem, was er tat. Ein Perfektionist. Die prominenten oder besonders hoch versicherten Objekte hat er sich immer persönlich vorgenommen.«

»Inwiefern. War er Kunsthistoriker?«

»Nein. Die Echtheitszertifikate hat er von den Experten erstellen lassen. Sein Ding war das ganze organisatorische und technische Drumherum. In Elektronik konnte ihm keiner unserer Spezialisten etwas vormachen. Er kannte die Stärken und Schwächen sämtlicher Sicherheitssysteme auf dem Markt. Wenn er seine Unterschrift in die Checkliste setzte, dann war das Objekt sicher.«

»Bis vor gut drei Wochen mag das gestimmt haben.«

»Ja, ist mir auch schon aufgefallen, dass alle vier Objekte unter Julians Ägide zertifiziert wurden.«

»Und? Was sagen Sie dazu?«

»Keine Ahnung, was Sie ...« Blackwaters Augen wurden groß. »Sie glauben doch nicht ...!«

»Im Moment prüfe ich nur alle Möglichkeiten.« Darwin deutete mit dem Kopf in Richtung PC. »Können Sie im System abfragen, wie viele Verträge ausschließlich von Kendish bearbeitet wurden?«

»Sicher. Allein mit der Checkliste kriegen Sie das nicht raus, aber wir haben in der Abteilung eine Projektverfolgung, in der jeder Arbeitsschritt protokolliert wird.«

»Bitte checken Sie, ob Kendish die vier Fälle allein bearbeitet hat.«

»Kein Problem.«

Blackwater hämmerte einige Sekunden lang auf seine Tastatur ein. Dann blickte er gespannt auf den Monitor. Plötzlich pfiff er durch die Zähne.

»Was ist?«, fragte Darwin.

Der Sicherheitschef zeigte auf den Bildschirm. »Alle vier Objekte wurden von Julian und nur von Julian zertifiziert.«

»Hm. Lässt sich mit dem System auch herausfinden, wie viele Versicherungsverträge er außerdem im Alleingang geprüft hat?«

»Klar.«

Wieder traktierten Blackwaters Finger die Tasten. Kurz darauf kam die Antwort.

»Dreihundertzwölf.«

»So viele!«

»Julian war schon dabei, als ArtCare aus der Taufe gehoben wurde. Am Anfang hat er *sämtliche* Vorgänge allein bearbeitet.«

»Wie hoch ist die Gesamtzahl der Verträge?«

»Ungefähr eintausendfünfhundert.«

»Also gehen zwanzig Prozent auf sein Konto.«

»Korrekt.«

»Wie lange ist Kendish schon im Ruhestand?«

»Müssen jetzt so zwei Jahre sein.«

»Haben Sie seine Adresse?«

»Geb ich Ihnen.«

»Und können Sie mir auch die Liste der von ihm betreuten Verträge ausdrucken?«

»Schicke ich Ihnen per E-Mail zu.«

Darwin lächelte gewinnend. »Gerne. Aber bitte seien Sie so nett und drucken Sie mir die Liste trotzdem aus. Ich bin ein Papiermensch.«

Das Reihenhaus im Londoner Stadtteil Harrow war ein Backstein gewordenes Mittelstandsglück. Nicht unbedingt das, was man sich unter dem Domizil eines Millionendiebes vorstellte, befand Darwin. Er ließ sich jedoch von dem äußeren Schein nicht trügen. Bei der Militärpolizei hatte sich mancher Held nach genauerem Hinschauen als Abschaum erwiesen.

Weil der Himmel am Nachmittag aufgerissen war, hatte der Detektiv den Weg zu Julian Kendishs Adresse mit offenem Verdeck zurückgelegt. Der Griffith parkte in der Nähe der Harrow School Farm. Darwin hatte die letzten zweihundert Meter durch die Amery Road zu Fuß zurückgelegt.

Vor dem Haus blühte ein einzelner Rosenstrauch. Kein Namensschild. Aber die Nummer stimmte. Er klingelte.

Nach wenigen Sekunden drangen schlurfende Schritte durch die Tür, eine Kette klapperte gegen das Holz, dann wurde sie geöffnet.

Darwin erblickte eine Frau mittleren Alters mit großen Lockenwicklern im Haar und einer Zigarette im Mund. Er rief sein Vertrauen erweckendstes Lächeln ab, stellte sich unter Zuhilfenahme seiner Visitenkarte als Mitarbeiter von ArtCare vor und nannte den Grund seines Besuchs.

»Julian Kendish?«, wiederholte die Hauseigentümerin mit sägender Stimme. Die Zigarette tanzte dabei in ihrem Mundwinkel auf und ab. »Da kommen Sie zu spät.«

Darwins Stirn furchte sich. »Wie meinen Sie das, Mrs …?«

»Campbell. Linda Campbell.«

»Ist Mr Kendish verzogen?«

»Ha!«, lachte sie, und es klang wie ein Peitschenknall. »Kann man so sagen. Hat Anfang des Jahres das Zeitliche gesegnet, der Arme.«

»Julian Kendish ist *tot*?«

»So tot wie 'ne platt gefahr'ne Ratte.«

»Aber so alt war er doch noch gar nicht.«

»Ach was! Kenne ihn ja nur von Fotos, aber die Nachbarn sagen, er hatte 'n rosiges Gesicht. Soll 'ne Riesenerbschaft gemacht haben. Die frohe Nachricht hat sein Herz stehn lassen.« Nach einem tiefen Zug aus der Zigarette entriss Mrs Campbell sie endlich dem Klammergriff ihrer Lippen. Blauer Rauch quoll ihr aus Mund und Nase, als beherberge ihre Lunge eine Müllverbrennungsanlage.

Darwin musste die überraschende Nachricht erst verkraften, bis er zu einer neuen Frage imstande war. »Hat Mr Kendish Verwandte gehabt?«

»Ja. Einen Sohn. Heißt Kevin. Hat mal eine Kiste aus dem Keller abgeholt, als wir schon ins Haus eingezogen waren.«

»Haben Sie seine Adresse oder Telefonnummer?«

»Nee.«

»Schade.«

»Kevin is' auch tot. Tragische Geschichte.« Die Zigarette wanderte wieder in den Mundwinkel.

Darwins Kinnladen sackte herab. »Jetzt sagen Sie nicht, er hätte auch ein schwaches Herz gehabt.«

»Eher ein zu starkes. War so 'n junger Bursche. Mitte zwanzig. Ziemlich schmal. Hat alles von seinem Alten geerbt. Wollte 'ne Weltreise mit 'm Schiff machen. Kam aber nicht weit. Is' irgendwo in der Karibik umgekommen. Vielleicht hat er zu viel gekokst.«

»Wie lange ist das her?«

»Knapp vier Monate.«

»Besitzen Sie noch irgendwelche Dokumente oder andere Gegenstände von den Kendishs?«

»Nee. Der Junge hat das Haus bis zum Keller runter leer geräumt.«

»Gibt es noch weitere Angehörige?«

»Nicht, dass ich wüsste.«

»Typischer Fall von Sackgasse«, murmelte Darwin.

»Was?«

Er schüttelte den Kopf. »Vielen Dank, Mrs Campbell, und noch einen schönen Tag.«

Immer meldete sich nur ihr Anrufbeantworter. Darwin wurde die Befürchtung nicht los, Alex Daniels könnte untergetaucht sein. Den ganzen Dienstagvormittag hatte er versucht, sie telefonisch zu erreichen. Gegen vier Uhr war er dann aufgebrochen, um sie persönlich aufzusuchen.

Während der Griffith sich unter grauem Himmel mit dem Verkehr nach Norden treiben ließ, wanderten Darwins Gedanken durch ein tiefes Tal. Er hatte in den letzten drei Wochen so hart gearbeitet wie lange nicht mehr und doch so gut wie nichts erreicht. Und wenn einmal ein silberner Streif am Himmel aufgetaucht war, dann schoben sich schnell wieder dunkle Wolken davor. Erst die Blamage mit der Journalistin, jetzt der Reinfall mit Kendish.

Nach der gestrigen Rückkehr ins Büro hatte Darwin noch einige E-Mails verschickt und Telefonate geführt, um dem ehemaligen Sicherheitschef von ArtCare nachzuspüren. Möglicherweise hatte Kendish sein Wissen an irgendjemanden weitergegeben. Vielleicht gegen bare Münze. Oder infolge von Erpressung. Detective Superintendent Longfellow hatte versprochen, von seinen Leuten sämtliche Kontakte des Ruheständlers durchleuchten zu lassen, aber gleich dazu gesagt, dass eine solche Überprüfung Monate dauern könne.

Darwin drückte aufs Gaspedal. Der Achtzylinder unter der Haube brüllte auf und katapultierte den Griffith in eine Lücke auf der Nebenspur. Nicht gerade die typisch englische Art, sich im Straßenverkehr zu bewegen, aber der Fahrer des grünen Sportwagens befand sich auch in einem seelischen Ausnahmezustand. Wenn die Diebe in dem Tempo weiterklauten wie bisher, würde die stolze Jacht »ArtCare« bald Schiffbruch erleiden und er selber sich in die Schlange beim Arbeitsamt einreihen.

Östlich des Regent's Park fuhr Darwin die Albany Street hinauf, bog anschließend rechts in den Parkway ein und gelangte damit nach Camden Town. Was Greenwich Village für New York, das linke Seineufer für Paris oder Kreuzberg für Berlin bedeutete, das war Camden für die britische Hauptstadt. Das bunte Künstlerviertel glich einem Haufen angeschwemmter Muschelschalen zwischen den kalkweißen Klippen der Herrenhäuser von Regent's Park und dem Häusermeer auf dem Weg nach Euston.

Regen setzte ein, anfangs nur ein leises Tröpfeln auf dem Stoffverdeck, aber der sich zunehmend verdunkelnde Himmel verhieß nichts Gutes. Während Darwin die Camden Road hinauffuhr, rief er sich noch einmal das von Dr. Simmons skizzierte Täterprofil in den Sinn. Der Kopf hinter den Museumseinbrüchen suchte die Kommunikation mit der Außenwelt, was eventuell auf ein übersteigertes Mitteilungs- und Geltungsbedürfnis hinwies. Er wollte Kontrolle ausüben, seine Macht beweisen. Und war eher penibel als unordentlich. Darwin betätigte den linken Blinker und bog in den Rochester Place ein.

Es dauerte eine Weile, bis er ein Stück unverstellte Straße gefunden hatte, auf dem kein gelber Streifen das Parken verbot.

Er fluchte innerlich, weil er irgendwo seinen Regenschirm stehen gelassen hatte. Als Notbehelf hielt er seine Collegemappe über den Kopf, in der er unter anderem die neuesten Tatortfotos und Ermittlungsberichte aufbewahrte. Über feucht glänzendes Kopfsteinpflaster lief er zu den Rochester Mews zurück.

Die *mews houses*, Stadthäuser in meist stillen Nebenstraßen, waren begehrt in London. Hinter den Fassaden der geräumigen Pferdeställe, die sie in einem früheren, oft als »golden« bezeichneten Zeitalter gewesen waren, verbargen sich nicht selten ultramoderne Wohntempel. Alex Daniels lebte also in einem dieser viktorianischen Schmuckstücke. Bemerkenswert. Der Detektiv in Darwins Seele fragte sich, wie eine freie Wissenschaftsjournalistin ein solches Anwesen finanzieren konnte.

Das graubraune Backsteinhaus war zwar nicht riesig, aber für eine einzelne Person mehr als ausreichend. Zur Straße hin besaß es auf der linken Seite eine faltbare Garagentür mit Sprossenfenstern. Sie bestand, ebenso wie der Eingang in der Mitte, aus braunem Holz. Im Erdgeschoss blickten drei eher kleine, weiß gerahmte, in sich unterteilte Fenster auf die Straße hinaus. Im Stockwerk darüber waren fünf solcher »Augen« zu sehen. Das Dach hatte graue Ziegel. Darwin betätigte den Klingelknopf neben dem Eingang.

Im Haus blieb es still.

Er blickte nach oben, vorbei an der Laterne, die über der Tür hing. Regentropen fielen auf sein Gesicht. Hinter den gardinenlosen Fenstern war nirgends ein Lebenszeichen auszumachen. Wegen der starken Spiegelungen ließ sich allerdings nicht viel erkennen: hier ein grüner Kaktus, dort ein gläserner Kerzenständer mit rotem Wachslicht. Hatte sich die Journalistin tatsächlich aus dem Staub gemacht? Irgendwie konnte er daran nicht glauben.

Er läutete ein zweites Mal.

Am Morgen hatte ihm Becky Hampton – die gute Seele in seinem Team – mit der täglichen Dosis Donuts einen Stapel Tageszeitungen auf den Schreibtisch gelegt. Auf Darwins verwunderte Nachfrage antwortete sie: »Die bringen alle was von deiner Freundin.«

Damit war Alex Daniels gemeint. Beim Lesen der Artikel wurde ihm klar, dass die Journalistin sich nicht in stillem Leiden erging. Sie wollte Genugtuung. Vielleicht auch Rehabilitation. Immerhin hatten die Gazetten einige Tage zuvor teils unsachlich, manchmal sogar hämisch über ihre Verhaftung berichtet. Weil die Presse gewöhnlich wenig Neigung zeigt, eine Story, die »durch ist«, noch einmal aufzuwärmen, hatte Daniels ein obskures Szenario entworfen. So jedenfalls empfand Darwin die meisten Beiträge.

Offenbar hatte die sich als Dissidentin aufspielende Frau noch am Tag ihrer Freilassung Pressemitteilungen an alle großen Zeitungen verschickt. Darwin war sich dessen ziemlich sicher, weil in den unterschiedlichen Blättern viele Formulierungen, manchmal sogar ganze Absätze bis aufs i-Tüpfelchen identisch waren, obwohl die Redakteure meist ihre eigenen Kürzel unter die Elaborate gesetzt hatten. Im Stil unterschieden sich die Berichte entsprechend der Zielgruppe. »Der neue Sündenfall«, titelte *The Sun* mit Bezugnahme auf Cranachs Gemälde *Das Paradies* und konstruierte aus der ungerechtfertigten Verhaftung ihrer Kollegin und den drei Museumseinbrüchen ein »Vertuschungskomplott dunkler Mächte«. Offenbar sei ein »vergessener Zwilling« von Alex Daniels in die Aktionen verwickelt, über den die Publizistin in Kürze mehr aufdecken wolle. Wer da was zu bemänteln habe, darüber schwieg sie sich allerdings aus. Andere Blätter formulierten zurückhaltender. Der Grundtenor war aber überall gleich.

Nach hinreichender Betonung ihrer Unschuld zeichnete Daniels das Bild einer Verschwörungstheorie, die bei der im Louvre zerstörten Skulptur begann und bis zum *Urteil des Paris* reichte. Die Museumseinbrüche seien vermutlich nur der Auftakt einer Serie weiterer Vorfälle, die zum Verlust kostbarer und unersetzlicher Kunstschätze führen könnten. Das kulturelle Erbe der Menschheit stehe auf dem Spiel.

Für Daniels bestehe kein Zweifel, behaupteten die Gazetten, dass weder blinde Zerstörungswut noch Habgier das eigentliche Motiv hinter den Verbrechen sei. Ihr stärkstes Argument: An jedem der Tatorte sei ein Element aus René Magrittes Gemälde *Der unachtsame Schläfer* gefunden worden. Dabei handele es sich um Traumsymbole, die der surrealistische Maler wohl im Sinne der freudschen Psychoanalyse eingesetzt habe.

Die ganze Einbruchsserie deute auf einen philosophischen Hintergrund hin, auf eine so vielleicht noch nie da gewesene Form des Terrorismus, die nicht primär auf politische Veränderung, sondern auf die Gedanken der Menschen selbst abziele. Um ihre Vorstellung von der Wahrheit zu verbreiten, bombten und stahlen sich die Extremisten eine »Galerie der Lügen« zusammen, mit der sie die »Irreführungen des Darwinismus« anprangern wollten. Es sei eine Schnitzeljagd und wie bei solchen Spielen üblich, gehe es darum, am Ende ein unbekanntes Ziel zu erreichen. Aber wohin steuerten die Terroristen?

Gegen Ende der Artikel war dann gewöhnlich noch einmal an das kulturelle Gewissen der Leser appelliert worden. Möglicherweise könnte von der richtigen Deutung der Botschaften die Rettung einzigartiger Schätze der Menschheit abhängen. Daher werde sie, Alex Daniels, alles daran setzen, die Zeichen auf ihre Weise zu deuten, und sie fordere alle Leser auf, sich an ihrem Rundgang durch die Galerie der Lügen zu beteiligen. Vielleicht finde ja einer die rettende Lösung des darin verborgenen Rätsels. Zwei Blätter lobten Belohnungen aus. Fortsetzung folgt.

Klamme Kälte kroch durch Darwins braunes Cordsakko. Der Nieselregen hatte sich auf ihn eingeschossen. Nur seine Haare waren dank der Tasche auf dem Kopf geschützt. Er hätte wenigstens den Mantel anziehen sollen. Über der Tür gab es nicht einmal ein Vordach. Und dahinter anscheinend niemanden, der Mitleid mit ihm hatte. Ungeduldig drückte er abermals den Klingelknopf.

Beim Briefing um elf Uhr hatte sein Chef ziemlich ungehalten auf den »extraordinären Rehabilitierungsdrang« der Journalistin reagiert. Die Artikelflut in den Morgenausgaben war in die Presseabteilung von ArtCare übergeschwappt und hatte für einige Unruhe in den höheren Etagen gesorgt. Darwin vermutete, dass Alex Daniels nur ihr angeknackstes Ego aufpolieren wollte. Ein wenig Verständnis konnte er dafür sogar aufbringen. Wäre er von einer ihm zu Ehren gegebenen Festveranstaltung weg verhaftet worden, hätte er vielleicht ähnlich sauer reagiert.

Um wenigstens etwas Schutz vor dem Regen zu finden, drückte er sich eng an die Tür. Nach reiflichem Zögern klingelte er abermals. Er glaubte nicht mehr ernsthaft daran, damit etwas zu bezwecken. Wieder verstrich Zeit, die ihm wie eine Stunde erschien. Mit hochgeklapptem Kragen und eingezogenem Kopf spähte er zwischen den senkrecht herabfallenden Tropfen hindurch zu den dunklen Fenstern im ersten Stock.

Plötzlich kippte er nach vorn.

Nur durch einen raschen Griff zum Rahmen konnte sich Darwin davor bewahren, der Hauseigentümerin in die Arme zu fallen. Sie musste sich geräuschlos an die Tür herangepirscht haben, die nun offen stand, gerade weit genug, um ihn durch den entstandenen Spalt mit finsterer Miene anzublicken. Ihre Gesichter waren sich unfreiwillig näher gekommen, als es den Umständen entsprechend angemessen erschien.

»Was soll das?«, entfuhr es Daniels. Rasch zog sie den Oberkörper zurück.

Ihr Parfüm duftete nach herben Kräutern. Kein typisch weiblicher Geruch, dachte Darwin, ehe er sich besann und ebenfalls auf Abstand ging. Er deutete verlegen lächelnd zum Himmel. »Entschuldigen Sie bitte, Ms Daniels, aber der Regen – ich hab nur Schutz gesucht. Erst mal guten Tag.«

Sie erwiderte ernst den Gruß und beäugte ihn dabei, als vermute sie einen anderen hinter dem bekannten Gesicht. »Und was ist der Grund Ihres Überfalls?«

»Sie haben ja schon von dem jüngsten Raub in der National Gallery gehört.« Darwin spielte auf die »Galerie der Lügen« an.

»Geht gerade durch alle Medien.«

»Woran Sie nicht ganz unbeteiligt sind.« Er hatte versucht, es nicht wie einen Vorwurf klingen zu lassen.

»Ich sagte doch, dass die Serie von Einbrüchen weitergehen wird. *Das Urteil des Paris* entspricht genau dem, was zu erwarten war.«

»Sie haben mit dem Raub genau *dieses* Bildes gerechnet?«, fragte Darwin erstaunt.

»Nein. Aber im Nachhinein erscheint es mir logisch.«

»Wussten Sie, dass es in der National Gallery noch ein zweites Gemälde von Rubens zum gleichen Thema gibt?«

»Ja. Im *Telegraph* waren heute morgen beide abgebildet. Aber das andere Gemälde hätte nicht gepasst.«

Darwins Mund blieb offen stehen. Ohne sich dagegen wehren zu können, sah er, wie Daniels seine Verblüffung auskostete. Ihre violetten Augen weideten sich an dem vermutlich dümmlichen Ausdruck auf seinem Gesicht, und ihre Mundwinkel verzogen sich zu einem amüsierten Schmunzeln. Schließlich ließ sie ihn wieder frei.

»Sagte ich Ihnen nicht in Holloway, dass Sie sich in die Köpfe dieser Menschen hineinversetzen müssen?«

Immer noch benommen, nickte er. »Ja, aber ehrlich gesagt …« Er rang nach Worten, wollte nichts von sich geben, das sofort wieder eine Barriere zwischen ihnen errichtet hätte.

»Ehrlich gesagt, haben Sie mein Gerede für Schwachsinn gehalten«, half sie ihm aus.

»›Nicht leicht nachvollziehbar‹ wäre vielleicht eine passendere Umschreibung. Bitte erklären Sie mir, wieso der oder die Einbrecher Rubens' *erstes* ›Parisurteil‹ gestohlen und das andere zurückgelassen haben.«

»Ganz einfach. Wegen der Tauben.«

»Wie bitte?« Darwins Augenbrauen zogen sich zusammen.

»Meines Wissens nach hat die Polizei gegenüber der Presse nichts von der tönernen Taube erwähnt.«

»Sie ist aus Ton?«

Er blinzelte. »Sie haben doch eben ...«

»Ich habe nur *angenommen*, dass der Dieb am Tatort eine Taube zurückgelassen hat, aber ich wusste von dem Vogel in Magrittes *Unachtsamem Schläfer*. Dieses Motiv zieht sich durch die ganze Aktion. Es fängt schon bei der Auswahl des Museums an. Die National Gallery steht am Trafalgar Square. Kaum ein Ort auf der Welt – abgesehen vom Markusplatz in Venedig vielleicht – wird so mit Tauben assoziiert wie dieser. Aber das ist für den Dieb wohl nur das Ausrufungszeichen hinter seiner Botschaft gewesen. Sie wollten wissen, warum er ausgerechnet den jüngeren Rubens gestohlen hat? Ganz einfach. Nur in diesem *Urteil des Paris* sind Tauben zu sehen, auf dem anderen dagegen gibt es keine einzige.«

»Das stimmt«, flüsterte Darwin benommen. Warum war *ihm* das nicht aufgefallen? Er kam sich vor wie ein begossener Pudel – in jeder Beziehung.

»Sind Sie jetzt bereit, mir zuzuhören?«, fragte Daniels.

Er lächelte. »Gerne. Aber wäre es möglich, das Gespräch unter einem Dach fortzusetzen?«

Zu seinem Erstaunen zögerte sie. Fast so, als sei ihr bisher gar nicht der Gedanke gekommen, ihr Refugium für einen Fremden zu öffnen. »Selbstverständlich«, sagte sie schließlich, aber es hörte sich eher nach einem Wenn-es-denn-sein-muss an. Sie gab den Durchgang frei und deutete mit der Rechten ins Haus.

Darwin trat ein. Sofort schloss und verriegelte sie hinter ihm die Tür. Er nutzte den Moment, um einen Blick ins Innere des Hauses zu werfen. Es war ziemlich modern: weißer Marmorboden, Glasbausteine, Halogenlampen – ein ebenso schlichtes wie lichtes Ensemble, dessen klare Formen ihn irgendwie an die Chefetage von ArtCare erinnerten.

»Können Sie mir einen Gefallen tun, Mr Shaw?«

Darwins Aufmerksamkeit kehrte zu seiner Gastgeberin zurück. »Was immer in meiner Macht steht.«

»Bitte schalten Sie Ihr Handy aus.«

Er stutzte. »Woher wissen Sie, dass ich überhaupt eins dabeihabe?«

»Schon vergessen, was im Gefängnis war?« Sie runzelte die Stirn und seufzte. »Ich kann es spüren. Es ist in der Aktentasche unter Ihrem Arm. Ich bekomme davon Kopfschmerzen. Bitte seien Sie so lieb.«

Er zog das Telefon aus der Collegemappe und trennte es vom Netz. »Besser so?«

»Viel besser«, antwortete sie und fügte sogleich eine Frage an. »Soll ich Ihre Jacke auf einen Bügel hängen? Dann kann sie etwas trocknen, solange wir …« Sie ließ den Satz unvollendet.

Darwin schob unwillkürlich das Kinn vor, während er den unausgesprochenen Worten nachspürte, aber als er sie nicht fand, zog er sein feuchtes Sakko aus und gab es ihr. »Das ist sehr freundlich von Ihnen.«

»Keine Ursache.«

Während sie sich nach einem Haken reckte, musterte er verstohlen ihren schlanken Körper. Keine Frage, diese Alex Daniels wirkte fraulicher als jene in Holloway, die in einer viel zu weiten Anstaltskleidung gesteckt hatte. Ihre schmalen Hüften entsprachen zwar nicht ganz seinem Idealbild weiblicher Rundungen, aber trotzdem fand er sie attraktiv. Sie trug eine hellgraue, leger geschnittene Hose aus feinem Stoff und einen schwarzen Stickpullover, unter dem ihre Brüste nur schwach zum Vorschein kamen. Ihre kurzen Haare waren auf eine kunstvolle Weise verstrubbelt.

Als sie sich zu ihm umdrehte und seinen Blick bemerkte, waren ihre Finger sofort wieder in den blonden Strähnen. So selbstbewusst diese Frau in der Sache sein konnte, so befangen wirkte sie im zwischenmenschlichen Kontakt. Diese Scheu macht sie ein bisschen sympathischer, dachte Darwin und schickte sich an, die gegenseitigen Befangenheiten aus dem Weg zu räumen.

»Von außen sieht das Haus so schlicht aus. Aber von innen ... Immer wieder erstaunlich, was man aus den alten Mews machen kann.«

»Ja, die Glaselemente schaffen einen spannenden Dialog zu der fast trutzigen Backsteinfassade«, antwortete sie, als habe sie den Satz aus einem Immobilienkatalog auswendig gelernt, überraschte ihren Gast jedoch gleich darauf mit einem ungewöhnlichem Geständnis. »Ich bilde mir immer ein, das Haus ist ein bisschen wie ich selbst: von außen wehrhaft und verschlossen, aber innen hell und transparent.«

Darwin betrachtete nachdenklich Daniels' Gesicht. Zum ersten Mal hatte er das Gefühl, durch einen schmalen Spalt in ihre Seele sehen zu können. Unvermittelt wurde er sich ihres Blickes bewusst, ruckte mit den Augen nach links und deutete auf einen Rahmen, der neben der Garderobe hing. Darin befand sich nicht etwa ein Bild, sondern ein Zitat.

»Mir wurde klar, dass die Wissenschaft keine Antworten auf die wirklich interessanten Fragen hat. Und da entdeckte ich die Philosophie. Seither bin ich auf der Suche nach Gott.«

»Interessanter Ausspruch«, sagte er. »Welcher große Denker hat ihn uns denn hinterlassen?«

Wieder schmunzelte sie. »Sie sind wohl kein Kinofan, was? Diese Worte sind nicht älter als das Jahrhundert. Sie stammen aus dem Film *Red Planet*.«

»Hab ich sogar gesehen. Science-Fiction, nicht wahr? Aber irgendwie ist mir der Spruch entgangen.«

»Nichts für ungut, Mr Shaw, aber mir ist schon aufgefallen, dass Sie wie die meisten Menschen eine selektive Wahrnehmung haben.«

Seine Nackenhaare stellten sich auf. »Was soll das heißen?«

»Sie sehen und hören, was Ihren Erwartungen entspricht, für den Rest sind Sie blind und taub.«

Darwin schluckte. Da war sie wieder, die aggressive Journalistin. Er hatte sich für dieses Gespräch jedoch Langmut auferlegt und wollte sich nicht provozieren lassen. Vielleicht konnte er sie aber ein wenig zurechtstutzen, sie ihre Grenzen spüren lassen.

»Mir ist gerade entfallen, welcher Darsteller diese Weisheit von sich gegeben hat.« Er zeigte wieder zum Rahmen. Ihre Antwort kam wie aus der Pistole geschossen.

»Dr. Bud Chantillas hat das gesagt, der Seniorwissenschaftler an Bord der *Mars 1*. Er ist der Älteste in der Crew, gewissermaßen ihre ›Seele‹. Terence Stamp spielt ihn. Die Worte aus dem Zitat hat er zum ›Weltraumklempner‹ der Mission, Robby Gallagher, gesagt.«

»Hat den nicht Val Kilmer gemimt?«, fragte Darwin. Er brachte kaum die Zähne auseinander.

»Sie haben den Film tatsächlich gesehen!«

Er hatte diese Frau einmal mehr unterschätzt. Höchste Zeit, sich um Schadensbegrenzung zu bemühen. Darwin lächelte versöhnlich. »Anscheinend nicht so aufmerksam wie Sie.«

»Fanden Sie es nicht beachtlich, dass diese Bemerkung in der Mitte des einundzwanzigsten Jahrhunderts gemacht wird, zu einer Zeit, von der wir heute glauben, dass die Wissenschaft längst alle Fragen beantwortet und Gott als argumentativen Lückenbüßer überflüssig gemacht hat?«

Er grinste. »Die Lektion mit dem Ford Modell T habe ich gelernt, Ms Daniels: Konstruktion ersetzt nicht Konstrukteur. In diese Falle tappe ich kein zweites Mal.«

»Das freut mich. Darf ich Ihnen einen Kaffee anbieten?«

»Gern.«

»Espresso, Cappuccino, Latte Macchiato – was hätten Sie gern?«

»Ganz normaler Kaffee genügt.«

»Dann kommen Sie bitte erst mal herein.«

Sie führte ihren Besucher durch eine Tür in einen großzügigen Wohnbereich mit Kamin, hellen Ledermöbeln und weiterem Glas. Dort entschuldigte sie sich für einen Moment und entschwand in Richtung Küche.

Darwin nutzte die Zeit, um seine Gastgeberin weiter zu studieren. Was hatte sie über ihr Haus gesagt? Es sei ein wenig wie sie: von außen wehrhaft und verschlossen, aber innen hell und transparent. Das war es tatsächlich! Sogar die Treppenstufen, die in den ersten Stock hinauf-, und jene, die in den Keller hinabführten, bestanden aus Glas. Er fragte sich, was ihm dieses klare, kühle Ambiente über seine Bewohnerin erzählten wollte. In gewisser Hinsicht war eine Wohnung wie ein Tatort: Darin wurden Entscheidungen getroffen, die auf Bedürfnisse schließen ließen. Was Darwin hier sah, überraschte ihn.

Irgendwie hatte er an den Wänden Poster von Greenpeace erwartet. Stattdessen fand er welche von Kunstausstellungen und Repliken altgriechischer Statuen, darunter auch ein kleines Modell eines schlafenden Hermaphroditen, das der in Paris zerstörten Skulptur erstaunlich ähnelte.

Leicht verstört sank er in einen der Ledersessel und starrte auf die Marmorfigur. Sie stand auf einem gläsernen Tisch neben einer gläsernen Schale mit knallbunten M&Ms und einem Kristallbrocken, in dem sich ein Teelicht befand.

»Der Hermaphrodit hat Detective Superintendent Longfellow auch ziemlich zu schaffen gemacht«, sagte eine Stimme in seinem Rücken. Er wandte sich um und fuhr gleichzeitig aus dem Sessel hoch.

Daniels balancierte ein schwarzes japanisches Lacktablett mit einer Tasse und einem Latte-Glas in Richtung Tisch. Sie stellte es neben die Figur und zündete die Kerze mit einem mitgebrachten Streichholz an. Während sie dies tat, sagte sie: »Es ist nicht erforderlich, einen Balztanz vor mir aufzuführen, Mr Shaw.«

Er spürte, wie ihm die Röte ins Gesicht stieg, eine Erfahrung, die ihm fremd geworden war.

»Ich rede von diesem Hochhopsen aus dem Sessel. Bleiben Sie ruhig sitzen. Ich kann es verkraften.«

Nicht wirklich entspannt ließ er sich wieder in den Sitz sinken.

Mit einem Wink des Kopfes in Richtung der Figur fügte sie hinzu: »Die Kriminalpolizei hat in meinem Haus das Unterste zuoberst gekehrt. Sie hoffte, irgendwelches Belastungsmaterial zu finden.«

»Davon habe ich gehört. Aber von dieser Figur hatte Mortimer … ich meine, der Superintendent nichts erwähnt.«

Daniels nahm sich das Glas mit dem Milchespresso und versank im zweiten Sessel – die hohen Lehnen reichten ihr, Schutzmauern gleich, fast bis zu den Achseln. Darwin glaubte, ihre Augen aufleuchten zu sehen, vielleicht ein Freudenfeuer ihrer Seele, weil er sich gerade als Longfellows Vertrauter zu erkennen gegeben hatte.

Während sie mit einem langen Löffel ihren Kaffee umrührte, sagte sie bedächtig: »Vielleicht, weil sich das Naheliegende letztlich als Fehlschluss herausgestellt hat. Obwohl … er hat die Plastik mir gegenüber am Ende zwar auch nicht mehr erwähnt, aber vielleicht ist sie der eigentliche Grund, weshalb er immer noch einen Verdacht gegen mich hegt.«

»Und? Ist sein notorischer Argwohn eine Berufskrankheit, oder gibt es da einen Zusammenhang?«

»Ich habe mit der Sache im Louvre nichts zu tun«, antwortete die junge Frau gereizt. »Sie werden sich doch bestimmt an unser Gespräch in Holloway erinnern, das über Hermaphroditos, meine ich. Der Nachkomme von Hermes und Aphrodite war in der griechischen Antike ein beliebtes Motiv. Meine Miniatur hier ist nicht der Figur im Louvre nachempfunden, sondern einer anderen, die man in den römischen Thermen des Diokletian gefunden hat.«

»Bitte verstehen Sie mich nicht falsch, Ms Daniels. Das mag ja alles sein, aber finden Sie es wirklich so abwegig, wenn sich ein Ermittler über diese seltsame Häufung von Zwittern seine Gedanken macht?«

Daniels musterte ihn kühl, länger, als ihm angenehm war, ehe sie erwiderte: »Anscheinend sind Sie so darauf erpicht, mich mit dieser Sache in Verbindung zu bringen, dass Ihnen ein ganz anderer Zusammenhang noch gar nicht aufgefallen ist.«

»Dann klären Sie mich bitte auf.«

»*Das Urteil des Paris* – kommt Ihnen da nicht etwas bekannt vor?«

»Sie meinen die Tauben?«

»Nein. Ich rede von den Akteuren. Auf dem Bild sind sowohl Hermes als auch Aphrodite zu sehen, die Eltern von Hermaphroditos.«

Darwin räumte ein, bisher nicht so weit gedacht zu haben. Seine Gedanken kreisten immer noch um die Kopien der antiken Hermaphroditen. »Ms Daniels, auf die Gefahr hin, mich zu wiederholen, aber ist Ihnen seit unserem letzten Gespräch noch irgendetwas eingefallen, das uns zu Geschwistern von Ihnen führen könnte? Die sonderbare Ähnlichkeit sowohl Ihrer Fingerabdrücke als auch Ihrer DNA mit jenen der Leiche im Louvre – die von Ihnen in der Presse abgedruckten Erklärungen deuten darauf hin, dass Sie darüber nachgedacht haben. Gab es Äußerungen Ihrer Eltern? Haben Sie vielleicht alte Fotos oder Dokumente aus einer Kiste im Keller hervorgekramt?«

»Ich habe tatsächlich gesucht. Aber nichts gefunden.«

»Ihre Eltern waren Wissenschaftler?«

»Ja. Technisch begabte Experimentatoren wäre vielleicht der richtigere Ausdruck. Sie haben etliche Patente für Gerätschaften gehalten, die bis heute in der Forschung benutzt werden. Von den Tantiemen kann man ganz gut leben. Das Haus hier habe ich auch von Mom und Dad geerbt, allerdings ließ ich es nach ihrem Tod komplett modernisieren.«

»Auf höchst bemerkenswerte Weise. Was waren das für ›Gerätschaften‹, die Ihre Eltern erfunden haben?«

»Lauter biotechnisches Zeug. Unter anderem Mikropipettenhalter und Mikromanipulatoren.«

»Wozu braucht man die?«

»Erstere, um eine Zelle zu fixieren, und letzte, um daran zu arbeiten.«

»Aha. Wo waren Ihre Eltern beschäftigt?«

»Keine Ahnung. Ich glaube, sie durften nicht darüber reden.«

»Ein geheimes Forschungsprojekt? Vielleicht militärischer Art?«

»Ich weiß es wirklich nicht, Mr Shaw. Superintendent Longfellow war der Ansicht, meine Fingerabdrücke seien in den Polizeicomputern gespeichert, weil meine Eltern eine strenge Sicherheitsüberprüfung erfahren haben, die auch mich mit einschloss.«

»Und Sie glauben etwas anderes?«

»Ich finde es nur komisch, wenn man ein Kind wie einen potenziellen Spion behandelt. Ich muss damals so klein gewesen sein, dass ich mich nicht einmal an das Abnehmen der Abdrücke erinnern kann.«

»Gibt es irgendwelche Tagebuchaufzeichnungen Ihrer Adoptiveltern?«

»Fehlanzeige. Ich habe gestern Nachmittag noch einmal das ganze Haus auf den Kopf gestellt. Ihre berufliche Vergangenheit ist *tabula rasa*, wie ausgelöscht. Aber da ist etwas anderes, das ...« Wieder versickerte Daniels' Stimme in tiefer Versunkenheit.

»Woran denken Sie?«, fragte Darwin nach einer gebührenden Wartezeit.

Sie stellte ihr Glas auf der Sessellehne ab, erhob sich, lief zu einem Sideboard aus Nussbaumholz und Edelstahlstreben und kehrte mit einem ledernen Terminplaner zum Tisch zurück. Daraus entnahm sie eine mehrfach zusammengefaltete Zeitungsseite, die sie Darwin reichte. »Der Artikel über den Unfall am Südeingang des Blackwall-Tunnels. Schauen Sie sich das Foto des Opfers an.«

Er spürte einen kalten Schauer. Das tragische Ende der Terri

Lovecraft schien ihn zu verfolgen. Betroffen blickte er zu dem Gesicht auf, das dem im Zeitungsartikel so verblüffend ähnlich war. »Hat Mr Longfellow Ihnen nichts davon gesagt?«

Daniels' Miene wirkte mit einem Mal verschlossen, misstrauisch. »Was sollte er …?«

Darwin deutete auf das Bild. »Die Tote … Terri Lovecraft … Auch von ihr gab es Fingerabdrücke im Polizeiarchiv. Sie sind den Ihren verblüffend ähnlich, ebenso wie jenen der bisher nicht identifizierten Leiche aus Paris.«

Die junge Frau sah ihn ungläubig an. Irgendwann begann sie den Kopf zu schütteln, brachte aber kein Wort heraus.

»Ich verstehe das auch nicht«, erklärte schließlich Darwin. »Vielleicht handelt es sich um einen Erfassungsfehler bei der Polizei. Dabei könnte …«

»Und wie kommt es, dass dieser ›Erfassungsfehler‹ mir gleicht wie ein Ei dem anderen?«, unterbrach sie ihn.

Darauf wusste Darwin keine Antwort.

»Könnte es sein«, sagte Daniels betont langsam, »dass gar nicht diese Terri Lovecraft gegen den Betonpfeiler gerast ist, sondern jemand anderes? Das Unfallopfer soll bis zur Unkenntlichkeit verbrannt sein. Vielleicht ist Terri die Einbrecherin vom Louvre.«

»Um das festzustellen, müsste man die Tote exhumieren und ihr eine DNA-Probe entnehmen.«

»Sie sagen es. Warum ist das noch nicht getan worden?«

»Bei Verkehrsunfällen erspart man sich üblicherweise so ein kostspieliges Verfahren, wenn die Personalien des Opfers auf andere Weise festgestellt werden können.«

»Und falls man sich geirrt hat? Die paar Pfund für einen DNA-Test können angesichts der Millionenverluste, über die wir hier reden, kaum noch eine Rolle spielen.«

»Ich weiß nicht, ob wir Lovecrafts Leiche auf einen bloßen Verdacht hin ausgraben lassen können, aber ich werde mit Superintendent Longfellow darüber reden.« Er atmete auf. »Solche

Spuren zu verfolgen ist mir hundertmal lieber, als mich in Ihre pseudo-philosophischen Analysen zu vertiefen, die gerade überall verbreitet werden.«

Daniels schnappte nach Luft. Abrupt wandte sie sich von Darwin ab, lief zum größeren der beiden Fenster und starrte, die Arme um den Körper geschlungen, auf die regennasse Straße hinaus. Draußen war es inzwischen so dunkel, als hätte die Dämmerung bereits eingesetzt. Ohne sich umzudrehen, sagte die junge Frau: »Sie denken, ich habe eine spektakuläre, aber spekulative Pressemitteilung herausgegeben, um mich in der Öffentlichkeit wieder reinzuwaschen, nicht wahr?«

»Na ja ... Ist es nicht so?«

»Nein. Ich vermute tatsächlich, dass militante Kreationisten die Aktionen verübt haben?«

»Kreationisten ...?«, entfuhr es Darwin überrascht. »Sie meinen die Schwachköpfe, die glauben, dass die Welt in sechs buchstäblichen Tagen erschaffen wurde?«

»Ja. Wobei ich die Bezeichnung ›Fundamentalisten‹ vorziehe.« Daniels drehte sich in der Taille, gerade weit genug, um den unterbrochenen Blickkontakt wiederherzustellen. »Nicht dass wir uns falsch verstehen, Mr Shaw. Auch wenn ich manch abenteuerliche Vorstellung der Kreationisten nicht teile, halte ich sie doch keinesfalls – wie es die Medien so gerne darstellen – für eine Bedrohung der wissenschaftlichen Welt. Man darf *Motivation* nicht mit wissenschaftlicher *Argumentation* verwechseln. Nach dem Zweiten Weltkrieg haben sich die Siegermächte um die deutschen Raketenforscher, Atomwissenschaftler und Marineexperten gerissen, obwohl diese ihre Kenntnisse und Erkenntnisse unter einem nationalsozialistischen Willkürregime gewonnen hatten. Nehmen Sie nur Hitlers Raketenmann, Wernher von Braun, dessen SS-Mitgliedschaft die Amerikaner nicht daran hinderte, ihn zum ›Vater des Mondflugs‹ zu machen.«

»Ich halte auch nichts von solcher Doppelmoral. Aber hier geht es doch wohl um die Frage, ob man religiösen Ewiggestrigen erlauben sollte, in den Naturwissenschaften den Ton anzugeben.«

»Jetzt verwechseln Sie Religiosität mit Rückständigkeit. Der weitaus größte Abschnitt der Wissenschaftsgeschichte wurde von Denkern und Forschern geschrieben, die, wie es Johannes Kepler ausdrückte, ›Gottes Gedanken nachdenken‹ wollten oder zumindest den Ursprung des Universums in einer übernatürlichen Wirklichkeit begründet sahen. Sie alle – Albert Einstein, Max Planck, Kelvin, Faraday, Galilei, Newton, Pasteur und viele, viele weitere große Namen –, sie alle schufen das *Fundament* der heutigen Naturwissenschaften. Angenommen, diese Männer würden in der Gegenwart wiedergeboren und unter einem Pseudonym ihre transzendenten Überlegungen verbreiten, dann hätten sie nichts zu lachen. Die naturalistischen Eiferer würden ihnen den Stempel ›Kreationist‹ aufdrücken, so wie sie es auch mit mir getan haben.«

»Nehmen Sie es mir nicht übel, aber vielleicht haben Sie sich dieses Etikett selbst zuzuschreiben.«

Daniels wandte sich ihm jetzt ganz zu und fragte kühl: »Wie meinen Sie das.«

»Wenn Sie so schreiben, wie Sie reden … Ich will nur sagen, dass ein bisschen weniger Eifer manchmal nicht schlecht wäre.«

Die junge Frau schaute wieder zum Fenster hinaus. »Mir ist es herzlich egal, ob Sie mir glauben oder nicht, Mr Shaw. Ich wollte Sie nur vor der Dummheit bewahren, eine ganze Gruppe von Menschen zu diskreditieren, weil sie ein paar verquerte Ansichten vertreten oder aus ihren Reihen einige Terroristen kommen.«

»Wieso glauben Sie, die Museumseinbrüche gehen auf das Konto von Kreationisten? Sie könnten sich doch ebenso aus den Reihen der Vertreter des – wie nennen Sie das? – ›Intelligent Design‹ rekrutieren.«

»Die Gruppe der ID-Wissenschaftler ist weltanschaulich viel heterogener als die der Kreationisten. Etliche sind nicht besonders gläubig oder halten die Bibel für einen Mythos. Wenn das ›Gehirn‹, das hinter den vier Aktionen steckt, so denken würde, hätte es bestimmt nicht *Das Paradies* von Cranach ausgewählt. Das Gemälde thematisiert die Kapitel zwei und drei der Genesis, des ersten Buches Mose. Kreationisten nehmen diesen Bericht in allen Punkten wörtlich, obwohl sie sich damit in Widersprüche verheddern.«

»Sie meinen, weil die wissenschaftlichen Datierungsmethoden sagen, dass die Erde älter als zehntausend Jahre ist?«

Daniels drehte sich erneut zu ihm um. »Unter anderem. Die Unstimmigkeiten beginnen aber schon bei der Deutung des Bibelberichts. Im zweiten Vers des zweiten Kapitels der Genesis schreibt Moses, Gott habe am siebten Tag sein Werk beendet und fortan geruht. Nur zwei Verse weiter heißt es jedoch, dies sei die Geschichte der Entstehung des Himmels und der Erde, als sie erschaffen wurden, an dem Tag, an dem Gott Erde und Himmel machte. Wohlgemerkt, in den Urschriften steht hier die *Einzahl:* ›der Tag‹. Wenn Moses also einmal von sechs Schöpfungsperioden und gleich darauf von einer einzigen spricht, dann wird deutlich, dass er niemals Vierundzwanzig-Stunden-Tage gemeint haben kann.«

»Sondern?«

»Das weiß kein Mensch. Im neunzigsten Psalm sagt Moses, tausend Jahre seien für Gott wie der vergangene Tag, und im selben Vers fügt er hinzu: ›Und wie eine Wache in der Nacht.‹ Bei den alten Hebräern war die Nachtwache vier Stunden lang.«

»Tausend Jahre wie ein Tag? Oder wie vier Stunden? Kommt mir so vor, als wolle Moses mit den unterschiedlichen Vergleichen nur ausdrücken, dass Gott ein anderes Zeitempfinden hat als wir kurzlebigen Menschen.«

»Gute Schlussfolgerung! Vermutlich wusste er, der Leser assoziiert beim Wort ›Tag‹ einen endlichen und überschaubaren chronologischen Abschnitt, was bei einem Geistwesen, das von Ewigkeit zu Ewigkeit existiert, mit Sicherheit einen wesentlich größeren Zeitraum umfasst als bei uns Menschen. Die Kreationisten versuchen, sich um diese an sich klare Aussage der Bibel herumzuschummeln.«

Darwin fuhr sich mit den Fingern durch die Haare. Zumindest in einem Punkt deckten sich die Interpretationen der Journalistin mit seinen Ansichten. »Also gut, nehmen wir einmal an, Sie haben Recht und es stecken tatsächlich keine geldgeilen Räuber hinter den Einbrüchen.«

»Gehen Sie davon aus.«

»Meinetwegen. Tun wir einmal so, als hätten wir es mit kreationistischen Terroristen – was für ein Wortungetüm! – zu tun. Welche Absicht steckt hinter ihren Aktionen?«

»Das ›Gehirn‹ will durch die Auswahl der Bilder zu uns sprechen.«

»Sie erwähnen schon zum zweiten Mal diese Formulierung: das ›Gehirn‹. Entschuldigung, aber das klingt so … abstrakt.«

»Ich versuche mich nur von ihm abzugrenzen«, antwortete Daniels postwendend.

Darwin kam es so vor, als ob sich da eben ihre Gefühle am Verstand vorbeigedrängt hatten. Während er die Worte der jungen Frau auf sich wirken ließ, griff er gedankenverloren nach der Schale mit den M&Ms. Er pickte sich ein braunes Exemplar heraus und steckte es sich in den Mund. Als die Zuckerkruste über der Schokolade geräuschvoll zerknackte, sah er seine Gastgeberin erschrocken an.

»Entschuldigung, ich hätte erst fragen müssen, ehe …«

»Dazu sind sie ja da«, unterbrach sie ihn. »Warum haben Sie ausgerechnet das Braune ausgewählt?«

Darwin zuckte die Achseln. »Weiß nicht. Vielleicht weil ich mir einrede, es hätte weniger Farbstoff.«

Er bemerkte den Anflug eines durchaus bezaubernden Lächelns auf ihren Lippen, der jedoch schnell wieder verschwand. An seine Stelle trat das verlegene Herumzupfen an den blonden Strähnen. Er räusperte sich. »Wieso glauben Sie, sich von dem Planer der Aktionen ›abgrenzen‹ zu müssen?«

Die junge Frau wandte ihm wieder ihren Rücken zu und sprach zur Fensterscheibe: »Sagen wir, ich will nicht wie der sein, für den Sie und die Polizei mich gehalten haben.«

Irgendwie stellte diese Erklärung Darwin nicht zufrieden. Er besaß jedoch genug Erfahrung, um zu wissen, dass man einen unwilligen Zeugen nicht ohne Not in die Enge treiben sollte. »Na gut«, lenkte er ein, »dann nennen wir unser Phantom von nun an das ›Gehirn‹. Trauen Sie sich zu, seine … Piktogramme lesen zu können?«

»Ja.«

»Warum gerade Sie?«

Daniels' Blick spazierte irgendwo in den Rochester Mews umher. »Weil ich mich seit Jahren mit den Argumenten der Leute beschäftige, die der großen Frage nachgehen: Wo kommen wir her?«

»Den Kreationisten, meinen Sie.«

»Ja. Und den Evolutionisten, Theisten, Neodarwinisten, ID-Wissenschaftlern, Naturalisten und wie sie alle heißen.«

»Schön und gut, aber woher haben Sie das mit dem Spiegel gewusst?«

»René Magritte hat ihn seinem unachtsamen Schläfer unters Kopfkissen gelegt.«

Der Detektiv fischte eine weitere braune Schokopastille aus der Glasschale und ließ sie im Mund verschwinden. »Zusammen mit fünf anderen Symbolen. In Holloway fragten Sie aber nur nach dem Spiegel.«

»Weil er ein Achtung-Schild ist.«

»Wie meinen Sie das?«

Abermals wandte sich Daniels dem Fragenden zu. »Der Spiegel ist schon immer – ob im Märchen oder in der Traumdeutung – etwas ganz Besonderes gewesen. Wer sich in ihm sieht, rückt gewissermaßen aus sich heraus. Er wird eine vom Körper getrennte Repräsentation seiner selbst. Die Ägypter glaubten, ein Spiegel im Traum versinnbildliche den Übergang der Seele vom

Körper in das nicht fassbare Gegenüber. Deshalb schrieben sie solchen Traumerlebnissen Tod oder Unheil zu.«

»Für mich klingt das alles ziemlich verworren. Wäre es für das ›Gehirn‹ nicht einfacher, uns geschriebene Botschaften zu senden?«

»Einfacher vielleicht, aber wie heißt es doch so schön? ›Ein Bild sagt mehr als tausend Worte.‹ Die Medien leben von Bildern. Terroristen suchen den Medienrummel, und wenn man sich öffentlich über ihre Aktionen den Kopf zerbricht, dann flippen sie vor Begeisterung aus.«

»Dank Ihnen ist das ja jetzt der Fall.«

»Sie können die Symbole gerne ohne mich deuten.«

»Nun seien Sie nicht gleich gekränkt. Ich gebe mir ja Mühe, Ihren Gedankengängen zu folgen. Übrigens scheint der Profiler, mit dem ich über die Einbrüche sprach, auf dieses ganze psychoanalytische Traumzeugs nichts zu geben.«

»Muss ein kluger Mann sein.«

»Ich denke, Sie …«

»Ich persönlich halte auch nicht viel von Traumdeutung, wenngleich ich durchaus glaube, dass sich unsere Alltagserfahrungen zumindest teilweise auf gleichnishafte Weise in unseren Träumen widerspiegeln. Fakt ist, dass Magritte sich der Symbolik Sigmund Freuds bediente. Ich habe das im Internet recherchiert.«

»Wieso kennen Sie sich mit der Traumdeutung aus, wenn Sie keine Freudianerin sind?«

Daniels' Blick wanderte zum Fenster. Draußen lief jemand am Haus vorbei. Sie sah dem Passanten für einen langen Moment hinterher. Als sie sich wieder zu Darwin umdrehte, wirkte sie abwesend.

»Wo waren wir stehen geblieben?«, fragte sie, wie jemand, der gerade aus einem Traum erwacht.

»Bei Freud und seinen Symbolen.«

»Ach ja! Sigmund Freud war für mich während meines Studiums so eine Art Punchingball: Ich habe mein kritisches Denken an seinen Theorien trainiert. Dazu musste ich mich zwangsläufig mit ihnen auseinander setzen.«

»Ist er nicht der Oberguru aller Seelenklempner?«

»Die von Freud begründete Psychoanalyse ist alles andere als eine exakte Wissenschaft; manche bezeichnen sie sogar als Paradebeispiel für *Pseudo*wissenschaft, weil sich im Prinzip jede Beobachtung auf freudsche Weise interpretieren lässt. Ob wir uns nun lieber mit Stoff- statt mit Papiertaschentüchern die Nase putzen oder Frösche für verzauberte Prinzen halten – bei Männern geht alles auf eine unerfüllte Mutterliebe und bei Frauen auf sexuellen Missbrauch durch die Väter zurück.«

»Ziemlich plakativ der Vergleich.«

»Was ich sagen will, ist im Grunde einfach: Wenn wir uns psychologischer Ansätze bedienen, dann begeben wir uns zwangsläufig auf das Gebiet der *Spekulation,* weil Traumsymbole fast immer verschiedene Deutungen zulassen. Genau das Gleiche trifft auf viele so genannte Beweise der Evolutionisten zu.«

»Lehnen Sie sich da nicht ein bisschen zu weit aus dem Fenster, Ms Daniels?«

»Keineswegs. Die Ähnlichkeit zwischen verschiedenen Individuen bedeutet nicht zwangsläufig eine *Homologie* – so nennen die Evolutionisten Gleichwertigkeiten im Bauplan verschiedener Lebewesen, die sie auf eine entwicklungsgeschichtliche Verwandtschaft zurückführen. Ähnlichkeiten dagegen, die nicht aus einer ununterbrochenen Linie der Höherentwicklung entstanden sein können, bezeichnet man als *Analogie.*«

»Und wie wird im Einzelfall zwischen den beiden unterschieden?«

»Die Evolutionstheoretiker vertreten da oft ganz konträre Standpunkte. Weil die Abstammung aus primitiven Vorstufen für sie eine unbestreitbare Tatsache ist, wird jedoch nicht selten der Wunsch zum Vater des Gedankens. Schnell sagt man, zwei Organe seien homolog, also entwicklungsgeschichtlich verwandt, aber morgen schon mag unter dem Druck neuer Fossilienfunde das Gegenteil behauptet werden. So oder so, es fehlt ihren Deutungen an Beweiskraft, weil Gemeinsamkeiten im Aussehen oder in der Funktion ebenso als ›Handschrift‹ eines intelligenten Konstrukteurs interpretiert werden können, der bei wiederkehrenden Aufgabenstellungen auch zu ähnlichen Problemlösungen greift.«

»Für mich klingt es vernünftiger, dass die Evolution Analogien hervorbringt. Wer sich in die Luft erheben will, braucht eben Flügel. Deshalb hat sie bei Vögeln und Insekten ähnliche Lösungen gefunden.«

»Da sprechen Sie ein für die Darwinisten besonders heikles Thema an. Die zufällige Entstehung komplizierter biologischer Strukturen ist ohnehin sehr unwahrscheinlich. Wenn sie aber *analog* erscheinen – wofür es in der Natur, wie Sie selbst erkannt haben, unzählige unbestrittene Beispiele gibt –, dann wird die Sache echt problematisch.«

»Falls das stimmt, was Sie sagen …« Darwin kratzte sich am Kopf. »Homologie, Analogie – für einen Ermittler wie mich wäre ein Indiz, das auf völlig unterschiedliche Weise gedeutet werden kann, wertlos. Es ist kein tragfähiger Beweis.«

»Meine Rede. Das Haus des Darwinismus besteht aus einer Menge Mörtel und ein paar Trümmern. Und immer wenn etwas nicht passt, wird es mit einer Ad-hoc-Theorie passend gemacht. Aber wie sagte Cicero so treffend? ›Gut gehauene Steine schließen sich ohne Mörtel aneinander.‹«

Mürrisch zerbiss Darwin eine weitere braune Schokolinse. »Und Sie meinen, das ›Gehirn‹ will uns Mörtel fressen lassen?«

Daniels musste unvermittelt grinsen. »Ihr bildliches Vorstellungsvermögen gefällt mir.«

»Danke. Was ist also mit Freud?« Er angelte sich eine weitere Pastille.

»Freud führte mit Leidenschaft das menschliche Verhalten – vor allem das Fehlverhalten – auf die Sexualität zurück. Auch die fünf im Gemälde gezeigten Gegenstände lassen sich in seinem Sinne einem Geschlecht zuordnen: Hut und Kerze sind ›männlich‹, Apfel, Taube und das Blau der Schleife dagegen ›weiblich‹.«

»Ich dachte immer, rosa sei für die Mädchen reserviert.«

»Wir reden nicht von Stramplern für Babys, Mr Shaw, sondern über Traumdeutung. Da gilt die Farbe des Wassers – blau – als Symbol für das Unterbewusstsein oder die weibliche Seite der Natur.«

»Na gut. Dann haben wir also drei Frauen- und zwei Männerelemente im Magritte. Das wird die Feministinnen freuen.«

»Vergessen Sie nicht das Vorzeichen zur Einbruchsserie: den Hermaphroditen. Das Zahlenverhältnis könnte auch auf *eine* Person mit sechzig Prozent weiblichen und vierzig Prozent männlichen Geschlechtsmerkmalen hinweisen.«

Darwin verfehlte vor Überraschung mit der nächsten Pastille den Mund. »Ist das Ihr Ernst?«

Seine Gastgeberin betrachtete ihn mit versonnenem Ausdruck auf dem Gesicht. Unvermittelt wandte sie sich dem Fenster zu und sagte: »Nein.«

Überrascht schnappte er nach Luft. »Aber Sie haben doch gerade …«

»Vergessen Sie 's. Das ›Gehirn‹ hatte wohl kaum Einfluss auf die Bildgestaltung. Es konnte lediglich ein fertiges Gemälde aussuchen. Mir scheint es ergiebiger zu sein, wenn wir uns auf die weitergehende Bedeutung der Symbole konzentrieren. Durch ihre Verbindung mit der Mamorfigur und den gestohlenen Gemälden entsteht die individuelle Handschrift des ›Gehirns‹, seine eigentliche Botschaft.«

Darwin öffnete die mitgebrachte Ledertasche, zog die Fotografien von den betreffenden Kunstwerken heraus, legte sie nebeneinander auf den Glastisch und griff sich ein braunes M&M.

»Und was lesen Sie darin?« Er ließ seine Hand die Reihe der Bilder abschreiten.

Die Arme vor der Brust verschränkt, näherte Daniels sich dem

Tisch. Einen tiefen Atemzug lang blickte sie auf die Fotos. Es war schon fast zu dunkel im Zimmer, um darauf etwas zu erkennen, aber Darwin war überzeugt, dass die Journalistin sehr genau wusste, was die Bilder zeigten. Sie zupfte geistesabwesend eine Haarsträhne im Nacken zurecht und sagte: »Ich behaupte nicht, schon alles zu verstehen …«

»Dann sagen Sie mir, was Sie bisher erkennen konnten.«

»Le dormeur téméraire«, sie deutete auf Magrittes Gemälde vom unachtsamen Schläfer, »ist der Schlüssel. Das Codebuch, wenn Sie so wollen. Von ihm müssen wir ausgehen.«

»Mir kommt das Kunstwerk eher wie ein Kinderbuch vor: einfache Formen, wenige Farben – vielleicht ein bisschen düster für die lieben Kleinen.«

»Der Vergleich ist gar nicht schlecht. Gewöhnlich sollen die bunten Büchlein uns Erwachsene ja dazu anregen, zu jeder Abbildung eine Geschichte zu erzählen. Ähnliches hatte wohl das ›Gehirn‹ im Sinn. Es zitiert gewissermaßen durch die aufgereihten Alltagsgegenstände die beschädigten und entwendeten Meisterwerke. Damit macht es den *Unachtsamen Schläfer* selbst zu einem Gesamtkunstwerk, zu einem Gedicht, das aus einzelnen, nicht voneinander trennbaren Zeilen besteht. Ein raffinierter Hinweis auf das Problem der nicht reduzierbaren Komplexität.«

»Tatsächlich? Was würden Sie sagen, wenn ich behauptete, die Kombination aus Traumsymbolen, Hermaphrodit, gestohlenen Gemälden und darin versteckten Botschaften sei rein *zufällig* entstanden?«

»Ich würde Sie für debil halten.«

»Danke für die Offenheit.«

»Keine Ursache. Aber *das* ist genau der Punkt. Er will uns damit sagen: Hier ist ein planender Geist am Werk.«

»Hält er sich für Gott?«

»Vielleicht. Ich weiß es nicht. Aber seine Anspielung auf einen intelligenten Konstrukteur komplexer biologischer Systeme wie einer beliebigen Zelle scheint mir überdeutlich zu sein.«

»Das muss wohl an Ihrer speziellen Sicht der Dinge liegen. Ich erkenne da gar nichts.«

»Das liegt daran, dass sie das Problem der Komplexität nicht durchschauen. Nehmen wir ein ganz einfaches Beispiel: eine Mausefalle. Sie besteht nur aus fünf Holz- und Drahtteilen: Brett, Feder, Haltebügel, Schlagbügel und Köderhalter. Man würde keine der Einzelkomponenten als Mausefalle bezeichnen, und sie können für sich allein auch nicht als solche funktionieren. Das tut sie nur dann, wenn sämtliche Einzelteile gleichzeitig vorhanden und auch richtig zusammengesetzt sind. Der Biochemiker Michael Behe verweist auf ähnlich überschaubare Apparaturen in der Natur.«

»Biologische Mausefallen?«

»Nein, molekulare Maschinen wie den Elektrorotationsmotor von *Escherichia coli.*«

»Ist das nicht eine Bakterienart?«

»Eine sehr agile sogar. Sie verdankt ihre Beweglichkeit einer Geißel, chemischen Sensoren, einem Antriebs- sowie einem Steuerelement, und einigen anderen Teilen, insgesamt über fünfzig Einzelkomponenten. Auch Darwinisten geben zu, dass die Bakterie irgendwann ihren Antrieb bekommen haben muss, nach der Theorie Ihres Namensvetters in Einzelschritten, die *zufällig* und *richtungslos* waren. Selbst wenn man das Bioaggregat auf seine Grundelemente reduziert – Bakteriengeißel, Winkelstück, Rotationsachse, Lager und Motor –, bleiben immer noch fünf Baugruppen.«

»Wie bei der Mausefalle.«

»Gut erkannt! Nach Darwin ist für einen Organismus nur das von Vorteil, was ihm in der Umwelt, in der er sich behaupten muss, zu mehr Nachkommen verhilft. Alles andere ist unnötiger Ballast und wird von der Selektion wieder über Bord gekehrt.«

»Richtig.«

»Wie konnte dann aber der Bakterienrotationsmotor entstehen? Jedes Grundelement für sich allein ist kein Antrieb. Es bringt den Einzeller weder im Daseinskampf noch in seinem wässrigen Lebensraum voran, sondern belastet nur seinen Stoffwechsel.«

»Na, dann gab's eben fünf Mutationen *gleichzeitig*, die den Antrieb zusammengesetzt haben.«

»Genau.«

»Was?«

»Haargenau so argumentiert das Gros der Darwinisten. Sie stellen eine Behauptung auf und versagen uns den Beweis. Die *grobe Vereinfachung* – angeblich zur Schonung überforderter Kleingeister im einfachen Volk – ist eine ihrer Standardstrategien. Vermutlich würden sie nicht erwähnen, dass selbst bei extremster Vereinfachung des Antriebs und geradezu abenteuerlich optimistischen Grundannahmen mindestens *achtundzwanzig* passende Veränderungen in der Zelle erforderlich sind, um ihn in einer Hauruckaktion der Evolution zusammenzusetzen.«

»Klingt gar nicht so viel.«

»Ha!« Daniels hielt sich die Hand vor den Mund, weil der Heiterkeitsausbruch ihr unangenehm zu sein schien. Ernster fügte sie hinzu: »Die Verhältniszahl für die Wahrscheinlichkeit, dass diese achtundzwanzig Veränderungen gleichzeitig und zueinander passend auftreten, besteht aus einer Eins mit *einhundertvierzig* Nullen.«

»Oh!«

»Das hört sich für einen Einzeller, der so eine passende ›Punktmutation‹ gerade mal bei einer Milliarde Zellteilungen hinbekommt, gewaltig an, nicht wahr? Aber die Evolutionstheoretiker behaupten ja, es gebe schon seit vier Milliarden Jahren Bakterien auf unserem Planeten.«

»Stimmt. Dann ist es vielleicht doch nicht so unwahrscheinlich.«

»Wie man's nimmt. Man hat ausgerechnet, dass auf der Erde maximal zehn hoch sechsundvierzig Bakterien existiert haben können. Multiplizieren Sie diese Zahl mit der Unwahrscheinlichkeit der achtundzwanzig passenden Veränderungen im antriebslosen Bakterium, dann kommen Sie auf eine Eins mit vierundneunzig Nullen.«

»Klingt immer noch sehr unwahrscheinlich.«

»Wohl wahr! Sie können es drehen und wenden, wie Sie wollen. Sogar wenn Sie nur annehmen, dass fünf Gene mit jeweils nur drei Veränderungen einen funktionsfähigen Antrieb zusammensetzen könnten, und das nur ein einziges Mal in der gesamten biologischen Erdgeschichte, dann wäre die Wahrscheinlichkeit, im Lotto zu gewinnen, noch immer eine Trilliarde mal größer.«

»Eine Trilliarde?«

»Das ist eine Eins mit einundzwanzig Nullen.«

»Danke für den Hinweis.«

»Vielleicht können Sie jetzt in etwa erahnen, welche Abgründe sich auftun, wenn schon ein Detailproblem derart gewaltige Löcher in die darwinistische Argumentation reißt. Der Astronom und Mathematiker Sir Fred Hoyle hat zusammen mit dem Astrophysiker Chandra Wickramasinghe errechnet, dass die Wahrscheinlichkeit einer spontanen Bildung von Leben aus unbelebter Materie bei eins zu einer Zahl mit *vierzigtausend* Nullen liegt – einer Zahl, wie Sie betonen, die groß genug sei, Charles Darwin und die gesamte Evolutionstheorie zu begraben.«

Darwin blinzelte verwirrt. Er fühlte sich von den vielen kugelrunden Ziffern regelrecht erschlagen.

Möglicherweise sah ihm seine Gastgeberin die Verunsicherung an, denn ihre tiefe Stimme klang geradezu sanft, als sie hinzufügte: »Ich will Sie mit diesen Dingen nicht unnötig quälen, Mr Shaw. Es erschien mir nur wichtig, weil der *Unachtsame Schläfer* mit seiner Botschaft frontal gegen Charles Darwins Theorie schießt.«

Der Detektiv griff nervös nach einer braunen Schokolinse. »Wenn Sie mit Ihrer Kreationisten-Hypothese Recht haben, dann wird in Magrittes Bild doch bestenfalls ein *einziges* Problem kritisiert.«

»Unterschätzen Sie nicht die Tragweite dieses ›einzigen Problems‹, Mr Shaw. Charles Darwin gesteht in seinem Hauptwerk, *Die Entstehung der Arten durch natürliche Zuchtwahl*: ›Ließe sich das Vorhandensein eines zusammengesetzten Organs nachweisen, das nicht durch zahlreiche aufeinander folgende geringe Abänderungen entstehen könnte, so müsste meine Theorie zusammenstürzen.‹«

»*Das* hat er geschrieben?«

»Ich kann Ihnen das Buch gerne ausleihen.«

»Nicht nötig.«

Daniels wanderte zum Fenster zurück. Ohne sich zu Darwin umzudrehen, sagte sie: »Wegen der erwähnten Probleme glauben einige Wissenschaftler, die nicht zu vereinfachende Komplexität in den hochkomplizierten molekularen Maschinen sei ein Designmerkmal.«

»Sie meinen so etwas wie eine Signatur Gottes?«

»Das haben Sie gesagt. Das Codebuch des ›Gehirns‹ ist jedenfalls kein Zufall, und unser Gegner möchte, dass wir das auch wissen. Aber wie bei den Analogien in der Natur können Sie den Magritte mit einem anderen Denkansatz auch auf eine Ihnen angenehmere Weise interpretieren. Es steht Ihnen frei …«

Die Stimme der jungen Frau erstarb. Sie stolperte einen Schritt zurück, die Arme eng um den Körper geschlungen, und wirkte mit einem Mal starr wie eine Holzpuppe.

»Ist Ihnen nicht gut?«, fragte Darwin.

Daniels antwortete nicht.

Er hievte sich aus dem tiefen Sessel hoch und trat hinter sie, um dem Blick ihrer Augen folgen zu können. Dann sah er, was sie beunruhigte.

Draußen auf der anderen Straßenseite stand jemand. Die Person war kaum zu erkennen, weil ein Vorhang aus Regenperlen sie verhüllte und das Tageslicht seinen Wachdienst längst an eine vereinsamte Straßenlaterne abgetreten hatte. Ein Auto fuhr vorbei und beleuchtete mit seinen Scheinwerfern kurz die Gestalt. Sie trug einen langen schwarzen Regenmantel, ihr Gesicht lag im Schatten einer Kapuze. In der rechten Hand hielt sie einen Bowler, keinen Regenschirm.

Darwin merkte, wie der Leib der jungen Frau bebte. Er stand dicht hinter ihr. Einem spontanen Reflex folgend, hob er die Hand, um sie auf ihre Schulter zu legen, hielt aber jäh inne. Ihm war eingefallen, wie heftig sie im Frauengefängnis auf eine ähnliche Geste reagiert hatte. Langsam zog er den Arm wieder zurück.

»Wer ist das?«, wisperte Daniels unvermittelt. Ihre Stimme war nicht mehr als ein Hauch.

»Ich verstehe nicht … Denken Sie, der Kerl da draußen gehört zu mir?«

»Woher wissen Sie, dass es ein Mann ist?«

»Gucken Sie sich seinen Regenmantel an. Frauen haben einen besseren Geschmack.«

»Dann sind Sie also allein gekommen?«

»Ja!« Es ärgerte Darwin, dass sie ihn unterschwellig der Lüge bezichtigte. »Vielleicht ist der Bursche von der Presse, irgendein Paparazzo. Sie genießen ja mittlerweile Kultstatus.«

Anstatt etwas zu erwidern, lief Daniels quer durch den Raum in Richtung Diele. Bei der Glastür blieb sie stehen und drehte sich zu Darwin um. »Es wäre mir lieb … wenn Sie mitkämen.«

In ihrer oft so forschen Stimme war mit einem Mal etwas Verletzliches, das ihn sofort reagieren ließ. Er folgte ihr in den kleinen Vorraum, blieb aber ein Stück hinter ihr. Sie sah ihn fragend an. Er nickte ihr aufmunternd zu. Dann öffnete sie die Tür nach draußen.

Er konnte am Kopf der jungen Frau vorbei den Unbekannten auf der anderen Straßenseite sehen. Die Gestalt mit der Melone in der Hand stand wie versteinert, ungeachtet des auf sie niederprasselnden Regens. Unter der Kapuze war immer noch kein Gesicht zu sehen.

»Was wollen Sie?«, rief Daniels. Jetzt klang ihre Stimme trotzig.

Der Fremde erwiderte nichts.

»Warum stehen Sie da rum und starren mein Haus an?«

Wieder versagte ihr der Unbekannte die Antwort.

Die junge Frau hielt ihre Arme leicht angewinkelt dicht am Körper, die Hände waren zu Fäusten geballt. Entschlossen trat sie vor die Tür. »Wenn Sie da nicht verschwinden, rufe ich die Polizei!«

Selbst diese Drohung schien die Gestalt nicht zu beeindrucken.

Darwin wurde das Spiel zu dumm. Er lief zur Tür, sodass er Daniels über die Schulter schauen konnte, und rief: »Hier gibt es für dich nichts zu holen, Freundchen. Zieh Leine, sonst verbeule ich dir nicht nur deinen Hut.«

An der Wortwahl hätte er vielleicht noch etwas feilen können, aber das Ergebnis stellte ihn trotzdem zufrieden. Der Fremde wandte sich ruckartig ab und lief in Richtung Rochester Place davon.

Daniels drehte sich um ihre eigene Achse und war ihrem Beschützer wieder so nah wie bei dessen überfallartiger Ankunft. Darwin glaubte ein Schwanken ihres Körpers zu bemerken, so als habe sie zurückweichen wollen, es sich dann aber doch anders überlegt. Ihre Hand wanderte zum Kopf, versuchte Haare zu ordnen, auf denen Regentropfen im Licht der Dielenbeleuchtung wie Diamanten glitzerten. Er hatte diese Geste der Befangenheit schon so oft an ihr bemerkt.

Nicht barsch, sondern eher klagend sagte sie: »Ich werde ganz nass, Mr Shaw. Können Sie mich bitte vorbeilassen?«

Er kam sich vor, als erwache er aus einem Trancezustand. Was war da eben passiert? Mit verlegenem Lächeln zog er sich ins Haus zurück. »Selbstverständlich. Entschuldigen Sie.«

Daniels lief an ihm vorbei in den Wohnraum. Darwin folgte ihr eher verhalten. Benommen. Als er das Zimmer betrat, war sie nirgendwo zu sehen.

Von irgendwo drang ein Klappern an sein Ohr. Kurz darauf kam Daniels die gläserne Treppe hinab, die Haare getrocknet und frisch verwuschelt, das Gesicht verschlossen. Sie murmelte eine Entschuldigung.

»Verzeihen Sie bitte, aber der Regen …« Sie beließ es einmal mehr bei der Andeutung ihrer Gedanken.

Darwin räusperte sich. Er verspürte den unbändigen Drang, in eine Schokopastille zu beißen oder irgendetwas anderes zu tun, als seine Gastgeberin anzustarren. »Sollen wir für heute Schluss machen?« Ja, das war – auch wenn es sich nicht danach anhörte – zumindest ein Anfang.

»Wäre vielleicht das Beste«, antwortete sie leise und blickte dabei an ihm vorbei zum Fenster.

»Können wir unser Gespräch morgen fortsetzen?«

Sie umschlang wieder ihren Leib mit den Armen und massierte sich die Schulter. »Ich weiß noch nicht. Da habe ich vielleicht schon etwas vor.«

»Die Zeit brennt mir unter den Nägeln, Ms Daniels, ich …«

»Das ist mir klar!«, unterbrach sie ihn überraschend heftig. Er glaubte ein Zittern in ihrer Stimme wahrzunehmen. Sie wich seinem fragenden Blick aus, sah erneut zum Fenster und fügte beherrschter hinzu: »Rufen Sie mich an.«

»Das habe ich seit gestern mindestens hundertmal versucht.«

»Lassen Sie es dreimal klingeln, legen Sie dann auf und wählen Sie anschließend neu.«

Er nickte. War das eben ein Vertrauensbeweis gewesen? Ihr Zustand machte ihm Sorgen. »Kommen Sie klar?«

Ihre geheimnisvollen violetten Augen wandten sich vom Fenster ab und blickten entschlossen in sein Gesicht. »Ja, danke, Mr Shaw. Bitte gehen Sie jetzt.«

Kapitel 7

»Wir können das Arsenal der Waffen nicht aus der Welt schreiben, aber wir können das Arsenal der Phrasen, die man hüben und drüben zur Kriegsführung braucht, durcheinander bringen.«

Max Frisch

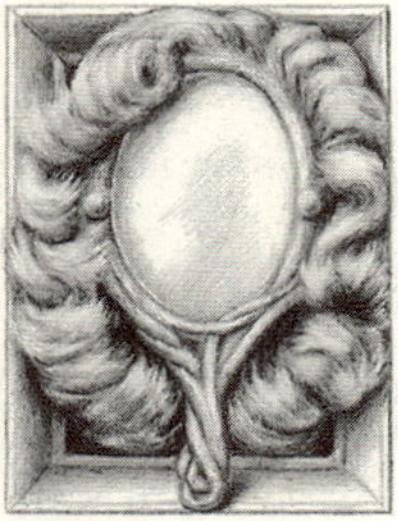

LONDON (ENGLAND),
Mittwoch, 3. Oktober, 8.05 Uhr

Wenn das Leben sich immer schneller um einen dreht, dann ist es um so wichtiger, still stehen zu bleiben. Wie ein Mantra wiederholte Alex die Weisheit ihrer Mutter, um ihr inneres Gleichgewicht zu bewahren. Sie saß, frisch geduscht, im Schneidersitz auf ihrem Ledersofa. Ihre Muskeln brannten vom Morgenlauf durch den Regent's Park. Mit glasigem Blick starrte sie in die Dunstwolken, die dem Teebecher auf dem Tisch entstiegen, und wartete darauf, dass der Tornado in ihrem Kopf sich legte.

Bilder aus ihrer Kindheit und Jugend – betretenes Schweigen, Lügen, Arztbesuche und immer wieder das Monsterding – wirbelten darin durcheinander mit den jüngsten Eindrücken – Terri Lovecrafts Gesicht in der Zeitung, die Wärterinnen im Gefängnis, Darwin Shaw, die mysteriöse Gestalt im Regen …

Sie hatte die vermummte Person schon früher gesehen, wusste aber nicht, was dieses »Früher« bedeutete. Bereits während des Gesprächs mit dem Versicherungsdetektiv war der Regenmantel an ihrem Fenster vorübergeglitten. Für die Dauer eines Wimpernschlags hatte sie in den Schatten unter der Kapuze ein

Gesicht erblickt, nur von der Seite und viel zu kurz, um es mit den im Gedächtnis abgelegten Blaupausen zu vergleichen. Aber auch zu lang, um nicht einen Schauder zu spüren.

Wie beschreibt man das Gefühl, jemanden zu erkennen, dem man noch nie begegnet ist?

Sie hatte den feucht glänzenden Regenmantel verfolgt, bis er aus ihrem Blickfeld verschwunden war. Ein absurder Gedanke flatterte durch ihren Sinn: Das Fenster deines Wohnzimmers ist wie das Gemälde von René Magritte – es zeigt dir nur scheinbar die Realität, aber hinter den Formen, die du wahrnimmst, verbirgt sich eine andere Wirklichkeit.

Die bekannteren, auf vielen Postkarten abgedruckten Gemälde des belgischen Malers zeigten einen Mann im Mantel mit Bowler auf dem Kopf, manchmal von hinten, dann wieder von vorn mit einer Taube oder wie im *Le fils de l'homme* – dem »Sohn des Mannes« – mit einem Apfel vor dem Gesicht. Ebenso wie die Taube waren auch Apfel und Hut Traumsymbole. Die Frucht spielte auf die Brust der Frau an, die aufstrebende Kopfbedeckung auf das erigierte Geschlecht des Mannes. Alex ahnte, warum das »Gehirn« eine Affinität für den belgischen Maler besaß, aber warum hatte die Gestalt im Regen …?

Sie verdrängte zum wiederholten Mal den aberwitzigen Gedanken, der ihr fast die ganze Nacht hindurch den Kopf vernebelt hatte.

Ja, den *Kopf*. Der Hut hatte nämlich über die sexuelle Bedeutung hinaus noch eine weitere. Er schützte den Kopf, den Sitz der Gedanken, die gebündelten Ideen, die seinem Träger durch den Sinn schossen. Er verkörperte die Absichten, Erwartungen und Meinungen, die der Träumer vor anderen verbirgt …

Aber die Gestalt auf der Straße hatte ihren Hut in der Hand gehalten.

Die Melone war trotzdem nass geworden. Es *muss* eine Botschaft gewesen sein, dachte Alex. Aber welche? Es hieß, wenn im Traum ein Hut vom Wind fortgeweht wird, zerschlagen sich

Hoffnungen und Pläne. Die Person im Regenmantel hatte ihren Hut jedoch festgehalten. Das konnte nur eines bedeuten: Ich zeige dir meine Gedanken.

Doch die Gestalt war fortgelaufen.

Offenbar nicht vor ihr, Alex Daniels, sondern vor Darwin Shaw, der sich dicht hinter sie gestellt hatte. Wie ein besorgter Freund. Wie ein Geliebter …?

Als sie vor der Tür so dicht zusammenstanden, hatte sie das Gefühl gehabt, er wolle sie berühren, hatte zuerst zurückschrecken wollen, wie sie es immer tat, wenn andere Menschen ihr zu nahe kamen. Aus irgendeinem Grund war sie dennoch stehen geblieben. Trotz des Regens hatte sie seine Wärme zu spüren geglaubt. Eine verwirrende Wahrnehmung, die …

Alex schüttelte den Kopf. Sie wusste nicht, was sie denken sollte. Unmögliches zu wünschen ist wie der Versuch, den Wind zu erhaschen. Man lässt es lieber bleiben. Es führt zu nichts.

Sie griff zum Hörer des Telefons, das neben ihr auf dem Sofa lag, und wählte die Nummer eines Handys.

»Susan Winter hier?«

»Alex. Guten Morgen. Bist du schon im Büro?«

»Morgen, Schatz. Bin gerade erst aus der U-Bahn gekommen. Aber die Antwort lautet: Nein.«

»Wie …? Du weißt doch gar nicht, was ich dich fragen wollte.«

»Ob es eine DNA-Analyse von Terri Lovecraft gibt. Ich habe dir gestern schon gesagt, dass es ein paar Tage dauern …«

»Deshalb rufe ich nicht an.«

»Hast du etwa schon die Fortsetzung deiner gestrigen Pressemitteilung fertig?«

»Nein. Obwohl es an Stoff nicht hapert, aber etwas anderes hat höhere Priorität. Kannst du mir die Adresse von Terri Lovecraft besorgen? Eure Lokalredaktion müsste sie doch haben.«

»Das ließe sich bestimmt machen. Willst du einen Geist besuchen?«

»Vielleicht.«

»Du glaubst tatsächlich, dass diese Frau deine Zwillingsschwester ist, stimmt's?«

»Ehrlich gesagt, ich weiß nicht, was ich glauben soll. Rufst du mich zurück?«

»Geht klar. Sobald ich in der Redaktion bin, schaue ich, was ich für dich tun kann.«

»Nett von dir. Bis gleich.«

Nachdem Susan die Verbindung getrennt hatte, ließ Alex das Telefon auf dem Lederpolster liegen und stieg über die gläserne Treppe zum Schlafzimmer hinauf. Sie öffnete das Fenster, um den Mief der letzten Nacht hinauszuscheuchen, und verbrachte die nächsten fünfzehn Minuten vor dem Kleiderschrank.

Nach reiflichem Zögern entschied sie sich für ein Paar legere, schwarze Baumwollhosen und einen Pullover aus hellgrauer Alpakawolle. Sie entledigte sich der Jogginghose und des T-Shirts. Während sie noch überlegte, ob sie der Form halber einen BH anziehen sollte, klingelte das Telefon.

Aufgeschreckt rannte sie in ihren seidenen Boxershorts zum Flur hinaus und von dort ins Arbeitszimmer, wo sie einen zweiten Apparat hatte. Sie riss den Hörer ans Ohr.

»Hast du sie?«

»Wen?«, fragte eine voll tönende Stimme.

In einem unbewussten Reflex schnappte sich Alex ein Blatt Papier und bedeckte damit, mehr schlecht als recht, ihre Brüste. »Mr Shaw?«

»Ich hatte doch gesagt, ich werde mich melden.«

»Ja, aber so schnell …« Sie spürte, wie ihr Puls auf Touren kam.

»Können wir uns treffen?«

»Jetzt?«

»Wäre mir recht.«

»Das geht nicht.«

»Warum? Es muss nicht wieder bei Ihnen sein, wenn Sie …«

»Ich habe schon etwas vor.«

»Hoffentlich keine Reise.«

»Was? Wie kommen Sie darauf?«

»Schon vergessen? Sie sagten: ›Hast du sie?‹ Waren damit Flugtickets gemeint?«

»Sie haben eine blühende Fantasie, Mr Shaw. Ihr Freund Longfellow hat mir verboten, die Stadt zu verlassen.«

»Wann wäre es Ihnen recht?«

»Was?«

Sie vernahm ein Schnaufen im Hörer. »Ich muss dringend mit Ihnen reden, Ms Daniels. Unser Gespräch gestern Abend war ganz aufschlussreich, hat mich aber nicht wirklich vorangebracht.«

Alex empfand diese Feststellung wie eine Ohrfeige. »Nicht?«

»Entschuldigen Sie, wenn ich da irgendwas nicht mitbekommen habe, aber Sie redeten über so viele verwirrende Dinge. Mir leuchtet ja noch ein, dass Magrittes *Unachtsamer Schläfer* eine Routenbeschreibung des geheimnisvollen Unbekannten ist, den Sie das ›Gehirn‹ nennen. Aber die anderen Dinge: Der Spiegel als Achtungsschild – wovor soll er warnen?«

»Es gibt viele Interpretationsmöglichkeiten für Spiegel, die in Träumen vorkommen.«

»Das habe ich befürchtet. Können Sie mir eine oder zwei nennen, die mich im Fall weiterbringen? Mein Boss macht mir ziemlich die Hölle heiß.«

Alex zögerte. Warum muss er ausgerechnet nach dem Spiegel fragen?

»Ms Daniels? Sind Sie noch da?«

»Ja.«

»Haben Sie meine Frage …?«

»Der Spiegel zeigt oft die unbewussten Seiten des Träumenden. All die Dinge, vor denen er eventuell erschrecken kann.«

»Heißt das nun, er findet Hermaphroditen zum Erschrecken oder die Abstammungslehre der Darwinisten?«

Sie holte tief Luft, versuchte ihrer Stimme Festigkeit zu verleihen. »Wie wäre es, wenn Sie auch mal selber ein bisschen nachdenken, Mr Shaw.«

»Warum sind Sie so gereizt?«

»Weil ich einen Anruf erwarte.«

»Das ist mir schon klar. Sie sprachen von vielen Interpretationsmöglichkeiten. Was kann das Traumsymbol ›Spiegel‹ denn noch bedeuten?«

Sie schloss die Augen. Hatte es einen Sinn, Shaw vorzuenthalten, was sie wusste? Nachdem sie ihn auf die richtige Fährte gesetzt hatte, würde er es ohnehin früher oder später herausfinden. Aus der sicheren Dunkelheit ihrer geschlossenen Lider heraus antwortete sie: »Der Spiegel könnte auch ein Hinweis auf die Einsicht sein, sich den eigenen Schattenseiten stellen zu müssen.«

»Hm. Fragt sich nur, welche Dämonen in dem ›Gehirn‹ herumspuken …«

Alex schwieg. Sie überlegte, ob sie einfach auflegen sollte.

»Ms Daniels?«

»Ja?«

»Verschweigen Sie etwas?«

»Ja, sicher.«

»Dann sagen Sie es mir bitte.«

Sie schöpfte tief Atem. »Ich habe Ihnen bereits in Holloway erklärt, dass Sie wie diese Leute denken lernen müssen. Wir haben mit dem Unterricht gerade erst begonnen. Seien Sie nicht wie der Schläfer in Magrittes Bild.«

»Wie meinen Sie das?«

»Der Schläfer ist, wenn man so will, die Klammer, die alles zusammenhält. Wenn die anderen sechs Bildelemente Traumsymbole sind, dann wäre es eigentlich richtiger, ihn als *Träumer* zu interpretieren.«

»Und was schließen Sie daraus?«

»Im Bild vom Träumenden verbirgt sich die Fragestellung: ›Was ist für mich real?‹ Ich vermute, das ›Gehirn‹ hat das Bild von René Magritte auch deshalb ausgewählt, weil es uns auffordern will, die Augen zu öffnen und endlich die Wahrheit zu erkennen.«

»Die Wahrheit? Was für eine Wahrheit? Geben Sie mir einen Tipp. Irgendetwas, das mir dabei hilft, den nächsten Einbruch zu vereiteln.«

»Das kann ich nicht.«

»Können oder *wollen* Sie nicht?«

»Ich spüre nur das Grundrauschen, kann aber die Nachricht nicht lesen.«

»Und was ist dieses ›Grundrauschen‹?«

»Das habe ich Ihnen bereits zu erklären versucht. Ich denke, das ›Gehirn‹ will uns eine Lektion erteilen, denn allein mit Wissenschaft und Technik können wir den Fall nicht lösen. Man kann Gehirnströme und Augenbewegungen erfassen, aber nicht das subjektive Empfinden des Träumenden. Doch ist es deshalb etwa irreal? Oder kennen Sie irgendeine naturwissenschaftliche Methode, mit der Sie den Satz ›Ich liebe dich‹ objektiv vermessen und gewichten können?« Alex klappte den Mund zu. Was hatte sie da eben gesagt? Sie lauschte in den Hörer. Kein Laut drang heraus.

Nach einer ihr unendlich erscheinenden Zeit antwortete eine irgendwie belegt klingende Stimme: »Wird dieses … ›Gehirn‹ mit uns das Spielchen ewig so weitertreiben, oder ist da irgendwann ein Ende abzusehen?«

»Ich fürchte, er könnte es auf insgesamt *sieben* Kunstwerke abgesehen haben.«

»Sieben? Warum nicht sechs oder acht?«

Alex zögerte. Sie musste an die Worte aus Theos zweitem Kassiber denken: *Sofern es weitere spektakuläre Kunstdiebstähle geben wird, wovon ich ausgehe, … kann auch für uns jeder Museumseinbruch zu einem Schöpfungstag werden, und alle zusammen vermögen in den Köpfen der Menschen eine neue Welt erstehen zu lassen.*

»Weil«, sagte sie bedächtig, »es sich hier um eine Kette von Botschaften handelt, die ihre Kraft erst in ihrer Gesamtheit entfalten. Überlegen Sie doch! Wir haben es hier womöglich mit Menschen zu tun, die den Bericht der Genesis ziemlich wörtlich nehmen – denken Sie an Cranachs *Paradies*. Gemäß der Genesis wurde alles Leben auf der Erde in *sechs* Tagen erschaffen, und auf der Tafel in Magrittes Gemälde finden sich sechs Symbole.«

»Und wie kommen Sie dann auf eine Serie von insgesamt *sieben* Einbrüchen?«

»Wegen der roten Wolldecke, die den unachtsamen Schläfer bedeckt. Decke und Träumer sind das siebte Symbol. Außerdem spricht die Bibel von insgesamt *sieben* Tagen. Am siebten, heißt es dort, ruhte Gott von all seinem Werk. Er *ruhte*, Mr Shaw, genauso wie der Träumer im Gemälde. Lernen Sie endlich wie diese Leute zu denken. Nur so werden Sie ihnen zuvorkommen und ihrem Treiben ein Ende setzen können.«

»Und Sie glauben, *Sie* können das?«

»Möglicherweise bin ich die Einzige, die es kann und auch bereit ist, es Ihnen zu vermitteln.«

»Mich würde der Grund interessieren.«

»Das glaube ich Ihnen. Aber der Grund gehört nicht zu unserem Handel. Entweder Sie und Ihr Arbeitgeber vertrauen sich mir an, oder ArtCare lässt sich weiter von diesen Leuten ausplündern.«

»Ein Handel?«, tönte es verwundert aus der Ohrmuschel.

»Ich will weiter in Presseartikeln über den Stand der Ermittlungen berichten dürfen.«

»Das könnte Detective Superintendent Longfellow nicht gefallen.«

»Ich will keine Geheimnisse verraten oder irgendetwas, wodurch die Ergreifung der Täter behindert wird, sondern der Öffentlichkeit nur die Galerie der Lügen näher bringen. Wenn ich mich wieder mit Ihnen treffen soll, dann schlagen Sie ein.«

Ein vernehmliches Ausatmen drang an ihr Ohr. »Also schön.

Die Medien verbreiten inzwischen ohnehin jede mögliche Spekulation zu den Hintergründen der Einbruchsserie. Meinetwegen schreiben Sie weiter Ihre Artikel. Ich müsste allerdings mit meinem Boss drüber reden.«

»Sagen Sie ihm, ich würde Ihnen helfen, sich in die Köpfe Ihrer Gegner zu begeben.«

»Mach ich.«

»Ich muss Sie allerdings warnen, Mr Shaw.«

»Wovor?«

»Wenn Sie dem Weg folgen, auf den ich Sie führe, dann sind Sie ein Goldfisch in einem Haifischbecken. Man könnte versuchen, Ihren Ruf zu zerstören und Ihnen unlautere Motive zu unterstellen. Wenn Sie Glück haben, bezeichnet man Sie als Narren, möglicherweise sogar als debil, aber wenn es schlecht für Sie läuft, dann wird man Sie in aller Öffentlichkeit als Gefahr für die Gesellschaft brandmarken.«

»Sie machen Witze. Außerdem, wenn Sie mir auf diesem Weg vorangehen, dann treffen alle diese Dinge doch genauso auf Sie zu.«

»Da haben Sie Recht, Mr Shaw. Möglicherweise gibt es zwischen uns nur einen kleinen Unterschied: Ich weiß, worauf ich mich einlasse. Und wie hat George Bernard Shaw doch so treffend gesagt? ›Du kannst nicht Schlittschuhlaufen lernen, ohne dich lächerlich zu machen. Auch das Eis des Lebens ist glatt.‹«

Wieder herrschte Stille am anderen Ende der Leitung. Nach einer Weile sagte der Detektiv: »Ich bin es gewohnt, Risiken einzugehen. Machen wir uns ans Werk, Ms Daniels!«

Alex atmete tief durch. »Dann ist unser Pakt der Logik also besiegelt?«

»Pakt der …? Wenn Sie es so nennen wollen. Ich spreche mit meinem Boss und melde mich wieder bei Ihnen.«

»Viel Erfolg, Mr Shaw.«

Alex verabschiedete sich und legte auf. Einige Sekunden lang starrte sie auf das Foto ihrer Adoptiveltern auf dem Schreibtisch, ohne es wirklich zu sehen. Während des Gesprächs mit Shaw hatte sie das Bedürfnis verspürt weiterzusprechen, ihre ganze Wut auf die sie umgebende Ignoranz herauszulassen und ihn in den großen Plan einzuweihen, den sie hinter den Museumseinbrüchen vermutete. Aber dann kamen ihr die Worte Einsteins in den Sinn, die sie viel zu oft in den Wind geschlagen hatte: »Wenige sind imstande, von den Vorurteilen der Umgebung abweichende Meinungen *gelassen* auszusprechen; die meisten sind sogar unfähig, überhaupt zu solchen Meinungen zu gelangen.«

Sie musste ihren Eifer zügeln. Darwin Shaw war noch nicht bereit, aus der Schafherde auszubrechen.

In einem entlegenen Winkel ihres Herzens wünschte sie sich sein Verständnis. Wohl auch deshalb hatte sie ihn mit ihrer Forderung konfrontiert. Es war ein Test. Wenn er sie nur für eine Spinnerin hielt, würde er sie einstweilen in Ruhe lassen und seinen Fall anderweitig zu lösen versuchen.

Wie auch immer, sie hatte vorerst Zeit gewonnen, um jener Frage nachzugehen, die ihr Denken wie ein Mahlstrom in ein dunkles Zentrum saugte: Wer war Terri Lovecraft?

Alex legte das »Feigenblatt« auf den Tisch zurück, mit dem sie ihre Blöße bedeckt hatte. Verständnislos schüttelte sie den Kopf. Ihr Unterbewusstsein hatte sie stärker im Griff, als sie sich eingestehen wollte. Sie erhob sich aus dem Drehstuhl und trat den Rückweg ins Schlafzimmer an.

Aus den Augenwinkeln nahm sie auf dem Flur die Familienfotos an der »Gedenkwand« wahr, ein Relikt aus der Zeit vor der großen Verwandlung des alten Stallhauses. Unvermittelt blieb sie stehen und musterte die Bilder, die wie Krokusse im Schnee über den weißen Rauputz verteilt waren.

Mindestens zwei Dutzend der größtenteils bunten, vereinzelt auch schwarz-weißen Bilder hingen da in braunen und schwarzen Holzrahmen. Fast immer waren darauf die gleichen Personen zu sehen: Alex und ihre Eltern in verschiedenen Lebenslagen und -abschnitten: süßer Fratz auf Krabbeldecke, Trauermiene zur Einschulung, vergnügliche Kanufahrt auf dem schottischen Loch Venachar, gute Miene zu verkohlten Steaks beim Barbecue und vieles mehr.

Die meisten Fotos stammten aus Alex' Kindertagen, drei oder vier aus ihrer Sturm-und-Drang-Periode; damals hatte sie sich unter dem Eindruck der beunruhigenden Veränderungen ihres Körpers selbst verloren (und sie sammelte immer noch die Scherben ihrer zerborstenen Seele ein). Unvermittelt blieb ihr Blick an einem der ältesten Fotografien der Gedenkwand hängen.

Es war ein Gruppenbild im Querformat: Eine Gesellschaft von Anglern hielt stolz ihren dürftigen Fang in die Kamera, sieben Gesichter, am linken Rand, eher klein und unbedeutend, ihr Vater. Soweit Alex sich an dessen Erzählungen erinnerte, war das Foto bei einem Betriebsausflug in Schottland aufgenommen worden. Sie hatte ihn nie gefragt, wie die Firma oder das Institut hieß. Überhaupt war ihr die Aufnahme nie besonders wichtig erschienen, weil die fremden Leute sie nicht sonderlich interessierten. Aus sentimentalen Gründen hatte sie das Bild trotzdem an seinem Platz gelassen.

Erst jetzt, wo sie sich an Darwin Shaws Frage nach der beruflichen Vergangenheit ihrer Eltern erinnerte, erwachte ihre Neugierde für die unbekannten Gesichter. Langsam schritten ihre Augen das Spalier der Angler ab. Bei Nummer vier in der Reihe hielt sie plötzlich inne. Ein Schauer lief ihr über den Rücken. Rasch nahm sie das Bild von der Wand und ging damit in ihr Schlafzimmer, um es im Tageslicht betrachten zu können. Es war empfindlich kühl, weil das Fenster immer noch offen stand, aber Alex spürte die Kälte nicht. Als hätte ein neuzeitlicher Künstler einen skurrilen weiblichen Akt aus weißem Marmor geschaffen und viel Liebe in die Ausgestaltung der Gänsehaut gelegt, stand sie unbeweglich vor dem Fenster, den braunen Holzrahmen auf Bauchhöhe in beiden Händen haltend, den Blick unverwandt auf das Gesicht im Foto gerichtet.

Der Mann sah aus wie sie.

Früher war ihr diese Ähnlichkeit nie aufgefallen.

Verständlich, machte sie sich klar. Man hatte sie ja erst während des Studiums den »David Bowie von Goldsmiths« genannt. Zu dieser Zeit interessierten sie weder die verstaubten Familienfotos im Flur noch der exzentrische Musiker aus Brixton. Sie konnte nicht singen, und das Gitarrespielen hatte sie aufgegeben, nachdem sie am ersten Song – Cat Stevens *Father and Son* – kläglich gescheitert war. Für einen jungen Menschen an der Schwelle ins neue Millennium war die Vorstellung nicht besonders reizvoll gewesen, mit dem dreißig Jahre alten Abziehbild einer Popikone verglichen zu werden.

Nummer vier hätte ein Bruder von David Bowie sein können.

»Oder mein Vater?«, flüsterte sie.

In diesem Moment klingelte im Arbeitszimmer abermals das Telefon. Alex erschrak derart heftig, dass ihr der Rahmen aus der Hand rutschte. Sie schnappte zwar danach, war aber noch zu benommen, um ihn wieder einfangen zu können. Krachend prallte er auf den Parkettboden. Das dünne Glas und der Rahmen zerbrachen.

»Mist!«, entfuhr es ihr, und während sie noch auf ihre nackten Füße inmitten der Scherben starrte, läutete das Telefon zum zweiten Mal.

Sie ging in die Knie und brachte sich mit einem Hechtsprung auf das Bett. Schnell rollte sie über die Matratze auf die andere Seite und trat von dort einmal mehr den Weg ins Büro an.

»Hallo?« Diesmal war sie vorsichtiger.

»Na, endlich.«

»Susan?«

»Wer sonst? Warum ist deine Leitung besetzt, wenn du einen Anruf von deiner besten Freundin erwartest?« Die Reporterin klang verärgert.

Ist sie eifersüchtig?, fragte sich Alex. »Entschuldige, aber ich konnte diesen Versicherungsdetektiv von ArtCare nicht so schnell abwimmeln. Hast du die Adresse?«

»Ja. Terri Lovecraft hat in Greenwich gewohnt, nur ein paar Autominuten von der Unfallstelle entfernt. Hast du was zum Schreiben?«

Alex griff sich einen Filzstift und den Notizzettel, der ihr zuvor als »Feigenblatt« gedient hatte. »Bin bereit.«

»Die Adresse lautet 7 Maitland Close. Die Kollegin, die damals den Bericht geschrieben hat, sagt, du musst von der Greenwich High in die Langdale Road abbiegen. Rechts geht's dann in die Sackgasse hinein, in der du ihr ehemaliges Haus findest.«

»Danke, Susan. Du bist ein Schatz.«

»Schön, das auch mal aus deinem Mund zu hören. Wegen der DNA-Analyse melde ich mich, sobald es was Neues gibt.«

Die beiden verabschiedeten sich.

Mit Handfeger und Müllschaufel bewaffnet kehrte Alex ins Schlafzimmer zurück. Inzwischen war es darin eisig kalt. Sie kleidete sich an, schlüpfte in ihre Hausschuhe und kümmerte sich um die am Boden liegenden Glasscheiben. Die großen sammelte sie mit spitzen Fingern auf, die kleineren kehrte sie zusammen. Mit einem Mal stutzte sie. Das Foto war verschwunden.

Sie blickte zum offenen Fenster, von wo aus der Herbstwind immer wieder einzelne Böen ins Zimmer schickte. Ein Luftstoß musste das Bild irgendwo unter eines der Möbel geweht haben. Alex schüttelte den Kopf. Darum konnte sie sich immer noch kümmern. Wichtiger war jetzt ihre Doppelgängerin.

Das Cabrio rollte mit dröhnender Stereoanlage durch Greenwich. Alex wusste, dass sie sich manchmal wie ein Halbstarker aufführte, der die Mädchen auf der Straße mit Daddys schwarzem Mini Cooper S zu beeindrucken versuchte, aber es machte ihr trotzdem Spaß.

Weil der Hauptberufsverkehr bereits abgeebbt war, schaffte sie die knapp neun Meilen in weniger als fünfundvierzig Minuten. Maitland Close war, wie der Name schon sagte, eine »geschlossene« Straße, eine Sackgasse, die in einer kleinen Straßenschleife mündete. Mehr noch als in Camden Town begegnete man hier, in Greenwich, auf Schritt und Tritt dem viktorianischen Erbe der Stadt.

Alex parkte ihren Wagen direkt vor dem Haus Nummer sieben. Es bestand wie die meisten hier aus rotem Backstein. An der blau lackierten Tür stand ein goldenes Namensschild, dessen Gravur die erste Enttäuschung bot.

»Atkinson?«, murmelte sie. Eigentlich überraschte es sie nicht wirklich, dass sich ihre Vergangenheit nicht wie eine morsche Walnuss knacken ließ. Ihr war ziemlich flau im Magen. Abgesehen von einem Besuch im *Dungeon* – kein wirklicher »Kerker«, sondern Londons größtes Horrorspektakel – konnte sie sich nur wenig Schrecklicheres vorstellen, als wildfremde Menschen anzusprechen. Nach gebührendem Zögern drückte sie trotzdem den Klingelknopf.

Eine Frauenstimme drang aus dem Haus. Alex zog ihre schwarze Lederjacke gerade, kontrollierte den Sitz der Kappe, die sie immer beim Offenfahren als Wind- und Sonnenschutz trug, und nahm ihre dunkle Sonnenbrille ab.

Die blaue Tür schwang auf. Eine junge Frau mit Baby auf dem Arm sah die Besucherin fragend an. Im Flur hinter ihr standen Umzugskartons.

Alex stellte sich vor und kam sogleich zur Sache.

Das eben noch freundliche Gesicht der Mutter verdüsterte sich. »Terri Lovecraft? Sind Sie von der Polizei?«

»Nein. Warum?«

»Weil die erst vor zwei Tagen hier herumgeschnüffelt haben. Presse?«

»Auch nicht. Es geht um eine … Familienangelegenheit.«

»Hm. Wir sind erst am 1. Oktober eingezogen. Ging alles ziemlich drunter und drüber.«

Alex nickte verständnisvoll. »Terri Lovecraft ist am Freitag, den 7. September verunglückt. Wie kam es, das Sie so schnell einziehen konnten?«

»Wir haben die Anzeige in der Zeitung gesehen und uns gemeldet.«

»Bei Verwandten?«

»Nein, ging alles über einen Makler.« Das Kind begann zu quäken.

»Dürfte ich seine Adresse oder wenigstens seinen Namen erfahren?«

»Der Mann heißt Stenning, Graham Stenning. Hat sein Büro in der Lewisham Road, nicht weit von hier. Nummer vier, wenn ich mich richtig erinnere. Sie können es nicht verfehlen. Ist direkt gegenüber dem Friendly Place.«

Alex notierte die Adresse. Unterdessen fing das Kind an zu brüllen. Trotzdem fragte sie Mrs Atkinson, ob sie nicht vielleicht doch von irgendwelchen Angehörigen oder Freunden der Verblichenen wisse.

Mrs Atkinson schüttelte den Kopf. »Tut mir Leid, nein. Ich muss jetzt auch mein Schneckchen füttern.« Sie küsste das Baby auf den runden Kopf.

»Danke für Ihre Hilfe.«

»Keine Ursache. Viel Erfolg bei Ihrer Suche.«

»Den kann ich gebrauchen.«

Die blaue Tür schloss sich wieder. Das Schreien des Kindes verebbte in den Tiefen des Hauses.

»Schneckchen?«, wiederholte Alex. Auf was für Kosenamen manche Leute für ihre Liebsten kamen! Sie setzte wieder ihre Brille auf und ging zum Nachbarhaus.

Ein Greis von mindestens achtzig Jahren erhörte ihr Klingeln. Als sie ihre Sonnengläser abnahm, wurde er kreidebleich und warf die Tür ohne Abschiedswort ins Schloss.

Benommen versuchte Alex zu verstehen, was da eben geschehen war. Der Alte hatte ausgesehen, als habe er einen Geist erblickt ... *Genau so war es!* Schlagartig wurde ihr klar, was der Nachbar gesehen hatte.

Das lächelnde Gesicht eines Wiedergängers.

Weil sie als lebende Tote nicht noch mehr Leute erschrecken wollte, zog Alex ihre Ballonmütze tiefer in die Stirn und behielt von nun an die schwarze Sonnenbrille auf.

Die Verbesserung, die sie damit erzielte, war marginal. Jetzt erschreckte nicht mehr ihr Gesicht die Bewohner von Maitland Close, sondern der nachgefragte Name. So verwandelte sie mit dem Zauberspruch »Terri Lovecraft« an den nächsten sechs oder sieben Türen die freundlichsten Leute in bissige, unhöfliche und taktlose Zeitgenossen. Feindseliges Verhalten als Ausdruck von Hilflosigkeit und Furcht war ihr durchaus vertraut, meist aber auf schriftlichem Wege, etwa durch polemische Artikel in Zeitschriften oder in Form unappetitlicher E-Mails. Was sie hier auf der Suche nach ihrer Doppelgängerin erlebte, besaß eine ganz neue Qualität.

Weil Alex nicht die mentale Widerstandsfähigkeit von Jehovas Zeugen besaß, erlahmte ihr Kampfeswille schnell. Terri Lovecraft schien eine Unberührbare gewesen zu sein, und wer nach ihr fragte, lud ihren Bann auch auf sich. Alex hatte nicht einmal die Hälfte der Häuser in der kleinen Schleife von Maitland Close abgeklappert, als ihre Courage sich bedrohlich dem Nullpunkt näherte.

»Noch ein Versuch«, murmelte sie. Aber diesmal wollte sie es richtig machen, nicht mehr so mechanisch wie an den Türen davor. Alles würde davon abhängen, ob sie die Person, die ihr öffnete, richtig einschätzte. Wenn diese sie dann wieder wie Abschaum behandelte, würde sie den Makler aufsuchen – mehr Ablehnung konnte sie nicht verkraften.

Sie wählte ein x-beliebiges Haus am Ende des Straßenrondells aus und schritt mit verhaltener Entschlossenheit darauf zu. Auf der kleinen Vortreppe verließ sie fast der Mut. Aber dann drückte sie nach einem tiefen Atemzug doch den Klingelknopf.

Augenblicklich wurde die Tür aufgerissen.

Im Rahmen stand eine Endsechzigerin mit blaugrau schimmerndem Haar und erstaunlich faltigem Gesicht. Ihre Lippen waren mit erheblichen Mengen grellroten Farbstoffes auf doppelte Größe ausgemalt. Künstliche Wimpern enormer Länge klimperten Alex an.

Sie lächelte. »Guten Morgen –«, um nichts falsch zu machen, überprüfte sie noch einmal das Namensschild –, »Mrs Axelrod. Ich bin Alex Daniels. Sie sind bestimmt genauso beschäftigt wie Ihre Nachbarn, deshalb möchte ich mich kurz fassen. Sie trifft keine Schuld an dem, was da mit Ihrer Nachbarin passiert ist, und ich bin die Letzte, die so etwas behaupten würde.«

Die alte Dame schaffte es tatsächlich, noch mehr Runzeln auf ihre Stirn zu zaubern. »Wovon reden Sie überhaupt?«

»Na von der Polizei.«

Die blutroten Lippen klafften auseinander. »Polizei?«

»Ja. Aber Sie können nichts dafür. Das wollte ich Ihnen nur sagen, bevor …«

»Hören Sie, junge Frau, ich bin mein Leben lang nie mit dem Gesetz in Konflikt geraten«, erboste sich Mrs Axelrod.

»Das glaube ich Ihnen gerne. Aber Sie haben bestimmt am Montag mitbekommen, wie die Kriminalpolizei hier überall herumgeschnüffelt hat, um Beweise für die Anklage zu finden.«

»Anklage?«

»Ja. Wegen gemeinschaftlichen Totschlags.«

»Um Himmels willen!« Mrs Axelrod zeigte Anzeichen von Panik. »Die denken doch nicht, … *wir* hätten irgendetwas mit Terris Selbstmord zu tun?«

Alex seufzte herzerweichend und kam sich vor wie eine Heuchlerin. »Wem sagen Sie das! Sie wissen ja, wie die Polizei ist: Hauptsache, die können jemanden verurteilen; ob derjenige schuldig ist, interessiert sie nicht.«

»Aber wie kommen die darauf, ausgerechnet eine unbescholtene Frau wie *mich* zu verdächtigen?« Mrs Axelrod legte theatralisch eine Hand mit fünf langen, gebogenen, ausfallend unecht anmutenden Fingernägeln auf ihre Brust.

»Wie gesagt, der Vorwurf richtet sich nicht gegen Sie allein.

Terri Lovecrafts tragisches Schicksal kann wohl kaum mit der seelischen Grausamkeit einer einzelnen Person begründet …«

»Sagen Sie das nicht!«, unterbrach Mrs Axelrod die Besucherin.

»Was meinen Sie damit?«

»Bestimmt steckt dieser junge Mann dahinter, der sie öfters abgeholt hat. Wenn ein Mensch sich ständig umpolen lässt, muss ja was zurückbleiben.«

»Der junge Mann – war das ihr Freund?«

»Sah eher aus wie ihr Cousin. Die beiden hätten Geschwister sein können, so ähnlich waren sie sich. Jedenfalls ist er halt öfter hier mit seiner teuren Limousine aufgekreuzt und hat sie abgeholt. Mehr weiß ich auch nicht.«

Alex' Rachen trocknete schlagartig aus, nachdem sie von dem »Cousin« gehört hatte. Es kostete sie erhebliche Mühe, äußerlich ruhig zu bleiben. »Sie sagten, er habe sich mehrmals … ›umpolen‹ lassen. Das … verstehe ich nicht.«

»Nein. Nicht der Junge. *Terri* hat sich ständig … Das ist eine unerfreuliche Sache. Aber die Lovecrafts waren schon komische Leute, als sie hierher gezogen sind.«

»Wann war das?«

»Ende der Achtziger, wenn mein Gedächtnis mich nicht verlässt. Aber mein Gedächtnis ist sehr gut. Harry, mein verblichener Mann, meinte immer …«

»Entschuldigung, Mrs Axelrod, aber warum fanden Sie die Lovecrafts von Anfang an merkwürdig?«

»Na, wegen ihrem Verhalten. Und wegen ihrem Kleinen. Sie hatten so 'n hübsches Balg, das hier alle ganz niedlich fanden. Aber die Lovecrafts blieben ziemlich für sich. Kapselten sich völlig ab. Sogar nach dem Gottesdienst machten sie sich immer ziemlich schnell vom Acker. Und ihren kleinen Terry ließen sie so gut wie nie mit den anderen Kindern spielen. Er …«

»Verzeihung, Mrs Axelrod, wenn ich Sie schon wieder unterbreche …« Alex schloss einen tiefen Atemzug lang die Augen, um sich zu sammeln. Sie hatte das Gefühl, alles um sie herum würde sich drehen. »Sie haben eben von Terri gesprochen, als wäre es ein *Junge* gewesen.«

Die Witwe sah sie verwundert an. »Na, war er ja auch. Dachten wir zumindest. Soll ja ab und zu vorkommen, dass so versponnene Leute sich einen Jungen wünschen, obwohl sie ein Mädchen haben. Sie nehmen ihm die Puppen weg und geben ihm Autos zum Spielen.«

»Und so etwas haben die Lovecrafts mit der kleinen Terri gemacht?«

»Muss wohl. Jedenfalls hat der hübsche Junge mit einem Mal Knospen unter dem Hemdchen bekommen. Irgendwann war der Busen dann nicht mehr zu vertuschen. Da haben sie aus dem kleinen Terry eine Terri gemacht. Er war ein paar Wochen wie vom Erdboden verschluckt, und als er wieder auftauchte, ging er nur noch im Kleidchen zur Kirche.«

»Und dieser andere? Sein Cousin?«

»Der kreuzte so ungefähr vor drei Jahren auf. Jedenfalls habe ich ihn da zum ersten Mal gesehen. War Terris Ebenbild, nur als Junge. Zart gebaut. Sehr hübsch! Irgendwas ist dann mit Terri passiert. Ich habe sie manchmal früh morgens stockbetrunken nach Hause kommen sehen. Vielleicht waren's auch Drogen. Eines Tages fing sie an, sich ihrem Freund anzupassen: kurzer Haarschnitt, schwarze Ledersachen …«

Unvermittelt verstummte Mrs Axelrod. Argwöhnisch blickte sie an der Besucherin herab. »Warum wollen Sie das eigentlich alles wissen?«

Alex lächelte so gewinnend wie möglich. »Ich vertrete die Interessen der Hingeschiedenen.«

»Eine Rechtsanwältin?«

»So etwas Ähnliches. Ich …« Alex verstummte, weil jemand hinten an ihrer Lederjacke gezogen hatte. Sie drehte sich um. Da sie immer noch auf der Treppe stand, die zum Hauseingang hinaufführte, musste sie nach unten schauen, um dem kleinen Jungen ins Gesicht zu sehen, der sie mit nach hinten geneigtem Kopf ansah. Seine Hände hielt er hinter dem Rücken versteckt. Er war vier oder fünf Jahre alt und hatte eine Million Sommersprossen im Gesicht.

»Wer bist denn du?«, fragte Alex freundlich.

Der Kleine antwortete nicht.

»Wohnst du hier?« Sie deutete in Richtung Haustür.

Der Zwerg blieb stumm.

Alex vermutete, dass er sich vor der Sonnenbrille fürchtete, und nahm sie ab.

Die Wirkung war verblüffend. Der Junge streckte ihr den rechten Arm entgegen. In seiner Hand hielt er ein gefaltetes Blatt Papier.

»Ist das für mich?«, fragte Alex erstaunt.

Keine Antwort. Nur die Hand mit dem Zettel reckte sich ihr noch energischer entgegen.

Sie nahm ihn entgegen. »Danke, kleiner Mann. Wer hat dir …?«

Der Zwerg fuhr auf dem Absatz herum und rannte davon.

Alex schüttelte den Kopf. »Haben Sie so etwas schon mal erlebt, Mrs Axelrod? Kennen Sie den …?«

Hinter ihr krachte die Tür ins Schloss.

Verwirrt blickte sie auf die Gegenstände in ihren Händen: Rechts hielt sie den Zettel, links die Sonnenbrille – ihr Gesicht musste Mrs Axelrod nach Abnehmen der Gläser genauso verschreckt haben wie zuvor die anderen Nachbarn. Alex faltete das Blatt auseinander. Mit unübersehbar weiblichen Schwüngen war eine kurze Nachricht darauf notiert.

Sie suchen Terris Mutter?
Kommen Sie morgen bei Sonnenaufgang
zum Flamsteed House im Greenwich Park.
Das Tor wird angelehnt sein.

Es war eine Mischung aus Argwohn und Euphorie und Ungewissheit. Alex hätte ihre Gefühle nicht in einem einzigen Wort ausdrücken können, außer vielleicht mit der Vokabel »chaotisch«. Während sie in ihrem Mini Cooper wieder Richtung Camden Town fuhr, überschlugen sich die Fragen in ihrem Kopf. Warum schickte jemand einen kleinen Jungen mit einem Zettel los, anstatt selbst zu kommen? Stammte die Nachricht von Terris Mutter? Weshalb diese konspirative Verabredung im Greenwich Park, am Royal Observatory? Bei Sonnenaufgang! Das hörte sich an wie die Einladung zu einem Duell in einem Mantel-und-Degen-Film. Der Gedanke, der Alex jedoch am meisten beschäftigte, versetzte sie in eine Hochstimmung, die einem Rausch gleichkam.

Wenn sie und Terri Geschwister waren, würde sie dann in weniger als vierundzwanzig Stunden zum ersten Mal ihre richtige Mutter treffen?

Als Alex in die Rochester Mews einbog, erlebte sie eine Überraschung. Vor ihrem Haus stand ein traumhaftes Cabriolet, ein englischgrüner TVR Griffith. Das Verdeck war geschlossen. Im Wagen saß Darwin Shaw.

Sie betätigte die Fernbedienung, um das Tor zu öffnen, und fuhr rückwärts in die Garage. Als sie ausstieg, stand der Versicherungsdetektiv schon auf dem Gehweg vor dem Haus.

»Guten Tag, Ms Daniels. Da soll einer sagen, Frauen könnten nicht einparken. Hübsches Auto haben Sie da. Ein Cooper S?«

Obwohl sie sich wie schon beim ersten Mal von dem Überfall des Detektivs überrumpelt fühlte, reagierte sie freundlich – er hatte sie bei einer ihrer größten Schwächen gepackt. »Ja, ich habe ihn selbst getunt.«

»*Sie*? Sie wollen sagen, Sie hätten sich unter das Auto gelegt und daran herumgeschraubt?«

»Wieso nicht? Heute gibt's doch für alles Bausätze: spezieller Kompressorantrieb, modifizierte Luftansaugung, überarbeitete Motorelektronik – bekommt man alles vorgefertigt geliefert.«

»Tiefer gelegt ist er auch, oder?«

»Wäre schlimm, wenn man das nicht sieht. Hab ihm ein höhenverstellbares Gewindefahrwerk und einen Sportfedersatz verpasst. Die Spur ist auch auf jeder Achse um gut zwei Zoll verbreitert. Fährt sich wie ein Gokart, mein Schnuckelchen.«

»Wie viel PS?«

»Schlappe zweihundert.«

Der Detektiv schob die Unterlippe vor und nickte anerkennend. »Sie überraschen mich immer wieder, Ms Daniels.«

»Dito, Mr Shaw. Ihr Griffith ist auch nicht gerade das, was man eine lahme Mühle nennt. Ein 500-er? Der macht hundertsechzig Meilen Spitze, wenn die Polizei einen nicht vorher rauswinkt, oder?«

»Richtig.«

»Haben Sie ihn aufgebohrt, oder bescheiden Sie sich mit den serienmäßigen dreihundertsechsundzwanzig PS?«

»Abgesehen von den Felgen steht er so da, wie er in Blackpool aus der Halle gerollt ist.« Shaw schüttelte ungläubig den Kopf. »Ms Daniels, ich bin verblüfft.«

»Aber Sie sind nicht gekommen, um mit mir eine Spritztour zu unternehmen.«

Alex registrierte befriedigt, dass sie Shaw wieder einmal aus dem Konzept gebracht hatte. Nach einem tiefen Atemzug konterte er jedoch ausgesprochen geschickt.

»Warum eigentlich nicht? Wir können das Angenehme mit dem Nützlichen verbinden. Lassen Sie uns ein Stück die M1 nach Norden fahren. Unterwegs können Sie mich weiter in die Gedanken des ›Gehirns‹ einweihen.«

Alex blickte begehrlich auf den Griffith. »Könnten Sie das Autotelefon ausschalten?«

Darwin lachte in sich hinein. »Kein Problem.«

»Was sagt Ihr Chef zu meiner Absicht, die Galerie der Lügen in die Medien zu tragen?«

»Begeistert war er nicht, aber ich konnte ihm klar machen, dass Ihr Preis nicht verhandelbar ist. Solange Sie keine Firmengeheimnisse ausplaudern oder die Ermittlungen behindern, stimmt er zu. Ich hab's sogar schriftlich von der Rechtsabteilung.«

»So schnell?«

»Sie werden es nicht für möglich halten, aber ArtCare hat des Öfteren mit Presseanfragen zu tun. Schließlich sind bei uns einige der berühmtesten Kunstwerke dieses Planeten unter Vertrag.«

»Unter Minderwertigkeitskomplexen scheinen Sie ja nicht zu leiden. Sind Sie bereit?«

»Wozu?«

»Na, für die Spritztour.«

Wenige Minuten später befanden sie sich auf der Finchley Road Richtung Norden. Alex hatte ihren Fahrer überreden können, das Verdeck zu öffnen. Danach kam er ziemlich schnell zur Sache.

»Mir will nicht aus dem Kopf gehen, was Sie heute früh am Telefon zu mir gesagt haben, Ms Daniels. Sie wissen schon, dieser Satz …« Er ließ mit der Linken das Lenkrad los und beschrieb mit der Hand eine kreisende Bewegung.

»›Ich liebe dich‹?«, half Alex ihm aus. Sie sah ihn von der Seite an. Wurde er rot?

»Äh … ja. Ihr Beispiel leuchtet mir ein. Es gibt Dinge im Leben, die kann man nicht – wie nannten Sie es – ›objektiv vermessen und gewichten‹: Absichten und Gefühle und …«

»Schönheit.«

»Was?«

»Haben Sie versucht, ein Sonett von Shakespeare auszuloten? Das klare Versmaß ist nur ein flacher Rahmen, aber die Tiefe seiner Worte ist unergründlich. Viele machen sich diese immaterielle Komponente des Universums nicht klar.«

»Immaterielle …? Wie meinen Sie das?«

»Die Naturwissenschaft ist heutzutage stark vom Materialismus geprägt, der philosophischen Ansicht, ausnahmslos *jede* Realität sei in Materie und Energie begründet.«

»Etwa nicht?«

»Nein. Das Universum ist weit mehr als eine Ansammlung von bewegten Atomen. Nehmen Sie irgendeines von Shakespeares Sonetten:

From fairest creatures we desire increase,
That thereby beauty's rose might never die.

Von schönsten Wesen heischen wir Vermehrung,
Auf dass der Schönheit Rose nie vergeh'.

Spüren Sie, welche Kraft in seiner Sprache liegt? Und doch: So gewichtig die Worte des Dichters auch sein mögen, machen sie das von ihm beschriebene Pergament doch nicht schwerer, als hätte er mit gleicher Tinte irgendeinen Kinderreim abgeschrieben. Die Informations*träger* sind materiell, aber das Gedicht kümmert es nicht, *wie* es an unsere Welt gebunden ist. In dem Moment, als Shakespeare es erdachte, war es da und bezeugte seinen Genius. Das Sonett lässt den Materialismus wie eine Seifenblase zerplatzen. Ganz ähnlich übrigens unsere DNA: Sie kommt mit nur vier verschiedenen Buchstaben aus – den Basen, aus denen jedes Gen zusammengesetzt ist –, aber mit diesem Alphabet wird das Leben auf unserem Planeten in all seiner Vielfalt beschrieben.«

Shaw lenkte seinen Sportwagen links in den Hendon Way. »Na ja, aber das ist doch wohl eher ein technischer Vorgang.«

»Es ist mehr als das. Sagt Ihnen der Begriff ›Präformationslehre‹ etwas?«

»Nie gehört.«

»So nannte man die sich bis zur Mitte des achtzehnten Jahrhunderts haltende Vorstellung, ein Individuum sei im Samen bereits vollständig ausgebildet. Demnach wäre die Entwicklung des Kindes tatsächlich, wie Sie sagen, ein ›technischer Vorgang‹, so als würde man das im Keim des Vaters eingeschachtelte Wesen mittels einer Lupe auf normale Größe bringen.«

»Wo bleibt da eigentlich die Mutter?«

»Die war nach Ansicht der Präformations-Anhänger nur der Brutkasten, für die Vererbung von Eigenschaften unerheblich.«

»Heute sind wir schlauer.« Der Griffith bog links in die North Circular Road ein. Die Auffahrt zur Schnellstraße lag jetzt direkt vor ihnen.

Alex betrachtete nachdenklich Shaws Profil. »Glauben Sie? Die Vertreter der Präformation haben seinerzeit neue Ideen, deren Richtigkeit inzwischen bewiesen ist, verbissen und oftmals ziemlich unfair angegriffen. Das gleiche intolerante Verhalten legen heute Darwinisten gegenüber Andersdenkenden an den Tag.«

»Wenn ich mich nicht irre, drohen die Kreationisten ihren Gesinnungsgegnern mit feurigen Höllenqualen. So viel zum Thema Toleranz.«

Der Hieb hatte gesessen. Ein wenig zerknirscht erwiderte Alex: »Mir geht es seit eh und je gegen den Strich, dass einige Fundamentalisten mit ihren religiösen Extrempositionen die ganze Theorie des Intelligent Design in Verruf bringen. Radikaler Dogmatismus ist in jedem Fall zu verurteilen, ganz gleich, ob er unter dem Banner von Darwinisten, Kreationisten, Präformisten oder sonst wem marschiert. So wie die Einschachtelungslehre sich letztlich als Irrtum herausgestellt hat, könnte es auch anderen ergehen.«

»Im achtzehnten Jahrhundert war man in mancher Hinsicht noch ahnungslos. Unwissenheit verleitet zu Spekulationen. Heute leben wir im Zeitalter des Human Genome Projects. Wir haben das menschliche Erbgut entschlüsselt.«

»Ja, wir kennen die drei Milliarden Basenpaare, aus denen unsere DNA besteht, aber wie sich daraus ein Mensch entwickelt, wissen wir immer noch nicht. Als ich die Präformationslehre erwähnte, ging es mir weniger um ein Paradebeispiel für Starrköpfigkeit …«

»Sondern?«

»Ich wollte Ihre Aufmerksamkeit auf die ›immateriellen Komponenten‹ des Universums lenken.«

»Sie meinen unsere DNA?«

Alex nickte. »Sie ist kein Do-it-yourself-Buch, in dem Sie den Bauplan für eine Mausefalle finden.«

Shaw drückte aufs Gaspedal. Der Achtzylinder brachte das Cabrio mit kernigem Grollen auf Touren. »Sie können wirklich hartnäckig sein, Ms Daniels. Das Mausefallenbeispiel habe ich verinnerlicht. Mir ist auch klar, was Sie meinen: Die Information an sich übt keine Funktion aus, sie muss erst in eine Konstruktion *umgesetzt* werden, um ihren Zweck zu erfüllen. Ein schönes Stichwort, um auf die gestohlenen Gemälde und ihre Botschaft zu kommen. Sie sagten, die Serie könne auf insgesamt sieben Einbrüche hinauslaufen.«

Diesmal hatte er es geschafft, sie mit seinem Themenwechsel aus dem Konzept zu bringen. Alex nickte.

»Was erwartet uns nächsten Sonntag?«

»Ich weiß es nicht.«

»Sie haben unser kleines Abkommen doch als ›Pakt der Logik‹ bezeichnet – gibt es keinen folgerichtigen nächsten Schritt, der aus den vorhergehenden abgeleitet werden kann?«

»Sicher gibt es den.«

Shaw schaltete in den fünften Gang. Der Motor blubberte jetzt nur noch sanft vor sich hin. »Würden Sie ihn mir verraten?«

»Das Hirn will die Lügen eines seiner Ansicht nach falschen Weltbildes entlarven. Leider gibt es mehr als nur eine.«

»Was haben wir denn bis jetzt? Da ist das ›Codebuch‹ des ›Gehirns‹, der Magritte mit seinen männlichen und weiblichen Piktogrammen. Sie sagten, der *Unachtsame Schläfer* greife Charles Darwins Albtraum auf: die Entdeckung eines Organs, das durch schrittweise Vervollkommnung nicht erklärbar ist. Das ›Gehirn‹ wolle damit die vom naturalistischen Denken beeinflusste Interpretation von Daten anprangern. Richtig?«

»Stenografieren Sie eigentlich alles mit, was ich sage?«

»Mein Gedächtnis funktioniert gewöhnlich ganz ordentlich. Dann hätten wir da noch den Spiegel.«

»Ja«, sagte Alex tonlos. Ihr Magen verkrampfte sich.

»Alles in Ordnung?«

»Sie können ruhig schneller fahren.«

»Dann muss ich zu sehr schreien. Also, der Spiegel ist ein Hinweis auf das Unterbewusstsein des Träumenden. Er zeigt alles, wovor er sich erschrecken mag, möglicherweise auch die eigenen Schattenseiten.«

Alex schwieg.

»Sind wir bis hierhin auf einer Linie?«

»Ja«, knurrte sie.

»Was ist mit dem *Urteil des Paris*? Vielleicht kann ich die logische Reihe fortsetzen, wenn Sie mir bei der Interpretation dieses Raubes helfen. Sie erwähnten die Tauben, die sich im Magritte widerspiegeln, und die mythologischen Figuren: Hermes und Aphrodite. Das erscheint mir etwas dünn als Rechtfertigung für die Auswahl des Motivs.«

»Stimmt. Ich nehme an, das ›Gehirn‹ wollte uns auf die Lüge der Selektion aufmerksam machen.« Alex malte mit Zeige- und Mittelfingern beider Hände Anführungsstriche um das Wort »Lüge«.

»Sie meinen, weil Paris eine der drei Göttinnen zur Schönheitskönigin erwählt hat?«

»Ja. Charles Darwin hielt die von ihm so genannte ›natürliche Zuchtwahl‹ für das treibende Element der Evolution. Er glaubte, die Selektion könne Neues hervorbringen, was der Dieb mit der Auswahl seines Bildes als Lüge abstempelt.«

»Inwiefern?«

»Paris hat nur aus Bestehendem auswählen können, aber keine neue Göttin erschaffen. Aphrodites Konkurrentinnen waren auch nicht unbedingt hässlicher; sie hatte den Prinzen lediglich bestochen: Gib mir den Apfel für die Gewinnerin, dann kriegst du die schöne Helena.«

»Und weil er drauf einging, kam es zum Trojanischen Krieg.«

»Ein wichtiger Nebenaspekt. Wenn die Selektion so arbeitet,

wie die Darwinisten es von ihr verlangen, dann greift sie offenbar ab und zu daneben. Denken Sie nur an die Schwanzfedern des Pfaus. Sie machen ihn träge, unbeweglich, auffällig, zu einer leichten Beute für seine Jäger. Als Signal eines an Schönheit interessierten Konstrukteurs machen sie Sinn, aber wie lassen sie sich mit dem Überleben des Tüchtigsten erklären?«

»Ich würde sagen, sie locken die Weibchen an. Charles Darwin nannte das, glaube ich, sexuelle Selektion. Das ist doch ein Vorteil.« Shaw grinste und warf Alex einen Seitenblick zu.

»Bilden Sie sich nicht zu viel auf Ihren Griffith ein.«

»Ha, ha.«

»Jetzt mal im Ernst: Finden Sie Ihre Erklärung einleuchtend? Hätten die Pfauenhennen nicht lieber einen Mann mit scharfen Krallen und mächtigen Schwingen bevorzugen sollen, als einen, der allzu leicht einem Tiger in die Pranken gerät? Wieso hat die Selektion eine solch absurde genetische Verknüpfung gefördert?«

»Bei den Menschen soll es auch Frauen geben, die sich ihre Männer eher nach modischen Gesichtspunkten auswählen.«

»Sie werden unsachlich, Mr Shaw.«

»Entschuldigung.«

»Wissen Sie, was *Allele* sind?« Befriedigt registrierte Alex, wie das Grinsen aus Shaws Gesicht verschwand.

»In der Schule war ich in Biologie nie besonders gut.«

»Unter Allelen versteht man die verschiedenen Zustandsformen, die ein und dasselbe Gen annehmen kann. Sagen wir vereinfachend, die Augenfarbe liegt auf einem Gen. Dann kann dieses im Wesentlichen die Allele blau, braun, grau und grün haben.«

»Und violett.« Der Detektiv wandte Alex den Kopf zu, um sie anzulächeln.

»Schauen Sie gefälligst auf die Straße«, ermahnte sie ihn. Dieser forschende Blick! Vielleicht war es keine so gute Idee gewesen, in sein Auto zu steigen.

»Was haben diese … Allele mit der Selektion zu tun?«, fragte Shaw.

»Ich dachte, das liegt auf der Hand. Die natürliche Auslese sucht sich die Zustandsformen der Gene heraus, die für das Individuum in einer bestimmten Situation von Vorteil sind. Denken Sie an gestern, als Sie meine M&Ms geräubert haben. Es waren immer nur die braunen. Ist dadurch etwas Neues entstanden?«

»Außer dem Speckröllchen am Bauch wohl nicht.«

»Sehen Sie! Genau das wird auch in der Natur beobachtet. Hunderassen werden oft als überzüchtet bezeichnet, was nichts anderes heißt, als dass der Genpool bestimmter Arten, also die Gesamtheit ihrer Allele, *ausgelaugt* worden ist: je höher der Anpassungsgrad, desto niedriger die Variabilität.«

»Die anfälligen Hunderassen sind eine Folge des menschlichen Züchtungswahns, nicht der natürlichen Auslese.«

»Sicher, aber das bedeutet nichts anderes als gezielte Auswahl bestimmter Erbmerkmale oder genetischer Störungen.«

»Wieso Störungen?«

»Weil etliche Hunderassen ihre als Evolutionsbeweis bestaunten Besonderheiten so genannten Null-Allelen verdanken. Diese ursprünglichen Merkmalsausprägungen sind durch Mutationen eliminiert worden. Manchmal liegt auch nur eine Funktionseinschränkung oder -störung vor. Nehmen Sie die Achondroplasie …«

»Was, bitte schön?«

»Ein erblicher Defekt der Knorpelbildung, der zu stark verzögertem Wachstum in den langen Knochen der Gliedmaßen und dadurch zu Zwergenwuchs führt. Tritt sowohl beim Menschen als auch bei Tieren wie dem Basset oder dem Dackel auf. Der Darwinist sieht's, staunt über die Unterschiede zum Wolf und jubelt: ›Das ist Makroevolution.‹ In Wirklichkeit steckt ein simpler Funktionsverlust dahinter. Damit lässt sich nun mal keine Aufwärtsentwicklung erklären.«

»Mag sein, aber das ist doch wohl eher ein Beleg für die Fehlerträchtigkeit menschlicher Bemühungen, die Natur zu verbessern.«

»Vorsicht! In freier Wildbahn treten ähnliche Phänomene auf. Auch die Natur kann einen hohen Selektionsdruck ausüben, wenn sich die Lebensbedingungen für eine Art innerhalb kurzer Zeit verändern. Ein schönes Beispiel ist der Gepard, das schnellste Säugetier der Erde.«

»Ein Wunderwerk der Evolution.«

»Wie man's nimmt. Im Gegensatz zur Hauskatze ist seine genetische Variabilität praktisch null. Wie ein überzüchteter Windhund ist der Gepard sehr krankheitsanfällig, in vielen Fällen eingeschränkt fruchtbar und nach der Jagd oft so geschwächt, dass er nicht in der Lage ist, seine Beute gegen andere Konkurrenten zu verteidigen. Die natürliche Zuchtwahl hat ihn zwar zum Weltmeister gemacht, aber damit auch zum Verlierer.«

»In der Evolution sind immer wieder Arten ausgestorben.«

»Sicher. Nur zeichnen die empirischen Daten ein Bild, das die Darwinisten schönfärben wollen, obwohl es im Hinblick auf ihre Theorie ziemlich trist aussieht. Als das Leben auf unserem Planeten erschien, gab es einen schier überbordenden Variationsreichtum. Das wird durch Millionen von Versteinerungen belegt. Die Organismen sind von Anfang an sehr komplex gewesen und besaßen ein hohes genetisches Potenzial. Durch Mutationen könnten sich Allele ausgebildet haben, die den erstaunlichen Variantenreichtum erklären, auch beim Menschen. Soll ich fortfahren?« Alex hatte eine steile Falte auf der Stirn ihres Fahrers bemerkt.

»Ich glaube, das genügt mir, um die Botschaft des ›Gehirns‹ zu verstehen. Danke. Was ist mit der Taube? Als Traumsymbol, meine ich.«

Das war plumpe Überrumpelung. Alex musste sich mental erst neu orientieren. »Raten Sie mal.«

»Ich kenne nur die Friedenstaube.«

»Bravo. Damit liegen Sie genau richtig. Sie stellt die Freiheit im Denken und Handeln dar, insbesondere wenn es um die geistige Vereinigung zweier Menschen geht.«

»Also ist sie eine Einladung, uns auf die Gedankenwelt des ›Gehirns‹ einzulassen?«

»Das kann man so sehen. Übrigens wird die Taube auch als erotisches Symbol für das Sanfte, Weiche, Weibliche gedeutet.«

»Interessant.«

Alex fühlte sich immer unbehaglicher. Versuchte Shaw mit ihr zu flirten? »Die …« Sie musste unvermittelt schlucken, weil ihr Rachen wie ausgetrocknet war. »Die Taube ist ein sehr zartes Geschöpf.«

»Was Sie nicht sagen!«

»Im Traum steht sie deshalb nicht für die harte Ratio, sondern für die weichen, die schöpferischen Gedanken, die sich entfalten möchten.«

»Dann wäre also abzusehen gewesen, dass es beim Raub Nummer vier einerseits um Frauen, andererseits um eine Übereinkunft gehen würde, wie sie Paris mit Aphrodite geschlossen hat. Somit ist es doch möglich, den *Unachtsamen Schläfer* zu interpretieren.«

»Im Nachhinein schon.«

»Über *Das Paradies* von Cranach haben wir ja bereits gesprochen. Es ist sozusagen das kreationistische Element in der Galerie der Lügen.«

»Ja, in dem Gemälde ist der Moment abgebildet, als der Mensch sich anmaßte, wie Gott zu sein.«

»Wie passt das mit dem weiblich gedeuteten Apfel zusammen?«

»Die Vorstellung, Eva hätte Adam mit einem Apfel verführt, geht auf Martin Luther zurück. Im Urtext der Genesis ist nur von einer *Frucht* die Rede. Aber Irrtümer sind robust. Als Traumsymbol warnt der Apfel vor einer Versuchung, vor der Verführung durch weltlich-materielle Dinge. Er steht aber auch für geistige Fruchtbarkeit.«

»Ziemlich vieldeutig.«

»So wie die Spuren des Lebens auf unserer Welt. Jede Weltanschauung legt sie auf ihre Weise aus.«

»Das sagten Sie bereits.«

Alex merkte, wie Shaw sie abzublocken versuchte. Wahrscheinlich mutete sie ihm zu viel zu. »Ihr Griffith ist ein toller Wagen, aber ich würde jetzt trotzdem gerne wieder nach Hause fahren.«

Der Detektiv sah sie verwundert an. »Habe ich irgendwas Falsches gesagt?«

»Nein.«

Shaw nahm die Ausfahrt Hertfordshire und wechselte auf die Gegenspur. Einige Minuten vergingen, ohne dass ein Wort gewechselt wurde. Alex war verwirrt. Sie konnte die Gefühle, die sie gegenüber diesem Mann hegte, nicht einordnen. Schließlich war sie es, die das Schweigen brach.

»Die Farbe *Orange* kann auch eine psychologische Bedeutung haben.«

Er blinzelte irritiert. »Was?«

»Der Apfel im *Unachtsamen Schläfer* ist orange.«

»Ja, und sein metallenes Pendant im Wiener Kunsthistorischen Museum ebenfalls, zumindest fast. Was schließen Sie daraus?«

»Ich bin mir nicht sicher. Orange steht für Aktivität und Tatendrang, für die Herausforderung, sein Leben in die eigenen Hände zu nehmen und etwas zu tun …« Alex' Gedanken schweiften ab. Nach dem Tode ihrer Eltern hatte sie genau das versucht. Eine absurde Idee schwirrte durch ihren Kopf: *Die Botschaft könnte an mich adressiert sein …*

»… Ms Daniels?«

Shaws Stimme riss sie in die Wirklichkeit zurück. »Was?«

»Ich fragte, wie Sie das Traumsymbol als Ganzes interpretieren.«

»Ich würde sagen, der orangerote Apfel deutet auf ein Bild hin, das die Verführung der Menschheit – möglicherweise in Verbindung mit einer Frau – darstellt und zugleich das Streben nach uneingeschränkter Selbstbestimmung.«

»Wieso das?«

»Lukas Cranach hat den Sündenfall thematisiert. Wenn Sie die ersten Verse aus dem dritten Kapitel der Genesis lesen, werden Sie feststellen, dass es dabei nicht um Sex ging, wie von katholischer Seite gerne behauptet wird, sondern um das Streben nach Unabhängigkeit von Gott.«

»Womit wir wieder bei den Kreationisten wären.«

»Wenn Sie das so eng sehen wollen.«

»Wie meinen Sie das.«

»Als ich vor ein paar Jahren einen Artikel über den sechzigsten Geburtstag von Ian Wilmut las …«

»Wen?«

»Den Entwicklungsbiologen und Embryologen, dem die Welt das Klonschaf Dolly verdankte.«

»Ach, der! Er klont inzwischen Menschen, wie ich neulich gelesen habe. Was hat der mit dem Sündenfall zu tun?«

»Ich wollte eigentlich auf die Wortwahl meiner Journalistenkollegen hinweisen. Der Titel des Artikels lautete, wenn ich mich noch richtig erinnere: ›Schöpfer von Klon-Schaf Dolly wird 60‹.«

»Sie stören sich an dem Wort ›Schöpfer‹?«

»Ich möchte Ihnen nur helfen, Ihre Fähigkeit zu Gedankenverbindungen zu sensibilisieren. Gesprochene oder geschriebene Worte sind kondensierte Gedanken. Wenn jemand Wilmut als ›Schöpfer‹ eines Schafs bezeichnete, dann assoziiert er damit einen göttlichen Akt, den es in Wirklichkeit nicht gab. Der Biologe hat nur bestehendes Erbmaterial in eine Eizelle geschaufelt und diese einem Mutterschaf eingepflanzt. Selbst dafür – das sei nur am Rande erwähnt – war aber eine gehörige Portion Intelligenz erforderlich. Wie viel mehr muss man solche von einem *wirklich* schöpferischen Akt erwarten!«

»Hab schon verstanden. Dann protestiert das ›Gehirn‹ also gegen Forscher, die sich als Götter aufspielen?«

»Ich würde es anders ausdrücken: Es will uns davor warnen, uns zu viel aufzubürden, nur weil wir glauben, die ganze Last unseres Seins und Werdens allein tragen zu müssen.«

»Sehr poetisch! Ich habe kürzlich von den neuen Gesetzesentwürfen gelesen, über die das Unterhaus am Ende des Monats entscheiden soll. Angeblich will man für Experimente mit dem menschlichen Erbgut weitgehende Freiheiten einräumen. Meinen Sie, das ›Gehirn‹ könnte seine Aktionen ganz bewusst auf die Wochen vor der Parlamentsabstimmung gelegt haben?«

Alex staunte. »Sie fangen langsam an, im richtigen Takt zu ticken, Mr Shaw.«

»Danke. Muss wohl an meiner Vergangenheit bei der Army liegen. Da haben wir den Gleichschritt bis zum Erbrechen geübt.«

Unweigerlich musste Alex schmunzeln. Shaws trockener Humor gefiel ihr.

»Was ist mit dem *Schlafenden Hermaphroditen*?«, fragte Shaw unvermittelt.

Alex versteifte sich im Schalensitz. »Was soll damit sein?«

»Haben Sie dazu auch eine metaphorische Erklärung?«

Sie blickte durch die Seitenscheibe auf die vorbeifliegenden Häuser. Was sollte sie Shaw darauf erwidern? Etwa: Sperren Sie die Augen auf, dann wissen Sie es.

»Da liegt der Fall wohl anders«, lautete ihre knappe Antwort.

Er warf ihr einen schwer zu deutenden Seitenblick zu. Sie hätte etwas dafür gegeben, in diesem Moment seine Gedanken lesen zu können. »Das hat Dr. Simmons, der Kriminalpsychologe vom National Criminal Intelligence Service, auch gemeint. Der Vater von Hermaphroditos war doch Hermes, der griechische Götterbote. Ist vielleicht das die Aussage? ›Hört her, jetzt kommt eine Botschaft.‹«

»Sagt Ihnen der Name Hermes Trismegistos etwas?«

»Irgendwann habe ich schon mal davon gehört, aber …« Shaw hob die Hände vom Lenkrad, um seine Ahnungslosigkeit zu unterstreichen.

»Bei den Ägyptern taucht Hermes unter diesem Namen als menschliche Inkarnation des altägyptischen Thot auf.«

»Muss mir das etwas sagen?«

»Thot war der Gott der Schreibkunst, der Magie und der *Wissenschaft.*«

»Womit wir wieder beim Thema wären.«

»Und Aphrodite war die griechische Göttin der Liebe und der Schönheit, also eine Verkörperung von Werten, die mit Messbecher, Zollstock und anderen Werkzeugen der Naturwissenschaftler nicht bewertbar sind. Die zwei haben Hermaphroditos in die Welt gesetzt, der nach der Umarmung mit der Nymphe Salmacis weder Mann noch Frau und doch beides zugleich war. Vielleicht wollten die alten Griechen damit spirituelle Erfahrungen mit dem logischen Denken der Wissenschaft vereinen.«

»Oder den ewigen Wettstreit der beiden symbolisieren«, konterte Shaw. Er steuerte den Griffith vom Motorway in die North Circular Road zurück.

»Möglich.«

Alex blickte stur durch die Windschutzscheibe, merkte aber trotzdem, wie Shaw sie von der Seite musterte.

»Plötzlich so still, Ms Daniels?«

»Mein Hals tut weh. Beim Offenfahren muss man immer so brüllen.«

»Wem sagen Sie das! Ich muss ständig über den Spiegel nachdenken, das Symbol für Selbsterkenntnis und die Annäherung an die dunklen Seiten des eigenen Ichs.«

Alex starrte gebannt auf die Bordsteinkante. Sie hatte keine Lust, das Thema zu vertiefen.

Shaw sagte: »Ich sollte Ihnen vielleicht etwas beichten, Ms Daniels.«

Ihr Kopf ruckte herum. Sie glaubte, ihr Herz schlagen zu spüren.

»Es gibt eine Liste.«

Sie sah ihn verständnislos an.

»Die Sicherheitsüberprüfungen des *Schlafenden Hermaphroditen* wie auch sämtlicher anderer gestohlenen Gemälde wurden von ein und demselben Mitarbeiter unserer Firma durchgeführt.«

Alex erholte sich nur allmählich von ihrer Benommenheit. »Dann sollte es doch nicht allzu schwierig sein, den Dieb zu fassen.«

»Leider ist der Mann tot. Er kann's also nicht gewesen sein. Und fragen können wir ihn auch nicht mehr.«

»Lassen Sie einfach sämtliche Kunstwerke, die er gecheckt hat, doppelt streng bewachen.«

»Es sind über dreihundert.«

»Oh!«

»Eigentlich wäre es keine große Sache, drei- oder meinetwegen sogar neunhundert Zeitarbeitskräfte abzustellen, um die betreffenden Werke am nächsten Sonntag einer Vierundzwanzig-Stunden-Überwachung zu unterziehen.«

»Aber damit würde ArtCare sich eine Blöße geben.«

Shaw nickte. »Wir müssten aller Welt gestehen, dass wir ein Sicherheitsproblem haben.«

»Was schlecht fürs Geschäft wäre.«

Shaw nickte wieder.

»Haben Sie die Liste dabei?«

»Sie ist in der Collegemappe hinter meinem Sitz, in der blauen Klarsichthülle. Ich wäre Ihnen dankbar, wenn Sie einen Blick darauf werfen könnten.«

Alex angelte sich die Tasche, holte die Liste heraus und begann mit dem Studium derselben.

»Andy Warhols *Marilyn Monroe*?«, murmelte sie und sog gleich darauf überrascht die Luft ein. »Und die *Mona Lisa*! Ziemliches Kontrastprogramm.«

»Wären die zwei ein lohnendes Objekt für das ›Gehirn‹?«

Alex verzog das Gesicht. »Wohl eher nicht.«

»Höre ich da einen zweifelnden Unterton?«

»Nicht, was die Filmdiva betrifft.«

Shaw wich die Farbe aus dem Gesicht. »Sie glauben, die *Mona Lisa* könnte gefährdet sein?«

»Ehrlich gesagt, rechne ich mit einer besonders spektakulären Aktion ...«

»Und da wäre Leonardo da Vincis Meisterwerk natürlich genau das Richtige.«

»Die Wahrscheinlichkeit ist sehr gering.«

»Gering?«, keuchte er. »Ms Daniels, wir reden hier vom bedeutendsten Gemälde der Welt. Wenn es einen Zusammenhang zwischen dem Bild und den verquasten Gedanken des ›Gehirns‹ gibt, dann sollten Sie mich darüber aufklären.«

Alex zögerte. Hätte sie nur den Mund gehalten! »Sind Ihnen noch nie die androgynen Züge der Mona Lisa aufgefallen?«, fragte sie lahm.

Shaw blinzelte verwirrt. »Wollen Sie damit andeuten, sie sei ein Mannweib?«

»Sagen wir, sie ist weder eindeutig weiblich noch männlich.«

»Das ist mir neu. Aber wenn man's recht überlegt – ich habe mal gehört, der Meister sei schwul gewesen.«

»Einiges deutet darauf hin. Ich erzählte Ihnen ja, dass ich mich in meiner Studienzeit mit Sigmund Freud beschäftigt habe. Damals stieß ich auf einen interessanten Essay von ihm, in dem er ausführlich die Homosexualität Da Vincis behandelt. Freud glaubte, im geheimnisvollen Lächeln der Mona Lisa manifestiere sich eine verschüttete Erinnerung Leonardos an seine Mutter. Die Vermischung männlicher und weiblicher Attribute ist bei ihm übrigens nicht nur in der *Mona Lisa* zu erkennen. Deshalb meinen einige, er habe damit seiner unerfüllten Liebe zu Knaben Ausdruck verliehen.«

»Dann zeigt das Bild also in Wirklichkeit ein Wesen zwischen den Geschlechtern? Einen ... *Hermaphroditen*?«

Den Blick starr auf die Straße gerichtet, antwortete Alex knapp: »In gewisser Weise ja.«

»Sie machen mir Angst.«

»Ich denke, die brauchen Sie nicht zu haben. Vorerst sehe ich keine Gefahr für Da Vincis Bild. Das ›Gehirn‹ will der Welt, wie ich vermute, durch die Auswahl von nur *sieben* Kunstwerken eine komplexe Botschaft übermitteln. Zwei Hermaphroditen wären eine Wiederholung, eine redundante Aussage, die zu Lasten der Verständlichkeit des großen Ganzen ginge.«

»Dann meinen Sie, wir sollten uns vorerst auf andere Werke konzentrieren?«

»Ich bin schon dabei.« Alex' Finger wanderte weiter über die Namen der Kunstwerke.

»Da bin ich aber froh!«, sagte Shaw erleichtert. »Stellen Sie sich vor, jemand würde die Mona Lisa …«

»Hier ist eins!«, unterbrach sie ihn.

»Was?«

»*Landschaft mit dem Fall des Ikarus* von Pieter Bruegel dem Älteren. Hängt in den Musées Royaux des Beaux-Arts in Brüssel. Ikarus, der sich Flügel baut und in seiner Selbstüberschätzung der Sonne zu nahe kommt, um hiernach in den Tod zu stürzen – das würde sowohl zum Hut wie auch zur Kerze passen.«

»Versteh ich nicht.«

»Der Hut ist das männliche Traumsymbol, das für die gebündelten Ideen steht, die uns durch den Kopf schießen, die uns aber auch zu Kopf *steigen* können, wie die Redensart sagt. Das war ja bei Ikarus der Fall.«

»Bis er fiel.«

»Sie sagen es.«

»Und die Kerze?«

»Ebenfalls ein Phallussymbol, also männlich. Ihre Flamme sprüht geradezu vor Sinnkraft. Denken Sie an Prometheus, der den Menschen das Feuer brachte.«

»Weil er es Zeus und Konsorten stahl. Bedeutung: Die Wissenschaft entreißt den Göttern die Macht. Die Kerze leuchtet sogar mir ein.« Shaw grinste, offensichtlich in stiller Freude über sein gelungenes Wortspiel.

»Beschränken Sie sich nicht allein auf das Vordergründige«, warnte Alex. »In der Traumdeutung besitzt dieses Symbol sehr viel mehr Aussagekraft. In ihm drückt sich auch das Bedürfnis nach Erleuchtung, also nach Einsicht, Erkenntnis, aber auch nach Gefühlswärme aus; jeder Versuch, etwas zu klären, was man nicht versteht.«

»Wie ist es mit dem Lebenslicht?«

»Richtig. Eine weitere Interpretationsmöglichkeit. Kerzen verbrennen sich selbst, was auf das Bewusstsein der eigenen Sterblichkeit hinweist. Sie können aber auch die Macht des Träumenden über seine persönliche Magie symbolisieren.«

»Hab schon verstanden: Es ist komplizierter, als ich es mir wünsche. Im Handschuhfach finden Sie einen Kugelschreiber. Könnten Sie bitte den *Ikarus* markieren?«

Alex tat es und suchte weiter. Nur wenige Sekunden später schlugen ihre inneren Alarmglocken abermals an. *»Der Alte an Tagen* von William Blake.«

»Sagt mir nichts.«

Das erstaunte Alex. »Das Bild hängt im Britischen Museum. Es zeigt Gott, wie er mit einem Zirkel das Universum vermisst.«

»Anstreichen!«, verlangte Shaw und deutete aufgeregt auf die Liste. »Machen Sie einfach überall ein Häkchen, wo Ihre Antennen etwas empfangen.«

Als der Griffith vor dem Stallhaus in den Rochester Mews zu stehen kam, hatte sich die Euphorie des Versicherungsdetektivs deutlich abgekühlt. Neunundsiebzig Werke – überwiegend Gemälde sowie etwa ein Dutzend Plastiken – waren in der Liste markiert. Shaw schüttelte den Kopf.

»Grob überschlagen müssten wir ungefähr vierzig verschiedene Versicherungsnehmer vor möglichen Einbrüchen warnen.«

»Dann tun Sie 's«, antwortete Alex. Sie war überzeugt, die richtige Auswahl getroffen zu haben.

»Können wir die Liste nicht vielleicht doch noch etwas eindampfen? Nennen Sie mir einfach Ihre Top Ten.«

»Damit Sie mir nachher vorwerfen, ich hätte Sie auf eine falsche Fährte gelockt? Nein.«

»Das tue ich nicht. Ich versprech's. Helfen Sie mir. *Bitte.*«

Alex spürte, unter welch enormen Druck Shaw stand. Sie blickte abermals auf den Computerausdruck. »Prometheus bleibt ein ganz heißer Kandidat.«

»Kreisen Sie Ihr Häkchen ein.«

»Welches?«

»Wie bitte?«

»Sie haben einen Dirck van Baburen in Amsterdam, einen Piero di Cosimo in München, einen zweiten in Straßburg, einen Jacob Jordaens in Köln, einen Peter Paul Rubens in Philadelphia ...«

»Bitte nicht noch ein Rubens!«

»Ich habe die Bilder nicht gestohlen.«

»Schon gut. Gibt's denn kein Gemälde, das ihn dabei zeigt, wie er das Feuer stiehlt?«

»Ich kenne mich zwar ein bisschen in den schönen Künsten aus, aber so weit reicht mein Wissen nun auch wieder nicht. Außerdem glaube ich, wir machen uns etwas vor. Das ›Gehirn‹ will uns die Augen öffnen – aber möglichst erst nachher. Meines Wissens nach hat man viele römische Sarkophage gefunden, die Prometheus dabei zeigen, wie er den Menschen aus Lehm erschafft. Fixieren Sie sich also nicht so sehr auf das Feuer.«

»Können wir Ihre Auswahl nicht wenigstens ein bisschen reduzieren«, bettelte Shaw und deutete auf das Blatt in Alex' Schoß. »Was soll zum Beispiel das hier: *Don Quixote* von Pablo Picasso?«

»Der tapfere Krieger, der gegen die Windmühlen kämpft. Das Gefühl kennt wohl jeder, der gegen das darwinistische Ungeheuer anrennt und von ihm in den Medien herumgewirbelt wird.«

Shaw seufzte. »Also schön. Ich nehme die Liste mit, wie sie ist. Aber mein Boss wird mich vierteilen.«

»Sehen Sie es als Opfer für das Kulturerbe der Welt.«

»Wusste gar nicht, dass Sie einen so ausgeprägten schwarzen Humor besitzen.«

Auch in der Nacht zum Donnerstag fand Alex nur wenig Schlaf. Sie hatte nach der verwirrenden Spritztour mit Darwin Shaw noch an der Fortsetzung ihrer »Galerie der Lügen« gearbeitet, aber nicht viel zustande gebracht. Ein ums andere Mal entglitten die Gedanken ihrem Griff wie zappelnde Fische, nur um sich wieder bei Terri Lovecraft zu sammeln. Wer verbarg sich hinter diesem Namen, der sich jeder Änderung des Geschlechts so gefügig angepasst hatte? Und wen würde sie am königlichen Observatorium im Greenwich Park treffen?

Als ihr Wecker um fünf Uhr morgens klingelte, sprang sie förmlich aus dem Bett. Die Sonne würde – wie sie tags zuvor im Internet recherchiert hatte – erst um sieben Uhr fünf am Nullmeridian von Greenwich aufgehen, doch sie wollte lieber rechtzeitig dorthin aufbrechen. An diesem besonderen Tag durfte nichts schief gehen. Nach der obligatorischen Viertelstunde vor dem Kleiderschrank entschied sie sich für ein Jogging-Outfit: dicke graue, innen aufgeraute Baumwolle, dazu ein Stirnband, das auch die Ohren bedeckte, und Handschuhe aus schwarzer Wolle. Die Stunde vor Sonnenaufgang war im Oktober oft schon ziemlich kalt.

Kurz nach sechs traf sie in Greenwich ein. Sie stellte den Mini beim National Maritime Museum ab, in der Nähe von St. Mary's Gate, also am nördlichen Ende des Parks. Von dort aus nahm sie ihr morgendliches Laufprogramm auf.

Eine Zeit lang lief sie grinsend durch die Dämmerung. Ihr war bewusst, wie albern sie sich benahm. In Kürze würde sie vielleicht der Frau begegnen, in deren Schoß sie die ersten neun Monate ihres Lebens verbracht hatte. Anstatt sich in Schale zu werfen, zog sie im Park als Joggerin ihre Runden. Sie hatte sich von dem konspirativen Drumherum zu dieser kindischen Maskerade verleiten lassen. Alles war wie in einem Spionagefilm: der kleine schweigsame Bote, die kurze geheimnisvolle Nachricht, die Wahl von Zeit und Ort. Die etwas Bedeutungsschwangeres hatte.

An der Greenwich-Zeit wurden gewissermaßen alle Uhren rund um den Globus kalibriert, entweder stellte man sie von hier aus stundenweise vor oder zurück. Das hing mit dem Nullmeridian zusammen, der im Jahr 1884, zur Blütezeit des Empire, per Konvention hierhergesetzt worden war. Alex hatte das *Flamsteed House* mit der Schulklasse besucht, mit ihren Eltern, mit ihren Halt suchenden Gedanken. Hier, auf dem Dach des Royal Observatory, fiel jeden Mittag um ein Uhr der rote Zeitball an einem Mast herab (um zwölf waren die Astronomen des neunzehnten Jahrhunderts gewöhnlich zu beschäftigt gewesen). Ein britisches Metronom, das der Welt den Takt vorgab.

Die rote Kugel hatte für Alex' Prozess der Selbstfindung eher symbolische Bedeutung. Jeder brauchte einen Nullmeridian, von dem aus er sein Leben vermessen und zu dem er in Zeiten der Orientierungslosigkeit zurückkehren konnte.

Über die ausgedehnten Rasenflächen waberten Morgennebel. Die heiseren Rufe von Krähen hallten durch den Park. Mit zunehmender Helligkeit entdeckte Alex andere Frühaufsteher: eine Frau, die ihren Hund ausführte; ein Hund, der sein Herrchen ausführte; zwei Fahrradfahrer, die ihre Drahtesel ausführten. Im Großen und Ganzen blieb sie jedoch allein. Kurz vor sieben nahm die unauffällige Joggerin Kurs auf das Observatorium.

Der Anstieg zum Flamsteed House war für eine trainierte Läuferin wie Alex kein Problem. Sie verließ den Weg und lief ein Stück über den Rasen, der jetzt, am Ende des Sommers, eher braun als grün war. Um Punkt sieben erreichte sie das hohe Gittertor des umzäunten Areals. Von weitem hätte man der Eisentür nicht angesehen, dass sie offen stand, aber das Versprechen auf dem Zettel wurde gehalten: *Das Tor wird angelehnt sein.*

Es quietschte leise, als Alex es gerade weit genug nach innen schob, um hindurchzuschlüpfen. Ein kurzer Blick den Weg zurück, dann war sie auf verbotenem Terrain. Rasch schloss sie wieder die Pforte und huschte hinter das braune Kartenhäuschen, um von außen nicht gesehen zu werden. Von jetzt an erfüllte sie den Tatbestand des Hausfriedensbruches.

Zunächst musste sie sich umsehen, ihre Marschroute abstecken. Das Royal Observatory bestand aus mehreren Gebäudeteilen, eine Mischung aus rotem und braunem Backstein mit weißen Verblendungen, die wie Zahnriemen an den Fassadenecken klebten. Der Komplex war verschachtelt genug, um eine ganze Schulklasse zum Versteckspiel zu animieren; unmöglich zu erraten, wo die Verfasserin der Einladung wartete.

Unentschlossen blickte Alex zur Sonnenuhr zu ihrer Rechten, einem auf Hochglanz polierten Silberding, das sie immer an eine Raumstation mit Spinnakersegel erinnerte. Das futuristische Gebilde stand exakt auf dem Nullmeridian, der parallel zur Pforte verlief. In den Pflastersteinen war der vom Nord- zum Südpol verlaufende Längenkreis durch eine metallene Linie eingezeichnet. Linker Hand pflanzte er sich, rot wie Mrs Axelrods Lippen, an einer Hauswand fort, mitten durch die Tür. Wer dort eintrat, war gespalten in Ost und West. Alex kannte das Gefühl sehr gut.

Niemand ließ sich blicken.

Langsam näherte sie sich dem Flamsteed House. Links zogen die Giebel der kleinen Backsteinhäuschen an ihr vorbei. Sämtliche Türen, auch die mit dem roten Meridianband, waren geschlossen. Auch rechts von Alex ließ sich weder vor noch hinter dem Gitterzaun irgendjemand blicken. Die Anhöhe, auf der die königliche Sternwarte lag, war wie eine Insel im Nebel, wie ein der Menschheit entrücktes Avalon. Nur in der Ferne ragten die von der Sonne orange gefärbten Dächer einiger Hochhäuser aus dem Morgendunst.

Alex spürte die unebenen Pflastersteine unter ihren Sohlen. Sie sandte ein zaghaftes »Hallo?« über den Platz.

Keine Reaktion.

Wäre das Tor hinter ihr nicht unverschlossen gewesen, hätte sie die Einladung zu dem Treffen für einen dummen Streich gehalten. Was sollte das? Warum zeigte sich die Verfasserin der Nachricht nicht endlich?

Alex überquerte den Nullmeridian und betrat damit die westliche Hemisphäre. Das Gebäude mit dem roten Zeitball kam näher.

»Haaalloooo!«

Ihr Ruf verhallte irgendwo zwischen den Backsteinwänden.

Ohne sich dessen bewusst zu sein, begann Alex vorsichtiger aufzutreten. Sie schlich hinter das Flamsteed House, links endete die kleine Zeile von Nebengebäuden. Unschlüssig ließ sie den Blick an der braunen Rückwand des Observatoriums entlangwandern. Es war durch einen weiteren, niedrigeren Gitterzaun geschützt. Davor standen braune Bänke. *Wenn sich jemand in dem Gebäude befindet, dann versteckt er sich*, dachte Alex. Sämtliche Scheiben der weißen Sprossenfenster waren von innen verhängt.

Sie wandte sich nach links, um einen Blick hinter die Nebengebäude zu werfen. Nach zwei oder drei Schritten entlang der Backsteinmauer spürte sie plötzlich ein vertrautes, wenn auch nicht eben willkommenes Kribbeln im Hinterkopf. Ein leichter Schwindel erfasste sie. Sie hatte im Laufe der Jahre gelernt, die elektromagnetische Strahlung von Handys und anderen Geräten sehr zuverlässig zu orten.

Im Augenblick näherte sie sich ihr rasch von hinten.

Alex fuhr herum und sah, weniger als zwei Schritte entfernt, eine hasserfüllte Fratze auf sich zukommen. Es dauerte eine lange Schrecksekunde, bis sie die Situation erfasst hatte. Alles lief wie in Zeitlupe ab. Die sich nähernde Grimasse gehörte zu einer pummeligen Mittsechzigerin in dunklem Mantel. Alex kannte das südländisch anmutende Gesicht. Als sie gestern im Maitland Close die Klinken geputzt hatte, war es ihr schon einmal begegnet, nur für den kurzen Moment zwischen ihrer Begrüßung und der ins Schloss krachenden Tür. Die Frau hatte einen italienisch klingenden Namen gehabt. Alex fehlte die Muße, ihn aus ihrem Gedächtnis abzurufen, denn die Verfasserin der Einladung zeigte in diesem Moment, was der eigentliche Zweck des morgendlichen Treffens war.

Hinter ihrem Rücken kam eine Hand zum Vorschein, in der ein gewaltiges Küchenmesser lag.

»Mich bekommst du nicht!«, keifte die Frau – ihre Stimme klang wie die der Nebelkrähen im Park. Sie riss den Arm hoch und stach zu.

Alex war beweglicher als ihre betagte Angreiferin und konnte sich im letzten Moment nach rechts wegdrehen. Das Messer rauschte dicht an ihrem Gesicht vor. Hätte sie etwas von Selbstverteidigung verstanden, wäre sie zur anderen Seite ausgewichen, wo ihre Gegnerin sie nicht durch ein einfaches Anwinkeln des Arms erneut in Gefahr bringen konnte. Im Bruchteil einer Sekunde wurde sie sich der tödlichen Bedrohung bewusst und griff entschlossen nach dem Handgelenk der Frau.

Diese schrie vor Wut auf und versuchte sich loszureißen. *Halt sie fest!*, dröhnte eine Stimme in Alex' Kopf. *Lass sie ja nicht los!* Ihre Widersacherin kreischte wie eine Raubkatze, die sich in ein Netz verfangen hatte. Sie spuckte, zerrte an Alex' Sweatshirt und versuchte ihr in die Nase zu beißen. Die zwei stolperten über das Pflaster, mal hierhin, dann wieder dorthin. Alex war viel stärker als ihre Gegnerin, die aber wand sich wie ein Aal, trat mit den Füßen und stellte eine Menge andere Dinge an, um den festen Griff der sportlichen Joggerin aufzubrechen.

Der Kampf wurde auf beiden Seiten mit der Entschlossenheit und Energie der Verzweiflung geführt.

Plötzlich gelang es der wütenden Furie, das Messer zwischen sich und ihre Kontrahentin zu bringen. Alex wehrte sich mit aller Kraft gegen den Druck der Arme, die ihr die Klinge in den Bauch schieben wollten. Tränen der Anstrengung liefen ihr aus den Augen.

»Hören Sie auf! Sie verwechseln mich«, presste sie zwischen den Zähnen hervor, aber damit steigerte sie nur die Raserei ihrer Gegnerin.

Alex überlegte, ob sie sich losreißen konnte, verwarf den Gedanken aber wieder. Die Linke der Frau hatte sich in das Sweatshirt verkrallt. Sie würde nur die gewonnene Bewegungsfreiheit zum tödlichen Stoß nutzen. Vielleicht war sie mit einer Überraschungsaktion mattzusetzen.

Jäh warf sich Alex gegen ihre Widersacherin und drehte gleichzeitig das Messer mit einem Ruck von sich weg. Die Frau versuchte durch einen Ausfallschritt nach hinten ihr Gleichgewicht zu stabilisieren, blieb aber mit dem Fuß an einem vorstehenden Stein hängen und stolperte. Anstatt Alex loszulassen, zog sie diese mit sich hinab.

Der Fall erschien Alex grotesk lang. Sie sah die aufgerissenen dunklen Augen der Frau und zugleich das näher kommende Pflaster. Dann erfolgte der Aufprall.

Mit dem ganzen Gewicht ihres Körpers trieb Alex das Messer in den Leib ihrer Gegnerin. Deren Hände öffneten sich. Alex rollte sich panisch zur Seite, rappelte sich wieder auf die Füße und stolperte einige Schritte zurück.

Entsetzt starrte sie auf die Gestalt am Boden. Nur noch der schwarze Griff des langen Messer ragte aus dem dunklen Mantel; es musste irgendwo in der Nähe des Brustbeines eingedrungen sein. Die Frau hatte ihr das Gesicht zugewandt und sah sie mit einem erstaunten Ausdruck an.

Du musst ihr helfen! Alex wankte zwischen diesem Gedanken und dem Selbsterhaltungstrieb, der ihr weiterhin Vorsicht gebot. Offenbar hatte die Klinge das Herz ihrer Widersacherin verfehlt. Vielleicht war sie noch zu retten …

Während die Siegerin des Zweikampfes die am Boden Liegende anstarrte, packte diese den Griff, zog das Messer aus der Wunde und schleuderte es in ihre Richtung.

Alex konnte dem nicht sehr genauen Wurf mühelos ausweichen. »Warum hassen Sie mich so?«, stieß sie wütend hervor. Eine furchtbare Erkenntnis dräute an ihrem Bewusstseinshorizont: *Du hast eine Bluttat begangen.*

»Weil du mein Kind getötet hast«, ächzte die Furie.

Blut gab es fürwahr eine ganze Menge. Ihr Mantel färbte sich davon noch dunkler, als er ohnehin schon war. Auch am Boden bildete sich bereits eine Lache. Alex überwand ihre Furcht, kehrte zu der Verletzten zurück, kniete sich neben ihr aufs Pflaster und begann damit, den Mantel aufzuknöpfen.

»Was tust du, Kevin?«, fragte die Frau erstaunt. Überraschenderweise war der Hass aus ihrer Stimme verschwunden.

»Ich hab mal gehört, man muss als Erstes die Blutung stillen. Warum nennen Sie mich Kevin?«

»Weil das dein Name ist.«

»Unsinn! Ich heiße Alex. Alex Daniels.« Trotzig riss sie das Stirnband von ihrem Kopf.

Ins Gesicht der Verletzten zog ein Ausdruck des Entsetzens, wie man ihn gelegentlich bei Menschen sieht, die zu spät einen nicht wieder gutzumachenden Fehler bemerken. »Du bist nicht Kevin! Du bist die andere … aus der Zeitung …«

Alex hatte inzwischen die stark blutende Wunde freigelegt. Im Fernsehen hätte sie beim Anblick einer solchen Verletzung vermutlich sofort den Kanals gewechselt, aber jetzt dachte sie nicht über den grausigen Anblick nach. Rasch zog sie das Sweatshirt über den Kopf und presste es auf das sprudelnde Loch.

»Ich muss Hilfe rufen. Wo haben Sie Ihr Handy?«

»Woher …?«

»Ich kann es spüren. Ist es in der rechten Manteltasche?«

»J-ja.« Die Antworten der Verletzten wurden immer schwächer.

Alex hätte vor hilfloser Verzweiflung am liebsten geschrien, stattdessen zog sie mit der Linken das Mobiltelefon aus dem Mantel, während sie mit der anderen Hand weiter gegen die Blutung ankämpfte. Sie wählte die Notrufnummer. Die Stimme eines Mannes meldete sich.

»Auf dem Gelände des Royal Observatory im Greenwich Park liegt eine Frau mit einer Stichwunde in der Brust. Sie blutet stark! Bitte kommen Sie schnell! Wenn's geht, mit einem Hubschrauber.«

Ehe der Mann von der Notrufzentrale noch etwas fragen konnte, hatte sie schon wieder aufgelegt. Ein verrückter Einfall sprang sie an: Sie sollte weglaufen, sonst würde man sie für die Schuldige halten. Am Ende hätte Detective Superintendent Longfellow doch noch seine Mörderin.

Erbost verscheuchte sie den Gedanken. Solche Überlegungen mochten in Hollywood-Streifen dafür herhalten, den Helden in irgendwelche haarsträubende Szenarien zu stoßen. Warum rufst du nicht die Polizei? Weil die dir sowieso nicht glauben. Weil da alle gegen dich sind. Weil die bestochen werden. Weil … Alex schüttelte trotzig den Kopf. Das wahre Leben funktionierte nach anderen Regeln.

»Bleiben Sie wach! Gleich kommt Hilfe«, sagte sie aufmunternd zu der Frau, deren Gesicht erschreckend blutleer war. »Ich kann mich nicht mehr an Ihren Namen erinnern …«

»D'Adderio. Ich heiße Neide D'Adderio.«

»Sie haben eben wie eine Löwenmutter für Terri Lovecraft gekämpft. Wieso, Mrs D'Adderio?«

»Weil Terri mein Kind ist.« Die Antwort klang auffallend sanft, zugleich aber auch besorgniserregend leise.

Alex spürte, wie ihr die Tränen über die Wangen liefen. »Bleiben Sie bei mir, Mrs D'Adderio«, flehte sie. »*Reden* Sie mit mir. Warum die unterschiedlichen Namen?«

»Weil ich … Angst hatte. Ist mein … Mädchenname.«

»Wovor haben Sie sich gefürchtet?«

»Vor dem *Tod.*«

Alex erschrak, als das Wort sie mit trotziger Wucht traf. »Sind Sie bedroht worden oder …?«

»Meinen Timothy hat er umgebracht!«, fiel Mrs D'Adderio ihr ins Wort.

»Ihren Mann?«

»Ja. Er ist in der Themse ertrunken, soll sich von der Tower Bridge gestürzt haben. Das hätte er nie …« Mrs D'Adderios Stimme versiegte.

»Und was ist mit Terri passiert?«

»Sie ist mit dem Auto …«

»Davon habe ich in der Zeitung gelesen, Mrs D'Adderio. Ich meine vorher. Ihre Nachbarin sagte, da sei immer ein junger Mann gekommen, der Terri sehr ähnlich sah.«

»Kevin!« Der Name schoss wie Erbrochenes aus Mrs D'Adderios Rachen.

»Sie dürfen sich nicht aufregen!« Alex blickte zum Himmel. Hatte der Wind da eben das Knattern eines Rotors herbeigeweht? Sie hoffte inständig, von den Rettungsfliegern gleich entdeckt zu werden. Mrs D'Adderio hatte sich für ihren Anschlag den verstecktesten Winkel des Areals ausgesucht. Die wie eben noch ein Blasebalg pumpende Brust der Verletzten beruhigte sich allmählich wieder.

»Alex …?«, sagte sie mit kaum noch hörbarer Stimme.

»Sie sollten sich vielleicht nicht weiter anstrengen.« Es kostete Alex unendliche Überwindung dies zu sagen, wo ihr doch glühend heiße Fragen auf der Seele brannten.

»Wozu? … Ich sterbe sowieso.« Mrs D'Adderio brachte tatsächlich ein mattes Lächeln zustande. »Als wenn ich's nicht geahnt hätte. Hab mich noch bei Schnüffel-Margaret bedankt und ihr gesagt, dass … wir uns vielleicht nicht wiedersehen.«

»Schnüffel- … *wer*?«

»Mrs Axelrod. Die Aufpasserin von Maitland Close. Hätte sie dich nicht aufgehalten …« Mrs D'Adderios Lider fielen herab.

»Mrs D'Adderio! Neide!«, schrie Alex entsetzt.

Neide D'Adderio öffnete mühsam wieder die Augen und hauchte: »Kind, mir ist so kalt!«

»Sie haben viel Blut verloren. Aber das kriegen die Ärzte schon wieder hin. Halten Sie durch!« Alex suchte nach dem

Hubschrauber, den sie zwar hören, aber nicht sehen konnte. Entgegen ihren schlimmsten Ahnungen fragte sie weiter. »Wer ist Kevin, Mrs D'Adderio?«

»Terri und er sind Geschwister.«

»Aber … er ist nicht bei Ihnen aufgewachsen?«

»Nein. Er … tauchte eines Tages auf. Seitdem hatte sich Terri verändert. Sie wurde aufsässig … aggressiv … wollte mit einem Mal wieder ein Junge … Kevin war das *Gift*, das sie umbrachte … Sie war ihm hörig … Fast so … als hätte er sie verhext.«

Alex hatte zuletzt ihr Ohr vor den Mund der Verletzten halten müssen, um die hauchzarte Stimme zu verstehen. Dabei glaubte sie unter ihren Händen den Zorn zu spüren, der das letzte Tröpfchen Leben aus der verbitterten Frau herauspresste. Das Reden kostete sie zusätzliche Kraft. Verzweifelt blickte Alex einmal mehr zum Himmel. Jetzt konnte sie den Rettungshubschrauber sehen. Er war ganz nah, schwebte auf das Observatorium zu, aber er würde draußen, auf dem Rasen landen müssen. Sie wandte sich wieder der Verletzten zu.

»Haben Sie und Ihr Mann Terri adoptiert?«

»N-nein. Terri …« Mrs D'Adderio schloss den Mund, sammelte die letzten Reserven aus ihrem ausgelaugten Körper. »Terri ist unter meinem Herzen gewachsen … in Schottland …«

»Dann sind Sie ihre *richtige* Mutter?« Am liebsten hätte Alex hinzugefügt: Sie sehen einander gar nicht ähnlich.

»Ja«, antwortete Mrs D'Adderio. »Die Wehen, die ich bei ihrer Geburt hatte … So etwas … kann nur eine richtige Mutter spüren.«

»Ich hatte gehofft, Terri und ich seien Geschwister.«

Mrs D'Adderio lächelte sanft. »Aber das *seid* ihr ja auch, mein Kind. Es ist alles so … kompliziert … so …« Wieder brach die schwache Stimme.

Alex sah für einen Moment auf und versuchte zu begreifen, was sie da eben gehört hatte. Schnell senkte sich ihr Blick wieder auf das bleiche Gesicht. »Aber wenn du Terri geboren hast und wir beide Geschwister sind, dann musst du meine *Mutter* sein.«

Das bleiche Gesicht antwortete nicht.

Eine Träne tropfte von Alex' Wange auf die Stirn der reglos daliegenden Frau.

Kein Zucken der Wimpern, keine Reaktion.

Alex konnte die Verzweiflung nicht länger im Zaum halten. Waren die ihr präsentierten, so verschwommen formulierten Antworten eine Folge des geschwächten Zustandes dieser Frau oder ein über viele Jahre antrainierter selbstbetrügerischer Reflex? Hatte sie sich nur gewünscht, das Kind unter ihrem Herzen getragen zu haben? Oder war sie nur eine Leihmutter, der man eine im Reagenzglas befruchtete Eizelle eingepflanzt hatte? Im Vereinigten Königreich gab es nicht wenige solcher Frauen. Alex schüttelte die reglose Gestalt an den Schultern. »Neide! Sprich mit mir! Sag mir, dass ich Recht habe. Bist du meine Mutter?«

Neide D'Adderio blieb stumm. Sie sollte nie wieder eine Antwort geben.

Longfellow brachte Alex persönlich nach Hause. Sie war von den Rettungsfliegern zur Royal Parks Constabulary durchgereicht worden, einer für die Londoner Grünanlagen zuständigen Unterabteilung der Metropolitan Police. Die Stadtpolizei schaltete dann auf Alex' ausdrückliches Verlangen die National Crime Squad, namentlich Detective Superintendent Mortimer Longfellow, ein.

Auf der Fahrt nach Camden Town hatte der Kriminalbeamte nicht viel geredet, was Alex vollkommen recht war. Sie konnte riechen, wenn sich jemand in ihrer Gegenwart unwohl fühlte. Bei Longfellow stank es geradezu.

Dennoch hatte er sie vor einer erneuten Untersuchungshaft bewahrt, denn die Beamten der Mordkommission hätten sie allzu gerne wieder durch die Mühle von Holloway geschickt. Longfellows Kollegen sahen dann aber ein, dass eine kaltblütige Mörderin kaum einen Rettungshubschrauber angefordert hätte.

Auf Anraten des Kommissars wurden zwei Zivilpolizisten zur Maitland Close geschickt, um Margaret Axelrod in die Mangel zu nehmen.

Die Witwe sah in dem Erscheinen der Polizei ihre von Alex geschürten Ängste bestätigt und legte ein umfassendes Geständnis ab: Ja, sie habe gesehen, wie der kleine Tommy von Mrs D'Adderios Haus herübergekommen sei und Ms Daniels den Zettel überreicht habe. Ja, Mrs D'Adderio sei am Abend darauf in reichlich verstörtem Zustand an ihrer Tür erschienen und habe wirres Zeug geredet. Und ja, man hätte die arme Terri Lovecraft vielleicht ein wenig freundlicher behandeln können – aber wie sei das möglich bei einem Menschen, der sich nicht zwischen Er und Sie entscheiden kann?

Longfellow vermied den direkten Blickkontakt, als er seinen Ford vor dem Stallhaus angehalten hatte und darauf wartete, dass Alex ausstieg.

»Danke«, sagte sie.

Er druckste einen Moment herum, als wolle er irgendetwas Nettes sagen, wusste aber nicht wie. »Wenn Sie wirklich so selten das Haus verlassen, wie Sie in Ihren Vernehmungen immer beteuern, dann haben Sie ein seltenes Talent, sich in Schwierigkeit zu bringen.«

Sie blickte nur in das ernste schwarze Gesicht, konnte aber nichts erwidern. Ihr Kopf war wie leergefegt. Die blutige Episode am Morgen, der unerträgliche Gedanke, womöglich die eigene Mutter getötet zu haben, und die stundenlangen Verhöre – das alles war zu viel gewesen.

»Kommen Sie zurecht?«, fragte Longfellow.

Alex nickte. »Geht schon.«

»Reden Sie sich nicht ein, Sie hätten versagt. Der Notarzt meinte, bei so einer Verletzung der Milz hätte er daneben stehen und trotzdem nichts mehr für die Frau tun können. Da verblutet man innerhalb weniger Minuten.«

»Können Sie mir einen Gefallen tun, Detective?« Es kostete

Alex die letzte Kraft auszusprechen, was ihr seit der Verhaftung durch den Kopf ging.

»Kommt drauf an.«

»Sie sind jetzt ja darüber im Bilde, weshalb ich nach Greenwich gefahren bin. Ich will wissen, wer ich bin. Woher ich komme.«

»Das würde wohl jedem so gehen.«

»Deshalb muss ich erfahren, ob Neide D'Adderio meine leibliche Mutter war.«

»Würde es Ihnen genügen zu wissen, ob Terri Lovecraft und Sie Geschwister gewesen sind?«

Alex runzelte die Stirn. »Wissen Sie es denn?«

»Nein. Aber ich habe gerade die Genehmigung für die Exhumierung der Leiche bekommen. Wir werden eine DNA-Analyse durchführen und könnten das Ergebnis mit Ihrem genetischen Fingerabdruck vergleichen.«

»Das würden Sie für mich tun?«

Longfellow wand sich unbehaglich. »Es wäre nicht ganz uneigennützig. Wir haben immer noch nicht die Identität der Leiche vom Louvre geklärt. Vielleicht war die verunglückte Autofahrerin gar nicht Terri Lovecraft.«

Alex biss sich auf die Unterlippe. Woher Longfellow wohl diese Theorie hatte? »Und was ist mit Mrs D'Adderio? Sie hat so überhaupt keine Ähnlichkeit mit ihrer angeblichen Tochter, von der sie aber sagt, wir seien Geschwister. Angenommen, Terri Lovecraft wurde *in vitro* gezeugt und Mrs D'Adderio war nur ihre Leihmutter, dann könnte es für Sie doch interessant sein, wer die richtigen Eltern waren.«

»Wie der Name schon sagt: Leihmütter *verleihen* ihre Gebärmutter, aber sie müssen die Kinder nach der Geburt abgeben.«

»Das ist doch Haarspalterei, Detective. Sie wissen so gut wie ich, dass in unserem Land tagtäglich unfruchtbare Frauen dieselbe Prozedur über sich ergehen lassen und das Kind behalten dürfen. Wenn dann auch noch Sterilität beim Ehemann hinzukommt, sind die Eltern nicht einmal mit ihrem Nachwuchs verwandt.«

»Ist aber seltsam, dass Mrs Lovecraft alias D'Adderio nur eines der Kinder aufgezogen hat.«

»Vielleicht wäre sie mit Drillingen überfordert gewesen.«

Es gab noch eine andere Möglichkeit, aber die auszusprechen wagte Alex nicht. Die Human Fertilisation & Embryology Authority war eine 1991 gegründete Behörde, die mit rigorosen Bestimmungen darüber wachte, dass die von ihnen lizensierten Kliniken sich nicht durch gegenseitiges Überbieten die Spenderinnen abjagten. Einer Frau, die ihre Eier für die In-vitro-Fertilisation hergab, durften lediglich die Unkosten sowie eine Anerkennung in Höhe von fünfzehn Pfund Sterling bezahlt werden. Unter dem Eindruck der jüngsten Erlebnisse fragte sich Alex jedoch, ob nicht vor zweieinhalb Jahrzehnten – zum Zeitpunkt ihrer Geburt und lange vor der Etablierung der HFEA – auf ganz andere Weise Missbrauch getrieben worden war. Immerhin kassierten die Kliniken für die Dienstleistung einer einzigen künstlichen Befruchtung oft viele tausend Pfund. War da die Versuchung nicht groß, die ethischen Normen vorübergehend außer Kraft zu setzen, wenn sich eine Keimzelle im Reagenzglas allzu spontan vermehrte? So verhielt es sich nämlich bei monozygoten, also *eineiigen* Mehrlingen. Sie entstehen, wenn sich die Eizelle nach der Befruchtung teilt und sich aus jedem Duplikat ein *eigenes* Individuum entwickelt. Solche Kinder besitzen völlig identische Erbanlagen, sind also gewissermaßen natürliche Klone. War es vertretbar, sie der Obhut verschiedener Familien anzuvertrauen? Dadurch würde man nicht nur die Geschwister trennen, sondern auch das Risiko von Erbkrankheiten unnötigerweise erhöhen, weil in der Folgegeneration womöglich ein Paar miteinander Nachwuchs bekäme, in dem sich die defekten Gene seiner Großeltern aufsummierten. Gleichwohl musste für die Kliniken die Verlockung groß sein, die Spendierfreudigkeit der Natur im Falle von Mehrlingen allen ethischen Bedenken zum Trotz profitabel auszunutzen. Anstatt die Eizellen auszusondern oder eine Frau zum Pauschalpreis mit Drillingen zu beglücken, konnten drei mit demselben Erbmaterial zum dreifachen Betrag schwanger gemacht werden, und niemand würde je davon erfahren. Es sei denn …

»Worüber denken Sie nach?«, fragte Longfellow.

Alex blinzelte sich in die Wirklichkeit zurück. »Äh … Schon gut. Ist nicht so leicht, das alles zu verarbeiten.«

»Vielleicht sollten Sie professionelle Hilfe in Anspruch nehmen. So ein Erlebnis kann leicht zu traumatischen Störungen führen.«

»Ja, vielleicht mache ich das wirklich. Zufällig kenne ich eine Therapeutin.«

Longfellow nickte. »Das denke ich mir.«

Erschöpft sank Alex mit dem Rücken gegen die Tür. Zum ersten Mal seit dem Umbau des Stallhauses kam ihr die Diele kalt und abweisend statt kühl und klar vor. Sie fühlte sich von den vollkommen glatten Oberflächen zurückgewiesen. Seit dem Tod ihrer Adoptiveltern hatte sie sich nicht mehr so sehr nach einer Schulter gesehnt, an die sie sich lehnen und ihren Tränen freien Lauf lassen konnte.

Mit geschlossenen Augen wartete sie, bis das Motorengeräusch von Detective Longfellows Wagen verklungen war. Ob sie Susan um Hilfe bitten sollte? Nein. Besser nicht. Die aufgekratzte Oberflächlichkeit ihrer Freundin würde sie nur noch mehr verletzen. Sie erwog die Möglichkeit, bei Darwin Shaw anzurufen. Er schuldete ihr ohnehin noch eine Erklärung. Warum hatte er nichts von dem genetischen Fingerabdruck gesagt, den man aus Terri Lovecrafts DNA erstellen wollte?

Während sie über diese zweite Option nachdachte, hörte sie, wie ein Fahrzeug vor dem Haus anhielt. Eine Tür öffnete sich. Der Motor lief weiter. Ihre Klingel läutete. Obwohl Alex damit gerechnet hatte, zuckte sie trotzdem zusammen. Vermutlich hatte Longfellow irgendetwas vergessen, das nicht bis morgen warten konnte. Sie drehte sich um und riss die Tür auf.

»Was …?«

Vor ihr stand nicht der Ehrfurcht gebietende dunkelhäutige Kommissar, sondern ein blasser pickeliger Halbstarker mit einem in Klarsichtfolie eingepackten exorbitanten Blumenstrauß in der Hand. Auf dem Kopf trug er eine grüne Baseballkappe mit dem gelben Logo von Fleurop.

Dem Götterboten Hermes.

Alex schreckte zurück.

Der junge Mann reagierte verwirrt. Er blickte sich um, konnte jedoch niemanden entdecken, der furchtbar genug aussah, um eine solche Wirkung zu erzielen. Dann schien ihm zu dräuen, dass er der Anlass für das Entsetzen sein könnte. Er zerrte ein säuerliches Lächeln auf sein Gesicht und erklärte: »Überraschung! Ich habe eine Blumensendung für Sie. Ms Daniels?«

»Ja.« Die Antwort kam kühl und knapp.

»Nehmen Sie den Strauß an?«

Alex fragte sich, wer ihr ein dermaßen teures Geschenk machte (große Sträuße von Fleurop waren immer kostspielig). Ein bizarrer Gedanke schlich sich in ihr Bewusstsein. Ob Darwin Shaw …?

»Wenn Sie die Blumen haben wollen, dann müssen Sie hier unterschreiben«, erklärte der Pickelige schon etwas energischer. Er streckte Alex ein Klemmbrett entgegen.

Sie entriss es ihm, signierte hinter dem Kreuz, reichte die Liste zurück und schnappte sich die Blumen. Die Tür flog ins Schloss. Von draußen drang ein dumpfes »Schönen guten Abend« herein.

Alex fühlte sich schlecht. Erst gestern hatte sie erfahren, wie man sich nach solch einer Behandlung fühlte, und jetzt benahm sie sich selbst so. Wenigstens ein Trinkgeld hätte sie dem aknegeplagten Hermes geben sollen. Doch es war zu spät. Der Motor des Lieferwagens heulte auf, Räder quietschten, wenig später herrschte Stille.

Unwirsch ob der eigenen Flegelhaftigkeit betrachtete sie den Strauß. Es waren rote Rosen. Sie wurde den Verdacht nicht los, die Wahl des Fleurop-Dienstes könnte kein Zufall sein. Ausgerechnet *Hermes*! Hätte die freundliche Seele nicht irgendeinen x-beliebigen Laden um die Ecke auswählen können?

Sie drehte allmählich durch. Sicher bildete sie sich nur ein, der Absender dieser Rosen habe genau gewusst, dass mit ihrem leuchtenden Rot nach psychoanalytischer Deutung ein Liebessignal gegeben wurde.

Schnell fand sie unter der transparenten Umhüllung die gesuchte Mitteilung. Sie lief mit den Blumen in die Küche und entfernte das knisternde Papier. Die Nachricht steckte in einem verschlossenen Umschlag. Alex riss ihn auf, zog das gefaltete Kärtchen heraus, drückte es an ihre Brust und verharrte einen Moment mit geschlossenen Augen. Von wem stammte der Blumengruß?

Sie klappte die Karte auseinander. Die Nachricht war kurz, und sie stammte nicht von Darwin Shaw.

Sondern von Theo.

Zunächst begriff Alex nicht, was da stand. Aber dann blickte sie sich hektisch um, eilte zur Tür und schaltete das Licht aus.

Kapitel 8

»Jeder ist ein Mond und hat eine dunkle Seite, die er niemandem zeigt.«

Mark Twain

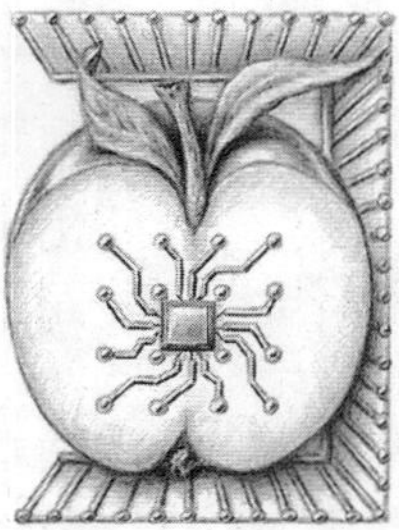

LONDON (ENGLAND),
Freitag, 5. Oktober, 8.42 Uhr

»Ich habe schon immer gesagt, dass Hormonbehandlungen nicht der richtige Weg sind, um Kinderlosigkeit in den Griff zu bekommen.« Detective Superintendent Longfellows tiefe Stimme ließ den kleinen Lautsprecher in Darwins Handy schnarren.

»Zumindest verdichten sich die Hinweise auf eine Beziehung der Lovecrafts mit Alex Daniels, und wenn es nur über diese Terri ist.«

»Und den großen Unbekannten, der sich Kevin nennt. Ich wette, bei dem Namen ist in Ihrem Kopf eine rote Lampe angegangen.«

»Ja«, antwortete Darwin knapp. Er warf einen Blick über die Schulter zu Martin Cadwell, der bereits ungeduldig auf die Fortsetzung der allmorgendlichen Krisensitzung in der Chefetage wartete. Bisher hatte Darwin seinen Verdacht gegen den obersten Sicherheitskontrolleur von ArtCare für sich behalten, und daran würde sich auch nichts ändern, nur weil dessen Sohn zufällig ebenfalls Kevin hieß. Aus der Personalakte ging hervor, dass Julian Kendish von Cadwell persönlich eingestellt worden war. Darwin schwante, dass er sich eine Menge Ärger einhandeln würde, wenn er allzu forsch mit irgendwelchen Beschuldigungen gegen Verblichene aufwartete.

»Haben Sie inzwischen etwas Neues herausgefunden?«, schnarrte die Stimme aus dem Handy.

Darwin wandte sich wieder dem Fenster zu, um sich erneut der Betrachtung des morgendlichen Verkehrschaos zu widmen. »Wir versuchen gerade, eine Liste der gefährdeten Kunstwerke zusammenzustellen. Alles ziemlich spekulativ. Wie hat Daniels die gestrige Sache verkraftet?«

»Lässt sich schwer einschätzen. Muss ein ziemlicher Schock gewesen sein, das Ganze. Sie haben sich wohl in das Bild der kühlen Blonden verguckt, was?«

»Unsinn!« Darwin merkte, dass seine Antwort etwas zu schnell herausgekommen war. Mortimer Longfellows Zunge war ein Schlachtross, das einem, ehe man sich's versah, in Grund und Boden stampfen konnte.

Am anderen Ende der Verbindung herrschte Stille. Nach einer Pause ließ die Stimme des Superintendent wieder den Lautsprecher vibrieren.

»Einen guten Rat unter Freunden: Lassen Sie die Finger von Daniels. Der Schuss könnte nach hinten losgehen.«

»Machen Sie 's gut, Mortimer. Und danke für die Info.«

Darwin drückte rasch die Taste zum Auflegen. Man konnte Longfellow, diesem Urgestein eines Kriminalisten, so schnell nichts vormachen. Manchmal bemerkte er Neigungen und Beweggründe bei einer Person, die sich selbst noch etwas vormachte und alles abstritt. Hatte er jetzt ihn, Darwin, entlarvt?

»Sind Sie fertig?«, hallte Cadwells unwirsche Stimme vom Besprechungstisch herüber.

»Ja«, murmelte Darwin. Sein Blick schweifte vom Hochglanzschreibtisch über den gelangweilt bei der Tür sitzenden Jack Jordan zu seinem Chef.

»Und? Was wollte der Superintendent?«

Darwin kehrte zum Konferenztisch zurück und fasste das Telefonat zusammen. Den Namen Kevin sparte er dabei aus.

»Daniels scheint es ja mit aller Gewalt darauf abgesehen zu haben, diesen Fall allein zu lösen.«

»Ihr geht's wohl eher darum, zu erfahren, wer sie ist. Wenn Sie plötzlich Ihrem Zwilling begegnen würden, hätten Sie bestimmt dasselbe getan, Martin.«

»Mag sein. Aber machen Sie Daniels klar, dass sie mit ihren Verschwörungstheorien und dem verrückten Kreationisten-Gewäsch nicht den Namen unserer Firma beschmutzen darf.«

»Das habe ich bereits.«

»Gut. Dann also zurück zu Daniels' ominöser Liste. Mir behagt es nicht, dass Sie dieser Person ein Verzeichnis unserer Verträge vorgelegt haben.«

»Irgendwie müssen wir den Kreis der gefährdeten Kunstwerke einschränken.«

»Meinetwegen. Aber nennen Sie *achtzig* Verträge eine Einschränkung?«

Darwin spielte mit dem Gedanken, darauf hinzuweisen, dass Alex Daniels nur neunundsiebzig Werke angekreuzt hatte. Angesichts der schlechten Laune seines Chefs ließ er es bleiben. »Ich glaube, wenn wir die Kunden warnen, könnte ein weiterer Diebstahl verhindert werden.«

»Sie *glauben*?« Cadwells Gesicht wurde rot. Seine verschiedenfarbigen Augen verschossen Blitze. »Ist Ihnen klar, Darwin, was die Folge wäre, wenn wir vierzig oder mehr Kunden anrufen und ihnen sagen: ›Irgendein Irrer kann ArtCare nicht leiden und will deshalb Ihre Lieblinge plündern.‹?«

»Die Presse hat diesen Zusammenhang längst bemerkt und in aller Breite ausgetreten.« Insgeheim fragte sich Darwin, was die sensationsgeilen Medien erst melden würden, wenn die Sache mit Julian Kendish ans Licht käme.

Cadwell lehnte sich in seinen Stuhl zurück, legte die Fingerspitzen aneinander und lächelte diebisch. »Bei vier Einbrüchen können wir immer dementieren. ArtCare hat einen satten Marktanteil. Da verwundert es nicht, wenn es uns besonders hart trifft.«

»Es geht immerhin um unersetzliche Kunstschätze, Martin.«

»Sicher. Hüten Sie sich vor dem Gedanken, Ihr Boss würde nur an den Profit denken.« Cadwell machte eine raumgreifende Geste. »Schauen Sie sich hier um. Meine kleine Sammlung ist nicht nur Dekoration. Die Bilder und Plastiken, die vielen perfekten Körper – nur ein Künstler kann so Vollkommenes erschaffen. Ich gebe Ihnen Recht: Wir müssen das Kulturerbe der Menschheit schützen. Aber das können wir nur tun, indem wir *weiterbestehen*. Wenn ArtCare sämtliche Kunden weglaufen, werden wir zwangsläufig scheitern.«

Darwin betrachtete mürrisch das glühende Gesicht seines Chefs. Den Ausdruck des Sendungsbewusstseins beherrschte Cadwell perfekt. Eine runde Leuchtstoffröhre über seinem Kopf, und er könnte als Heiliger durchgehen.

»Woran denken Sie, Darwin?«

»Äh … Wie wäre es, wenn wir ein eher allgemein gehaltenes Rundschreiben an *alle* Kunden rausschicken? Wir könnten die Einbruchsserie zum Anlass nehmen, um sie taktvoll an ihre Pflichten zu erinnern: ArtCare leistet im Schadensfall nur Ersatz, wenn sämtliche Sicherheitsvorkehrungen vertragsgemäß eingehalten werden – irgendetwas in der Richtung.«

Cadwell dachte ungefähr zwei Sekunden darüber nach. Dann nickte er. »Gute Idee, Darwin. Lassen Sie das die Leute von der Marketingabteilung tun; die wissen, wie man mit Worten umgeht. Unsere Kunden müssen spüren, wie sehr wir um ihre Lieblinge besorgt sind. Am besten, wir machen daraus einen Brief der Geschäftsleitung, mit meinem Namen drunter. Das kommt immer gut. Bevor das Rundschreiben rausgeht, will ich es sehen.«

»Geht klar.«

»Dann möchte ich Sie nicht länger von der Arbeit abhalten. Geben Sie Gas! Bis Sonntag sind es nur noch zwei Tage.«

Nachdem Darwin aus der Marketingabteilung in sein Büro zurückgekehrt war, fühlte er sich wie ein Kapitän, der ohne Kompass und Radar durch den Nebel fuhr. Er besaß zwar eine Seekarte – den Magritte und Alex Daniels' Interpretationen der Symbole –, aber ohne Orientierungshilfe drohte er dennoch Schiffbruch zu erleiden. Wenn Cadwell ihm wenigstens erlaubt hätte, die Besitzer der neunundsiebzig Kunstwerke zu warnen. Darwin hieb mit der Faust auf den Schreibtisch.

Becky Hampton steckte ihren braunen Schopf durch die Tür. »Alles in Ordnung, Darwin?«

»Nichts ist in Ordnung«, knurrte er.

Sie zog die Augenbrauen hoch und verdünnisierte sich geräuschlos auf den Flur.

Mortimer Longfellows merkwürdige Warnung kam ihm wieder in den Sinn. *Lassen Sie die Finger von Daniels. Der Schuss könnte nach hinten losgehen.* War das eine Anspielung auf das sprunghafte und oft undurchschaubare Wesen der jungen Frau? Oder wusste er etwas über sie, das er seinem Kollegen nicht sagen wollte oder durfte? Mit Sicherheit lag die Menschenkenntnis des alten Haudegens in seinem Fall weit außerhalb jeder Realität, redete sich Darwin ein. Aber in seinem Hinterkopf saß ein kleiner Nager, der emsig an diesem Selbstbetrug knabberte.

Was unter der Decke der Ausflüchte zum Vorschein kam, war ihm nicht geheuer.

Es ließ sich nicht leugnen, er empfand gewisse Sympathien für Alex Daniels, und er glaubte in den Blicken ihrer verwirrenden violetten Augen nicht ausnahmslos Ablehnung gesehen zu haben. Zugegeben, sie wirkte ein wenig unausgeglichen, aber das war auch kein Wunder. Sie hatte in letzter Zeit viel durchmachen müssen. Und jetzt kam noch diese tragische Sache mit Terri Lovecrafts Mutter hinzu.

Eigentlich hatte sich Daniels bis vorgestern ganz tapfer gehalten. Sie war zweifellos eine bemerkenswerte Person. Weniger ihre irgendwie nordisch-spröde Schönheit machte sie für Darwin attraktiv als vielmehr ihre außerordentliche Intelligenz. Er lauschte in sich hinein. War da etwa mehr? Empfand er romantische Gefühle für diese Frau …?

Nein! Niemals.

Er griff zum Telefon und wählte Daniels' Nummer.

Nach dreimaligem Läuten legte er auf und drückte die Wahlwiederholungstaste. Gespannt lauschte er in den Hörer.

»Hallo?«

»Ms Daniels. Ich bin's, Darwin Shaw.«

»Sie!« Das klang nicht begeistert. Eher müde.

»Detective Superintendent Longfellow hat mir gerade von Ihrem gestrigen Horrortrip im Greenwich Park erzählt. Wie geht es Ihnen?«

»Furchtbar.«

»Tut mir aufrichtig Leid. Kann ich irgendetwas für Sie tun?«

»Ihnen ist doch herzlich egal, wie es mir geht. Sie wollen nur Ihren Fall lösen.«

Darwin entging nicht der aggressive Ton in Daniels' Stimme. Ruhig erwiderte er: »Manchmal kann man Berufliches und Privates schwer trennen. Ich würde Ihnen wirklich gerne helfen.«

»Na prima! Dann lassen Sie mich in Frieden.«

»Warum sind Sie so gereizt?«

Er lauschte in die Leitung, hörte aber lange nichts. Doch dann kam es um so dicker.

»Weil ich gestern mit Fleurop eine Warnung erhalten habe. Mir wurde – durch die Blume, wenn Sie so wollen – mitgeteilt, dass irgendjemand ganz erpicht darauf ist, mich *umzubringen*!«

Darwin hielt den Atem an. Das letzte Wort hatte Daniels in einer Mischung aus Zorn und Verzweiflung ins Telefon geschrien. Sehr behutsam fragte er: »Wer ist der Absender?«

Wieder ließ die Antwort auf sich warten. Dann: »Er nennt sich Theo.«

»Ein Freund von Ihnen?«

»Ich kenne ihn nicht.«

»Ein wildfremder Mann, der sich Theo nennt, schickt Ihnen Blumen und warnt Sie vor einem Anschlag?« Darwin verzog das Gesicht. Er hätte seine Worte weniger skeptisch klingen lassen sollen.

Auch diesmal ließ sich Daniels für ihre Erwiderung viel Zeit. »Es ist nicht die erste Nachricht, die ich von ihm erhalten habe. Er hat mir schon in Holloway einen Kassiber geschickt und mir empfohlen, meinen genetischen Fingerabdruck mit dem der Leiche aus dem Louvre abgleichen zu lassen.«

Darwin schnappte nach Luft. »Und warum sagen Sie mir das erst jetzt? Kann ich den Kassiber sehen?«

»Ich habe ihn vernichtet.«

»Weiß Superintendent Longfellow davon?«

»Nein.«

Darwin schüttelte den Kopf. »Ms Daniels. Sie haben ein seltenes Talent, sich in Schwierigkeiten zu manövrieren. Ich werde versuchen, die Sache Longfellow schonend beizubringen. Was stand in dem Kassiber drin?«

Daniels lieferte eine knappe Zusammenfassung.

»Das kann alles Mögliche bedeuten«, murmelte Darwin anschließend. »Vielleicht ist dieser Theo auch nur ein Kreationist, der Ihr Schreibtalent ausnutzen will. Möglicherweise steht er aber auch mit den Anschlägen in Verbindung.«

»Diese Warnung …«, meldete sich die Stimme der jungen Frau zögerlich aus dem Hörer. »Kann er von Neide D'Adderios Plänen gewusst haben?«

»Das wäre die bequeme Erklärung«, antwortete Darwin. Vielleicht lag es an seiner früheren Tätigkeit bei der Militärpolizei, dass er sich damit nicht zufrieden gab.

»Ich habe die ganze Nacht wach gelegen und nach Gründen gesucht, warum Theos Botschaft sich verspätet haben könnte.«

»Also haben Sie die Polizei nicht verständigt.«

»Nein.«

Darwin ließ den Atem vernehmlich durch die Nase entweichen. »Wären Sie bereit, auf den Rat eines Mannes zu hören, der die menschlichen Niederungen seit Jahren durchwandert?«

Wieder kam die Antwort erst nach einer Pause. »Was empfehlen Sie mir, Mr Shaw?«

»Verlassen Sie sofort Ihr Haus!«

Die Bar Solo war eines jener unauffälligen Durchschnittsrestaurants, von denen es in Camden Town unzählige gab. Hier konnte Londons Bohème mediterranes Flair tanken, ohne sich allzu weit von den Traditionen britischer Gastronomie entfernen zu müssen. Darwin verkehrte selten in derlei Lokalitäten.

Das Restaurant lag in der Inverness Street, einer kleinen Nebenstraße der Camden Road, unweit von Alex Daniels' Haus. Von ihr stammte auch der Vorschlag, sich hier zu treffen. Als Darwin eintrat, entdeckte er sie im hinteren Bereich des Lokals, vor sich einen Teller mit gemischten Tapas und ein Glas Cola. Er lächelte ihr zu, während er ihren Tisch ansteuerte. Sie blieb ernst.

Daniels trug einen schwarzen Wollpullover und einen grauen Rock, Strümpfe, und die Schuhe mit halbhohem Absatz waren wieder schwarz. Wenn sie will, kann sie eine sehr attraktive Frau sein, dachte er.

»Wie geht es Ihnen?«, fragte er. Die Anteilnahme in seiner Stimme war echt.

»Noch genauso wie vorher.« Die Kühle ihrer Erwiderung wohl ebenso.

Er setzte sich ihr gegenüber. »Ich glaube, Sie haben das Richtige getan. Solche Briefe darf man nicht auf die leichte Schulter nehmen. Kann ich ihn mal sehen?«

Daniels hielt das gefaltete Kärtchen in der Hand. Sie schob es über den Tisch.

Darwin nahm es, klappte es auf und las die knappe Nachricht.

Dein Leben ist in Gefahr!
Such dir ein sicheres Versteck.

Theo

Ohne den Blick von der kraftvollen Handschrift zu nehmen, fragte Darwin: »Irgendeine Idee, wie er von den Mordabsichten, die Mrs D'Adderio Ihnen gegenüber hegte, erfahren haben könnte?«

»Nicht die geringste«, antwortete die junge Frau wortkarg.

Ein Kellner kam an den Tisch und erkundigte sich, ob er irgendetwas bringen könne. Darwin bestellte ein Glas Concha y toro und eine weitere Portion Sardinen-Tapas. Als der Ober wieder verschwunden war, sagte er: »Wir müssen Longfellow davon erzählen.«

Sie drehte das Colaglas auf dem Tisch und nickte apathisch.

»Haben Sie jemanden, bei dem Sie für eine Weile unterschlüpfen können?«

Die junge Frau blickte von ihrem Glas auf. Sie sah erschrocken aus. Einmal mehr wurde Darwin aus ihrer Reaktion nicht schlau.

»Ist Ihnen nicht klar, dass Sie auf keinen Fall in Ihr Haus zurück können, bevor die Polizei diese Warnung überprüft hat?«

Ihre violetten Augen starrten ihn an. Gerade wollte er dem durchdringenden Blick ausweichen, als sie wieder in ihr braunes Getränk sah. »Vielleicht wollte Theo mich vor Mrs D'Adderio warnen. Vielleicht ist es auch ganz egal, was mit mir geschieht.«

Darwin sah sein Gegenüber verständnislos an. *Sie hört sich an wie eine Lebensmüde!* Allmählich machte er sich ernstlich Sorgen um die junge Frau. Mit fester Stimme erklärte er: »Sie kommen erst mal zu mir.«

Wieder hob sie den Blick. Er glaubte etwas Fragendes darin zu sehen. »Das werde ich nicht tun«, sagte sie auffallend deutlich.

»Und wieso nicht?«

»Meine Mama hat gesagt, ich soll nicht zu fremden Männern in die Wohnung gehen.«

»Ha!«, japste er. »Sehr witzig. Keine Angst, ich werde Sie schon nicht verführen. Lassen Sie mich eine Stunde herumtelefonieren, dann habe ich ein sicheres Quartier für Sie gefunden. Eines, bei dem Ihre Keuschheit nicht gefährdet ist.« Darwin biss sich auf die Zunge. Warum hatte er diesen Blödsinn gesagt?

Daniels trank einen Schluck Cola.

Der Kellner kreuzte wieder auf, stellte Sardinen, Brot und Wein vor Darwin hin. Das eisige Schweigen am Tisch ließ ihn schnell wieder das Weite suchen.

»Was sagen Sie?«, fragte Darwin, ehe die Blicke seines Gegenübers ihn verbrennen konnten.

»Ich muss noch ein paar Sachen aus meinem Haus holen.«

Er glaubte einen Stein von seinem Herzen fallen zu hören. »Wir können das Nötigste für Sie einkaufen.«

»Danke, ich schlafe lieber im eigenen Pyjama.«

»Nichts für ungut, Ms Daniels, aber da draußen könnte ein Irrer rumlaufen, der es auf Ihr Leben abgesehen hat.«

Alex Daniels stellte sehr behutsam das Glas auf den Tisch zurück und antwortete: »Ich gehe noch einmal ins Haus. Wenn Sie mich unbedingt beschützen wollen, dann kommen Sie mit.«

Die Sonne war bereits untergegangen, als der Griffith des Art-Care-Chefdetektivs mit blubberndem Motor an den Rochester Mews vorbeirollte. Darwin deutete auf einen dunklen Van, der weiter unten in der Straße stand.

»Das sind Ihre Aufpasser von der National Crime Squad.«

Die zwei hatten den Nachmittag in der Gesellschaft von Longfellow und anderen Spezialisten der NCS verbracht. Auch der Kriminalkommissar nahm die vom Hermes der Blumen überbrachte Warnung ernst. Für Daniels' Schweigen, was Theo betraf, brachte er weniger Verständnis auf. Ihr Verhalten, sagte er mit großem Nachdruck, könne ihr leicht als Behinderung der behördlichen Ermittlungen ausgelegt werden – ein strafrelevanter Tatbestand.

Alex Daniels hatte sämtliche Drohungen seltsam teilnahmslos hingenommen. Es kam Darwin so vor, als sei bei dem Blutbad im Greenwich Park etwas in ihr zerbrochen. Aus irgendeinem Grund fühlte er sich dazu berufen, diesen Seelenbruch zu schienen. Wider besseres Wissen hatte er sie hierher, nach Camden Town, gefahren.

»Wir parken besser ein Stückweit von Ihrem Haus weg«, erklärte er. »Könnte ja sein, dass es nicht nur von der Polizei beobachtet wird.«

Daniels starrte stumm durch die Windschutzscheibe.

Sie stellten den Griffith am Wilmot Place ab, einen Block von den Rochester Mews entfernt. Ihren Mini Cooper hatte Daniels am Mittag unweit der Bar Solo zurückgelassen.

Während sie sich bedächtig dem Stallhaus näherten, kam ihnen aus Richtung der Hauptsraße ein Fahrzeug entgegen. Einem unbewussten Reflex folgend, wollte Darwin seinen Arm um die Schulter seiner Begleiterin legen, doch Daniels wich der Berührung aus.

Darwin starrte auf die Gestalt des Fahrers, die sich wie ein Scherenschnitt vor den Lichtern der Camden Road abhob. Der Wagen rollte an ihnen vorüber und bog gleich darauf links ab.

»Entschuldigung«, sagte er. »Ich wollte Ihnen nicht zu nahe treten.«

»Schon gut«, erwiderte sie. Den Blick auf das Pflaster geheftet, die Hände in den Taschen ihrer schwarzen Lederjacke vergraben, schritt sie weiter neben ihm her.

Als die zwei kurz darauf die Straße vor dem Haus überquerten, zog Daniels ihren Wohnungsschlüssel aus der Handtasche. Darwin gab den Beamten im Überwachungsfahrzeug einen unauffälligen Wink. Die Kollegen wussten Bescheid. Er blickte sich nach allen Seiten um. Aus einem Grund, den er sich nur mit Instinkt erklären konnte, war ihm die Situation nicht geheuer.

Daniels schloss die Tür auf und trat in die Diele. Darwin war dicht hinter ihr. Als sie das Licht einschalten wollte, schlugen seine Sinne Alarm. Blitzschnell packte er ihr Handgelenk.

Sie stieß einen spitzen Schrei aus und versuchte sich aus dem Griff zu befreien. »Lassen Sie mich los. Was soll das?«

»Wie kochen Sie, Ms Daniels?«

»Was? Sind Sie verrückt? Lassen Sie mich *sofort* los!«

»Der Kaffee, den Sie am Dienstag für uns gemacht haben, war in null Komma nichts fertig.«

»Ich benutze Gas. Das ist …« Daniels sah Darwin entsetzt an.

»Riechen Sie es auch?«, fragte er, und ehe sie antworten konnte, stieß er hervor: »Kommen Sie! Raus hier!«

Die junge Frau war wie betäubt. Darwin zerrte sie am Arm ins Freie. Er glaubte, in der Diele ein Zischen vernommen zu haben. Gemeinsam rannten sie auf den Van der Kriminalbeamten zu. Das Stallhaus lag erst wenige Schritte hinter ihnen, als das darin aufgestaute Gas explodierte.

Geistesgegenwärtig zog Darwin seine Begleiterin an sich, um sie mit dem Körper abzuschirmen. Im nächsten Moment riss die Druckwelle das Paar auch schon von den Füßen.

Gemeinsam flogen sie durch die Luft.

Aufgrund seiner Ausbildung in verschiedenen Kampfsportarten fing sich Darwin bei einem Sturz normalerweise intuitiv richtig ab – wenn man sich nicht abrollen konnte, musste man die Aufprallenergie wenigstens auf eine möglichst große Fläche des Körpers verteilen. In diesem Fall versagten jedoch die antrainierten Reflexe. Bei dem Versuch, die junge Frau vor dem harten Pflaster zu schützen, bekam er selbst die volle Wucht des Aufschlags zu spüren.

Darwin schrie vor Schmerz. Er hatte das Gefühl, in eine Abrissglocke gerannt zu sein. Zwei-, dreimal rollten die beiden in enger Umschlingung über den Boden, bis sie schließlich nebeneinander liegen blieben. Sofort schob sich Darwin über den reglosen Körper der jungen Frau, damit keine herumfliegenden

Trümmer sie treffen konnten. Erst dann blickte er hinter sich. Was er da sah, war ein Inferno.

Die Explosion musste vom Erdgeschoss ausgegangen sein, denn dort fauchten die Flammen wie der Atem eines Drachen aus den geborstenen Fenstern. Aber auch im Obergeschoss loderte bereits das Feuer. Mit Schaudern wurde Darwin bewusst, das er keine Sekunde später hätte reagieren dürfen.

Sie wären bei lebendigem Leibe gegrillt worden.

Er wandte sich wieder dem wie schlafend anmutenden Gesicht zu, das unter ihm lag. Für einen Moment kam es ihm so vor, als sei es von einem grünlichen Schimmer erhellt. *Jetzt hör auf zu spinnen!*, rief er sich zur Ordnung. Behutsam schob er eine Haarsträne aus Daniels' Stirn.

Ihre Wimpern begannen zu flimmern. Sie öffnete die Augen.

Er lächelte befreit. »Verzeihen Sie meine Ruppigkeit. Das ist normalerweise nicht meine Art.«

Sie sah ihn fragend an. In ihren violetten Augen spielten die Reflexe des Feuers.

Von irgendwo näherten sich Schritte. Jemand fragte etwas, das Darwin nicht verstand. Er wartete immer noch auf eine Antwort.

»Die Entschuldigung ist angenommen«, sagte Alex Daniels mit ernstem Gesicht. »Aber ich wäre Ihnen sehr verbunden, wenn Sie mich jetzt wieder loslassen könnten.«

Die Gasexplosion war im ganzen Viertel gehört worden. Sie hatte nicht allein die Fensterscheiben von Alex Daniels' Haus zu Bruch gehen lassen. Die Beamten der NCS waren mit den zwei knapp dem Tode Entronnenen sofort ins nahe gelegene St. Pancras Hospital gefahren. Darwin fühlte sich schuldig, weil er mehr Glück als seine Begleiterin gehabt hatte. Ein paar Schürfwunden und blaue Flecken, sonst fehlte ihm nichts. Bei Alex Daniels kam der Verdacht auf eine leichte Gehirnerschütterung hinzu. Die Ärzte wollten sie »zur weiteren Abklärung bis morgen unter Beobachtung behalten«.

Daniels weigerte sich. Weil die Verbindungstür der zwei Behandlungszimmer in der Notaufnahme offen stand, bekam Darwin alles mit. Die Patientin wollte sich nicht einmal richtig untersuchen lassen. Als ein Arzt sie bat, sich freizumachen, weigerte sie sich. Er versuchte Druck auszuüben, malte das Gespenst »irreparabler Schäden« an die Wand. Da bekam sie einen Tobsuchtsanfall.

Sie begann den Mediziner zu beschimpfen, ihn gar auf eine Stufe mit Nazi-Ärzten zu stellen, die ihre Patienten wie Vieh behandelten und jeden Missgriff der Natur in die Gaskammer schickten. Hätte Darwin nicht interveniert, wäre sie wohl von dem Doktor wegen Beleidigung belangt worden. Erst als er dem Arzt erzählte, dass Alex Daniels innerhalb von sechsunddreißig Stunden nur zweimal knapp dem Tod entronnen sei, zeigte der Weißkittel Größe und ließ die Cholerikerin auf eigene Verantwortung gehen. Nachdem dann auch noch die Polizei ihr Protokoll aufgenommen hatte, durfte das gepflasterte und bandagierte Paar endlich abziehen.

Während Darwin seine Wohnung in Southwark ansteuerte, telefonierte er mit Longfellow.

»Es wäre vielleicht gut, wenn Sie eines Ihrer Teams zur Spurensicherung in die Rochester Mews schicken.«

»Hätte ich sowieso getan«, dröhnte Longfellows Bass über die Freisprechanlage. »Werd mir doch nicht von der Feuerwehr und der Stadtpolizei alles zertrampeln lassen. Ist Daniels jetzt bei Ihnen?«

»Ja.«

»Tut mir Leid, Ms Daniels, was da passiert ist. Wir schnappen die Kerle. Verlassen Sie sich drauf.«

Sie bedankte sich.

»Kümmert sich jemand um Ihre persönliche Habe?«

Die junge Frau sah Darwin verständnislos an.

»Ich glaube, das müssen Sie Ms Daniels erklären, Mortimer«, sprach Darwin ins Freisprechmikrofon.

»Ist ganz einfach«, erläuterte der Kommissar. »Wenn die Feuerwehr mit dem Löschen fertig ist, rückt sie ab. Dann ist Ihr Haus unbewacht. Im günstigsten Fall hängen sie noch ein paar gelbe Bänder mit Warnhinweis auf. Das war's. Wenn Sie 's momentan selbst nicht können, dann sollten Sie jemanden hinschicken, der Ihre Wertsachen oder Dokumente an sich nimmt.«

Darwin bemerkte, wie seine Beifahrerin kurz nachdachte, aber dann schüttelte sie nur den Kopf.

»Ich bin's noch mal, Mortimer«, rief er stattdessen. »Wir haben bei ArtCare ein paar Spezialisten für Sicherheitstransporte. Ich denke, die kann ich irgendwie für den Job loseisen. Notfalls muss ich denen eine Ladung Sixpacks spendieren – morgen ist ja Samstag. Kriegen Sie 's irgendwie hin, das Haus bis dahin bewachen zu lassen?«

»Bis morgen? Ich denke schon. Werde gleich mal bei der Metropolitan Police anrufen und mit dem Chief sprechen.«

»Danke.«

»Keine Ursache. Ach, Darwin?«

»Ja?«

»Egal zu welcher Tageszeit – wenn Sie noch irgendetwas erfahren, rufen Sie mich an.«

»Ist okay. Danke noch mal, Mortimer.«

Wenig später parkte Darwin den Griffith am Nelson Square. Seine Beifahrerin hatte auf dem Weg nach Southwark nur einmal gesprochen: als sie ihn bat, das Autotelefon auszuschalten. Während er den Wagen umrundete, um der Dame den Schlag zu öffnen, wurde der Harndrang, den er schon während der ganzen Fahrt gespürt hatte, zu einem ernsten Problem. Am liebsten wäre er mit überkreuzten Beinen gelaufen, was er dann aber doch unter seiner Würde fand. Mit verbissenem Lächeln reichte er Daniels die stützende Hand.

Zu seiner Verwunderung nahm sie die Hilfe an. Anscheinend ging es ihr schlechter, als sie nach außen hin zeigen wollte. Dennoch war er überrascht, wie kräftig sie zupackte. Obwohl er sich selbst wie ein durchgeprügelter Sack Knochen fühlte, hatte er sich in den Kopf gesetzt, sie aufzumuntern.

»Was für eine Ironie des Schicksals! Von meiner Wohnung zur Tate Modern ist es nur ein Fußweg von ungefähr zehn Minuten. Das ›Gehirn‹ hat mir den *Unachtsamen Schläfer* direkt unter der Nase weggeschnappt.«

Daniels verzog keine Miene.

Er versuchte es auf andere Weise. Zu dem vierstöckigen Haus mit der nach außen gewölbten Fassade deutend, erklärte er: »Da wohne ich. Wie gefällt's Ihnen?«

Ihr Blick folgte seinem ausgestreckten Arm. Sie blieb stumm.

»Ist eine Maisonettewohnung. Nicht so nobel wie Ihr Stallhaus, aber für einen *lonely rider* wie mich reicht's.«

Sie bedachte ihn mit einem kühlen Blick. »Mein Haus ist nicht nobel, Mr Shaw. Es ist ein Trümmerhaufen.«

»Waren Sie eigentlich versichert?«

»Als wenn das ein Trost wäre!«

»Die Feuerwehr war schnell zur Stelle und konnte das Mauerwerk retten. Sie werden sehen, in drei, vier Monaten ist Ihr Häuschen wieder wie neu.«

Auch zu dieser zugegebenermaßen optimistischen Äußerung hatte sie nichts zu sagen.

Darwin ließ allen Überschwang fallen und sagte sanft: »Kommen Sie. Ich helfe Ihnen.«

Daniels entzog sich seinem Griff. »Danke. Es geht schon.«

Er schloss die rote Haustür auf und ließ ihr den Vortritt. »Leider haben wir keinen Fahrstuhl. Werden Sie 's bis in den Dritten schaffen?«

Die Frage hatte offensichtlich ihren Ehrgeiz angestachelt. Mit seltsam hölzernen Bewegungen machte sie sich an den Aufstieg. Vermutlich fühlte sie sich genauso durchgewalkt wie er. Darwin blieb dicht hinter ihr.

Zwischen der zweiten und dritten Etage geriet Daniels unvermittelt ins Wanken. Sofort war er zur Stelle, um sie zu stützen.

Sie stand eine Stufe über ihm und sah in sein Gesicht. Einen Moment lang waren sie einander ganz nah. Ein verzauberter Augenblick.

Darwin spürte das unbändige Verlangen, sie an sich zu ziehen und zu küssen, hielt sich dann aber doch zurück. Er wollte ihre Schwäche nicht ausnutzen. Mit Gewalt riss er sich von ihren violetten Augen los und deutete die Treppe hinauf.

»Noch ein halbes Stockwerk, dann haben Sie 's geschafft.«

Sie wandte sich von ihm ab und zog sich weiter am Geländer hinauf. Der zauberhafte Moment war verflogen.

Wenigstens hatte er Darwins Harndrang beruhigt. Ein schwacher Trost zwar, aber immerhin eine Hilfe, den Schlüssel ins Sicherheitsschloss der Wohnungstür einzufädeln. Während er ihn herumdrehte, drängte sich ein neues Bedürfnis in sein Bewusstsein. Er hätte zu gerne gewusst, wie er seine Junggesellenbude am Morgen verlassen hatte. Vermutlich in einem katastrophalen Zustand. Sicherheitshalber trat er als Erster durch die Tür und machte sich mit vorgerecktem Kopf sofort an die Suche nach fallen gelassener Unterwäsche und leeren Bierdosen.

Es war weniger schlimm, als er befürchtet hatte. Daniels folgte ihm in sicherem Abstand, als wisse sie sehr genau, welche Sorgen ihn plagten. Ohne auf die üblichen Floskeln zu warten, stellte sie ihre Tasche auf das Schränkchen im Flur, schlüpfte aus ihrer zerschrammten Lederjacke und warf diese über einen freien Haken der Garderobe – alles im Vorübergehen. Darwin führte den Gast vorbei an der Badezimmer- und der Küchentür ins Wohnzimmer. Er deutete auf das Sofa aus dunkelbraunem Büffelleder.

»Da werde ich nächtigen. Sie können mein Bett haben. Das Schlafzimmer ist am Ende der Wendeltreppe.« Er zeigte auf selbige. »Oben im Schrank müssten Sie auch saubere T-Shirts und andere Sachen finden. Nur für den Fall, dass Sie aus Ihren Klamotten herauswollen. Nichts für ungut, aber die sehen reichlich mitgenommen …«

»Ich dachte, ich hätte mich klar und verständlich ausgedrückt«, unterbrach sie ihn.

Der kühle Ton ihrer Stimme wirkte auf ihn wie ein Schwall kalten Wassers. Er fragte sich, was er dieser Frau getan hatte, dass sie so auf Distanz zu ihm ging.

Darwin holte Luft, um zu einer Erwiderung anzuheben, aber dann fiel ihm wieder ein, was die Ärmste in den letzten zwei Wochen alles durchgemacht hatte: Sie war unter Mordverdacht verhaftet worden, hatte sechs Nächte im Knast verbracht, wäre beinahe erstochen worden, hatte dann selbst eine Frau tödlich verletzt, die womöglich ihre eigene Mutter war, und spürte noch die Explosion in den Knochen, der sie nur mit knapper Not entronnen war.

Er atmete wieder aus und sagte mit einer Ruhe, für die er sich selbst bewunderte: »Ich rufe Lucy an, meine kleine Schwester, und quartiere Sie vorübergehend bei ihr ein. Sie wohnt in der Copperfield Street. Ist hier gleich um die Ecke. Wenn Sie sich in der Zwischenzeit etwas frisch machen wollen – Bad und Toilette finden Sie am Ende des Flurs auf der rechten Seite. Wundern Sie sich nicht: Die Tür klemmt, sie schließt nicht richtig. Falls Ihnen Unisex-Mode nichts ausmacht – das Angebot bezüglich meiner exzellenten Garderobe oben im Kleiderschrank steht immer noch.« Er grinste.

Daniels sah ihn aus unbewegter Miene an. Dann bedankte sie sich.

»Ich telefoniere in der Küche, damit Sie sich hier ungestört bewegen können. Also, bis gleich.«

Darwin schnappte sich das Mobilteil seines Schnurlostelefons. Es war ein strategischer Rückzug, der mehr ihm als Daniels diente. Lucy zu überreden würde ein hartes Stück Arbeit sein.

Er schloss hinter sich die Tür, so weit es ging – in dem alten Haus waren alle Rahmen verzogen. Das kalte Messing des Griffs schien seinen Harndrang neu zu stimulieren. Vielleicht hätte er doch zunächst selbst die Toilette aufsuchen sollen, bevor er den verschwiegenen Ort einer *Frau* überließ, die sich ständig an den Haaren herumzupfte.

Darwin drängte sein Versäumnis zu Seite und konzentrierte sich auf das Naheliegende. Nachdem er die Nummer seiner Schwester gewählt hatte, musste er acht elendig lange Rufzeichen abwarten, bis sich endlich ihre helle Stimme meldete. Lucy war zwar schon sechsundzwanzig, aber sie hörte sich immer noch wie eine Sechzehnjährige an.

»Hallo, hier spricht Lucy Ashby.«

»Und hier meldet sich dein großer Bruder.«

»Darwin! Seit wann führst du wieder Privatgespräche?«

»*Mea culpa!* Ich hab mein Schwesterlein vernachlässigt, ich weiß, aber in letzter Zeit war ziemlich viel los.«

»Die Einbruchsserie?«

»Ja. Ehrlich gesagt, ist auch mein jetziger Anruf nicht ausschließlich privater Natur …«

»Nein.«

»Wie bitte?«

»Was immer du von mir willst, meine Antwort lautet: ›Nein!‹«

Mit dieser Reaktion hatte er gerechnet. Darwin überkreuzte die Beine, um dem Druck entgegenzuwirken. »Hör mal, es geht um Alex Daniels. Sagt dir der Name etwas?«

»Die Journalistin, die man unschuldig verhaftet hat?«

»Genau. Du wirst nicht glauben, was ich dir jetzt erzähle.«

Auch nach hinlänglich dramatischer Schilderung der jüngsten Ereignisse war Darwins Schwester wenig begeistert von dem Vorschlag, ihr einen Logiergast unterzujubeln. Er musste alle Überredungskunst aufwenden, um Breschen in Lucys Bollwerk der Ablehnung zu schlagen. Unterdessen nahm der Drang seiner Blase stetig zu. Während er mit seinem »Schwesterherz« die Kapitulationsbedingungen aushandelte, hört er die Badezimmertür quietschen. Endlich war Daniels fertig! Vor Erleichterung hätte er sich fast in die Hosen gemacht.

Aber warum tauchte sein Gast nicht in der Küche auf? War er etwa doch ins Schlafzimmer hinaufgestiegen, um sich an seinem Kleiderschrank zu bedienen? Die Vorstellung war Darwin nicht unangenehm.

»Also meinetwegen«, sagte endlich Lucy. Ein resignierender Ton schwang in ihrer Stimme. »Bring deine Chefberaterin vorbei. Ein oder zwei Nächte werden wir es schon miteinander aushalten – vorausgesetzt, sie ist so nett, wie du sagst.«

»Noch viel netter. Du wirst staunen. Danke, Schwesterherz. Fühle dich von mir geküsst.«

»Kannst mich nachher drücken. Das ist mir lieber. Bis dann.«

Darwin verabschiedete sich und warf das Telefon auf den Küchentisch. Er fühlte sich wie ein Dampfkochtopf kurz vor dem Explodieren. In Außerachtlassung jeglicher Würde wankte er mit zusammengekniffenen Beinen aus der Küche hinaus, in den Flur hinein und zum Badezimmer hinüber. Kurz vor dem Dammbruch riss er die Tür auf.

Und erlebte einen Schock.

Vor der Klosettschüssel stand breitbeinig Alex Daniels. Sie trug eines seiner T-Shirts, hatte den grauen Rock bis über die Hüften hochgezogen – und urinierte ins Becken.

Erschrocken warf Darwin die Tür zu und taumelte von ihr fort, bis er mit dem Rücken gegen eine Wand stieß. Obwohl seine Augen weit aufgerissen waren, sah er nichts. In seinem Kopf war gerade ein UFO gecrasht, und der dabei aufgewirbelte Staub raubte seinem Bewusstsein die Sicht. Schreckensbleich wartete er darauf, dass der Nebel sich lichtete und das Alien erschien. Später hatte Darwin nie sagen können, wie viel Zeit vergangen war, bis sich sein Gast endlich aus dem Badezimmer hinauswagte.

Er stand immer noch reglos mit dem Rücken zur Wand. Aus glasigen Augen glotzte er auf die blasse Gestalt in der Badezimmertür. Sein Blick wanderte von ihrem Scheitel bis zur Sohle und wieder zurück. Daniels' Miene war ausdruckslos. Eine in Marmor gemeißelte Maske. Wie das abgesprengte Gesicht des Hermaphroditen aus dem Louvre.

»Haben Sie noch nie einen Kerl pinkeln sehen?«, fragte sie unvermittelt. Nie war Darwin ihre Stimme so tief erschienen. Und dennoch so kalt.

Seine ganze Reaktion bestand darin, auf die Brüste seines Gegenübers zu starren, die sich unter *seinem* T-Shirt abzeichneten, für einen »Kerl« entschieden zu prall. Wieder träufelte Daniels ihren ätzenden Zynismus in die peinliche Stille.

»Falls Sie gerade über das nachdenken, was ich vermute, lautet die Antwort: Ja.«

Allmählich kam Darwin wieder zu sich und stammelte: »W-wie bitte?«

»Der Busen ist echt.«

Er breitete die Hände aus, schüttelte den Kopf, öffnete die Lippen und suchte verzweifelt nach Worten. »Ich … ich konnte ja nicht …«

»Hat Detective Longfellow Ihnen *nichts* verraten. Bei einem hübschen Bierchen, so als Schauergeschichte unter Kameraden?«

Darwin schüttelte entschieden den Kopf. Er fühlte sich wie ein Angeklagter, wusste aber nicht warum. »Wie kommen Sie darauf?«

»Wegen dem Monsterding.«

»W-was?«

»Er hat mich genauso angesehen wie Sie.«

»Aber ich wusste *wirklich* nichts …«

»Das nehme ich Ihnen sogar ab. Sonst hätte Ihr Taktgefühl Ihnen bei unserem ersten Treffen im Gefängnis vermutlich verboten, Hermaphroditen als *Missgeburten* zu bezeichnen.«

Darwin glaubte die Bitterkeit schmecken zu können, die Daniels' Stimme wie ein Zerstäuber im Flur verteilte. Schon bei früheren Begegnungen hatte er das Odeur ihres Zorn eingeatmet, allerdings nie in so konzentrierter Form. Jetzt fiel es ihm wie

Schuppen von den Augen. Ihre Zurückgezogenheit, die extreme Scheu vor körperlicher Berührung, der Widerwillen, sich vor dem Notarzt zu entblößen, sogar das Herumgeschraube an ihrem aufgemotzten Cabriolet – vieles, das Darwin zuvor nicht verstanden hatte, bekam plötzlich für ihn einen Sinn.

Alex Daniels lief zur Garderobe und nahm ihre Lederjacke vom Haken. Ohne sich zu Darwin umzudrehen, sagte sie: »Würden Sie mich jetzt bitte zu Ihrer Schwester fahren?«

Kapitel 9

*»Verstehen kann man das Leben nur rückwärts.
Leben muss man es vorwärts.«*

Søren Kierkegaard

LONDON (ENGLAND),
Freitag, 5. Oktober, 20.28 Uhr

Das Monsterding. Als Alex den Blick bei Darwin Shaw bemerkt hatte, war bei ihr eine Jalousie runtergefallen. Schon als er die Badezimmertür aufgerissen und sie beim Pinkeln erwischt hatte, deutete sich das Verhängnis an. Aber dann das *Monsterding* – Alex hatte während ihrer Pubertät in zu viele glotzende Gesichter geschaut, die sich an ihren Genitalien ergötzten. Noch im letzten Jahrhundert waren Menschen wie sie als Kuriositäten auf Jahrmärkten ausgestellt worden.

Um so überraschender gestaltete sich für sie die Begegnung mit Lucy. Der Umzug in die benachbarte Copperfield Street war eine sehr stille Aktion gewesen. Shaw hatte sich in betretenes Schweigen gehüllt. Als seine Schwester die Tür des Reihenhauses öffnete, das eigentlich seiner Mutter und dem Stiefvater gehörte, lief er stumm an ihr vorbei, geradewegs in die Küche. Einen Moment lang sahen sich Lucy und Alex mit großen Augen an.

Wenn es etwas gab, das Shaw mit seiner Schwester gemein hatte, dann war es nicht auf Anhieb zu entdecken. Lucy sah, milde ausgedrückt, unkonventionell aus. Ihre Haare waren so rot, dass Mrs Axelrods Lippen dagegen blass gewirkt hätten. Eine nicht näher spezifizierbare Anzahl daumenlanger Zöpfchen standen von ihrem Kopf ab, alle sorgsam in knallbunte Plastikmanschetten gefasst. Sie trug eine runde Brille aus Silberdraht, hinter der blaue Augen neugierig strahlten. Vom Hals an abwärts war sie in eine Art knielanger Patchwork-Tunika gekleidet, für deren Anfertigung vermutlich einige Küchenschürzen und Gardinen hatten herhalten müssen. Unter dem ausgefallenen Stück ragten Hosenbeine passend zur Haarfarbe heraus. Die Füße steckten in Espandrillos, schwarzen Stoffschuhen mit geflochtener Sohle. Insgesamt war Lucy eher klein, aber wie sich im Laufe des Abends noch herausstellen sollte, ein wahres Energiebündel.

Darwins kleine Schwester hieß nicht Shaw, sondern Ashby, weil seine Mutter nach dem Tod des ersten Mannes ein zweites Mal geheiratet und noch ein Kind bekommen hatte. Ihr Vater war Manager bei General Electric und oft monatelang im Ausland, um kränkelnde Fertigungsstätten wieder hochzupäppeln. Seine Frau begleitete ihn dabei. In solchen Phasen – wie gerade jetzt – durfte Lucy das Haus ganz allein auf den Kopf stellen.

Somit war sie mit ihren sechsundzwanzig Jahren immer noch das Nesthäkchen der Familie und eine ziemlich schräge Type. Irgendwie gewann Alex schnell Zutrauen zu der »verrückten Nudel«, wie sich Lucy selbst einstufte. Ihre offene Art konnte zwar im ersten Moment schockierend auf jemanden wirken, der sein Leben lang mit anderen Leuten Versteck gespielt hatte, aber bald entdeckte Alex hinter dem aufgedrehten Äußeren etwas Erstaunliches: Lucy Ashby besaß die Gabe, einen Menschen als *Ganzes* zu sehen.

Nicht als eine unzusammenhängende Anhäufung von Körperteilen.

Die zwei Geschwister hatten in der Küche kurz miteinander getuschelt. Danach war Darwin mit einem gemurmelten, kaum verständlichen Gruß in die Nacht geflüchtet. Lucy hatte hinter ihm die Tür geschlossen, sehr tief durchgeatmet und sich dann mit einem überraschend offenen Lächeln ihrem Gast zugewandt. Hinter ihren Brillengläsern entdeckte Alex Wissensdurst – aber kein Monsterding.

»Du musst halbtot sein«, sagte Lucy in unerwartet vertraulichem Ton. »Such dir im Wohnzimmer ein kuscheliges Plätzchen. Aber erschrick nicht: Bei mir liegen überall Bücher rum. Räum sie einfach zur Seite. Ich mach uns in der Zwischenzeit einen Früchtetee.«

Im weiteren Verlauf des Abends merkte Alex, dass mit ihr etwas Erstaunliches geschehen war. Und es hielt immer noch an! Anfangs war sie zu verletzt und zu durcheinander gewesen, um die Veränderung zu begreifen. Es musste mit der Bloßstellung ihrer lange so sorgsam verborgenen Natur zusammenhängen. Aus Angst verletzt oder nur auf ihre Sexualität reduziert zu werden, hatte sie sich selbst verleugnet. Sie war zu einer Heuschrecke geworden, die wie ein Ast aussah. Eine Meisterin der Tarnung. Unsichtbar. Selbst ihre beste Freundin, Susan, wusste nicht, dass sie ein Hermaphrodit war. Auch die Rolle der angriffslustigen Journalistin gehörte zu der Camouflage. Alex hätte nie auszusprechen gewagt, was sie in ihrem tiefsten Innern empfand:

Seht her! Das Wunder der Evolution ist gar nicht so wunderbar. Wenn die Natur richtig gemein sein will, dann benutzt sie Mutationen und verstümmelt und zerstört. Oder bringt Wesen wie mich hervor. Geschöpfe, die nirgendwo hinpassen, die wie Monster angestarrt werden, aber die niemand haben will.

Nein, zu solchen Äußerungen, ob geschrieben oder gesprochen, wäre sie nie imstande gewesen.

Sie hatte eine andere Taktik gewählt, um die allseits vergötterte Evolution als Götzen zu entlarven. Die wahre, die verletzliche Alex Daniels hatte sich hinter der Gestalt einer Hornisse versteckt, deren Stachel die Feder war. Auch dafür gab es in der Natur Vorbilder.

Richtig, man nannte es Mimikry.

Bei Lucy Ashby versagten all diese Strategien. Sie wusste von

Anfang an, mit wem sie es zu tun hatte, und sie ging auf eine so unbefangene Weise mit diesem Wissen um, dass Alex sich fragte, ob entweder Darwins Schwester ebenfalls ein Mutant war – eine Empathieriesin, die sich hinter der Fassade der kleinen verrückten Nudel versteckte – oder sie, Alex, endlich aus dem Schatten der Lüge herausgetreten war und hemmungslos dem über Jahre aufgestauten Bedürfnis nachgab, über ihr Anderssein zu reden.

Jedenfalls hatte Lucy weniger als eine halbe Stunde nach dem Kennenlernen ihren neuen Logiergast gefragt: »Steht Alex für Alexander oder für Alexandra?« Und nach diesem ersten, nicht wirklich scheuen Vorstoß schob sie gleich die Frage nach: »Kriegen Zwitter eigentlich auch die Regel?«

Alex hielt kurz die Luft an – alte Ängste wirft man eben doch nicht wie schmutzige Wäsche ab –, aber dann lächelte sie, wenn auch anfangs noch scheu. »Vielleicht die zweite Antwort zuerst: Wenn du zu Schwarzen nicht *Nigger* sagst, dann solltest du einen Hermaphroditen auch nicht *Zwitter* nennen.«

»Oh! Entschuldige. Das wusste ich nicht.«

»Antwort Nummer eins: Ich hieß immer nur Alex. Als meine Eltern mich adoptierten, wussten sie, was sie bekamen. Sie wollten mir für die Zukunft alle Türen offen lassen.«

»Aber du bist bei dem vieldeutigen Namen geblieben. Fühlst du dich mehr als Frau oder als Mann?«

»Als beides.« Alex musste unwillkürlich an ein Gespräch denken, dass sie kürzlich mit Lucys Bruder über die Traumsymbole im Magritte geführt hatte. »Sagen wir zu sechzig Prozent weiblich und zu vierzig männlich. Manchmal kann ich sogar ein ziemlich chauvinistischer Kerl sein, der sich schwer zügeln lässt. Aber ich bin kein Apfel, mit einer roten und einer grünen Seite, den man einfach in zwei Hälften teilen kann; eher eine Zwiebel mit vielen männlichen und weiblichen Schichten, die sich abwechseln.«

»Und außen ist die Frau zu sehen?«

»Solange sie nicht pinkeln muss.«

Lucy kicherte. »Ich stell mir gerade Darwin vor, wie er aus

allen Wolken gefallen ist. Er kann manchmal ziemlich steif sein. Sein Vater war General.«

»Ich hätte uns beiden den Anblick gerne erspart.«

»Nimm ihm seine Verklemmtheit nicht übel. Er ist eigentlich ganz in Ordnung. Das, was du da hast ... ich weiß nicht, wie ich es nennen soll ... Wörter wie ›Krankheit‹ oder ›Defekt‹ sind wohl nicht ganz passend dafür, oder?«

»Ich nenne es lieber ein *biologisches Phänomen.*«

»Klingt gut.«

»In der Antike hat man die Hermaphroditen nur als eigentümliche Spielarten und Besonderheiten der Gattung Mensch gesehen.«

»Gibt es viele wie dich?«

Alex zögerte. Sie hatte sich diese Frage schon oft gestellt. Ausweichend antwortete sie: »Wenn jemand wie ich funktionsfähige männliche und weibliche Geschlechtsorgane hat, dann nennt man das einen *echten* Hermaphroditen. Stell dir die Sexualität als eine Wippe vor, auf der hüben ein Mädchen und drüben ein Junge sitzt – ich stehe dann ziemlich genau in der Mitte. Auf der ganzen Welt gibt's von uns weniger als dreihundert.«

»Echte ...? Hört sich so an, als gäbe es auch eine unechte Variante.«

»Man nennt sie Pseudohermaphroditen, was die meisten von ihnen aber genauso ungern hören wie das Wort Zwitter. Pseudo – das klingt irgendwie nach nichts Halbem und nichts Ganzem.«

Lucy staunte nicht schlecht, als Alex ihr ein paar Fakten nannte. Auf den Webseiten der Selbsthilfegruppen geisterte die Zahl von viertausenddreihundert Intersexvarianten herum. Das sei wohl etwas übertrieben, merkte sie an. Ihr seien lediglich etwa zwanzig verschiedene Diagnosen bekannt, alles Abweichungen von der typischen genetischen Entwicklung. Immerhin komme in westlichen Industrienationen seriöseren Untersuchungen zufolge ein Mensch mit uneindeutigem Geschlecht auf fünfzig bis fünftausend Einwohner. Angaben, die zwischen einem halben bis einem Promille rangierten, seien ziemlich häufig. Wenn einer unter Tausend intersexuell sei, dann dürften allein in Großbritannien immerhin sechzigtausend solcher Menschen leben. Wahrscheinlich kenne jeder einen, wisse nur nichts davon, weil die Betroffenen kaum über ihre Besonderheit redeten. Wie gesagt, die wenigsten Formen der Intersexualität seien so »ausgewogen« wie die ihre, betonte Alex. Es gebe Hypospadie, das Adrenogenitale Syndrom, das Turner-Syndrom, das Androgen-Insensitivitätssyndrom, den 5-alpha-Reduktase-Mangel …«

»Halt mal, war nicht Cal in *Middlesex* so ein … Wie heißt das noch mal?«

»5-Alpha-Reduktase-Pseudohermaphrodit?«

»Um Himmels willen! Kein Wunder, dass sich die Leute davor fürchten. Könnte man nicht einfach sagen, er war ein Mann in einem Frauenkörper?«

»Mediziner neigen zur Pingeligkeit.«

»Wem sagst du das!«

»Wie bist du auf das Buch gekommen?«

»Den Roman von Eugenides? Ich bin staatlich examinierte Bibliothekarin und arbeite in einem der wenigen noch nicht von den Branchenhaien geschluckten Privatläden.«

»Eine Buchhändlerin?«, fragte Alex erstaunt zurück. Sie hütete sich vor einer Äußerung vom Schlage: So etwas sieht man dir aber nicht an.

Lucy deutete auf mehrere Stapel Bücher, die auf dem Boden verteilt herumlagen. »Brauchst dich nur umzusehen. Alles mein Hirnfutter. Leonardo da Vinci sagte mal: ›So wie das Eisen außer Gebrauch rostet und das stillstehende Wasser verdirbt oder bei Kälte gefriert, so verkommt der Geist ohne Übung.‹« Sie grinste. »Ich übe täglich.«

»Sag bloß, du sammelst auch Zitate!«

»Lässt sich das vermeiden, wenn man viel liest?«

Beide lachten. Sie nippten an dem inzwischen lauwarmen Früchtetee.

»Du hast vorhin deine Eltern erwähnt. Wie wächst man als Hermaphrodit auf?«

»Das vermag ich dir nicht zu sagen, Lucy. Ich kann dir nur erzählen, wie *ich* groß geworden bin.« Und das tat Alex dann. Sie berichtete aus der Anfangszeit ihrer Erinnerungen, als die Familie noch im schottischen Edinburgh gewohnt hatte. Damals habe sie in einer schillernden Seifenblase gelebt, die spätestens bei Beginn der Pubertät zerplatzte. Sie wurde von allen für einen kleinen Jungen gehalten; ihre Vulva war ja unter dem Hodensack gut versteckt. Die Adoptiveltern machten sie früh mit ihrer Besonderheit vertraut. »Du bist ein richtiger Mensch. Kein Junge und kein Mädchen, aber du bist, was du bist«, pflegte ihre Mutter zu sagen.

Für den Besuch von FKK-Stränden konnte sich die puritanisch erzogene Wissenschaftlerin ohnehin nicht erwärmen, und die Sauna war ebenso tabu. Ansonsten gaben Norman und Cynthia Daniels ihrem Kind aber, wie Alex im Rückblick resümierte, angemessene Unterstützung: Sie verleugneten nicht, aber sie überwältigten sie auch nicht mit unverständlichen Erklärungen. Leider blieb dieser unkomplizierte Umgang mit ihrer Zweigeschlechtlichkeit auf das häusliche Umfeld beschränkt, woraus sich für Alex ein zunehmend ernstes Problem entwickelte.

Ärzte hatten den Eltern geraten, sich für *ein* Geschlecht zu entscheiden. Wie Alex später erfuhr, hätte sie schon als Säugling operiert werden sollen, frei nach der Devise: »Alles abschneiden, was übersteht.« Tatsächlich wurden Mitte der Achtziger kleine intersexuelle Kinder noch bedenkenlos verstümmelt, weil es einfacher sei, ein Loch zu graben, als einen Pfahl zu errichten: *It's easier to make a hole than a pole.* Mädchen waren nun mal billiger herzustellen, und in Alex' Fall schien der Eingriff geradezu ein Schnäppchen zu sein – das »Loch« war ja schon vorhanden.

»Ist ja ungeheuerlich!«, entfuhr es Lucy voll gerechten Zorns.

»Wie man's nimmt«, erwiderte Alex mäßigend. »Noch vor zehn Jahren – stell dir das mal vor: unmittelbar vor dem Milleniumswechsel – herrschte die allgemeine Auffassung, die geschlechtliche Orientierung eines Menschen sei ein soziales Konstrukt, soll heißen, wenn man einen Jungen, ehe er drei geworden ist, fortan als Mädchen erzieht, dann wird er auch eins werden. Das war ein Dogma, verbissen verteidigt von Dr. John Money am Johns Hopkins Hospital in Baltimore. Wenn damals jemand Wert auf seinen Ruf als Mediziner legte, dann behielt er seine Zweifel an den Theorien des Sexualforschers besser für sich.«

»Ist doch irre!«

»Solche Auswüchse von Starrsinn kommen in der Wissenschaft öfter mal vor.«

»Und heute ist man von dieser idiotischen Meinung abgerückt?«

»Na ja, es gibt natürlich immer noch genügend Ärzte, die ihre Fortbildung schleifen lassen und lieber Löcher graben, aber spätestens seit den Reimer-Zwillingen ist man klüger.«

»Nie gehört.«

»Zwei Jungen aus Kanada: Bruce und Brian Reimer. Sie sollten eine Vorhautbeschneidung bekommen. Dem armen Bruce haben die Ärzte dabei den Penis weggebrannt. War nur noch ein Stück Kohle, das kleine Ding. ›Kein Problem‹, beruhigte das Expertenteam die verständlicherweise verschreckten Eltern, ›wir machen ein Mädchen draus.‹ So wurde aus Bruce eine Brenda gebastelt. Seinem Bruder Brian blieb die Beschneidung erspart. Unfreiwillig schufen die ›Experten‹ damit ein Menschenexperiment. Später sollte sich nämlich herausstellen, dass die kleine Brenda sich mit ihrer Rolle als Mädchen überhaupt nicht wohl fühlte. Milde ausgedrückt. Sie verbrachte eine unglückliche Jugend, blieb in der Schule weit hinter den Leistungen ihres eineiigen Zwillingsbruders zurück und wurde nie wirklich als Mädchen anerkannt, weder von den Gleichaltrigen noch von sich selbst. Mit sechzehn Jahren nahm sie dann den Namen David an, unterzog sich einer

Reihe äußerst unangenehmer Operationen und heiratete später eine Frau.«

»Unglaubliche Geschichte!«, staunte Lucy.

»Wie gesagt, für aufgeklärte Ärzte ist John Moneys Hypothese heute kein Thema mehr. Hirnforscher sind inzwischen der Ansicht, dass es eine sehr frühe Wahrnehmung über das eigene Selbst gibt. Die Vorstellung, das Geschlecht eines Menschen mit dem Skalpell verändern zu können, ist ungefähr genauso dumm wie der Versuch, einem Elefanten den Rüssel abzuschneiden und ihm einzureden, er sei ein Nashorn.«

»Wahnsinn. Und wie sind deine Eltern damals mit dem Druck der so genannten Experten umgegangen?«

Das Ehepaar Daniels hätte den Chirurgen, die schon ihre Skalpelle wetzten, den goldenen Schnitt verwehrt, erklärte Alex. Cynthia und Norman waren nicht nur gewiefte Techniker, sondern auch hervorragende Biologen und besaßen offenbar das nötige intellektuelle Rüstzeug, um sich auch in eine schwierige Materie einzuarbeiten. Solches Verhalten galt bei Medizinern als verpönt. Vom ersten großen Aufblühen der Naturwissenschaften im neunzehnten Jahrhundert bis in die Mitte der Neunzigerjahre des zwanzigsten hatten die Ärzte sich das Recht genommen, für sich zu entscheiden, was sie ihren kleinen Patienten oder deren Eltern mitteilen wollten und was nicht. Schließlich waren sie die Fachleute und wussten, was richtig ist. Unterstützung, Aufklärung oder gar so etwas wie Hilfe für Eltern und Kinder gab es keine – weder auf Rezept noch aus Menschlichkeit.

Dank der Entschlossenheit ihrer Adoptiveltern blieb Alex' Körper also unverstümmelt. Mit ihrer Seele verhielt es sich dagegen anders. Die Ärzte rieten – auch das war seinerzeit die übliche Praxis und für Cynthia und Norman Daniels sogar nachvollziehbar –, über die »Anomalie des Kindes« mit niemandem zu reden. Die Gesellschaft sei bipolar ausgerichtet: entweder männlich oder weiblich, aber nicht hiervon ein bisschen und davon ein bisschen. Sie akzeptiere solche Menschen nicht. So etwas führe nur zur

Ausgrenzung. Wer wolle seinem Kind schon Derartiges antun? Damit wurde ein Teufelskreislauf in Gang gesetzt, ein fatales Versteckspiel, das zu immer neuen Lügen führte und das in Alex' Psyche tiefe Wunden schlug. Anstatt sich vor Ausgrenzung zu schützen, grenzte sich der heranwachsende Hermaphrodit nun selbst aus. Aber es sollte noch schlimmer kommen.

Mit dreizehn bekam sie ihre »Knöspchen«, wie die Mutter es nannte. Die Familie zog nach London und kaufte ein Haus in Camden Town. Eher aus einem indifferenten Gefühl heraus entschied sich Alex für einen radikalen Wechsel. Ihr Busen sei nun wirklich nicht der Rede wert …

»Ich finde ihn schön«, unterbrach Lucy, die bis dahin angespannt gelauscht hatte.

»Jetzt hör aber auf! Ich bin flach wie ein Brett.«

»Quatsch! Hast du dich schon einmal gefragt, ob du möglicherweise eine gestörte Wahrnehmung hast, was deinen eigenen Körper betrifft?«

»Ich …« Alex blickte an sich herab, spannte das T-Shirt mit beiden Händen über dem Leib, um – im durchaus wörtlichen Sinne – das Letzte aus sich herauszuholen. »Meinst du, das sind richtige …?«

»Also, es sind definitiv keine Pamela-Anderson-Baywatch-Heißluftballons, aber ich wette, mein Bruderherz hat seine Freude daran gehabt.«

»Meinst du wirklich? Er sah mir eher verstört aus.«

»Heute Abend vielleicht, als du ihn mit der Nummer auf dem Klo außer Gefecht gesetzt hast. Aber sonst? Da wär ich mir nicht so sicher.«

Alex verspürte das Bedürfnis, sich einen weiteren Schluck Tee zu genehmigen, aber ihre Tasse war leer. Lucy schenkte ihr aus der auf einem Stövchen bereit stehenden Glaskanne nach.

»Was war jetzt mit dem Teufelskreislauf?«, nahm sie den Faden wieder auf.

Der sei so richtig losgegangen, als die Ärzte sie wieder in die

Finger kriegten, erklärte Alex. Ihre Stimme klang unerwartet düster. Mit einem Mal war er wieder da, der Druck, sich einem chirurgischen Eingriff zu unterziehen, sich Hormone spritzen zu lassen. Sie wurde von einem Mediziner zum nächsten durchgereicht. Der Gynäkologenstuhl wurde ihre zweite Heimat. Scharen von Studenten beglotzten, vermaßen und fotografierten ihre Genitalien. Immer wieder hieß es, Hose runterlassen, Beine breit machen, wollen mal gucken, was wir da haben. Wer sich da nicht dem eigenen Körper entfremde, der müsse ein seelischer Dickhäuter sein, sagte ihr Jahre später eine Psychotherapeutin.

»Ich bin immer noch dabei, ihn mir zurückzuerobern«, fügte Alex leise hinzu.

Darwin Shaws Schwester sah sie lange an, augenscheinlich mitfühlend, aber sie machte keine Heulnummer draus. Stattdessen sagte sie: »Darwin ließ da so eine Bemerkung fallen: Du hättest in der Notaufnahme einen Arzt zur Minna gemacht. Das kann ich gut verstehen. Ich will nicht behaupten, mich in deine Lage versetzen zu können, aber du hast jedes Recht, zornig zu sein.«

Lucy wusste wahrscheinlich gar nicht, wie viel ihre Worte Alex bedeuteten. Mit einem Mal musste sie schmunzeln.

»Woran denkst du gerade?«, fragte Lucy.

»Im University College Hospital gab's einen Professor mit stumpfem Skalpell.«

»Wie meinst du das?«

»Er wollte mich nicht operieren. Stattdessen empfahl er mir, mich nicht so schnell zu entscheiden, wo ich doch die Chance habe, sexuell beide Seiten auszuleben. Stell dir das mal vor. Für mich war das fast ein unsittliches Ansinnen. Meine Eltern waren ziemlich religiös. Ich bin sittsam aufgezogen worden.«

»Bist du noch Jungfrau?«

Alex war einen Moment perplex. »Findest du nicht, dass du jetzt etwas zu weit gehst, Lucy?«

»Wieso? Ich sag dir doch auch, dass ich keine mehr bin.«

»Das ist sehr nett von dir, aber es gibt Bereiche im Leben, über die …«

»Hab schon verstanden. Aber sonst kommst du mir eigentlich ganz normal vor. Wie bist du so geworden, wie du bist?«

Das sei ein langer und steiniger Weg gewesen, räumte Alex ein. Mit dreizehn, als die Frau in ihr täglich stärker zum Vorschein kam, habe sie sich die Schuld an ihrem Anderssein gegeben. Obwohl ihre Adoptivmutter sagte, sie sei ein drittes Geschlecht, das selten und etwas ganz Besonderes sei, beschlich Alex zunehmend die Ahnung, mit ihr stimme etwas nicht. Sie gehöre nicht dazu. Vielleicht darf ich keine richtige Frau werden, weil meine Mutter mich sonst als Bedrohung empfinden würde, dachte sie. Nachts wurde sie von Albträumen geplagt.

Die Wende zum Besseren vollzog sich ganz allmählich. Alex fing an, Bücher über ihr biologisches Phänomen zu lesen und im Internet zu recherchieren. Irgendwo hatte sie gelesen, das Bewusstsein fürs eigene Geschlecht sei auch aus anthropologischer Sicht ein Kernbestandteil der Identität eines Menschen. Das gab wohl den Ausschlag für das Studium der Fachrichtung »Anthropologie und Kommunikation« am Goldsmiths College der University of London. Nach dem Bachelor of Arts hatte sie dann noch das einjährige Aufbaustudium in »Journalismus« drangehängt und ihren Master gemacht.

Mit neunzehn war sie zum letzten Mal zu einem Untersuchungstermin gegangen, aber nicht, um sich auf den Gynäkologenstuhl zu setzen, sondern um ihre Patientenakte herauszufordern. Die Klinik weigerte sich. Erst auf Gerichtsbeschluss erhielt sie die Unterlagen und konnte lesen, was wirklich mit ihr los war.

»Ich denke, du wusstest schon von klein auf, dass du ein Hermaphrodit bist«, wunderte sich Lucy.

»Ja, doch jetzt konnte ich schwarz auf weiß lesen, dass ich ein 48,XXXY-Karyotyp bin.«

»Ein … bitte, *was*?«

»Meine Gonosomen, die Geschlechtschromosomen, sind doppelt vorhanden. Ich habe also nicht nur zwei Xe wie vermutlich du, sondern noch zusätzlich ein X- und ein Y-Chromosom.«

»Ist ja irre! Wie kommt so was?«

Mutationen, antwortete Alex. Die meisten intersexuellen Phänomene seien eine Folge sprunghafter Veränderungen der Erbanlagen. Dieser ›Sprung‹ könne allerdings schon vor vielen Generationen erfolgt sein, und weil er rezessiv vererbt werde, sich also vornehm im Hintergrund halte, trete er oft erst zu Tage, wenn zwei Menschen mit demselben Gendefekt ein Kind bekämen. »In meinem Fall scheint das ein bisschen komplizierter zu sein«, fügte Alex nachdenklich an. »Bei Pflanzen kann die Vervielfachung von Chromosomensätzen unter Einwirkung bestimmter Chemikalien auftreten, aber wie *ich* zu meinen doppelten Gonosomen gekommen bin, konnte mir bis heute niemand definitiv sagen.«

Lucy beugte sich vor und betrachtete Alex' Gesicht von links und von rechts. »Ich sehe keine Bartstoppeln. Wie kommt das?«

»Die meisten Indianer haben auch keinen Bartwuchs.«

»Bist du etwa ein …?«

Alex lächelte. »Wohl eher nicht. Laut meinen Unterlagen habe ich zusätzlich zu meinem 48,XXXY-Karyotyp eine sehr seltene Art der Androgenresistenz.«

»Alles klar.«

»Androgene sind männliche Geschlechtshormone. Sie sorgen normalerweise dafür, dass aus einem Kind mit XY-Chromosomen auch ein Junge wird.«

»Heißt das, es gibt auch XY-Menschen, die Frauen sind?«

»Genau so nennen sie sich: XY-Frauen. Aber wie gesagt, bei mir hat die Resistenz nicht alle Sexualhormone ausgesperrt und offenbar auch nicht von Anfang meiner Entwicklung an, sondern sie lässt einen ganz bestimmten Cocktail durch.«

»Und deshalb ist die äußere Haut deiner Zwiebel eher weiblich als männlich?«

»Jetzt hast du's begriffen.«

»Darwin hatte Recht, als er sagte, dass du nett bist. Ich finde sogar, du bist richtig toll, Alex.«

Der so Gelobten verschlug es die Sprache. Bei Lucy wirkte alles so echt. Natürlich weckte das Außergewöhnliche ihre Neugierde, aber es vernebelte nicht ihre Sicht auf den Menschen hinter der exotischen Schale. Sie besaß die seltene Gabe, einfach zuzuhören, ohne dumme Sprüche zu machen, brachte nicht jede Minute eine Definition zu dem Gehörten und versuchte nicht alles mit vorgefassten Meinungen oder Bildern in Deckung zu bringen.

Alex holte tief Luft und erwiderte: »Nein, *du* bist toll, Lucy.«

Kapitel 10

»Um klar zu sehen, genügt oft ein Wechsel der Blickrichtung.«

Antoine de Saint-Exupéry

MÜNCHEN (DEUTSCHLAND),
Sonntag, 7. Oktober, 21.53 Uhr

Das Rundschreiben von ArtCare erzielte bei den Verantwortlichen in Museen und Galerien in etwa die gleiche Resonanz wie die Warnhinweise auf Zigarettenschachteln: Jeder weiß, dass Rauchen mit nicht geringer Wahrscheinlichkeit zum Tode führt, aber die meisten gehen davon aus, es dem Großvater nachzutun, der trotz seiner Zigarren hundert geworden ist. Warum sollen sich die Diebe ausgerechnet *unser* Museum aussuchen? Sicher, es gab in den meisten Ausstellungen schöner Künste eine erhöhte Alarmbereitschaft, aber die war eher pro forma. Überstunden kosten Geld, und daran mangelt es fast jedem Museum der Welt.

Das war bei der Alten Pinakothek in München kaum anders.

Timo Hollermeier arbeitete erst seit sieben Tagen in der Galerie. Er war vierundzwanzig und der klassische Museumsbau einhunderteinundachtzig. Machte zusammen zweihundertfünf Jahre. Hollermeier war eine bayerische Frohnatur, ständig auf der Jagd nach Punkten beim weiblichen Geschlecht. An freien Abenden polierte er in seinem Stammlokal, dem *Alten Simpl* in der Türkenstraße, regelmäßig an seinem Image. Wenn er dort beim Weißbier einem feschen Madl imponieren wollte, brauchte er neuerdings nur zu erwähnen, dass er für die Sicherheit von Rubens, Botticelli, Tintoretto, Tizian und natürlich Leonardo da Vinci sorge. Seine Bewunderinnen hielten ihn dann gemeinhin für einen Bodyguard. Wenngleich ihnen die meisten Namen nichts sagten, wusste beim letzten doch jede, dass er einem italienischen Modedesigner gehörte.

Während Hollermeier mit seiner Vespa in die Barer Straße 27 zur Nachtschicht fuhr, war er gedanklich schon beim Dienstende. Morgen würde er faulenzen dürfen – das Museum hatte montags geschlossen. Die nächsten achteinhalb Stunden versprachen jedoch noch einmal quälende Langeweile.

Vom Generaldirektor war Fernsehverbot ausgesprochen worden, was Hollermeier die Vorfreude auf den Wochenausklang einigermaßen verhagelt hatte. Die nächtlichen Sendungen bei den Kommerziellen waren das ideale Ergänzungsprogramm zum erotisierenden Anschauungsmaterial im Museum. So schnell schlief da keiner ein. Aber jetzt galt erhöhte Alarmbereitschaft. Sogar die Männer, die bloß im Kontrollraum herumhängen mussten, sollten sich durch nichts von ihren Überwachungsmonitoren ablenken lassen. Die Museumsleitung tat alles, um ein Debakel wie im Louvre oder erst letztens in der Londoner National Gallery zu verhindern. Um die dunklen Wolken, die Hollermeiers sonniges Gemüt verfinsterten, scherte sich keiner.

Gemessen an der Sorglosigkeit, die weithin herrschte, hatte man in der Alten Pinakothek also viel getan. Es gab sogar ein Zusatzaufgebot an Sicherheitskräften: zwei Kollegen. Sie hatten ihren freien Tag opfern müssen. Mehr war nicht drin. Der »Verein zur Förderung der Alten und Neuen Pinakothek München e. V.« mühte sich schließlich nicht so ab, um Truppenaufmärsche zu finanzieren. Die Ergänzung der Sammlung war oberstes Ziel. In der Satzung stand nichts über die Verhütung außerplanmäßiger Abgänge.

Daher das Fernsehverbot. Es kostete ja nichts.

Timo Hollermeier traf pünktlich zum Dienstbeginn im Kontrollraum des Museums ein. Alois Zablowski, sein Vorgesetzter, begrüßte ihn mit schlechter Laune.

»Du kommst immer erst auf dem letzten Drücker, was?«

Hollermeier verstand die Frage nicht. »Es ist doch eine Minute vor zehn.«

Zablowski grunzte. Er war ein reizbarer kleiner Gnom mit Bierbauch, Schnauzbart und schwarzem Toupet, unter welchem sein jüngerer Kollege eine Inventarnummer aus den Siebzigerjahren des letzten Jahrhunderts vermutete.

»Wo sind die anderen?«, fragte der Youngster des Wachteams. Er sah nur Hubert Dobl, einen Endfünfziger, der seinen Stammplatz hinter den Monitoren einer chronischen Arthritis verdankte. Er packte gerade seine Vesperdose zusammen, um sich in den Feierabend zu verabschieden.

»Welche anderen?«, brummte Zablowski.

»Ich denke, die Leitung hat uns für heute Verstärkung zugesagt. Machen die Kollegen eine außerplanmäßige Runde?«

»Die sind schon nach Hause.«

»Wieso denn das?«

»Der Professor hat angerufen.« Zablowski meinte den Generaldirektor des Museums, Prof. Dr. Ignaz Magerkohl.

»Und? Dürfen wir wieder fernsehen?«

»Nein.«

»Ach, deshalb ...« Hollermeier verkniff sich im letzten Moment einen Hinweis auf Zablowskis Grantigkeit.

»Deshalb, was?«

»Die gähnende Leere. Der will wohl doch die Überstunden sparen, was?«

»Schmarrn! Der Professor hat erzählt, sie hätten in Oslo den Dieb gefasst.«

»Welchen Dieb?«

»Na, das Phantom des Louvre. Den, der die letzten Wochen alle Museen der Welt in Atem gehalten hat.«

»Nicht möglich! *Den* haben sie gekriegt?«

»Ja, ist der Polizei am Abend einfach in die Arme gelaufen. Im Edvard-Munch-Museum. Haben sein Gesicht von den Interpol-Fahndungsfotos wiedererkannt und sofort zugegriffen: schnapp, weg war er.«

»Halt mal! Dieses Museum … Wie hieß das doch gleich?«

»Es ist nach dem norwegischen Maler Edvard Munch benannt.«

»Jetzt! Haben sie da nicht vor kurzem erst zwei berühmte Bilder geklaut?«

»Vor drei Jahren, wenn ich mich nicht irre.«

»Ich dachte, es wär noch nicht so lange her.«

»Na, jedenfalls war das damals ein dreistes Husarenstück. Die Kerle sind einfach reinspaziert, haben sich zwei Munch-Gemälde ausgesucht und sich wieder aus dem Staub gemacht.«

»Genau. Wie hieß das Bild doch gleich? *Der Schrat* …?«

Zablowski verdrehte die Augen. »*Der Schrei* und *Madonna*. War ein Jammer. Sie sollen zusammen einhundert Millionen Dollar wert gewesen sein.«

»Wahnsinn! Davon könnt man im *Simpl* 'n paar Runden Freibier schmeißen.«

»Du denkst wohl nur ans Saufen, Timo.«

»Fass dich an deinen eigenen Bauch, Alois.«

Zablowski hob seinen knubbeligen Zeigefinger. »Vorsicht, Junge! Du bist noch in der Probezeit.«

»Reg dich ab. Hast du nie davon geträumt, mal einen Batzen Geld in die Hand zu kriegen?«

»Aber bestimmt nicht durch einen Raub wie den in Norwegen. Die beiden Munchs sind zwar unbezahlbar, aber auch unverkäuflich. Deswegen hat das Museum sie übrigens auch nie versichern lassen.«

»Das ist echt abgefahren! Warum klaut einer ein Bild, das er nicht loswird?«

Zablowski zuckte die Achseln. »Was weiß ich. Vielleicht gibt's ja noch mehr Gründe als Mammon und Freibier.«

»Kann ich mir nicht vorstellen.«

»Das sieht dir ähnlich. Jetzt setz dich ans Pult und behalte die Monitore im Auge. Hubert will nach Hause. Ich muss aufs Klo. Später löse ich dich ab.«

»Alois?«

»Was?«

»Meinst du nicht, wir könnten jetzt, nachdem die Gefahr gebannt ist, doch die Glotze anschalten?«

»Wenn ich die Schicht leite, gibt's keinen Schmuddelkram.«

»Irgendwo im Kabel soll ein alter Hitchcock wiederholt werden. *Das Lächeln von Ibiza* … *Die blecherne Pizza* … Verdammt, mir fällt der Name nicht ein.«

Der Schichtleiter schüttelte fatalistisch den Kopf. »Wie wär's mit *Über den Dächern von Nizza*?«

»Genau! Könnten wir doch nebenbei laufen lassen, oder?«

Zablowski beugte sich vor, nickte in Richtung des arthritisgeplagten Kollegen, der sich gerade ächzend erhob, und flüsterte: »Na, meinetwegen. Aber warte wenigstens, bis der Hubert fort ist.«

Hollermeier grinste. »Klar. Danke, Alois.«

Kurze Zeit später saßen die zwei Wachleute vor dem kleinen Fernseher, die Beine einträchtig nebeneinander auf einen Tisch gelegt, und schauten Cary Grant dabei zu, wie er sich in Grace Kelly verknallte. Obwohl letztere – im Film hieß sie Frances – eher sittsam auftrat, konnte sich der junge Museumswächter ihrer Reize nicht ganz entziehen. Ja, Hollermeier ertappte sich sogar dabei, wie er Cary Grant um seine Rolle beneidete. Grant spielte den smarten Meisterdieb, der früher auf den Dächern von Nizza herumgeklettert war, um sich die Geschmeide betuchter Leute anzueignen. Irgendein Juwelendieb ahmte jetzt seine alte Masche nach und lenkte damit den Verdacht auf ihn, die im Ruhestand befindliche »Katze«. Wollte er nicht erneut ins Gefängnis wandern, musste er dem Nachahmer das Handwerkszeug legen.

Just in dem Moment, als er sich mit einem Versicherungsdetektiv von Lloyds traf, der ihm die Namen juwelenbeladener Kunden liefern sollte, sagte Hollermeier: »Komisch.«

Zablowskis Blick blieb auf der Mattscheibe kleben, als er brummte: »Was?«

»Für den Schaden, der durch die Einbrüche in den letzten Wochen angerichtet wurde, muss jedes Mal dieselbe Versicherung aufkommen. Hab ich letztens in den Nachrichten gehört.«

»Stimmt. Unsere wertvollsten Stücke sind auch bei ArtCare versichert. Die haben damals einen ziemlichen Zirkus veranstaltet, bis wir endlich ihre strengen Sicherheitsforderungen erfüllen konnten.«

»Komisch.«

Immer noch ließ Zablowski den Meisterdieb Cary Grant nicht aus den Augen, während er knurrte: »Könntest du dich mal deutlich ausdrücken, Timo?«

Der junge Wächter kratzte sich am Kopf. »Also, wenn die Bilder in dem Museum in Oslo nicht versichert sind, dann sind sie doch auch nicht bei ArtCare versichert, oder?«

Zablowski riss sich endlich vom Fernseher los, um seinen jüngeren Kollegen durchdringend zu mustern. »Wer sagt denn, dass diese verflixte Einbruchsserie immer nur ArtCare treffen muss?«

Hollermeier breitete verständnislos die Hände aus. »Na, die im Fernsehen.«

Zablowski verdrehte einmal mehr die Augen, bevor er sich wieder auf »die Katze« konzentrierte.

Wohl weniger als eine Minute später meldete sich erneut Hollermeiers Stimme.

»Komisch.«

Zablowski stöhnte. »Was ist denn *jetzt* schon wieder.«

»Da«, sagte der junge Wachmann und deutete auf einen der Monitore. »Im Kabinett 4. Kannst du das erkennen, was da unter dem Bilderrahmen am Boden steht?«

Zablowski nahm die Beine vom Tisch, rollte mit dem Stuhl an Hollermeiers Seite, setzte sich seine Lesebrille auf und ging mit der Nase ganz nahe an den Monitor. Nachdem er eine Weile geguckt hatte, brummte er: »Für mich sieht das aus wie ’ne Kerze.«

»Hätte ich jetzt auch getippt. Komisch.«

Der Schnauzbart des Älteren sträubte sich wie bei einem Walross. »Timo, wenn du noch einmal ›komisch‹ sagst, verdonnere ich dich für den Rest der Nacht zu einem Dauerrundgang. Das ist nicht komisch, sondern merkwürdig, um nicht zu sagen, *verdächtig*. Wir müssen uns das ansehen. Du gehst sofort ins Obergeschoss und schaust nach dem Rechten. Nimm dein Funkgerät mit. Wenn dir irgendwas Besonderes auffällt, meldest du dich.«

Hollermeiers Blick huschte zum Fernsehapparat, als bedauere er, sich mit seiner Bemerkung selbst um den Schluss des Filmes gebracht zu haben. Seufzend schnappte er sich das Funkgerät und verließ den Raum.

Wenig später traf er im ersten Stock ein. Nicht wirklich überstürzt strebte er den Räumen entgegen, die der italienischen Malerei gewidmet waren. Als er das Kabinett 4 erreichte, musste er sich kurz orientieren, um die zuvor gesehene Kameraperspektive auf seinen jetzigen Standpunkt zu übertragen. Dann entdeckte er die Kerze.

Sie brannte nicht, wirkte nicht einmal echt, sondern eher wie eine schlechte Attrappe aus Stein oder Ton. Und es gab noch etwas anderes im Raum, das nicht echt war, wie Hollermeier feststellte, als sein Blick zu dem Rahmen über dem falschen Licht wanderte.

Eigentlich hatte er darin ein Meisterwerk aus dem sechzehnten Jahrhundert erwartet. Stattdessen sah er nur eine verwaschene Ansammlung von Farbflecken, die dem geraubten Gemälde gerade ähnlich genug waren, um auf dem Überwachungsbildschirm im Kontrollraum – schwarz-weiß und winzig klein – nicht aufzufallen. Hollermeier drückte die Sprechtaste seines Funkgeräts.

»Alois?«

»Ich kann dich auf dem Monitor sehen, Timo. Was ist da bei dir los?«, plärrte die Antwort sofort nach dem Loslassen des Knopfes.

»Wenn du mich fragst, solltest du Alarm geben. Das Bild – ich weiß nicht, ob man es so nennen kann, es sieht irgendwie komisch …«

In den Lautsprechern der Rundrufanlage knackte es, und Zablowskis verärgerte Stimme hallte durch die Ausstellung. »Bist du närrisch! Sag mir endlich, was du siehst.«

»Nichts«, antwortete Timo Hollermeier ins Walkie-Talkie. »Jedenfalls nicht das, was da auf dem Schild steht: *Darstellung aus der Prometheus-Sage* von Piero di Cosimo.«

Kapitel 11

»Solange die Menschen Lügen über uns erzählen, heißt das nicht viel, schlimm wird es erst, wenn sie anfangen die Wahrheit zu erzählen.«

George Bernard Shaw

LONDON (ENGLAND),
Dienstag, 9. Oktober, 8.31 Uhr

Sie wunderte sich, warum ihr Gewissen nicht Alarm schlug. Alex hatte seit drei Tagen keinen Morgenlauf mehr unternommen, aber das neu gewonnene Vertrauen in ihren Körper war ihr dadurch nicht abhanden gekommen. Lucy war schon eine außergewöhnliche junge Frau.

Alex wohnte immer noch bei der »verrückten Nudel«. Ihre Eltern würden so schnell nicht aus Malaysia zurückkehren, hatte Shaws kleine Schwester erklärt, warum also in Hektik ausbrechen?

Physisch hatte sich Alex von dem Gasanschlag recht schnell erholt. Die Hautabschürfungen und blauen Flecke schmerzten zwar, aber so spürte sie wenigstens, dass sie lebte. Zum Glück hatte sich der Verdacht auf eine Gehirnerschütterung nicht bestätigt. Shaw war ein weiches Polster gewesen.

Darwin Shaw. Jedes Mal, wenn sein Name in Alex' Bewusstsein auftauchte, löste er ambivalente Gefühle aus. Selten hatte ein Mensch den Schlick ihrer Seele derart aufgewirbelt wie er. Seine Schwester spielte die Rolle des Filters: Durch ihr aktives Zuhören half sie, das trübe Wasser der Emotionen zu reinigen.

Inzwischen beurteilte Alex sogar seinen Horrorblick anders. Darwin – sie hatte sich in den letzten Tagen immer häufiger dabei ertappt, wie sie in Gedanken seinen Vornamen benutzte – war vielleicht geschockt gewesen, als er sie im Bad überraschte, aber konnte sie ihm diese Reaktion wirklich übel nehmen? Die Menschen gerieten allzu leicht aus der Fassung, wenn ihre auf männlich und weiblich fixierte Gedankenwelt mit etwas dazwischen Liegendem konfrontiert wurde. Viele ahnten kaum, dass sie zwar vielleicht keinen »echten« Hermaphroditen, aber zumindest einen intersexuellen Menschen in ihrem Bekanntenkreis hatten. Über so etwas sprach man nicht. George Bernard Shaw glaubte: »Schweigen ist der vollkommenste Ausdruck der Verachtung.« Und so schwiegen die Ahnenden, weil sie nicht wissen wollten, und die Wissenden, weil sie nicht sehen wollten; manchmal verleugneten sie sogar sich selbst.

Derlei Einsichten sind niemals angenehm, auch bei Alex verhielt sich das nicht anders. Vor sechs Jahren – sie war damals neunzehn – hatte sie zum ersten Mal per E-Mail mit Selbsthilfegruppen Kontakt aufgenommen. Es war eine unbeschreibliche Offenbarung gewesen, von Menschen mit ähnlichen Lebens- und Leidensgeschichten zu erfahren. Allein sich mit ihnen auszutauschen gab ihr Kraft, sich ihrer Besonderheit zu stellen, den fremdartigen Körper als ihren eigenen zu begreifen, Schritt für Schritt.

Nie hatte sie jedoch einen ihr gleichen Hermaphroditen gefunden, und selbst die Fachliteratur gab diesbezüglich wenig Anlass zur Hoffnung. Offiziell bezweifelten die Forscher, dass es unter den weltweit knapp dreihundert »Echten« einen einzigen gab, der sich selbst fortpflanzen konnte – obwohl Alex in ihrer Patientenakte etwas anderes gelesen hatte.

Auf ärztliches Anraten schlief sie seit ihrer Pubertät mit engen saugfähigen Baumwollslips, die ihre äußeren Geschlechtsorgane auf Abstand halten und im Falle eines nächtlichen Samenergusses das Sperma möglichst rasch aufnehmen sollten; deshalb bevorzugte sie tagsüber die bequemeren Boxershorts. Der »Keuschheitsgürtel« war kein vollkommener Schutz vor Selbstbefruchtung, minimierte aber zumindest das Risiko. Trotzdem stand sie jedes Mal, wenn ihre Regel nicht ganz pünktlich kam, unbeschreibliche Ängste durch. Sie legten ihre Gedanken in Ketten, fesselten sie mit einer quälenden Frage:

Bin ich ein unachtsamer Schläfer gewesen?

In den vergangenen zwei Wochen hatte Alex mehr als einmal an ihrem Verstand gezweifelt. Konnte das »Gehirn« René Magrittes Gemälde allein um des Titels wegen ausgewählt haben? Wie viel wusste das Phantom von dem gelebten Albtraum eines in jeder Hinsicht fruchtbaren Hermaphroditen, eines menschlichen Wesens, das zur extremsten Form der Inzucht fähig war?

Schon im Teenageralter – seit Alex sich der in ihrem Leib tickenden Zeitbombe bewusst geworden war – hatte sie das Gerede von den Hermaphroditen als nächsten Schritt der Evolution persönlich genommen. Daraus entwickelte sich eine Art ständiger Kampfbereitschaft. Wenn irgendjemand Charles Darwins Postulate daherbetete, empfand sie dies als einen hingeworfenen Fehdehandschuh, den sie zwanghaft aufnehmen musste. Die beiden Anschläge auf ihr Leben hatten diesen Reflex nicht etwa abgetötet, sondern eher stimuliert. Wenn das »Gehirn« sie zum Schweigen bringen wollte, indem es ihr Haus in die Luft sprengte, dann sollte es seinen Irrtum bitter bereuen. Jetzt würde sie erst recht ihre Interpretationen der Museumseinbrüche öffentlich verbreiten, nicht für Theo, sondern um der Wahrheit willen.

Ihre neue Entschlossenheit wäre ohne Lucy wohl wesentlich langsamer in die Gänge gekommen. Als Alex am späten Samstagvormittag mit ihrer Gastgeberin beim Frühstück gesessen hatte, kam das Gespräch über frühe Kindheitserlebnisse auf das Thema Geschwister. Terri Lovecrafts Name fiel. Und wer war der unbekannte Tote im Louvre? Etwa ein eineiiger Drilling? Darwins Schwester wollte sämtliche Einzelheiten über den Raubzug durch die drei weltberühmten Museen und Alex' Deutung des *Unachtsamen Schläfers* erfahren.

Nachdem sie alles gehört hatte, sagte sie: »Ich finde, das sollten alle wissen.«

Alex war anfangs noch zögerlich gewesen. »Letzten Dienstag haben viele Zeitungen eine Pressemitteilung von mir veröffentlicht, in der ich einige meiner Deutungen zum Besten gegeben und eine Fortsetzung angekündigt habe.«

»Und? Wo ist Teil zwei?«

»In der Asche meines Hauses«, antwortete Alex bedrückt.

»Also, wenn du einen Computer mit Internetanschluss brauchst – du kannst mein Notebook benutzen.«

Ein böses kleines Lächeln stahl sich auf Alex' Lippen. »Ich würde dem ›Gehirn‹ schon gerne zeigen, dass ich mich nicht so schnell in die Knie zwingen lasse.«

»Na, dann tu's doch. Dieses Phantom der Oper, oder wie du es genannt hast, wird morgen wieder zuschlagen – das waren doch deine Worte, oder?«

»Na ja, so ähnlich, aber …«

»Nichts aber. Wenn du heute per Mail deine Fortsetzung an die Medien gibst, können sie bis Montag damit herauskommen, passend zum neuen Einbruch. Und am Dienstag schiebst du dann deine Erklärungen zur jüngsten Aktion des ›Gehirns‹ nach.« Lucy klatschte in die Hände. »Aktueller Bezug, viele Leser.«

Alex musste grinsen. »Man könnte glauben, du hättest Journalistik studiert.«

»Ich war mal Herausgeberin einer Schülerzeitung.«

»So haben schon viele große Karrieren begonnen.«

Tatsächlich waren am Montag in vielen Blättern die »neuesten Enthüllungen« zu der Einbruchsserie erschienen. Die Leute hatten teilweise schon im Radio von dem jüngsten Raub in München erfahren und rissen den Händlern alles aus der Hand, was Hintergrundinformationen zu der Verbrechensserie versprach. Sogar Fernsehen und Rundfunk, die sich bis dahin weitgehend auf die

Meldung von Fakten beschränkt hatten, erlagen der Versuchung zu quotenträchtigen Spekulationen. Alex Daniels mochte als exzentrische Außenseiterin gelten, aber sie war anscheinend die Einzige, die so etwas wie eine Erklärung anbieten konnte. Ihre Kritik an der Evolutionstheorie nahmen zwar nur wenige ernst, aber es wurde ihr zugetraut, sich in die Gedanken der Terroristen hineinzuversetzen; denn ihre Fingerabdrücke ähnelten ja den im Louvre gefundenen Spuren. Was brauchte es mehr, um ihre Qualifikation nachzuweisen?

Terri Lovecrafts Name tauchte in Alex' Berichten nicht auf. Trotzdem geisterte er durch die Medien. Ausgerechnet der *Daily Mirror* ignorierte die jüngste Folge der »Galerie der Lügen«. Dafür hatte das Blatt bereits in seiner Sonntagsausgabe erneut den blutigen Vorfall im Greenwich Park aufgegriffen, um die Verbindung zwischen der kürzlich verunglückten Tochter von Mrs D'Adderio und der »Traumdeuterin der Nation« offen zu legen. Die Meldung stammte von Susan Winter.

Susans Killerinstinkt im Hinblick auf reißerische Storys war Alex nicht fremd. Die Reporterin wollte mit Macht nach oben. Aber der Artikel vom Sonntag bedeutete dennoch eine herbe Enttäuschung für Alex. Am liebsten hätte sie ihre alte Kommilitonin sofort angerufen, um sie zur Rede zu stellen. Lucy redete ihr das Vorhaben aus. Sie solle lieber noch eine Weile abgetaucht bleiben und ihren nächsten Coup vorbereiten.

Am Dienstagmorgen stand Alex erst nach acht auf. Ihr Körper reagierte auf den Stress und die Anstrengungen der letzten Zeit mit einem verstärkten Schlafbedürfnis. Als sie Lucy davon erzählt hatte, gab diese ihr eine verblüffende Empfehlung: »Probier doch mal zur Abwechslung, auf deine innere Stimme zu hören, anstatt jeden Morgen wie eine Irre durch den Park zu rennen.«

Wie erwähnt, schaffte es Alex inzwischen, den Rat ohne schlechtes Gewissen zu beherzigen.

Als sie aus der Dusche kam, war ihre Gastgeberin schon fast im Buchladen in der Notting Hill Gate. Weil Lucys Kleidung für

Alex ein paar Nummern zu klein war, bediente sie sich bei den alten Sachen, die Darwin in seinem Elternhaus zurückgelassen hatte. Sie fand Gefallen an einer dunkelblauen Jogginghose und einem dazu passenden Sweatshirt, beides geschmückt mit dem Emblem der Toronto Blue Jays, einem kanadischen Baseballteam.

Die gemächliche Gangart nach dem Aufstehen war Teil eines Rituals, das im Lesen der morgendlichen Presse mündete. Nein, sie zelebrierte die Zeitung neuerdings. Vor allem, wenn sie darin eine neue Folge ihrer »Galerie der Lügen« erwartete. Leider hatte Lucy nur den *Daily Mirror* abonniert – man könne nicht immer nur Milton, Blake und Shaw lesen. Nachdem der Toast gebuttert und mit Orangengelee bestrichen sowie der Earl Grey in die Tasse gefüllt war, entrollte Alex die Zeitung. Und erstarrte.

Ihr Gesicht füllte die halbe Titelseite aus.

Die Überschrift zum Foto wie auch der als »exklusiv« gekennzeichnete Artikel trieben ihr die Zornglut ins Gesicht.

VIELKÖPFIGES ZWITTER-PHANTOM

Aufgedeckt: Warum die Traumdeuterin Alex Daniels dem Phantom des Louvre so ähnlich sieht

Von Susan Winter

Vor genau einem Monat berichteten wir von dem blutigen Sprengstoffanschlag im Pariser Louvre-Museum. Jetzt gelangte der Mirror *an exklusives Beweismaterial, das Unglaubliches enthüllt: Der Täter war ein Zwitter. Und er war nicht allein. Es gibt mindestens drei eineiige Geschwister, die weder Mann noch Frau und doch beides zugleich sind. Einer ist den Stammlesern des* Mirror *bestens bekannt: Er heißt Alex Daniels. (Mehr dazu auf Seite 9.)*

Alex war nicht in der Lage umzublättern. Sie konnte auch nicht den Blick von der Zeitung nehmen. Immer wieder las sie das Unfassbare, als könne sie dadurch die Worte in eine leichter verdauliche Nachricht verwandeln. Wie hatte Susan ihr so etwas antun können! Mit dem Artikel vom Sonntag war sie bereits bis an die Schmerzgrenze des Erträglichen gegangen. Am Montag hatte sich Alex eingeredet, der Chefredakteur habe ihre »Galerie der Lügen« nur zurückgehalten, um das Thema nicht über Gebühr auszureizen. Aber nun *das*!

Irgendwann schaffte es Alex doch, ihre Hände zur Mitarbeit zu bewegen. Sie fand die Fortsetzung und las sie mit zunehmender Fassungslosigkeit.

Zwei Menschen wurden am 9. September im Pariser Louvre-Museum von einer Bombe zerfetzt. Eine antike Marmorstatue verwandelte sich in Schotter. Die am Tatort gefundenen Fingerabdrücke führten Interpol ins Vereinigte Königreich. Die Londoner Wissenschaftspublizistin und Journalistin Alex Daniels (25) wurde verhaftet. Aber ihre Fingerabdrücke ähnelten denen des Täters lediglich. Sie war das unschuldige Opfer einer Verwechselung geworden. Was für sie wie ein Happy End aussah, soll nun zu einem Albtraum werden.

Am vergangenen Donnerstag ist Daniels nur knapp einem Mordanschlag entkommen. Tags darauf wurde ihr Haus durch eine Gasexplosion verwüstet. Seitdem ist sie verschwunden. Die Polizei hält sich bedeckt. Will sie das Opfer nur vor weiteren Attentaten schützen, oder ist Daniels längst die dritte Leiche in einem zunehmend mysteriöser werdenden Fall?

Für die Leser des Mirror ist die Publizistin keine Unbekannte. Seit dem Anschlag in Paris meldete jeden Sonntag ein anderes europäisches Museum einen Aufsehen erregenden Raub. Daniels lieferte eine atemberaubende Deutung der Vorfälle, die sie als »Galerie der Lügen« bezeichnete. Sie kündigte am Montag letzter Woche eine Enthüllung an: Sie habe einen Zwilling, dessen Existenz ihr bis vor kurzem noch unbekannt war. Er könnte an den als terroristisch eingestuften Aktionen in Paris, London und Wien beteiligt gewesen sein.

Am Sonntag fragten wir noch: Ist dieser Zwilling Terri Lovecraft gewesen, die angeblich am 7. September mit ihrem Auto an der Einfahrt zum Blackwall-Tunnel tödlich verunglückte? Gestern wurde ein Teil des Rätsels gelöst. Der Daily Mirror *gelangte durch einen Informanten von Scotland Yard an exklusives Beweismaterial. Der genetische Fingerabdruck des toten Terroristen aus dem Louvre wurde mit denen von Lovecraft und Daniels verglichen. Resultat: Alle drei sind praktisch identisch. Es muss sich um eineiige Drillinge gehandelt haben.*

Laut unseren Recherchen sind die drei Geschwister ohne Kenntnis voneinander aufgewachsen. So unglaublich diese Geschichte klingen mag, gibt es noch eine Steigerung. Am vergangenen Sonntagabend wurde im Edvard-Munch-Museum in Oslo ein Verdächtiger namens Bo Johansen festgenommen. Seine Personenbeschreibung gleicht der von Lovecraft, Daniels und der Louvre-Leiche aufs Haar. Nach Bekanntwerden des am selben Abend verübten Gemälderaubes in der Münchener Alten Pinakothek wurde Johansen mangels hinreichender Verdachtsmomente wieder auf freien Fuß gesetzt. Seine Personalpapiere seien einwandfrei gewesen.

Unser Informant von Scotland Yard bezeichnete das Vorgehen der norwegischen Kollegen, diplomatisch ausgedrückt, als »vorschnell«. Man habe womöglich einen Lockvogel laufen lassen, der die Behörden zu dem eigentlichen Drahtzieher der vermutlich terroristischen Anschlagserie hätte führen können. Auch die Osloer Polizei muss zu dieser Ansicht gelangt sein, denn sie hat versucht, Johansen in seiner Wohnung im Stadtteil Kampen zum Zwecke einer weiteren Befragung aufzusuchen. Bisher ohne Erfolg. Man müsse davon ausgehen, dass er untergetaucht sei, teilte uns die Polizeisprecherin, Anne Smedsrud, mit. Jedoch habe man eine DNA*-Probe* *des Verdächtigen sicherstellen können, die derzeit untersucht werde. In etwa drei Tagen sollen die Ergebnisse vorliegen.*

Schon jetzt stellt sich die Frage, welche Schlüsse zu ziehen sind, wenn der genetische Fingerabdruck des Osloer Verdächtigen mit denen der drei Zwitter identisch ist. Wie viele eineiige Geschwister kann ein Mensch haben? Was steckt hinter den Anschlägen auf Daniels' Leben? Der Mirror *wird Sie auf dem Laufenden halten.*

susan.winter@mirror.co.uk

Alex war wie betäubt. Der Artikel stellte einen ungeheuerlichen Vertrauensbruch dar. Kein Wunder, dass ihre aktuelle Pressemitteilung in der Redaktion des *Mirror* ausgebremst worden war. Man wähnte sich im Besitz einer besseren Story. Hätte Susan sie nicht wenigstens warnen können?

Tröpfchenweise träufelte Alex' Verstand klarere Gedanken in ihr von trüben Gefühlen überschwemmtes Bewusstsein: Was ist, wenn deine jüngste Folge der »Lügengalerie« irgendwo in der Redaktion verschollen ist, bevor Susan sie zu Gesicht bekam? Vielleicht war sie zu beschäftigt … Oder auf der Suche nach dir? Sie hatte ja geschrieben, du seist verschwunden, rechnete sogar mit deinem Tod. Vielleicht hat sie versucht, dich zu erreichen. Aber Longfellow ist stur. Er wird nichts rausgelassen haben. Und du besitzt nicht mal ein Handy. Außerdem, wie gut waren Susan und ich denn wirklich befreundet? In den letzten zwei Wochen haben wir mehr miteinander kommuniziert als sonst vielleicht in einem ganzen Jahr. Bist du nicht selbst daran schuld, wenn du keinem vertrauen kannst …?

Alex merkte, dass sie wieder in den gefährlichen Strudel aus Selbstvorwürfen geriet, der sie schon oft in tiefe Depressionen gezogen hatte. Mittlerweile kannte sie einige Strategien, um dagegen anzukämpfen.

Eine davon hieß reden.

Sie holte sich Lucys Telefon an den Küchentisch. Es war – wie wohltuend! – altmodisch, soll heißen, wie Alex' eigenes an eine lange Schnur gefesselt. Sie wählte die Nummer ihrer Freundin in der Redaktion.

»Guten Morgen. *Daily Mirror*. Sie sprechen mit Pamela Miller. Was kann ich für Sie tun?« Das nasale Leiern am anderen Ende der Leitung war Alex nicht fremd. Es entstammte der meistens Kaugummi kauenden Redaktionssekretärin.

»Guten Morgen, hier ist Alex Daniels. Ich möchte gerne Susan sprechen.«

Am anderen Ende der Leitung herrschte Stille.

»Hallo?«, rief Alex.

»J-ja …«, stotterte Miller. »Ich bin noch dran. Warten Sie bitte. Ich verbinde Sie mit Mrs Billings.«

Es knackte, schauderhafte Musik dudelte, dann meldete sich Susans Ressortleiterin.

»Emma Billings.« Die Stimme klang angespannt.

»Daniels«, knurrte Alex genervt. »Guten Morgen. Ich muss dringend Susan Winter sprechen.«

»Das ist leider unmöglich. Worum geht es denn?«

»Ich würde lieber persönlich mit ihr darüber reden.«

»Geht es um irgendeinen Beitrag unserer Redaktion?«

»Auch.«

»Welchen?«

»Wie gesagt, wenn Sie mich mit Ms Winter verbinden …«, versuchte es Alex abermals, wurde aber von einer merklich angespannten Mrs Billings unterbrochen

»Hören Sie, auch wenn es unhöflich klingen mag, aber ich *kann* Ihnen Ms Winter nicht durchstellen. Wenn Sie eine Beschwerde haben, sagen Sie es mir. Ich nehme sie auf und kümmere mich darum.«

»Dann richten Sie bitte Ms Winter aus, einer der vier Köpfe des Zwitterphantoms erwarte ihren Rückruf.«

»Gefällt Ihnen die Überschrift nicht?«

»Der ganze Artikel verstößt gegen grundlegende journalistische Prinzipien. Er ist in höchstem Maße spekulativ, und er verletzt die journalistische Ethik sowie die Persönlichkeitsrechte der erwähnten Personen.«

»Das sind schwere Vorwürfe. Ich würde Sie ja gerne zu Mr Corley durchstellen, der das Material für den Beitrag von Ms Winter aufbereitet hat, aber er ist im Moment nicht greifbar.«

»Der Artikel stammt gar nicht aus Susan Winters Feder?«

»Nein. Sie hat gestern das Material in der Redaktion abgeliefert und ist sofort wieder aufgebrochen, um sich mit einem Informanten zu treffen. Seitdem haben wir sie nicht mehr gesehen.«

Alex atmete tief durch. Möglicherweise hatte sie ihrer Freundin Unrecht getan und der reißerische Ton des Pamphlets war ausschließlich auf dem Mist dieses Corley gewachsen. »Vielleicht ist es besser, wenn ich Ms Winter zu Hause anrufe.«

In der Leitung herrschte einen Moment Stille, ehe Billings fragte: »Wie war noch Ihr Name? Ich habe ihn vorhin nicht richtig verstanden.«

»Daniels.«

»Alex Daniels?«

»Ja.«

»Derselbe … Ich wollte sagen, dieselbe … äh … Person, die in dem …?«

»Sagen Sie doch einfach, derselbe *Hermaphrodit*.«

»Sie waren mit Ms Winter befreundet, nicht wahr?«

Waren? Alex spürte einen kalten Schauer. Ihre vom Argwohn gedehnte Antwort klang mehr nach einer Frage. »Ja?«

»Ich muss Ihnen eine bedauerliche Mitteilung machen. Susan Winter ist heute früh in der U-Bahn-Station Canary Wharf verunglückt. Wir nehmen jedenfalls an, dass es ein Unfall war. Einige Zeugen sagten, sie sei regelrecht vor den Zug gesprungen.«

Alex fühlte sich, als wäre sie im Eis eingebrochen und käme nun nicht mehr an die Oberfläche zurück. Ihr Kiefer und ihre Zunge wollten ihr kaum gehorchen, als sie stammelte: »Ist sie … Ist Susan … *t-tot*?«

Eine lange Pause entstand. Alex war sich nicht sicher, ob sie aus dem Hörer ein ersticktes Schluchzen vernahm. Dann endlich kam, seltsam tonlos, die Antwort.

»Ja. Susan Winter ist noch auf den Gleisen verstorben. Es tut mir so Leid. Lassen Sie uns ein andermal weiterreden. Ich … kann nicht …«

Es klickte in der Leitung. Emma Billings hatte aufgelegt.

Alex behielt den Hörer in der Hand. Aus der Ohrmuschel klang ein monotones Summen. Sie konnte nicht fassen, was sie eben gehört hatte. Susan Winter war nicht die Frau, die sich vor einen Zug warf, daran gab es für Alex nicht die geringsten Zweifel. Aber wenn sie mit ihrer Einschätzung Recht hatte, dann ergab der Ort des angeblichen Unfalls keinen Sinn. Die Adresse des *Daily Mirror* lautete One Canada Square. Die Zeitung residierte also am Canary Wharf, jenem Kai, wo Susan *aussteigen* musste, wenn sie am Morgen in die Redaktion ging. Wer einen im Bahnhof stehenden Waggon verlässt, der kann nicht auf die Gleise geraten.

Es sei denn, jemand habe ihn dazu gebracht.

Alex schüttelte den Kopf, um ihre wirren Gedanken in Reih und Glied zu bringen. Benommen legte sie den Hörer auf die Gabel. Alles erschien ihr so unwirklich. Jemand versetzt das Opfer in einen willenlosen Zustand, hält es an der Bahnsteigkante fest, bis der Zug in die Station einfährt, und stößt es auf die Gleise – das klang nach Hollywood, aber nicht nach dem wirklichen Leben.

Das Telefon schellte.

Alex erlitt fast einen Herzschlag vor Schreck. Mit großen Augen starrte sie auf den Apparat.

Es klingelte zum zweiten Mal.

Ob sie im Ashby-Haus noch sicher war? Beim Anruf in der Redaktion des *Mirror* hatte sie vermutlich Lucys Nummer preisgegeben …

Das Telefon läutete abermals.

Alex war der Panik nahe. Was hatte sie mit Lucy verabredet? Dasselbe Zeichen wie bei Susan: dreimal klingeln, auflegen, neu wählen.

Eine Pause entstand.

Der Anrufer kannte das Zeichen!

Einen wahnwitzigen Moment lang hoffte sie, Susan könne am anderen Ende der Leitung sein. Sie musste beim nächsten Klingeln nur abnehmen, und ihre Freundin würde wieder lebendig sein.

Es schellte erneut.

Alex riss den Hörer von der Gabel. Sie versuchte, ihre Stimme tiefer klingen zu lassen.

»Hallo?«

Kurzes Zögern. »Ms Daniels?«

Darwin! Als Alex die Stimme von Lucys Bruder erkannte, fiel ihr ein Stein vom Herzen. »Ja, ich bin's, Mr Shaw!«

Wiederum kam die Antwort nicht sogleich. Vermutlich fragte sich der Versicherungsdetektiv, warum sie so überdreht klang. Aus dem Hintergrund war ein Gong und darauf eine Lautsprecherdurchsage zu hören. Schließlich druckste er: »Hören Sie, was da neulich passiert ist …«

»… war für uns beide ziemlich schwer verdauliche Kost«, half Alex ihm aus.

»Ja. Ich wollte Sie fragen, ob wir uns sehen können. Auf neutralem Boden, wenn Sie wollen. Wir könnten zusammen essen.«

»Das wäre schön«, antwortete Alex ohne Zögern. »Lucys Kochkünste sind, gelinde ausgedrückt … überraschend. Gestern hat sie für uns Perlzwiebelauflauf gemacht.«

»Mögen Sie etwa keine Pickles?«

»Nicht mit Tortellini und Béchamelsauce.«

»In der Southwark Bridge Road, etwa eine halbe Meile vom Haus meiner Eltern, gibt es eine Brasserie, das Bankside. Die kochen hervorragend.«

»Hört sich himmlisch an.«

»Da wäre noch was … Ist es eigentlich … korrekt, wie ich Sie anrede …?«

Wäre sie nicht in so depressiver Stimmung, hätte sie geschmunzelt. Stattdessen antwortete sie müde: »Völlig. Unsere Sprache blendet Hermaphroditen aus, genauso wie unsere Gesellschaft. Wir können uns die Angelegenheit aber erleichtern. Bis vor kurzem hat meine beste Freundin weniger über mich gewusst als du. Sag einfach Alex zu mir.«

Eine Pause entstand. »Danke für das Vertrauen, … Alex. Hatte ich erwähnt, dass mein Name Darwin lautet?«

»Ich bin mir nicht sicher.« Obwohl Alex den Versuch, sie aufzumuntern, dankbar aufgegriffen hatte, wollte ihr der lockere Tonfall einfach nicht gelingen.

»Du hörst dich so … bedrückt an. Liegt das an mir oder …«

Alex erzählte die schlimme Nachricht, die sie gerade aus der *Mirror*-Redaktion erfahren hatte.

»Mein Gott!« Darwin klang ehrlich betroffen. »Es tut mir unendlich Leid, Alex. Du scheinst vom Unglück verfolgt zu sein.«

»Ja. Ich wüsste nur zu gerne, welchen Namen dieses Unglück hat.«

»Lass uns später in Ruhe darüber reden, und dann überlegen wir uns die weiteren Schritte. Es gibt da nur ein kleines Problem. Ich bin gerade erst in Heathrow gelandet.«

»Dienstreise nach München?«

»War wohl nicht schwer zu erraten. Gestern hatte ich ein sehr unerquickliches Gespräch mit einem Prof. Dr. Magerkohl, dem Generaldirektor der Alten Pinakothek in München. Er wirft ArtCare Versäumnisse vor. Wir hätten die Gefahr weiterer Einbrüche heruntergespielt. Na ja, ich will dich mit meinem Kram nicht langweilen, aber ich muss zuerst ins Büro fahren, mich um Schadensbegrenzung bemühen und dem Doktor Bericht erstatten.«

»Wem?«

»Martin Cadwell, meinem Boss. Bei der Gelegenheit kann ich auch gleich die zwei Kartons mit deinen persönlichen Habseligkeiten mitbringen, die unsere ›Entrümpeler‹ aus der Asche deines Hauses herausgesammelt haben.«

»Nur *zwei* Kisten?«, fragte Alex erschrocken.

»Nein, nein. Es ist noch mehr da. Im Erdgeschoss war natürlich alles verbrannt, und im Stockwerk darüber ist auch nicht viel übrig geblieben. Im Keller sah's wohl weniger dramatisch aus. Unsere Leute haben dein Zeugs sicher untergestellt. Du kannst dich darum kümmern, wenn's dir wieder besser geht.«

»Danke, Darwin. Ich weiß gar nicht ...«

»Lass gut sein. Das ist doch das Mindeste, was ich für meine Chefberaterin tun konnte.«

»Wann kannst du im Bankside sein?«

»Wie wär's um sechs?«

Sie schluckte. Das bedeutete neun Stunden Warten.

»Alex? Bist du noch dran?«

»Glaubst du, ich bin in eurem Haus noch sicher?«

»Hast du denn abgesehen vom *Mirror* noch mit jemand anderem telefoniert?«

»Nein. Mit niemandem.«

»Dann müssen wir uns wohl vorerst keine Sorgen machen. Außer Lucy und mir weiß nur noch Mortimer Longfellow, wo du dich versteckst. Aber vielleicht kann ich dir trotzdem einen guten Rat geben.«

»Ja?«

»Keine Anrufe mehr. Bleib bis heute Abend im Haus. Und halte dich von den Fenstern fern.«

Detective Superintendent Longfellow kreuzte mittags in Begleitung eines Inspektors von Scotland Yard in der Copperfield Street auf. Alex war wenig begeistert, dass nun eine weitere Person ihren Schlupfwinkel kannte. Die Polizisten blieben etwa eine Stunde. Im Wesentlichen wollten sie alles über die Freundschaft zu Susan Winter wissen. Alex war selbst erschrocken, wie wenig ihr dazu einfiel.

Sehr schnell wurde erkennbar, dass auch die Polizei ein Gewaltverbrechen an der Reporterin zumindest nicht ausschließen wollte. Der Beamte von der Mordkommission hieß Aspinall. Er war ein dürrer Enddreißiger mit braunem Haar, Habichtsnase und einem offensichtlich lückenhaften Wissen über die jüngste Leidensgeschichte der zu befragenden Person. Dessen ungeachtet verriet sein Auftreten und sein distanzierter Tonfall, wie viel er von sich hielt. Als er Alex zu ihrem Alibi befragte, geriet sie in Panik.

»Werfen Sie mir jetzt auch noch vor, meine beste Freundin umgebracht zu haben?«, brauste sie auf.

Longfellow sprach beruhigend auf sie ein. Solche Fragen gehörten zur Routine. Lucy Ashbys Aussage werde mit Sicherheit alles klären. Einen unmittelbaren Zusammenhang zwischen den Museumseinbrüchen und Susans Tod könne er übrigens derzeit nicht erkennen, aber man ermittle auch in dieser Richtung.

»Und was wollen Sie damit andeuten?«, fragte Alex.

Longfellow sah sie durchdringend an. »Es könnte zumindest eine indirekte Verbindung bestehen zwischen Ihnen und den Dieben oder Terroristen oder … Na, Sie wissen schon.«

»Sie sprechen auf den letzten Artikel an, den Susan vor ihrem Tod geschrieben hat.«

»So ist es. Er enthält ein paar streng vertrauliche Informationen der Polizei.«

»Dann stimmt also, was im *Mirror* über die Gleichheit der drei genetischen Fingerabdrücke steht?«

»Ja. Um die Fehler der daktyloskopischen Abgleiche nicht zu wiederholen, hat man die DNA nach zusätzlichen Übereinstimmungsmerkmalen abgesucht und dabei minimale Unterschiede festgestellt.«

In Susans Artikel stand, die genetischen Fingerabdrücke seien »praktisch identisch« gewesen. Jetzt war Alex diese Einschränkung klar. »Solche Abweichungen könnten mit Mutationen zusammenhängen, die das Erbmaterial nach der Aufspaltung der Eizellen geschädigt haben.«

»Wie ich sehe, kennen Sie sich in der Thematik aus. Unsere Experten sind derselben Ansicht. Haben Sie eine Ahnung, wie Ihre Freundin an die Laborergebnisse gekommen sein könnte?«

Alex musterte Inspektor Hakennase. »Susan erwähnte etwas von einem Informanten beim Yard.«

»Nannte sie Namen?«

»Nein.«

»Schade.«

»Dieser Verdächtige aus Oslo …«

»Bo Johansen?«

»Ja. In dem Artikel steht, er könnte ebenfalls mit mir verwandt sein. Haben Sie dazu schon eine Theorie, Superintendent Longfellow?«

Der Scotland-Yard-Inspektor antwortete an Stelle seines Kollegen. »Möglicherweise haben wir es mit einem Missbrauch von weiblichen Gameten zu tun. Das sind …«

»… Eizellen, ich weiß«, kürzte Alex die Erklärung ab. »Wie können Sie von Missbrauch reden? Der Human Fertilisation and Embryology Act wurde 1990 verabschiedet. Ich bin aber 1982 zur Welt gekommen. Auf meine monozygoten … Verzeihung, *eineiigen* Geschwister muss das dann ja auch zutreffen.«

»Nicht wenn die Kryokonservierung ins Spiel kommt. Dabei werden …«

»… die Embryonen in flüssigem Stickstoff konserviert«, fiel Alex dem Inspektor abermals ins Wort. Seine besserwisserische Art ging ihr gehörig auf die Nerven.

»Wie auch immer«, erklärte Aspinall kühl, »wenn die befruchteten Eizellen über mehrere Jahre eingefroren waren, könnte es zu strafbaren Handlungen gekommen sein, *nachdem* die Gesetzeslage eindeutig geklärt worden ist.«

»Terri Lovecraft war in meinem Alter.«

»Lassen Sie uns nicht über Dinge diskutieren, die nicht in meinen Zuständigkeitsbereich fallen. Ich nehme an, jemand von der HFE Authority wird sich zu gegebener Zeit mit Ihnen in Verbindung setzen.«

»Am besten, Sie schlagen meine neue Adresse überall in der Stadt an. Das erleichtert dem Attentäter die Arbeit ungemein.«

Longfellow schien die gespannte Atmosphäre zwischen seinem Kollegen und der Zeugin zu spüren. Zumindest befleißigte er sich eines Lächelns und erklärte beschwichtigend: »Jeder Kontakt zu Ihnen läuft über mich, und ich werde Ihren derzeitigen Aufenthaltsort nicht jedem X-beliebigen mitteilen. Im Übrigen wollte Inspektor Aspinall Ihnen nur erklären, inwiefern Sie Opfer eines Verbrechens geworden sein könnten, das mit den Museumseinbrüchen nichts zu tun.«

Damit bestätigte er nur Alex' seit Tagen gehegten Verdacht. Sie hatte mit Hilfe von Lucys Internetanschluss ihr Wissen über Retortenbabys und die damit zusammenhängenden ethischen und gesetzlichen Aspekte auf den neuesten Stand gebracht. Indes kam ihr dabei kein einziges Mal die Idee, sich, allein wegen der Tatsache ihrer Existenz, als »Opfer« zu betrachten. In ruhigerem Ton sagte sie: »Wie kommt es, dass die Polizei in Oslo DNA-Material von einem Mann besitzt, den sie als unverdächtig hat laufen lassen?«

Longfellow schüttelte den Kopf. »Ganz einfach, die Kollegen haben geschlampt. Als ihnen das nach dem Einbruch in München bewusst wurde, kam jemand auf die glorreiche Idee, das schmutzige Geschirr einzusammeln und ins Labor zu schicken. Man hatte Johansen einen Kaffee angeboten. Auf seiner Tasse müssten also noch Speichelspuren zu finden sein. Im Übrigen ist seine Wohnung voll von Haaren und Hautschuppen und all den hübschen Dingen, für die sich unsere Kollegen von der Spurensicherung so begeistern können. An Proben mangelt es also nicht.«

»Werden Sie mir mitteilen, wenn der Norweger die gleichen Gene hat wie ich?«

»Ich glaube, darauf haben Sie ein Recht.«

Alex nickte müde. »Danke, Superintendent. Eine Frage hätte ich noch.«

»Nur raus damit.«

»Irgendwo stand, in Großbritannien habe jedes sechste Paar ein Problem mit der Fruchtbarkeit. Kein Wunder also, wenn die In-vitro-Fertilisation inzwischen sehr verbreitet ist, um den Kinderwunsch solcher Leute zu erfüllen – obwohl jede künstliche Befruchtung Tausende von Pfund kostet …« Wie so oft ließ Alex sich von ihren eigenen Gedanken aus dem Konzept bringen.

»Worauf spielen Sie an?«, fragte Longfellow.

»Nun, wo viel Geld im Spiel ist, gibt es immer auch ein paar schwarze Schafe, nicht wahr?«

»Richtig.«

»Mir will einfach nicht in den Kopf, welches Vergehen gegen den HFE Act oder verwandte Gesetze so schwerwiegend sein kann, dass man dafür jemanden umbringt?«

»Wie Sie selbst sagten, wollte Ihre Freundin gestern einen weiteren Informanten treffen. Möglicherweise war sie mit ihren Recherchen in dem Fall weiter als die Polizei und Sie. Jemand könnte die Notbremse gezogen haben.«

»Und warum hat man versucht, mich samt meinem Haus in die Luft zu sprengen? Wenn sich jemand vor fünfundzwanzig Jahren bei künstlichen Befruchtungen mit unsauberen Methoden bereichert hat, dann kann ich kaum als Zeuge gegen ihn auftreten. Na schön, er hat vielleicht einige ethische Grenzen überschritten, weil er mit *mir* und meinen eineiigen Geschwistern einen Haufen Geld machen wollte. Aber wie können wir ihm deshalb schaden? Höchstens …« Alex verstummte. Ihre Augen starrten groß in Longfellows pockennarbiges Gesicht.

Der Detective nickte und brachte ihren Gedanken mit grimmiger Miene auf den Punkt.

»Als Beweisstücke.«

Für das kühle Interieur des Bankside konnte sich Alex durchaus erwärmen. Darwin hatte einen Tisch im hinteren Bereich der Brasserie reserviert. Gerade schenkte der Ober tiefroten Wein aus einer Flasche Montepulciano D'Abruzzo in große bauchige Gläser ein. Der geröstete Kürbis und das Thai Chicken seien noch in Arbeit, erklärte er und machte sich von dannen.

Die Atmosphäre zwischen dem Versicherungsdetektiv und seiner wichtigsten Beraterin war zu Beginn ihres ersten Wiedersehens nach dem Monsterding – trotz beiderseits guter Absichten – etwas gespannt. Darwin hatte offenbar sein Verhalten der letzten zwei Wochen einer Rekapitulation unterzogen. Er entschuldigte sich für seine gedankenlosen Äußerungen über Hermaphroditen im Allgemeinen und die »wohl nicht ganz passende Bezeichnung ›Missgeburten‹« im Besonderen. Sichtlich unbeholfen versuchte er, ein Gespräch in Gang zu bringen. Seine kleine Schwester habe ihm gesteckt, dass Alex durchaus bereit sei, über ihre – ihm fiel kein rechtes Wort ein – Abnormität zu reden.

»Wie ich Lucy bereits mitteilte, bevorzuge ich den Terminus ›biologisches Phänomen‹«, erklärte Alex.

Darwin nippte an seinem Rotwein und stellte das Glas auffallend behutsam auf das weiße Tischtuch zurück. »Stimmt. Das klingt erheblich besser. Entschuldige bitte, wenn ich mich so ungeschickt anstelle, aber …«

»Ist schon gut«, unterbrach ihn Alex. »Ich bin nun wirklich nicht das, was ein heißblütiger Gigolo sich freiwillig mit aufs Zimmer nimmt.«

»Hat Lucy mich so bezeichnet?«

»Sie meinte, mein Busen müsste dir gefallen haben.« Alex registrierte, wie sich die Gesichtsfarbe ihres Gegenübers jener des Weins anglich. Nachdem sie ihn eine Weile hatte zappeln lassen, fügte sie hinzu. »Ich mag dich trotzdem.«

»Äh …« Darwin griff nervös zum Glas, kippte den Inhalt hinunter und schenkte für beide nach. Ein wenig gefasster erklärte er: »Du hast mich ziemlich durcheinander gebracht, Alex.«

»Tut mir Leid. Ehrlich gesagt, habe ich lange dagegen angekämpft, dass so etwas passiert.«

»Im Nachhinein ist mir das auch klar geworden. Lucy hat mir am Telefon erzählt, du seist gar nicht so …«

»Verklemmt?«

»Na ja, sie scheint einen Narren an dir gefressen zu haben.«

»Das beruht wohl auf Gegenseitigkeit. Sie ist ein wundervoller Mensch.«

Spätestens als Alex die Erleichterung auf Darwins Gesicht bemerkte, begriff sie, eine Romanze zwischen ihnen beiden wäre unweigerlich zum Scheitern verurteilt gewesen – selbst wenn sie es zugelassen hätte. Jetzt war es an ihr, einen tiefen Schluck aus dem Glas zu nehmen.

»Wie ich hörte, hat Mortimer dich heute besucht«, brachte der Detektiv das Gespräch in eine andere Richtung.

Alex berichtete ausführlich von den Ereignissen zwischen ihrem letzten Telefonat und dem Wiedersehen in der Brasserie.

»Du wirkst erstaunlich gefasst«, stellte Darwin fest, nachdem sie zum Schluss gekommen war.

Sie wich seinem Blick aus. Wie sollte sie ihm ihre Gefühle erklären? »Mir ist heute etwas bewusst geworden. Etwas Unangenehmes«, antwortete sie grübelnd.

»Willst du es mir erzählen?«

»Ich glaube, das sollte ich tun. Susan war meine beste Freundin. Jedenfalls habe ich das immer behauptet. Aber … in Wirklichkeit waren wir einander fremd. Das lag an mir. Seit meiner Kindheit wurde mir immer wieder eingepaukt, dass niemanden etwas angehe, was …«

»Dass du ein Hermaphrodit bist.«

»Ja. Es gab nur zwei Menschen, zu denen ich so etwas wie eine gefühlsmäßige Bindung hatte: meine Adoptiveltern. Heute früh war ich geschockt, als ich von Susans Tod erfuhr. Aber dann wurde mir etwas ziemlich Ernüchterndes bewusst. Mein Erschrecken galt weniger der ›besten Freundin‹, es war blanker

Egoismus. Ich meine ... letzte Woche bin ich zweimal nur knapp Gevatter Tod von der Schippe gesprungen, und jetzt erwischt es jemanden aus meiner unmittelbaren Umgebung. Das hat mich mehr geschockt als ...« Alex schüttelte den Kopf.

»Und jetzt hast du deshalb ein schlechtes Gewissen.«

Sie sah ihn direkt an und nickte. Gab es etwa doch mehr Gemeinsamkeiten zwischen Darwin und seiner Schwester, als sie ihm bisher zugetraut hatte?

Als hätte er ihre Gedanken gelesen, fügte er hinzu: »Ich besitze zwar nicht Lucys emotionelles Potenzial, aber meiner Meinung nach ist das, was du gerade empfindest, okay. Wenn man seine Gefühle leugnet, dann fressen sie einen irgendwann auf. Stell dich ihnen. Dann geht es dir bald besser.«

Alex' Finger kreiste auf dem Rand des Weinglases. Darwins Worte waren wie Balsam auf ihrer wunden Seele. Alles, was sie erwidern konnte, war ein geflüstertes Danke.

Eine ganze Weile sah er schweigend in ihre Augen. Suchte er nach Worten, um seine nächste Frage zu formulieren?

»Dein ... biologisches Phänomen ... Ist das eigentlich genetisch bedingt?«

»Was sonst? Meinst du, so etwas passiert durch einen Verkehrsunfall?«, antwortete sie und rang sich zu einem Lächeln durch. Sie war froh, dass er das Thema gewechselt hatte.

»Ehrlich gesagt, halte ich deine violetten Augen tatsächlich für so etwas Ähnliches; für eine atemberaubende Laune der Natur, wenn ich das anmerken darf.«

Sie zupfte verlegen an ihren Nackenhaaren. »Dankeschön. Und jetzt willst du vermutlich wissen, ob ich noch andere ›Abnormitäten‹ habe, was?«

»Nein ... Das heißt, wenn du darüber reden willst ...«

»Von meiner Überempfindlichkeit für elektromagnetische Strahlung weißt du ja bereits.«

»Allerdings. Mein Handy habe ich übrigens ausgeschaltet.«

»Ist mir nicht entgangen. Außerdem besitze ich ein extrem

ausgeprägtes Orientierungsvermögen. Du kannst mich in der Wüste aussetzen, und ich finde immer wieder zur Oase zurück – vorausgesetzt, mein Wasservorrat ist groß genug.«

Er riss die Augen auf. »So wie bei einer Brieftaube, meinst du?«

Alex verschoss einen violetten Blitz in seine Richtung.

»'tschuldigung. War nur ein Vergleich. Gib bloß Acht, dass kein Forscher hinter deine Begabungen kommt, sonst sperren sie dich in ein Labor und stechen überall Nadeln in deinen Körper.«

»Ich pass schon auf. Übrigens war das noch nicht alles.«

»Was denn noch? Kannst du etwa auch fliegen wie eine …?« Er verstummte, als er Alex' strengen Blick bemerkte.

»Nein«, antwortete sie. Insgeheim bereitete sein jungenhaftes Staunen ihr sogar Vergnügen. »Ich kann machen, dass meine Haut im Dunkeln leuchtet.«

Diesmal setzte Darwins Verblüffung mit Verzögerung ein, und er verriet auch gleich warum. »Dann habe ich mich also doch nicht getäuscht.«

»Du hast das Glühen bemerkt? Wann?«, fragte sie erstaunt.

»Nach der Gasexplosion. Als du kurz weggetreten warst.«

»Und du auf mir gelegen hast?«

»Ich wollte dich beschützen.«

»Ist dir ja auch gelungen.«

»Dieses Leuchten – wie kommt das?«

»Man nennt so etwas Biolumineszenz. Die Zellen meiner unteren Hautschichten stellen Luciferase her, ein Enzym. Wenn mein Körper in einer Stresssituation Hormone ausschüttet oder ich mich in eine bestimmte Stimmung versetze, kippt er ein Substrat namens Luciferin hinzu. Dann fange ich an zu leuchten.«

»Unglaublich! Von Tieren habe ich so etwas ja schon gehört, aber …« Darwin schüttelte den Kopf.

»Du brauchst mich nicht wie ein sprechendes Glühwürmchen anzusehen. Biolumineszenz kommt häufiger vor, als du vielleicht annimmst. In einer Meerestiefe zwischen zweihundert und eintausend Metern leuchten rund neunzig Prozent aller Lebewesen.«

»Das wusste ich nicht.«

»Noch nie von *Vampyroteuthis infernalis* gehört?«

»Wem, bitteschön?«

»Dem Vampirtintenfisch.«

Darwin hatte gerade von seinem Rotwein trinken wollen, stellte nun aber das Glas wieder zurück. »Erzähl mir jetzt nicht, du seist auch noch ein Blutsauger.«

»Ich bin mir nicht sicher …«

Er sah sie erschrocken an.

Alex schmunzelte. »Keine Sorge. Ich ernähre mich vorwiegend vegetarisch. Wusstest du übrigens, dass man in einem Labor der Oregon Health Science University einen Rhesusaffen gezüchtet hat, dessen Körperzellen ebenfalls leuchten?«

»Gezüchtet?«

»Es war ein biotechnisches Experiment. Man hat ein Biolumiszenzgen von Tiefseequallen mittels eines Virus in die DNA der Eizelle eingeschleust. Vorher wurde so etwas schon mit Mäusen gemacht, aber ANDi – so nannten die Forscher das Äffchen – war der erste Primat.«

»Interessant. Kann ein Mensch sich denn so einen Virus einfangen und dadurch unabsichtlich zu einem Riesenleuchtkäfer werden?«

»Das ist praktisch ausgeschlossen. Das Gen-Taxi wurde im Labor hergestellt. Selbst wenn es daraus entkäme …« Alex schüttelte den Kopf. Sie hatte sich dieselben Fragen schon früher gestellt und jedes Mal schnell wieder die Gedanken von sich geschoben, die sich unweigerlich in ihren Sinn drängten.

Darwin blieb hartnäckig. »Wie bist du dann zu deiner Illumination gekommen?«

»Das weiß ich nicht. Ich habe mir gerichtlich Einblick in meine Patientenakten erzwungen. Aber da steht nichts von Biolumiszenz.«

»Könnte es eine Mutation sein?«

»Das ist extrem unwahrscheinlich. Du weißt ja, was ich von deren gestalterischer Kraft halte. Es hätten schon mehrere Veränderungen gleichzeitig stattfinden müssen, die an den passenden Stellen meines Körpers die richtigen Enzyme und die dazu kompatiblen Substrate erzeugen und das Ganze dann auch noch so verkabeln, dass ich es mit meinem Bewusstsein steuern kann – mehr oder weniger jedenfalls.«

»Hm. Mir fällt gerade etwas ein, das ich kürzlich irgendwo gelesen habe. Während der Selbstverdoppelung der DNA soll bei *jedem* Lebewesen ultraviolettes Licht abgestrahlt werden.«

»Das stimmt. Du leuchtest also auch. Aber das ist ein völlig anderer biochemischer Prozess.«

»Im Bericht hieß es, er sei *universell* – wie man es bei einer gemeinsamen Abstammung aller Lebewesen aus einem Ureinzeller erwarten sollte.« Darwin schmunzelte.

»Hast du etwa dein biologisches Wissen aufpoliert, um mich herauszufordern?«, staunte Alex.

Er grinste. »Würde ich nie wagen. Es ging mir eher darum, mich in das ›Gehirn‹ zu versetzen. Leider geben die populärwissenschaftlichen Magazine und Bücher einem auf diesem Gebiet wenig beschlagenen Versicherungsdetektiv kaum eine Chance, alternative Modelle zur Entstehung des Lebens kennen zu lernen.«

»Wohl wahr! Deshalb steckst du auch in der Gedankenfalle. Lass dir gesagt sein, der universelle genetische Code, den Neodarwinisten so gerne als einen der stärksten Beweise für die Evolution allen Lebens anführen, ist gar nicht so universell.«

»Aber alle Lebewesen haben doch eine DNA.«

»Das ist ungefähr so richtig wie die Aussage, dass alle Kriminalromane Buchstaben haben. Die weitaus meisten sogar lateinische. Trotzdem gibt es eben auch die anderen: griechische, hebräische, arabische, japanische und und und.«

»Japanische DNA?« Darwin klang skeptisch.

»Sozusagen. Inzwischen weiß man, dass bei etlichen Organismen Abweichungen vom so genannten ›universellen Code‹ vorkommen. Das ist ein echter Problemfall für die Darwinisten, denn nach evolutionstheoretischer Deutung müssen diese Variationen unabhängig voneinander entstanden sein. Daraus ergeben sich unangenehme Fragen: Welche Umweltbedingungen könnten solche grundlegenden Änderungen hervorgerufen haben? Wie soll man sich den Übergang von einem zum anderen Code vorstellen? Nach allem, was wir wissen, würde, grob gesagt, eine Änderung der Chemie in den Zellen eines Organismus seinen raschen Tod nach sich ziehen.«

»Ich bin, gelinde ausgedrückt, schockiert.«

»Das ist schön. Manchmal braucht man einen Schock, um die Welt mit anderen Augen zu sehen.«

»Apropos andere Augen.« Darwin holte seine Ledermappe unter dem Tisch hervor, zog einen Stapel Fotos heraus und legte ihn vor Alex auf den Tisch. »*Der Prometheus-Mythos* von Piero di Cosimo. Vielleicht kennst du das Gemälde ja aus den Medien.«

»Ich habe sogar bereits eine Fortsetzung meiner ›Galerie der Lügen‹ zu dem Bild verfasst.«

»Dann weißt du auch schon von der Kerze, die man am Tatort gefunden hat?«

»Ja. Ist es korrekt, dass sie aus gebranntem Ton besteht?«

Darwin nickte. »Exakt. Was hältst du von der Sache?«

»Gegenfrage: Was meint mein Schüler dazu?«

»Hm. Prometheus hat den Menschen das Feuer gebracht. Vielleicht wollte das ›Gehirn‹ diesen Akt als Sinnbild für den Missbrauch der Technik und die entartete Kultur der Menschheit verstanden wissen, und es ruft uns zu: ›Konzentriert euch lieber auf euren Glauben!‹«

»Interessante These. Überzeugt mich trotzdem nicht. Denk an die Kerze, den männlichen Phallus sowie das Traumsymbol für das Bedürfnis nach geistiger Erleuchtung, Einsicht und Erkenntnis.«

»Und das Lebenslicht«, fügte Darwin brummig hinzu. Er deutete auf das Foto vom Gemälde. »Du hattest Recht, als du mich warntest, wir sollten uns nicht zu sehr auf das Stehlen des Feuers konzentrieren. ArtCare hat zwar einige Verträge für Bilder, die das Motiv zeigen, ebenso wie den Prometheus, der gerade am Felsen im Kaukasus festgeschmiedet oder dem vom Adler die täglich nachwachsende Leber herausgerissen wird …«

»Bei Piero di Cosimo liegt der Schwerpunkt aber auf einem ganz anderen Aspekt.«

Er nickte. »Eine auffällige Besonderheit, findest du nicht?«

Obwohl Alex das Werk des florentinischen Malers inzwischen hinlänglich kannte, nahm sie die Fotografie in die Hand, um sie gründlich zu betrachten. Unweigerlich musste sie an Cranachs *Paradies* denken, das ebenfalls in mehrere Szenen aufgeteilt war. Hier verhielt es sich ähnlich, wenn auch in zurückhaltenderer Form.

Am linken Rand des Bildes sieht man Epimetheus – Prometheus' jüngeren Bruder – aus Ton einen Menschen formen. Weil er nur eine leblose Figur erschuf, steht Christus bei ihm und richtet dieselbe auf. Schon der italienische Dichter Giovanni Boccaccio hatte Prometheus mit dem Schöpfergott der Christenheit auf eine Ebene gestellt. Boccaccio schreibt in seiner *Genealogia Deorum*, Epimetheus sei wegen seines »äffischen« Unterfangens von Jupiter in einen Affen verwandelt worden; ganz links im Bild sieht man ihn auf einem Baum herumklettern. Das Zentrum des Gemäldes beherrscht der von Prometheus aus Ton modellierte Mensch. Es ist ein Mann. Er steht auf einem Sockel, ist noch von den Gerätschaften des Bildhauers umgeben und hält den angewinkelten rechten Arm deutend gen Himmel. So harrt die irdene Statue ihrer Belebung durch das Feuer. Rechts von ihr sieht man im Vordergrund bereits Minerva, die Göttin des Handwerks, der schönen Künste und der Weisheit, die bei den Griechen Athene hieß. Sie erklärt Prometheus, wie man eine irdene Statue zum Leben erweckt. Dafür müsse er lediglich etwas stehlen. Prometheus ist begeistert. Rechts oben im Bild sieht man ihn mit Minerva gen Himmel fliegen; er hält bereits die Kienfackel in der Hand, die er am göttlichen Feuer entzünden wird.

Der Ober kam mit zwei dampfenden Tellern an den Tisch. Darwin raffte die Fotos zusammen. Er bekam das Thai-Huhn, Alex den gerösteten Kürbis. Nachdem sie wieder ungestört waren, sagte er: »Vielleicht wurde das Bild als Symbol für das Erheben über den lieben Gott ausgewählt, besser gesagt über Zeus, wie er bei den Griechen hieß.«

»Wäre möglich«, murmelte Alex und deutete auf die Gestalt im roten Gewand und blauem Umhang links vorne. »Immerhin hat Piero di Cosimo hier Jesus eingebaut, als wolle er – ganz im Sinne der heiligen Dreifaltigkeit – sagen: Nur unser Herr, der Gott der Christenheit, kann aus dem Staub der Erde Leben hervorbringen. Aber dann kehrt er zum griechischen Mythos zurück.« Sie ließ ihren Finger über die anderen Szenen des Bildes kreisen. »Nach meinem Gefühl hat das ›Gehirn‹ dem Gemälde eine umfassendere Bedeutung zugemessen. Ich habe gestern mal ein bisschen recherchiert. Wusstest du, dass Prometheus auch bei Nietzsche erwähnt wird?«

»Das war doch der mit dem schönen Satz: ›Gehst du zum Weibe …‹?«

»›… vergiss die Peitsche nicht.‹ Von dem freundlichen Herrn rede ich.« Alex fasste in knappen Sätzen zusammen, wie sich Friedrich Wilhelm Nietzsche den *Übermenschen* vorgestellt hatte, der nicht dem moralischen Herdentrieb des Christentums folgt, sondern seine eigene Moral einzig aus dem Leben auf der Erde gründet. Dieser moderne Prometheus müsse den Darwinisten gefallen, kommentierte sie. Er könne sogar ihre Schöpfung sein, seien sie doch von einer Philosophie beseelt, die Gott als oberste moralische Instanz ausschließt, weil sie glaubt, das alles aus der Natur heraus und auch diese allein aus sich selbst erklärbar sei. Wenn nichts als der Zufall herrscht, dann ist Moral kaum mehr als die Übereinkunft einer Gesellschaft auf bestimmte Umgangsformen, der man sich anschließen mag oder auch nicht.

»Willst du deine Mitmenschen etwa zu einem Moralkodex *zwingen*? So, wie es die Kirche Jahrhunderte lang getan hat?«

»Nein. Was glaubst du, warum ich mich so gegen das Diktat der Darwinisten sträube, die den Naturalismus als allein selig machende Heilslehre predigen? Es ist meine tiefste Überzeugung, dass jeder Mensch einen freien Willen hat und aus freien Stücken über sein Schicksal entscheiden sollte. Trotzdem teile ich auch die Meinung jener, die sich damals in den Nürnberger Prozessen auf das *Naturgesetz* berufen haben: In uns wohnt ein Bewusstsein für Recht und Unrecht, das oft sogar auf den Schwächeren Rücksicht nimmt, obwohl das Postulat vom Überleben des Stärkeren eher das Gegenteil erwarten ließe.«

»Und du meinst, dieses … Bewusstsein stammt von Gott?«

»Ich merke schon, dass dir das Wort nicht gefällt. Einigen wir uns doch darauf, dass unser Gewissen wieder eine dieser immateriellen Komponenten ist, die sich mit dem ausschließlichen Wirken des Zufalls erheblich schwerer erklären lassen als mit einem Konstrukteur, der ebenfalls über Gerechtigkeitssinn und Intelligenz verfügt.«

»Meinetwegen. Aber nur als Arbeitshypothese!«

Alex schmunzelte. »Einverstanden.«

»Zurück zu Prometheus. Vermutlich sage ich dir damit nichts Neues, aber das Gemälde von Piero di Cosimo ist ein *Cassone*, vermutlich der vordere Teil einer Brauttruhe. Neben der in München gestohlenen Tafel des Kastens gibt es noch eine zweite in Straßburg. Darauf kann man sehen, wie Prometheus die unbelebte Figur mit dem Feuer, das er den Göttern stibitzt hat, zum Leben erweckt.«

»Und?«

»Wird damit nicht dem übernatürlichen Schöpfer als Lebengeber die Lizenz entzogen?«

»Nur vordergründig. Das Symbol des Lebens – das Feuer –

stammt ja nicht von Prometheus selbst, sondern er stiehlt es den Göttern. Was er nachher mit seiner Tonfigur angestellt hat, vermochte er also nur durch die Kraft des Allerhöchsten. Heinrich Heine sagte einmal: ›Jeder dumme Junge kann einen Käfer zertreten. Aber alle Professoren der Welt können keinen herstellen.‹ Er traute der Wissenschaft wohl auch nicht mehr zu als Piero di Cosimo seinem Prometheus. Aber selbst wenn die Forscher eines Tages im Labor den sprichwörtlichen Käfer erschaffen *könnten*, würde dadurch doch nur bewiesen, dass geballte Intelligenz erforderlich ist, um so etwas zu bewerkstelligen.«

Darwin kaute einige Zeit auf seinem Huhn herum. Aus irgendeinem Grund wirkte er enttäuscht.

Auch Alex genehmigte sich einen weiteren Bissen, ehe sie ihn fragte: »Worüber denkst du nach?«

Er legte den Kopf schräg, als müsse er seine Überlegungen erst hinauswürgen. »Rein logisch gesehen, leuchtet mir dein Argument ein. Aber wie bringt uns das in der Einbruchsserie voran?«

»Ich glaube, das ›Gehirn‹ will uns von den Widersprüchen der darwinistischen Lehre im Allgemeinen zu dem Menschen im Besonderen leiten. Die Evolution des *Homo sapiens* genießt die größte Aufmerksamkeit, und die Forschung auf diesem Gebiet verschlingt Millionenbeträge. Ist ja auch nicht verwunderlich, weil die Frage, wo wir herkommen, irgendwann jeden beschäftigt. Auch wenn man es nicht zugeben will, hat sie etwas Religiöses.«

»Sagst du.«

»Ist dir schon einmal aufgefallen, wie man mit den Fossilien umgeht, die angeblich unseren Ursprung von den Primaten beweisen? Sie werden genauso behandelt und ausgestellt wie die Reliquien in Kirchen und Tempeln. Und man spricht ihnen dieselben Wunderkräfte zu.«

Darwin zeigte mit der Gabel auf sein Gegenüber »Jetzt übertreibst du aber.«

»Ich habe das nicht wörtlich gemeint, sondern im übertragenen Sinn. Unser großer Anatom Solly Lord Zuckerman – übrigens ein Evolutionist – hat einmal gesagt, in der physischen Anthropologie gehe es zu wie in der Parapsychologie.«

»Inwiefern?«

»Im Hinblick auf die mangelnde Professionalität vieler Anthropologen. Er war der Ansicht, sie ließen sich zu sehr von ihren Erwartungen leiten. Zuckerman stellte eine große Vielfalt unter den Affenfossilien fest – was unter der Voraussetzung einer hohen genetischen Variabilität früher Lebensformen auch nicht verwunderlich ist. Deshalb warnte er vor der trügerischen Wirkung des Wunsches, unbedingt Vorfahren finden zu wollen. So eine Voreingenommenheit könne allzu leicht dazu führen, dass einige Affenmerkmale in den ›Vorfahren-Status‹ erhoben werden. Er forderte, alle solche Funde einer objektiven Prüfung zu unterziehen und sie zu verwerfen, wenn die Analyse entweder negative oder keine schlüssigen Beweise liefere.«

»Und?«

»Die Kollegen, die am meisten zu verlieren hatten, beschimpften ihn am heftigsten als Neider.«

»Vielleicht hatten sie Recht.«

»Zuckerman ist einer der einflussreichsten Forscher Großbritanniens, ein führender Primaten-Experte und ein wissenschaftlicher Materialist. Er hält die Evolution des Menschen für selbstverständlich. Gleichzeitig ist er aber ehrlich genug, den Großteil des fossilen Beweismaterials in Zweifel zu ziehen. Er hat jahrelang komplizierte biometrische Untersuchungen an den Australopithecinen durchgeführt – angeblich unsere nahen Verwandten, wie du wissen magst. Dabei stellte er fest, dass die anatomische Basis für die Behauptung, sie seien Zweibeiner gewesen und wie Menschen aufrecht gegangen, unzureichend ist. Die Befunde sprächen eher für eine weniger elegante Fortbewegung, wie wir sie auch von anderen Primaten kennen.«

»Du meinst von Rhesusaffen?«

»Vom Prinzip her schon. In den letzten Jahren haben sich

jedenfalls die Indizien gehäuft, dass unser angeblicher Vorfahr mehr oder weniger oft auf Bäumen herumkletterte. Wer natürlich händeringend nach einem Urahn des Menschen fahndet, für den schmecken solche Deutungen bitter. Deshalb verbirgt man die gewichtigeren Fakten unter dem Zuckerguss von Daten, die für Fehlinterpretationen geradezu prädestiniert sind.«

»Aber es ist doch eine Tatsache, dass die DNA des Schimpansen zu neunundneunzig Prozent mit der unsrigen identisch ist.«

»Das ist kein Fakt, sondern eine wissenschaftliche Legende. Früher hieß es sogar, der Unterschied betrüge null Prozent, wenn man auf die mitochondriale Ebene geht. Mitochondrien sind so was wie die Kraftwerke der Zellen. Sie dienen der Energiegewinnung und verfügen über eine eigene DNA. Als man letztere durchsequenziert, also in ihre Basenfolge zerlegt hat, fand man plötzlich fast neun Prozent Unterschiede! Liest du *The Scientist* oder *Nature*?«

»Weniger.«

»Schade. Dann hättest du schon vor drei Jahren erfahren können, wie's wirklich um die große Ähnlichkeit bestellt ist.«

»Ich wette, du kannst mich aufklären.«

»Ein wissenschaftliches Konsortium hatte das Chromosom zweiundzwanzig der Schimpansen untersucht; es ist das Gegenstück zu unserer Nummer einundzwanzig. Wie dir bekannt sein mag, sind am Aufbau der Chromosomen, vor allem jedoch an zahlreichen Funktionen im tierischen und menschlichen Körper Proteine beteiligt. Diese Eiweißstoffe sind, wie die Forscher des International Chimpanzee Chromosome 22 Consortium herausgefunden haben, zu dreiundachtzig Prozent unterschiedlich.«

»Dreiundachtzig gegenüber ein Prozent? Wie kommt diese Diskrepanz zustande?«

»Der Grad der Unterschiedlichkeit lag immer schon bei über einem bis etwa fünf Prozent. Aber bisher hatten die Forscher sich ganz auf die Abfolge der Nukleotide, der Basen der DNA, konzentriert. Das besagte Konsortium hatte jetzt auch die etwa achtundsechzigtausend genetischen Unterschiede berücksichtigt, die man mit mutationsbedingten Einfügungen oder Löschungen im Genom begründet.«

»Und das reißt einen so gewaltigen Graben auf?«

»Sakaki, der Leiter der Forschergruppe, geht sogar noch weiter. Er hat die Differenzen auf sämtliche Chromosomen hochgerechnet und kam zu dem Urteil, dass wohl nur siebzehn Prozent der Gene von Mensch und Schimpanse identisch sind. Wie groß der Unterschied der Genome auch immer sein mag, kann man wohl kaum leugnen, dass sich zwischen dem Schimpansen und dem Menschen eine riesige Kluft auftut.«

»Nichtsdestotrotz gibt es aber auch eine Menge Übereinstimmungen im Erbgut.«

»Zweifellos. Aber die lassen sich durchaus auch im Sinne der Schöpfungswissenschaft deuten: Wieso soll ein intelligenter Konstrukteur nicht ähnliche Bausteine verwenden, um ähnliche Funktionen in einem ähnlichen Lebensraum zu verwirklichen?«

»Aber es gibt doch – selbst wenn man die Australo- …«

»… -pithecinen?«

»Richtig. Selbst wenn man die außer Acht lässt, kann unsere Ahnenreihe doch durch genügend andere Funde belegt werden.«

»Dieser Anschein wird oft erweckt. Im Vergleich zu den etwa zweihundertfünfzigtausend fossilen Arten, die man durch Millionen von Einzelfunden belegen kann, sind die bekannten Versteinerungen von Hominiden aber beklagenswert rar. Und in den meisten Fällen, wenn nicht sogar in allen, ist die Bewertung ihrer anatomischen Merkmale subjektiv.«

»Weil die Lücken zu groß sind?«

»Weil in der Regel mehrere Deutungen möglich sind. Wen wundert es da, dass man sich mit schöner Regelmäßigkeit jene herauspickt, die der Vorstellung von unseren auf Bäumen herumkletternden Urahnen am nächsten kommen?«

»Knochen sind Knochen. Die kann man nicht einfach wegdiskutieren.«

»Wenn du dich da mal nicht irrst! Sagt dir der Name *Ramapithecus brevirostris* etwas?«

»Nicht wirklich.«

»Er bedeutet in etwa ›Kurzschnäbliger Affe des Rama‹. Man hatte nur einige Bruchstücke von ihm gefunden. Die von seinem Oberkiefer weckten besonders die Aufmerksamkeit der Paläontologen. Sie stellten ihn Anfang der Sechzigerjahre in die direkte Vorfahrenreihe des Menschen, und bald begann sein Siegeszug als ›ältester Hominide‹. Mit dem *Homo sapiens* habe er seine ›Kurzschnäuzigkeit‹, die kleinen Eckzähne, den dicken Zahnschmelz und einige andere Merkmale gemein, erklärten die Forscher. Sie hatten die beiden Hälften des Kiefers parabolisch angeordnet, also eher wie ein V als wie ein U geformt, weil unser Vorfahr uns ja ähnlich sehen musste.«

»Ist das Schadenfreude, die ich da in deinen Augen blitzen sehe?«, fragte Darwin, während er abwesend sein Essen in sich hineinstopfte.

»Sagen wir Genugtuung. Es kamen weitere Fossilfunde hinzu und damit auch die Erkenntnisse, nach denen sich weder das Alter noch die Anatomie des *Ramapithecus* in die idealistischen Vorstellungen fügten. Man war gezwungen, umzudenken. Der Kiefer wurde jetzt mit eher parallelen Zahnreihen rekonstruiert, die angeblich menschlichen Eckzähne entpuppten sich als die kleineren Exemplare der Weibchen und und und. Manche Merkmale wurden umgedeutet, andere ›verschwanden‹ einfach. Roger Lewin – er hat lange hier in London für den *New Scientist* geschrieben – meinte dazu lapidar, sie existierten wohl mehr in den Gedanken der Beobachter als in den beobachteten Fossilien.«

»Na ja, man hat sich eben geirrt. Solange die Wissenschaftler ihre Fehler einräumen, spricht das doch für sie, oder etwa nicht?«

»Ich habe nichts gegen Wissenschaftler, Darwin. Mich stört nur, wenn ihre theoriegeleiteten Deutungen andere, vielleicht bessere Alternativen verdrängen und mit solcher Gewalt in die

Köpfe der Menschen gehämmert werden, dass sie kaum noch herauszubekommen sind. Höre dich doch mal um. Du wirst immer noch allzu oft vom *Ramapithecus* als einen unserer Vorfahren hören und viel zu selten von einem Affen, dessen flaches Gesicht nicht menschenähnlich ist, sondern schlicht und ergreifend dem eines Orang-Utan gleicht.«

»Kann ja sein. Du solltest dich nicht an einem verunglückten Beispiel festklammern. Es gibt andere. Bessere! Nimm den Neandertaler …«

»*Homo neanderthalensis.*« Alex nippte an ihrem Rotwein und nickte lächelnd. »Der Superstar der Hominiden?«

»Das klingt so nach *Jesus Christ Superstar.*«

Der Vergleich sei gar nicht schlecht, erklärte Alex. Andrew Lloyd Webber habe ja auch ein Bild von Jesus gezeichnet, das die Wahrheitsfindung zu Gunsten von Showeffekten opfere. Bei dem vor etwa einhundertsechzig Jahren erstmals entdeckten Neandertaler war es ähnlich. 1908 wurde dann im französischen La Chapelle-aux-Saints ein vergleichsweise vollständiges Skelett gefunden. Daraufhin machte sich Marcellin Boule, Professor am Museum für Naturgeschichte in Paris, daran, das von Arthritis deformierte Gerippe der Öffentlichkeit als einen primitiven Rohling aus der Werkstatt der Evolution zu präsentieren, bei dessen Betrachtung man eher an einen Affen denn an einen Menschen denkt.

Die Bilder von einem brutal aussehenden, behaarten Wesen, das sich vornübergebeugt fortbewegt und sich animalischer Verhaltensweisen befleißigt, hätten sich ein halbes Jahrhundert lang gehalten, sagte Alex in wenig mitfühlendem Ton. Ins Gedächtnis vieler Laien habe sich die von Boule etablierte Vorstellung vom Affenmenschen bis auf den heutigen Tag fest eingebrannt. Aber die Fakten sähen anders aus.

Heute gebe es kaum Hinweise für eine Anatomie und ein Verhaltensrepertoire, die »primitiver« seien als beim modernen Menschen. Der Neandertaler verfügte über die gleichen Möglichkeiten zur Artikulation wie der heutige Mensch. Offenbar stellte er sogar Schmuck und Musikinstrumente her, wie neuere Funde aus Slowenien zu belegen scheinen.

Ein Merkmal, das Boule wegen seiner Voreingenommenheit völlig außer Acht ließ, war das enorme Gehirnvolumen des in La Chapelle-aux-Saints gefundenen Neandertalers. Es lag bei über eintausendsechshundert Kubikzentimeter. In diesem Punkt war er dem durchschnittlichen Jetztmenschen mindestens ebenbürtig, wenn nicht sogar überlegen. Seine Robustheit und sein großes Gehirn werden heute eher mit einem kalten Lebensraum in Verbindung gebracht – ganz ähnliche Körpermerkmale findet man immer noch bei Eskimos und Lappländern.

»Der Neandertaler ist ein weiteres schönes Beispiel für die Kluft zwischen Erwartung und Realität«, schloss Alex ihren Ausflug in die Paläoanthropologie. »Wir könnten stundenlang weitere aufzählen und kämen doch immer zu demselben Ergebnis: Man kann aus dem Fossilbericht, wenn man ihn gefiltert durch die darwinistische Brille betrachtet, einen Stammbaum des Menschen erfinden. Allerdings häuft man damit eine Menge von Problemen und Widersprüchen auf. Jeder neue Fund, der in den letzten Jahren gemacht wurde, scheint die Stammbaumkonstruktion eher zu komplizieren – aus einem Stamm*baum* ist längst ein Stamm*busch* gewachsen, dessen Dickicht zunehmend undurchdringlich wird. Je mehr Zweige bekannt werden, desto weniger erkennt man die Verzweigungspunkte.«

Alex' Röstkürbis war inzwischen fast kalt, aber sie schob sich trotzdem eine Gabel voll in den Mund.

Darwin hob wie zur Kapitulation beide Hände. »Okay, okay. Du hast gewonnen. Das Thema Menschwerdung ist zweifellos wichtig und nach Ansicht unseres terroristischen Langfingers offenbar auch mit zahlreichen Lügen behaftet …«

»Nicht nur die Erklärungen zur *Entstehung* des Menschen will er verurteilen«, fiel Alex ihm mit vollem Mund ins Wort und schlang den Inhalt desselben mithilfe eines Schlucks Wein hinunter. »Ich sehe in der Auswahl des Gemäldes von Piero di Cosimo vor allem einen Angriff auf die Ambitionen, das quasi zufällige Werk der Evolution im Sinne eines Prometheus durch gezielte Eingriffe des Menschen zu vervollkommnen. Denke an die jüngste Diskussion um die neuen Gesetze zur humangenetischen Forschung und Anwendung.«

»Meinetwegen. Die Botschaft ist angekommen. Fragt sich nur, was wir daraus machen. Wie kann ich Raub Nummer sechs verhindern?«

»Wir kennen jetzt die Richtung, in die er uns lenken will.«

»Na wie schön.«

»Hast du die Wunschliste dabei, in der ich mir letzte Woche ein paar Kunstwerke auswählen durfte?«

Darwin grinste freudlos. »Ein paar? Es waren neunundsiebzig.«

»Jetzt sind es nur noch achtundsiebzig.«

»Ich wage zu bezweifeln, ob das die Laune meines Bosses heben kann. Vor allem, wenn es bald nur noch siebenundsiebzig sind.« Darwin reichte Alex den mehrseitigen Computerausdruck.

Sie durchforstete nachdenklich die Namen der Gemälde und Plastiken. Ohne von dem Papier aufzublicken, fragte sie: »Da wir gerade davon sprechen, woraus bestand eigentlich der Spiegel, den man in den Sachen des Einbrechers gefunden hat?«

Der Detektiv zuckte mit den Schultern. »Woraus schon? Aus Glas.«

Alex verdrehte die Augen. »Ich meine das Drumherum. Den *Rahmen.*«

»Ach so! Aus Holz, wenn ich mich richtig erinnere.«

»Lässt sich das feststellen?«

Darwin holte die Akte hervor, in der er sämtliche Notizen zum Fall sammelte. Nach kurzem Blättern nickte er. »›Handspiegel mit Stiel, Holzfassung, 21,3 cm x 9,5 cm (zerbrochen)‹ – so stand es in der Auflistung der Pariser Polizei.«

Alex nickte gewichtig. »Unglaublich, dass wir das bis jetzt übersehen konnten!«

»Ich verstehe kein Wort.«

»Wir haben uns nur über die Bedeutung der zurückgelassenen Traumsymbole den Kopf zerbrochen, aber nie über das *Material.*«

Darwin fuhr sich mit den Fingern von vorne bis hinten durch die Haare. »Also entweder bin ich …«

»Überlege doch mal«, unterbrach ihn Alex mit weit aufgerissenen Augen. »Der unachtsame Schläfer liegt in einer *hölzernen* Kiste. Unter Magrittes Gemälde wurde eine *rote* Decke gefunden. Dann verschwindet *Das Paradies* von Lucas Cranach d. Ä. Zentrales Element, gleich im Vordergrund des Bildes, ist …«

»… der Schöpfer in einer *roten* Toga«, spann Darwin ihren Gedankengang fort. Zur Bekräftigung seiner Worte zielte er mit dem Messer auf sein Gegenüber. »Darunter liegt ein *rotgoldener* Apfel – der übrigens aus beschichtetem Messing besteht.«

»Hauptsache gülden«, bemerkte Alex lapidar. »Paris hat Aphrodite einen *goldenen* Apfel überreicht. Was finden wir am Platz des gestohlenen Gemäldes?«

»Eine Taube aus *Ton.*« Darwins Gesicht glänzte vor Erregung. »Mein Gott, du könntest Recht haben! Soweit ich mich erinnere, ist in dem anderen Rubens, der ebenfalls das Parisurteil zeigt, der Apfel viel weiter an den Rand gedrängt. Da stehen die nackten Kandidatinnen des Schönheitswettbewerbs im Vordergrund.«

»Dann hatte das ›Gehirn‹ also zwei Gründe, genau *dieses* Gemälde auszuwählen: die Tauben und den goldenen Apfel, der gerade an die Siegerin der Misswahl überreicht wird. Das irdene Material führt uns direkt zu Prometheus und dem von ihm geschaffenen tönernen Menschen.«

»Fragt sich nur, worauf uns die Kerze hinweisen soll. Ton ist ein Universalwerkstoff. Daraus kann alles Mögliche bestehen.«

»Der Mensch wurde ›aus dem Staub des Erdbodens‹ erschaffen, heißt es in der Genesis. Das ›Gehirn‹ hat hier das Material sehr bewusst ausgewählt. Falls meine Theorie stimmt, dann muss das auch bei dem nächsten Bild so sein.«

Darwin nickte zustimmend. »Wenn es sich, wie wir annehmen, tatsächlich um kreationistische Extremisten handelt, dann könnten diese der Ansicht sein, die Wissenschaftler sehen ihren Daseinszweck in der Selbstvergötterung.«

»Ja …?«, sagte Alex gedehnt, um ihn zum Weiterreden zu animieren.

Er schloss die Augen. Nach einer Weile sah er sein Gegenüber wieder an und fuhr fort: »Wir haben das oft genug durchgekaut: Viele Leute glauben, die Naturwissenschaft könne bald alles erklären, alles erreichen, ja, sogar Gott ersetzen. In der Wissenschaft ist der Trend zu beobachten, dass was gemacht werden kann, auch getan werden sollte. Moralische oder ethische Bedenken werden immer häufiger als traditionell religiös – soll heißen: überkommen – abgetan.«

»Sehr gut, Darwin! Du hast dazugelernt. Allmählich fängst du an, wie unser Gegner zu denken. Wenn die Einbruchsserie so kurz ist wie die Liste der Bildelemente im *Unachtsamen Schläfer*, dann muss sich die Schnitzeljagd mit Raub Nummer sechs ihrem Höhepunkt nähern.«

»Ich weiß nicht, ob ich mich darüber freuen kann.«

»In Magrittes Palette der Traumsymbole bleiben der Hut und die blaue Schleife. Letztere steht im Zentrum, um das sich unser Langfinger bisher hübsch drum herum bewegt hat. Ich müsste mich schon sehr täuschen, wenn er mit ihr nicht sein *grand finale* schmücken will.«

»Der Hut war ein männliches Symbol, richtig?«

Alex nickte. »Ja. Er ist ein Phallus wie die Kerze.«

»Und du sagtest, er schütze wie ein Helm den Kopf, also den Sitz der Gedanken.«

»Korrekt. Und man verbindet ihn mit dem Bedürfnis, seine wahren Absichten, Erwartungen und Meinungen vor anderen zu verbergen. Das ist ein Aspekt, der mir noch Unbehagen bereitet.«

»Beklommenheiten helfen uns leider nicht weiter.«

»Schon gut. Lassen wir das vorerst beiseite.«

Der Ober kam an den Tisch, räumte die Teller ab und fragte nach weiteren Wünschen. Niemand beachtete ihn. Das Gespräch des Paars schien mit Blicken fortgesetzt zu werden. Als die Bedienung sich getrollt hatte, knüpfte Alex an ihren vorhergehenden Gedanken an.

»Möglicherweise will der Bilderdieb zum Ausdruck bringen, dass die Darwinisten ihre Motivation unter dem ›Akademikerhut‹ verstecken. Das nächste zu stehlende Bild könnte den ›männlichen‹ Drang nach Dominanz durch die Verwirklichung eigener Ideen repräsentieren. Oder wie du es gesagt hast: Der Mensch soll tun, wozu immer er imstande ist.«

»Männliche Dominanz?«, fragte Darwin skeptisch.

»Ich gebe zu, das ist ein Klischee. Aber die entstehen nicht ohne Grund, oder?«

Er grinste.

Alex konnte ihre Gedanken mit einem Mal nicht mehr zurückhalten. »Machbarkeitswahn …«, murmelte sie. »Das Überschätzen der eigenen Möglichkeiten … Ton? Seit Jahrtausenden werden *Bauwerke* aus Tonziegeln errichtet! Der Hut ragt auf wie … wie … Fällt dir irgendein Symbol für menschliche Schöpferkraft und menschlichen Hochmut ein, der sich gewaltige und alles Maß übersteigende Aufgaben stellt?«

Für einen kurzen Moment schienen sich ihre Blicke über dem Tisch wie die Kabel eines Taus umeinander zu verschlingen, dann senkten sie sich gleichzeitig in die Liste der bei ArtCare versicherten Kunstwerke. Gemeinsam durchforsteten sie die Markierungen, bis Darwin den Finger auf einen ganz bestimmten Eintrag legte.

»Der Bau des Turms von Babel!«, flüsterte er. »Von Hendrick van Cleef.«

Sie sah ihn lächelnd an. »Ein Turm, der bis an den Himmel reichen sollte. Sein Zweck war es, die Menschen an einem Ort zu binden, anstatt dem Gebot des Allmächtigen zu gehorchen und sich über die ganze Erde zu verbreiten. Gott strafte die Bauleute mit der Sprachverwirrung; sie zogen von dem Ort fort und erfüllten dadurch am Ende doch den himmlischen Plan. Wenn du mich fragst, wird das ›Gehirn‹ nächsten Sonntag dieses Gemälde zu stehlen versuchen.«

Darwin blickte auf seine Uhr. »Hast du was dagegen, wenn wir auf das Dessert verzichten?«

Der Rover hielt mit leisem Quietschen der Bremsen vor dem Haus in der Copperfield Street. Darwin hatte eines der firmeneigenen Poolcars ausgeliehen, um Alex' persönliche Habseligkeiten vom ArtCare-Verwaltungsgebäude nach Southwark zu transportieren. Lucy war noch nicht zu Hause. Nachdem die Polizei sie am Nachmittag im Buchladen besucht hatte, um das Alibi ihrer neuen Mitbewohnerin zu überprüfen, war ihr offenbar nach einem Abend unter Kollegen im Pub gewesen. »Du wirst sowieso einen Haufen mit meinem Bruderherz zu besprechen haben«, lautete ihre Erklärung in dem Telefonat, das sie mit Alex kurz vor deren Aufbruch ins Bankside geführt hatte.

Darwin trug die beiden Umzugskartons nacheinander ins Gästezimmer, in den ersten Stock des Reihenhauses hinauf. Als er den zweiten Behälter neben den ersten stellte, bog sich der Pappdeckel auf, und sein Blick fiel ins Innere der Kiste. Nachdem er sie schon wieder halb zugeklappt hatte, zögerte er plötzlich. Langsam öffnete er abermals den Deckel und starrte wie gebannt in den Karton.

»Was ist?«, fragte Alex. Sie stand an der Tür und konnte nicht sehen, was seine Aufmerksamkeit erregt hatte.

Er deutete in die Kiste. »Darf ich?«

Sie ging zu ihm, ihr Blick folgte dem seinen. Auf einem Stapel von Papieren lag zuoberst eine Gruppenaufnahme von einer Anglergesellschaft, die ihren bescheidenen Fang dem Fotografen präsentierte. Es handelte sich um ebenjenes Bild, dessen Rahmen

Alex beim Anruf ihrer Freundin aus der Hand gerutscht und am Boden des Schlafzimmers zerbrochen war. Der Wind musste es in einen geschützten Winkel des Raumes geweht haben, wo es das Feuer halbwegs überstanden hatte. Die rechte Hälfte war – oben mehr als unten – bis zur Mitte von der Hitze der Flammen braun verfärbt.

Überrascht nahm sie die Fotografie aus dem Karton. Ihr Daumen strich über das nicht mehr zu erkennende Gesicht von Nummer vier, dem Mann in der Mitte.

»Ist das dein Vater?«, fragte Darwin.

Sie schüttelte den Kopf. »Ich glaube nicht. Der Mann sah mir nur ähnlich. Das da ist mein Adoptivvater.« Sie deutete auf die Person ganz links.

»Lässt du mich mal?« Er streckte die Hand nach dem Foto aus.

Alex gab es ihm. Sein Interesse an dem Schnappschuss war unübersehbar. Er ging damit unter die Deckenlampe, hielt das Bild dicht vor die Nase und bewegte es im Licht, als wolle er jedes auch noch so kleine Detail in sich aufnehmen. Sein Verhalten kam ihr sonderbar vor, umso mehr, da er jetzt *sie* mit einem Ausdruck ansah, als habe er soeben einen Geist erblickt. Er deutete auf die Fotografie.

»Kennst du diesen Angler hier?«

Sie trat neben ihn und betrachtete das Gesicht Nummer drei. »Keine Ahnung, wer das ist. Ich nehme an, irgendein früherer Arbeitskollege meines Vaters.«

»Du hattest mir doch gesagt, es gebe keine beruflichen Unterlagen deiner Eltern mehr.«

Alex fühlte sich mit einem Mal angegriffen. »Also ich sehe da nur ein paar Männer auf einem *Angel*ausflug. Das ist für mich etwas Privates. Außerdem kenne ich außer meinem Vater niemanden auf dem Bild.«

»Aber ich.«

Ihr lief ein Schauer über den Rücken. »Etwa den da? Den Dritten von links?« Sie zeigte auf das Gesicht. Nummer drei war ein ziemlich hoch gewachsener, muskulöser Mann mit schwarzem Haar, schmalem Schnurrbart und auffallend gerader Haltung.

Darwin nickte. »Sein Name ist James Jordan. Er war Arzt bei der Army und einer meiner ersten Fälle: Im Militärhospital verschwand immer wieder Morphium. Ich fand heraus, dass Jordan es für den ›Eigenbedarf‹ abgezweigt hatte – er muss Depressionen oder irgendwelche anderen psychischen Probleme gehabt haben. Jedenfalls wurde er von einem Militärgericht verurteilt, durfte aber wegen seiner Verdienste den Abschied nehmen.«

»Und wie kommt er nach Schottland?«

»Was?«

Alex zeigte abermals auf das Bild. »Meine Eltern haben da gelebt. Ich wurde in Schottland geboren und verbrachte den größten Teil meiner Kindheit dort.«

»Weißt du, wo genau dieses Foto aufgenommen wurde?«

»Nein. Irgendwo an einem Gewässer halt. Ich kann mich nur noch an unsere Ausflüge zum Loch Venachar entsinnen.«

»Das liegt in der Nähe von Edinburgh, richtig?«

»Ja. Da bin ich die ersten Jahre auch zur Schule gegangen …« Alex' Stimme erstarb. Ihr war, wie ein Blitz aus heiterem Himmel, eine Erinnerung durch den Kopf geschossen.

»Was ist?«, fragte Darwin.

»Als Mrs D'Adderio – die Mutter von Terri Lovecraft – in meinen Armen starb, erwähnte sie ebenfalls Schottland. Sie sagte etwas in der Art wie, dort habe sie Terri unter dem Herzen getragen.«

»Wenn ihr beide, du und Lovecraft, Geschwister seid, worauf die DNA-Analysen ja hindeuten, dann würde das einen Sinn ergeben. Je länger ich darüber nachdenke, desto fester bin ich überzeugt, dass die Spur nach Schottland, vielleicht sogar nach Edinburgh führt.«

»Welche Spur? Die der Museumseinbrüche oder die meiner Herkunft?«

Darwin sah ihr tief in die Augen. Dann antwortete er: »Bist du denn sicher, dass es da einen Unterschied gibt?«

Die Unruhe, die Darwin am Ende des Gesprächs in der Brasserie ergriffen hatte, war nach dem überraschenden Bilderfund noch größer geworden. Nervös hatte er sich von Alex verabschiedet und versprochen, sie bald wieder anzurufen.

Gegen neun Uhr abends steckte sie wieder in Darwins altem Jogginganzug von den Toronto Blue Jays, saß mit einem Porzellanbecher Früchtetee auf dem Sofa und dachte über die vergangenen drei Stunden nach. Lucy machte sich immer noch um die Erhaltung der Londoner Pubs verdient.

Schottland. Der Name stand wie eine große Überschrift in ihrem Sinn. Darunter reihte sich eine lange Liste von Fragen. Was war in Schottland? Außer Whisky und Lachs selbstverständlich. Wie hatte ihre Existenz dort begonnen? War sie ein Retortenbaby, gezeugt in einem Reagenzglas …?

Das Schellen des Telefons riss Alex aus der Versenkung. *Darwin!*, war ihr erster Gedanke. Hatte er etwas über diesen Jordan herausgefunden? Sie sprang auf, eilte zu dem Tischchen im Flur, wo der Apparat gerade zum zweiten Mal läutete. In ihrer Zerstreutheit wartete sie nicht auf das verabredete Klingelzeichen. Erst nachdem sie den Hörer von der Gabel gerissen hatte, wurde ihr die Unvorsichtigkeit bewusst.

»Hallo?«, meldete sie sich im tiefsten Ton, zu dem sie fähig war.

Aus der Ohrmuschel kam keine Antwort.

»Hallo, wer ist denn da?«, rief sie, nun schon energischer, in den Hörer.

»Alex Daniels?«, fragte eine Stimme, die fast wie ihre eigene klang.

»Ja«, erwiderte sie mit flauem Gefühl in der Magengrube. Wieder ließ sich der Anrufer Zeit, bevor er sich zu erkennen gab.

»Hier ist Theo. Ich muss dich dringend treffen.«

Kapitel 12

»Zweifel ist keine angenehme Voraussetzung, aber Gewissheit ist eine absurde.«

Voltaire

LONDON (ENGLAND),
Dienstag, 9. Oktober, 19.44 Uhr

Auf dem Weg in die City litt Darwin Qualen. Ein unglaublicher Verdacht rumorte in seinem Schädel, als wäre darin ein Frettchen eingesperrt, das mit Klauen und Zähnen nach draußen drängte.

Der unruhige Marder hatte einen Namen.

James Jordan.

War es ein Zufall, dass Martin Cadwells hünenhafter Bodyguard ebenfalls Jordan hieß?

Der Argwohn, der Darwin umtrieb, stellte seine Loyalität auf eine harte Probe. Jetzt ermittelte er nicht nur gegen Julian Kendish, den sein Boss persönlich eingestellt hatte, sondern sogar gegen dessen allgegenwärtigen Schatten. Im angloamerikanischen Sprachraum war der Spitzname »Jack« für John weit verbreitet. Aber manchmal wurde er auch an Stelle des Rufnamens James benutzt.

James und Jack Jordan konnten nicht ein und dieselbe Person sein. Zu der Zeit, als das Foto von der Anglergesellschaft geschossen worden war, musste der eurasische Riese aus der Vorstandsetage noch auf Bäume geklettert sein. Nicht als Australopithecine, sondern als Naseweis, wie auch er, Darwin, Anfang der 1980er einer gewesen war.

Eine andere Tradition, die nicht nur in England gepflegt wurde, war das Weitergeben des Rufnamens vom Vater an den Sohn. Die gestohlenen oder gefährdeten Bilder, mit deren Erschaffern sich Darwin in letzter Zeit so intensiv beschäftigt hatte, waren das beste Beispiel dafür: Lukas Cranach »der Ältere«, Hendrick van Balen »der Ältere« – längst sprach man von »Senior« oder »Junior«, wenn Vater und Sohn unterschieden werden sollten.

Hatte James Jordan sich um das Anhängsel »jun.« drücken wollen und sich deshalb Jack genannt?

Endlich erreichte Darwin das ArtCare Building in der City. An der Schranke zum Parkhaus meldete sich der Sicherheitsdienst.

»Wir haben für Sie eine Mitteilung vom Chef, Mr Shaw.«

»Von Dr. Cadwell?«

»Ja. Er hat, kurz nachdem Sie das Haus verließen, angerufen und ausrichten lassen, dass er Sie dringend sprechen muss, wann immer Sie zurückkehren.«

»Arbeitet er denn noch?«

»War die Frage ernst gemeint?«

»Vergessen Sie 's. Ich schaue gleich im Siebten vorbei.«

Mit quietschenden Reifen fuhr Darwin im Parkhaus auf die den Poolcars vorbehaltenen Stellplätze und eilte im Laufschritt zum Lift. Mit seiner Zugangskarte konnte er zwar direkt in die Büroetagen fahren, aber nach der Kernzeit wurden die Fahrstühle von der Security überwacht. Er ignorierte trotzdem den Hinweis des Wachmannes und drückte zuerst den Knopf für den fünften Stock.

Kurz darauf saß er an seinem Schreibtisch und suchte aus dem persönlichen Adressverzeichnis eine Telefonnummer heraus. *Hoffentlich erwische ich ihn*, dachte er und wählte.

»RMP Byrne?«, meldete sich eine männliche Stimme.

»Gott sei Dank, du hast Spätschicht«, sagte Darwin erleichtert.

»Wenn Sie himmlischen Rat brauchen, dann müssen Sie eine andere Nummer wählen«, erwiderte Stuart Byrne. Die zwei waren das, was man im Militärjargon als »alte Kameraden« bezeichnete. Sie hatten drei gemeinsame Jahre bei den Redcap Rats of Hohne gedient und waren dann gleichzeitig zur Militärpolizei übergewechselt, wo sie ein paar aufregende Jahre als »Starsky & Hutch der RMP« erlebten. Nach dem Rauswurf des alten Kommandeurs der Einheit hatte Stuart den Posten bekommen.

»Immer noch der alte Frotzeler, was?« Darwin freute sich, die Stimme seines mit Feuer und Wasser getauften Freundes zu hören.

»Dass du dich noch traust, bei der heiligen Royal Military Police anzurufen. Trinken wir wieder mal ein Bierchen zusammen?«

»Sind doch erst letzten Monat durch die Pubs gezogen.«

»Ich hab aber schon wieder Durst.«

»Okay, betrachte dich als eingeladen. Ich brauche deine Hilfe, Stuart.«

»Hört es sich nur so an, oder klingt deine Stimme tatsächlich so ernst?«

»Erinnerst du dich an James Jordan?«

»Der Arzt, den du beim Fixen erwischt hast?«

»Genau den meine ich. Könntest du für mich seinen militärischen Werdegang recherchieren?«

»Verstehe ich dich richtig? Ein Zivilist fragt mich nach geheimen Informationen der Royal Army?«

»Mach dir nicht gleich in die Hose, Stuart. Du hast bestimmt von den Museumseinbrüchen gehört.«

»Sag bloß, die hast du jetzt an der Backe?«

»So ist es. Ich brauche deine Hilfe, Stuart. Früher haben wir auch mit zivilen Ermittlern zusammengearbeitet.«

»Ja, mit der Polizei. Nicht mit Privatdetektiven.«

»Ich bin kein Privat-, sondern ein *Versicherungs*detektiv, wie du dich erinnern magst. In der Referenzliste von ArtCare stehen so bedeutende Kunstwerke wie Da Vincis *Mona Lisa* oder Michelangelos *David*. Wir zwei haben früher schließlich auch das Kulturerbe der Menschheit beschützt. Denk an den Irak. Hier steht weit Größeres auf dem Spiel.«

»Ich kann dir keine komplette Akte aushändigen, Darwin. Das weißt du so gut wie ich.«

»Dann beantworte mir wenigstens ein paar Fragen.«

»Was willst du wissen?«

»Jordan war Stabsarzt, ein hohes Tier. Wo hat er sich seine Lorbeeren verdient?«

»Warte mal.«

Darwin hörte das Klappern einer Computertastatur. Wer einmal bei der RMP aktenkundig wurde, den vergaßen die elektronischen Gehirne nicht so schnell. Nach erstaunlich kurzer Zeit meldete sich Stuart wieder.

»Also du weißt noch, dass wir ihn in Lisburn erwischt haben?«

»Genau. Als Chef des Army Medical Service von Nordirland.«

»Er hat einen Großteil seiner Laufbahn dort im Hauptquartier bei Belfast verbracht. Wechselte 1986 dahin. Wurde Chefarzt im Militärkrankenhaus.«

»Was hat er davor gemacht?«

»Seltsam …«

»Sprich mit mir, Stuart!« Darwin konnte es vor Ungeduld kaum noch aushalten.

»Für die Jahre von 1978 bis '85 steht da: ›Spezielle Verwendung‹. Du weißt, was das bedeutet.«

»Ein Geheimeinsatz? Was hat ein Arzt in einem Geheimeinsatz zu tun?« Unwillkürlich sprach er leiser.

»Was weiß ich! Dafür kann es tausend Gründe geben. Vielleicht hat ihn der MI6 ausgeliehen, um mit einem anderen Mediziner in Kontakt zu treten.« Obschon der Nachrichtendienst aus historischen Gründen *Military Intelligence (Section) 6* hieß, widmete er sich im Namen Ihrer Majestät längst auch kommerziellen Heimlichkeiten.

»Na schön. Wie sieht's vor 1978 aus?«

»Da war unser Captain MO in Hongkong.« Das Kürzel stand für *medical officer*, also für einen Stabsarzt.

Ein Prickeln durchlief Darwins Körper, als hätte er sich gerade an ein Stromkabel angeschlossen. »Hongkong? Steht in der Datenbank auch was von Kindern? Vielleicht einem Sohn?«

»Bist du neuerdings unter die Hellseher gegangen? Jordan hat in Hongkong die naturalisierte Chinesin Han Wang geehelicht. Aus ihrer Verbindung ging John Jordan hervor.«

»Nicht Jack?«

»Hier steht John. Aber er könnte inzwischen auch unter einem Spitznamen bekannter sein als unter dem urkundlich eingetragenen.«

»Das passt!«, murmelte Darwin.

Die Fahrstuhltüren glitten auseinander, und er trat in das makellos spiegelnde Reich des Herrn von ArtCare. Enttäuscht nahm Darwin den verwaisten Platz von Reena Baker zur Kenntnis. Der General hatte die Sekretärin tatsächlich nach Hause geschickt. Unfassbar!

Hinter der geätzten Glaswand mit den klaren Streifen, die für Durchblick sorgen sollten, bemerkte Darwin eine Bewegung.

»Guten Abend, Jack.« Er widerstand dem Verlangen, Jordan ein paar Fragen zum Vorleben seines Vaters zu stellen. Irgendwie beschlich ihn das Gefühl, es sei besser, die mögliche Verbindung zwischen Alex Daniels' Adoptivvater und Cadwells Leibwächter vorerst für sich zu behalten.

»Wie wär's mit ein paar Lockerungsübungen, bevor Sie vor den Chef treten, Provost Marshal Shaw?«, fragte der Bodyguard, ohne hinter seinem Sichtschutz hervorzutreten.

»Nein, danke, ich habe mir heute schon den Rücken verrenkt.«

»Schade. Dann gehen Sie mal rein. Der Chef kann's kaum erwarten, Sie zu sehen.«

»Wie ist seine Laune?«

»Würde sagen, ein gutes Stück unter dem Gefrierpunkt.«

»Danke, Jack. Sie machen mir wirklich Mut.« Darwin wandte sich der schallisolierten Doppeltür zu, drehte sich aus einer plötzlichen Eingebung heraus dann aber noch einmal um. »Kannten Sie eigentlich Julian Kendish? Privat, meine ich.« Überrumpelung ist manchmal die beste Taktik, dachte er sich.

»Wieso?«, fragte Jordan misstrauisch, um dann böse hinzuzufügen: »Was geht Sie das an?«

»War nur mal 'ne Frage.« Irgendwo musste es da eine Verbindung geben. Jack hatte es zumindest nicht abgestritten. Aber was besagte das schon? Darwin war genauso schlau wie vorher. Er drehte sich wieder um und vollzog den überflüssigen Ritus des Anklopfens. Dann trat er ein.

»Kommen Sie!«, rief Cadwell, ehe sein Mitarbeiter ganz im Raum war. Wie gewöhnlich telefonierte er. Mit Gesten dirigierte er den Ankömmling zum Konferenztisch.

Das Gespräch dauerte noch einige Minuten. Darwin schritt, die Hände im Rücken ineinander gelegt, einige der Figuretten ab, mit denen sein Chef sich umgab: kleine Männer und Frauen im Stile antiker Akte. Perfekte Körper. Es hieß, Cadwell persönlich habe die eine oder andere Plastik geschaffen. Sein Talent und sein Sachverstand waren jedenfalls unumstritten. Er hatte an der Londoner Slade School of Fine Art Kunst studiert. Endlich legte Cadwell auf und bedeutete Darwin mit einer Handbewegung, Platz zu nehmen. Er wirkte gestresst, aber nicht wie jemand, der jeden Moment zu einer reißenden Bestie werden könnte.

»Irgendwas Neues, Darwin?«

Der Gefragte fasste das Ergebnis des Gesprächs mit Alex Daniels zusammen. Die Einzelheiten des wissenschaftlich-philosophischen Diskurses sparte er aus.

»Was halten Sie davon?«, hakte Cadwell nach.

»Wären Sie bereit, die Besitzer der achtundsiebzig verbliebenen Kunstwerke zu warnen?«

»Keine Chance. Sie kennen meine Argumente.«

»Dann lautet meine Antwort: Daniels hat schon den *Prometheus* in der engeren Auswahl gehabt, und jetzt kann sie eine Reihe sehr stichhaltiger Gründe für den *Bau des Turms von Babel* vorlegen. Das Gemälde gehört ebenfalls zu ihrer Auswahlliste. Es hängt im Kröller-Müller-Museum, in der Nähe von Arnheim. Ich finde, wir sollten die Niederländer warnen.«

»Dann tun Sie das. Am besten, Sie fliegen bei nächster Gelegenheit gleich selbst rüber. Einen weiteren Verlust können wir uns nicht leisten.«

»Machen die Kunden Schwierigkeiten?«

»Schwierigkeiten?«, echote Cadwell, und es hörte sich wie eine allmählich in Fahrt kommende Geröllawine an. »Heute Nachmittag sind bei Reena die Telefone heißgelaufen. Sie musste sich eine Menge beißenden Spott anhören. Ob ArtCare sich demnächst auf die Versicherung von Voodoo-Amuletten verlegen oder den Geschäftsbericht von einem Astrologen erstellen lassen wolle – lauter Äußerungen in der Art. Ernster waren die Warnschüsse in der Tagespost.«

Darwin sah seinen Chef verständnislos an. »Wegen der Einbruchsserie?«

»Nein. Oder zumindest nicht in erster Linie. Es geht um diese ›Galerie der Lügen‹ Ihres Mediums, wenn ich das mal so ausdrücken darf. Das Britische Museum und das Field Museum in Chicago haben uns mit der Kündigung sämtlicher Verträge gedroht, wenn das Unternehmen seine Kampagne gegen die Wissenschaft nicht unverzüglich einstelle.«

»Haben Sie ihnen erklärt, dass Alex Daniels nicht auf unserer Gehaltsliste steht?«

»Meinen Sie, das interessiert irgendwen? Die Diebstähle betreffen unsere Firma, und Daniels schreibt über die Diebstähle – also verbreitet sie die Meinung von ArtCare.«

»Entschuldigung, Martin, aber das ist absurd. Außerdem ist Daniels nicht gegen die Wissenschaft, sie kann sich nur mit einem bestimmten *Modell* nicht anfreunden.«

»Die Evolutionslehre ist eine Tatsache.«

»Offensichtlich gibt es darin aber ein paar Stellen, die nicht so wasserdicht sind, wie allgemein behauptet wird. Nach meinem Verständnis von Wissenschaft ist es legitim, solche Punkte zu hinterfragen.«

»Da gebe ich Ihnen sogar Recht. Aber man breitet so was nicht vor einer Öffentlichkeit aus, die davon nichts versteht. Von mir aus soll sich Daniels mit den Experten auseinander setzen, aber nicht dieses populistische Schmierentheater aufführen.«

»Leider weigern sich die meisten Naturwissenschaftler, mit Andersdenkenden über dieses Thema zu diskutieren. Vielleicht fürchten sie ja deren Argumente.«

»Das ist doch Unsinn! Dieses *Enfant terrible*, das sich Journalistin nennt, kann nicht einhundertfünfzig Jahre Forschung so einfach in Frage stellen, ohne Unmut zu erregen. Soll es uns so gehen wie der Kirche, die mit dem Fall Galilei ihren Ruf ruiniert hat?«

»Das lag wohl daran, dass sie nicht von ihren Dogmen lassen wollte.«

»Ist Ihnen schon aufgefallen, dass Sie diese Männer fressende Chimäre andauernd verteidigen? Auf welcher Seite stehen Sie eigentlich?«

Darwin öffnete den Mund, um zu einer empörten Gegenrede anzuheben, hielt dann aber inne. Hatte Cadwell die Journalistin eben eine »Chimäre« genannt? Meinte er das nur allegorisch? Wollte er ihre gelehrt klingenden Argumente als Trugbild brandmarken? Oder war das Wort im wissenschaftlichen Sinne gemeint? Darwin entsann sich dunkel, dass der Begriff Chimäre in der Biologie etwas mit Vermischung zu tun hatte, aber er bekam die genaue Bedeutung nicht mehr auf die Reihe. Wusste Cadwell um die zweigeschlechtliche Natur von Alex? In dem kurzen Gespräch hatte er von ihr, soweit Darwin es noch rekapitulieren konnte, wie von einem Neutrum geredet …

Der Detektiv schluckte seine hitzige Erwiderung hinunter und schlug stattdessen einen gemäßigteren Ton an.

»Es geht doch nicht darum, ob ich Daniels' Weltanschauung teile oder nicht – offen gestanden, finde ich viele ihrer Ansichten reichlich abenteuerlich.«

»Lächerlich wäre wohl das passendere Wort! Leute wie Daniels wollen die Wissenschaft ins Mittelalter zurückbomben. Ich kann gut nachfühlen, wenn Forschungseinrichtungen und andere Institutionen, deren Arbeit an das Faktum der Evolution geknüpft ist, auf die Barrikaden gehen. Millionen und Abermillionen an Fördermitteln werden von den Kreationisten so einfach in Frage gestellt. Wie Sie sehen, hängen auch wir indirekt an diesem Tropf.«

»Auf die Gefahr, mich zu wiederholen, Martin: Alex Daniels ist *keine* Kreationistin, und sie kann auch keine Gegnerin von Forschung und Wissenschaft sein, weil sie mir selbst unablässig wissenschaftliche Ergebnisse um die Ohren schlägt. Ich glaube, sie will die Menschen nur anregen, die *Ziele* der Forschung zu hinterfragen.«

»Warum werde ich das Gefühl nicht los, dieses ungezogene Kind, das die renommiertesten Wissenschaftler unseres Planeten pausenlos vors Schienenbein tritt, hat Sie längst eingewickelt? Ich schätze Sie, Darwin. Deshalb hören Sie auf meinen Rat: Konzentrieren Sie sich auf die Einbrüche. Und torpedieren Sie nicht die Firma, indem Sie Daniels Schützenhilfe geben.«

Der ernste Ton in Cadwells Hinweis war nicht zu überhören. Allmählich bekam Darwin ein Gefühl für die Situation, vor der Alex ihn gewarnt hatte. So ruhig wie möglich erwiderte er: »Wie lauten Ihre Anweisungen, Sir?«

»Solange der Name Alex Daniels mit dem von ArtCare in einem Atemzug genannt wird, will ich keine anti-wissenschaftlichen Artikel mehr sehen.«

Selten hatte Darwin seinen Chef dermaßen verärgert erlebt. Um die Atmosphäre zu beruhigen, sagte er: »Ich werde mit ihr sprechen. Aber sie braucht in ihren Artikeln nur von ›der Versicherung‹ zu sprechen, und uns sind die Hände gebunden. Die Leute werden trotzdem wissen, wen sie meint.«

»Seien Sie überzeugend, Darwin. Bringen Sie unseren Standpunkt unmissverständlich rüber. Das hat allerhöchste Priorität. Schon morgen werden, wie ich erfahren habe, die *Times* und der *North London Herald* zum Gegenangriff blasen. Einige namhafte Biologen und Paläontologen werden Daniels' Hirngespinste als gefährliche Volksverdummung brandmarken. In den Artikeln soll auch der Name des ArtCare-Chefermittlers auftauchen.«

Cadwell legte seine braunfleckige Hand auf den Tisch und beugte sich vor. Seine verschiedenfarbigen Augen fixierten den Detektiv. »Darwin«, sagte er mit großer Eindringlichkeit, »die Einbrüche bereiten uns schon genug Probleme. Wir können uns keine Schmutzkampagne gegen ArtCare leisten. Habe ich mich klar und deutlich ausgedrückt?«

Darwins Kiefer mahlten, während er Cadwells Blick standhielt. Auf seiner Zunge lag eine zornige Erwiderung. Eine Schmutzkampagne? Alex sollte den Stempel der radikalen Spinnerin aufgedrückt bekommen. Auffälligerweise hatte Cadwell nichts von einem Gegenbeweis der »namhaften Biologen und Paläontologen« erwähnt, die sich offenbar zu Verteidigern der Wissenschaft berufen sahen. Vermutlich würden sie sich auf diffamierende Polemik verlegen, die gegen Personen gerichtet war, statt sich auf Argumente einzulassen.

»Worüber denken Sie nach?«, fragte Cadwell.

»Darüber, wie wir diese ganze Angelegenheit auf eine sachliche Ebene herunterziehen können.«

»Hier geht es um Geld, Darwin. Um Profite. Lassen Sie sich von niemandem einreden, dieses Thema könne man ohne Emotionen angehen. Wenn auch nur die geringste Gefahr besteht, jemandem könnten die Pfründe weggenommen werden, dann kochen die Gefühle hoch. Genau das erleben wir im Moment. Kann ich mich noch auf Sie verlassen, Darwin?«

»Ja, Sir«, knirschte der Gefragte.

»Gut.« Cadwell lächelte auf eine irgendwie beunruhigende Art und präzisierte: »Gut für uns beide. Denn wenn ArtCare weiter als Hort der Einfältigkeit durch die Medien geistert, dann müsste ich mich gezwungen sehen, etwas dagegen zu unternehmen. Sie wissen doch, was man unter einem Bauernopfer versteht, nicht wahr?«

Die Tür fiel heftiger ins Schloss als nötig. Darwin ließ sich in seinen Bürosessel fallen. Verdrießlich starrte er auf den leeren Computermonitor. *Bauernopfer.* Wenn das keine Drohung war!

Es dauerte einige Zeit, bis er es schaffte, seine Gedanken zu ordnen. Er sollte Alex anrufen, um ihr die von Cadwell verkündete »Richtlinie für Öffentlichkeitsarbeit« schonend beizubringen. Außerdem würde sie interessieren, was er über den fischenden Militärarzt herausgefunden hatte. Darwin wählte Lucys Nummer.

Der Anschluss war besetzt.

Mit wem telefonierte Alex? Sie wusste doch, wie riskant … Vermutlich hat Lucy sie angerufen, beruhigte er sich und ließ sich in die flexible Lehne des Stuhls zurücksinken.

»Jetzt nicht durchdrehen, alter Junge«, beruhigte er sich. »Wir haben schon ganz andere Krisen durchgestanden.« Er musste eine Hand voll Rätsel lösen, und zwar schnell.

Erstens: Wie tief war Julian Kendish, der ehemalige Sicherheitschef von ArtCare, in die Einbrüche verstrickt? Hatte er lediglich ein paar Informationen verkauft, um seinen Lebensabend zu vergolden, oder steckte mehr dahinter?

Zweitens: Wie kamen Alex, die verkohlte Leiche aus dem Louvre und Terri Lovecraft zu ihrem identischen Erbgut? Bedeutete die Unterdrückung der Antwort auf diese Frage irgendjemandem so viel, dass die Reporterin Susan Winter dafür hatte sterben müssen? Vermutlich war sie der Wahrheit auf der Spur gewesen. Das erste Retortenbaby kam 1978 in Oldham bei Manchester zur Welt. Könnten die drei Geschwister auf dieselbe Weise gezeugt worden sein? Wenn nicht, wer waren ihre leiblichen Eltern? Warum hatten sie ihre Kinder zur Adoption freigegeben? Etwa wegen der Anomalie – des biologischen Phänomens, wie Alex es nannte?.

Drittens: Wer hatte versucht, Alex zu töten? War Terri Lovecraft tatsächlich durch einen Unfall gestorben oder bereits das erste Opfer desselben Täters gewesen? Wollte er alle Geschwister eliminieren? Alex hatte einen Kevin erwähnt, dessen Einfluss auf Mrs D'Adderios Kind erheblich gewesen sein musste.

Das vierte Rätsel war für Darwin kaum weniger knifflig: Welche Bedeutung sollte er der Dreiecksbeziehung Cadwell-Kendish-Jordan zumessen? War es ein Zufall, dass Jack Jordans Erzeuger – so er sich tatsächlich als Mitglied der Anglergemeinschaft entpuppte – und Alex Daniels' Adoptivvater gemeinsam demselben Freizeitspaß gefrönt hatten?

Zur Hand voll Rätsel fehlte noch die Nummer fünf, das Problem, dem Darwin sich ausschließlich widmen sollte, wie Cadwell ziemlich unmissverständlich zum Ausdruck gebracht hatte: Wer war das »Gehirn«, und wo hatte es die gestohlenen Bilder gelassen? Welches Ziel verfolgte es tatsächlich? Als Alex im Bankside auf die psychologische Bedeutung des Hutes zu sprechen gekommen war, hatte sie sehr nachdenklich geklungen. Das Traumsymbol werde mit dem Bedürfnis verbunden, seine wahren Absichten, Erwartungen und Meinungen vor anderen zu verbergen, sagte sie. Das sei ein Gesichtspunkt, der ihr Unbehagen bereite.

Darwin fragte sich, ob die weltanschaulichen Motive der vermeintlich kreationistischen Täter nur vorgeschützt oder lediglich ein Ablenkungsmanöver sein könnten. Warum hatten sie an keinem der Tatorte ein Bekennerschreiben hinterlassen noch irgendwelche Forderungen gestellt? Terroristen egal welcher Couleur brauchten die Öffentlichkeit …

Er stutzte.

Eigentlich hatten die Medien viel über die Museumseinbrüche berichtet und ausgiebig über die Symbolik der Aktionen spekuliert.

Dank Alex Daniels.

Darwin biss die Zähne aufeinander, dass sie knirschten. Was unterstellte er ihr da! Na gut, ihre Gene hingen irgendwie in dem Fall mit drin, aber das war kein Grund, an ihrer Aufrichtigkeit zu zweifeln.

Und wenn sie unfreiwillig oder sogar ohne eigenes Wissen in die Sache verstrickt war? Vielleicht wurde sie von irgendjemandem benutzt.

Darwin spreizte die Finger der rechten Hand und furchte damit sein dunkles Haar. Nach seinem Geschmack waren das ein paar Fragen zu viel. Er hatte große Lust, das Bauernopfer zu spielen – dann wäre er den Fall los. Den Job allerdings auch.

Andererseits wollte er Alex nicht im Stich lassen. Irgendwie mochte er trotz alledem diese einsame, zornige, intelligente, auf ihre eigene Weise zutiefst wahrheitsliebende Extravaganz der Natur.

Wenn in ihm jemals so etwas wie ein romantisches Flämmchen für sie geflackert hatte, dann war es bei jenem Anblick im Bad schlagartig gelöscht worden, so viel stand fest. Darwin ließ jeden so leben, wie er es für richtig hielt – solange er kein Amokschütze war, sich an Kindern verging oder ähnlich perverse Neigungen auslebte –, aber bei sich selbst legte er engere Maßstäbe an. Etwas anderes als eine heterosexuelle Beziehung kam für ihn nicht in Frage. Ihm schwirrte der Kopf. War Sex mit einem echten Hermaphroditen eigentlich homo oder hetero?

Er schüttelte mürrisch den Kopf. Darüber nachzugrübeln führte zu nichts. Er zwang seine Gedanken in eine andere Richtung. Ob Longfellow noch arbeitete? Wenigstens das würde sich leicht feststellen lassen.

»Herzlich willkommen im Club der Workaholics«, meldete sich die tiefe Stimme des Detectives am Telefon.

»Sie haben meine Nummer im Display gesehen, stimmt's?«, fragte Darwin.

»Wo denken Sie hin, Sportsfreund? Ihr Name ist in meinem Apparat gespeichert, unter ›S‹ wie Detective David Starsky.«

»Ich bin zu müde zum Lachen, Mortimer. Wissen Sie, was eine Chimäre ist?«

»Irgendwas Mythologisches. Griechisch. Ein Ungeheuer aus der Unterwelt. Hat mehrere Köpfe und spuckt Feuer. Sie rufen mich doch nicht allen Ernstes um diese Zeit an, um ...«

»Nein, nein. Vergessen Sie es. Ich wollte Sie fragen, ob Sie inzwischen irgendetwas über Terri Lovecraft herausgefunden haben?«

»Nicht viel mehr als das, was Sie schon im *Mirror* lesen konnten. Sie ist in ihrem ersten Lebensjahr mit ihren Eltern nach London gezogen.«

»Aus Schottland kommend.«

»Woher wissen Sie ...?«

»Von Alex Daniels. Mrs Lovecraft alias D'Adderio hat wohl so etwas erwähnt, bevor sie starb. Was haben Terris Eltern da gemacht?«

»Waren ganz normale Leute. Timothy, Terris Vater, hat im Hafen beim Zoll gearbeitet. In London lebte er bis zu seinem Tod als Ruheständler.«

»Wieso gibt ein Beamter seinen Job auf?«

»Als er 1982 mit seiner Familie hierher umzog, war er schon Anfang fünfzig, seine Frau erst vierzig. Vielleicht hatten sie Erspartes. Wir versuchen gerade ihre Vermögens- und Einkommensverhältnisse zu durchforsten, aber das kann dauern.«

»Hm. Was ist mit Susan Winter, der Reporterin?«

»Da ermittelt der Yard. Meine letzte Rückmeldung war ziemlich kurz. Die schließen Selbstmord praktisch aus. Jetzt versuchen sie Winters letzte vierundzwanzig Stunden zu rekonstruieren. Vielleicht kriegen wir heraus, mit wem sie sich getroffen hat, wenn wir ihren Informanten bei der Polizei finden. Der Maulwurf wird sich allerdings hüten, aus seinem Loch rauszukommen.«

»Und der in Oslo am Sonntag festgenommene und wieder freigelassene Verdächtige? Liegt sein genetischer Fingerabdruck inzwischen vor?«

»Sie wissen doch selbst, dass allein die Erstellung der DNA-Marker drei Tage dauert. Hinzu kommt der Behördenweg. Die Daten werden nicht in Norwegen, sondern bei uns verglichen. Realistisch gesehen, werden wir frühestens Freitag Ergebnisse vorliegen haben, eher Montag nächster Woche.«

»Klingt alles ziemlich deprimierend.«

»Vielleicht gibt es doch etwas, das Sie aufmuntern kann. Die Kollegen von der Spurensicherung haben zusammen mit den Spezialisten der Feuerwehr Daniels' Haus auf den Kopf gestellt.«

»Und?«

»An der Gasabsperrvorrichtung in der Küche wurde herummanipuliert.«

»Warum hat der Brandstifter nicht einfach den Herd aufgedreht?«

»Man merkt, dass Sie Junggeselle sind, Darwin. Moderne Gasherde haben Wärmefühler. Ohne Flamme regelt die Automatik ab. Der Täter hat sich hinter dem Gerät zu schaffen gemacht, und zwar auf eine Weise, die nicht sofort auffällt. Die Kollegen haben die Kratzer trotzdem entdeckt. Bei der Laboruntersuchung wurden geringe Spuren einer Titan-Aluminium-Nitrid-Legierung und eines besonders gehärteten Stahls gefunden.«

Irgendetwas klingelte in Darwins Kopf, aber er konnte es nicht orten. »Was für ein Stahl?«

»Das wird noch untersucht. Auch, für welche Werkzeuge die

Materialien verwendet werden. Scheint irgendwas Exotisches zu sein.«

»Wunderbar!« Darwin kannte so gut wie Longfellow die alte Kriminalistenregel: Je ausgefallener die Spuren, die ein Verbrecher am Tatort zurückließ, desto kleiner der Kreis von Verdächtigen.

»War mir klar, dass ich Ihnen damit eine Freude machen kann.«

»*Quid pro quo* – ich habe auch was für Sie, Mortimer, mit schönen Grüßen von Alex Daniels.« Darwin erzählte vom *Bau des Turms von Babel*, dem Gemälde, das mit einiger Wahrscheinlichkeit als nächstes gestohlen werden sollte.

»Für wie zuverlässig halten Sie diese Voraussage?«, fragte Longfellow skeptisch.

»Was wollen Sie hören? Das ›Gehirn‹ hat uns in München keine gelbe Post-it-Notiz zurückgelassen, auf der stand: ›Alles Liebe! Erwarte euch in Arnheim.‹ Ich werde jedenfalls das kommende Wochenende im Kröller-Müller-Museum verbringen; mein Boss hat das Flugticket schon genehmigt.«

»Na schön, dann kümmere ich mich darum, dass Sie die bestmögliche Unterstützung durch die niederländische Polizei bekommen.«

»Danke, Mortimer.«

»War mir wie immer eine Freude.«

»Eins noch!«

»Ja?«

»Es wäre vielleicht nützlich, die Selbstmorde und tödlichen Unfälle der letzten fünf, sechs Jahre genauer unter die Lupe zu nehmen. Vielleicht gibt es noch mehr Verblichene, die eine so frappierende Ähnlichkeit mit Alex Daniels hatten.«

»Sind Sie noch bei Trost, Darwin? Das sind *Tausende*.«

»Ist mir klar. Ich dachte auch eher daran, zunächst die Fingerabdrücke mit denen von Daniels und dem Louvre-Täter zu vergleichen, sofern welche vorliegen.«

»Aber der Interpol-Computer hat nur die Namen von Daniels und Lovecraft ausgespuckt und das auch nur, nachdem wir die Anzahl der übereinstimmenden Minutien reduziert hatten – die Abdrücke von Paris waren ja unter aller Sau.«

»Soweit ich weiß, steckt der Aufbau des europäischen Rechnerverbundes der Staatspolizeien noch in den Kinderschuhen. Interpol und Europol sind also wohl auch nicht der Stein der Weisen.«

»Eher ein Stein des Anstoßes. Sie verlangen allen Ernstes, ich soll sämtliche Polizeibehörden in Europa fleißig machen? Von der Arbeit, die ich damit hätte, ganz abgesehen.«

»Sie delegieren das, Kollege. Ich kenne Sie.«

»Ja, das ist ja das Problem. Ich bin viel zu gutmütig.«

»Sie spüren es doch auch, Mortimer. Hier stinkt etwas ganz gewaltig. Wenn Johansens genetischer Fingerabdruck ebenfalls mit dem von Alex Daniels übereinstimmt, dann hätten wir *vier* Geschwister. Haben Sie nicht auch schon daran gedacht, ob das ›Gehirn‹ die Nummer fünf sein könnte? Ein zorniger Hermaphrodit, der vielleicht mehr über seine Herkunft weiß als die anderen. Ein um sein Geschlecht betrogenes Wesen, das nur nach einem dürstet: nach Rache.«

Als Darwin gegen Mitternacht das Haus in der Copperfield Street erreichte, lag es still und verlassen da. Er hatte im Laufe des Abends noch mehrmals versucht, Alex telefonisch zu erreichen, aber sie reagierte nicht, weder auf das vereinbarte Klingelzeichen noch auf sein Sturmläuten. Lucy nahm auch keine Anrufe auf dem Handy an, aber das war normal. Es wäre nicht das erste Mal, dass sie nach Schließung der Pubs mit Freunden noch in irgendeinem Club weiterfeierte und sich von nichts und niemandem stören ließ.

Unverrichteter Dinge fuhr er nach Hause.

Am nächsten Morgen stand er um halb sieben bei Lucy auf der Matte. Seine Schwester sah aus wie eine Testperson in einem Schlafentzugsexperiment: die Haare noch wirrer als sonst, kleine

Augen mit dunklen Ringen drum herum. Ihre Brille sei irgendwo im Haus verschollen, entschuldigte sie sich, weil sie ihren Bruder nicht sofort erkannt hatte.

»Ist Alex inzwischen wieder da?«, fragte er.

»Alex? War die denn weg?«, entgegnete Lucy gähnend.

Er drängelte sich an ihr vorbei ins Haus, lief die Treppe zum Gästezimmer hinauf und meldete sich klopfenderweise an (kein zweites Mal wollte er ohne Vorwarnung zu Alex hereinplatzen).

Aus dem Raum kam keine Reaktion.

Nun hämmerte er.

Wieder blieb alles still.

Darwin holte tief Luft und öffnete die Tür.

»Der Vogel ist ausgeflogen«, sagte Lucy, die hinter ihm stand und unter seiner Achsel hindurchblickte.

Darwin betrat das Zimmer und suchte nach einem Brief, irgendeiner Notiz, fand aber nichts als die Kartons. Sie standen noch so nebeneinander, wie er sie verlassen hatte. Das Gruppenfoto mit den Anglern lag auf dem Bett. Er nahm es in die Hand und ließ seinen Blick über die Gesichter der Petrijünger wandern. Mit einem Mal stutzte er. Die Visage zwischen Norman Daniels und James Jordan kam ihm irgendwie bekannt vor. Sie war von dunklem Haar so gut wie zugewuchert. Der kleine Mann mit dem tonnenförmigen Brustkorb erinnerte fatal an einen Waldschrat. Am vergangenen Abend hatte das Konterfei des Militärarztes Darwins ganze Aufmerksamkeit gebannt, deshalb war ihm dieser Gnom nicht aufgefallen.

»Ich borg mir das Foto mal aus«, erklärte Darwin aus dem Gefühl heraus, es nicht einfach mitnehmen zu dürfen.

Lucy zuckte die Achseln.

»Lass uns in der Küche nachsehen und im Wohnzimmer. Vielleicht hat sie uns dort eine Nachricht hinterlassen«, sagte er.

Bald wussten sie, es gab keine.

Lucys Mitbewohnerin war verschwunden, als hätte sie sich in Luft aufgelöst.

Noch vor dem morgendlichen Briefing hatte Darwin bei Superintendent Longfellow angerufen und Alex als vermisst gemeldet. Normalerweise legte die Polizei solche Anzeigen, wenn der Betreffende erwachsen, zurechnungsfähig und erst wenige Stunden unauffindbar war, erst mal auf Eis, aber im Fall von Daniels reagierte sie sofort. Die NCS veranlasste eine landesweite Suchaktion.

Als bitter empfand Darwin die Frage, mit der sich Longfellow von ihm verabschiedete.

»Sind Sie immer noch sicher, dass wir Daniels vertrauen können?«

In ihm sträubte sich alles gegen den Gedanken, er könne die ganze Zeit von ihr betrogen worden sein. War sie eine Komplizin des »Gehirns«? Hatte sie womöglich ihn und die Öffentlichkeit mit ihrer »Galerie der Lügen« nur an der Nase herumgeführt? Dann wäre vermutlich auch der Hinweis auf die Kröller-Müller-Galerie nur ein Ablenkungsmanöver, so wie im Osloer Edvard-Munch-Museum.

Bevor er in Martin Cadwells Hochglanzbüro hinauffuhr, musste er eine schwere Entscheidung treffen.

Als er wieder herauskam, ging es ihm besser. Er hatte auf die Fortsetzung der bereits am Abend durch E-Mails und Telefaxe eingeleiteten »Operation Babel« bestanden.

Je länger Darwin über die gemeinsam mit Alex verbrachte Zeit und über ihre Gespräche nachdachte, desto mehr Zweifel kamen ihm an dem von Longfellow angedeuteten Verdacht. Er fürchtete, sie könnte gekidnappt oder – der Gedanke traf ihn mit unerwartetem Schrecken – ermordet worden sein. Bevor er nach Arnheim reiste, musste er in ihre Vergangenheit vorstoßen. Dort, vielleicht irgendwo in Schottland, begann womöglich der Faden, der ihn in das Zentrum des Labyrinths führte …

»Guten Morgen, Bob, hier ist Shaw, Darwin Shaw.« Er hatte vor Jahren in Edinburgh einen Fall von Waffenschieberei bearbeitet und sich damals mit Robert Mackenzie angefreundet, seinem Kollegen bei der 243th Provost Company, die in Livingston, etwa fünfzehn Meilen westlich der schottischen Hauptstadt, stationiert war.

»Darwin. Schön, von dir zu hören. Wie fühlt man sich so als Zivilist?«

»Momentan wie ein Rohrkrepierer.«

»Hört sich an, als stecktest du in Schwierigkeiten.«

»Ich bin jetzt Ermittler bei ArtCare, einer Versicherung mit Schwerpunkt Kunst und alte Kulturgüter ...«

»Doch nicht der Laden, der gerade von diesem Verrückten jede Woche eins drauf bekommt?«

»Hat es sich also auch schon bis nach Schottland rumgesprochen.«

»Hör mal! Wir sind hier vielleicht etwas abgelegen, aber nicht zurückgeblieben.«

»Deshalb rufe ich dich an, Bob. Wie gut kannst du mit der örtlichen Polizei?«

»Manchmal blocken sie ein bisschen, eben die üblichen Kompetenzstreitigkeiten, aber es gibt ein paar Kollegen, mit denen ich regelmäßig für die *Heavy Events* trainiere.«

Darwin erinnerte sich. Mackenzie war ein regelmäßiger Teilnehmer der Highland Games in Edinburgh, wo richtige Männer mit Hämmern und Baumstämmen um sich warfen. »Ich suche dringend Informationen über ein Ehepaar, das in oder bei Edinburgh gewohnt haben muss. Sie heißen Norman und Cynthia Daniels.«

»Schon notiert. Wann ungefähr war das?«

»Mit ziemlicher Sicherheit von etwa 1982 bis '94.«

»Warum gibst du keine Anfrage bei den Meldebehörden auf?«

»Der Dienstweg dauert zu lange. Es geht um Leben und Tod.«

»Bildlich oder buchstäblich gesprochen?«

»Eher Letzteres.«

»Also gut, ich rufe gleich mal meinen Kumpel in Edinburgh an. Bist du unter der Nummer, die ich hier im Display sehe, in den nächsten ein, zwei Stunden erreichbar?«

Darwin bejahte, gab Mackenzie auch noch seine Handynummer und verabschiedete sich. Er war gespannt, ob seine alten Kontakte mehr zu Tage fördern konnten, als er bisher schon von Mortimer und natürlich Alex über das Forscherehepaar wusste.

Becky Hampton betrat das Büro. Sie besaß das Talent, die Problemzonen ihrer üppigen Figur durch körperbetonte Kleidung ins Blickfeld des Betrachters zu rücken. An diesem Morgen schaffte sie dies mit einem engen, leuchtend roten Angorapullover, einem rot-grünen, viel zu kurzen Karorock, dicken schwarzen Strümpfen und kniehohen Stiefeln. In der Hand hielt sie vier oder fünf Zeitungen.

»Morgen, Darwin. Heute schon in die Gazetten geschnuppert?«

»Verschone mich damit. Mir fehlt die Zeit dafür.«

Sie hob die Augenbrauen. »Oh, oh! Wieder mal schlechte Laune, was?«

»Ich habe *wirklich* zu tun, Becky!«

Sie warf den Stapel auf den flachen Aktenschrank gegenüber dem Schreibtisch und deutete darauf. »Solltest trotzdem mal reinriechen, wenn du einen Moment Luft hast. Kommt schließlich nicht jeden Tag vor, dass der eigene Name in der *Times* steht.« Sie trat den Rückzug an.

»Ach, Becky!«

»Ja, mein Captain?«

Er runzelte unwillig die Stirn, überhörte aber geflissentlich ihre Spitze. »Kannst du mir erklären, was eine Chimäre ist?«

»Mischwesen mit drei Köpfen: vorne Löwe, in der Mitte Ziege, hinten Schlange. Schwester von Sphinx.« Die Antwort kam wie aus der Pistole geschossen.

»Okay, aber der Begriff wird doch oft im übertragenen Sinn benutzt.«

»Klar. In der Art wie: Du jagst einer Chimäre nach – einem Trugbild oder Hirngespinst.«

Er sah Becky mit offenem Mund an. Ihre Worte hatten ihn wie ein Tadel getroffen, obwohl sie gewiss nicht so gemeint waren. *Jage ich einer Chimäre nach?*

»War das alles?«, fragte Becky.

Er blinzelte. »Wenn sich dein Wissen über die Fabelwesen darauf beschränkt, dann ja.«

»Wie wär's, wenn du mal im Lexikon nachschlägst? Oder im Internet.«

»Werde ich bei Gelegenheit tun. Und das mit den Zeitungen war nicht so gemeint. Danke, Becky.«

Ihre rehbraunen Augen funkelten amüsiert. »Schon in Ordnung. Ich weiß ja, dass du mächtig unter Dampf stehst. Also dann …« Sie verließ den Raum.

Darwins Blick wanderte zu den Zeitungen auf dem Sideboard. Einen Moment lang starrte er sie finster an. Dann erlag er der Versuchung und schnappte sich die *Times*.

Die ehrwürdige Institution der britischen Presse hatte viel von ihrer zurückhaltenden Distinguiertheit verloren. Zu diesem Schluss gelangte er, nachdem er den Schmähartikel auf Alex Daniels' »Galerie der Lügen« gelesen hatte.

Wie erwartet, gingen die zu Wort kommenden Wissenschaftler einer argumentativen Auseinandersetzung mit ihrer Gegnerin aus dem Weg. Ein Biologe verteidigte die diffamierende Polemik sogar. Die Kreationisten täten schließlich auch nichts anderes, behauptete er. Wenn sie die Keule wählten, dann müsse man mit der Keule zurückschlagen – obwohl ihm das Florett natürlich lieber sei. Im Übrigen würde auch kein Astrogeologe ernsthaft mit einem Kind darüber debattieren, ob der Mars aus Cheddarkäse bestehe. Als Krönung der Infamie empfand Darwin jedoch den Angriff auf ihn, den Versicherungsdetektiv von ArtCare, der, so das Blatt, »sich mit infantiler Einfältigkeit von den Kreationisten instrumentalisieren« lasse.

Wütend warf er die Zeitung auf den Schrank zurück. Er hätte besser daran getan, sie nicht anzufassen.

Für die nächsten etwa anderthalb Stunden widmete er sich seinen Reisevorbereitungen – Reena Baker hatte persönlich für ihn einen British-Airways-Flug um vier Uhr nachmittags nach Amsterdam gebucht. Er telefonierte mehrmals mit Lucy – von Alex fehlte nach wie vor jedes Lebenszeichen. Und er grübelte.

Ihn beschlich das unangenehme Gefühl, etwas Wichtiges übersehen zu haben.

Mit geschlossenen Augen, die Füße auf dem Tisch, im Stuhl weit nach hinten gelehnt spulte er die letzten Stunden, Tage und Wochen immer wieder zurück und wieder vor. Plötzlich riss er die Augen auf und flüsterte einen Namen.

»Kevin!«

Warum war ihm das nicht früher aufgefallen? Als Alex ihm von ihren eigenen Ermittlungen in Sachen Terri Lovecraft und von dem dramatischen Anschlag im Greenwich Park erzählt hatte, war mehrmals von einem Kevin die Rede gewesen. Und er hatte nicht geschaltet.

Vermutlich, weil Kevin T. Kendish tot war, angeblich in der Karibik verstorben.

»T?«, flüsterte er. Eine unheimliche Ahnung tauchte wie ein riesiger Schatten am Horizont seines Bewusstseins auf. Er griff zum Telefon und wählte die Nummer von Detective Superintendent Mortimer Longfellow. Darwin kam sofort zur Sache.

»Mortimer, Sie wollten doch Julian Kendish, den Oberkontrolleur von ArtCare, durchleuchten. Wie weit sind Sie gekommen?«

»Nichts Aufregendes.« Darwin hörte Papierrascheln. »Er hat fast sein ganzes Berufsleben für verschiedene Unternehmen des MacKane-Konzerns gearbeitet. Zuletzt ist er bei euch gelandet.«

»War er irgendwann in Schottland tätig.«

»Woher wissen Sie das?«

Darwin atmete tief durch. »Wie hieß die Firma?«

»Tja, das ist seltsam. Wir konnten den Namen nicht herausfinden. Er wurde aus allen Unterlagen getilgt.«

Darwin erinnerte sich, auch in Kendishs Personalakte keinen Eintrag über eine schottische Tochterfirma des Konzerns gefunden zu haben. »Andere Frage: Julians Sohn, Kevin T. Kendish. Wofür steht das ›T‹ in der Mitte?«

»Warten Sie?« Wieder hörte Darwin das Geräusch umblätternder Seiten. Dann: »Hier, ich hab's. Sein vollständiger Name lautete Kevin Theodore Kendish.«

Für eine lange Schrecksekunde balancierte Darwin in gefährlicher Schräglage auf seinem Bürostuhl. Irgendwie schaffte er es dann aber doch, sein Gleichgewicht zurückzugewinnen. Um einem Absturz vorzubeugen, nahm er die Beine vom Tisch.

»Nur, damit ich mich nicht verhört habe. Der Filius unseres Sicherheitschefs hieß *Theodore*? Nannte sich der mysteriöse Kassiberschreiber, der Alex Daniels im Gefängnis dazu riet, ihre DNA mit der des Toten vom Louvre vergleichen zu lassen, nicht *Theo*?«

Einen Moment lang drang nur leises Rauschen aus dem Hörer. »Verdammter Mist! Ich bin ein Esel«, fluchte Mortimer schließlich. »Daniels sagte, die Warnung, die sie vor dem Gasanschlag erhalten hatte, sei ebenfalls mit Theo unterschrieben gewesen. Das hätte mir auffallen müssen.«

»Im Vergleich zu meiner bescheidenen Akte haben Sie vermutlich schon einen ganzen Schrank von Unterlagen. So etwas kommt vor. In mir rumort ein furchtbarer Verdacht, Mortimer. Könnten Sie mir … nein, eigentlich *uns* einen Gefallen tun?«

»Wenn ich nicht wieder eine Leiche für Sie ausbuddeln muss.«

»Ich hatte eigentlich an zwei gedacht …«

»*Was*? Sind Sie jetzt völlig übergeschnappt! Sie wissen wohl nicht, was das jedes Mal für ein Papierkram …«

»Mortimer«, unterbrach Darwin den Polizisten, »jetzt hören Sie mir doch erst einmal zu.«

In geraffter Form verlieh er seinen Gedanken Ausdruck: Julian Kendish besaß alles Wissen, um an die bisher zerstörten und gestohlenen Kunstwerke zu kommen. Seine Vita verschwindet in Schottland ebenso in einem schwarzen Loch wie die des Militärarztes James Jordan. Alex Daniels und Terri Lovecraft wurden höchstwahrscheinlich im Großraum Edinburgh geboren. Norman Daniels und James Jordan dürften einander mit ziemlicher Sicherheit gekannt haben. Und von Jordan führte womöglich eine Spur über seinen Sohn Jack, Martin Cadwells Bodyguard, wieder zu ArtCare.

»Da gibt es eine Verbindung, Mortimer«, sprach Darwin aufgeregt ins Telefon. »Irgendwas wird da vertuscht. Ich bin überzeugt, Kevin Theodore Kendish weiß davon, vermutlich durch seinen Vater. Wenn er derjenige ist, der Terri Lovecraft in den Tod getrieben oder sogar ermordet hat, dann könnte er auch seinen Alten umgebracht haben.«

»Und wieso sollte er das tun?«

»Julian hatte eine nicht unerhebliche Erbschaft gemacht. Vielleicht brauchte Theo das Geld, um einen wie auch immer gearteten Plan zu verwirklichen.«

»Sie meinen etwas in der Art wie: Ich bringe jetzt alle Zwitter des Jahrgangs '82 um?«

»Was weiß ich! Wenn Sie die beiden ausgraben und obduzieren, wissen wir vielleicht mehr.«

»Wen?«

»Na, Kevin und seinen Vater.«

Longfellow hatte versprochen, sich Darwins Ansinnen durch den Kopf gehen zu lassen. Er wolle sich wieder melden.

Gegen elf kam endlich der ersehnte Anruf von Robert Mackenzie aus Schottland. Darwin sprang aus seinem Bürosessel auf und blickte aus dem Fenster.

»Hast du etwas herausgefunden, Bob?«

»Ein bisschen. Sagt dir das Roslin-Institut etwas?«

»Ja … Das heißt, nicht wirklich. Was ist damit?«

»Vermutlich klingelt's bei dir, wenn du den Namen Ian Wilmut hörst.«

»Machen wir kein Ratespiel draus, Bob. Dafür fehlt mir im Moment der Nerv.«

»Wilmut war der Vater des Klonschafs Dolly. Norman und Cynthia Daniels haben für ihn gearbeitet. Sie waren Biologen, genauer gesagt Genetiker, aber ihr Schwerpunkt lag mehr auf …«

»… den Experimenten.«

»Wenn du schon alles weißt, dann brauche ich ja nicht …«

»Entschuldige. Was hast du noch herausgefunden?«

»Das war's eigentlich so ziemlich.«

»Keine Zeitangaben? Wann haben die zwei im Roslin-Institut gearbeitet?«

»Ach so! Hätte ich fast vergessen. Sie waren von 1982 bis 1994 dort.«

Darwin nickte. Das passte. »Danke, Bob.«

»Keine Ursache, Darwin. Komm doch mal wieder vorbei. Wir brauchen immer Leute zum Tauziehen.«

»Ich denk drüber nach.«

Darwin verabschiedete sich und legte auf. Als er sich wieder dem Schreibtisch zuwandte, bemerkte er aus den Augenwinkeln eine Gestalt. Erschrocken fuhr er zur Tür herum.

Dort stand, lässig an den Rahmen gelehnt, Dr. Cadwell.

Er wirkte amüsiert. »Warum so überrascht, Darwin?«

Der Detektiv rang sich ein Lächeln ab. Wie viel hatte sein Boss von dem Telefonat mitbekommen? »Es kommt schließlich nicht alle Tage vor, dass der General sich unters Fußvolk mischt.«

»Mit wem haben Sie gesprochen?«

»Nur jemand, der mir bei meinen Ermittlungen hilft«, antwortete Darwin ausweichend.

Cadwell trat ganz in den Raum und schloss hinter sich die Tür. Gemächlich lief er zum Sideboard, schob die Zeitungen zur Seite und setzte sich mit einer Gesäßhälfte darauf. Eine Weile musterte er sein Gegenüber mit entspannter Miene. Dann sagte er: »Ich habe Sie gestern Abend gefragt, ob ich mich auf Sie verlassen kann, Darwin.«

Die Bemerkung hatte für den Empfänger die Wirkung einer kalten Stahlklinge, die langsam durch sein Fleisch glitt. »Äh … Ich verstehe nicht, Sir …«

»Dann werde ich mich präziser ausdrücken: Ist es möglich, dass Sie bei Ihrer allmorgendlichen Berichterstattung vergessen haben, mir etwas Wichtiges zu erzählen?«

»Ich denke nicht, Sir. Natürlich versuche ich, Sie mit Einzelheiten zu verschonen, die …«

»Es geht mir nicht um Details und Nebenschauplätze, Darwin. Schließlich versichern wir keine Badewannen oder andere Konsumgüter, die sich jederzeit ersetzen lassen. Wenn das Gerücht in die Öffentlichkeit dringt, unsere eigenen Mitarbeiter seien auf irgendeine Weise am Verlust einzigartiger Kulturschätze beteiligt, dann könnte das dem Ruf unserer Firma einen irreparablen Schaden zufügen. Ich schätze Ihre Intelligenz hoch genug ein, sich dieses heiklen Umstandes bewusst zu sein.«

Darwin starrte seinen Chef konsterniert an. Eine Frage dröhnte in seinem Kopf: *Lässt er dein Telefon abhören?* Er hatte am Morgen mit Mortimer über Julian Kendish gesprochen. Oder war es seine Bemerkung gegenüber Jack Jordan gewesen, die …?

»Was ist?«, fragte Cadwell ungeduldig. »Fällt Ihnen wirklich nichts ein, das Sie mir noch erzählen sollten?«

»Nun«, druckste Darwin, »ich gehe natürlich allen relevanten Spuren nach.«

»Das ist löblich.« Cadwell nickte, als wolle er ihn zum Weiterreden ermuntern.

»Dabei interessiere ich mich auch für mögliche Sicherheitslücken bei uns im Haus.«

»Sicherheitslücken?«

»Die Überprüfung aller fünf Kunstwerke der Einbruchsserie wurde von Julian Kendish vorgenommen.«

»Ach! Eigentlich überrascht mich das nicht. Als wir hier anfingen, hat Julian die Checks für *sämtliche* Verträge in Eigenregie durchgeführt.«

»Sicher. Deshalb habe ich es auch nicht für nötig gehalten, Sie mit dieser Routinesache zu behelligen.«

Über dem Schreibtisch trafen sich die Blicke des Firmenchefs und seines ersten Ermittlers wie die Feuerstöße zweier Flammenwerfer. Schließlich sagte Cadwell in unüberhörbar bedrohlichem Ton: »Tun Sie Ihre Arbeit, Darwin. Aber geben Sie Acht, dass aus Ihren ›Routinesachen‹ kein Fulltimejob wird.«

Cadwell erhob sich, öffnete die Tür, doch ehe er das Büro verließ, drehte er sich noch einmal um.

»Ach, fast hätte ich's vergessen. Jeff wird Sie nach Holland begleiten.«

»Blackwater?«, erwiderte Darwin überrascht.

»Bei den letzten Einbrüchen wurde jedes Mal die Sicherheitstechnik manipuliert. Jeff soll das Personal vom Kröller-Müller-Museum bei der Überprüfung unterstützen.«

Darwins Kiefer mahlten aufeinander. Ihn beschlich das kalte Gefühl, Jeff Blackwater sollte nicht nur die Technik kontrollieren.

Flug BA440 landete um achtzehn Uhr dreißig auf dem Amsterdamer Flughaften Schiphol. Mit zwanzigminütiger Verspätung. Gemessen an den Gepflogenheiten des internationalen Flugverkehrs also erstaunlich pünktlich.

Der Versicherungsdetektiv lief mit ausholenden Schritten auf den Schalter der Einreisekontrolle zu. Weil er um einen Kopf größer und zudem deutlich athletischer als der fettleibige schottische Terrier Jeff Blackwater war, gewann er einen kostbaren Vorsprung. Er brauchte diesen Moment der Stille, und wenn es auch nur die geräuschvolle Ruhe in einer murmelnden, drängelnden, aber anonymen Masse war. Das oberflächliche Gerede des Sicherheitsexperten von ArtCare hatte Darwins Nerven gehörig strapaziert. Blackwater benahm sich völlig ungezwungen, nicht wie jemand, der seinen Kollegen bespitzelte.

Vielleicht war er ja ein natürliches Schauspieltalent.

Am Gepäckband trafen sie sich wieder. Blackwater schob den Riemen seiner schwarzen Nylonhandgepäcktasche auf der Schulter zurecht und griente.

»Es passt Ihnen nicht, dass ich Ihnen an der Hacke klebe, stimmt's, Darwin?«

Der Gefragte antwortete mit einem vernichtenden Blick.

»Nehmen Sie 's nicht persönlich, aber der Doktor bekommt allmählich Muffensausen. Wenn wir die Sache hier versieben, wird die Konkurrenz sich vor Schadenfreude am Boden wälzen.«

»Hat Dr. Cadwell Sie neben der Überprüfung der Sicherheitstechnik noch mit anderen Aufgaben betraut?« Darwin biss sich auf die Zunge. Die Frage war heraus, ehe sein Verstand sie zurückhalten konnte.

Blackwater kratzte sich am Schmerbauch, der aus seinem ausgebeulten Tweedjackett hervorquoll. »Sie meinen, ob ich Ihnen auf die Finger schauen soll?«

Darwin starrte auf das Gepäckband. Diesmal verkniff er sich die Antwort.

»Kommen Sie wieder auf den Boden zurück«, beruhigte ihn Blackwater. »Wir machen hier beide nur unseren Job.«

»Ja, sicher«, erwiderte Darwin, ohne den Blick von den vorübergleitenden Koffern und Taschen zu nehmen.

Eine Zeit lang verfolgten die zwei schweigend das Gerangel um die vordersten Plätze am Förderband.

»Jeff?«, sagte Darwin unvermittelt.

»Mhm?«

»Was ist eine Chimäre?«

Der Terrier zuckte die Achseln. »Ein Sportwagen?«

Der Zug benötigte für die Strecke von Schiphol zum Amsterdamer Zentralbahnhof neunzehn Minuten. Blackwater redete exakt genau so lang auf Darwin ein. Ob der je das Rotlichtviertel der niederländischen Hauptstadt besucht habe, wollte er wissen. Da säßen die Damen des horizontalen Gewerbes mit fast nichts auf dem Leib in den Schaufenstern. Wie die Steaks in einer Metzgerei. Toll! Blackwaters abstehende Ohren glühten vor Begeisterung.

Die intimen Einzelheiten aus dem Leben des schottischen Terriers waren für Darwins Geist wie ein Dauerbeschuss mit Leuchtmunition. Was für ein Zynismus! Irgendwo rang Alex Daniels vielleicht um ihr Leben, und dieser geile Bock dachte nur an Sex. Im bisherigen Verlauf der Reise hatte Darwin kaum die Muße gefunden, das zunehmend verwirrender werdende Netz aus Spuren und Anhaltspunkten in seinem Kopf neu zu ordnen. Dabei tat er alles, um seinen Gedanken Freiraum zum Manövrieren zu erkämpfen. Im Moment blätterte er in einem Magazin, eine normalerweise bewährte Methode, um mitteilungsbedürftige Zeitgenossen auf Abstand zu halten.

Nicht so bei Blackwater.

Bald stiegen sie in den Fernzug nach Arnheim um. Blackwater begleitete die Aktion mit Schilderungen seines letzten All-inclusive-Urlaubs in der Dominikanischen Republik. Der Alkohol sei in Strömen geflossen, und die heißen karibischen Schönheiten …

»Hat Julian Kendish eigentlich schon immer eine Glatze gehabt?«, fragte Darwin mitten in die Schilderung einer wilden Strandparty hinein.

Blackwater verschluckte sich an seinen eigenen Worten. Der gedankliche Salto mortale schien ihm Schwindel zu bereiten. »Wie kommen Sie darauf?«

»Sie haben gerade von ›viel nackter Haut‹ gesprochen.«

»Äh … Ach so!« Er grinste. »Julian hat mir mal erzählt, er hätte früher wie ein Yeti ausgesehen, nur in Dunkelbraun. Die Haare hat er durch eine Krankheit verloren.«

Darwin nickte und sah nachdenklich zum Fenster hinaus.

In Arnheim holten die zwei Männer ihr vorbestelltes Fahrzeug von der Mietwagenstation ab und fuhren vom Hauptbahnhof zum nahen Rijnhotel, dessen Lage hielt, was der Name versprach: Es befand sich direkt am Rhein.

Nach dem Einchecken fragte Blackwater: »Machen wir uns kurz frisch, bevor wir ins Nachtleben eintauchen?«

Darwin entschuldigte sich. Er werde im Hotelrestaurant eine Kleinigkeit essen und früh schlafen gehen. Die Enttäuschung des Kollegen trug er mit Gelassenheit.

Sobald der Detektiv allein auf seinem Zimmer war, machte er sich an die Umrüstung seines Firmenhandys. Er hatte sich auf dem Flughafen für einige Minuten von seinem Schatten loseisen können, um eine Prepaid-Karte zu kaufen. Damit besaß er nicht nur eine neue Telefonnummer, sondern im Mobilfunknetz auch eine anonyme Identität. Seinen Apparat bei ArtCare abzuhören war ein ungleich einfacheres Unterfangen, als sich in den codierten Funkverkehr einzuschalten, auch wenn das durchaus möglich war, sofern ein Angreifer über das notwendige Wissen und das richtige Equipment verfügte.

»Du bist paranoid«, murmelte er, während er die Nummer von Becky Hamptons privatem Handy wählte. Er saß auf dem Bett. Seine Augen waren auf die Akte gerichtet, die neben ihm lag. Nach einmaligem Läuten meldete sich seine Mitarbeiterin.

»Ich brauche deine Hilfe«, erklärte Darwin. »Bist du noch im Büro?«

»Hast du mal auf die Uhr gesehen?«

»Schon gut. Wenn du morgen Früh in die Firma kommst, dann musst du mir einen hoch aufgelösten Scan von Julian Kendish besorgen.«

»Dem Vorgänger deines jetzigen Reiseführers?«

»Sehr witzig. Ginge es nach Blackwater, dann wäre ich jetzt auf einer Schaufenstertour der besonderen Art. Hör zu, in der Personalakte unseres ehemaligen Sicherheitsgurus findest du bestimmt ein Foto …«

»Damit werden die lieben Kollegen mich auch gerade aus der Personalabteilung spazieren lassen.«

»Lass dir irgendetwas einfallen, Becky. Ich brauche das Bild in digitaler Form hier im Museum, und zwar morgen Früh, so gegen zehn.«

»Welche Farbe soll die Schleife haben, die ich drum herum binden darf?«

»Du bist ein Schatz.«

»Alter Charmeur.«

Darwin gab Becky eine E-Mail-Adresse, an die sie das Foto schicken konnte, und wünschte ihr einen guten Abend. Nachdem die Verbindung getrennt und das Handy in seinen offiziellen Zustand zurückversetzt worden war, glitt sein Blick wieder zu der aufgeschlagenen Akte. Zuoberst hatte er eine Klarsichthülle mit dem halb versengten Foto der Angelgesellschaft eingeheftet. Sein Finger strich über das mit dunklen Haaren zugewucherte Gesicht an Norman Daniels' rechter Seite. Darwin lächelte.

»Wollen doch mal sehen, ob du uns morgen nicht deinen Namen verrätst.«

Die Titelmelodie von *Starsky & Hutch* riss Darwin aus dem Schlaf. Benommen tastete er nach dem Handy, stieß es fast vom Nachttisch, bekam es im letzten Moment aber doch zu fassen.

»Hallo?«, lallte er. Seine Zunge schien noch zu schlafen.

»Mr Shaw?«, antwortete eine wohlklingende Frauenstimme.

»Ja?«

»Entschuldigen Sie die frühe Störung.«

Darwin sah auf die Uhr. Es war acht Minuten nach sieben. »Ich wäre sowieso gleich aufgestanden.«

»Würden Sie bitte kurz am Apparat bleiben?«

Die Frage war eher als Befehl gemeint, denn ehe er etwas erwidern konnte, hing er auch schon in Warteposition. Nach wenigen Sekunden meldete sich ein männlicher Bariton, der ihm irgendwie bekannt vorkam.

»Mr Shaw?«

»Immer noch derselbe. Mit wem habe ich das Vergnügen?«

»Das tut nichts zur Sache, Mr Shaw. Sie sammeln Informationen über ein Forscherehepaar mit Namen Daniels?«

Im Nu hatte Darwin seine Beine aus dem Bett geschwungen und saß kerzengerade auf der Matratze. »Woher wissen Sie das?«

»Zeitverschwendung, danach zu fragen«, erwiderte der Unbekannte. »Versuchen Sie es mit einem anderen Namen, Mr Shaw. Strecken Sie zur Abwechslung Ihre Fühler nach Cynthia und Sean O'Connor aus.«

Darwin schüttelte empört den Kopf. »Sie rufen mich hier noch vor dem Aufstehen an und mischen sich in meine Ermittlungen ein? Warum sollte ich auf Sie hören?«

»Weil Sie die Wahrheit suchen, Mr Shaw, und ich sie kenne.«

»Dann sagen Sie mir, wer Sie sind?«

Der Unbekannte am anderen Ende der Leitung zögerte. Dann antwortete er: »Jemand, der viel zu lange geschwiegen hat.«

Es klickte, und das Gespräch war beendet.

Darwin nahm das Handy vom Ohr und starrte entgeistert aufs Display. »Unbekannt«, stand da. Was war das eben gewesen? *Wer* war das gewesen?

Jemand, der zu lange geschwiegen hat.

Was bedeutete das? Darwin glaubte die leicht vibrierende Stimme des anonymen Anrufers schon einmal gehört zu haben, aber er konnte sie keinem bekannten Gesicht zuordnen.

Allmählich erlangte er seine Fassung zurück. Rasch notierte er die Namen, die ihm der Fremde gesagt hatte: Cynthia und Sean O'Connor. Konnte es sein, dass Alex nicht einmal wusste, wie ihre Adoptiveltern in Wirklichkeit hießen? Oder hatte sie ihm deren wahre Identität verschwiegen? Wenn ja, warum?

Erneut baute er sein Handy um und verschickte als anonymer Teilnehmer eine Kurznachricht an Detective Superintendent Mortimer Longfellow.

Habe Hinweis auf frühere Identität der Adoptiveltern von A.D. Bitte rufen Sie mich so bald wie möglich unter der angezeigten Nr. zurück. Detective David Starsky

Darwin war gerade beim Rasieren, als sein Handy abermals die Titelmelodie der Krimiserie spielte.

»Hier Longfellow. Was soll dieses konspirative Getue?«

Darwin berichtete von dem Überraschungsauftritt seines Chefs in der fünften Etage des ArtCare Building.

»Aber Sie sehen noch keine Heckenschützen auf jedem Dach, die Sie mit Zielfernrohren verfolgen?«, vergewisserte sich der Kriminalbeamte.

»Ich sage ja nicht, *dass* ich abgehört und bespitzelt werde, Mortimer, aber allmählich komme ich mir wie in einem schlechten Spionagefilm vor.« Darwin erzählte nun auch von dem ominösen Telefonanruf.

»Also gut«, brummte Longfellow. »Ich werde gleich einen Mann auf Mr und Mrs O'Connor ansetzen. Sind Sie tagsüber unter diesem Anschluss erreichbar?«

»Benutzen Sie die Nummer meines Firmenhandys. Notfalls schalten wir auf eine sichere Leitung um.«

»Mein Gott, Sie hören sich wirklich schon wie 007 an!«

»Irgendwas Neues in Sachen Alex Daniels?«

»Nichts. Sie ist wie vom Erdboden verschluckt.«

»Sobald Sie etwas von ihr erfahren …«

»Ist ja schon gut, Darwin. Ich hab's verstanden. Bis später.«

Longfellow hatte aufgelegt.

Eine gute Stunde später verließen die zwei Mitarbeiter des Londoner Versicherungshauses die Stadt in Richtung Norden. Es war ein sonniger Herbstmorgen, ideales Ausflugswetter. Darwin saß am Steuer des gemieteten Volvo. Blackwater hatte sich geweigert, den »idiotischen Linkslenker« zu fahren. Auch die hübschen Ausblicke, die sich beiderseits der Straße boten, konnten seine mürrische Stimmung kaum heben. Mit Sicherheit hatte er einen ziemlichen Kater.

Sie fuhren bis Otterlo und von dort zum östlichen Eingang des Nationalparks De Hoge Veluwe. Am Tickethaus wurden Darwin und sein Begleiter bereits erwartet. Sie mussten nicht einmal das Auto verlassen, um in das weitläufige Gelände einfahren zu können.

Die von der deutschen Industriellentochter Helene Kröller-Müller mit Unterstützung ihres niederländischen Gatten Anton Kröller initiierte Kunstsammlung unterschied sich in manchem von jenen Galerien, die Darwin in den letzten Wochen hatte aufsuchen müssen. Sie residierte weder in einem Palast, noch lag sie im Herzen einer Weltmetropole. Aber gerade dies machte ihren besonderen Reiz aus. Das für seine umfangreiche Vincent-van-Gogh-Sammlung weltberühmte Kröller-Müller-Museum war umgeben von einer abwechslungsreichen Landschaft aus Wald, Heide, Grassteppe und Flugsandfeldern.

Über eine asphaltierte Straße rollte der Mietwagen unter goldgefärbtem Herbstlaub entlang. Die Morgensonne fand immer wieder Lücken, um den Fahrer zu blenden. Nach etwa zwei Kilometern erreichten sie das Museum. Der verschachtelte flache Bau aus Glas, Beton und braunroten Klinkersteinen duckte sich in den Wald, als wolle er nicht auffallen. Sein Architekt Henry van de Velde hatte auf klare Formen gesetzt, wohltuend in einer Zeit, da die Verpackung oft mehr versprach, als der Inhalt später halten konnte.

Auf dem Weg vom Parkplatz zum Eingang passierten die beiden Männer mehrere Skulpturen. Ein riesiges Arrangement aus drei orangeroten Stahlträgern hatte es Blackwater besonders angetan. Mit verkniffenem Gesicht lief er an der Plastik vorbei.

»Kein Freund der modernen Kunst?«, fragte Darwin.

»Das ist es nicht. Ich hab nur gerade das Gefühl, als würd das Ding da in meinem Schädel rotieren.« Er deutete auf die Installation.

Sie näherten sich dem gläsernen Eingangsbereich. Eine Spirale aus roten Leuchtröhren links neben der Drehtür verwandelte sich in Darwins Fantasie zu einer Zielscheibe. Bisher war er dem »Gehirn« immer hinterhergehechelt, jetzt konnte er ihm zum ersten Mal einen Schritt voraus sein. Und es treffen.

Noch ehe sie das Gebäude betreten hatten, sahen sie einen hemdsärmeligen Mann mittleren Alters mit wehender Krawatte auf sie zueilen. Gleich hinter dem Eingang nahm er die Besucher in Empfang. Er stellte sich vor als Dr. Maarten Boumans, stellvertretender Museumsdirektor. Sein Chef müsse leider das Bett hüten, erklärte er gestenreich: fast vierzig Grad Fieber, schlimme Infektion. Die Nachricht vom bevorstehenden Einbruch habe man Prof. Harskamp vorenthalten, damit sich sein Zustand nicht noch verschlimmere.

Boumans führte die Besucher in ein Besprechungszimmer, wo schon andere Vertreter des Museums sowie der örtlichen Polizei warteten.

Die Begrüßung war kurz und förmlich. Mit freundlichen Mienen wurde gegeizt. Darwin glaubte eine Atmosphäre der Skepsis zu spüren. Er hätte zu gerne gewusst, was die niederländischen Zeitungen über ArtCare und die »Galerie der Lügen« druckten. Solange ihm niemand ins Gesicht sagte, er könne sich mit seiner mittelalterlichen Weltfremdheit dahinscheren, wo der Pfeffer wachse, würde er seine Rolle spielen.

Nach ein paar einleitenden Worten übergab Boumans das Wort an den Chefermittler von ArtCare. Darwin lieferte den Anwesenden Details zu den bisherigen Einbrüchen, die sie nicht aus der Presse kennen konnten. Blackwater überließ er den sicherheitstechnischen Teil. Beide achteten darauf, ArtCare als helfende Hand zu präsentieren und die Einbeziehung der Versicherung nicht zum Anlass für Verunsicherung werden zu lassen.

Nach etwa einer Stunde – die Stimmung hatte sich inzwischen leidlich gebessert – dudelte plötzlich Darwins Mobiltelefon. Er habe den Anruf erwartet, entschuldigte er sich und bat darum, irgendwo ungestört telefonieren zu können. Boumans schlug eine viertelstündige Pause vor, führte den englischen Gast in sein Büro und ließ ihn allein.

»Können Sie mich in drei Minuten unter der anderen Nummer zurückrufen, Mortimer?«, bat Darwin. Der Polizist maulte zwar, erklärte sich aber bereit. Wenig später ertönte erneut das Motiv der Fernsehserie aus dem Telefon.

»Soll ich noch den Zerhacker einschalten?«, knurrte Longfellows Bass aus dem Handy.

»Mir ist nicht nach Scherzen zumute, Mortimer. Irgendwas Neues von Alex Daniels?«

»Nein. Aber der Tipp mit Cynthia und Sean O'Connor war Gold wert.«

»Was haben Sie herausgefunden?«

»Sean O'Connor stammt aus Glasgow, seine Frau aus Little Milton, einem Nest südöstlich von Oxford. Beide waren gelernte Biologen. Sie haben sich an der Universität von Edinburgh kennen gelernt und dort 1975 geheiratet. An der School of Biological Sciences lag ihr Schwerpunkt auf experimenteller Genetik. Bis dahin war's einfach; das meiste hat Detective Constable Spencer direkt von der Verwaltung der Universität bekommen. Ab 1978 fällt die Vita der beiden in ein schwarzes Loch.«

»Dem Jahr, in dem das erste Retortenbaby geboren wurde. Warum überrascht mich das nicht?«

»Keine voreiligen Schlüsse, Sportsfreund. Eine kleine Information haben wir der University of Edinburgh noch aus den Rippen leiern können, nämlich den Namen des privaten Forschungsinstituts, in das die O'Connors übergewechselt sind. Schon mal was von HUGE gehört?«

Darwins Brauen zogen sich zusammen. »Warten Sie … Doch, da war was. Ich glaube, der Name stand in einem Artikel der *Times*, der über die Parlamentsabstimmung Ende des Monats berichtet hat. Ging um die Lockerung der Klongesetze, wenn ich mich nicht irre.«

»Das kommt hin. Die Abkürzung HUGE steht für *Human Genetics*. Der Laden will als erster ein Verfahren zur Bekämpfung der Parkinsonkrankheit auf den Markt bringen. Zu dem Zweck erzeugen sie in größerem Maßstab embryonale Stammzelllinien. Ich verstehe nichts davon, aber John meinte, das bedeutet nichts anderes als therapeutisches Klonen von Menschen.«

»Und womit haben die sich vor dreißig Jahren die Zeit vertrieben?«

»Damals war HUGE eine Stiftung ohne kommerzielle Orientierung. Es hatte zwei Forschungsorte gegeben: Edinburgh und Cambridge. In letzterem hat man sich um die Kartografierung des menschlichen Genoms verdient gemacht. Über die Zielrichtung des schottischen Zweigs ist nichts bekannt, nur so viel, dass er irgendwann Anfang der Achtziger aufhörte zu existieren.«

»Gibt es keine Rechenschaftsberichte aus der Zeit, wissenschaftliche Veröffentlichungen, Presseartikel oder dergleichen?«

»Wir verstehen auch was von dem Job, Darwin. Da ist nichts. Aber mein Anruf ist ja nur ein Zwischenergebnis, weil Sie ständig so tun, als säßen Sie auf Kohlen. Wir bleiben weiter an der Sache dran.«

»Ist schon klar, Mortimer. Mir scheint, um unsere Fälle in der Gegenwart zu lösen, müssen wir zuerst diesen dunklen Fleck in der Vergangenheit erhellen. Ich will nicht drängen, aber Alex Daniels' Leben könnte von Ermittlungen Ihrer Leute abhängen.«

»Fangen Sie Ihren Einbrecher, und ich setze unsere schottischen Kollegen auf HUGE an. Zufrieden?«

»Ja, danke, Mortimer. Wenn *ich* was rausfinde, gebe ich Ihnen auch Bescheid.«

»Sie? Ich denke, Sie jagen Phantome in einem holländischen Museum?«

»Na eben. Hier hängen haufenweise van Goghs. Sie wissen schon, der Typ, der sich das Ohr abgeschnitten hat. Vielleicht inspiriert mich das ja, um dem ›Gehirn‹ auf die Spur zu kommen.«

Im Laufe des Meetings mit Polizei- und Museumsmitarbeitern gewann Darwin zunehmend den Eindruck, dass die Planung der »Operation Babel« letztlich an ihm hängen würde. Inspecteur Wim Gaemers, Leiter des Einsatzkommandos der Kripo, ein kantiger Rotblonder mit welliger Stirn, schien nicht einmal zu bedauern, dass man ihm die Hälfte der spontan zugesagten Männer wieder weggenommen hatte. Er sprach es nicht offen aus, aber Darwin konnte es spüren: Die Glaubhaftigkeit von ArtCare war angekratzt.

Nach der Lagebesprechung schwärmten alle auseinander, um ihre Hausaufgaben zu machen. Während Jeff Blackwater sich von einem Mann des örtlichen Sicherheitsdienstes die Überwachungstechnik und Alarmsysteme zeigen ließ, konnte sich Darwin endlich um Beckys E-Mail kümmern. Eine Bitte an den sehr kooperativen stellvertretenden Museumsdirektor genügte, um ihn mit einer jungen Dame namens Mareike van der Bast zusammenzubringen. Sie gestaltete Plakate und Grafiken für das Museum. Mareike war Praktikantin, eine hübsche Blondine mit strahlend blauen Augen und einem niedlichen Grübchen am Kinn. Sie studierte Kunst an der Vrije Universiteit Amsterdam.

In ihrem Beisein lud Darwin das Foto von Julian Kendish aus dem Internet, das Becky irgendwie aus der Personalabteilung herausgeschmuggelt und eingescannt hatte. Er zeigte es bildschirmfüllend an. Neben den Monitor legte er den Schnappschuss von der Angelgesellschaft und deutete auf die Nummer zwei von links.

»Ich würde gerne wissen, ob dieser bärtige Typ hier und der Mann am Bildschirm ein und dieselbe Person sind. Man müsste einen Ausschnitt des Gruppenbildes machen, ihn hochvergrößern und die beiden Porträts irgendwie übereinander legen, damit wir die Augenpartie und die Nase besser vergleichen können? Kriegen Sie das hin, Mareike?«

»Kein Problem«, antwortete die junge Frau in perfektem Englisch. »Es kann allerdings eine Stunde dauern.«

»Darf ich Ihnen zusehen?«

»Nein«, erwiderte sie postwendend. »Solche kniffligen Sachen mache ich lieber ohne Publikum.«

Er lächelte. »Schade. Dann muss ich wohl mit den alten Meistern vorlieb nehmen.«

Nach gut sechzig Minuten kehrte er zu der Kunststudentin zurück. Sie hatte inzwischen ihre graue Strickjacke ausgezogen, als habe die Arbeit ihr den Schweiß aus den Poren getrieben. In Bluejeans und kurzärmeligem weißem T-Shirt saß sie an ihrem PC und ließ die Tasten klappern. Darwin fragte nach dem Fortschritt ihrer Arbeit.

»Sie werden staunen«, entgegnete sie mit einem verschmitzten Lächeln. »Setzen Sie sich neben mich.«

Er zog sich vom benachbarten Schreibtisch einen Rollenstuhl heran, nahm darauf Platz und überlegte flüchtig, welches Parfüm die junge Dame benutzte.

»In meinem Bildbearbeitungsprogramm kann ich mit mehreren Ebenen arbeiten«, erklärte Mareike und wurde sogleich von ihm gebremst.

»Gehen Sie davon aus, dass ich null Ahnung von Computersoftware habe.«

Ihr Grübchen hüpfte vor Vergnügen. »Hätte nicht gedacht, dass es so was noch gibt. Also gut, stellen Sie sich durchsichtige Plastikfolien vor, so eine Art großer Dias, auf denen sich die Bilder befinden …«

»Die Porträts unseres Kandidaten, meinen Sie?«

»Ja. Oder auch Teile davon. Ich kann jetzt am Monitor diese ›Folien‹ übereinander legen, wodurch sich die Bilder überlappen.«

»Das würde ich gerne sehen.«

»Passen Sie auf.«

Die Studentin ließ ihre Maus über die Unterlage flitzen, klickte mal hier, mal dorthin, drückte ab und zu ein paar Tastenkürzel, und mit einem Mal sah Darwin das haarlose Gesicht von Julian Kendish.

»Nummer eins«, sagte Mareike.

Darwin nickte.

Sie klickte in ein kleines Kästchen, und das bärtige Konterfei aus der Anglergruppe erschien in exakt gleicher Größe über dem ersten Bild.

»Haben Sie 's gesehen?«, fragte die Studentin.

»Was soll ich gesehen haben?«

»Achten Sie auf die Augen, die Nase und die Wangenknochen.«

Diesmal verschob sie einen kleinen Regler auf dem Bildschirm, und das Bild des Bärtigen wurde allmählich durchsichtiger, wodurch wieder die darunter liegende Ebene mit dem Glatzkopf sichtbar wurde. Bald war der »Waldschrat« völlig verschwunden.

»Es sieht ziemlich ähnlich aus«, wagte Darwin eine vorsichtige Prognose.

»Vergessen Sie nicht den Altersunterschied«, gab die Studentin zu bedenken und schob noch ein paar Mal den Regler hin und her.

Darwin murmelte: »Ich bin mir fast sicher. Kann man dem Angler nicht die Haare wegretuschieren oder dem anderen welche einpflanzen – rein digital, meine ich?«

Mareike griente. »Ich habe mir schon gedacht, dass Sie auf so eine Idee kommen könnten. Allerdings bedecken die Haare ja den größten Teil des Gesichts. Wenn ich den darunter liegenden Kopf rekonstruieren würde, käme kaum mehr als ein Fantasiegemälde heraus. Deshalb habe ich mit Maskierungen gearbeitet.«

»Vermutlich hat das nichts mit Zorro zu tun, oder?«

»Eher weniger. Mit Masken kann man Teile des Bildes abdecken oder auch transparent machen. Genau das habe ich getan. Ich werde jetzt für Sie die unbehaarten Gesichtspartien des Anglers in das Konterfei des Glatzkopfes einblenden.«

»Sie meinen, eine Montage aus beiden Porträts?«

»Genau. Passen Sie auf.«

Die Studentin klickte erneut in einige Kästchen und sagte dann: »Das ist der Kahlkopf im Original. Achten Sie auf die Verdickung unterhalb der Nasenwurzel und die Form der Augenhöhlen!« Sie schob wieder am Regler. »Und so sieht er mit der oberen Gesichtshälfte des Bärtigen aus.«

Darwin staunte. »Man sieht fast keinen Unterschied!«

Mareike van der Bast lächelte. »Eben. Wenn Sie mich fragen, ist das ein und derselbe Mann.«

Kapitel 13

»Gegen Angriffe kann man sich wehren, gegen Lob ist man machtlos.«

Sigmund Freud

LONDON (ENGLAND),
Dienstag, 9. Oktober, 21.10 Uhr

Als das Telefon nach zweimaligem Läuten verstummte, huschte ein Schatten aus dem Haus in der Copperfield Street. Auf der Straße stand eine schwarze Jaguar-XJR-Limousine mit laufendem Motor. Es war zu dunkel, um die Person am Steuer zu erkennen.

Alex spürte ihr Herz klopfen. Seit Theos Anruf waren erst ein paar Minuten verstrichen. Sogar zum Umziehen war keine Zeit geblieben. Unter ihrer Lederjacke trug sie noch Darwins Blue-Jay-Sweatshirt. Nur die Jogginghose hatte sie gegen schwarze Jeans eingetauscht.

Sie lief auf die Beifahrerseite. Von innen wurde die Tür geöffnet. Alex stieg ein.

Die Straßenlaternen und Fahrzeuginstrumente sorgten für ein Halbdunkel, das der ersten Begegnung mit Theo etwas Geheimnisvolles verlieh. Dennoch konnte Alex genug erkennen, um zu erschauern.

»Sag bloß, du hast nicht längst geahnt, dass wir so etwas wie Zwillinge sind«, sagte Theo lächelnd.

Er trug die blonden Haare kurz. Seine schwarze Lederkleidung glänzte matt im Widerschein der Anzeigen und Schalter. Jeder hätte ihn auf den ersten Blick für einen Mann gehalten. Trotzdem war es für Alex, als blicke sie in einen Spiegel und sehe jenen anderen Teil ihres gespaltenen Wesens, den sie immer vor der Welt versteckt hatte.

Theo nahm die Rechte vom Lenkrad und streckte sie ihr entgegen. »Ich freue mich, dich endlich kennen zu lernen. Soll ich Bruder oder Schwester zu dir sagen?« Seine Stimme hatte etwas Einschmeichelndes. Alex glaubte einen schottischen Tonfall zu hören.

Zaghaft nahm sie die Hand. »Schwester wäre mir lieber. Bist du auch …?«

»Ein Hermaphrodit?« Sein Lächeln schien zu verkrusten. »Genetisch ja.«

»Was bedeutet das?«

»Alles zu seiner Zeit, Alex. Zunächst sollten wir hier verschwinden.« Er schob den Automatikhebel auf »Drive«, die Limousine setzte sich fast lautlos in Bewegung. Mit der Linken deutete er über die Schulter. »Auf dem Rücksitz ist eine Brille. Würdest du sie bitte aufsetzen?«

Alex legte die Stirn in Falten. Was sollte *das* jetzt? Sie beugte sich nach hinten und angelte sich das Ding. Es glich jenen Accessoires, mit denen Skifahrer ihre Augen schützten, war aber deutlich schwerer und in keiner Weise durchsichtig. Sie hielt ihm die Brille entgegen.

»Das ist doch nicht dein Ernst, oder?«

»Ich kann dein Misstrauen verstehen, Alex, aber ich möchte dir einen Ort zeigen, dessen genaue Lage ich – vorerst jedenfalls – selbst vor dir geheim halten muss. Dort können wir uns ungestört unterhalten. Glaubst du nicht auch, dass es eine Menge zwischen uns beiden zu bereden gibt?«

Widerstrebend streifte sie das elastische Band über den Kopf. Aus dem Zwielicht wurde Finsternis. »Wieso ist das Ding so schwer?«

»Die Brille ist mit Bleifolie ausgekleidet«, erklärte Theo. »Nur für den Fall, dass du wie ich im Infrarotbereich sehen kannst. Kannst du?«

»Nein«, brummte Alex.

»Sonst irgendwelche besonderen Begabungen?«

»Ich kann keine Handys ausstehen.«

Sie hörte ein leises Lachen. »Das geht wohl vielen so.« Im nächsten Moment spürte sie etwas Kühles in der Hand. »Das sind Kopfhörer und ein MP3-Spieler. Ein bisschen Musik wird dir die Fahrzeit verkürzen. Ich hoffe, ich habe deinen Geschmack getroffen.«

»Du willst mich nicht nur blind, sondern auch taub machen.«

»Dein Verstand ist messerscharf, Schwester. Das schätze ich so an dir. Als ich die Nachrichtensendungen über den Louvre-Einbruch verfolgte und zum ersten Mal dein Gesicht sah, bin ich sofort ins Internet gegangen und habe alles herausgesaugt, was es da von dir und über dich zu lesen gab. Inzwischen dürfte ich die meisten deiner publizistischen Arbeiten kennen. Du bist brillant.«

»Ich tue nichts anderes, als meinen Kopf von Vorurteilen freizuhalten – so gut es eben geht.«

»Schade nur, das so viele dich verkennen. Aber du weißt ja: ›Um ein tadelloses Mitglied einer Schafherde sein zu können, muss man vor allem ein Schaf sein.‹ Weil du keins bist, mögen dich deine Gegner nicht.«

»Wieso hast du ausgerechnet dieses Zitat von Einstein in deinem Kassiber benutzt?«

»Ich hab's bei dir entdeckt, in einem Artikel. Ist sofort abgespeichert worden. Hat mir gefallen.«

Alex nickte. »›Wir lieben die Menschen, die frisch heraussagen, was sie denken – falls sie das Gleiche denken wie wir.‹«

»Mark Twain, nicht wahr?«

»Hast du etwa auch ein Faible für die Aussprüche großer Denker?«

»Wundert dich das? Aber lass uns später darüber reden. Tu mir den Gefallen und steck dir die Ohrstöpsel rein. Ich hoffe, meine Musikauswahl gefällt dir.«

Alex verkabelte sich, obgleich ihr Theos verschwörerisches Getue nicht gefiel. Aber stärker noch als ihr Argwohn war das unbeschreibliche Gefühl, endlich einen Menschen gefunden zu haben, der so war wie sie.

Theo drückte die Wiedergabetaste an ihrem MP3-Player. Im nächsten Moment hallte Sting aus den Kopfhörern. Melancholisch besang er sein Dasein als *Englishman in New York*.

Obgleich Alex den Sänger mochte, war ihr Theos Gespür für ihre Vorlieben doch ein wenig unheimlich. Wie viele Gemeinsamkeiten konnten auf identischen Genen beruhen? Oder hatte er sie nur gründlich studiert? Es machte wohl wenig Sinn, sich darüber in Spekulationen zu ergehen. Zunächst musste sie ihre Aufregung unter Kontrolle zu bringen, um wieder klar nachdenken zu können.

Hinter der bleiverkleideten Brille schloss sie die Augen und drückte sich tief in den Ledersitz. Ihre feuchten Handflächen rieben über die Oberschenkel. Sie versuchte sich zu entspannen, während sie Stings schwermütigem Gesang lauschte.

»I'm an alien, I'm a legal alien,
I'm an Englishman in New York …«

Sie spürte Kies unter ihren Sohlen. Immer noch blind, ließ sich Alex von ihrem Begleiter in ein Haus führen. Die Fahrt hatte wohl länger als eine Stunde gedauert. Nachdem die Tür hinter ihr geschlossen worden war, durfte sie endlich die Brille abnehmen.

»Willkommen auf *Theo's Castle*«, verkündete Theo mit raumgreifender Geste. Durch sein Grinsen ließ er erkennen, dass der Name des Anwesens nicht ganz ernst gemeint war.

Gleichwohl fand sich Alex in einer Diele von etwa sechs mal sechs Yards wieder, deren Großzügigkeit tatsächlich an ein

Schloss denken ließ. Einzig das Ambiente hatte so gar nichts von jener Verstaubtheit, die oft in altenglischen Herrenhäusern anzutreffen war. Der Boden bestand aus schwarzem Marmor, die Wände aus strahlend weißem Rauputz, milchige Glaszylinder verbreiteten ein gleichermaßen helles wie auch weiches Licht. Nur ein paar schwarz lasierte Stützbalken ließen erkennen, dass Theos Anwesen schon einige Jahre, wenn nicht Jahrhunderte überdauert hatte. Von der quadratischen Vorhalle führte rechter Hand eine Treppe ins Obergeschoss. Ferner sah Alex gegenüber dem Eingang und zu ihrer Linken zwei Gänge.

»Wie gefällt es dir?«, fragte Theo wie ein stolzer Hausbesitzer.

»Bis jetzt wunderbar. Wir scheinen den gleichen Geschmack zu haben.«

»Warte erst ab, bis du den Rest gesehen hast. Wie wär's mit einem kleinen Nachtmahl?«

»Eigentlich bin ich noch ...«

»Ich habe einen Imbiss vorbereiten lassen. Lass dich überraschen. Komm, ich zeige dir den Speisesalon.«

Er führte seinen Gast die Treppe hinauf in einen Saal, in dem – eine entsprechende Sitzordnung vorausgesetzt – gut und gerne fünfzig Personen hätten dinieren können. Momentan beherrschte das Zentrum des Raumes nur ein langer Tisch aus Glas und poliertem Aluminium. Drum herum reihten sich zehn oder zwölf Stühle mit schwarzem Lederbezug, deren hohe schmale Lehnen sich nach oben hin verjüngten. Wie schon im Eingangsbereich standen auch hier spiegelnde Marmorflächen mit weiß verputzten Wänden in einem schlichten Wechselspiel, das allerdings hier und da von modernen Gemälden belebt wurde. An zwei Wänden gab es jeweils vier Fenster mit den für englische Landhäuser typischen Quer- und Längsstreben. Jenseits davon herrschte absolute Dunkelheit. Die Innenwände waren auf Augenhöhe mit einer Reihe von indirekt beleuchteten Nischen aufgelockert, in denen nackte Figuren beiderlei Geschlechts standen.

»Schau dich in Ruhe um«, sagte Theo, während er mit beiden Händen auf seine Skulpturensammlung deutete. »Ich verschwinde kurz in die Küche und bin sofort wieder da.«

»Könnte ich kurz telefonieren?«, fragte Alex. »Ich bin Hals über Kopf aus dem Haus gestürzt, ohne meiner Freundin eine Nachricht zu hinterlassen.«

Theo verzog das Gesicht. »Das geht leider nicht. Ich habe kein Telefon.«

»Das ist nicht dein Ernst. Jeder Mensch hat ein ...«

»Ich wollte sagen, ich habe keinen Festnetz-Anschluss, aus denselben Gründen, weshalb du auf der Herfahrt die Augenbinde tragen musstest. Aber ich könnte dir mein Handy leihen.«

Sie dachte ein, zwei Herzschläge lang darüber nach. Sollte sie ihr Gehirn dem Funkfeuer eines Mobiltelefons aussetzen und sich vielleicht für den Rest dieses ganz besonderen Abends Kopfschmerzen und Schwindel einhandeln?

Kopfschüttelnd antwortete sie: »Ist schon gut. Das hat Zeit bis später.« Vermutlich war Lucy ohnehin noch mit ihren Kollegen unterwegs. Sie hatte ja angekündigt, dass es spät werden könnte.

Theo nickte mit ausdrucksloser Miene und verschwand durch die Tür.

Zunächst war Alex viel zu aufgeregt, um sich in die Betrachtung der Figuren zu vertiefen. Dafür hatte dieser nicht enden wollende Tag *zu* viele Überraschungen gebracht: die Nachricht von Susans Tod, die düsteren Warnungen Longfellows, das versöhnliche, aber auch ein bisschen verwirrende Wiedersehen mit Darwin Shaw und jetzt das! Sie war nicht mehr allein auf der Welt. Der Gedanke machte Alex immer noch schwindeln.

Weil Theo und der Imbiss auf sich warten ließen, widmete sie sich nun doch den Statuen. Sie waren ausnahmslos bleich wie Elfenbein und standen auf kleinen Sockeln desselben Materials. Im Stile antiker Vorbilder, aber mit nur etwa zwei Fuß Höhe wesentlich kleiner, besaß jede ihre ganz eigene Gestalt. Während Alex sich der ersten von links näherte, stutzte sie.

Die Figur war ein Hermaphrodit.

Nur von weitem hatte sie wie ein Mann ausgesehen. An dem Sockel befand sich eine rechteckige Fläche, die einem Schild glich, jedoch unbeschriftet war. Alex lief zur zweiten Plastik. Diesmal sah sie eindeutig einen weiblichen Akt vor sich. Nummer drei war ebenso unzweifelhaft ein adonischer Jüngling. Bei der folgenden Figurette erschrak Alex. Sie stand vor einer weiblichen Figur, die sich in zwei Merkmalen auffällig von den vorherigen unterschied: Die Augen der Schönen waren mit einem Tuch verbunden, und an ihrem Sockel stand ein Name.

TERRI

Ein eiskalter Schauer überlief ihren Rücken, als sie zu ahnen begann, was die Figuren darstellen sollten: echte Menschen.

Echte Hermaphroditen.

Mit heftig pochendem Herzen schritt sie das Spalier weiter ab. Auf dem nächsten Sockel stand »Ariel«; auch ihre Augen waren verbunden. Bedeutete das, auch sie war tot?

Auf Ariel folgte Bo. Wieder ein weiblicher Akt. Die Schönheit hatte ihre Hände hinter dem Kopf verschränkt, als wolle sie ihre Brüste besonders vorteilhaft zur Geltung bringen. Alex erinnerte sich, im *Mirror*-Artikel über das »vielköpfige Zwitter-Phantom« den Namen Bo Johansen gelesen zu haben.

Dann fand sie Theos Figurette: ein kleiner Herkules, der die Welt auf den Schultern trug.

Rechts daneben stand wieder ein echter Hermaphrodit. Der Oberkörper bezauberte mit vollendeten weiblichen Proportionen und die Region unterhalb des Bauchnabels mit der Männlichkeit eines antiken Olympioniken. Der Kopf mit dem langen Haar war eher weiblich, das Gesicht ernst, aber wunderschön. Der Name zu Füßen des Figürchens ließ das Herz der Betrachterin einen langen Schlag aussetzen.

ALEX

»Bist du überrascht?«

Alex fuhr erschrocken herum. In der Tür stand Theo, hinter sich einen Servierwagen mit großen Vorder- und kleinen Hinterrädern. Sie musste vom Anblick ihrer eigenen Statur so gebannt gewesen sein, dass sie sein Kommen nicht bemerkt hatte.

Mit der Linken auf ihr mineralisches Ebenbild deutend fragte sie erbost: »Was soll das?«

»Das bist du? Habe ich dich gut getroffen?«

»*Du* hast die Figuren gemacht? Wieso?«

»Weil ich meine Familie immer gerne um mich habe.«

Verständnislos ließ Alex noch einmal ihren Blick das Spalier abschreiten. Es waren mindestens *zwölf* Figuretten. Sie schüttelte den Kopf.

»Das können unmöglich alles unsere Geschwister sein.«

»Wieso nicht?«

Alex warf die Hände in die Höhe. »Weil es zu *viele* sind!«

Theo lächelte. »Ich denke, dies ist der passende Augenblick, dir ein paar Dinge zu erklären. Aber in deinem eigenen Interesse rate ich dir, dich zu setzen.« Er deutete auf den Stuhl am oberen Ende der gläsernen Tafel.

Sie durchmaß mit langen Schritten den Salon und nahm Platz.

Theo legte nicht unbedingt eine große Eile an den Tag, als er den Tisch deckte. Ob Porzellan, Tafelsilber oder Kristallgläser, das Design jeder Einzelheit war von sachlicher Eleganz getragen. Auf demselben Niveau ging es bei den vier Weinen weiter, die er seinem Gast zur Auswahl anbot. Alex entschied sich für einen 1995er Del Bosco aus dem italienischen Montalcino, und Theo schloss sich an. Als wäre er ein Ober in einem Spitzenrestaurant, ließ er seinen Gast den tief purpurroten Wein kosten. Erst nach dessen Goutierung schenkte er Alex und anschließend sich selbst ein. Hiernach deutete er auf die silberne Platte, die er zuletzt vom Servierwagen genommen hatte.

»Nur ein paar Kanapees und andere kleine Leckereien. Greif zu.«

Alex war nicht nach Essen zumute. Eigentlich hatte sie nach dem Dinner mit Darwin auch schon mehr Alkohol im Blut, als sie sich normalerweise zugestand, in ihrer Nervosität griff sie aber trotzdem nach dem Weinglas. Theo tat es ihr nach und fühlte sich berufen, aus der Verlegenheitsgeste ein Ritual zu machen.

»Auf die Familienzusammenführung. Auf dich und mich. Auf unseren Plan, in den Köpfen der Menschen eine neue Welt erstehen zu lassen.«

Es kostete Alex große Mühe, ihre Hand unter Kontrolle zu halten, als sie ihr Glas gegen das von Theo dargebotene stieß. Rasch nahm sie einen tiefen Schluck. Der süßfruchtige Duft von Pflaume, Vanille, Feige und Schokolade stieg ihr in die Nase. Augenblicklich schien der kräftige Brunello seine Wirkung zu entfalten.

Sie wurde ruhiger, schöpfte tief Atem und sagte: »Jetzt keine Ausflüchte mehr, Theo. Was hat es mit den Statuetten in den Nischen da auf sich?« Sie machte eine umfassende Geste.

Theo griff nach einem Kanapee mit Ei und Kaviar. »Wie ich schon sagte: Es ist meine Familie … *unsere*, um genau zu sein.« Er biss von dem belegten Weißbrot ab.

»Das ist unmöglich. Es hat beim Menschen noch nie eine Mehrlingsgeburt gegeben, bei der so viele …«

»Wir sind auch nicht das Produkt einer normalen Schwangerschaft«, fiel Theo ihr ruhig ins Wort und lutschte ein Kaviarkügelchen von seinem Daumen ab.

»Das habe ich mir schon gedacht. Aber selbst wenn nach einer *In-vitro*-Fertilisation eine Mehrlingsspaltung auftritt …«

»Alex«, unterbrach Theo sie abermals, »vergiss einmal, was du bisher über Mehrlinge und künstliche Befruchtung zu wissen glaubtest. Wir sind etwas, das es eigentlich nicht geben dürfte, gesetzlich nicht und auch nicht technisch.«

Eine furchtbare Ahnung kroch aus dem dunkelsten Winkel ihres Geistes empor. Seit Alex von den genetischen Fingerabdrücken wusste, die sie, Terri Lovecraft und die Leiche aus dem

Louvre praktisch zu Geschwistern gemacht hatten, hockte dieses Ungeheuer schon dort, hatte sich aber bisher nicht ans Licht ihres Bewusstseins gewagt. Jetzt aber brach es hervor.

»D-du willst mir doch nicht allen Ernstes einreden ... wir seien *Klone*?«

Theo erwiderte ihren fassungslosen Blick mit einem schmerzvollen Ausdruck. Er schien über seine Antwort lange nachzudenken, die am Ende sehr kurz ausfiel.

»Doch, Alex. Genau das.«

Sie schüttelte ungläubig den Kopf. »Aber das ist unmöglich. Liest du keine Fachzeitschriften? Bei Dolly hat man fast zweihundertachtzig Zellfusionen durchführen müssen, um eine erfolgreiche Schwangerschaft zu erzielen. Abgesehen von Rindern liegt die Erfolgsquote selten höher als ein Prozent. Selbst wenn es in Korea, China und den USA schon gelungen ist, die Erbsubstanz aus einer menschlichen Körperzelle in eine entkernte Eizelle zu übertragen, haben sich Embryonen kaum über das Achtzell-Stadium hinaus entwickelt. Und du willst mir glaubhaft machen, vor fünfundzwanzig Jahren sollen gleich mehrere Klone erfolgreich hergestellt worden sein?«

Theo hatte inzwischen auch die zweite Hälfte seines Kanapees in den Mund geschoben, sodass er nun unbehindert die Hände ausbreiten konnte. »Es ist keine Frage des Glaubens, Alex. Man *hat* in einem schottischen Labor den Zellkern unseres genetischen Vaters in eine Eizelle transferiert und diese durch elektrische Stimulation zur Vermehrung angeregt. Anschließend wurden die Embryos in Einzelzellen oder Zellhaufen zerlegt. Das ist eine Tatsache, und wir sind der lebende Beweis.«

»Künstliche Mehrlingsspaltung beim Menschen gibt es nicht«, widersprach Alex.

»Für jemanden, der seit Jahren den Starrsinn von Wissenschaftlern anprangert, hörst du dich ganz schön dogmatisch an, Schwester. Wenn die Natur es schaffen kann, eineiige Zwillinge hervorzubringen, lässt sich wohl nicht völlig ausschließen, dass auch Forscher ein entsprechendes Verfahren entwickeln können. Irgendwie muss es unseren Laborvätern außerdem gelungen sein, uns artfremde Genabschnitte einzupflanzen, sonst wäre unser Erbgut zu hundert anstatt nur zu neunundneunzig Komma neun Prozent identisch. Stell dir vor, eine deiner Schwestern leuchtet im Dunkeln wie eine Tiefseequalle.«

Theo biss in ein weiteres Kanapee.

Alex schluckte. »Du meinst, wir sind … *Chimären*?«

Er zuckte die Achseln. »Anscheinend kennst du dich da besser aus als ich. Was soll das sein?«

»In den Naturwissenschaften bezeichnet man so Lebewesen, die auf nicht natürlichem Wege entstanden sind und Merkmale zweier Arten miteinander vereinen. Die Biologen verstehen darunter einen Organismus mit genetisch voneinander abweichenden Zellen aus zwei unterschiedlichen Zygoten, also befruchteten Eizellen. Vielleicht hast du vom *Geep* – der Schiege – gehört, die auch eine Chimäre war. Eine Mischung von Schaf und Ziege. Sie wurde vor Jahren in den Staaten gezüchtet.«

»Ich erinnere mich dunkel. Wann war das?«

Sie schob die Unterlippe vor. »So Mitte der 1980er …«

Theo nickte. »Ungefähr die Zeit, in der auch wir zusammengebaut wurden.«

Alex begann nervös an ihrem Nackenhaar herumzuzupfen. »Wenn du im Infrarotbereich sehen kannst und mir Handys Kopfschmerzen bereiten, dann müssen die zugrunde liegenden Genmanipulationen erst nach der Mehrlingsspaltung vorgenommen worden sein. Oder man hat mehrere erfolgreiche Klonexperimente durchgeführt.«

Er lächelte grimmig. »Fängst du langsam an, den Tatsachen ins Auge zu sehen?«

Sie schüttelte den Kopf. »Es ist unfassbar, aber andererseits … Es würde manches erklären, worüber ich mir in den letzten Wochen den Kopf zerbrochen habe. Wie haben sie nur das Problem mit dem Ausschuss hinbekommen?«

»Was meinst du?«

»Ich habe vor vielleicht vier Jahren einen Artikel in *Science* gelesen, in dem das gescheiterte Klonen von Rhesusaffen beschrieben wurde. Aus weit über siebenhundert behandelten Eizellen, kamen nur knapp hundertfünfzig Embryonen heraus. Alle waren geschädigt. Beim Menschen wäre der ›Ausschuss‹ noch viel größer. Mit den weniger ausgereiften Verfahren vor einem Vierteljahrhundert hätte man vermutlich Tausende von Eizellen gebraucht und Hunderte von Leihmüttern, um mehr zufällig als kontrolliert ein oder zwei erfolgreiche Klonungen zu bewerkstelligen. Die meisten Schwangerschaften wären vorzeitig abgebrochen worden, und von den wenigen Neugeborenen hätten die meisten schwere bis schwerste Missbildungen gehabt. Selbst *scheinbar* erfolgreiche Tierklone verstarben vorzeitig oder sind extrem krankheitsanfällig. Dir dürfte bekannt sein, dass auch Dolly im Alter von sechs Jahren eingeschläfert werden musste.«

Theos Miene verfinsterte sich zusehends. »Was glaubst du, warum bis heute niemand von uns, den ersten menschlichen Klonen, erfahren hat? Die Eizellen und Leihmütter zu beschaffen war in erster Linie ein logistisches Problem. Die Forscher sind dazu in die so genannte ›dritte Welt‹ gegangen. Da gibt es genug Frauen, die für einen Sklavenlohn ihren Körper zur Verfügung stellen. Und wenn es Missgeburten gibt, dann fällt das in Ländern, wo Umweltschutz ein Fremdwort ist, auch kaum jemandem auf. Auf diese Weise konnte man Erfahrungen sammeln, ehe einige der erfolgversprechenderen Kandidaten in die Gebärmütter europäischer Frauen eingepflanzt wurden.«

»Woraus dann wir entstanden?«

Er nickte.

Alex hatte noch keinen einzigen Happen gegessen, aber ihr war trotzdem übel. Sie trank in einem Zug ihr Glas aus. »Ich dachte, nach den Eugenikprogrammen der Nazis wären die Menschen schlauer geworden. Warum tut jemand so etwas?«

Unter einem faschistischen Regime hätte sie ein solches Projekt vielleicht noch für möglich gehalten, aber nicht in Großbritannien.

Theo schenkte ihr nach. »Einige Wissenschaftler waren von dem Ziel besessen, der Evolution des Menschen zu einem Quantensprung zu verhelfen. Kannst du dir so etwas vorstellen?«

»Nicht in der Praxis, aber theoretisch ... Ich habe erst kürzlich einen Artikel über die Ziele des amerikanischen Philosophen und Reformpädagogen John Dewey verfasst. Die Bewegung des ›religiösen Humanismus‹ wurde von ihm gegründet.«

»Sagt mir nichts. «

»Seine Vereinigung hat schon 1933 in ihrem Manifest eine neue Ära des wissenschaftlichen Fortschritts und der sozialen Zusammenarbeit für die Menschen vorhergesagt. Man war dann ziemlich überrascht, als Hitler und Stalin zeigten, welche ungeahnten Möglichkeiten dem Menschen innewohnen. Die Nachfolger Deweys haben hierauf das Manifest 1973 umgeschrieben. Ich kann mich noch gut an den Wortlaut ihrer revidierten Fassung erinnern: ›Die Wissenschaft hat manchmal negative statt positive Sachverhalte hervorgebracht‹, wurde darin eingeräumt. In der Grundeinstellung gegenüber der Wissenschaft als alleinige Heilsbringerin für die Menschheit blieb sich aber auch das neue Manifest treu. Über die Anwendung wissenschaftlicher Erkenntnisse hieß es darin sinngemäß: ›Indem wir die Technik klug einsetzen, können wir den Verlauf der menschlichen Evolution und kulturellen Entwicklung ändern, gewaltige neue Kräfte freisetzen und der Menschheit beispiellose Möglichkeiten bieten, ein erfülltes und sinnvolles Leben zu führen.‹ Wenn stimmt, was du mir gerade erzählt hast, dann scheinen einige Personen das neue Manifest sehr ernst genommen zu haben.«

Theo nickte. »Sie wollten den neuen, den *besseren* Menschen erschaffen, einen, der den sich rasend vollziehenden Veränderungen in der Welt gewachsen ist und dem kleinlichen Krieg der Geschlechter ein Ende bereiten kann. Offenbar glaubten sie, dieser neue Mensch könne nur ein ›echter‹ Hermaphrodit sein. Vorteile fielen ihnen genügend ein: Bei einer jahrzehntelangen Weltraummission bräuchte man sich nicht mehr über Quotenfrauen Gedanken zu machen. Man müsste einfach die Besten der Besten auswählen. In punkto Fortpflanzung wären sie beliebig austauschbar, ja, notfalls sogar in der Lage, sich eigenständig zu reproduzieren …«

»Ha!« Alex' Lachen hörte sich eher entsetzt als fröhlich an.

»Ich weiß, das alles klingt nach einem Extrakt aus Zynismus und Menschenverachtung, aber es ist wahr. Anfang der Achtziger muss es in der Humangenetik wie im Wilden Westen zugegangen sein. Wenig war gesetzlich geregelt. Offenbar haben sich unsere Väter eine nachträgliche Absegnung ihrer Arbeit erhofft, vielleicht nicht der schmutzigen Details, aber doch ihrer Forschung zum reproduktiven Klonen im Allgemeinen. Wie dem auch sei, wir zwei und unsere Geschwister sind jedenfalls das, was am Ende herauskam. Genetisch gesehen, haben wir keine Mutter, sondern nur einen Vater. Er war übrigens der Leiter des Projekts.«

»Und woher weißt du das alles?«

»Aus irgendeinem, mir nicht bekannten Grund drohte die Geschichte ans Tageslicht zu kommen. Du kannst dir vorstellen, was das für einen Skandal gegeben hätte. Die Öffentlichkeit bildete sich ja gerade eine Meinung zu den sich am Horizont abzeichnenden Möglichkeiten der Biotechnologie. Das Klonen von Menschen wurde gewissermaßen zur Todsünde erklärt. Weil besagtes Forschungsinstitut einer Stiftung angehörte, die wiederum Teil eines großen Konzerns war, zeichnete sich für diesen eine wirtschaftliche Katastrophe ab.«

»Also haben sie das Institut geschlossen.«

»Kluges Mädchen! Jetzt komme ich ins Spiel. Einige der von Leihmüttern ausgetragenen Klone wurden nach der Geburt an Ehepaare aus dem Kreis der Mitarbeiter gegeben. Meine Adoptiveltern gehörten auch dazu. Bis zur Schließung war mein späterer

Vater für die Sicherheit des Labors verantwortlich. Er hat genau gewusst, was bei HUGE getrieben wurde, und er hat mir alles …«

»*Human Genetics*? Aber die existieren doch immer noch. In Cambridge, wenn mich nicht alles täuscht.«

»Richtig. Das sind die Saubermänner, die weiterforschen durften. Nur das schwarze Schaf aus Edinburgh ist notgeschlachtet worden.«

»Soweit ich weiß, gehört HUGE zu den eifrigen Befürwortern der Gesetzesvorlage, die demnächst das reproduktive Klonen legitimieren soll.«

»Du sagst es. Am 30. Oktober stimmt das Unterhaus darüber ab. Aber selbst wenn das Gesetz durchkommt, hat es für HUGE einen Schönheitsfehler: Es gibt keine Amnestie für alte Sünden, schon gar nicht für solche Doktor-Frankenstein-Experimente, denen wir unsere Existenz verdanken. Ahnst du schon den Grund meiner Geheimniskrämerei um *Theo's Castle*?«

Alex' Unterkiefer fiel herab. Sie schüttelte den Kopf. »Das ist doch nicht dein Ernst?«

»Als was würdest du die Explosion deines Hauses denn sonst bezeichnen? Für einen Silvesterknaller ist es noch ein bisschen früh, findest du nicht?«

»Du meinst, Human Genetics schickt Brandstifter und Mörder durch die Gegend, um alte Sünden aus der Welt zu schaffen?«

»Vielleicht nicht die Saubermänner. Aber das schwarze Schaf hat sich nach seiner Notschlachtung posthum als Organspender verdient gemacht. Ich denke, das Gehirn dahinter ist noch sehr aktiv.«

Alex starrte ihren Klonbruder fassungslos an. Hatte er zufällig ausgerechnet dieses Wort benutzt? Das »Gehirn«. Sie blinzelte benommen. »Die Gestalt im Regenmantel mit dem Bowler in der Hand – bist du das gewesen?«

»Ich hatte gehofft, durch das Symbol des Hutes könnte ich mich dir als Vertrauensperson zu erkennen geben. Aber dann ist ja dein Freund dazwischengeplatzt.«

»Shaw? Er ist nicht mein …« Alex verstummte, ehe sie etwas Falsches sagen konnte.

»Wie auch immer«, erklärte Theo. »Wäre dieser Shaw nicht aufgekreuzt, hätten wir uns schon früher kennen gelernt. Danach habe ich mehrmals versucht, dich telefonisch zu erreichen.«

»Ich war einige Male unterwegs.«

»Ja, und wärst dabei beinah ums Leben gekommen. Der Blumenbote war die letzte Möglichkeit, die mir noch blieb, um dich zu warnen.«

Alex nippte am Brunello und blickte in die Augen ihres Bruders. Sie waren wie die ihren violett. »Danke, Theo. Ich glaube, du kannst nicht ermessen, wie … erfüllt ich mich fühle – mir fällt kein besseres Wort ein. Die Wahrheit über unsere Herkunft zu erfahren ist ein ziemlicher Schock, aber dich zu sehen, mit dir zu sprechen, wiegt das Unbehagen bei weitem auf. Wie viele von uns hast du schon gefunden?«

Er deutete zum Figurettenspalier. »Zähle die Statuen, dann weißt du es.«

Diesmal tat sie es richtig. »Genau dreizehn?«

»Von den meisten weiß ich nur, dass es sie gibt – oder gegeben hat. Neben dem Hermaphroditen ganz links siehst du eine weibliche und eine männliche Statue. Ich konnte mir die Patientenakten der beiden verschaffen. Man hat ihnen als Kleinkinder durch die dir sicher bekannten chirurgischen Eingriffe eines der beiden Geschlechter aufgezwungen. Danach verliert sich ihre Spur. Ich kenne weder ihre heutigen Namen noch ihren Aufenthaltsort. Aber ich komme voran. Die Mehrzahl unserer Geschwister lebt auf den britischen Inseln, der Rest dürfte über ganz Europa, vielleicht sogar auf anderen Kontinenten verteilt sein.«

»Unglaublich! Wenn ich mich nicht verzählt habe, dann tragen sieben eine Augenbinde. Bedeutet das …?«

Theo nickte mit düsterer Miene. »Das sind die, von denen ich *weiß*, das sie tot sind.«

»Glaubst du, sie sind ermordet worden?«

»Ich habe Grund zu der Vermutung, dass man uns aus der Welt schaffen will. Bei Terri Lovecraft bin ich mir ziemlich sicher, dass es Mord war.«

»Dann müssen wir einen Bruder haben, der mit HUGE zusammenarbeitet. Ich vermute, er heißt Kevin.«

Sie bemerkte, wie sich Theo versteifte. »Woher hast du diesen Namen?«

»Von Mrs D'Adderio. Sie war …«

»Terris Mutter, ich weiß.«

»Hat sie Terris Embryo tatsächlich bis zur Geburt ausgetragen?«

»Ja. Neide Lovecraft gehörte zu den Frauen, die ihr Kind nach der Entbindung behalten durften. Wie alle Paare mussten sich auch die Lovecrafts verpflichten, ihre Kinder regelmäßigen medizinischen Untersuchungen zu unterziehen. Das Menschenexperiment wurde also bis vor etwa sieben Jahren fortgesetzt.«

»Bis zu unserer Volljährigkeit.«

Theo nickte.

Alex deutete auf Terris Figurette. »Du hast sie als Frau dargestellt und nicht als Hermaphroditen. Warum?«

Seine Miene verfinsterte sich noch weiter. »Weil man sie verstümmelt hat. Die Lovecrafts wollten ein Mädchen. Also haben sie Terri eine Penisamputation verordnet, und sie hat es einfach über sich ergehen lassen.«

»Soweit mir bekannt ist, war sie damals noch ein Kind.«

»Sie war alt genug, um sich dagegen zu wehren. Und später hat sie sich willenlos in die ihr zugewiesene Rolle gefügt.«

War das Verachtung, die Alex da hörte? »Anscheinend hat dieser Kevin sie dann wieder umgedreht. Sie zeigte sich mit einem Mal in Männerkleidern. Aber wirklich glücklich schien sie trotzdem nicht zu sein.«

»Wundert dich das?«, schnaubte Theo. »Wer seine wahre Natur verleugnet, der wird früher oder später an seiner Lüge Schiffbruch erleiden. Wie steht es mit dir, Alex? Bist du noch so, wie unser Vater es sich vorgestellt hat? Äußerlich siehst du aus wie eine Frau?«

Zum ersten Mal betrachtete sie genauer Theos Kinn und Oberlippe. Tatsächlich! Da waren, kaum sichtbar zwar, aber doch vorhanden, Bartstoppeln. Sie blickte kurz zu ihrer Figur hinüber. »Bei mir ist noch alles dran, falls du das meinst. Mein weibliches Äußeres verdanke ich einer Androgenresistenz. Es wäre aberwitzig, wenn ich mich da als Cowboy aufspielen würde.«

Er nickte mit einem zufriedenen Ausdruck auf dem Gesicht. »Du hast die richtige Wahl getroffen, Schwester. Wir sollten alle so sein wie du.«

Sie deutete mit dem Daumen in Richtung Herkules. »Anscheinend bist du ja recht stolz auf deine männliche Hälfte.«

Theos Antlitz verwandelte sich jäh. Wo eben noch Befriedigung, ja, sogar Bewunderung zu sehen war, zogen plötzlich Verbitterung und Schmerz ein. Sogar seine Stimme veränderte sich. Sie klang mit einem Mal kalt und harsch wie überfrorener Schnee. »Ich bin eine Karikatur, ein Monster, eine Fleisch gewordene Ausgeburt menschlicher Intoleranz …«

»Hör auf! Das ist doch Unsinn«, fiel Alex ihm aufgebracht ins Wort. »Was immer mit dir passiert sein mag, es macht dich noch lange nicht zu einem Ungeheuer.«

»Pah! Du hast ja keine Ahnung. Hör mir gut zu, und dann fälle dein Urteil.«

Und so erzählte Theo seine Geschichte.

Die Forscher von HUGE wollten herausfinden, wie die geklonten Hermaphroditen mit verschiedenen Bedingungen zurechtkämen: Einige wurden durch chirurgische Eingriffe zu Mädchen gemacht, andere zu Jungen, und eine gewisse Gruppe sollte unverändert bleiben und sich später selbst entscheiden, welches Geschlecht sie annehmen wollte. Zu den Letzteren zähle offenbar auch sie, Alex, sagte Theo neidvoll. Ihm sei es dagegen wie Terri ergangen.

Seine Adoptiveltern wollten wohl nicht, dass man ihr Kind

irgendwann hänselte, weil sich zwischen seinen Beinen mehr als nur ein Zipfelchen befand. Also säbelten die Chirurgen das kleine Ding ab. Fortan sei er ein Mädchen gewesen, knirschte Theo. Im Alter von vierzehn hatte ihn Julian, sein Adoptivvater, zu einer Hormonbehandlung gezwungen, um den Bartwuchs zu hemmen.

Dabei habe er, Theo, nie ein klares Empfinden für eines der beiden Geschlechter gehabt, sinnierte er; sein Blick ruhte auf dem Grund des Weinglases. Irgendwie fühlte er sich dazwischen angesiedelt, wie ein neues, ein drittes Geschlecht.

Emotionen hatten für die ihn behandelnden Mediziner jedoch keine Rolle gespielt. Sie waren Metzger, keine Psychologen. Ihre Übergriffe auf sein Selbstbestimmungsrecht wurden zunehmend schlimmer. Er bekam Albträume, wachte nachts schweißgebadet auf. Mit seinen Adoptiveltern konnte er darüber nicht reden. Die Ärzte hatten ihnen Schweigen verordnet. Das sei das Aberwitzige an der Intersexualität, meinte Theo kopfschüttelnd: Wenn ein Kind mit Down-Syndrom oder einer anderen Anomalie geboren werde, empfinden das viele Eltern als Herausforderung. Sie setzen ihre Liebe dagegen, zeigen dem Kind und der Welt, dass man trotz Behinderung ein erfülltes Leben führen kann. Aber wenn sich das Geschlecht nicht eindeutig zuordnen lässt, fehlt oft dieser kämpferische Ansatz. Stattdessen wird das Kind durch strikte Geheimhaltung und anhaltende Begutachtungen seiner Genitalien traumatisiert.

Erst viel später sei ihm bewusst geworden, dass er dadurch Opfer einer ganz speziellen Art des sexuellen Missbrauchs geworden sei, fügte Theo grimmig hinzu. Einer Form der Vergewaltigung, die sich auch noch unter dem Banner der Wissenschaft vollzog – und das, wie er herausfand, hundert-, ja, vielleicht sogar tausendfach überall auf der Welt.

»Ich kann auch ein paar Zitate auswendig«, sagte er voll Bitterkeit. »Kennst du Joachim Joesten?«

Sie nickte. »Ein deutscher Journalist, soviel ich weiß. Er ist vor den Nazis geflohen und irgendwann in den Staaten gelandet. Seine mutigen Artikel über die ›Paperclip Boys‹, die deutschen Wissenschaftler, die nach Hitlers Fall in die USA umgesiedelt wurden, haben mir in mancher Hinsicht die Augen geöffnet.«

»Genau den meine ich. Als ihm die Doppelmoral dieser so genannten Operation ›Overcast‹ aufgefallen ist, schrieb er in der Wochenzeitung *The Nation*: ›Wenn du den Kollektivmord liebst, aber deine Haut dir lieb ist, so werde Wissenschaftler, mein Sohn! Das ist zur Zeit die einzige Möglichkeit, ungestraft zu morden. Bist du als Politiker Kriegstreiber, dann hast du neuerdings kein sicheres Spiel mehr. Verlierst du, hängen sie dich auf. Wenn du General bist und besiegt wirst, erschießen sie dich. Als Industrieller kommst du ins Gefängnis. Nennst du dich aber Forscher, so wirst du, Sieger oder Besiegter, mit Ehren überhäuft.‹« Theo schüttete zornig den Inhalt seines Glases in sich hinein und fügte bitter hinzu: »Jetzt weißt du, warum man uns seelisch und körperlich zu Krüppeln machen konnte und hoffte, dafür auch noch gefeiert zu werden.«

Alex glaubte Theos Hass schmecken zu können, so intensiv war er. Sie wünschte sich, ihm helfen zu können – aber wie? In beschwichtigendem Ton sagte sie: »Du kannst nicht leugnen, dass sich die Situation für intersexuelle Menschen inzwischen verbessert hat, vor allem hier bei uns in Großbritannien. Man kümmert sich in Expertenzentren um sie und reicht sie nicht mehr herum wie Monstrositäten auf einer Wanderausstellung.«

»Es gibt immer noch Betonköpfe unter den Medizinern, die lieber schneiden und schweigen, als zu fragen und zu erklären.«

»Mag sein, aber du hast doch anscheinend deinen Weg gefunden? Du bist jetzt ein Herkules. Wie kam es dazu?«

Theos Stimme wurde tief, fast bedrohlich. Irgendwann habe er sich gegen den Missbrauch aufgelehnt, erklärte er. Er verweigerte die Sexualhormone und kleidete sich wie ein Junge. Zu der Zeit sei seine Mutter gestorben, und sein Vater habe sich ohnehin schon seit Jahren ganz seiner Arbeit gewidmet. Als er,

Theo, dann volljährig wurde, ging er seinen eigenen Weg. Weil man ihm die Weiblichkeit aufgezwungen hatte, verfiel er nun ins andere Extrem. Er wollte ein Mann sein. Jetzt schluckte er wieder Hormone, um dem Wunsch Gestalt zu verleihen. In unzähligen Operationen ließ er sich umbauen. Die Operateure bastelten ihm sogar wieder einen Penis. Aber trotz der Fortschritte in der plastischen Chirurgie war das Ding nur eine Attrappe, kein vollwertiger Ersatz für *sein* Glied, das man ihm im Säuglingsalter abgeschnitten hatte.

Das machte ihn zornig, zumal er jedes Mal, wenn die Schmerzen nach den Operationen nachließen, von Zweifeln übermannt wurde. In Wirklichkeit fühlte er sich keinem der beiden Geschlechter zugehörig. Doch er sträubte sich gegen solche Empfindungen. Es hätte ja sein eigenes Versagen bedeutet, das Eingeständnis des irrenden Selbst. Manchmal drohten ihn diese inneren Turbulenzen zu zerreißen.

Alex nickte. Sie kannte diesen Seelenzustand nur allzu gut. »In meiner Kindheit – ich glaube, ich war zwölf oder so – gab es ein Schlüsselerlebnis. Im Biologieunterricht erklärte uns der Lehrer die Zweigeschlechtlichkeit von Schnecken. Im Klassenraum wurde gekichert. Trotzdem meldete ich mich ganz keck. Damals war ich manchmal ein richtiger kleiner Rüpel, der nichts und niemanden fürchtete. Also fragte ich: ›Gibt es bei Menschen auch Zwitter?‹ Darauf brach schallendes Gelächter aus. Von dem Tag an habe ich das Thema nie mehr in großer Runde angesprochen. Ich wusste, dass ich eine Lachnummer war, die nirgendwo richtig hingehörte.«

»Mit dem Unterschied, dass kein Messer dir deine Identität gekappt hat«, fügte Theo mit versteinerter Miene hinzu.

Er tat Alex Leid. Obwohl er nicht unbedingt das war, was man im landläufigen Sinne einen Bruder nannte, teilte sie mit ihm die gleichen Gene! Irgendwie machte ihn das für sie zu einem Verwandten. Sich über den Teller beugend, blickte sie ihm direkt in die Augen. »Du bist *du*, Theo. Lass dir nichts anderes einreden, weder von den Leuten, die nur gelernt haben, männlich oder weiblich zu denken, noch von dir selbst. Ich muss mir auch immer wieder sagen: ›Was ich fühle, stimmt.‹ Es gibt auch bei mir Tage, da glaube ich dieser inneren Stimme nicht. Das ist auch okay so. Jeder hat ein Recht, deprimiert zu sein. Aber wenn du dir immer wieder klar machst, ›lieber mich so als mich gar nicht‹, dann wirst du in dir eine Kraft finden, die dich überraschen mag.«

»Oh, ich habe diese Kraft gespürt, als in mir der Zorn explodierte!«, brach es aus Theo heraus. »Bis heute fühle ich mich, als wollten die jahrelangen Vergewaltigungen kein Ende nehmen. Manchmal komme ich mir vor wie die Verkörperung des Missbrauchs der Natur. Du kannst dir nicht vorstellen, wie ich mich dafür *hasse*.«

»Ich verstehe dich besser, als du denkst. Aber nicht du hast dich um dein Geschlecht betrogen, Theo. Es gibt keinen Grund, dich zu hassen, weder für dich selbst noch für andere.«

»Und ob es den gibt!« Speichel spritzte über den Tisch. Sein Gesicht war rot vor Erregung. »Ich hätte mich früher gegen die Manipulationen wehren sollen, so wie du. Aber mir fehlte der Mumm. Ich habe mich lieber verstümmeln lassen, anstatt meine besondere Natur zu akzeptieren. Oder um es mit Oscar Wilde zu sagen: ›Jeder von uns ist sein eigener Teufel, und wir machen uns diese Welt zur Hölle.‹«

Der Zynismus in seiner Stimme war wie ein betäubender Nebel, der Alex benommen machte. Oder lag es am Wein? Beschwörend redete sie auf ihn ein. »Bitte beruhige dich, Theo. Du kannst nicht ungeschehen machen, was passiert ist. Aber …«

Er unterbrach sie mit einer wegwerfenden Geste. »Wer sagt denn das? Dieser … Doktor Frankenstein, der uns aus seinen Genen erschaffen hat, um der Evolution auf die Sprünge zu helfen, darf nicht triumphieren.«

»Das ist ein Vierteljahrhundert her, Theo. Vielleicht lebt er gar nicht mehr.«

»Er schläft – er versteckt sich –, aber er lebt, das versichere ich dir. Und er hat versucht, dich zu töten. Am liebsten würde er *alle* seine Hermaphroditen eliminieren.«

»Können wir ihn nicht bei der Polizei anzeigen? Offenbar hast du doch Beweise.«

»Ein paar persönliche Aufzeichnungen meines Adoptivvaters. Damit bekommen wir nicht mal eine Verurteilung, geschweige denn eine gerechte Strafe.«

»Irgendetwas muss sich doch gegen ihn unternehmen lassen!«

Ein diabolisches Grinsen erschien auf Theos Gesicht. »Aber das tun wir doch längst, Schwester.«

»Du meinst die ›Galerie der Lügen‹? Meine Artikel?«

»Unter anderem.« Sein kleines böses Lächeln wollte nicht abreißen.

Unvermittelt wurde Alex klar, was ihm solches Vergnügen bereitete. Ihr Mund öffnete sich vor Staunen, die Augen drohten ihr aus den Höhlen zu rollen. »*Du* steckst hinter den Museumseinbrüchen!«

»Ich habe mich schon die ganze Zeit gefragt, wann du endlich darauf kommst.«

»Aber das ist …« Sie schüttelte verständnislos den Kopf.

»Terroristisch?«, schlug er vor.

»Zumindest kriminell. Außerdem ist ein Mensch dabei ums Leben gekommen.«

Er nickte mit einer Miene des Bedauerns. »Ariel ist für unsere Sache den Märtyrertod gestorben.«

Alex hatte weniger an die Täterin als an den Museumswächter gedacht. Dennoch wanderte ihr Blick unwillkürlich zu der so benannten Frauenstatue mit den verbundenen Augen. Sie spürte Groll in sich aufsteigen. »Und ich habe dir geglaubt.«

»Was meinst du?«, fragte er erstaunt.

»Dein Kassiber. Es hörte sich so an, als wolltest du meinen Kampf mittragen und als würden wir uns nur an die Attentäter dranhängen, um eine Botschaft in die Medien zu bringen, für die sich sonst niemand interessiert hätte.«

»Habe ich in dem Brief bestritten, selbst das ›Gehirn‹ zu sein, wie du den Täter zu nennen pflegst?«

»Nein. Aber deine Worte waren bewusst irreführend gewählt. Von wegen, ›sofern es weitere spektakuläre Kunstdiebstähle geben wird‹! Du hast sie ja geplant.«

»Eben. Deshalb sagte ich auch, dass ich davon ausgehe. Und wirf mir bitte nicht vor, ich würde die Macht der Worte missbrauchen. Nicht du, Alex.«

Sie funkelte ihn wütend an. Longfellow und Shaw hatten sie in der Einbruchsserie der Komplizenschaft bezichtigt. Genauso fühlte sie sich jetzt: wie eine Mittäterin. Der Vertrauensvorschuss, den sie Theo aufgrund ihrer genetischen Verbindung eingeräumt hatte, war so gut wie aufgezehrt. Ja, es regte sich sogar Argwohn in ihr.

»Und warum musste Ariel sterben? Warum trug sie kiloweise Sprengstoff am Körper?«

Ein Schatten wanderte über Theos Gesicht. »Sie hat darauf bestanden, die Sache selbst durchzuführen. Wir wollten die Statue nicht zerstören, sondern darauf eine Botschaft hinterlassen. Sich den Anzug mit Brandbeschleunigern und Sprengmitteln auszupolstern war ganz allein ihre Idee. Ihre Ultima Ratio, wie sie es nannte: Der letztmögliche Ausweg für den Fall, dass sie entdeckt würde. Sie durfte dem Sicherheitsdienst oder der Polizei um keinen Preis in die Hände fallen.«

»Ihre Idee? Klingt eher nach einem genialen Einfall des ›Gehirns‹.«

»Es ging darum, unsere wahre Natur zu verbergen. Hätte es nicht die Genanalyse gegeben, wäre es auch dabei geblieben.«

»Alles klar. Deshalb hat einer von euch zwei Superschlauen auch seine Fingerabdrücke hinterlassen.«

»Raffiniert, nicht? Ich habe sie höchst persönlich auf unserer Blackbox angebracht.« Theo grinste.

»Du hast sie *absichtlich* …?« Alex schnappte nach Luft.

Ihren Tischnachbarn schien das noch mehr zu amüsieren. »Mit Korruption kommt man zwar weit, wie dir meine Kassiber in Holloway ja bewiesen haben, doch ich kann mit meinen durchaus erklecklichen Mitteln nicht sämtliche Polizeien Europas oder sogar der ganzen Welt bestechen. Irgendwie wollte ich aber herausfinden, wer und wo meine anderen Geschwister sind.« Theo deutete zu den Wandnischen mit den Figuretten. »Du siehst ja, wie viele Namensschilder noch unbeschriftet sind. Ich hegte den Verdacht, HUGE könnte dafür Sorge getragen haben, dass sie ihre kostbaren Experimente nicht verlieren. Eine internationale Fahndung nach ein paar Fingerabdrücken könnte vielleicht zu Tage fördern, was ich alleine nie geschafft hätte.«

»Reichlich spekulativ. Selbst bei eineiigen Zwillingen sind die Fingerabdrücke verschieden.«

»Aber oft ähnlich. Und ich hatte Ariels Abdrücke mit meinen verglichen. Sie waren *verblüffend* ähnlich!«

»Deshalb hat der Interpol-Computer dann wohl auch meinen und Terris Namen ausgeworfen.«

»Was mich im ersten Moment irritierte«, räumte Theo ein. »Ich hatte mit einer größeren Ausbeute gerechnet. Aber ich wurde entschädigt, als ich dich genauer kennen lernte.«

Alex versuchte das Kompliment zu ignorieren, was ihr nicht leicht fiel. »Du hättest deine Fingerabdrücke vielleicht deutlicher auf dein Elektronikkästchen stempeln sollen.«

»Ich habe sie mit allergrößter Sorgfalt angebracht.«

»Die Kriminalpolizei sagte mir, sie seien von minderer Qualität gewesen. Deshalb habe man mich auch mit dem Täter aus dem Louvre verwechselt.«

Theo schüttelte bedeutungsschwer den Kopf. »Meine Abdrücke waren so sauber gesetzt, dass ich schon fürchtete, man könnte sie für Silikonfälschungen halten. Offensichtlich hat irgendjemand die Ergebnisse manipuliert. Würde mich nicht wundern, wenn dieselben Leute, die unser Profil in die Datenbanken eingetragen haben, auch ein elektronisches Alarmglöckchen installierten. Als man deine Abdrücke abrief und weiterreichte, muss dieser Mr X informiert worden sein. Er kam aber zu spät. Du warst schon festgenommen. Alles, was ihm noch blieb, war Schadensbegrenzung.«

Alex konnte sich zwar der Logik seiner Argumente nicht ganz entziehen, wollte die Vorgehensweise aber auf keinen Fall billigen. »Dieser ›bombige Plan‹ von Paris – du bist *wahnsinnig*, Theo!« Sie leerte erneut ihr Weinglas. Der Brunello glitt ölig ihre Kehle herab.

Abermals füllte er ihr mit großer Sorgfalt nach, ehe er entgegnete: »Nur der Schmerz des Verlustes kann den Menschen jene Klarheit zurückgeben, die sie brauchen, um sich aus dem hypnotischen Bann des Naturalismus zu befreien.«

»Ist das der Leitsatz aus deinem selbst geschriebenen Terroristenhandbuch?«

Er schüttelte bedächtig den Kopf. »Nur der logische Schluss, nachdem die Pfeile der Ignoranz einem fast den Verstand abgetötet haben. Was glaubst du, warum ich nach deiner Entdeckung so aufgeregt war? Da gab es noch jemanden wie mich. Einen Hermaphroditen …«

»Das waren Ariel und Terri auch«, fiel sie ihm verärgert ins Wort.

»Einen Hermaphroditen«, setzte er erneut an, »der meine Gedanken und Gefühle auszudrücken verstand.«

»Ich bin weder Dieb noch Selbstmord-Attentäter.«

»Mag sein. Aber du kannst ebenso wie ich ein Lied davon singen: Die Wissenschaft lügt, wenn sie behauptet, es gebe keinen Zweck in unserem Dasein. Indem sie das blinde Wirken der Natur zur einzigen Kraft im Universum erklärt, lehnt sie auch die Unterscheidung von Gut und Böse ab. So wie es die Schlange im Paradies Eva einzureden versuchte: Tu alles, was du willst, ohne dich von einem schlechten Gewissen plagen zu lassen. Wer den Zufall zum Gott erhebt, wer Ethik und Moral auf das Niveau von

Sinnestäuschungen reduziert, der muss sich vor keiner höheren Instanz verantworten. Sieh dir uns beide an. Ob dieser Teufel Spaß daran gehabt hat, aus seiner DNA eine Brut kleiner Monster zu züchten?«

Alex glaubte, der bittere Ton ihres Gegenübers würde ihr die Trommelfelle verätzen. Als könnte sie den Schmerz, den ihr Theos tief sitzender Groll bereitete, damit fortspülen, nahm sie einen weiteren großen Schluck aus ihrem Glas.

»Wir mögen zwar einige Ansichten teilen«, sagte sie mit schwerer Zunge, »aber im Gegensatz zu dir denke ich nicht, dass der Zweck jedes Mittel rechtfertigt. Außerdem werden die aufgewühlten Gefühle einiger Kunstliebhaber allein wohl kaum eine solche Veränderung herbeiführen können, wie du sie dir erhoffst.«

»Da gebe ich dir sogar Recht. Aber die ›Galerie der Lügen‹, wie du sie so treffend genannt hast, legt die großen Irreführungen des Naturalismus und seiner Königsdisziplin, der Lehre von der Evolution, bloß. Mir war von Anfang an klar, dass die Menschen nicht mit einem einzigen Paukenschlag aufgerüttelt werden können – Gott hat die Welt ja auch nicht an einem Tag erschaffen.«

»Hast du je ernsthaft geglaubt, die Menschen aus ihrem philosophischen Zwinger befreien zu können? Sie merken ja nicht einmal, wie sehr ihr Denken domestiziert wurde.«

»Der Vergleich gefällt mir«, lobte Theo. »Wie ist es denn mit in Gefangenschaft aufgewachsenen Tieren, die plötzlich in die Freiheit entlassen werden? Die meisten verenden elendig. Um die Gedanken der Menschen auszuwildern, muss man sie *schrittweise* aus den Zwängen ihrer Weltanschauung befreien. Jeder Museumseinbruch sollte sie ein Stückchen näher an die Unabhängigkeit heranführen.«

Alex schnaubte. »Wozu das Ganze, Theo? Etwa aus Rache für das, was man uns angetan hat?«

»Rache? Ich will mehr als nur Rache. Ich will zeigen, wo das Denken in die Irre geht. Am Schluss wird niemand mehr leugnen können, wie verletzlich die von Menschen geschaffene so genannte ›Vollkommenheit‹ ist. Schau dir Gottes Geschöpfe an! Sie haben sich immer wieder an neue Bedingungen angepasst, ohne ihren grundsätzlichen Bauplan zu verändern …«

»Was dir jeder Darwinist als Beweis für Evolution vorhalten wird.«

»Daher *Das Urteil des Paris* in der ›Galerie der Lügen‹. Es zeigt, wie du richtig erklärt hast, dass Selektion nur aus Vorhandenem auswählen kann, aber nie Neues schafft. Deshalb müssen wir den Menschen bewusst machen, dass man nicht etwas beschleunigen oder veredeln kann, was es gar nicht gibt. Jene vermeintliche Vollkommenheit, die sie hervorbringen, mag die Sinne für den Augenblick betören, aber wehe wir setzen sie den Naturgewalten aus. Man muss sie unablässig beschützen, um das Trugbild der Makellosigkeit zu erhalten; andernfalls droht womöglich allem Leben auf unserem Planeten eine große Gefahr.«

Der Brunello trieb ein Kichern aus Alex heraus, dem sie nichts entgegenzusetzen hatte als: »Ein Zitat von Sir Peter Ustinov: ›Die letzte Stimme, die man hört, bevor die Welt explodiert, wird die Stimme eines Experten sein, der sagt: »Das ist technisch unmöglich!«‹« Das Kichern setzte sich fort.

»Bist du beschwipst?«, fragte Theo.

»Ist nicht so schlimm«, wiegelte sie ab.

Er lächelte und griff zur Weinflasche, um ihr den Rest einzuschenken. Anstatt jedoch den edlen Tropfen in ihr Glas zu leeren, stieß er mit dem Flaschenhals dagegen. Es fiel um, und der Rotwein ergoss sich über das Essdeckchen und ihre Jeans.

»Entschuldige! Wie ungeschickt von mir.«

»Zum Glück gibt Rotwein keine Weißweinflecken«, wiegelte sie glucksend ab.

»Das kriegen wir wieder hin«, beeilte sich Theo zu versichern. Hierauf brach er in Hektik aus, als habe er einen unverzeihlichen Fauxpas begangen, der nur durch prompte Schadensbegrenzung wieder gutzumachen war.

Er sprang aus seinem Stuhl, zerrte auch Alex von ihrem Sitz und schob sie in Richtung Tür. Nebenan sei ein Bad, erklärte er, um ihre Beschwichtigungsversuche zu entkräften. Es ging auf den Flur hinaus und zu einer weiteren Tür schräg gegenüber. Neben dem schwarzbraunen Holzpfosten befand sich ein Zahlenschloss. Rasch wurde eine Nummer eingetippt. Bei jeder der sechs Ziffern spürte Alex einen Impuls, als würde man die Wähltöne eines Telefons hören. Es klickte, Theo drehte am Knauf und drückte die Tür nach innen.

Ein Gästezimmer? Wozu dann das Zahlenschloss?, fragte sich Alex argwöhnisch, als sie das Bett und die etwas altbackene Einrichtung des Raumes sah, die wenig mit dem modernen Ambiente draußen harmonierte. Theo gab ihr keine Gelegenheit zum Nachdenken. Er schob sie in das Zimmer, auf eine weitere, nur angelehnte Tür zu.

»Da ist das Badezimmer«, erläuterte er, was insofern überflüssig war, als Alex im Türspalt bereits die weiß-schwarzen Fliesen sehen konnte. Ihr war schwindelig. Sie hätte vielleicht doch besser sitzen bleiben sollen …

»Dein Sweatshirt hat auch ein paar Spritzer abbekommen. Zieh am besten alles aus.«

»Das ist nicht der Rede wert«, lallte Alex. Alles drehte sich um sie herum.

»Jetzt zier dich nicht. Wir sind schließlich Geschwister.«

»Aber …«

»Kein Aber«, beharrte Theo und redete weiter auf sie ein.

Alex stand völlig neben sich. *Habe ich so viel Wein getrunken?* Sie musste irgendwann die Kontrolle verloren haben. Kein Wunder, bei diesem reichlich emotionalen Abend!

Um endlich Ruhe zu haben, gab sie schließlich nach. Sie streifte das Sweatshirt über den Kopf und ließ es in Theos ausgestreckte Hand fallen. Schaute er auf ihre Brüste? Wenn ja, dann jedenfalls nicht mit dem Monsterding, sondern eher neidvoll.

»Soll ich mich umdrehen?«, fragte er.

»Nicht nötig«, erwiderte sie trotzig. Alkohol enthemmt.

Kurz darauf hielt Theo auch die weinfleckigen Jeans in der Hand. »Ich kümmere mich sofort darum«, versprach er und eilte aus dem Bad.

Sie sah ihm nach.

Als sie das Klicken des Schlosses hörte, kehrte ihr Argwohn mit brachialer Gewalt zurück.

Für kurze Zeit war sie wieder nüchtern. Sie stolperte aus dem Bad, über den tiefen Teppich zur Tür, drehte am Knauf und gewahrte, was ihr längst klar war. Theo hatte sie eingeschlossen.

Sie war seine Gefangene.

Mit weit aufgerissenen Augen drehte sie sich um und sah zu den Fenstern hinüber. Ja, sie waren vergittert, die Läden geschlossen. Ein plüschiges Gefängnis.

Im nächsten Augenblick entfaltete das in ihren Blutkreislauf ausgeschüttete Adrenalin seine volle Wirkung. Alex fing an zu toben. Sie hämmerte mit den Fäusten gegen die Tür und rief immer wieder Theos Namen. Nur allmählich wurde ihr bewusst, wie gedämpft ihre Schläge hallten. Massives Holz klang anders. Das Ding musste einen Stahlkern haben.

Wie eine Kerkertür.

Das Toben der Gefangenen wurde heftiger. Aber was immer ihr wild pochendes Herz neben Adrenalin und Alkohol durch die Blutbahnen pumpte, war stärker als ihr Wille. Ihr Widerstand erlahmte. Die Fäuste rutschten kraftlos an der Tür herab. Den bleischweren Kopf dagegen gelehnt, begann sie zu schluchzen.

Erst jetzt vernahm sie dumpf von der anderen Seite Theos Stimme.

»Ich werde mich um dein Sweatshirt kümmern, Schwester. Am besten, du schläfst dich derweil einmal richtig aus. Du wirst sehen, wenn du wieder aufwachst, bist du wie neu geboren.«

Kapitel 14

»... will ich nur gleich mit dem reumütigen Geständnis beginnen, dass ein kleiner Teil meiner zahlreichen Embryonenbilder ... wirklich ... ›gefälscht‹ sind – all jene nämlich, bei denen das vorliegende Beobachtungsmaterial so unvollständig oder ungenügend ist, dass man bei der Herstellung einer zusammenhängenden Entwicklungskette gezwungen ist, die Lücken durch Hypothesen aufzufüllen.«

Ernst Haeckel

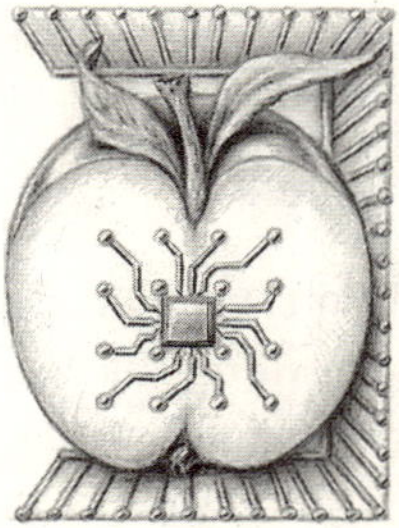

NATIONALPARK ›DE HOGE VELUWE‹ (OTTERLO, NIEDERLANDE),
Sonntag, 14. Oktober, 22.00 Uhr

Die Luft im Kontrollraum schien elektrisch geladen zu sein. Operation »Babel« strebte ihrem Höhepunkt entgegen. Schon den ganzen Sonntag über hatte im Kröller-Müller-Museum der Ausnahmezustand geherrscht, aber seit die Öffentlichkeit um fünf Uhr nachmittags ausgesperrt worden war, galt Alarmstufe rot. Die Polizei hatte den Nationalpark hermetisch abgeriegelt – jedenfalls behauptete dies Gaemers, der Einsatzleiter. In der Galerie patrouillierten vorwiegend die museumseigenen Sicherheitsleute. Darwin saß zwischen dem stellvertretenden Direktor und seinem Kollegen vor einem Überwachungsmonitor.

»Vielleicht haben wir uns geirrt«, sagte Blackwater. Sein schlechtes Gebiss quälte sich mit einem Wildkirschkaugummi.

»Also, ich hätte nichts dagegen«, bemerkte Boumans. Der bange Ausdruck auf seinem Gesicht war auch im Halbdunkel des Kontrollraumes nicht zu übersehen.

»Ich glaube nicht, dass wir mit einem neuen Bombenanschlag zu rechnen haben«, erklärte Darwin, weil er ahnte, was den Vizedirektor bewegte. Tatsächlich war er sich da nicht so sicher. Von

Alex Daniels fehlte weiterhin jede Spur. Wenn das »Gehirn« diejenige, die sich am besten in seine Denkweise hineinversetzen konnte, ermordet hatte, dann würde es auch vor weiteren Bluttaten nicht zurückschrecken.

Angestrengt starrte er wieder auf die Mattscheibe. Der Bildschirm zeigte das Kabinett mit dem Gemälde von Hendrick van Cleef, um das sich seit vier Tagen alles drehte. Nein, nicht alles, korrigierte er sich in Gedanken. Nebenbei hatte er noch das Guthaben seiner Prepaid-Karte reduziert.

Am Samstagabend war Longfellow mit einem Anruf in die Vorbereitungen geplatzt.

»Die Kollegen von der Gerichtsmedizin haben Überstunden gemacht«, verkündete der Kommissar stolz.

»Sie haben Julian Kendish obduziert?«, fragte Darwin gespannt.

»Ja. Wussten Sie, dass er an Leukämie erkrankt war und zu allem Übel auch noch schwer unter *Diabetes mellitus* litt? Er musste sich regelmäßig spritzen.«

»Er war Diabetiker? Davon hatte ich keine Ahnung. Ist er etwa daran gestorben?«

»Als Todesursache hat der Arzt ›Hypoglycämie‹ angegeben: Insulinschock.«

»Mit anderen Worten, er hatte zu wenig Zucker im Blut.«

»Ich habe mich vom Gerichtsmediziner darüber aufklären lassen, dass ein diabetischer Schock auch bei einer Überdosis Insulin auftreten kann. Daran ist Kendish nämlich laut Obduktionsbericht verstorben. Die Sache war sogar dem Hausarzt aufgefallen, der den Totenschein ausgefüllt hat, aber er hielt die Überdosierung für ein Versehen seines Patienten.«

»Sie hören sich an, als seien Sie von etwas anderem überzeugt.«

»Ihre Kollegen bei ArtCare schildern Julian Kendish als sehr peniblen Charakter, der immer alles säuberlich protokolliert hat.«

»Denselben Eindruck habe ich von ihm in den Gesprächen mit seinem Nachfolger, Jeff Blackwater, gewonnen. Kendish war Sicherheitsexperte und kein Schluderer, der sich aus Versehen den goldenen Schuss setzt.«

»Das sehe ich genauso. Meiner Meinung nach lagen Sie mit Ihrem Verdacht richtig, Darwin. Kendish wurde auf eine sehr raffinierte Art und Weise vergiftet.«

»Und Kevin Theodore alias Theo hatte ein Motiv: das Erbe.«

»Das wäre ihm sowieso bald zugefallen, denn der Blutkrebs seines alten Herrn war schon weit fortgeschritten.«

»Vielleicht mangelte es dem Filius an Geduld.«

»Wäre denkbar. Es gibt da übrigens noch eine weitere Neuigkeit.«

Darwin bemerkte die rhetorische Pause. Anscheinend hatte die Polizei etwas Wichtiges herausgefunden. »Jetzt sagen Sie 's schon!«, drängte er ungeduldig.

»Die Kollegen aus Barbados haben sich gemeldet ...«

»Wo Kevin Kendish angeblich begraben ist.«

»Rede ich, oder reden Sie?«

»Entschuldigung.«

»Anfangs gab es bei den Barbadiern leichte Verwirrung, weil in deren Akten nur ein ›Theodore K. Kendish‹ anstelle eines ›Kevin T. Kendish‹ existierte. Aber dann fand man sein Grab, und auch seine Leiche wurde untersucht. Dabei hat man eine merkwürdige Entdeckung gemacht: Obwohl Kevin den Unterlagen der NCS zufolge männlich ist, lag eine Frau im Sarg. Als die Kollegen darauf im Bestattungsinstitut nachfragten, war man dort überhaupt nicht überrascht. Die Tote sei als Theodora Kezia Kendish beigesetzt worden.«

»Dann lebt er noch!«, sagte Darwin und fügte hinzu: »Kevin Theodore ist Theo, da gehe ich jede Wette ein. Und er ist das ›Gehirn‹ – irgendwie muss er an das Wissen seines Vaters herangekommen sein. Vermutlich hat er auch Daniels entführt oder verschwinden lassen.«

Longfellow bewahrte sich seine berufsbedingte Skepsis. »Also in den ersten beiden Punkten stimme ich Ihnen zu, Darwin. Kevin hat jemand anderen für sich sterben lassen. Vielleicht ist diese Kezia sein zweites Opfer. Er könnte die Leiche aber auch irgendwo gekauft und in seinen Sarg gelegt haben. In der Karibik bekommen Sie solche ›Dienstleistungen‹ für ein Trinkgeld.«

»Inzwischen würde es mich nicht wundern, wenn Kezia ebenfalls ein Ebenbild unseres ›Gehirns‹ ist. Lassen Sie eine DNA-Analyse machen?«

»Da überschätzen Sie die Möglichkeiten von Barbados. Aber das Ergebnis ist ohnehin von marginaler Bedeutung, wenn Sie morgen Ihren Hals aus der Schlinge gezogen haben.«

Darwin schluckte. War das eine Anspielung auf die neuesten Medienberichte? Sie hatten ihn der Öffentlichkeit als gutgläubiges Dummerchen von ArtCare verkauft, das der Propaganda von Spinnern auf den Leim gegangen war. Sicherheitshalber hakte er nach.

»Ich habe Druck von ziemlich weit oben bekommen«, erklärte Longfellow, und seine Stimme klang plötzlich gestelzt, als lese er von irgendeinem Blatt ab. »Man lässt mich wissen, der Direktor der National Crime Squad sei besorgt, die unglückliche Verquickung einer überkommenen Weltanschauung mit der kriminalistischen Ermittlungsarbeit der NCS könne dem Ansehen seiner Truppe schaden. Sir Ramleigh habe daher dem Innenminister zugesichert, dass ab sofort weder auf dem Dienstweg noch informell eine Zusammenarbeit mit Darwin Shaw stattfinden werde.«

»Aber das ist doch absurd!«, platzte es aus Darwin heraus.

»Erklären Sie das meinen Vorgesetzten. Ich habe versucht, die Sache abzuwenden. Wissen Sie, was mein Chef mir sagte? Es könne nicht angehen, dass neuerdings ›abergläubisches Gerede auf eine Stufe mit ernsthaften wissenschaftlichen Argumenten erhoben‹ werde. Einige angesehene Persönlichkeiten fürchteten, der makellose Ruf der britischen Forschergemeinde könne beschädigt werden.«

»Ich glaube eher, er wird angekratzt, wenn sie sich auf Dauer weigern, abweichende Theorien zu diskutieren.«

»Auch das habe ich meinem Chef gesagt.«

Darwin fühlte sich wie in einem großen Schraubstock, dessen Backen sich immer fester zusammenzogen. »Ich kann das nicht fassen, Mortimer. Die NCS hat auch von *meinen* Ermittlungen profitiert. Ohne mich würden Sie nicht wissen, dass Julian Kendish und Norman Daniels alias Sean O'Connor sich schon Anfang der Achtziger gekannt und vermutlich sogar zusammen bei HUGE gearbeitet haben.«

»Mein Chef steht auf dem Standpunkt, wir hätten alle diese Dinge früher oder später auch selbst herausgefunden. Es tut mir Leid, Sportsfreund, aber ich muss mich an die Weisungen halten.«

»Was bedeutet das konkret?«, fragte Darwin kühl.

»Es heißt, dass ich das Schreiben bis Montag noch in meiner Schublade verschwinden lasse. Schließlich kann niemand von mir erwarten, dass ich am Wochenende auch noch meine Post lese.«

»Und Ihr Chef?«

»Den lassen Sie meine Sache sein. Fangen Sie Ihr ›Gehirn‹, Darwin. Wenn Sie einen Erfolg vorweisen, wird am Montag alles anders aussehen. Aber falls nicht – dann sind Sie auf sich alleine gestellt.«

In den zurückliegenden zwanzig Stunden hatte der Chefermittler von ArtCare lange über Longfellows gewichtige Äußerung nachgedacht. Alex' Worte trieben aus Darwins Erinnerung hoch. Er werde ein Goldfisch in einem Haifischbecken sein. Wie lange war das her? Nur anderthalb Wochen? Nun wurde die Luft tatsächlich dünn für ihn.

Er konnte es immer noch nicht fassen. Bis vor kurzem hatte er sich als Mitglied einer pluralistischen Gesellschaft verstanden, in der es zwar dunkle Ecken gab, die aber im Großen und Ganzen jedem seine eigene Weltanschauung ließ. Allmählich begriff er, dass die vermeintliche Toleranz nur so lange galt, wie das Andersdenken sich nach den Regeln der Allgemeinheit richtete. Irgendwann nach Galilei hatten sich die Vorzeichen geändert: Früher drohte die Kirche Kritikern mit dem Scheiterhaufen, jetzt wurden Querdenker im Namen der Wissenschaft zum Schweigen gebracht. Und wer mit ihnen auch nur sympathisierte, wurde ebenfalls mit dem Bann belegt. Neuerdings auch Darwin Shaw.

Er stieß ein schnaubendes Geräusch aus und schüttelte verständnislos den Kopf. Von beiden Seiten wandten sich ihm fragende Mienen zu.

»Das schmeckt mir nicht«, brummte er.

Boumans lächelte säuerlich. »Mir fielen auch zwei oder drei Dinge ein, die ich am Sonntagabend lieber täte, als …«

»Ich meine dieses reglose Bild.« Darwin deutete auf den Monitor. »Und die vielen Leute im Museum.«

»Das Videosignal ist live«, versicherte Blackwater, als fühle er sich persönlich angegriffen.

»Und die Zahl des Sicherheitspersonals haben Sie mit abgesegnet, Mr Shaw«, fügte der stellvertretende Direktor hinzu.

»Bin ich der Papst, dass ich unfehlbar wäre?«, erwiderte Darwin mürrisch. Schon seit sie mit zwei Kriminalbeamten und einem halben Dutzend weiterer Sicherheitsmänner des Museums in dem Kontrollraum zusammengepfercht saßen, beschlich ihn ein ungutes Gefühl. Was, wenn Kevin T. Kendish über eine Kopie der Codekarten des Sicherheitsdienstes verfügte? Damit hätte er überall im Museum ungehinderten Zugang? Gerade *weil* so viele Leute da draußen herumliefen, würde eine weitere Gestalt vielleicht gar nicht auffallen. Darwin beugte sich nach links.

»Zoomen Sie mal das Bild heran, Jeff.«

»Wozu?«

»In München hat der Dieb das Original durch eine Attrappe ausgetauscht. Ich will sicher gehen, dass wir nicht die ganze Zeit auf das falsche Bild starren.«

Blackwater und Boumans wechselten einen Blick, aber dann tat der Sicherheitsexperte wie ihm geheißen. *Der Bau des Turms von Babel* blähte sich auf, bis er den ganzen Bildschirm ausfüllte.

Jedes Mal, wenn Darwin das Gemälde van Cleefs betrachtete, zog es ihn erneut in seinen Bann. Die vom Künstler gewählte Perspektive, die sich von einer königlichen Visite vorne rechts bis zu einem mittelalterlichen Babylon am Horizont erstreckte, war atemberaubend, ja, geradezu unwirklich. Auch den Turm von Babel hatte der Maler dem Zeitgeschmack des sechzehnten Jahrhunderts angepasst. Auf der Mittelachse des Bildes kreuzten sich wie ein großes X zwei breite Chausseen, auf denen Handwerker mit ihren Packtieren zu sehen waren. Das Bauwerk selbst schmiegte sich ins obere Dreieck der Straßenkreuzung. Stufenförmig reckte es sich einem blaugrauen, wolkenverhangenen Himmel entgegen, aus dem von links die Sonne hervorbrach. In weiter Ferne sah man Vögel fliegen. Die unteren beiden Terrassen der monumentalen Zikkurat waren – der angrenzenden Straßen wegen – eckig. Darüber setzten sie sich in abgerundeter Form fort. Noch weiter oben reckten sich die Gestänge der Baugerüste den Knochen eines Ungetüms gleich dem Himmel entgegen.

»Sieht wie das Original aus«, erklärte Boumans.

Darwin blinzelte. Der Doktor hatte Recht. Es galt, die Ruhe zu bewahren und einfach abzuwarten. Im Zurücklehnen murmelte er: »Sie können wieder auf die Totale gehen, Jeff.«

»Uooond *Action*«, sagte Blackwater und zog das Zoomobjektiv wieder auf.

»Da! Bei den van Goghs rührt sich was«, sagte plötzlich einer der Wachmänner, die links von Darwin saßen. Alle Blicke richteten sich auf dessen Monitor. Darwin erstarrte. Für eine, höchstens zwei Sekunden wanderte eine Person durchs Bild. Unter der vorne offenen Jacke des Sicherheitsdienstes trug sie ein blaues, ausgewaschenes, ihm sehr vertrautes Sweatshirt mit dem Emblem der Toronto Blue Jays. Sie grinste höhnisch ins Kameraobjektiv.

Es war das Gesicht von Alex Daniels.

Die Alarmsirene wischte Darwins Starre beiseite. Professionelle Betriebsamkeit brach aus. Gaemers und sein Gegenpart von der hauseigenen Sicherheitstruppe bellten Anweisungen in ihre Funkgeräte. Darwin kannte den Einsatzplan. In diesem Moment würde die Polizei sämtliche Eingänge des Gebäudes besetzen. Er war immer noch benommen. *Alex?* Trotz des Sweatshirts und des vertrauten Gesichts kam ihm irgendetwas falsch vor.

»Da stimmt was nicht.«

Er griff sich ein Walkie-Talkie, warf Blackwater die Worte »Kanal acht« zu und rannte aus dem Kontrollraum. Einige Anwesende schüttelten die Köpfe.

Infolge der gründlichen Vorbereitung kannte sich Darwin gut genug in dem Museum aus, um die Bilder auf den Monitoren einzelnen Sektoren im Komplex zuordnen zu können. Fast alles spielte sich zu ebener Erde ab. Wie große Schuhkartons waren die einzelnen Gebäudeteile ineinander verschachtelt. Die Übergänge konnten mit beweglichen Sperrwänden verschlossen werden. Man hatte sie offen gelassen, um die Maus in der Falle zu fangen. Vielleicht war das ein Fehler gewesen.

Er rannte in Richtung Cafeteria über grauen Boden an weißen Wänden vorbei – das Museum war schlicht gehalten, damit nichts von den Meisterwerken ablenkte. Und trotzdem bedrückte ihn das Gefühl, einer Fälschung nachzujagen. Er lief nach links in die Ausstellung mit den van Goghs, vorbei an den *Wäscherinnen*, der *Straße mit Zypressen*, der *Caféterrasse bei Nacht* …

Plötzlich blieb Darwin stehen.

Was tat er da? Die van Goghs waren zwar ebenfalls bei ArtCare versichert, aber Alex hatte sie – aus Sicht des »Gehirns« – niemals auch nur in Erwägung gezogen. Ein Ablenkungsmanöver? Er drückte die Sprechtaste des Funkgeräts.

»Jeff, sind Sie noch im Kontrollraum?«

»Wo sollte ich sonst sein? Ich kann Sie sehen, Darwin. Aber die Blondine scheint sich in Luft aufgelöst zu haben.«

»Genau das ist ja der Zweck der Sache. Was macht der van Cleef?«

»Warten Sie …«

Darwin hörte ein klapperndes Geräusch, das aus der Tiefe des Kontrollraumes ins Sprechfunkgerät drang. Vermutlich schob der schottische Terrier seinen Bürostuhl mit der eiernden Rolle wieder zu dem Monitor zurück, hinter dem er eigentlich sitzen sollte. Gleich darauf drang ein schottischer Fluch aus dem Lautsprecher.

»Reden Sie mit mir, Jeff! Was ist passiert?«, rief Darwin ins Mikrofon.

»Der Turm von Babel …«, krächzte es im Lautsprecher.

Darwin wirbelte herum und rannte zurück, aus dem Van-Gogh-Trakt heraus nach rechts und gleich darauf nach links in den nördlichen Gebäudeteil, der Hendrick van Cleefs Gemälde beherbergte. Wie in vielen Museen üblich, waren auch hier die Ausstellungsräume in kleinere, auf einer Seite offene Kabinette untergliedert. *Der Bau des Turms von Babel* hing in einem versteckten Winkel im vorderen Teil des Traktes. Darwin wandte sich abermals nach rechts. Obwohl er längst ahnte, was ihn in dem Kabinett erwarten würde, durchfuhr ihn der Schreck dennoch wie ein Blitz.

Anstelle des Turmbaus zu Babel befand sich, wie zur Verhöhnung der geballten Schutzmacht aus Polizei und Sicherheitsdienst, ein anderes Gemälde im Rahmen. Offensichtlich war es neueren Datums und sein künstlerischer Wert zweifelhaft. Es zeigte einen Bowler, jenen runden, steifen Herrenhut, wie ihn der Surrealist René Magritte so gerne in seine Bilder gemalt hat.

Auf dem Boden unter dem opulenten Goldrahmen lag eine steinerne Schleife.

Darwins Arm fühlte sich an wie Blei, als er ihn hob, um abermals ins Funkgerät zu sprechen. »Der van Cleef ist verschwunden.«

»Wir sehen's«, gab Blackwater mit düsterer Stimme zurück.

Ohnmächtige Wut brach aus Darwin hervor. »Warum haben Sie nicht das Bild im Auge behalten, wie es Ihre Aufgabe war?«, brüllte er in das Gerät.

»Weil alle im Van-Gogh-Trakt nach dem Täter gesucht haben«, verteidigte sich Blackwater lahm.

Darwin war klar, dass diese Diskussion zu nichts führte, zumal er sich ja selbst von der allzu vertrauten Gestalt auf dem Monitor hatte blenden lassen. »Ist das Gebäude abgeriegelt?«

»Wie Fort Knox.«

»Dann muss der Täter noch im Museum sein. Ich komme zu Ihnen rüber.«

Er warf einen grimmigen Blick auf den Hut und die darunter liegende Schleife, dann eilte er im Laufschritt zurück. Während er durch die Ausstellung hastete, hörte er plötzlich Schüsse. Sie kamen … von *draußen*? Unterschiedliche Waffen – Pistolen und Gewehre – feuerten eine ganze Salve ab. Kurz darauf war der Spuk wieder vorbei.

Hatte der Täter etwa doch einen Weg ins Freie gefunden? Darwin sträubte sich gegen das scheinbar Offensichtliche. *Es kann nicht Alex gewesen sein. Die Haare waren viel kürzer.* Eine andere Stimme in seinem Kopf erklärte ihm, dass es Frisöre gab. Sie fragte auch, wie der Täter ausgerechnet an sein Blue-Jay-Sweatshirt kam. Aber er hörte nicht auf sie.

Als er in den Überwachungsraum stürzte, wollte er sich sofort nach dem Grund für die Schießerei erkundigen, doch ehe er Luft holen konnte, bedeutete ihm der stellvertretende Museumsdirektor durch eine Geste zu schweigen. Alle Anwesenden blickten gespannt auf Wim Gaemers, der ein Walkie-Talkie in der Hand hielt und aufmerksam einer Meldung lauschte.

»… läuft nach Nordosten Richtung Hoenderloo«, schnarrte der kleine Lautsprecher. Darwin verstand nur Bruchstücke des Funkverkehrs, den Boumans später für ihn übersetzte.

»Hat er das Bild dabei?«, fragte der Polizeieinsatzleiter.

»Er trug definitiv etwas Sperriges. Aber ehe unsere Taschenlampen die Stelle erleuchten konnten, war er schon im Wald verschwunden.«

»Konnten Sie sehen, ob einer der Schützen ihn getroffen hat?«

»Ist schwer zu sagen. Es ging, wie gesagt, alles sehr schnell. Möglich wär's.«

»In Ordnung. Wahrscheinlich will er nach Osten entkommen. Das heißt, er muss irgendwo am Delense Weg herauskommen. Verteilen Sie dort eine ganze Einheit.«

»Sollten wir nicht mehr Leute an der Ostflanke zusammenziehen?«

Gaemers ohnehin schon gefurchte Stirn bekam tiefe Falten. »Dazu haben wir zu wenig Einsatzkräfte. Sie wissen selbst, wie groß der Park ist. Wenn der Täter einen Haken schlägt, wird es schwer genug sein, ihn zu erwischen. Schluss jetzt mit der Diskussion. Befolgen Sie den Befehl.«

Darwin war inzwischen zum stellvertretenden Direktor geschlichen. »Der Täter ist im Wald gesichtet worden?« Wenigstens so viel glaubte er aus dem Funkverkehr herausgehört zu haben.

Boumans nickte mit versteinerter Miene und fasste für ihn die Lage zusammen. Während Darwin zuhörte, starrte er auf das Monitorbild, in dem jetzt der Bowler zu sehen war. Am Ende des Berichts schüttelte er ungläubig den Kopf.

»Ich wiederhole mich nur ungern, aber irgendetwas an dieser ganzen Sache schmeckt mir nicht.«

Nachdem die Spurensicherung das Kabinett vergeblich auf Fingerabdrücke untersucht hatte, wurden die Beweisstücke abtransportiert. Zurück blieben finstere Gesichter.

»Kommt alles in die Asservatenkammer«, erklärte der Einsatzleiter. Gaemers versuchte, den direkten Blickkontakt mit dem Versicherungsdetektiv zu vermeiden. Offensichtlich war es ihm im Nachhinein unangenehm, in den letzten Tagen die Glaubwürdigkeit seines Gegenparts wiederholt in Frage gestellt zu haben.

Letztlich hatte er damit auch die Reduzierung der Einsatzkräfte gerechtfertigt, was sich nun als womöglich folgenschwerer Fehler entpuppte.

Darwin verspürte nicht die geringsten Skrupel, den Finger in die Wunde zu legen. »Immer noch keine Spur vom Täter?«

»Außer einer Blutspur nichts.«

Darwin horchte auf. »Er ist verletzt worden?«

»Anscheinend nicht schwer genug, um ihn erheblich zu behindern. Das Blut klebte an einigen Blättern des Strauches, wo die Schützen den Flüchtigen entdeckt und auf ihn geschossen hatten. Es ist ihnen nicht mal aufgefallen. Erst die Spurensicherung hat es gefunden.«

»Dann kann sich der Dieb also frei bewegen.«

Gaemers Blick lag auf dem Fleck, den der entfernte Rahmen an der weißen Wand des Kabinetts hinterlassen hatte. Er zog den Mund schief. »Dummerweise wissen wir nicht einmal, ob der Täter den Nationalpark sofort verlassen will oder sich vorerst hier versteckt hält. De Hoge Veluwe ist fünfeinhalbtausend Hektar groß. Wir könnten hier tagelang nach ihm suchen, ohne ihn zu finden.«

Vor Darwins innerem Auge erschien eine lange Warteschlange bei der Arbeitsagentur, und er stand mitten drin. Cadwell würde ihn in der Luft zerreißen, egal wie halbherzig die holländische Polizei oder wie unaufmerksam der schottische Terrier gewesen war.

Wie auf Stichwort näherte sich Blackwater dem Kabinett. »Haben Sie kurz Zeit, Darwin?«

Der Detektiv bedankte sich bei dem Polizisten und trat mit seinem Kollegen einige Schritte zur Seite. »Was gibt's?«

»Mir hat die Show heute Abend keine Ruhe gelassen.«

»Das will ich in Ihrem Interesse auch hoffen.«

»Sie haben sich genauso täuschen lassen, Darwin«, gab der Sicherheitsexperte gereizt zurück. »Wollen wir uns jetzt gegenseitig die Schuld zuschieben oder den Fall aufklären?«

»Ist ja schon gut. Was haben Sie herausgefunden?«

»Wir hatten im Vorfeld nur die üblichen Stellen überprüft: die Kabelschächte, die Verteilerkästen, eben all die Orte, wo das ›Gehirn‹ auch bei den letzten Museumseinbrüchen die Überwachungs- und Alarmtechnik manipuliert hat. Das war ein Fehler.«

»Wieso?«

»Weil der Bursche sich direkt im Kontrollraum zu schaffen gemacht hat, und zwar auf so raffinierte Weise, dass selbst ein Servicetechniker die Manipulation kaum entdeckt hätte. Dr. Boumans ist fassungslos. Er kann sich das nicht erklären. Die Zentrale ist der einzige Bereich im Museum, der praktisch rund um die Uhr besetzt ist.«

»Werden nie Wartungsarbeiten an der Technik durchgeführt?«

»Musste ich natürlich auch gleich dran denken. Boumans hat nachgesehen. Die letzte Kontrolle war im Januar, also vor neun Monaten.«

Ungefähr zu der Zeit, als Julian Kendish das Zeitliche gesegnet hat, dachte Darwin. Er fuhr sich mit den gespreizten Fingern der Rechten durchs Haar. »Das ist mir schleierhaft. Wenn sich ein falscher Techniker einschleicht, hätte der Schwindel doch spätestens auffliegen müssen, nachdem die beauftragte Firma den *richtigen* Mann geschickt hat.«

»Man merkt, dass Sie mit Computern auf Kriegsfuß stehen, Darwin. Heutzutage wird das Dispatching, die Einteilung der Kundendienstkräfte, von Programmen erledigt. Der Gauner muss sich nur in das System gehackt und einen gefälschten Arbeitsbericht eingegeben haben. Dann hätte das Museum sogar ordnungsgemäß eine Rechnung bekommen, und alle wären froh und glücklich gewesen.«

In Darwins Kopf bauten sich die Puzzlesteine zu einem Szenario zusammen. Im Zuge der ArtCare-Abnahme wurden grundsätzlich die Unternehmen geprüft, die solche Dienstleistungen abwickelten. Nur entsprechend zertifizierte Firmen erhielten den Unbedenklichkeitsstatus. Julian Kendish hatte Zugriff auf alle diese Informationen gehabt. Und mit ihm vermutlich auch sein Sohn. Wenn Kevin – oder Theo – das nötige technische Knowhow »geerbt« oder einen entsprechend vorbelasteten Komplizen gehabt hatte, dann wäre eine derartige Manipulation ein Kinderspiel gewesen.

»Leider kommt Ihre Entdeckung ein bisschen zu spät«, sagte Darwin, sehr darum bemüht, es nicht wie einen neuerlichen Vorwurf klingen zu lassen.

Blackwater zog eine Grimasse. »Niemand kann an alles denken. Beim nächsten Mal sind wir schlauer.«

Darwin seufzte. »Ich fürchte, für mich wird es kein nächstes Mal geben.«

Der Gedanke überfiel ihn mitten im Schlaf. Wie von der Tarantel gestochen fuhr Darwin aus dem Bett hoch. Einen Moment lang war er völlig orientierungslos. Hatte er geträumt? Oder nur über das Bild vom Bowler nachgedacht? Erst allmählich kehrte die Erinnerung zurück. Er war im Rijnhotel in Arnheim. Im Dunkeln tastete er nach seinem Handy und drückte eine Taste, um die Beleuchtung einzuschalten. Es war drei Uhr achtundfünfzig.

Er konnte höchstens eine halbe Stunde geschlafen haben. Davor hatte er sich im Bett hin und her gewälzt, die Vorgänge im Museum ständig vor Augen. Aber dann musste die Anspannung der letzten Tage doch ihren Tribut gefordert und ihn ins Reich der Träume geschickt haben. Oder auf eine andere Ebene der Wahrnehmung?

Darwin schaltete das Leselicht ein, schwang sich aus dem Bett und holte seine Notizen vom Schreibtisch. Die Telefonnummer der Arnheimer Polizei war schnell gefunden. Er tippte sie ins Handy ein und lauschte auf das Läuten.

Es klingelte zum ersten Mal.

Wieso war ihm das nicht früher eingefallen! Dabei hatte er

schon von Anfang an dem Gesicht, das so verführerisch dem von Alex Daniels ähnelte, nicht trauen wollen.

Es schellte zum zweiten Mal.

Er war auf ein Trojanisches Pferd hereingefallen! Niemand von all den versammelten Polizisten und Museumsleuten hatte gefragt, wie das gestohlene Gemälde nach dem Alarm aus dem Museum herausgekommen war. Die Meldung von dem Flüchtigen mit dem Paket hatte alle geblendet.

Es läutete zum dritten Mal.

Weil das »Gehirn« mit ihnen Hase und Igel gespielt hatte. Wenigstens ihm, dem in den Fall eingearbeiteten Versicherungsdetektiv, hätte das klar sein müssen. *Der Bau des Turms von Babel* hatte das Gebäude überhaupt nicht verlassen, bis …

»Politie Gelderland-Midden, inspecteur Janwillem Loo, goedenavond«, sprach eine leiernde Männerstimme mitten in Darwins Selbstanklage hinein.

»Ich muss dringend Inspecteur Gaemers sprechen«, sagte er, nachdem er sich erklärt hatte.

»Inspecteur Gaemers ist noch nicht wieder in die Dienststelle zurückgekehrt«, erwiderte der Beamte in flüssigem Englisch. Darwin dankte dem holländischen Fernsehen, das amerikanische TV-Serien grundsätzlich in Originalsprache ausstrahlte.

»Dann geben Sie mir bitte den Diensthabenden.«

»Der ist am Apparat.«

»Gut. Wie war Ihr Name, bitte?«

»Inspecteur Janwillem Loo.«

»Ah ja! Inspecteur Loo, in Ihrer Asservatenkammer sind vor ein paar Stunden zwei Gegenstände aus dem Kröller-Müller-Museum eingeliefert worden.«

»Woher wollen Sie das wissen?«, entgegnete der Beamte mürrisch.

Darwin verdrehte die Augen. »Ich bin der zuständige Detektiv von ArtCare, dem Unternehmen, bei dem das heute Abend vermeintlich geraubte Gemälde versichert war.«

»Wieso vermeintlich? Es *wurde* geraubt.«

»Wenn wir etwas nicht haben, Inspecteur Loo, dann ist es Zeit. Lassen Sie mich Ihnen diese ziemlich komplizierte Geschichte später erklären. Jetzt müssen Sie das Bild mit der Melone zunächst an einen sicheren Ort bringen.«

»Unsere Asservatenkammer *ist* sicher, Mr Shaw.«

»Aber nicht sicher genug, Inspecteur Loo.«

»Sie denken allen Ernstes, Sie können hier einfach anrufen und über die sichergestellten Beweisstücke verfügen?« Die Stimme des Inspektors bekam etwas Drohendes.

»Rufen Sie Inspecteur Gaemers an. Der wird Ihnen sagen, dass auf mein Wort Verlass ist.« Darwin bluffte. In Wirklichkeit war er von der Einsichtsfähigkeit des Beamten weniger überzeugt.

»Hat das nicht Zeit bis morgen Früh?«, brummte Loo.

»Nein!«, zischte Darwin, nahm sich aber sofort wieder zurück. »Entschuldigen Sie, aber es ist *wirklich* dringend.«

»Und die Asservatenkammer von Arnheim ist wirklich sicher«, erwiderte der Inspektor kühl.

»Dann sehen Sie wenigstens nach, ob es noch da ist.«

»Was?«

Darwin glaubte, platzen zu müssen. »Das Bild mit dem *Bowler*, um Himmels willen. Wenn damit etwas passiert ist, dann mache ich Sie persönlich dafür verantwortlich.«

Aus der Leitung kam nur Stille.

»Inspecteur Loo?«

»Also gut«, knurrte dieser, »ich schicke mal jemand runter und lasse ihn nachsehen.«

»Bitte tun Sie das.«

»Legen Sie nicht auf.«

Das Warten wurde für Darwin zur Geduldsprobe. Wie ein Leopard im Käfig lief er in seinem Hotelzimmer auf und ab. Das Ohr hinter dem Mobiltelefon war schon ganz heiß. Endlich hörte er hallende Geräusche. Aufgeregte Stimmen! Darwin schloss die Augen und schüttelte den Kopf.

»Äh, Mr Shaw«, meldete sich Loo mit kleiner Stimme.

»Ja, Inspecteur«, antwortete Darwin niedergeschlagen.

»In unserer Asservatenkammer wurde heute Nacht eingebrochen. Das Bild, nach dem Sie gefragt haben, ist verschwunden.«

Darwin ließ sich schwer aufs Bett sinken und holte tief Atem. »Gratuliere, Inspecteur Loo. Die Polizei von Arnheim hat soeben dem meistgesuchten Kunsträuber Europas einen Hendrick van Cleef auf silbernem Tablett serviert.«

Kapitel 15

»Der Mensch sollte sich niemals genieren, einen Irrtum zuzugeben, zeigt er doch damit, dass er sich entwickelt, dass er gescheiter ist als gestern.«

Jonathan Swift

IRGENDWO AUSSERHALB VON LONDON (ENGLAND),
Montag, 15. Oktober, 12.00 Uhr

Die Wirklichkeit hatte sich aufgelöst. Zeit existierte nicht mehr. Im Dahindämmern verlor Alex jeden Bezug zu ihrer Umgebung. Zu sich selbst.

Schwach, so wie man einem flüchtigen Traum nachjagt, glaubte sie sich an kurze Lichtblicke zu erinnern. Hin und wieder war sie wohl aus ihrem Zustand des Schwebens erwacht. Doch jedes Mal, wenn ihr Geist sich aus der Umschlingung durch die klebrige Dunkelheit befreien wollte, hatte jemand sie wieder zurückgestoßen.

Seit einer Weile – Alex wusste nicht, ob es Minuten, Stunden oder gar Tage waren – kehrte ihr Bewusstsein indes zurück. Einzelne Erinnerungen leuchteten wie Schlaglichter in ihrem Geist auf. Immer wieder sah sie sich mit Theo an dem riesigen Glastisch sitzen. Die Reflexionen der glatten Oberflächen zeigten ihr andere Bilder: eine ausgelassene Angelgesellschaft, blutverschmierte Neugeborene – einige waren wunderschön, andere hatten zwei Köpfe oder vier Arme –, einen Riesen mit blonden Haaren, aber ohne Gesicht …

Ja, Theo war bei ihr gewesen! Mit dem Schwinden der Bewusstseinstrübung wurden die Episoden ihrer Gefangenschaft deutlicher. Er hatte Fürsorglichkeit geheuchelt, mit seiner einschmeichelnden Stimme auf die apathisch im Bett Liegende eingeredet, ihr beim Verrichten der Notdurft geholfen und ihr Essen und Trinken eingeflößt. Danach war sie erneut ins Niemandsland zwischen Traum und Wachen entglitten.

Bis Theo eines Tages nicht zu ihr kam.

War es gestern gewesen? Auch das wusste Alex nicht mehr. Immerhin hatten ihre wiedererwachenden Lebensgeister auch das Misstrauen zurückgebracht. Von dem Essen, das Theo ihr auf einen Tisch neben das Bett gestellt hatte und das sie im Dunkeln nur erahnen konnte, rührte sie nichts an. So wurde sie zwar klarer, aber auch wieder schwächer. Und durstiger.

Irgendwann hatte sie sich aus dem Bett gewälzt, war auf den – glücklicherweise – dicken Teppich gefallen und, zu benommen, um das Leuchten ihrer Haut zu entfachen, wie ein Regenwurm nach einem Wolkenbruch durch das finstere Zimmer geirrt. Irgendwie hatte sie sich so bis zum Bad geschleppt, wo sie Wasser aus dem Hahn trank. Danach war sie auf den kalten Fliesen eingeschlafen.

Sie erwachte im Körper einer Vogelscheuche, in die der Frost gefahren war. Ihre steifen Glieder schmerzten. Sie schlürfte abermals Leitungswasser aus dem Hahn und kroch auf allen vieren zum Bett zurück.

Da lag sie immer noch. Ihre Augen waren jetzt offen, was an ihrer Blindheit nichts änderte. Theo hatte ihr alles genommen: die Kleider, das Vertrauen, die Würde, das Licht. Sie war zu leichtgläubig gewesen.

Die Einsicht in diesen folgenschweren Irrtum brachte allmählich den Zorn zurück. Nachdem das Licht am Dienstagabend erloschen war, hatte sie in ihrem stockfinsteren Gefängnis erneut getobt, an die Tür gehämmert, war sogar zum Fenster getappt, hatte es geöffnet und an den Gitterstäben gerüttelt. Bis sie der

Droge, die durch ihre Adern pulsierte, nichts mehr entgegensetzen konnte. Mit letzter Kraft war sie zum Bett gewankt, wo sie die Besinnung verlor.

Jetzt musste ihr Körper das meiste von dem Gift abgebaut haben. Vorsichtig richtete sich Alex auf. Obwohl sie das »Gästezimmer« nicht sah, schien sich alles um sie herum zu drehen. Sie wartete eine Weile, bis das Schwindelgefühl schwächer geworden war. Dann erst wagte sie, die Beine über die Bettkante zu schieben.

Sie lauschte. Kein Geräusch war in dem Haus zu hören. Hatte ihr geplagter Geist seit Beginn dieses Albtraumes nicht mehrmals Geräusche vernommen, manchmal laut und hallend, dann wieder leise wie ein Lufthauch? Das Haus war zwar renoviert, aber in seiner Substanz immer noch alt. Wenn sich darin jemand bewegte, dann veränderte es sich mit ihm. Es knarrte, ächzte – aber jetzt war alles still.

Mit einem Mal wurde ihr der Grund klar. Theo ist das »Gehirn«, rekapitulierte ihr Verstand. Und heute musste Sonntag sein. Oder Montag. Jedenfalls hatte er sie allein gelassen, um seine Galerie der Lügen zu ergänzen. Was würde er mit seiner Geisel anfangen, wenn er zurückkehrte?

Mit einem Mal fühlte Alex Panik in sich aufsteigen. Sie musste weg hier. Weg von diesem Haus. Sonst würde sie am Ende wie Ariel enden, die Leiche aus dem Louvre. Hatte Theo sich diesen Hermaphroditen auch mit Drogen gefügig gemacht? Oder war Ariel demselben Gefühl erlegen, das auch sie, Alex, blind gemacht hatte? Wenn man sich jahrelang als Einziger seiner Art auf dem Planeten fühlte, dann konnte einem das plötzliche Zusammentreffen mit einem Wesens- und Schicksalsgefährten schon die Sinne benebeln. Aber vermochte es auch hörig zu machen, folgsam bis in den Tod?

Verzweiflung mündet in Verzweiflungstaten.

Der Schwindel kehrte zurück, aber diesmal weniger als Folge von Drogen als vielmehr wegen der Furcht, die Alex mit einem

Mal verspürte. Sie ahnte, ihre Gedanken könnten mehr als nur Fantasie sein. Mit geschlossenen Augen rief sie sich den Leitspruch ihrer Mutter in den Sinn:

»Wenn das Leben sich immer schneller um einen dreht, dann ist es um so wichtiger, still stehen zu bleiben.«

Vorsichtig erhob sie sich. Ihre Beine fühlten sich wie Gummi an. Alex versetzte sich in die Stimmung, die ihren Körper mit einem grünlichen Schimmer überzog. An unbedeckter Haut mangelte es nicht. Sie hatte noch dieselben Kleidungsstücke am Leib, die ihr nach dem Strip vor Theo übrig geblieben waren: Boxershorts, BH und Socken. Für eine notdürftige Orientierung in der näheren Umgebung würde die eigene Leuchtkraft genügen. Sie lächelte dankbar für die null Komma eins Prozent, die den Unterschied zwischen ihrem Genom und jenem von Theo ausmachten.

Im matten Schimmer ihrer selbst schwankte sie zur Tür. Sie war natürlich verschlossen. Alex lief zum Fenster, öffnete es und rüttelte an den Läden. Sie saßen bombenfest. Aber hier und da drang Tageslicht durch die Ritzen, für Alex ein Hoffnungsschimmer, der ihr zusätzliche Kraft verlieh.

Das plüschige Zimmer war tatsächlich eine hübsch getarnte Kerkerzelle, das wurde ihr allmählich klar. Sie lief ins Badezimmer. Da gab es nicht einmal ein Fenster, nur einen winzigen Ventilator zum Abtransport verbrauchter Luft …

Ihre Gedanken stockten unvermittelt. Wo ein Ventilator war, da musste auch ein Abzug sein. Das Haus war modernisiert worden. Mit Sicherheit gab es sogar Leitungsschächte für die Elektrik. Und vermutlich hatte man hier der Einfachheit halber beides in einen Hohlraum gelegt. Aber wie durch die Wand kommen? Und wie konnte sie sicher sein, wo dieser Leitungsschacht verlief? Leider hatte sie keinen Röntgenblick.

Aber etwas anderes.

Mit Alex' Sensibilität für elektromagnetische Strahlung verhielt es sich ähnlich wie mit dem menschlichen Gehör. Es gab

Leute, die wohnten neben einer Bahntrasse und konnten das Gedröhne der vorbeifahrenden Züge völlig aus ihrem Bewusstsein aussperren. Das ganze Haus mochte wackeln, aber sie schliefen ruhig und fest. Ebenso nahm Alex das ständige »Rauschen« kaum noch wahr, das jede elektrische Leitung emittierte. Nur aggressivere Strahlenquellen wie Handys, Funkmasten oder Metalldetektoren an Flughäfen bereiteten ihr Unbehagen, Übelkeit bis hin zu Ohnmachtsanfällen. Wenn sie sich hingegen auf ein Strom führendes Kabel konzentrierte, dann konnte sie es selbst tief im Beton orten.

Ihre elektromagnetischen Sensoren saßen irgendwo im Gehirn. Daher vollzog sie nun eine Reihe von Übungen, die den unbedarften Beobachter zum Naserümpfen ermutigt hätten. Sie bewegte, die ausgebreiteten Hände auf die Fliesen gelegt, ihre Nase dicht an der Badezimmerwand entlang, zunächst auf Augenhöhe, aber dann ging sie auch in die Hocke, und zuletzt lag sie bäuchlings am Boden. Wenig später stand sie auf dem Klodeckel und »beschnupperte« die oberen Regionen der Wand. Endlich nickte sie zufrieden. Der Abzugsschacht verlief zunächst ein Stück nach rechts und dann senkrecht durch die Mauer.

Das nächste Problem gestaltete sich weit schwieriger. Wie sollte sie ein Loch in die Wand bekommen?

Alex sah sich im Badezimmer um. Außer einer Klobürste aus Plastik fand sich nichts, das größer war als eine Toilettenrolle. Sie lief in den Nebenraum. Hier gab es immerhin ein Bett. Wie sich herausstellte, war es am Boden festgeschraubt und überraschend stabil. Massive englische Eiche.

Anders das Tischchen, auf dem Theo in Plastikdosen seinen – aller Wahrscheinlichkeit nach vergifteten – Proviant ausgebreitet hatte. Das Möbel war geradezu filigran. Alex fegte die Schalen und Gefäße zu Boden, kippte den Beistelltisch um und lehnte ihr ganzes Gewicht auf eines der Beine. Es brach sofort aus seiner Verankerung.

Zu leicht, wie sie fand.

Sie eilte mit ihrem Werkzeug ins Badezimmer zurück und schwang es gegen die Wand.

»Die Mühe hättest du dir sparen können«, grunzte sie.

Die Keule war viel zu leicht, auch nur die Fliesen anzukratzen. Sie lief abermals ins Gästezimmer, um Ausschau nach schwereren »Hämmern« zu halten. Aber da gab es nichts.

Unverrichteter Dinge kehrte sie ins Badezimmer zurück. Allmählich wurde sogar das Leuchten ihrer Haut zu einer Kraftprobe. Verzweifelt sah sie sich um. Mit einem Mal blieb ihr Blick an den Wasserhähnen über der Badewanne hängen. Sie stieg in die Wanne, setzte sich auf den Rand und versuchte den Hahn zu drehen. Alex glaubte ihr grünlich schimmerndes, von der Anstrengung verzerrtes Gesicht in dem Chrombelag höhnisch grinsen zu sehen. Der Ausfluss saß fest.

Sie versuchte es mit dem Kaltwasserhahn. Das Ergebnis blieb das gleiche.

»Denk nach!«, feuerte sie sich an.

Und sie tat es.

Ungefähr zehn Minuten lang.

Plötzlich hatte sie einen Geistesblitz. Leise zitierte sie Archimedes: »›Gib mir einen Punkt, wo ich hintreten kann, und ich bewege die Erde!‹«

Die archimedischen Hebelgesetze! Der griechische Mathematiker hatte gezeigt, wie ein in einem Drehpunkt verankerter Hebel eine schwere Last mit einer verhältnismäßig geringen Kraft heben kann, wenn diese am Ende des Hebels ansetzt.

Abermals blickte sich Alex um, aber diesmal mit anderen Augen. Als Erstes bemerkte sie ein Handtuch, dann fielen ihr wieder die Tischbeine ein. Sie brach ein zweites ab und legte beide zusammen – jetzt hatte sie einen Hebel. Als Nächstes tränkte sie das Handtuch mit Wasser. Irgendwo hatte sie einmal gehört, dass nasses Gewebe hohen Belastungen besser standhielt als trockenes. Zum Schluss band sie den archimedischen Kraftarm – die Tischbeine – mithilfe des Tuches am Wasserhahn fest.

Während sie sich mental auf die nun bevorstehende Anstrengung konzentrierte, betrachtete sie ihre Konstruktion. Sie war wackelig, aber es konnte funktionieren.

»Soll noch einmal einer behaupten, ich sei ein Feind der Wissenschaft«, knurrte sie und übte kontrolliert Druck auf den Hebel aus. Das nasse Handtuch dehnte sich. Und der Hebel glitt heraus.

Fast wäre Alex in der Wanne lang hingeschlagen. Sie verkniff sich einen Fluch, wohl wissend, dass sie mit ihrer Kraft haushalten musste.

Nachdem sie die zwei Langhölzer noch fester mit dem Hahn verbunden hatte, stemmte sie sich erneut dagegen, eher gefühlvoll als mit roher Gewalt. Abermals drohte der Hebel abzurutschen. Sie presste ihn stärker gegen das Metall und drückte ihn dann ruckartig nach unten.

Der Wasserhahn drehte sich mit.

Alex stieß einen Jubelschrei aus, nur, um sogleich wieder zu verstummen und zu lauschen.

Im Haus blieb alles still.

Jetzt bereitete es ihr keine Schwierigkeit mehr, den Hahn weiter abzuschrauben. Bald brauchte sie nicht einmal die labile Hilfskonstruktion. Als ein Rinnsal an ihren Armen hinablief, wurde ihr das nächste Problem bewusst: Sobald sie den Hahn entfernte, würde das Wasser nur so aus der Wand schießen. Die Badewanne war fest mit dem Boden verankert. Die Möglichkeit, sie in eine passendere Position zu rücken, schied also aus. Einmal mehr schaute sich Alex im Badezimmer um. Dabei entdeckte sie den Absperrhahn.

Nachdem sie noch einmal ihren Durst gelöscht und das Handwaschbecken mit Wasser gefüllt hatte, drehte sie den Haupthahn zu. Anschließend schraubte sie ihr neues Werkzeug von der Wand. Es war massiv und schwer. Wie ein Vorschlaghammer. Leider fehlte ihr der Stiel. Die leichten Tischbeine würden vermutlich nach den ersten Schlägen zerbrechen und waren zudem kaum in brauchbarer Weise an dem Wasserhahn zu befestigen.

Wieder rettete das Handtuch den Plan. Alex band das schwere Metallstück daran fest. Im Gästezimmer wirbelte sie ihren »Schwinghammer« ein paar Mal im Kreis herum. Der Hahn saß fest. So weit so gut. Sie begab sich wieder ins Bad, schwang das Tuch ein paar Mal vor und zurück und schleuderte es dann mit aller Kraft gegen die Wand. Verchromtes Messing und Keramikfliesen krachten zusammen. Splitter flogen. Alex spürte einen Schlag am Arm. Unwillkürlich leuchtete ihre Haut heller auf.

»So ein Mist!«

Sie hatte sich schon beim ersten Schlag verletzt. Die Wunde war nicht tief, aber wie und wo würden sie die nächsten scharfkantigen Bruchstücke treffen?

Alex holte sich die Bettdecke aus dem Gästezimmer und versuchte sich damit zu schützen. Das gelang ihr mehr schlecht als recht, denn schon die alten Ritter wussten: Je besser die Rüstung, desto unbeweglicher der Krieger.

Mit der Kraft des Trotzes sprengte sie weitere Fliesen von der Wand. Und zog sich dabei weitere Schrammen und Schnitte zu. Dann aber war die Deckschicht entfernt, und es ging besser voran. Nach einer Weile riss das unter den Schlägen zermürbte Frotteegewebe, und der Wasserhahn flog wie vom Katapult geschossen durch den Raum, krachte in Alex' Rücken gegen die Wand und schepperte zu Boden.

Zum Glück hatte der Gastgeber für zwei Handtücher gesorgt. Wenig später konnte sie ihre Arbeit fortsetzen. Das Mauerwerk über dem Schacht war mehr Füllstoff als tragendes Element. Trotzdem brauchte Alex länger, als sie sich vorgestellt hatte. Mehrmals musste sie zwischendurch ausruhen, um wieder neue Kraft zu schöpfen. Immer wieder stillte sie ihren Durst aus dem Handwaschbecken. Dann endlich war sie im Schacht.

Schwer atmend ließ sie sich auf den Rand der Badewanne sinken. Sie hatte bestenfalls die Hälfte geschafft, machte sie sich klar.

Jetzt musste sie irgendwie an den Kabeln vorbei die gegenüberliegende Wand durchbrechen.

Als Alex sich wieder stark genug fühlte, untersuchte sie den Hohlraum. Für eine schlanke Person wie sie war er breit genug zum Hindurchzwängen, weil er nicht nur die Elektrik führte, sondern auch einen voluminösen Kunststoffschlauch für den Luftabzug enthielt. Als sie die Kabel zur Seite drückte, glaubte sie den Strom fühlen zu können, eine Einbildung zwar, aber eine sehr überzeugende. Sie durfte die Isolierungen auf keinen Fall verletzen.

Mit dem Wasserhahn klopfte sie gegen die Rückwand des Schachtes und erlebte eine Überraschung. Sie klang anders. Hohl. Wie Holz!

Wieder ließ Alex ihre Haut stärker aufleuchten, und jetzt konnte sie unter all dem Staub, den sie aufgewirbelt hatte, tatsächlich eine Holzplatte erkennen. Offenbar gab es im Nebenraum einen Zugang zum Schacht.

Es dauerte nicht lang, und sie hatte zwei Scharniere gefunden. Mit einigen wütenden, gleichwohl gezielten Schlägen brach sie die Tür aus der Verankerung. Gedämpftes Licht drang durch das rechteckige Loch. Tageslicht! Freudentränen rannen ihr über die Wangen. Sie konnte ihr Glück kaum fassen.

Nachdem Alex mit ihrem Schwinghammer einige scharfe Kanten des ausgefransten Loches entgratet, den Abzugsschlauch herausgerissen und die Kabel zur Seite gedrückt hatte, streckte sie ihren Kopf durch die Öffnung.

Durch vier unverstellte Fenster fiel graues Tageslicht in das Nebenzimmer. Entweder war der Himmel stark bewölkt, oder es dämmerte bereits. Alex sah ein paar übereinander gestapelte Stühle und andere verstaubte Möbel. Der Raum war eine ziemlich große Abstellkammer.

»Nichts wie weg hier«, flüsterte sie und machte sich daran, dem Kopf die Schultern und dann den Rest ihres Körpers folgen zu lassen. Dabei riss einer ihrer BH-Träger, und die Boxershorts hätte sie auch um ein Haar eingebüßt. Zu den zahlreichen Schrammen auf ihrer Haut kamen ein paar weitere hinzu. Aber sie spürte den Schmerz kaum noch, als wäre sie nur Gast in ihrem Körper.

Früher hatte sie ständig so empfunden.

Aber jetzt nicht mehr. So schrecklich die Begegnung mit Theo auch verlaufen war, hatte sie für Alex in dem langen Flur zu ihrer Selbstfindung doch eine weitere Tür geöffnet. Sie mochte sich in seinem Charakter geirrt haben, aber zurück blieb trotzdem das überwältigende Gefühl, nicht allein auf der Welt zu sein. Abgesehen von ihnen beiden gab es andere ihrer Art. Wenn auch einige inzwischen nicht mehr lebten, waren es einmal mindestens elf gewesen. Vielleicht auch noch mehr …?

Der Schacht war durchquert. Sie rappelte sich vom Boden auf und lief zu einem der Fenster. Zum ersten Mal konnte sie die Umgebung von *Theo's Castle* sehen. Allerdings gab es da wenig Orientierungshilfen. Unter dem Haus erstreckte sich eine Vorfahrt, ein Rondell aus Kies. Hohe Bäume versperrten den Blick in die Ferne. Plötzlich überkam Alex ein schrecklicher Gedanke. Was, wenn auch dieses Zimmer abgeschlossen war? Rasch eilte sie zur Tür. Sie schloss die Augen, biss sich auf die Unterlippe und drehte am Knauf.

Die Tür öffnete sich.

Sie huschte auf den Flur hinaus. Bei dem Lärm, den sie gemacht hatte, war eigentlich nicht mit der Anwesenheit anderer im Haus zu rechnen. Trotzdem schlich sie auf leisen Sohlen den Gang entlang, vorbei am Speisesalon, zur Treppe. Die bunten Glasfenster verliehen dem farblosen Tageslicht etwas Fröhliches. Die Ausbrecherin geriet in Hochstimmung.

Das Glücksgefühl bekam jedoch bald einen Dämpfer, als sie sich in der Diele ihres erbärmlichen äußeren Zustandes bewusst wurde. Sie trug aufgerissene Seidenhöschen, ihr BH hing auf Halbmast, und der Gesamteindruck kam dem Bild der Neugeborenen, die sie in ihren Albträumen erblickt hatte, ziemlich nah.

Sie brauchte etwas zum Anziehen.

Alex blickte unschlüssig in die beiden Flure, die gegenüber dem Ausgang und der Treppe zu weiteren Zimmern führten. Irgendwo musste Theo ja seine Garderobe aufbewahren. Sie lief in den Gang zu ihrer Rechten und öffnete die erste Tür. Dahinter befand sich eine Bibliothek. Alex wechselte auf die andere Seite des Flurs und entdeckte eine Werkstatt.

In einem Wandregal standen mehre weiße Quader und einige Rohlinge, in denen Alex die Umrisse von Figuretten zu erkennen glaubte. Offenbar stellte Theo hier seine »Familiengalerie« her. Ihr Blick blieb an einer Statue hängen, von der man erst den Oberkörper aus dem Stein ragen sah. Mit den Händen balancierte sie irgendeinen Brocken über dem Kopf. Wie der Herkules im Speisesalon, dachte Alex.

Gerade wollte sie die Tür zur Werkstatt wieder schließen, als sie auf dem Arbeitstisch beim Fenster eine weitere Plastik bemerkte. Ein weiblicher Akt. Die Hände der kleinen Aphrodite waren hinter dem Kopf verschränkt. Irgendwie kam die aufreizende Pose Alex bekannt vor, aber die Details waren nicht fein genug, um die Figur einem der Namen zuzuordnen, die sie an jenem verhängnisvollen Abend im Esszimmer gesehen hatte.

Die Augen der Schönen waren verbunden.

Alex riss sich von der Statuette los. Hier würde sie nicht finden, wonach sie suchte. Sie schloss die Tür und machte sich an die Erkundung des nächsten Raumes.

Es war ein Büro, voll gestopft mit Aktenordnern. Auf einem Tisch lagen Baupläne, vermutlich von den Museen, die Theo bestohlen hatte. Kleidungsstücke waren keine zu finden.

So ging es weiter, bis am Ende des Ganges nur noch zwei Türen übrig waren. Die rechte war mit einem Zahlenschloss versehen.

Ein weiteres Gefängnis?, dachte Alex. Mit einem Mal durchfuhr sie ein elektrisierender Gedanke. Oder die »Galerie der Lügen«?

Bis auf den zerstörten Hermaphroditen hatte Theo alle Kunstwerke in seinen Besitz gebracht. Angesichts des Medienspektakels um die Einbruchsserie dürfte er sie kaum an Hehler verkauft haben. Also musste er sie noch irgendwo aufbewahren. Vermutlich in seinem Haus, dessen genaue Lage er so beharrlich zu verbergen suchte.

Alex lächelte grimmig.

Sie bückte sich, um ihr Gesicht nahe an das Zahlenschloss zu bringen. Kam da ein schwaches Pulsieren aus dem Edelstahlkästchen? Sie legte ihre Hand auf die Tasten. Als Theo die sechsstellige Kombination zum Gästezimmer gewählt hatte, war sie zwar benommen gewesen, aber nicht benebelt genug, um ihren empfindlichen Elektromagnetismussensor schachmatt zu setzen.

Mit zusammengekniffenen Augen versuchte sie sich an die Impulsfolge zu erinnern. Die Abstände folgten wie Tanzschritte einem ganz bestimmten Schema. Waren es die Ziffern 4-3-9-5-8-6-7 oder 3-2-8-4-7-5-6 oder auch 1-0-6-2-5-3-4? Nach diesem Muster musste der Code aufgebaut sein. Sie hatte leider keine Ahnung, mit welcher Zahl sie den Tanz der Schwingungen beginnen sollte. Alex tippte die erste Ziffernfolge.

Nichts.

Die zweite Kombination.

Wieder nichts.

Als sie die dritte Möglichkeit zu wählen begann, hörte sie plötzlich ein Geräusch. Vor Schreck konnte sie keinen klaren Gedanken fassen. Ihr Kopf fuhr noch herum, der Blick suchte ein Versteck, da öffnete sich auch schon mit Schwung die Haustür.

In dem vom Tageslicht gemalten Rechteck stand die Silhouette eines schlanken Mannes, der ein flaches Paket unter dem Arm hielt. Und dann hörte sie Theos spöttische Stimme.

»Ah! Du hast also ausgeschlafen. Wolltest du mich etwa verlassen, ohne dich zu verabschieden?«

Kapitel 16

»Je mehr Leute es sind, die eine Sache glauben, desto größer ist die Wahrscheinlichkeit, dass die Ansicht falsch ist. Menschen, die Recht haben, stehen meistens allein.«

Søren Kierkegaard

ÜBER DEM ÄRMELKANAL,
Montag 15. Oktober, 15.30 Uhr

Die Berichterstattung in den Medien erinnerte an George Orwells *1984*. Darin beschrieb der englische Schriftsteller auf beklemmende Weise die täglichen »Zwei-Minuten-Hass-Sendungen«, die sich gegen »Emmanuel Goldstein, Feind des Volkes« richteten. Während des Aufenthalts in Holland war Darwin mehrmals über seinen eigenen Namen gestolpert, mal in einem Zeitungsbericht, den ihm ein aufmerksamer Museumsmitarbeiter zuschob, dann wieder im Frühstücksfernsehen im Hotelzimmer. Auch an diesem Montagmorgen hatte Darwin den TV-Empfänger eingeschaltet und auf CNN sein Konterfei gesehen. Die Meldungen vom neuesten Museumsraub überschlugen sich. Als er während seines Fluges nach London den *Evening Standard* aufschlug, kam er sich wie der moderne Goldstein vor.

Bis vor wenigen Tagen hatte es eine klare Trennung zwischen jenen Printmedien gegeben, die eher die gehobene Mittel- und die Oberschicht ansprachen, und der großen Masse von Blättern, die sich um den Rest der Leserschaft balgten. Letztere hatten in ihrem etwas stärker ausgeprägten Hang zu Sensationen Alex

Daniels' »Galerie der Lügen« dankbar aufgegriffen, um populistisch die »Arroganz der Wissenschaft« auszuschlachten. Mittlerweile schienen sich jedoch auch einige Boulevardzeitungen der »Kampagne zur Rettung der Naturwissenschaft« angeschlossen zu haben, nach dem Motto: Es ist eigentlich egal, wofür oder wogegen wir sind. Hauptsache, wir haben die Welt klar in Freund und Feind eingeteilt. Und wir sind auf der richtigen Seite.

Jetzt, wo er selbst zu den Leidtragenden solcher Engstirnigkeit gehörte, musste Darwin daran denken, wie oft sich die europäischen Medien mit Häme über die »hinterwäldlerischen Amerikaner« geäußert hatten. Mindestens fünfzig Prozent der Bevölkerung der Vereinigten Staaten glaubten an einen intelligenten Designer des Lebens. In der öffentlichen Berichterstattung wurde indes oft der Eindruck vermittelt, die Hälfte der USA sei geistig minderbemittelt, weil sie aus religiösen Fundamentalisten bestehe. Man musste sich das einmal vorstellen: Europa hielt einhundertfünfzig Millionen Menschen in einem der höchstentwickelten Länder der Erde für verblödet!

Die Arroganz, die sich in einer solchen Haltung widerspiegelte, war Darwin erst allmählich bewusst geworden, nachdem Alex Daniels ihm die Vielfalt der Perspektiven in den weltanschaulichen Lagern nahe gebracht hatte. Er mochte sich kaum ausmalen, wie ihn der General – der Chef von ArtCare – nach dieser multimedialen Schlammschlacht empfangen würde.

Unbegreiflicherweise landete die Boeing 737-500 der British Airways pünktlich. Um vier Uhr nachmittags setzte die Maschine heftig, aber unbeschadet auf dem Rollfeld des Flughafens Gatwick auf. Der Applaus der Passagiere hielt sich in Grenzen.

Gleich nach der Ankunft kaufte sich Darwin eine neue Prepaid-Karte für sein Mobiltelefon. Er überlegte, ob er Mortimer anrufen sollte, ließ es dann aber bleiben. Die Galgenfrist war abgelaufen. Damit war er raus aus dem Spiel.

Hatte es überhaupt einen Sinn, sich im Berufsverkehr in die Londoner City zu quälen? Vermutlich lag seine Kündigung schon längst auf dem Schreibtisch. Darwin schüttelte den Kopf. Was in seinen Kräften stand, hatte er getan. Nun würde er auch den Abgesang durchstehen. Er wählte die Nummer seines Chefs. Die Sekretärin meldete sich.

»Hi, Reena, hier ist Darwin Shaw«, sagte er. »Wie ist die Stimmung im Himmel von ArtCare?«

»Heiter bis wolkig. Aber wie sieht es bei *Ihnen* aus, Darwin. Sie klingen so bedrückt.«

»Wundert Sie das? Sie haben doch bestimmt schon die Neuigkeiten erfahren.«

»Allerdings. Der Chef ist heute mit einem Gesicht ins Büro gekommen, das man als afrikanische Schamanenmaske verkaufen könnte.«

Der vergnügliche Ton der Sekretärin überraschte Darwin. Derartige Äußerungen über die Vorgesetzten gehörten vermutlich in jeder Firma zur Normalität – aber nicht bei Reena Baker. »Sie klingen fast ausgelassen. Wissen Sie etwas, das an mir vorbeigegangen ist?«

»Davon gehe ich aus, Darwin. Der Anruf von der National Crime Squad kam erst vor ein paar Minuten rein.«

»W-was … für ein Anruf?«

»Sie haben den Dieb gefasst.«

»Wie bitte?«

»Ja. Vielleicht kommen Sie noch einmal mit einem blauen Auge davon, Mr Bond. Die Laune des Chefs hat sich jedenfalls schlagartig gebessert, nachdem Sir Walter Ramleigh angerufen hatte.«

»Der NCS-Direktor? Womit genau hat er unseren General plötzlich so gnädig gestimmt?«

»Dr Cadwell hat nicht viel gesagt, als er aus seinem Büro gestürmt kam. Nur, dass die Polizei Alex Daniels in der Copperfield Street festgenommen hat.«

Nach dreißigminütiger Fahrt verließ Darwin um Punkt zwanzig Minuten nach fünf den Zug auf dem Bahnhof Victoria Station. Etwa die gleiche Zeit benötigte das Taxi, um ihn durch den Berufsverkehr ins Hauptquartier der NCS zu befördern. Er kam sich vor, als trage er ein Büßerhemd, als er sich den beiden Einlasskontrolleuren näherte, aber dieser Eindruck war bloße Einbildung. Der dunkelhäutige Sicherheitsmann betrachtete den Besucher wie einen Fremden. Sein Kollege beobachtete derweil kleine Monitore.

»Kann ich Ihnen helfen, Sir?«

»Mein Name ist Shaw. Detective Superintendent Longfellow erwartet mich.«

Die Augenbrauen in dem runden Gesicht gingen in die Höhe. »Ah ja! Sie sind mir bereits angekündigt worden. Bitte füllen Sie diesen Besucherschein hier aus. Ich telefoniere in der Zwischenzeit mit dem Superintendent, damit er sie abholt.«

Darwin kritzelte pflichtschuldig seine persönlichen Daten ins Formular. Als er fertig war, lief er unter den Blicken der zwei Wachmänner vor deren Glasscheibe auf und ab.

Das Ganze war absurd. Cadwell hatte am Telefon seiner Freude darüber Ausdruck verliehen, dass Alex Daniels endlich als das »Gehirn« entlarvt worden sei – oder zumindest als der Dieb von De Hoge Veluwe. Weil Darwin sie am besten kenne, solle er die Beamten der NCS beim Verhör unterstützen. Dafür, betonte Cadwell, habe er sich bei Sir Walter Ramleigh persönlich eingesetzt – um das ramponierte Ansehen von ArtCare aufzupolieren.

Darwin möge sich um Himmels willen zusammenreißen und sachlich bleiben. »Halten Sie sich an die Fakten«, hatte der General zuletzt befohlen.

Die Galgenfrist war also verlängert worden. Allerdings fragte sich der Versicherungsdetektiv, für wie lange. Er mochte der verlockenden Lösung nicht glauben. Verständlicherweise suchte sein Chef händeringend einen Schuldigen. Alex Daniels als Drahtzieherin der spektakulären Aktionen zu präsentieren würde ArtCare aus der Schusslinie der Medien bringen …

»Wie geht's, Sportsfreund?«

Longfellows Bass riss Darwin aus den Gedanken. Er drehte sich zu dem Polizisten um und presste ein Lächeln aus sich heraus. »Den Umständen entsprechend. Was hört man da für abenteuerliche Geschichten von der NCS? Sie haben das ›Gehirn‹ gefasst?«

Longfellow verdrehte die Augen. »Wer hat denn *das* behauptet?«

»Mein Boss.«

»Na, kommen Sie erst mal mit nach oben. Unterwegs erkläre ich Ihnen die Faktenlage.«

Sie gingen gemeinsam zum Fahrstuhl. Es war die Zeit, da die meisten Mitarbeiter das Haus verließen. Auf dem Weg nach oben waren sie daher allein. Longfellow drehte sich im Lift so zu der Kamera, dass sein breites Kreuz den größten Teil des Bildes ausfüllen musste, und zog einen braunen Umschlag aus dem Sakko hervor.

»Hier nehmen Sie das«, sagte er leise. »Stecken Sie 's schnell weg. Wenn jemand davon erfährt, könnte mich das die Pension kosten.«

Darwin ließ das Kuvert in der Innentasche seiner Jacke verschwinden. Erst danach fragte er: »Was ist das?«

»Ein paar Neuigkeiten über Alex Daniels' Familie. Der genetische Fingerabdruck von Bo Johansen, dem Flüchtigen aus Oslo, stimmt mit dem ihren zu neunundneunzig Komma neun Prozent überein.«

»Daniels, die Leiche aus dem Louvre, Lovecraft und jetzt auch noch Johansen? Dann wären sie ja *Vierlinge.*«

»Wenn es dabei bleibt.«

»Wieso? Gibt es noch Neues von der Toten aus Barbados?«

»Ob uns die angebliche Theodora Kezia Kendish je ihr Geheimnis verrät, wage ich zu bezweifeln. Aber Ihr Tipp, uns mal die Todesfälle der letzten Zeit etwas genauer anzusehen, hat etwas anderes zu Tage gefördert. In …«

Der Lift blieb ruckend stehen. Die Fahrstuhlstüren glitten auseinander. Longfellow trat in den Flur und blickte sich um. Darwin folgte ihm. Niemand war zu sehen.

»In dem Umschlag«, fuhr der Polizist leise fort, »werden Sie die Namen von *vier* weiteren Doppelgängern beziehungsweise Doppelgängerinnen finden, zwei im Vereinigten Königreich, eine in Italien und einer in Deutschland. Sie sind alle in den letzten sechs Monaten durch Unfälle oder Selbstmord ums Leben gekommen. Die Kollegen in den jeweiligen Ländern haben die Fälle genauer unter die Lupe genommen und eine weitere Parallele festgestellt.«

»Was denn noch?« Darwins Verstand sträubte sich bereits, das bisher Gehörte zu akzeptieren. *Achtlinge!*

»Alle vier hatten eine Geschlechtsumwandlung hinter sich, weil sie als so genannte ›echte Hermaphroditen‹ zur Welt gekommen waren. Sie wissen, was das bedeutet?«

Darwin nickte. »Menschen mit voll funktionsfähigen männlichen und weiblichen Geschlechtsorganen. Das alles ist unfassbar.«

»Können Sie laut sagen. Ob sich aus dieser Anomalie ein Mordmotiv ableiten lässt, bleibt festzustellen. Aber es wird noch besser. Unter den Dokumenten, die ich Ihnen kopiert habe, finden Sie etwas, das Sie möglicherweise umhauen wird: HUGE ist ein Schwesterunternehmen von ArtCare; beide gehören zu MacKane Enterprises.«

Darwin riss die Augen auf. Er wusste zwar, dass die Holding, zu der auch seine Versicherung gehörte, einen riesigen Gemischtwarenladen kontrollierte, aber das …!

Longfellow nickte lächelnd. »Jetzt sind Sie platt, stimmt's?«

»Das können Sie laut sagen.«

»Lieber nicht«, raunte der Detective, nahm Darwin am Ellbogen und schob ihn den Gang entlang, an einer Reihe von Türen vorbei. Unterwegs lieferte er weitere Details. »HUGE wurde 1974 als eine MacKane-Stiftung gegründet. Zwanzig Jahre später hat der Mutterkonzern dann der Gemeinnützigkeit entsagt und das Institut in eine Biotech-Firma umgewandelt.«

Sie hatten fast das Ende des Gangs erreicht, als sich dort unerwartet eine Tür öffnete. Eine Brünette in weißer Bluse und engem grauem Rock trat aus dem Zimmer. Sie nickte den beiden Männern zu. Longfellows eben noch verschwörerisch leise Stimme wurde mit einem Mal laut und förmlich.

»Wie dem auch sei, ich kenne den Bericht der holländischen Kollegen und habe die Bilder der Überwachungskameras gesehen. Die Indizien sprechen gegen Alex Daniels. Die Mehrheit der Kollegen ist sich darüber einig, dass sie die Einbrecherin von Otterlo ist. Ihre Entführungsgeschichte hört sich eher nach einem plumpen Schwindel an.«

Inzwischen war die Mithörerin verschwunden, und Darwin fragte irritiert: »Entführung?«

Longfellow nickte und fiel in den konspirativen Ton zurück. »Wir konnten bisher nur kurz mit Daniels reden. Den Grund werden Sie gleich sehen. Sie beteuert, vor dem Haus Ihrer Schwester von einer Person abgeholt worden zu sein, deren Namen sie uns nicht nennen will. Würde mich nicht wundern, wenn Kevin T. Kendish dahinter steckte.«

»Theo?«

Der Kriminalbeamte nickte. »Jedenfalls behauptet sie, der Entführer habe sie mit verbundenen Augen in ein Haus gebracht, wo er sie unter Drogen setzte und gefangen hielt.«

»Mein Gott!« Das hörte sich tatsächlich abenteuerlich an! Darwin fuhr sich mit den Fingern durch die Haare. »Auf den Überwachungsbildern vom Kröller-Müller-Museum – sind Ihnen die kurzen Haare der Einbrecherin aufgefallen? Als ich Daniels zuletzt gesehen habe, war die Frisur ganz anders.«

»Ist sie immer noch, aber – he, Darwin, wir beide wissen, dass es Perücken gibt.«

»Würde eine Blondine mit halblanger Frisur, wenn sie sich tarnen wollte, einen Kurzhaarschnitt im selben Ton wählen?«

»Vielleicht ist Daniels ja sehr raffiniert und will genau, dass wir so denken. Ich bin ein kriminalistischer Dinosaurier, Darwin. Science-Fiction-Geschichten von geklonten Museumsräubern behagen mir nicht.«

»Geklont? Wie meinen Sie das?«

»War nur ein Vergleich. Sie wissen noch nicht alles. Als die Polizei auf den flüchtigen Dieb schoss, wurde er am Arm verletzt.«

»Verletzt ja. Aber wo, das konnten die Schützen nicht genau sagen.«

»Daniels trug bei der Festnahme dieselben Sachen, die im Kröller-Müller-Museum gefilmt wurden – mittlerweile dürften sie auf dem Weg ins Labor sein. Am Ärmel ihres Pullovers befindet sich ein blutverkrustetes Loch. Und Daniels hat eine Wunde am Arm …«

»Ist sie … schwer verletzt?«

Longfellow grinste. »Immer noch verknallt? In einen *Zwitter*?«

»Unsinn. Aber sie ist mir nicht gleichgültig. Wie geht es ihr?«

»Sie macht einen ziemlich verstörten Eindruck. Redet kaum. Aber körperlich scheint es ihr den Umständen entsprechend gut zu gehen. Natürlich haben wir sofort einen Arzt kommen lassen – das war der Grund, warum wir bisher kein richtiges Verhör durchführen konnten. Er ist immer noch bei ihr.« Longfellow zeigte mit dem Daumen in Richtung Tür.

Darwins Blick folgte dem Finger. »Sie *hasst* Ärzte.«

»Ich weiß. Hab den Doktor vorgewarnt. Die Kollegin, die Daniels bei seiner Ankunft bewachte, sagte mir, es hätte außer einem bitterbösen Blick an seine Adresse keinerlei Reaktionen gegeben. Im Gegenteil, er hat ihr etwas zugeflüstert, und danach wurde sie lammfromm.«

»Merkwürdig.«

»Gibt es irgendetwas, das an Alex Daniels nicht merkwürdig ist?«

Darwin kratzte sich am Hinterkopf. »Tun Sie mir bitte einen Gefallen, Mortimer. Lassen Sie auch die DNA des an dem Sweatshirt sichergestellten Blutes überprüfen. Würde mich nicht wundern, wenn wir eine neue Überraschung erleben.«

Longfellow nickte. »Habe ich sowieso vorgehabt.«

In diesem Moment öffnete sich die Tür, vor der sie standen. Ein kleiner Mann mittleren Alters mit Brille, schwarzer Ledertasche und sportlicher Kombination trat heraus. Darwin erhaschte durch den Spalt einen Blick auf eine Polizeiuniform; unter der Mütze schaute ein blonder Zopf hervor. Die Tür schloss sich wieder. Von Alex hatte er nichts gesehen.

»Darf ich vorstellen, Doktor? Mr Darwin Shaw, leitender Ermittler der ArtCare-Versicherung«, sagte Longfellow, an den Arzt gewandt.

»Angenehm. Dr. Lindsey Atkey«, erwiderte dieser und schüttelte Darwin die Hand. Atkey mochte Ende vierzig sein, hatte feine Gesichtszüge und dunkles, grau meliertes Haar. Unzählige Fältchen zogen sich wie stilisierte Strahlen von seinen lebendig funkelnden braunen Augen zu den Schläfen hin.

»Wie geht es Ms Daniels?«, fragte Darwin.

»Sie hat eine Menge Abschürfungen und kleinere Schnitte. Nichts Dramatisches.«

»Ist sie vernehmungsfähig?«, erkundigte sich Longfellow.

Atkey nickte. »Grundsätzlich ja. Gönnen Sie ihr eine Nacht Ruhe. Sie kommt mir momentan ziemlich labil vor, sowohl psychisch als auch physisch. Alles nichts Ernstes. Ihre Blessuren bereiten mir weniger Sorge als ihre körperliche Erschöpfung. Nur ihre Reflexe …« Er schüttelte den Kopf.

»Was ist damit, Doktor?«, fragte Darwin.

»Wir müssen das Ergebnis der Blutuntersuchung abwarten, aber ich tippe auf ein starkes Sedativum.«

»Sie meinen, man könnte sie betäubt haben?«

»Es hat den Anschein.«

Darwin und Longfellow wechselten einen Blick.

»Die Abschürfungen, von denen Sie gesprochen haben – wo genau befinden sich die?«

»Darüber darf ich Ihnen leider keine Auskunft erteilen.«

»Sie wissen, was Ms Daniels am Leib trug, als sie festgenommen wurde?«

»Natürlich. Ich war dabei, als sie sich entkleidet hat.«

»Tatsächlich! Und das hat sie zugelassen?«

»Sie meinen, weil sie ein Hermaphrodit ist?« Der Arzt lächelte.

»Ich habe Dr. Atkey vorgewarnt«, erklärte Longfellow.

Darwin kam das Verhalten von Alex, so wie es ihm geschildert wurde, mehr als ungewöhnlich vor. Er hatte sie anders kennen gelernt. »Worauf ich hinauswill, Doktor: Wenn man nachts durch einen dunklen Wald flieht, kann man natürlich hier und da anstoßen, man streift an Ästen entlang – können die Verletzungen, die Ms Daniels hat, von daher rühren?«

»Wohl kaum. Dazu hätte sie nackt durch den Park laufen müssen. Und die vermeintliche Schusswunde«, fügte er an Longfellow gerichtet hinzu, »ist ein *Schnitt.*«

»Kein Streifschuss?«, hakte der Kriminalbeamte nach.

»Ich habe schon viele Schussverletzungen behandelt, Superintendent. Ich tippe hier eher auf Glasscherben oder scharfe Splitter.«

Longfellow nickte. »Danke, Doktor.«

»Keine Ursache, Superintendent. Dazu bin ich ja da.« Der Arzt sah wieder Darwin an. »Ach, Mr Shaw. Auf ein Wort.« Er winkte in Richtung Fahrstuhl.

Longfellows Stirn furchte sich.

Darwin ging zusammen mit dem Doktor zum Lift. Atkey drückte die Taste, um den Aufzug zu rufen.

»Sie fragen sich, warum Ms Daniels sich so bereitwillig von

mir untersuchen ließ«, sagte er leise. Es war eine Feststellung, keine Frage.

Darwin nickte. »Allerdings. Sie hat, offen gestanden, von Ihrem Berufsstand keine sehr hohe Meinung.«

»Das kann ich gut verstehen. Aber ich bin die Ausnahme.«

Ein hoher Glockenton wie von einem Triangel erklang. Die Fahrstuhltüren glitten auseinander. Darwin legte seine Hand auf die Lichtschranke.

»Verraten Sie mir Ihr Geheimnis.«

»Ist Ihnen nichts an meinem Vornamen aufgefallen?« Lächelnd zog der Arzt eine Visitenkarte aus der Innentasche und streckte sie Darwin entgegen.

Er nahm sie, warf einen Blick darauf. »Lindsey? Was soll mir daran …?« Mit einem Mal wurden seine Augen groß.

Atkey nickte. »Er ist geschlechtsneutral. Als intersexueller Mensch lernt man diesen Vorzug zu schätzen.«

Er trat in den Fahrstuhl. Darwins Hand gab die Türen frei, sie schlossen sich, und der Hermaphrodit entschwand.

»Wollen Sie da anwachsen, oder was?«

Longfellows Stimme weckte Darwin aus seiner Benommenheit. Er blinzelte. Hatte Alex nicht einmal gesagt, unter zweitausend Menschen gebe es einen, vielleicht sogar zwei intersexuelle Personen? Damals hielt er das für eine Übertreibung. Jetzt nicht mehr.

»Ich komme«, rief er und lief durch den Gang zurück.

»Was wollte der Doktor?«, fragte Longfellow.

Darwin zuckte mit den Schultern. »Was Persönliches. Hat nichts mit dem Fall zu tun.«

Der Polizist musterte ihn aus seinen braunen Augen, sagte jedoch nichts.

»Kann ich allein mit ihr sprechen?«, fragte Darwin freiheraus.

»Das ist nicht Ihr Ernst«, brummte Longfellow.

»Wem von uns beiden vertraut sie mehr, Mortimer, Ihnen oder mir?«

»Eigentlich dürften Sie sich nicht einmal in diesem Gebäude aufhalten, Darwin. Man hat Sie von höchster Stelle aus dem Rennen gekickt. Und da soll ich Sie mit einer tatverdächtigen Person allein lassen?«

»Reden Sie von Alex Daniels nicht immer wie von einem Neutrum, Mortimer.«

Der Polizist warf den Kopf in den Nacken. »Sie machen mir Spaß. Daniels *ist* ein Neutrum.«

»Ist sie *nicht*. Sie ist ein Mensch. Und sie hat sich die Identität einer Frau erwählt. Es kann doch nicht so schwer sein, ihr dieses bisschen Würde zuzugestehen, oder?«

Longfellow funkelte sein Gegenüber unwillig an. »Das Problem ist weniger die Zunge als der Kopf«, brummte er.

»Was ist nun?«

»Was ist was?«

»Lassen Sie mich mit ihr alleine sprechen? Vielleicht erzählt sie mir ja mehr als Ihnen.«

Longfellow seufzte. »Na schön. Aber das wird auf kleiner Flamme gekocht, hören Sie?«

Darwin grinste. »Schon klar. Wir wollen ja die Pension nicht gefährden.«

Der Detective öffnete die Tür und rief seine Kollegin heraus, die Daniels vor der Flucht bewahren sollte. Erst als der blonde Zopf der Uniformierten im Treppenhaus verschwunden war, deutete Longfellow mit dem Kopf in den Raum.

Darwin betrat das Zimmer. Es diente offenbar als Ruhe- und Erste-Hilfe-Raum. Alex saß wie ein Häuflein Elend auf einer Liege, den Rücken an die Wand gelehnt. Sie trug eine Denimbluse und Jeans, die ihn verdächtig an die Gefängniskleidung von Holloway erinnerten.

Als sie den Besucher sah, weiteten sich ihre Augen. Er hatte das Gefühl, ihr Körper blähe sich einen Atemzug lang auf, fast so, als wolle sie zu ihm stürzen, aber dann sank sie wieder in sich zusammen.

Er blieb neben ihr stehen und kam sich mit einem Mal wahnsinnig ungeschickt vor. Irgendwie verspürte er das Bedürfnis, sie in den Arm zu nehmen, aber die Kraft reichte nur für die Hand, die sich tröstend in die Beuge zwischen Schulter und Hals legte. Er lächelte.

»Du hast mir Sorgen bereitet, Partner.«

Ihre violetten Augen musterten ihn mit einem gequälten Ausdruck. Unvermittelt senkte sie den Blick.

»Wie geht es dir?«, fragte er leise.

»Blendend«, erwiderte sie müde.

»Meine Frage war ernst gemeint, Alex.«

»Meine Antwort auch.«

»Ich habe gehört, was dir passiert sein soll.«

Sofort hob sich ihr Blick, und ihm wurde bewusst, dass er die falschen Worte gewählt hatte. Wenn ihre Geschichte stimmte, dann musste schon der Anschein von Misstrauen Gift für ihre Seele sein.

»So habe ich das nicht gemeint«, korrigierte er sich schnell.

»Ist mir egal, wie du es gemeint hast.« Sie widmete sich wieder der Betrachtung ihrer Knie.

»Ich glaube nicht, dass du in Holland ein Museum ausgeraubt hast.«

Ihr Brustkorb blähte sich von einem unterdrückten Lacher, nur um sofort wieder zusammenzufallen. »Soll ich dir dafür auch noch dankbar sein?«

»Warum machst du es uns so schwer, Alex?« *Verdammt!*, dachte er, als er sich seines Vorwurfs gewahr wurde.

»Ich habe dich nicht eingeladen«, sagte sie.

»Wohin hat Theo dich verschleppt? Er ist es doch, der hinter der Entführung steckt, oder?«

Sie schwieg.

»Hat er dir Drogen verabreicht?«

Unsicher wanderte ihr Blick an ihm empor, bis er auf seinem Gesicht haften blieb.

»Also ja«, schlussfolgerte Darwin.

Sie sagte nichts.

»Hat er dir gedroht, wenn du ihn verpfeifst?«

Der Ausdruck in ihren Augen wurde schmerzvoller, aber sie bewahrte ihr Schweigen.

Nun ließ sogar Darwin den Kopf hängen und seufzte tief. »Willst oder kannst du mir nicht helfen?«, murmelte er, wobei er selbst nicht hätte sagen können, ob die Worte an Alex oder an ihn selbst gerichtet waren.

»Es wird nicht mehr lange dauern.« Ihre Stimme klang so flüchtig wie ein Morgennebel.

Sein Haupt ruckte hoch. »Was meinst du?«

»Die Galerie der Lügen. Sie neigt sich dem Ende. Die Erde wurde in sechs Schöpfungsperioden gebildet. So steht es in der Genesis. Sechsmal hat das ›Gehirn‹ zugeschlagen. Als am Abend des sechsten Tages das erste Menschenpaar ins Dasein kam, jubelten die Engel, ›und siehe, es war sehr gut‹.«

Darwin starrte sie wie gebannt an. Es klang, als spräche ein Medium. Hatte der Entführer irgendetwas mit ihrem Verstand angestellt?

»Es war *vollkommen*«, fügte Alex mit seltsamem Nachdruck hinzu. »Und danach – am siebten Tag – ruhte Gott von all seinem Werk. Aber nach dem Sündenfall …« Ihr Blick wanderte zum Fenster, wo Londons Lichter sich im Fenster brachen. »Nach dem Sündenfall verlor der Mensch, der ewig auf Erden hätte leben können, seine Vollkommenheit und war fortan nur noch ein verletzlicher Abklatsch, ja, nur mehr eine Karikatur jener Krone der Schöpfung, die Gott am Anfang erschuf.«

Darwin wartete gespannt, ob es noch eine weitere Fortsetzung der wie ein Orakel klingenden Worte geben würde, aber Alex schwieg. Als wäre es das Wichtigste auf der Welt, beobachtete sie das Gefunkel der Stadt.

Er richtete noch eine Reihe weiterer Fragen an sie, doch Alex schien ihn nicht mehr zu hören. Schließlich gab er auf.

Wieder bei Longfellow vor der Tür, starrte er mit leerem Blick auf den grauen Linoleumboden, schüttelte den Kopf und erklärte: »Irgendwas stimmt nicht mit ihr. Entweder der Entführer hat sie einer Gehirnwäsche unterzogen, oder sie fürchtet sich vor irgendetwas.«

»Ha!«, lachte der Polizeibeamte. »Das können Sie ruhig laut sagen: Die hat nicht alle Tassen im Schrank.«

Darwin bedachte ihn mit einem bohrenden Blick. »Das mit dem Femininum klappt ja schon ganz gut, jetzt brauchen Sie nur noch Ihren Zynismus abzustellen, Mortimer.«

Er grunzte. »Nach sechsunddreißig Jahren Polizeidienst ist das schlechthin kaum möglich. Jetzt lassen Sie uns mal gemeinsam auf den Busch klopfen. Vielleicht kommt dabei mehr heraus.«

Widerspruchslos, ja, geradezu apathisch ließ sich Alex Daniels in ein Verhörzimmer führen. Der Raum war trostlos: ein Tisch, zwei Stühle, ein Wandtelefon. Longfellow bot der »verdächtigen Person« einen Kaffee an. Sie lehnte ab. Der Versicherungsdetektiv wies den leitenden Vernehmungsbeamten darauf hin, dass sie Teetrinkerin sei. Darauf wurde Tee bestellt.

»Wo waren Sie in den letzten sechs Tagen?«, fragte Longfellow.

»Entführt«, antwortete Alex leise. Ihr Blick lag da, wo ihre Hände waren: auf dem Tisch.

»Hat Kevin Theodore Kendish alias Theo Sie gekidnappt?«

Ihre violetten Augen richteten sich auf den Polizisten. Darwin glaubte darin eine Frage zu sehen, aber im nächsten Moment starrte Alex wieder ihre Hände an und blieb stumm.

Das so begonnene Verhör verlief noch unergiebiger als Darwins vorangegangenes Gespräch. Auf die meisten Fragen reagierte Alex mit Schweigen. Nur einmal unterbrach sie es. Bedächtig, so als müsse sie jedes Wort erst sorgsam abwägen, verlangte sie eine DNA-Analyse des auf dem Sweatshirt klebenden Blutes. Darwins Sorge um Alex nahm wieder zu. Dr. Atkey hatte ihren Zustand als labil bezeichnet und ihr Ruhe verordnet. Longfellow ging allmählich zu weit, dachte Darwin und wollte gerade intervenieren, als der Beamte wohl selbst die Fruchtlosigkeit seiner Bemühungen erkannte.

»Also schön«, sagte er mit versteinerter Miene. »Wenn Sie uns nicht helfen wollen, dann werden Sie eben in einer gemütlichen Zelle auf das Ergebnis der Untersuchungen warten.«

Entsetzen erschien im Gesicht der Gefangenen.

Longfellow erhob sich, um mit dem Telefon die Beamten zu rufen, die Alex in ihre »Unterkunft« begleiten sollten, als der Apparat plötzlich schellte.

»Longfellow«, blaffte der Polizist den Hörer an, als habe der ihn persönlich beleidigt.

Darwin konnte beobachten, wie sich an dem Detective, diesem alten Schlachtross, eine seltsame Verjüngung vollzog. Nach einigen Jas und Neins wurde sein sonst stets etwas schlaff wirkender Körper wieder straff und gerade. Wie ein Rekrut, der sich von seinem Spieß eine Standpauke halten lässt, stand er in Habachtstellung da und lauschte dem unbekannten Anrufer.

»Habe verstanden, Mylord«, erklärte er schließlich. »Auf Wiedersehen.«

Er legte auf und sah Darwin mit großen Augen an. »Sie glauben mir nie und nimmer, wer das eben war.«

Sogar Alex hatte sich umgewandt und sah den Polizisten gespannt an.

»Sie haben mächtige Freunde, wie es scheint«, fügte Longfellow an sie gewandt hinzu.

»Jetzt lassen Sie sich nicht alles aus der Nase ziehen, Mortimer. Wer ist das gewesen? Was wollte er?«, drängte Darwin.

»Lord Malcolm Horace of Witcombe.«

»Der Lord Chancellor?«

»Ja, der oberste Hüter des Rechts höchstpersönlich.« Der

Polizist schüttelte den Kopf. »Er habe eben mit meinem Chef gesprochen, dem Innenminister, sagt er. Die Vorgehensweise sei ordnungsgemäß abgesegnet worden, sagt er.«

»Was für eine ›Vorgehensweise‹ denn? Sie hören sich an, als müssten wir in der nächsten halben Stunde zum Mars aufbrechen.«

Longfellow blickte Darwin mürrisch an. »Lord Witcombe verlangt, dass die verdächtige Person auf freiem Fuß bleibt, solange ihr nicht unzweifelhaft eine Beteiligung an den Museumseinbrüchen nachgewiesen werden kann.«

»Ich möchte zu Lucy. Sie versteht mich.« Alex' Antwort auf Darwins Frage, wohin er sie bringen solle, war keine Forderung gewesen, eher ein Flehen. Sie hatte ihn aus ihren großen violetten Augen auf eine so erbarmenswerte Weise angesehen, dass er ihr die Bitte nicht abschlagen konnte. Und seine kleine Schwester war auch einverstanden gewesen.

Mortimer wäre die Schutzhaft in Holloway zweifellos lieber gewesen. Aber der schwarze Riese war nicht der diamantharte Kerl, für den er sich gerne ausgab, das wusste Darwin. Nachdem es nun sogar Rückendeckung durch zwei Minister gab, konnte Detective Superintendent Longfellow sogar eine Rund-um-die-Uhr-Bewachung des »Objektes« in der Copperfield Street durchsetzen.

Als Darwin seine Schutzbefohlene vor dem Haus seiner Eltern absetzte, stand das Fahrzeug der Zivilbeamten bereits am Straßenrand. Er brachte es nicht fertig, sie an diesem Abend mit weiteren Fragen zu quälen. Ohnehin hatte er das Gefühl, damit nichts bewirken zu können.

Am nächsten Morgen suchte er schon um sieben das Büro auf, um seinen Bericht zu schreiben. Um halb neun saß er in Cadwells Hochglanzbüro. Jack Jordan beobachtete ihn von der Tür wie einen potenziellen Attentäter, während Darwin für seinen Chef zusammenfasste, was dieser ohnehin schon aus den regelmäßigen Telefonaten der letzten Tage wusste. Irgendwie schien der Zorn des Generals einer Art Fatalismus gewichen zu sein.

»Mitten im Rennen wechselt man nicht die Pferde«, erklärte er, was wohl als weitere Verlängerung der Galgenfrist zu deuten war. Darwin solle Daniels ausquetschen. Wenn sie das »Gehirn« sei, würde die Polizei einen neuen Ausflug in die Welt der Räuberei zu verhindern wissen. Wenn aber nicht, hätte sie jetzt die einmalige und wohl auch letztmalige Chance, sich zu rehabilitieren.

Die Wortwahl war unmissverständlich. Für Cadwell stand Alex Daniels als Verurteilte da. Darwin verkniff sich einen Hinweis auf den Grundsatz »im Zweifel für den Angeklagten« und versprach, sein Bestes zu tun.

Als er im Begriff stand, seinen TVR Griffith aus dem ArtCare-Parkhaus zu lenken, um in die Copperfield Street zu fahren, traf ihn kurz hinter der Schranke, mitten auf der Ausfahrtrampe, ein Blitz. Ein Geistesblitz. Hinter ihm quietschten Reifen. Er ignorierte es.

Gerade war ihm eingefallen, woher er den Bariton kannte, dessen Sekretärin ihn im holländischen Arnheim aus dem Bett geklingelt hatte.

»Lord Malcolm Horace of Witcombe«, flüsterte er. Das Hupen hinter seinem Wagen überhörte er ebenfalls.

Wenn nicht gerade ein neuer Politskandal anstand – welche das britische Kabinett wie Monsunfälle mit schöner Regelmäßigkeit heimsuchten –, war die Stimme des obersten englischen Staatsbeamten vergleichsweise selten im Rundfunk oder Fernsehen zu vernehmen. Kein Wunder, wenn man so einen Mann nicht sofort an seinem markanten Vibrato wiedererkannte.

Abermals tutete es hinter Darwin.

Immerhin hatte ihm der anonyme Anrufer die wahre Identität von Cynthia und Sean O'Connor – Alex' Adoptiveltern – verraten. Sie waren Mitarbeiter von HUGE gewesen. Mit einiger Wahrscheinlichkeit gehörten auch die anderen Personen der fröhlichen Anglertruppe zum Team oder zu den Partnern von Human Genetics: Kendish und Jordan.

Während Darwins Hintermann die Fahrertür öffnete, um seinen Unmut persönlich kundzutun, knüpfte er das letzte Glied an seine Gedankenkette.

Julian Kendish und Jack, der Sohn des Militärarztes James Jordan, waren beide von Martin Cadwell eingestellt worden.

Gerade wollten die Fingerknöchel eines Außendienstmitarbeiters mit Ingrimm gegen die Seitenscheibe des vermeintlich eingeschlafenen Fahrers hämmern, als Darwin aufs Gaspedal drückte. Der Griffith schoss davon und verschwand, ehe der Wüterich auf der Rampe auch nur »Schnarchnase!« rufen konnte, im Straßenverkehr.

Einem Impuls folgend, rief Darwin die Auskunft an und ließ sich mit der Slade School of Fine Art verbinden. Im Sekretariat der Kunsthochschule meldete sich eine piepsige Stimme mit dem sperrigen Namen Helen Callison-Ferguson. Er fragte sie nach einem ehemaligen Studenten namens Martin Cadwell. Die Sekretärin antwortete ihm freundlich, aber bestimmt, dass solche Auskünfte nicht am Telefon erteilt würden.

»Dr. Cadwell ist Vorstandsvorsitzender von ArtCare, und ich bin einer seiner leitenden Angestellten. Wir planen eine Überraschung. Bitte machen Sie eine Ausnahme«, bettelte Darwin. Er ließ seinen ganzen Charme spielen.

Ms Callison-Ferguson weigerte sich trotzdem.

»Aber«, fügte sie mit zuckersüßer Stimme nach einer Pause hinzu, »wenn Sie sich ausweisen können und mich lieb darum bitten, dann könnte ich Ihnen Einblick in unsere Ehemaligen-Verzeichnisse gewähren. Die Jahrbücher können Sie in der Bibliothek sowieso einsehen.«

Darwin fragte nach der Adresse.

»Wir sitzen in der Gower Street«, antworte die Sekretärin.

Er wagte es, die gut zweieinhalb Meilen mit dem Auto zurückzulegen. Etwa zwanzig Minuten später stand er am Tresen des Sekretariats und lächelte in das sommersprossige Gesicht von Helen Callison-Ferguson. Die Sekretärin konnte nicht älter als dreiundzwanzig sein. Sie hatte krauses, kupferfarbenes Haar, eine runde Nickelbrille und eine niedliche Nase, die bei jeder Gelegenheit haufenweise Fältchen bekam.

Darwin zeigte ihr seinen Firmenausweis. Callison-Ferguson sah mehr den Mann als das Plastikkärtchen an. »Ist in Ordnung«, erklärte sie und legte ein Jahrbuch nebst einen Computerausdruck auf den Tresen. »Ich hatte gerade nichts Besseres zu tun. Eine Tür weiter ist ein Besprechungsraum. Da können Sie die Unterlagen in Ruhe studieren. Wenn Sie fertig sind, bringen Sie einfach alles zurück.«

Er belohnte sie für ihre Hilfsbereitschaft mit seinem besten Detective-David-Starsky-Lächeln. »Danke, Helen … Oh! Verzeihen Sie die Vertraulichkeit.«

Sie zog den Kopf zwischen die Schultern, ihre Nase krauste sich, und sie winkte kichernd ab. »Das macht doch nichts. Hier an der Schule geht sowieso alles ziemlich locker zu.«

Darwin räusperte sich und deutete mit dem Daumen in Richtung Tür. »Na, dann werd ich mal.«

Als er in dem winzigen Besprechungsraum das Jahrbuch einer genaueren Prüfung unterzog, dachte er zunächst, die rothaarige Helen habe sich geirrt. Es stammte aus dem Jahr 1987. Cadwell hatte damals seine Doktorwürde erhalten. Inzwischen war er sechzig. Zur Zeit seiner Promotion musste er also vierzig gewesen sein. Als Darwin die Immatrikulationsdaten anhand des Computerausdrucks überprüfen wollte, glaubte er abermals an einen Fehler der Sekretärin. Da stand ein unaussprechlicher …

Kopfschüttelnd wandte er sich wieder dem Jahrbuch zu. Jetzt erst fiel ihm auf, dass Cadwells Name in Anführungsstriche gesetzt war. Er lief mit dem Almanach ins Sekretariat zurück und fragte Helen nach dem Grund der Besonderheit.

Sie kicherte. »Es kommt zwar selten, aber immer mal wieder vor, dass eine Studentin oder ein Student sich für den neuen Michelangelo hält und sich einen Künstlernamen aussucht.«

»›Martin Cadwell‹ ist ein *Künstlername*?«

Sie sah ihn überrascht an. »Das ist in Großbritannien kein Verbrechen. Wissen Sie, dass Elton John in Wirklichkeit Reginald Dwight heißt?«

Nein. Wusste er nicht.

Der Rest war ihm natürlich geläufig. Von vielen Berühmtheiten der Musik- oder Filmszene kannte kaum jemand den richtigen Namen. Aber ein Vorstandsvorsitzender einer Versicherung mit einem Künstlernamen?

»Äh … Danke, Helen«, sagte Darwin und verschwand erneut ins Kabuff.

Im Computerausdruck stand es schwarz auf umweltschutzgrau: Martin Cadwell war am 11. Februar 1947 im isländischen Reykjavik geboren. Seine Geburtsurkunde kannte ihn als Thorgrim Gunnarsson.

Darwin ließ sich in die Lehne des Stuhls zurückfallen und schloss die Augen. Er hatte das Gefühl, der Raum habe soeben begonnen, sich um ihn herum zu drehen.

Was hatte das nun zu bedeuten? War Cadwells Festhalten an seinem »Künstlernamen« reine Eitelkeit? Ein Name wie Thorgrim Gunnarsson mochte im angloamerikanischen Sprachraum komisch wirken oder gar Mitleid wecken. So etwas konnte für einen Vorstandsvorsitzenden ebenso wie für einen Künstler nachgerade zum Problem werden.

Oder hatte Martin Cadwell seinen Geburtsnamen aus anderen Gründen abgelegt?

Darwin legte die Prepaid-Karte in sein Mobiltelefon ein und wählte Longfellows Nummer. Der Detective war von dem Anruf nicht sonderlich begeistert, aber als er die Neuigkeit erfuhr, fluchte er.

»Das hätte doch irgendjemandem auffallen müssen!«

»Wie gründlich haben Ihre Männer denn Cadwell nachgespürt?«, fragte Darwin provokativ. »Er scheint ja mit Sir Walter H. Ramleigh auf du und du zu stehen.«

»Daran könnt's liegen. Aber mir hat natürlich wieder mal keiner was gesagt. Haben Sie noch etwas über Ihren Chef herausgefunden?«

»Ja.« Und das hatte Darwin noch mehr überrascht als der zungenbrecherische Name. »Cadwell besaß bereits einen Doktortitel, als er sich hier immatrikulierte.«

»Das heißt, er hat *zwei* Hüte?«

»Zwei Hüte …?«, murmelte Darwin. Er musste unwillkürlich an Magrittes *Unachtsamen Schläfer* denken.

»Darwin?«

»Äh, ja. Ich bin noch da. Laut den Unterlagen vor meiner Nase hat Thorgrim Gunnarsson alias Martin Cadwell einen akademischen Grad in Biologie.«

»Seltsame Kombination?«, murmelte Longfellow.

»Er hat so viele Akte in seinem Büro«, dachte Darwin laut nach. »Vielleicht sind die ja nicht allein aus künstlerischem, sondern auch aus anatomischem Interesse entstanden. Wie bei Leonardo da Vinci. Der war von den Proportionen des menschlichen Körpers auch ganz fasziniert und soll so manchen Zeitgenossen auseinander geschnitten haben. Wissen Sie, was mir gerade durch den Kopf geht, Mortimer?«

»Nun reden Sie schon!«

»Cadwell hat Julian Kendish eingestellt, der mit einiger Sicherheit früher in einem humangenetischen Forschungsinstitut gearbeitet hat. Ich dachte bislang, James Jordan wäre vielleicht über Kendish in die Firma gekommen. Aber wenn Dr. Thorgrim Gunnarsson Biologe war …«

»… dann könnte er ebenfalls bei HUGE beschäftigt gewesen sein«, vollendete Longfellow den Satz.

Darwin nickte, ohne sich der Unnötigkeit der Geste bewusst zu sein. »Haben Sie schon bei der Army angefragt, ob es Ende der

Siebziger, Anfang der Achtziger ein militärisches Forschungsprojekt bei HUGE gegeben hat?«

»Klar haben wir das. Die Antwort können Sie sich an Ihren Fingern ablesen.«

»›Kein Kommentar.‹«

»Der Kandidat hat hundert Punkte.«

»Vielleicht sollten wir unseren neuen Verbündeten einschalten.«

»Den Lordkanzler? Ehe ich das tue, versuche ich erst mal an ein paar anderen Schräubchen zu drehen.«

»Tun Sie das, Mortimer. Aber bitte tun Sie es schnell!«

Als Darwin am späten Vormittag in der Copperfield Street eintraf, verdrückten die Zivilbeamten in ihrem metallicgrauen Vauxhall gerade Hamburger. Er grüßte die Beschützer von Alex, die zugleich auch ihre Bewacher waren. Wie Darwin den Detective kannte, wurde das Gebäude mit Sicherheit auch von der rückwärtigen Seite beobachtet.

Er besaß einen Zweitschlüssel zu seinem Elternhaus, den er aber nur benutzte, wenn Lucy unterwegs war. Um diese Zeit arbeitete sie. Daher holte er ihn aus der Tasche. Ihm war nicht wohl bei dem, was er vorhatte, aber die Körnchen rieselten unbarmherzig durch die Sanduhr seines Schicksals. Als er Alex am vergangenen Abend zum letzten Mal gesehen hatte, schien sie sich wie eine Seidenraupe in einen Kokon eingesponnen zu haben. Welche Metamorphose sie auch immer zur Zeit durchmachte, er konnte nicht warten, bis der Schmetterling schlüpfte.

Also schloss er die Haustür auf.

»Alex! Ich bin's, Darwin«, rief er, noch ehe sein Fuß die Diele betreten hatte. Er wollte ihr den Schreck ersparen, plötzlich einem unangemeldeten Besucher gegenüberzustehen. Das einzige Geräusch, das er vernahm, stammte von der hinter ihm ins Schloss fallenden Tür.

»Alex! Wo bist du?« Er bemerkte einen drängenden Unterton in seiner Stimme, der sich seiner Kontrolle entzog. Wie lange war es her, seit sie entführt worden war? Auf den Tag genau eine Woche?

Er stürzte durch die Diele in den Wohnraum. Niemand zu sehen. Lief in die Küche. Auch die war leer. Bei der Militärpolizei hatte er einige haarige Situationen erlebt, aber selten solche Panik gespürt wie in diesem Augenblick. Er lief in die Diele zurück und schickte lautstark Alex' Namen die Treppe hinauf.

Aber im Haus herrschte Grabesstille.

Kapitel 17

»Durch nichts bezeichnen die Menschen mehr ihren Charakter als durch das, was sie lächerlich finden.«

Johann Wolfgang von Goethe

LONDON (ENGLAND),
Dienstag, 16. Oktober, 11.08 Uhr

Die Stimme kam aus weiter Ferne. Alex hielt das Rufen immer noch für einen Teil des Albtraumes. Sie warf den Kopf auf die andere Seite. Die Kühle des Kopfkissens belebte ihre Sinne ein wenig mehr.

»Alex! Wo bist du?«

Darwin? Hörte sie seine Stimme? Hier in Theos Kerker?

Unvermittelt fuhr sie aus dem Bett hoch. Sie war gar nicht mehr im Haus ihres herzallerliebsten »Bruders«. Schlagartig kehrten die Erinnerungen zurück …

Theo hatte mit dem flachen Paket in der Tür gestanden, seltsam schief, wie ihr im Nachhinein bewusst wurde. Erst allmählich war ihr klar geworden, dass er verletzt sein musste, so wie er seinen rechten Arm schonte. Nur kurz hatte sie einen Blick an seiner Silhouette vorbei erhascht. Sie sah eine kiesbestreute Vorfahrt, die Motorhaube des Jaguar und im Hintergrund eine niedrige Hecke, wie man sie zur Umfassung von Blumenbeeten pflanzte. Dann war Theo ins Haus getreten und hatte hinter sich die Tür ins Schloss geworfen. Sie hatte geglaubt, er würde sie umbringen, oder sie zumindest wieder einsperren, aber nichts von alledem geschah.

Er sah sie nur seltsam belustigt an. Seine Stimme klang auf eine schwer nachvollziehbare Weise gleichgültig, als er ihr eine Einkaufstüte von *Marks & Spencer* hinwarf und sagte: »Hier, zieh das an!«

In dem Plastikbeutel waren Darwins Sweatshirt – verschmutzt und am rechten Arm mit einem blutverfleckten Loch – sowie ihre Jeans.

Unter Theos amüsierten Blicken hatte sie sich oberflächlich reinigen dürfen und sich angekleidet.

Dann erklärte er: »Ich bringe dich wieder zurück.«

Während der Autofahrt mit verbundenen Augen und den Kopfhörern des MP3-Spielers hatte sie Todesängste ausgestanden. In Kriminalfilmen endeten solche Episoden allzu oft in irgendeinem abgelegenen Steinbruch oder an einem dunklen Gewässer mit der Ermordung des Gekidnappten. Aber plötzlich nahm Theo ihr die Kopfhörer ab und sagte, sie könne sich auch der Augenbinde entledigen.

Sie waren mitten in London gewesen.

Kurz bevor er sie in der Nähe von Lucys Haus absetzte, sagte er: »Es steht dir frei, deine ›Galerie der Lügen‹ fortzusetzen, aber kein Wort über unsere Entstehung in den Reagenzgläsern von HUGE, hörst du! Und noch etwas: Solltest du meinen siebten Museumseinbruch vereiteln, dann wird Darwin Shaw dafür mit seinem Leben bezahlen.«

Ihr Herz hatte sich plötzlich angefühlt, als werde es von einer kalten Faust zusammengedrückt. Erst durch Theos Drohung war ihr klar geworden, wie viel ihr Darwin Shaw immer noch bedeutete. Was hatte sie anderes tun können, als beim Verhör im NCS-Gebäude zu schweigen?

In diesem Moment hallte erneut die Stimme des Versicherungsdetektivs durchs Haus. Sie klang verzweifelt.

»Alex?«

Die so Gerufene kämpfte sich unter der Bettdecke hervor und rutschte aus dem Bett. Immer noch benommen von dem unsanften Abbruch ihres Erholungsschlafes taumelte sie zur Tür. Sie griff nach dem Knauf und spürte, wie er sich ohne ihr Zutun in ihrer Hand drehte. Fast wäre sie umgeworfen worden, als ihr die Tür entgegen kam. Im nächsten Moment blickte sie in Darwins besorgtes Gesicht.

»Alex!«, stieß er erleichtert hervor. »Warum hast du nicht geantwortet?«

»Ich … bin gerade erst aufgewacht. Dr. Atkey hatte mir ein Beruhigungsmittel gegeben. Muss geschlafen haben wie ein Stein.«

»Allerdings. Es ist schon nach elf. Wie geht es dir?«

Sie spürte ein Kitzeln im Nacken. Es war ihre eigene Hand, die dort an den Haaren zwirbelte. »Besser, würde ich sagen.«

»Ist das mein Schlafanzug, den du da trägst?«

Alex sah an sich herab. Das gestreifte Nachtzeug war ihr ein paar Nummern zu groß. Sie hatte die Ärmel und Beine umkrempeln müssen, um hineinzupassen. Auf einen Kleiderschrank zu ihrer Rechten deutend, antwortete sie: »Lucy hat gesagt, ich kann mir alles nehmen, was ich brauche. Sie will heute was Passendes für mich …« Aus einem Grund, den sie selbst nicht wusste, ließ sie den Satz unvollendet.

Darwin lächelte. »Ist schon in Ordnung. Das Gästezimmer war früher meine Bude. Ich bin noch nicht dazu gekommen, mein altes Zeug in die neue Wohnung rüberzuschaffen. Hast du Hunger?«

»Ich könnte einen Elefanten verspeisen.«

»Soll ich uns ein paar Eier in die Pfanne hauen?«

»Klingt himmlisch.«

»Okay. Dann zieh du dich an. Ich mache inzwischen das Frühstück.«

Ihr Körper und ihre Seele schienen alles zurückzufordern, was sie in den zurückliegenden Tagen vermisst hatten: unbeschwerte Ruhe, üppige Mahlzeiten und Geborgenheit. Dieses Bedürfnis von Nestwärme und Sicherheit stillte Darwin allein durch seine aufmerksame Gesellschaft, was zugleich angenehm, aber auch irritierend für Alex war. Als sie endlich das Badezimmer verlassen und ein zu ihren Jeans passendes khakifarbenes Hemd aus seiner Garderobe ausgewählt hatte, war in der Küche ein perfektes englisches Frühstück serviert.

Sie hatte Darwins neugierige Blicke bemerkt, aber er war taktvoll genug gewesen, sie nicht sofort mit neuen Fragen über die Entführung zu bestürmen. Stattdessen erzählte er, während seine Zuhörerin Ei, Speck, Cheddarkäse, gebackene Bohnen und noch einiges mehr vertilgte, von der Reise nach Holland, von seiner Sorge um Alex, von jener deprimierenden Nacht, in der seine Hoffnungen, das »Gehirn« endlich zu fassen, zerstoben waren.

Anschließend kam er auf die neuen Erkenntnisse zu sprechen, die Detective Superintendent Longfellow und er gewonnen hatten. Offenkundig wollte er ihr damit sein Vertrauen signalisieren. Er sprach von den identifizierten Gesichtern der Angelgesellschaft, von Martin Cadwells zweiter Karriere, und dann kam er auf die sprunghaft gestiegene Anzahl von Doppelgängern zu sprechen. Alex wäre vor Schreck fast vom Barhocker gerutscht. Sie saßen sich an einem hohen Tresen gegenüber.

Als Darwin geendet hatte, musterte er Alex mit einer Beharrlichkeit, die sie beunruhigte. Die Strapazen der letzten Tage standen ihm ins Gesicht geschrieben. Sie war es gewohnt, im Ringen der Blicke fast immer zu punkten – wenige Menschen kamen gegen ihre verstörend violetten Augen an. Aber an diesem Tag wich schließlich sie aus. Nervös pickte sie mit der Gabel nach ein paar Ei- und Speckkrümeln auf ihrem Teller.

»Hat Theo gedroht, dich zu töten?«, fragte er unvermittelt.

Alex spürte, wie sich ihre Muskeln verhärteten. Was sollte sie darauf antworten? Was *konnte* sie ihm sagen? Ihre Artikel über die Einbruchsserie dürfe sie fortsetzen, hatte Theo ihr zugestanden. *Solltest du meinen siebten Museumseinbruch vereiteln* … Bildete sie sich nur ein, seine Betonung habe besonders auf dem Wörtchen »du« gelegen? Nein, bestimmt nicht. Schon gestern hatte sie Darwin im NCS-Gebäude einen versteckten Wink gegeben, war sich aber nicht sicher gewesen, ob er ihn auch bemerkt hatte. Doch jetzt sickerte ein beklemmender Gedanke aus ihrem Unterbewusstsein, das Gefühl etwas übersehen zu haben. Vielleicht waren Theos Aktionen in weit umfassenderem Sinne eine »Galerie der Lügen«, als sie es sich bisher hatte vorstellen können …

»Ist meine Frage so schwer zu beantworten? Worüber denkst du so lange nach, Partner?«

Erschrocken blickte sie von ihrem Teller auf. Ob Theo Lucys Haus verwanzt hatte? Die technischen Fähigkeiten besaß er zweifellos. Aber wie hätte er sicher sein können, dass sie hier wohnen bleiben würde. Nein, sie durfte jetzt nicht hysterisch werden. Andererseits …

»Alex?«, bohrte Darwin nach.

Sie blinzelte. »Ich … äh … Wie bist du eigentlich darauf gekommen, dass *Der Bau des Turms von Babel* unter dem Bild von dem Bowler versteckt sein könnte?«

Sie konnte ihm ansehen, dass er ihr Ablenkungsmanöver durchschaut hatte. Einige quälende Herzschläge lang sah er sie mit unbewegter Miene an. Dann, als wäre unvermittelt ein dunkler Schleier von seinem Antlitz gezogen worden, lachte er. »Du wirst es nicht glauben, aber ich bin im Traum darauf gekommen.«

»Mich wundert gar nichts mehr. Was hast du gesehen?«

»Einen Hut. Die Melone eben.« Er zuckte die Achseln und schaufelte sich eine weitere Ladung Ei und Speck in den Mund.

»Ja, und?«

»Ich …« Er schlang seinen Bissen herunter und spülte mit einem Schluck Orangensaft nach. »Ich habe mich an das erinnert, was du mir über die Traumsymbole erzählt hattest. Über den Hut. In ihm drücke der Träumer das Bedürfnis aus, seine wahren Absichten, Erwartungen und Meinungen vor anderen zu verbergen, hast du gesagt. Und dann wurdest du sehr nachdenklich und fügtest hinzu, das sei ein Aspekt, der dir Unbehagen bereite. Irgendwas muss in dieser Nacht in meinem Kopf eingerastet sein. Ich habe das ›Verbergen‹ mittels des Hutes mit einem Mal wörtlich genommen.«

»Leider etwas zu spät.«

Darwin nickte mit säuerlicher Miene.

Sie überlegte, ob sie ihre Gedanken aussprechen durfte oder damit gegen die mit Theo getroffene Vereinbarung verstieß. »Ich glaube«, begann sie dann aber doch zaghaft, »das ›Gehirn‹ hat sich dieser List nicht allein aus praktischen Erwägungen bedient.«

Er runzelte die Stirn. »Wie meinst du das?«

»Na, überleg doch mal. Schon wie er es eingefädelt hat. Der Coup in München war gewissermaßen schon die Vorbereitung des Kröller-Müller-Raubs.«

»Er?«

Sie blinzelte. »Wie bitte?«

»Du hast eben ›er‹ gesagt, als du vom ›Gehirn‹ sprachst. Ich mag mich irren, aber bisher hast du von ihm immer als Neutrum gesprochen.«

»Willst du jetzt jedes meiner Worte auf die Goldwaage legen?«, entfuhr es Alex. Sie spürte, wie ihr die Röte ins Gesicht stieg, wusste aber nicht, ob aus Scham, weil er sie ertappt hatte, oder aus Zorn über ihre eigene Unbeherrschtheit. »Entschuldige«, sagte sie kleinlaut.

Er langte über den Tisch und drückte ihre Hand. »Ist schon gut, Alex. Es war meine Schuld. Ich habe das Einfühlungsvermögen eines Rammbocks.«

So behutsam wie möglich befreite sie sich aus seinem Griff und faltete unter dem Tresen ihre Hände, damit er ihr Zittern nicht sehen konnte. Sie schüttelte lächelnd den Kopf. »Das stimmt nicht, Darwin. Aber manchmal sind wir eben beide ungehobelte Kerle.«

Mit einer Mischung aus Reue und Befriedigung sah sie, wie sich seine Rechte zurückzog.

»Deine Bemerkung über den Coup in München«, nahm er

ihren Faden wieder auf, »bezog sich auf die Attrappe, die uns das ›Gehirn‹ in der Alten Pinakothek zurückgelassen hat, oder?«

Sie nickte. »Es hat euch konditioniert. Wie die Pawlow'schen Hunde.«

»Wie bitte?«

»Es war eine Art Blitz-Gehirnwäsche. In München habt ihr ein … Tarnbild gefunden, das in den Überwachungsbildschirmen nicht zu erkennen war. Und weil Menschen schneller lernen als Hunde, habt ihr beim nächsten Raub in Holland gedacht, es sei wieder nur eine Attrappe.«

»Reib nur noch schön Salz in die Wunde«, brummte Darwin.

»Dabei wollte das ›Gehirn‹ dir damit eine neue Botschaft senden.«

»Mir?«

Alex war froh, dass Darwin den Wink mit dem Zaunpfahl verstanden hatte. Sie nickte. »Dir. Du bist sein Famulus. Lucy hat mir gestern erzählt, was die Medien in der letzten Woche so alles Nettes über dich geschrieben haben. Ich glaube, dem ›Gehirn‹ ist die öffentliche Diskussion um das Für und Wider des Darwinismus nur recht.«

»Und ich bin der Leidtragende. Ziemlich miese Botschaft.«

»Der Medienrummel ist seine Bühne. Was er uns sagen will, passt sich nahtlos in die Galerie der Lügen ein: Er hat eine Fälschung benutzt, um eine Scheinwahrheit zu erschaffen, genau wie Haeckel.«

»War das der mit dem Piltdown-Menschen?«

»Nein, der mit dem biogenetischen Grundgesetz.«

Darwin kämmte sich mit den Fingern durchs Haar. »Ich fürchte, mein Schulwissen stößt gerade wieder einmal an seine Grenzen.«

»Das glaube ich nicht. Du erinnerst dich doch bestimmt noch an den Lehrer oder die Lehrerin, die mit ernster Miene verkündeten, der Mensch durchlaufe zwischen Zeugung und Geburt alle wichtigen Stufen der Evolution.«

»Sicher. Erst ist er ein Fisch, dann ein Amphibium und so weiter.«

Alex nickte. »Vereinfacht ausgedrückt, verbirgt sich dahinter Ernst Haeckels biogenetisches Grundgesetz. Damit hat der Deutsche dem Darwinismus zum Siegeszug verholfen. Es war sein wichtigstes ›Beweisstück‹. Bedauerlicherweise ist es eine Camouflage – genauso wie der Bowler im Kröller-Müller-Museum.«

»Jetzt komm! Ich habe doch erst vor – wann war das? – drei Jahren diesen Dokumentarfilm gesehen. Wie hieß er gleich? *Genesis* …? Ja, das war der Name. Da haben die genau das gesagt: Als sich unsere Körper selbst erfanden, sahen Küken-, Krokodil- und Menschenembryos alle gleich aus – oder so ähnlich.«

»Ich habe den Streifen gesehen. Wunderbare Naturaufnahmen und das geheimnisvolle Geschwafel eines Medizinmannes. Nette Idee, dem Publikum die Wahrheit als Summe aus Esoterik und Evolution zu präsentieren. Wie sagte der Schamane im Film so schön? ›Vom Augenblick meiner Zeugung bis zu meiner Geburt habe ich die Geschichte der Genesis im Zeitraffer gelebt‹ – die gleiche Lüge mal ganz anders präsentiert. Solche so genannten Dokumentationen sind meiner Meinung nach eine beeindruckende Bestätigung der Haeckel'schen Praxis: durch suggestive Bilder den Anschein von Glaubwürdigkeit zu erwecken.«

Darwin wirkte verunsichert. »Ist das tatsächlich wahr, das mit dem deutschen Naturforscher, meine ich?«

Alex nickte. »Ernst Haeckel hat 1908 in der *Berliner Volkszeitung* zugegeben, dass seine ›zahlreichen Embryonenbilder wirklich »gefälscht«‹ sind. Na ja, mit dem Wort ›gefälscht‹ tat er sich ein bisschen schwer. Später wollte er sein Geständnis nur noch ›ironisch‹ verstanden wissen. Aber davon unbenommen ist die biogenetische Grundregel seit langem widerlegt. Allein die Arbeiten des deutschen Anatomen Erich Blechschmidt sowie seine ›Humanembryologische Dokumentationssammlung‹ sind ein vernichtender Faktenbeleg gegen Haeckels Hypothese. Blechschmidt machte klar, wir entwickeln uns nicht zum Menschen, sondern wir *sind* von vornherein individuelle Menschen. Vom Augenblick der Zeugung an besitzt jeder von uns den Charakter der Unverwechselbarkeit …«

Wie so oft, wenn ihre Gedanken der Zunge vorauseilten, ließ Alex den Satz ohne Senken der Stimme ausklingen. Das Gespräch mit Theo über die Klone und die Verletzlichkeit menschlicher Schöpfungen war ihr plötzlich in den Sinn gekommen. Im ersten Moment hatte sie der Gedanke, nur das perfektionierte Abziehbild irgendeines außer Kontrolle geratenen Wissenschaftlers zu sein, erschreckt. In Science-Fiction-Filmen wurden geklonte Menschen allzu gerne in großen Mengen vorgeführt, alle gleich im Aussehen, Denken und Handeln. Aber das Bild des schablonenhaften Klons war eine Irreführung. Man musste sich nur unter den eineiigen Zwillingen umschauen, um – bei aller vordergründigen Ähnlichkeit – ihre individuellen Persönlichkeiten zu erkennen.

Sie musste ein Zittern unterdrücken, als ihr bewusst wurde, was ihre Auslegung von Theos Botschaft für sie persönlich bedeutete: Die Hermaphroditen von HUGE mochten zwar fabrikmäßig hergestellt worden sein, aber trotzdem war jeder einzelne – auch Alex Daniels – unverwechselbar.

Darwin machte sich, wie nicht zu übersehen war, seine eigenen Gedanken zu dem eben Gesagten – ein harter Brocken, den er erst einmal verdauen musste. Fast tat er ihr Leid. Sein Gedankengebäude, in dem er sich hübsch bequem eingerichtet hatte, war seit ihrem Kennenlernen Stein für Stein auseinander genommen worden.

Sanft fragte sie: »Begreifst du jetzt, warum ich die Einbruchsserie als ›Galerie der Lügen‹ bezeichnet habe?«

Er grinste schief. »In meinem Kopf ist gerade die Ladung verrutscht. Wenn ich nicht aufpasse, bekomme ich Schlagseite.«

»Dann wird es Zeit, einige Dinge festzuzurren, Darwin. Wäre der Darwinismus eine wissenschaftliche Lehre, hätte er erst so viele Anhänger finden können, *nachdem* die größten Probleme ausgeräumt wurden – was ja bis heute nicht geschehen ist. Er setzt auf Glauben, nicht auf Wissen. Damit ist er eine Religion ohne Gott, nichts anderes.«

»Hilft uns das irgendwie dabei, dem ›Gehirn‹ das Handwerk zu legen?«

»Vielleicht. Erinnerst du dich noch, was ich dir vor einer Woche in der Brasserie gesagt habe? Unser Gegner spitzt die Widersprüche der darwinistischen Lehre auf das Thema *Mensch* zu.«

»Du hast von Friedrich Nietzsche und seinem Übermenschen geredet.«

Obwohl ihre Stimmung alles andere als heiter war, musste Alex schmunzeln. »Den alten Weiberfeind mit der Peitsche hast du dir natürlich gemerkt.«

»Wie du siehst, war ich ganz Ohr, als meine Meisterin dozierte«, verteidigte sich Darwin. »Du hattest auch anderes erwähnt. Geld beispielsweise. Die Forschung nach der Herkunft des *Homo sapiens* macht viele Forscherfamilien satt.«

»So kann man's natürlich auch ausdrücken.« Alex zögerte. Sollte sie …? »Das richtig große Geschäft mit dem Menschen könnte aber erst noch kommen.«

Er sah sie forschend an. »War das gerade ein Themenwechsel? Du sprichst nicht zufällig von Biotech-Firmen wie Human Genetics?«

Alex entwand sich seinem Blick, indem sie einen Schluck aus ihrer Teetasse nahm. *Kein Wort über unsere Entstehung in den Reagenzgläsern von HUGE!* Theos Drohung hing wie ein Damoklesschwert über ihr. Wie viel durfte sie sagen?

»Solche Unternehmen werden Milliarden scheffeln, wenn das reproduktive Klonen erst gesetzlich erlaubt ist.«

»Du meinst, wenn Eltern ihr Designerbaby aus dem Katalog auswählen können?«

»Geklonte Menschen hätten dieselben erblichen Makel wie ihre DNA-Spender.«

»Außer die Biotechniker schrauben an den Genen herum.«

»Richtig. Das neue Gesetz, das dem Unterhaus Ende des Monats zur Abstimmung vorgelegt werden soll, würde auch solche Manipulationen in eingeschränktem Umfang erlauben. Durch Präimplantationsdiagnostik …«

»Bitte was?«, unterbrach sie Darwin.

»Die PID, präimplantive genetische Diagnostik. So nennt man es, wenn die Chromosomen des Embryos vor der Einpflanzung in die Gebärmutter untersucht werden, um mögliche Erbschädigungen festzustellen.«

»Und zu reparieren?«

»So was ginge über die PID hinaus. Die arbeitet lediglich selektiv, sortiert also risikobehaftetes Leben aus. Aber das neue Gesetz würde auch ›Reparaturen‹ erlauben.«

»Und wer kontrolliert, ob bei der Gelegenheit nicht gleich ein paar Tuning-Maßnahmen vorgenommen werden?«

Wie leuchtende Haut oder eine Brieftaubennavigation? Alex biss sich auf die Unterlippe.

Er nickte. »Es lässt sich nicht wirklich kontrollieren. Dachte ich's mir doch.«

Alex hätte gerne etwas darauf erwidert, aber Theos Drohung war wie ein Gift, das ihre Zunge lähmte.

Darwin kratzte sich am Hinterkopf. »Da fällt mir gerade etwas ein, das ich dich fragen wollte. Was ist eine Chimäre?«

Sie starrte ihn erschrocken an.

Er grinste. »Habe ich dich endlich mal auf dem linken Fuß erwischt?«

»Der Begriff ist vielfältig belegt«, antwortete sie ausweichend. »Kennst du Eugène Emmanuel Viollet-le-Duc?«

»Nein.«

»Er hat im neunzehnten Jahrhundert die Chimären-Galerie auf den Türmen von Notre-Dame de Paris erschaffen: steinerne Wächter über den Wasserspeiern.«

»Wächter?« Es sah so aus, als sinne Darwin einen Moment darüber nach, ob auch die Rolle eines Hüters symbolisch gedeutet werden konnte. Aber dann schien er den Gedanken zu verwerfen und sagte stattdessen: »Ich dachte eher an die Naturwissenschaften. Da hat die Chimäre doch auch eine Bedeutung, oder?«

»Ja.«

»Nämlich?«

Alex zögerte. »Man bezeichnet so Lebewesen, die auf nicht natürlichem Wege entstanden sind und Merkmale zweier Arten miteinander vereinen.«

»Wie kommt so etwas?«

»Wenn Gene verschiedener Spezies sich in einem Organismus zusammenfinden.«

»Zum Beispiel ein Bioluminiszenz-Gen von Tiefseequallen?«

Alex glaubte, ihr Herz würde stehen bleiben. Sie war zu keiner Antwort fähig.

»Entschuldige. Das war geschmacklos.«

Sie ertappte sich dabei, wie sie nervös an ihren Haaren herumzupfte. *Sherlock Holmes ist auch nicht immer sensibel gewesen.*

»Kann es sein«, grübelte er, »dass es dem ›Gehirn‹ gar nicht in erster Linie um die Demontage einer pseudowissenschaftlichen Theorie geht?«

»Wie meinst du das?«, fragte Alex zögernd.

»Du sagtest eben, es wolle *mir* eine Botschaft senden. Seinem Jäger, Darwin Matthew Shaw. Ich phantasiere jetzt einfach mal und behaupte, Theo sei das ›Gehirn‹ und außerdem der Sohn von Julian Kendish, welcher besser als jeder andere wusste, wie man die Sicherheitstechnik in den Museen umgehen kann. Derselbe Theo hat dich durch einen Kassiber zu deiner ›Galerie der Lügen‹ … sagen wir, angestiftet. Wenn man nun also den Medienrummel, den die Anschlagserie dank deiner brillanten Artikel verursacht hat, in Betracht zieht, dann wendet sich Theo an ein wesentlich größeres Publikum.«

»An jeden, der Zeitung liest oder fernsieht.«

Darwin nickte. »Wenn Theo glaubt, das Aufbegehren der

Menschen nur durch den Verlust einmaliger Kunstschätze heraufbeschwören zu können, wovor will er uns dann warnen? Was wäre einen solch hohen Preis wert?«

»Sag du es mir«, antwortete Alex ausweichend. Ihr fiel es schwer, auch nur einen Finger zu rühren.

»Die Meisterin will wissen, was ihr Schüler gelernt hat, nicht wahr?« Darwin lächelte. »Gestern bei der NCS hast du etwas gesagt. Es hörte sich fast wie ein … Orakel an. Es war ein Zitat aus der Genesis. Alles, was Gott machte, sei sehr gut gewesen, sagtest du. Und dann hast du es wiederholt: ›Es war *vollkommen.*‹ Ist das ein versteckter Hinweis gewesen, Alex? Etwas, das du mir nicht sagen darfst, obwohl du es mich unbedingt wissen lassen wolltest?«

Sie zwang sich dazu, einen Schluck Saft aus ihrem Glas zu nehmen.

Anscheinend hatte Darwin verstanden, wie das Spiel funktionierte, denn er nickte abermals. »Na schön, bleiben wir einmal dabei. Nach Magrittes *Unachtsamem Schläfer* fehlt uns noch *ein* Kunstwerk, um die Galerie der Lügen zu komplettieren. Du kennst die Liste der jetzt noch siebenundsiebzig Kandidaten. Welcher wäre für das große Finale der Geeignetste?«

Alex hoffte, die Pause hinter Darwins Frage wäre nur rhetorischer Art, aber offenbar erwartete er diesmal eine Antwort. »Ich kann es dir nicht sagen«, erwiderte sie leise.

»Du *darfst* es mir nicht sagen.«

Sie heftete ihren Blick auf die Bläschen im Orangensaft, während ihre Finger emsig mit dem Verwirbeln des eigenen Nackenhaars beschäftigt waren.

»Ich vermute mal«, fuhr er daher fort, »Theo – oder wer immer das ›Gehirn‹ ist – will sich mit einem großen Knall in die ›Ruhe des siebten Tages‹ verabschieden. Der Verlust welchen Kunstwerkes aus deiner Liste würde die Menschheit mehr als jeder andere schmerzen?« Diesmal ließ er Alex nicht so lange in ihrem Schweigen zappeln, wofür sie ihm sehr dankbar war. Er schenkte sich aus einer Glaskanne Kaffee nach und lächelte.

»Schon klar. Ich muss mich in die Gedankenwelt des ›Gehirns‹ hineinversetzen, nicht wahr? Also gut, versuchen wir 's.« Er nippte an der Tasse, verbrühte sich die Zunge und fragte: »Wird durch die Galerie nicht vor allem eine Frage aufgeworfen: ›Ist es ein fataler Irrglaube, die moderne Technik als Mittel zu sehen, um die Evolution des Menschen zu vervollkommnen?‹«

Sehr gut, Partner!, dachte Alex und schwieg.

Er schmunzelte. »Aus deinen violetten Augen spricht ein Ja zu mir. Also gut, bleiben wir auf dieser Straße. Evolution funktioniert, so hast du mir oft genug erklärt, im Kleinen, nicht aber im Großen, sie ist für die erstaunlichen Variationen des Lebens zuständig wie etwa die Hunderassen, aber sie erschafft keine Flossen, Flügel, keine biologischen ›Mausefallen‹ wie bei der Fleisch fressenden Kannenpflanze, kurz: Sie bringt keine neuen Baupläne hervor.«

Alex nickte. »Du bist ein gelehriger Schüler, Darwin.«

»Danke. Die Schlussfolgerung müsste also lauten: Eine Methode zu perfektionieren, die nur ein philosophisches Hirngespinst ist, käme in etwa dem Bau von Luftschlössern gleich.«

»Oder dem des Turmes von Babel.«

Er verzog das Gesicht. »Musst du mich immer an meine Niederlagen erinnern! Na, wie dem auch sei. Wir reden hier nicht einfach nur über neue Verfahren, sondern viel wichtiger ist wohl die Frage, wie deren Einsatz unsere Gesellschaft verändern wird. Sollen wir wirklich die Büchse der Pandora öffnen? Nicht wenige Zeitgenossen fürchten, die ›Krone der Evolution‹ sei nicht zu bekommen, ohne unsere ethischen und moralischen Werte aufzugeben. Wäre ein solcher Preis nicht zu hoch?«

»Du hast dazugelernt«, flutschte es aus Alex heraus.

»Diese Art von Vollkommenheit darf es nicht geben«, murmelte Darwin. Er zog die Ledertasche, die auf dem Barhocker neben ihm lag, auf seinen Schoß und holte den Computerausdruck mit den von Alex markierten Kunstwerken hervor. Nachdem er die Teller zur Seite geschoben hatte, legte er die Liste zwischen sie auf den Tresen.

»Welches bei ArtCare versicherte Objekt könnte in der Vorstellung eines psychopathischen Kreationisten oder was immer dieser Theo sein mag die von Menschenhand geschaffene Pseudo-Vollkommenheit repräsentieren?«

Alex spürte den Schmerz, als sie ihre Unterlippe blutig biss. »Ich glaube, du bist auf dem richtigen Weg«, ermutigte sie ihn leise. Sie kannte die Liste. Obwohl sie längst ahnte, welches Kunstwerk sich Theo für sein *grand finale* ausgesucht hatte, durfte sie Darwin nicht vorgreifen. Ja, nun *wollte* sie sogar seine Schlussfolgerungen hören.

Er blätterte die Seiten durch, kontrollierte die markierten Einträge. »Die blaue Schleife – wofür steht das Traumsymbol?«

Sie zögerte. Durfte sie ihm diese Hilfe geben? Warum nicht? Er konnte die Antwort ebenso gut im Internet nachlesen. »Es bedeutet in etwa: Dich erwartet eine ehrenvolle Auszeichnung. Oder auch: Jemand macht einem etwas vor. Zwar mag er dir wohl gesonnen vorkommen, aber der Schein trügt …«

»Und?«, fragte Darwin, wohl weil Alex' Stimme wieder einmal in der Nachdenklichkeit versickert war.

Der Schein trügt. Immer stärker wurde ihr Empfinden, dass etwas an ihrer Galerie der Lügen nicht stimmte.

»Alex, wo bist du gerade?«

Sie blinzelte benommen. »Äh … Hier. Ich habe nur nachgedacht.«

Sein Gesicht verriet, wie viel er von ihrer Herumdruckserei hielt. »Na schön, der Sieger darf sich über die Schleife als Auszeichnung freuen. Wahrscheinlich bekommt sie Theo, der sich über unsere Begriffsstutzigkeit ins Fäustchen lacht. Das Blau des Wassers ist in der Traumdeutung weiblich belegt, richtig?«

Sie nickte. »Es ist die Farbe der seelischen Gelöstheit und geistigen Überlegenheit. Der Wahrheit …«

»Klingt viel versprechend. Vielleicht lässt uns das ›Gehirn‹ ja am Schluss an seiner Sicht der Wahrheit teilhaben.«

Alex bemerkte einen zynischen Unterton in Darwins Stimme. »Blau ist auch die Farbe der Weite, Ferne und Unendlichkeit. Sie symbolisiert außerdem Ruhe, Ideale, religiöse und andere Gefühle«, fügte sie hinzu.

Darwin kämmte mit seinen Fingern durch die Haare. »So kommen wir nicht weiter. Die ›Galerie der Lügen‹ ist, wenn man so will, eine Inszenierung. Wie ein Theaterstück. Ich habe mir sagen lassen, da soll es mitunter einen dramaturgischen Bogen geben …«

»Ja?«, hauchte Alex. Sogleich marterte sie wieder ihre Unterlippe.

Er sah sie mit gefurchter Stirn an. »Einen dramaturgischen Bogen«, murmelte er langsam. »Das Ende spiegelt sich bereits im Anfang wider. Es hat mit einer zerstörten Skulptur begonnen. Danach wurden Gemälde geraubt. Wäre es abwegig anzunehmen, dass zum Schluss wieder eine Figur dran glauben muss?«

Ruckartig zog Alex ihre Hände vom Tresen und krallte sie im Schoss ineinander.

»Also ja«, interpretierte Darwin ihre Körpersprache. Wieder versenkte er den Blick in die Liste. Sein Finger wanderte die einzelnen Positionen ab. »Vollkommenheit«, murmelte er. »Ein vollkommenes Meisterwerk eines Bildhauers. Welches käme dafür in Frage? Es müsste so bedeutend sein wie die Mona Lisa …?« Unvermittelt verharrte sein Zeigefinger unter einem sehr kurzen Namen.

Alex wagte nicht den Blick zu senken, weil sie fürchtete Darwin allein dadurch an Theos Messer zu liefern. Doch mit ihrem erhobenen Kinn und dem Schielen über die Nasenspitze hinweg sah sie nur um so auffälliger aus. Ihr Herz schlug schneller, als sie die fünf Buchstaben über seinem Finger entzifferte.

Er schüttelte den Kopf. »Nein, das passt nicht zur Farbe der …«

»Wieso nicht?«, platzte sie heraus.

»Du hast mir gerade bestätigt, Blau sei weiblich belegt, was man von diesem Burschen hier weiß Gott nicht sagen kann.« Er sah erst in die Liste. »Die erste Figur war ein Hermaphrodit.« Dann wieder in ihr gespanntes Gesicht. »Könnte die Verbindung des weiblichen Blau mit unserem männlichsten aller in Marmor gehauenen Männer hier … dasselbe symbolisieren? Einen Hermaphroditen?«

Alex schöpfte Atem, verharrte einen Moment in Zweifeln, sagte dann aber doch mit leiser beschwörender Stimme: »Du hast gelernt, wie das ›Gehirn‹ zu denken. Jetzt lasse dich nicht länger von dem täuschen, was du siehst, sondern vertraue dem, was du fühlst.«

Er riss sich von ihren Augen los und blickte kopfschüttelnd in die Liste. »Mein Gott, er hat es auf den Michelangelo abgesehen! Dieser Wahnsinnige will tatsächlich den *David* zerstören.«

Als die Fahrstuhltüren sich im siebten Stock des ArtCare Building öffneten und die zwei in die Chefetage traten, fuhr Alex vor Schreck zusammen.

»Alles in Ordnung?«, fragte Darwin.

»Ja«, hauchte sie. »Ich hatte nur gerade ein Déjà-vu.«

»Was?« Er sah sich verwirrt um. Mit einem Mal hellte sich seine Miene auf. »Hier blitzt und blankt es wie in deinem Stallhaus. Das hat dich überrascht, stimmt's?«

»Wie in meinem *ehemaligen* Haus«, verbesserte sie ihn. »Der Architekt und ich haben anscheinend den gleichen Geschmack.«

»Was du in diesem Stockwerk siehst, wurde ausnahmslos von Cadwell entworfen. Er ist ein Ästhet. In seinem Büro wirst du auch einige Akte sehen, die ebenfalls von ihm modelliert wurden. Ganz unbegabt ist er nicht.« Flüsternd fügte Darwin hinzu: »Jedenfalls hält er sich für genial. Er hat sich sogar einen Künstlernamen zugelegt.«

Das Paar steuerte direkt auf Reena Bakers Schreibtisch zu. Die Vorstandssekretärin trug ein groß kariertes, schwarz-weißes Kostüm im Stil von Coco Chanel. Darwin begrüßte sie mit einem lockeren Spruch und stellte sodann seine Begleiterin vor.

Alex fühlte sich von der Sekretärin intensiv gemustert. Was bedeutete dieser Blick? Es war nicht das Monsterding. Eher ein … *Erkennen?* Nein, das konnte nicht der Grund sein, denn selbst wenn diese Frau die Berichterstattung der Medien in letzter Zeit nur oberflächlich verfolgt hatte, musste sie das *Enfant terrible* Alex Daniels gesehen und von ihm gehört haben.

»Dr. Cadwell erwartet Sie bereits«, erklärte Reena in auffallend förmlichem Ton. Sie drückte eine Taste auf ihrem Telefon, lauschte in den Hörer und erklärte lächelnd. »Er telefoniert gerade.«

»Na, das ist ja mal was Neues, Mrs Moneypenny«, sagte Darwin grinsend.

Sie verschoss einen kleinen bösen Blick in seine Richtung und erhob sich hinter ihrem Schreibtisch. »Wenn Sie sich einen Moment gedulden könnten …?«

Auf hohen Absätzen stöckelte sie zur Schallschlucktür, um die Ankunft der Besucher zu melden.

Alex blickte nach rechts, wo sich hinter einer milchigen Glaswand ein Schemen bewegte.

»Jack Jordan«, raunte Darwin wie ein Bauchredner, fast ohne seine Lippen zu bewegen. Er hatte ihr während des Frühstücks von Cadwells Bodyguard, dem Sohn des Militärarztes James Jordan, erzählt.

»Sie können jetzt hereinkommen. Dr. Cadwell wird gleich Zeit für Sie haben«, sagte die Sekretärin. Sie hielt mit dem rechten Arm die schwere Tür geöffnet und winkte die Besucher mit der Linken ins Allerheiligste.

Darwin schob Alex behutsam in Richtung Büro und flüsterte: »Lass dich von seiner väterlichen Art nicht täuschen. Er ist gefährlich.«

Nachdem der Detektiv von Southwark aus mit seinem Chef telefoniert hatte, war er sofort zu einer Krisensitzung einbestellt worden. Dabei hatte Cadwell ausdrücklich auch die Anwesenheit von Darwins Chefberaterin verlangt. Vorne und hinten von Polizeifahrzeugen eskortiert, war der grüne Griffith darauf in die City von London gefahren.

Alex fühlte sich unwohl, als sie das Büro betrat. Sie trug immer noch die Jeans, die Detective Superintendent Longfellow ihr hatte besorgen lassen, dazu das Khakihemd von Darwin und eines seiner Sakkos, bei dem sie die Ärmel hochgekrempelt und den Kragen angestellt hatte.

Cadwell stand mit dem Rücken zur Tür, den Telefonhörer in der Hand. Aus den Satzfetzen zu schließen, die Alex aufschnappen konnte, sprach er mit einem Kunden, dem die unfreiwillige Publicity der Versicherung nicht gefiel. Sie verspürte einen unerklärlichen Schauer, als sie ihn von hinten sah: groß, volles graues Haar, für einen Sechzigjährigen bewundernswert schlank. Er trug einen dunkelblauen Anzug und dazu ein strahlend weißes Hemd.

»… dessen können Sie versichert sein, Professor Aguiar. Sie werden sehen, Ihre Entscheidung, die Verträge vorerst nicht zu kündigen, war richtig. – Ja. – Verbindlichsten Dank, Professor. Alles Gute und auf Wiederhören.«

Als Cadwell sich vom Fenster abwandte, um den Hörer aufzulegen, durchfuhr es Alex wie ein Stromschlag. Dieses Gesicht – es war älter geworden, aber sie kannte es.

Obwohl Darwin hinter ihr stand, musste er ihre plötzliche Anspannung bemerkt haben. »Sieht ein bisschen aus wie David Bowie, stimmt's?«, flüsterte er.

Cadwell umrundete seinen spiegelnden schwarzen Granitschreibtisch und kam direkt auf Alex zu. Obwohl er verhalten lächelte, lief ihr ein Schauer über den Rücken. »Guten Tag, Ms Daniels. Ich war schon sehr gespannt, Sie endlich kennen zu lernen.«

Sie schüttelten sich die Hände. Es kam Alex so vor, als glühte seine Rechte, aber dann wurde ihr bewusst, dass ihre Hand nur eiskalt war. Cadwell führte seine Gäste an den Statuetten vorbei zum Konferenztisch. Er hatte sich das Kopfende der Tafel vorbehalten, Darwin und Alex nahmen beiderseits von ihm Platz.

»Gefallen Ihnen die Plastiken?«, fragte er die Besucherin.

Aus irgendeinem Grund kam ihr die ganze Situation surreal vor. Es kostete sie große Mühe, ihre Stimme unter Kontrolle zu halten, als sie antwortete: »Sie erinnern mich an Figuren, die ich neulich erst gesehen habe. Ich hörte, Sie modellieren selbst …?«

»Sagen wir, ich *habe* mich bildhauerisch betätigt. Nichts ist faszinierender als die vollkommenen Proportionen des menschlichen Körpers, finden Sie nicht auch?«

Alex brachte keine Antwort heraus.

Cadwell hob die Schultern und gönnte sich ein kleines Lachen. »Leider hat man als Vorstandsvorsitzender eines bedeutenden Unternehmens wenig Zeit, um seiner eigentlichen Passion zu frönen. Kaffee?«

Sie blinzelte. »Tee, wenn es keine Umstände macht.«

»Überhaupt nicht. Reena hat für alles vorgesorgt.« Er deutete auf ein Tablett mit zwei Kannen und Tassen.

Nachdem Darwin die Getränke eingeschenkt hatte, sagte Cadwell: »Ich höre, Sie haben Schlimmes durchgemacht. Wie geht es Ihnen?«

Hatte sie da gerade einen Unterton echter Besorgtheit vernommen? Von Darwin wusste Alex, wie dessen Chef über sie sprach. Dementsprechend unterkühlt fiel ihre Antwort aus.

»Danke. Abgesehen davon, dass meine Garderobe vorletzte Woche abgebrannt ist und ich nichts zum Anziehen habe, weil ich einfach nicht zum Einkaufen komme, könnte es mir kaum besser gehen.«

Cadwell schmunzelte. »Sind Sie eine unverwüstliche Optimistin oder eine Zynikerin?«

»Ich finde es gerade heraus.« Sie nahm ihre Tasse in die Hand und blies hinein. Über den Rand musterte sie sein Gesicht.

Darwin schien die angespannte Stimmung zu spüren, jedenfalls sagte er förmlich: »In den nächsten Tagen gibt es eine Menge zu tun, Martin.«

Cadwells Miene verriet Skepsis. »Erklären Sie mir bitte genau, wie Sie zu Ihrer Schlussfolgerung gekommen sind.«

Der Versicherungsdetektiv schritt noch einmal die Meilensteine der bisherigen Museumseinbrüche ab, wobei er besonderes Gewicht auf den weltanschaulichen Hintergrund der einzelnen Aktionen legte. Zuletzt wiederholte er in Kurzform seine zuvor beim Frühstück geäußerten Überlegungen. Alex hielt sich die ganze Zeit über zurück, aber ihr entging keinesfalls der zunehmend mürrischer werdende Ausdruck in Cadwells Gesicht.

Als sein Chefermittler zu Ende gekommen war, schüttelte Cadwell in betroffener Nachdenklichkeit lange den Kopf. »Mein Gott! Der *David* von Michelangelo. Das ist doch grotesk! Wenn dieser Irre tatsächlich ausführt, was Sie da andeuten, dann würde ein Aufschrei durch die Welt gehen. Die Statue gilt als der Höhepunkt der Bildhauerei. Manche behaupten sogar, sie sei die Krönung der Kunst schlechthin. Wenn Sie tatsächlich Recht hätten … Mich erinnert das Ganze fatal an den Anschlag auf Michelangelos *Pietà*.«

Darwin runzelte die Stirn. »Sie reden von der Madonna in der Peterskirche, oder? Ich kann mich nicht genau erinnern …«

Ein leidender Ausdruck bemächtigte sich Cadwells Gesicht. Der Ästhet schüttelte bedauernd den Kopf. »Da waren Sie noch nicht einmal auf der Welt, mein Junge. Aber ich vermochte mich damals schon dem Zauber Michelangelos nicht zu entziehen. Der Frevel gegen seine Stein gewordene Ode auf die Schönheit hat sich mir unvergesslich ins Gehirn gebrannt. Es war am 21. Mai 1972. Lazlo Toth, ein australischer Geologe ungarischer Herkunft, ist im Petersdom mit einem schweren Hammer über die Absperrung geklettert und hat wie ein Irrer mit fünfzehn Hieben auf Maria eingeschlagen.«

Alex bemerkte, wie die verschiedenenfarbigen Augen des Managers einen Punkt am Ende des Universums zu fixieren schienen, während er mit schwingender Stimme rezitierte:

»… Denn das Schöne ist nichts
als des Schrecklichen Anfang, den wir noch grade ertragen,
und wir bewundern es so, weil es gelassen verschmäht,
uns zu zerstören. Ein jeder Engel ist schrecklich.«

Darwin tauschte über den Tisch hinweg einen verwirrten Blick mit seiner »Partnerin«. Er schien nicht zu wissen, was er von der jähen Vergeistigung seines Chefs halten sollte.

»Rilke, nicht wahr?«, fragte Alex lächelnd.

Cadwell wirkte überrascht. »Sie kennen das Gedicht?«

»Aus den *Duineser Elegien*, wenn ich mich recht entsinne.«

»Sie überraschen mich.«

Seine Bemerkung war für Alex wie ein Stich. *Hält er dich für blöd?* »Ach, warum?«, erwiderte sie kühl.

»Nun ja«, antwortete Cadwell zögernd. »Ich hatte Sie mir, offen gestanden, ziemlich weltfremd vorgestellt.«

»Wie kommen Sie nur darauf?«, fragte sie, obwohl sie die Antwort schon vorausahnte.

»Was die *Times* über Sie geschrieben hat – Sie glauben ja nicht mal an die Evolution.«

»Das stimmt nicht«, konterte Alex wie aus der Pistole geschossen. Ohne es zu ahnen, hatte er ihr soeben den Fehdehandschuh hingeworfen. Darwin machte auf der anderen Seite des Tisches ein Gesicht, als ahne er bereits, was sich da anbahnte. Er schüttelte unmerklich den Kopf.

Cadwell zog die Augenbrauen hoch. »Jetzt überraschen Sie mich schon wieder, Ms Daniels. Ich dachte …«

»Sie haben sich vermutlich nie mit meinen Argumenten auseinander gesetzt, korrekt?«

»Ich muss auch nicht nachprüfen, ob die Erde ein Würfel ist, selbst wenn jemand es im Brustton der Überzeugung behauptete. Jedes Kind weiß heute, sie ist eine Kugel.«

»Bei allem Respekt, aber da irren Sie.«

»Ha! Ist sie etwa doch eine Scheibe?« Zustimmung heischend sah Cadwell seinen Chefermittler an, aber dessen Miene war nichts zu entnehmen.

»Nein«, antwortete Alex. Sie kam sich vor wie ein altkluges Kind und konnte nichts dagegen tun. »Die Erde ist ein Sphäroid, der an den Polen leicht abgeflacht ist. Grob gesprochen ist er eine Birne, wie wir seit fast einem halben Jahrhundert wissen. Im Übrigen hinkt Ihr Vergleich, Dr. Cadwell. Wir verfügen über Messmethoden, mit denen wir zweifelsfrei die Gestalt unseres Planeten nachweisen können. Aber bis heute gibt es kein einziges Experiment, das stichhaltig die Entstehung neuer Baupläne des Lebens aufzeigt.«

»Das ist schlechthin kaum möglich, meine Liebe. Die Evolution hat Milliarden von Jahren gebraucht, um das Leben, wie wir es kennen, zu erschaffen.«

»Wenn dem so wäre, dann müssten wir irgendwo bei gut überlieferten Tiergruppen Serien von *missing links* finden, Übergangsformen zwischen den Grundtypen. Aber der Fossilbericht schweigt sich diskret darüber aus, selbst bei Gattungen, die zu hundert Prozent bis in unsere Zeit erhalten geblieben sind. Wenn die Versteinerungen sich mit unserem heutigen Bild decken – wo bleibt da noch der Raum für Zwischenglieder?«

»Aber die gibt es doch. Das australische Schnabeltier, das seine Jungen säugt, aber wie ein Reptil Eier legt …«

»*Ornithorhynchus anatinus*, Dr. Cadwell, ist kein Zwischenglied, sondern eine eigene Art mit einer Reihe ganz spezieller Fähigkeiten. Sein Schnabel beispielsweise ist nicht der einer Ente, wie manchmal suggeriert wird, sondern ein in Beschaffenheit und Funktion sehr spezifisches Instrument mit hoch sensiblen Sinnesrezeptoren, die auf elektrische Reize reagieren. Es ist ein typisches Exempel für *Mosaik*formen.«

Alex bemerkte einen unwilligen Ausdruck auf Cadwells Gesicht, wie sie ihn schon oft gesehen hatte, wenn sie unterschätzt worden war und ihr Opponent sich plötzlich in seiner eigenen Argumentation gefangen sah.

»Sie können nicht abstreiten, dass sowohl Schnabeltier als auch Schnabeligel viele Kennzeichen ihrer reptilischen Vorfahren beibehalten haben«, sagte Cadwell lahm.

Alex konnte sich ein Schmunzeln nicht verkneifen. »Ähnlichkeiten mit einigen Reptilienmerkmalen bedeuten nicht zwangsläufig Abstammung – die Natur ist voll von Analogien. Ein Missing Link erwartet man entwicklungsgeschichtlich genau dann, wenn eine neue Gruppe erscheint, zu der es die Brücke bilden kann. Fossile Schnabeltiere sind aber erst seit dem Pleistozän bekannt, nach herrschender Ansicht also seit ein bis zwei Millionen Jahren. Die angeblichen Säugetiervorfahren tauchten dagegen schon im Perm auf, nach radiometrischer Datierung etwa zweihundertfünfzig Millionen Jahre früher. Sie kommen um die unbequeme Wahrheit nicht herum: Der Fossilbericht spricht sich gegen die Existenz kontinuierlicher Übergangsserien aus.«

»Weil er verschwindend klein ist, im Vergleich zu der Anzahl Lebewesen, die es in den Erdzeitaltern gegeben hat.«

»Kommen Sie, Dr. Cadwell! Diesen Einwand konnte sich vor einhundertfünfzig Jahren vielleicht noch Charles Darwin erlauben, weil man zu seiner Zeit tatsächlich vergleichsweise wenige Versteinerungen gefunden hatte. Heute ist das anders. Im Naturhistorischen Museum hier in London lagern Versteinerungen von sieben Millionen Organismen! Und wissen Sie, was der große Paläontologe Collin Patterson einmal sehr leise gesagt hat: ›Wüsste ich von gerade *einer* fossilen Übergangsform, ich hätte sie im Museum ausgestellt.‹ Weltweit sind in den Museen sogar etwa zweihundert Millionen Makrofossilien katalogisiert, und es gibt buchstäblich Milliarden und Abermilliarden fossiler Mikroorganismen von weniger als einem Millimeter. Trotz dieses riesigen Zeugnisses sucht man vergeblich nach zweifelsfreien Serien von Bindegliedern. Das sind die Tatsachen, Dr. Cadwell. Es wird schon seine Gründe haben, wenn ein international bekannter, eifernder Evolutionist wie Stephen Jay Gould ›die Tatsache, dass Übergangsformen im Fossilbericht extrem selten sind‹, als ›Berufsgeheimnis der Paläontologen‹ bezeichnet hat. Warum wohl?«

»Ich vermute, Sie können es mir sagen«, erwiderte Cadwell kühl.

»Weil die fehlenden Übergangsserien bei gut überlieferten Formen ein gewaltiger Schlamassel für den Darwinismus sind. Charles Darwin hatte nämlich vorausgesagt, dass der Prozess des Aussterbens langsamer vonstatten gehen müsse als das Muster evolutionärer Artentstehung. Demnach müssten Überschneidungen existieren, die sich auch im Fossilbericht niederschlagen. Aber da ist nichts.«

Alex bemerkte in Cadwells Augen ein missmutiges Funkeln, als sei es unter seiner Würde, Perlen vor Säue zu werfen. Schließlich ließ er sich aber doch zu einer Erwiderung herab.

»Es gibt neuere Hypothesen. Falls Sie sich nicht zu schade sind, auch Fachbücher zu lesen, die Ihrem Weltbild widersprechen, dann kennen Sie möglicherweise das Werk von Gould und Niles Eldredge über das ›unterbrochene Gleichgewicht‹. Die Forscher schlugen ein Modell vor, wonach sich die Evolution nicht gleichmäßig in kleinen Schritten vollzieht, sondern in kurzen Phasen schneller Veränderung mit längeren Zeiträumen von Stasis, also weitgehender Stabilität.«

Alex verdrehte die Augen. »Ich bin mit dem Punktualismus der beiden vertraut, Dr. Cadwell. Gould und Eldredge gingen sogar noch weiter: Sie schlugen vor, die Veränderungen könnten sich in einer kleinen Population in einem Randgebiet sehr rasch vollzogen haben. Dadurch seien sie der Fossilierung entwischt.« Alex konnte sich ein mitleidiges Lächeln nicht verkneifen. »Eine weitere verzweifelte Ad-hoc-Theorie, die sich auch noch unangreifbar macht, indem sie die Missing Links prinzipbedingt für unauffindbar erklärt. Aber wie kam es zur Entstehung der großen Typen im Organismenreich, der Säuger, Vögel, Vierfüßer und und und? Die Erklärung dieser enormen Entwicklungssprünge in geologisch kürzester Zeit bleiben uns die zwei schuldig. Übrigens zitiere ich Eldredge gerne in meinen Arbeiten. Er schrieb: ›Die Evolution kann nicht ewig irgendwo anders stattfinden. Doch das ist der Eindruck, den die fossile Dokumentation auf manch einen verzweifelten Paläontologen, der etwas über die Evolution lernen wollte, gemacht hat.‹«

Cadwell musterte sein Gegenüber aus Augen, die nur mehr Schlitze waren. Nach kurzem Innehalten holte er tief Luft, lächelte und beschied: »Gleichwohl, die Evolution ist eine Tatsache. Irgendwo in den Jahrmillionen hat sie ihren Weg bis in unsere Tage gefunden, und sie wird noch am Werke sein, wenn unsere Spezies längst ausgestorben ist.«

»Mit Verlaub, Dr. Cadwell, aber was Sie da eben gesagt haben, ist nichts anderes als ein Glaubenssatz.«

»Ich werde mir von Ihnen bestimmt nicht vorschreiben lassen, was wissenschaftlich ist und was nicht. Sie können an die Evolutionsforschung nicht dieselben Maßstäbe ansetzen wie an Atomphysik. Es gibt Teilchenbeschleuniger, aber keine Evolutionsbeschleuniger.«

»Wenn Sie sich da mal nicht irren. Artbildung kann durchaus explosionsartig vonstatten gehen.«

Cadwell lächelte süffisant. »Ach, mit einem Mal?«

»Kennen Sie den Malawi-See?«

»Afrika gehört nicht zu meinen bevorzugten Urlaubszielen.«

»Der Wasserspiegel in diesem See unterliegt starken Schwankungen«, erklärte Alex ruhig und ungeachtet aller Versuche, ihre Argumentation ins Lächerliche zu ziehen. »Man weiß, dass er zwischen 1390 und 1860 unserer Zeitrechnung manchmal um über einhundertzwanzig Meter gefallen ist. Viele der heutigen Inseln waren damals eine zusammenhängende Landmasse. Die so genannte Mbuna-Fauna umfasst heute jedoch rund *zweihundert* Buntbarscharten, darunter die farbenprächtigsten Spezies, die man sich nur vorstellen kann. Hinzu kommt eine große Zahl von anderen Organismen, die nur in diesen engen Lebensräumen zu finden sind. Das Gewässer ist vielleicht ein Sonderfall, aber zumindest widerlegt es die Behauptung, die Evolution brauche unbedingt riesige Zeiträume, um sich zu entfalten. Innerhalb weniger hundert Jahre haben sich in Malawi weit größere morphologische Veränderungen vollzogen, als man es vor der Entdeckung dieses Lebensraumes für möglich gehalten hatte.«

»Na bitte! Sogar eine Kreationistin gibt es also zu: Die Evolution funktioniert.«

Am liebsten wäre Alex dem arroganten Bonvivant an die Gurgel gegangen und hätte ihm sein weinrotes Halstuch ein wenig fester gebunden. »Ich bin keine Kreationistin«, zischte sie. »Und ich sagte bereits, dass ich die Evolution nicht in Frage stelle. Allerdings nur die *Mikro*evolution. Die Buntbarsche im Malawisee sind nicht aus Schlamm oder Ursuppe entstanden, sondern aus anderen Buntbarschen. Makroevolution ist ein Wunschgedanke der Darwinisten ohne empirische Grundlage. Die Grundtypen aller Lebewesen sind und bleiben stabil. Sie müssen schon bei den Fakten bleiben, Dr. Cadwell. Die Wahrheit ist keine Hure, die sich jedem an den Hals wirft, der sie begehrt. Nur wer redlich um sie wirbt, kann sie erobern.«

»Sie sind ein sehr zorniger junger Mensch, Ms Daniels.«

»Nur wenn es um etwas wirklich Bedeutendes geht«, entgegnete sie mit mühsam unterdrücktem Groll. Ihr war nicht entgangen, dass er sie nicht als Frau, sondern als *Mensch* angesprochen hatte.

Darwin rieb nervös seine Handflächen gegeneinander. Bis zu diesem Moment hatte er sich in der Wagenburg seines Schweigens verschanzt, weil aber die beiden Disputanten sich taxierten, als wollten sie jeden Moment in die nächste Runde ihres Schlagabtauschs gehen, wagte er einen Ausfall.

»Vielleicht sind wir ein wenig ins falsche Fahrwasser geraten. Wie wär's, wenn wir wieder zu unserem Problem zurückkehren, zum nächsten Raub?«

»Ein kluger Vorschlag«, sagte Cadwell und fügte, ohne den Blick von Alex zu wenden, die Frage hinzu: »Wo waren wir stehen geblieben?«

»Bei der *Pietà* von Michelangelo«, antwortete Alex an Darwins statt.

»Nein, beim *David*«, widersprach der.

»Ich würde aber zunächst gerne wissen, warum Dr. Cadwell vorhin das Rilke-Gedicht zitiert hat. ›Denn das Schöne ist nichts als des Schrecklichen Anfang …‹ Man könnte fast glauben, Doktor, Sie wollten dem Täter mildernde Umstände zusprechen.«

Sie hatte das unangenehme Gefühl, Cadwell versuche mit Blicken in ihre Gedanken einzudringen. Schließlich erklärte er: »Als Mensch vielleicht. Lazlo Toth wurde von der italienischen Justiz für nicht schuldfähig erklärt und für zwei Jahre in eine psychiatrische Anstalt überwiesen. Aber als Künstler und Ästhet kann ich seine Tat nur mit Abscheu verurteilen. Der Australier hat ein vollkommenes Meisterwerk zerstört.«

»Wäre es Ihnen lieber gewesen, er hätte einem der Aufsichtspersonen den Schädel eingeschlagen?«

»Absurd!«

»Man nannte Michelangelo auch *Il Divino*, ›den Göttlichen‹, nicht wahr?«

»Worauf wollen Sie hinaus?«

»Er war ein Gott, der Vollkommenes erschuf. Ist das auch Ihr treibender Gedanke gewesen, als Sie sich für ein Studium der schönen Künste entschlossen?«

»Ich würde mir nie anmaßen, meine Fähigkeiten mit denen von Michelangelo Buonarroti zu vergleichen.«

»Warum so bescheiden, Dr. Cadwell? Von *Il Divino* ist überliefert, er habe bei der Erschaffung der *Pietà* – und so wohl auch beim *David* – die Figur immer schon im Stein gesehen und nur durch Wegschlagen des Überflüssigen daraus befreit. Haben Sie nie das Bedürfnis verspürt, das Gute besser zu machen, indem Sie seine Makel aus der Welt schaffen?«

»Alex, was soll das?« Die Frage kam von Darwin, der sie mit besorgter Miene von der anderen Seite des Tisches musterte.

Cadwell beugte sich im Stuhl vor. Ruhig und mit großem Ernst sagte er: »Ms Daniels, wenn Sie außer Ihren Andeutungen irgendetwas Konstruktives im vorliegenden Fall einbringen möchten, dann drücken Sie sich bitte klar und deutlich aus.«

Ihr Blick sprang zwischen dem Firmenchef und seinem Mitarbeiter hin und her. Hörbar gemäßigter erklärte sie: »Vielleicht hatte der Kunstattentäter im Vatikan auch etwas in dem Marmor erblickt, von dem er glaubte, es mit Gewalt freilegen zu müssen. Deshalb nahm er sich den Hammer des Bildhauers und keine Bombe.«

»Und was, glauben Sie, könnte er gesehen haben?«, hakte Cadwell geduldig nach.

»Womöglich wollte er hinter der Maske oberflächlicher Schönheit die wahre Gestalt endgültiger Verheerung zeigen? Deshalb hat er der *Pietà* den letzten Schliff gegeben, nämlich – um noch einmal Rilke zu bemühen – den des schrecklich Schönen.«

»Ich denke, Ms Daniels will damit andeuten«, mischte sich Darwin abermals ein, »dass auch der Täter, der es auf Michelangelos *David* abgesehen hat, das Bild der Makellosigkeit in Frage stellen will.«

»Indem er die Statue vernichtet?«

»Davon sollten wir ausgehen.«

Cadwell schüttelte einmal mehr den Kopf. »Irgendwie kann ich es immer noch nicht glauben. Mein Gott! Ein so vollkommenes Meisterwerk zu zerstören, das wäre mehr als Kunstfrevel. Es wäre ... ein Verbrechen an der Menschheit.«

»Es ist ein Trugbild«, sagte Alex lakonisch. Sie konnte spüren, die Betroffenheit dieses Mannes war echt. Dennoch misstraute sie ihm.

Seine grauen Augenbrauen ruckten zusammen. »Sind Sie jetzt auch noch Kunstsachverständige?«

»Durchaus nicht. Allerdings ist meine ›Galerie der Lügen‹ das Ergebnis gründlicher Recherchen. In dem Zusammenhang habe ich auch im Web die wichtigen Quellen zu Michelangelos *David* nachgelesen.«

»Und zu welchen Erkenntnissen sind Sie dadurch gelangt?«

»Nicht alle Experten halten den Koloss für ein anatomisches Musterbeispiel. Offenbar ist sein Schöpfer von der Vitruv'schen Regel abgewichen, nach der die Beine bis zum Schritt die halbe Körperhöhe ausmachen. Ich habe Fotos gesehen, die den *David* aus einer für normale Museumsbesucher ungewohnten Perspektive zeigen. Mustert man die Figur nämlich auf Augenhöhe, drängt sich einem tatsächlich der Eindruck auf, ihre Proportionen stimmten nicht: Die Hände erscheinen viel zu groß, ebenso der Kopf und der Oberkörper. Außerdem schielt der *David.* Michelangelo hat ihn auf ein frontales Betrachten des Körpers von unten herauf konzipiert. Da fallen einem diese ... Unvollkommenheiten kaum auf. Man könnte es auch so ausdrücken: Er hat die Perspektive des Betrachters in seine Plastik mit einbezogen.«

»Und was wollen Sie damit sagen?«, fragte Cadwell argwöhnisch.

»Der *David* – oder ›Gigant‹, wie man ihn schon vor seiner Fertigstellung nannte –, dieses Meisterwerk der Bildhauerkunst von einem Künstler, der als göttlich verehrt wurde, ist nur aus der Zwergenperspektive vollkommen. Ähnlich ergeht es den wissenschaftlich Ungebildeten, wenn sie die Spektakel bestaunen, die ihnen von gelehrten Männern geboten werden, wie ... sagen wir, die Errungenschaften der Biotechnologie. Wagen wir es jedoch, uns auf gleiche Augenhöhe mit den Wunderwerken zu begeben, dann erkennen wir plötzlich die Makel im Mirakel. *Deshalb*, Dr. Cadwell, ist Michelangelos Gigant in einem solchen Maße mit Symbolkraft aufgeladen, dass der Initiator der ›Galerie der Lügen‹ ihm nicht widerstehen kann.«

Einmal mehr verharrte Cadwell in tiefer Nachdenklichkeit, ehe er entgegnete: »Ich kann Ihre Argumentation nachvollziehen, Ms Daniels, wenngleich ich anderer Meinung bin. Für mich steht außer Frage, dass die Wissenschaft uns von den Makeln der Evolution befreien muss. Aber das ist nicht der passende Augenblick, um darüber zu debattieren. Wenn wir uns auf diese Weise tatsächlich in die krankhafte Gedankenwelt des ›Gehirns‹, wie Sie den Kriminellen so idealisierend nennen, hineinfinden und ihn endlich dingfest machen können, dann sollen mir Ihre ›Einsichten‹ genehm sein. Dennoch schmeckt mir dieses kreationistische … Oh, Verzeihung, Sie mögen ja dieses Wort nicht. Lassen Sie es mich anders ausdrücken: Sie verlangen von mir, das Sein und Werden von ArtCare auf eine Tarotkarte zu setzen.«

»Warum sagen Sie nicht offen, dass Sie meine Interpretationen für spekulativ halten.«

Cadwell teilte über dem Tisch die Luft mit den Händen. »Bei aller Liebe, Kind, aber sind Sie das etwa nicht?«

Alex starrte ihn verwirrt an. Darwin hatte sie ja vorgewarnt, sie solle sich nicht von der väterlichen Maske seines Chefs täuschen lassen. Trotzdem waren die Worte dieses selbstgefälligen alten Mannes wie Nadeln, die in ihr von trotziger Selbstbehauptung aufgeblasenes Ego schossen und die heiße Luft schlagartig entweichen ließen. Ein Gefühl der Resignation überkam sie. Aber dann fing sie Darwins Blick auf. Er war ein stummes Flehen, emporwachsend aus einer Miene der Verunsicherung. Ach, was sollte es! Sie hatte ohnehin schon zu viel gesagt.

»Das hat nur den Anschein«, erwiderte sie aufgeräumt. »Weil Sie nicht den Inhalt des Kassibers kennen, den mir ein Unbekannter ins Gefängnis von Holloway geschickt hat. In Bezug auf die Museumseinbrüche schrieb er sinngemäß, ihm sei bewusst, dieser Kampf gleiche dem von David gegen Goliath.« *Aber wir alle wissen, dass der vermeintlich Schwächere am Schluss den Sieg davongetragen hat*, setzten ihre Gedanken die orakelhaften Worte fort.

»Er hat schon vor …? Wann war das?«

»Am Freitag, dem 28. September.«

»Fast drei Wochen! Damals hat er schon vom *David* gesprochen?«

»Ich habe es für eine Metapher gehalten, Dr. Cadwell. Aber jetzt bin ich überzeugt, es war ein Hinweis. Es soll ja häufiger vorkommen, dass kriminelle Hirne ein übersteigertes Mitteilungsbedürfnis haben. Oder es war eine Freud'sche Fehlleistung: Das Phantom hat ausgesprochen, was sein Denken beherrscht.«

»Kein anderes Kunstwerk ist bei ArtCare so hoch versichert wie der *David*«, warf Darwin ein.

Cadwell bedachte Alex mit einem Blick, der alles andere als freundlich war. »Ihrem Fanatismus hat unser Haus die größte Krise seiner Geschichte zu verdanken. Wir müssen den Anschlag vereiteln, koste es, was es wolle, denn ich fürchte, am *David* entscheidet sich unser Schicksal.«

Alex hielt der aus seinen Augen sprühenden Ablehnung stand. Kühl erwiderte sie: »Es wäre nicht das erste Mal, dass ein David einen Goliath zu Fall gebracht hat.«

»Was sollte das eben da drinnen?«, fragte Darwin aufgebracht, sobald die Fahrstuhltüren der Vorstandsetage sich vor ihnen schlossen. Cadwell hatte ihn mit umfangreichen Vollmachten ausgestattet und ihm praktisch unbegrenzte Mittel zugesagt, damit er den *David* rette, das »Gehirn« fange und die gestohlenen Kunstwerke wiederbeschaffe.

»Ich weiß nicht, was du meinst«, erwiderte Alex wie ein trotziges Kind und verschränkte die Arme über der Brust.

»War der philosophisch-wissenschaftliche Diskurs wirklich nötig?«

»Er hat mich herausgefordert.«

»Das tut er ständig. Er will wissen, woran er bei seinem Gesprächspartner ist.«

»Jetzt weiß er 's.«

»Allerdings. Du hast ihn provoziert.« Darwin warf die Arme in die Höhe. »Er ist immerhin mein Boss, Alex. Was hast du dir dabei gedacht, als du ihn fragtest, ob er nie das Bedürfnis hatte, das Gute besser zu machen, indem er es von seinen Makeln befreie? Es hörte sich an, als wolltest du ihn mit diesem geisteskranken Hammerschwinger aus dem Vatikan gleichsetzen.«

»Ich dachte schon, es könnte dir entgangen sein.« Alex starrte auf die Schalttafel. Darwin hatte vergessen, den Knopf zu drücken. Der Lift stand immer noch im siebten Stock.

»Meinst du, ich bin taub und blind? Schon kurz nachdem wir ins Büro gekommen sind, ist mit dir irgendwas passiert. Zuerst dachte ich, es läge an seiner Ähnlichkeit mit David Bowie, aber das war es nicht.«

»Woher willst du das wissen?«

»Jetzt komm! Das ist doch kindisch, Alex.«

»Weißt du, wie man mich auf der Uni immer genannt hat?«

»Keine Ahnung.«

»Den David Bowie von Goldsmiths.«

Darwin schnappte nach Luft, hielt dann aber, was immer ihm auf der Zunge lag, zurück. Stattdessen musterte er Alex und sagte: »Na ja, ganz abwegig ist der Vergleich nicht. Allerdings bist du hundertmal hübscher.«

»Danke.«

»Und deine Augen haben eine andere Farbe.«

»Das täuscht.«

»Wie …?«

»In Wirklichkeit ist meine Iris durchlöchert. Dasselbe Prinzip wie bei den Farbpixeln eines Computermonitors, nur dass die Pigmentpunkte in meinen Augen abwechselnd blau und farblos sind. Durch letztere sieht man die Netzhaut. Mischt man die beiden Töne, kommt Lila heraus.«

Darwin sah aus wie jemand, der eine schreckliche Wahrheit bereits ahnte, dessen Verstand sich aber noch vor dem Unfasslichen verschloss. »Worauf willst du hinaus?«

In ihr tobte ein Sturm. Warum hatte sie nicht einfach geschwiegen? Verärgert hieb sie mit der flachen Hand gegen die Taste, die den Fahrstuhl zur Fahrt in die Tiefgarage programmierte.

»Alex?«, bohrte Darwin nach. Der Lift glitt sanft nach unten.

Mit einem Ruck wandte sie ihm ihr Gesicht zu. »Du hast mir heute beim Frühstück gesagt, Martin Cadwell heiße in Wirklichkeit Thorgrim Gunnarsson und er habe einen Doktor der Biologie.«

»Das ist richtig.«

»Vielleicht sah er mir deshalb vor fünfundzwanzig Jahren so ähnlich.«

»Habe ich einen Filmriss? Ich verstehe nicht …«

»Das Bild von der Angelgesellschaft.«

»Ja?«

»Die Nummer vier.«

»Der Mann in der Mitte? Der, dessen Gesicht von dem Feuer in deinem Haus unkenntlich gemacht wurde?«

Sie nickte. »Hast du dich gefragt, warum die anderen sechs ihn ins Zentrum gestellt haben?«

»Weil er eine zentrale Rolle spielt?«

»Darauf kannst du Gift nehmen. Als das Foto noch unversehrt war, habe ich mir die Nummer vier lange angeschaut. Sie sah aus wie der junge David Bowie. Wie ich.« Ohne sich dessen richtig bewusst zu sein, umklammerte sie seinen Oberarm. »Der Mann auf dem Foto, Darwin, ist nicht irgendwer. Es ist dein Boss. Und er ist mein genetischer Vater.«

Als sich die Fahrstuhltüren im Untergeschoss des ArtCare Building öffneten, hätte ein dort zufällig Wartender nur einen Mann und eine Frau gesehen, die mit unbewegter Miene nebeneinander standen, als kennten sie einander nicht einmal. Doch das Parkhaus war menschenleer.

Darwin hatte nach Alex' überraschender Offenbarung absolutes Schweigen verordnet. Sie ahnte den Grund. Kamera und

Mikrofon im Aufzug dienten zwar nur dem Notfall, aber seitdem ihm der Verdacht gekommen war, sein Telefon sei abgehört worden, hielt er offenbar alles für möglich. Schweigend liefen sie zum Griffith. Vor dem Gebäude würden sie wieder von den zwei Polizeifahrzeugen in die Mitte genommen werden; Reena Baker hatte die Beamten bereits informiert.

Der Sportwagen stand mit verschlossenem Verdeck auf dem Stammplatz des Versicherungsdetektivs. Darwin öffnete über die Fahrertür die Zentralverriegelung.

Alex spürte ein vertrautes, durchaus unwillkommenes Kribbeln im Kopf. »Ist mir vorhin gar nicht aufgefallen. Du hast ein neues Handy?«

Darwins linkes Bein war bereits im Fahrzeug. Er verharrte mitten in der Bewegung. »Wie meinst du das?«

»Du weißt doch, wie sensibel ich für die Dinger bin. Da fallen mir solche kleinen Unterschiede eben auf.«

»Ja, sicher. Deshalb habe ich mein Telefon auch schon vor Lucys Haus abgeschaltet und seitdem nicht mehr angemacht. Was genau nimmst du wahr?«

Alex konzentrierte sich auf das elektromagnetische »Klangbild«. »So ein merkwürdiges Pulsieren. Als wäre dein Handy auf Vibrationsalarm gestellt, aber du nimmst nicht ab.«

»Weg von dem Wagen!«, brüllte Darwin.

Alex sah, wie er losrannte, aber sie war viel zu überrascht, es ihm mit gleicher Spontaneität nachzutun. Er lief um das Heck des Griffith herum und packte sie an der Hand.

»Was ist …?«, stieß sie hervor, brachte die Frage aber nicht mehr heraus, weil sie von ihm mitgerissen wurde.

»Lauf!«, schrie er.

Und so liefen sie.

Darwin hielt auf eine runde Säule zu, als wolle er dahinter Deckung suchen.

Ihre Schritte knallten auf dem Beton. Das Echo wurde vielfach von den nackten Wänden zurückgeworfen. Als sie schon neben dem Pfeiler angelangt waren, explodierte hinter ihnen der Griffith.

Das donnernde Geräusch war ohrenbetäubend, stärker noch als das der Gasverpuffung, die das Stallhaus in ein Flammenmeer verwandelt hatte. Wie eine Riesenfaust fegte die Druckwelle Alex von den Beinen. Ihr Bewusstsein registrierte mit penibler Gründlichkeit, was nur ein oder zwei Sekunden dauerte.

In grotesker Langsamkeit schien sie über den Beton zu schweben. Sie sah sogar neben sich Darwins Arme, welche sie wohl wie schon einmal zu erreichen und in Schutz zu nehmen suchten. Aber diesmal flog sie schneller. Der Boden kam ihr entgegen, und dann explodierte wieder etwas. Es war der Schmerz in ihrem Kopf.

Danach versank sie in Dunkelheit.

Kapitel 18

»Nichts ist schwerer und erfordert mehr Charakter, als sich in offenem Gegensatz zu seiner Zeit zu befinden und zu sagen: Nein!«

Kurt Tucholsky

LONDON (ENGLAND),
Dienstag, 16. Oktober, 14.48 Uhr

Das Brüllen der Flammen war das Erste, was Darwin vernahm. Danach spürte er die Hitze. Er musste für kurze Zeit die Besinnung verloren haben. Stöhnend stemmte er sich auf seine Unterarme hoch. Überall lagen glosende Trümmer. Wo war Alex?

Er blickte hinter sich, aber da sah er nur den brennenden Griffith oder vielmehr das, was von ihm noch übrig war – das »Geschoss« war nun selbst abgeschossen worden. Darwin wandte sich zur anderen Seite. Und dann entdeckte er sie.

Alex lag mindestens zwei Yards weiter von der Explosionsstelle weg. Sie bewegte sich nicht.

Ungeachtet des dumpfen Schmerzes, der an seinen Gliedern zerrte, kroch Darwin zu ihr. Sie lag auf dem Rücken, die Augen halb geöffnet, und wirkte wie tot. Sein Herz verwandelte sich in einen Knoten. Die ganze Brust tat ihm weh. *Nicht auch noch das!*, schrien seine Gedanken. Hatte dieser gepeinigte Mensch nicht schon genug durchgemacht? Sollten alle Versuche, ihm zu helfen und ihm Mut zu machen, vergeblich gewesen sein?

Darwin legte seinen rechten Arm um ihre Schulter und strich

ihr sacht über das Gesicht. »He, Partner, wach auf!«, sagte er sanft.

Alex rührte sich nicht.

Er wischte sich über die Stirn und stellte verwundert fest, dass sein Handrücken feucht war. »Alex!«, rief er verzweifelt. »Tu mir das nicht an. Wir zwei sind ein Team. Du darfst mich jetzt nicht einfach allein lassen. Ich kann doch nicht …« Er verstummte.

Ihre Wimpern hatten geflimmert.

»Alex«, wiederholte er leise, aber eindringlich ihren Namen. »komm zu dir. Es wird Zeit zu gehen.«

Sie öffnete ihre Augen, ihre wunderbaren violetten Augen, und sah ihn fragend an.

Jetzt spürte Darwin seine Tränen, und es machte ihm nicht das Geringste aus. Er lachte. »Willkommen in der Welt der Lebenden.«

»W-was … ist passiert?«, fragte sie leise.

»Ich nehme mal an, Theo gefiel die Farbe meines Wagens nicht. Da hat er ihn in die Luft gesprengt«, antwortete Darwin, und dann lachte er weiter.

Als die Brandschutzhelfer und andere Mitarbeiter der Versicherung in die Tiefgarage stürmten, lachte er immer noch. Einige waren der Ansicht, er habe den Verstand verloren.

Der überwältigenden Freude darüber, dass sein »Partner« lebte, waren bange Momente gefolgt. Darwin hatte sich der Visitenkarte erinnert, die er immer noch in seiner Jackentasche trug. Weil er ahnte, was auf Alex zukommen würde, wählte er mit dem Handy eines Kollegen sofort die Nummer von Dr. Lindsey Atkey, dem intersexuellen Arzt, der sie tags zuvor schon einmal zusammengeflickt hatte. Atkey arbeitete im St. Bartholomew's Hospital in Smithfield, also nur wenige Krankenwagenminuten von ArtCare entfernt. Seine Worte waren für den überreizten Anrufer äußerst beruhigend.

»Machen Sie sich keine Sorgen, Mr Shaw. Wir sind hier auf

solche Patienten eingerichtet. Sagen Sie dem Fahrer, er soll ins Bart's fahren. Um alles Weitere kümmere ich mich.«

Etwa zwei Stunden später saß Darwin an Alex' Krankenbett und hielt ihre Hand. Sie wusste nichts davon, denn sie schlief. Ihm fehlte nichts, abgesehen von ein paar neuen Kratzern. Die Notaufnahme hatte ihn im Nu verarztet. Bei Alex sah es diesmal weniger gut aus.

Plötzlich bemerkte er am Rande des Gesichtskreises einen Schemen. Unwillkürlich fuhr er zusammen.

Dr. Atkey schüttelte schmunzelnd den Kopf. »Grimmig dreinblickende Polizisten vor der Tür und ein schreckhafter Beschützer am Bett – was hat dieser arme Mensch angestellt, dass er ein solches Aufgebot an Leibwächtern braucht?«

»Das ist eine lange Geschichte, Doktor«, antwortete Darwin ausweichend.

Der Arzt nickte. »Schon verstanden. Ich habe Sie gestern mit meiner Schweigepflicht abgefertigt, und jetzt kommt die Retourkutsche.« Sein Blick wanderte zu den beiden ineinander verschlungenen Händen auf dem Laken.

Darwin zog verlegen seine Rechte zurück. Aus irgendeinem dummen Grund fühlte er sich ertappt.

Atkey lächelte. »Warum versuchen Sie eigentlich ständig, Ihre Zuneigung zu Ms Daniels zu verstecken?«

»Ich?«

»Ja, Sie. Mir ist schon gestern aufgefallen, wie besorgt Sie sind. Wäre es anders, hätte ich mich Ihnen nicht anvertraut.«

»Nun ja«, druckste Darwin, »es ist nicht so, wie Sie vielleicht denken …«

Atkey legte ihm die Hand auf die Schulter. »Mein lieber Freund, Alex kann jede Liebe gebrauchen, die Sie ihr zu geben vermögen.«

Darwins Blick wanderte zum Antlitz der Schlafenden, das so friedlich wirkte und so wenig von dem erkennen ließ, was seine Emotionen durcheinander brachte. Dann sah er wieder den Arzt an. »Ist es normal, wenn man einem Menschen wie Alex begegnet und sich plötzlich seiner eigenen Empfindungen nicht mehr sicher ist?«

»Absolut. Die innere Zerrissenheit des Hermaphroditen färbt unweigerlich auch auf jene ab, die Gefühle in sie investieren. Darin sind sich Freundschaft und Partnerschaft sehr ähnlich: Man kriegt sie nicht umsonst.«

Darwin nickte.

Atkey klopfte ihm auf die Schulter. »Ich habe auch nicht über Nacht meinen seelischen Schwerpunkt gefunden. So was braucht Zeit. Selbst heute gerate ich manchmal aus der Ruhelage und kämpfe mit Zweifeln und Deprimiertheit.«

»Sind Sie auch …?« Darwins Blick schwenkte zu der Schlafenden.

Der Arzt schüttelte den Kopf. »Meine Diagnose lautet 11-beta-Hydroxysteroid-Dehydrogenase-Mangel.«

»Um Himmels willen! Was ist denn das?«

»Mein Körper produziert nicht genug von einem Enzym, das für die Umwandlung von Androstendion in Testosteron zuständig ist.«

»Testosteron? Das ist doch ein männliches Geschlechtshormon, oder?«

»Richtig. Wobei auch in den Eierstöcken jeder normalen Frau geringe Mengen davon hergestellt werden. Na, jedenfalls war meine männliche Entwicklung gestört. Bis zur Pubertät wirkte ich wie ein Mädchen, dann kam die Überraschung: der Stimmbruch, männliche Körperbehaarung – ich will Ihnen die Details ersparen.«

»Sie sprechen so offen darüber. Alex …« Darwin schüttelte den Kopf.

»… hat da noch weit größere Schwierigkeiten?«, half Atkey ihm aus.

»Gegenüber meiner Schwester hat sie sich geöffnet. Aber bei mir …«

»Kann es sein, dass Sie Alex Ihre Unsicherheit ihr gegenüber haben spüren lassen?«

Darwin musste an den Abend denken, an dem er sie beim Pinkeln überrascht hatte. Er verzog das Gesicht. »Wird wohl so sein.«

»Intersexuelle Menschen brauchen jemanden, der ihnen zuhört, ohne jedes ihrer Worte mit Kommentaren zu versehen. Sie brauchen Einfühlungsvermögen. Dazu ist beim Gesprächspartner Unvoreingenommenheit nötig. Geben Sie Alex das Gefühl, sie sei so richtig, wie sie ist.«

Darwin war nicht entgangen, dass der Arzt zum Schluss vom Allgemeinen zum Besonderen übergegangen war. Er nickte abermals.

»Danke für Ihre Hilfe, Dr. Atkey.«

»Sagen Sie Lindsey zu mir.«

Dieser Mensch brachte es immer wieder fertig, Darwin zu überraschen. »Ich bin Darwin«, sagte er.

Lindsey grinste. »Das ist mir nicht entgangen. Interessiert Sie eigentlich, was Alex fehlt?«

»Was ist mit Ihrer ärztlichen Schweigepflicht?«

»Die ist natürlich unerschütterlich. Aber es gibt einen Ermessensspielraum, und bei guten Freunden kann man den schon mal ausnutzen.«

Die nächste Überraschung. Darwin holte tief Luft. »Wie lautet Ihre Diagnose?«

»*Commotio cerebri* mit einer retrograden Amnesie.«

Darwin erschrak abermals. Das klang beängstigend. Irgendwie hörte es sich nach hochgradigem Vergessen an.

Glücklicherweise schien Lindsey seine Gedanken zu erraten, denn schnell schob er eine Übersetzung in die Patientensprache nach: »Mit anderen Worten, sie hat eine Gehirnerschütterung. Deshalb kann sie sich nicht mehr an die Zeit vor der Gewalteinwirkung erinnern. Auch ihr Schwindelgefühl und das Erbrechen rühren von daher. Vermutlich wird sie einige Tage unter

Kopfschmerzen leiden, aber wenn sie die strikte Bettruhe einhält, dann dürfte nichts zurückbleiben.«

Darwins Erleichterung drohte sich erneut in Form von Tränen Bahn zu brechen. »Danke, Doktor.«

Der Arzt hob die Augenbrauen. »He, he, he! Wie heißt das?«

»Danke, *Lindsey.*«

Er griente. »Schon besser. Und jetzt lasse ich Sie beide wieder allein. Vielleicht wollen Sie Alex ja noch ein paar Dinge sagen – bevor sie wieder aufwacht, meine ich.«

Mit einem Augenzwinkern verschwand Dr. Lindsey Atkey aus dem Krankenzimmer.

Gegen zehn Uhr nachts ließ die Wirkung des Beruhigungsmittels nach, und Alex erwachte. Darwin war kurz weggenickt und merkte es erst, als ihre Hand in der seinen zuckte. Einem Impuls folgend, tätschelte er sie, weil ihm diese Geste der Fürsorge irgendwie unverfänglicher erschien.

»Hallo, wie geht's, Partner?«

»Grauenvoll«, antwortete sie leise. »Könntest du mir etwas zu trinken besorgen.«

»Alles da. Warte, ich helfe dir.«

Er flößte ihr aus einer Tasse Kräutertee ein und fragte sich, ob der Geschmack sie das Gesicht verziehen ließ oder die Kopfschmerzen, die Lindsey angekündigt hatte.

»Du siehst übrigens auch zum Fürchten aus«, bemerkte sie, als ihr Haupt wieder in den Kissen lag.

Ihr Humor ist unverwüstlich, dachte er. Das ist gut. Er grinste. »Danke für das Kompliment. Ich soll dich von Lucy grüßen. Sie war nach der Arbeit hier. Morgen will sie wieder vorbeischauen.«

»Das ist lieb. Grüß sie bitte von mir zurück.«

Darwin nickte. »Dr. Atkey meinte, du bist in ein paar Tagen wieder auf den Beinen.«

»Wann fliegst du nach Florenz?«

Er zögerte.

»Was ist?«, fragte sie.

Darwin merkte, wie das Sprechen sie anstrengte. »Eigentlich wollte ich dich mitnehmen.«

»Wozu?«

»Ich verstehe die Frage nicht. Du bist doch meine Chefberaterin.«

»Wenn ich könnte, würde ich lachen. Du hast gelernt, wie das ›Gehirn‹ zu denken, und kommst ganz gut ohne mich klar.«

»Außerdem muss ich auf dich aufpassen«, fügte Darwin leise hinzu.

Ihre violetten Augen wanderten über sein Gesicht. Mit einem Mal lächelte Alex schwach. »Dann fang mal damit an, auf dich Acht zu geben. Ein Beschützer, der jeden Moment zusammenklappt, nützt mir nicht viel. Geh nach Hause und schlaf dich aus.«

Er hätte gerne widersprochen, aber einerseits hatte sie Recht, und andererseits waren sie beide zum Streiten zu erschöpft. Also gab er nach.

»Ich komme dich morgen Früh besuchen.«

Sie nickte schwach.

Er überlegte, ob es angemessen war, seinem Partner die Stirn zu küssen, entschied sich dann aber doch nur für ein weiteres Tätscheln der Hand.

Zwölf Stunden später war Darwin wieder im Bart's. In der zurückliegenden Nacht hatte er immerhin sechs Stunden geschlafen. Nun fühlte er sich wie gesteinigt, aber trotzdem lebendig. Das morgendliche Briefing mit Martin Cadwell war zu einer anderthalbstündigen Besprechung ausgeufert, in der erstaunlich wenig über den glimpflichen Ausgang und die Hintergründe des Bombenanschlags, dafür aber um so mehr über die bevorstehende Operation in Italien geredet wurde.

Darwin verschonte Alex mit den Einzelheiten, als er an ihrem

Krankenbett saß. Sie wirkte immer noch schwach, war aber in deutlich besserem Zustand als am vergangenen Abend. Ihr Humor begann wieder subtil zu werden, was er für ein gutes Zeichen hielt.

»Ich fange gerade an, die Vorzüge von Krankenhäusern zu entdecken«, erklärte sie ihm.

»Ach, und welche wären das?«

»Hier drin sind Handys verboten. Einige Leute halten sich zwar nicht dran, aber es ist immer noch besser als in jeder öffentlichen Bibliothek.«

Er studierte eine Weile ihre strengen und doch so ebenmäßigen Züge und versuchte darin den Isländer Thorgrim Gunnarsson zu erkennen, den sie als ihren genetischen Vater bezeichnet hatte, kurz bevor …

»Was geht dir durch den Sinn?«, fragte sie mitten in seine Gedanken hinein.

»Nichts.«

»Ich bin zwar auf den Kopf gefallen, aber nicht blöd. Nun red schon, Darwin.«

»Als du in Cadwells Büro unsere Theorie vom *David* als nächstes Ziel des ›Gehirns‹ verteidigt hast, ist dir etwas herausgerutscht. Du erwähntest Theos Kassiber, ohne jedoch seinen Namen zu nennen. Stattdessen sprachst du von dem Autor der heimlichen Nachricht, als wäre er die treibende Kraft hinter den Museumseinbrüchen.«

In ihren Augen spiegelte sich verhohlene Qual. »Habe ich das?«

Er nickte gewichtig. »Sind Theo und das ›Gehirn‹ ein und dieselbe Person, Alex?«

Wie er schon fast erwartet hatte, wich sie seinem forschenden Blick aus. »Ist das so entscheidend?«

»Ich finde, ja. Hat Theo gedroht, dir etwas anzutun, wenn du mich über seine Pläne aufklärst?«

Alex schloss die Augen. Dennoch sickerten Tränen heraus. Er

konnte sehen, wie sie mit sich rang. Schließlich holte sie tief Luft und sagte mit bebender Stimme: »Schlimmer.«

»Was kann schlimmer sein?«

»Er hat gesagt, dass er *dir* etwas antun wird?«

»Mir?« Darwin war sprachlos, weniger aufgrund der Morddrohung gegen als vielmehr wegen ihrer Sorge *um* ihn. Er grinste. »Ich dache, du kannst mich nicht besonders leiden.«

»Das stimmt nicht«, erwiderte Alex leise. »Ich finde nur einige deiner Ansichten reichlich beschränkt.«

Der Oktober wurde nicht von ungefähr in den südlicheren Gefilden als »goldener« Monat bezeichnet. In entsprechenden Lagen legte die Flora noch einmal ihre Frühlingsgewänder an. Und so war es auch, als Darwins Maschine am Donnerstag in Florenz landete. Die Sonne hing wie ein gelber Feuerball am stahlblauen Himmel. Bei Temperaturen um die zwanzig Grad fiel es nicht leicht, an die dunklen Seiten des Lebens zu denken. Aber leider war er nicht zum Vergnügen in die toskanische Hauptstadt gereist.

Kurz nach ein Uhr mittags verließ er das Ankunftsgebäude am Amerigo-Vespucci-Flughafen und stieg in ein Taxi. Nach Darwins Empfinden jagte der Wagen in Außerachtlassung sämtlicher Verkehrsvorschriften zur Innenstadt. Vermutlich verdiente sich der Chauffeur gelegentlich bei der Mafia ein Zubrot als Fluchtfahrer.

Auf der Viale Alessandro Guidoni, einem geraden Straßenstück, auf dem sich die Kunststücke des Wagenlenkers nur auf überraschende Spurwechsel beschränkten, glitten Darwins Gedanken wieder zu Alex ab. Weniger ihr Gesundheitszustand beschäftigte ihn – ihre Genesung machte gute Fortschritte, und Lucy leistete ihr in jeder freien Minute Gesellschaft –, sondern die immer greifbarer werdenden Ahnungen im Hinblick auf ihre Vergangenheit machten ihm Sorgen.

Als sie ihm vor zwei Tagen beim Frühstück die Präimplantationsdiagnostik erklärt und er sie gefragt hatte, was eine Chimäre sei, war ihre Reaktion irgendwie merkwürdig gewesen. War

Alex eine Chimäre? Sie hatte diese merkwürdigen Gaben, das Leuchten der Haut und ihren »Brieftaubensinn«. Darwin mochte schon längst nicht mehr daran glauben, dass sie und ihre genetisch beinahe identischen Geschwister auf natürlichem Wege gezeugt worden waren. Immer mehr wurde der Verdacht zu einer drückenden Gewissheit, dass mehr hinter ihren physiologischen Besonderheiten steckte.

Da war die mysteriöse Angelgesellschaft, in der Martin Cadwell alias Thorgrim Gunnarsson offenbar eine zentrale Rolle gespielt hatte. Er war Biologe, und Alex sagte, er sei ihr genetischer Vater – Samenspender wäre vermutlich das passendere Wort gewesen. Im Nachhinein konnte Darwin schwer verstehen, warum ihm die Ähnlichkeit der beiden nicht schon viel früher aufgefallen war. Vermutlich wegen des Altersunterschieds; er hatte das Gesicht des jungen Cadwell ja nie gesehen. War es denkbar, dass dieser selbsternannte Ästhet in seiner Vollkommenheitsmanie an den Genen der Embryos herummanipuliert hatte, um sie zu »verbessern« …?

Ein plötzlicher Schlag riss ihn aus der Versenkung. Der Mann am Steuer sprudelte lachend ein paar italienische Sätze hervor, deren Inhalt sich Darwin nur ansatzweise erschloss. Offenbar hatte der Mafiafahrer einen Bordstein mitgenommen.

Erstaunlicherweise erreichten sie wenig später aber doch ohne Behelligung durch Polizei oder Karambolagen ihr Ziel in der Altstadt von Florenz. Mit dem Vorderrad auf dem Gehweg kam das Taxi in einer spektakulären Rutschpartie zum Stehen.

Via Ricasoli 58–60, 50122 Firenze. So lautete die offizielle Anschrift von Signor *David*. Michelangelos Gigant war das, was Hausbesitzer gemeinhin unter der Bezeichnung »Dauermieter« zu schätzen wussten. Der Umzug in die Galerie der florentinischen Kunstakademie lag schon über einhundertdreißig Jahre zurück. Damals war es dem nackten Koloss vor dem Palazzo Vecchio zu zugig geworden. Im Erdgeschoss der Akademie hatte man ihm ein hübsches Zimmer eingerichtet, nein, eigentlich war die *Tribuna del David* schon eher eine Kapelle für den in Stein verewigten Genius von *Il Divino*, »dem Göttlichen«.

Nachdem der Engländer den italienischen Lenker des Fluchtfahrzeugs ausbezahlt und das Taxi röhrend wieder auf die unzulässige Höchstgeschwindigkeit beschleunigt hatte, verharrte Darwin einige Sekunden lang andächtig vor dem hohen Portal. Die karamellfarbenen Holztüren standen offen. Dahinter herrschte jenes kühle Halbdunkel, das man hier in den heißen Sommern so zu schätzen wusste. Auf dem gläsernen Schott im Rundbogen des Eingangs stand in goldenen Lettern der Name der ehrwürdigen Institution.

GALLERIA DELL'ACCADEMIA

Hier sollte es sich also entscheiden. Er schöpfte tief Atem. Dann trat er ins Zwielicht ein.

Über ein schwarz-weißes Rautenmuster aus Stein schritt er zum Ticketschalter und meldete sich bei einer mondgesichtigen Kartenverkäuferin an. Sie bedeutete ihm zu warten. Während er der Dinge harrte, die da kommen sollten, strömten ununterbrochen Besucher an ihm vorbei.

Nach kurzer Zeit erschien auf der Treppe zu seiner Linken eine schlanke Blondine, die nicht unbedingt seinem Klischee von einer italienischen Gelehrten entsprach. Sie mochte etwa achtunddreißig sein, war mittelgroß, trug eine hellblaue Bluse über dem schmal geschnittenen grauen Rock und lächelte mit ihren rot geschminkten Lippen eher wie ein Mannequin als wie eine Kunsthistorikerin mit Doktortitel. Während sie auf Darwin zukam, nahm er sich vor, bei nächster Gelegenheit am Abbau seiner Voreingenommenheiten zu arbeiten.

»Mr Shaw?«, fragte sie mit rauchiger Stimme. Ihre blauen Augen strahlten ihn offen an.

»Der bin ich. Dann müssen Sie Dr. Franca Marinelli sein, die Direktorin der Galleria dell'Accademia.«

Sie warf mit der Rechten ihren Pferdeschwanz über die Schulter und reichte ihm die Hand. Nachdem der förmliche Teil der Begrüßung erledigt war, sagte sie: »Während meines Jahres an der Slade School of Fine Art habe ich gelernt, dass schwierige Aufgaben leichter zu lösen sind, wenn man das ganze Brimborium an Titeln weglässt und sich auf die Vornamen beschränkt. Wenn Sie also nichts dagegen haben: Ich bin Franca.«

Er musste unweigerlich schmunzeln. »Ich fühle mich gleich wie zu Hause. Auch wegen Ihres ausgezeichneten Englisch. Nennen Sie mich …«

»… Darwin«, unterbrach sie ihn. »Ich weiß. Sie sind ja inzwischen bekannt wie ein bunter Hund.«

»Soll ich das als Kompliment auffassen?«

Sie beugte sich konspirativ zu ihm vor. In ihrem Ausschnitt blitzte ein kleines goldenes Kreuz. »Meine Sympathie haben Sie. Wissen Sie, Darwin, ich konnte mich nie mit dem Gedanken anfreunden, meine Vorfahren seien als Affen auf Bäumen herumgeturnt.«

Seine Brauen hoben sich. »Sie überraschen mich.«

»Ich verfolge nur regelmäßig die englischsprachige Presse. Was da über Sie und Ihre Beraterin geschrieben wurde, erscheint mir nicht fair.«

»Es tut gut, auch mal eine andere Meinung zu hören.«

»Wie wollen wir vorgehen, Darwin?«

»Wenn es Ihnen nichts ausmacht, würde ich mir gerne als Erstes einen Eindruck vom Objekt der Begierde machen.«

»Gerne. Leider kann ich Ihnen keine Séparée-Führung anbieten. Wir haben von acht Uhr fünfzehn bis achtzehn Uhr fünfzig geöffnet, und Sie sehen ja: Das Haus ist gut besucht.«

»Kein Problem. Wir können später in die Details gehen, wenn wir mit der Polizei den Einsatzplan abstimmen. Zunächst will ich nur ein Gefühl für die Räumlichkeiten und für unser Baby bekommen.«

Sie lachte. »Den *David* meinen Sie? Er ist ein ziemlich großes ›Baby‹. Vom Scheitel bis zur Sohle misst er exakt fünf Meter siebzehn.«

»Oh! Ich hatte andere Zahlen im Kopf.«

»Ja, weil die meisten Fachbuchautoren voneinander abschreiben, die Fehler inbegriffen. Wir hatten im Januar 1999 ein Team von der Stanford University hier. Sie haben die Statue dreidimensional eingescannt und mittels Lasertechnik neu vermessen. Dabei kam heraus, dass sie deutlich größer ist, als man bis dahin annahm. Aber lassen Sie uns nicht lange theoretisieren. Kommen Sie, ich zeige Ihnen das ›Objekt‹ dieses – wie nennen Sie den Serientäter noch gleich?«

»Das ›Gehirn‹.«

»Klingt irgendwie nach *James Bond jagt Dr. No*.«

»Manchmal kommt es mir auch so vor.«

Franca deutete zu einer Tür gegenüber dem Haupteingang. Sobald sie diese durchschritten hatten, senkte sie ihre Stimme, als befänden sie sich in einer Kathedrale, obwohl der angrenzende Raum eher einem langen hohen Korridor glich. Links sah Darwin zwei Fenster. An den Wänden waren beiderseits Bänke mit hohen Lehnen und kurzen Sitzflächen befestigt. Gemälde konnte er keine entdecken, lediglich fünf oder sechs hohe, grob behauene Steinblöcke.

»Ich nehme an«, nahm Darwin den Faden wieder auf, »Sie haben wie alle Museen, die das ›Gehirn‹ mit seinen Besuchen beehrt hat, montags geschlossen?«

»So ist es.« Sie blieb unvermittelt stehen, und ihre Miene wurde ernst. »Glauben Sie, dieser Irre will hier genauso wie im Louvre eine Bombe hochgehen lassen?«

»Wir müssen die Möglichkeit leider in Betracht ziehen.«

»*Dio mio!* Das wäre eine Katastrophe. Wir hatten in Florenz schon mal einen Sprengstoffanschlag auf eine Skulpturengruppe. Es war im ›Saal der Niobe‹, in den Uffizien, gleich hier in der Nachbarschaft. Ich kann mich noch genau erinnern: 1993 war das, in meinem ersten Jahr als Doktorandin. Ich befand mich gerade im Vasarischen Korridor, der die Uffizien mit dem Palazzo Pitti verbindet, als es *rums!* machte. Neunzig Kunstwerke wurden beschädigt, drei davon irreparabel. Die Leute haben geweint und Geld gesammelt, um den Schaden wieder gutzumachen. So einen schwarzen Tag für die Kunst möchte ich kein zweites Mal erleben.«

»Wir werden unser Bestes tun, um das zu verhindern, Franca.«

»Wussten Sie übrigens, dass unser *David* auch schon einmal attackiert wurde? Ein Verrückter hat auf seinen Fuß eingeschlagen. Höher reichte der Kerl nicht.«

Darwin ließ seinen Blick zum anderen Ende des Korridors schweifen, wo der Gigant stand. Aus der Entfernung sah er gar nicht so groß aus. Die Sonne schien durch die Fenster in der Kuppel über der Statue und tauchte sie in ein fast überirdisches Licht. Der Detektiv schüttelte den Kopf. »Das muss vor meiner Zeit bei ArtCare gewesen sein.«

»Vermutlich. Zumindest war es vor *meiner* Zeit. Sie kennen die Geschichte des Hauses?«

»Nicht wirklich.«

»Es ist ein sehr altes Gebäude. Ursprünglich war hier das *Ospedale di San Matteo* untergebracht, ein Hospital. Im Laufe der Zeit hat man es dann bis zur heutigen Größe ausgebaut. Die Florentiner Kunstakademie wurde 1562 von Cosimo I. gegründet. Aber erst 1784 verordnete Großherzog Pietro Leopoldo die Zusammenlegung sämtlicher Zeichenschulen von Florenz in einer zentralen Akademie. Um den Studenten Anschauungsmaterial zu geben, wurde eine Galerie angeschlossen.«

»Die Galleria dell'Accademia.«

»Richtig.« Franca setzte sich wieder in Bewegung und deutete zu je zwei aufrecht vor den Wänden stehenden Marmorblöcken, aus denen sich windende Figuren halb herausragten, als versuchten sie vergeblich, sich aus dem Stein zu befreien. »Dies ist die *Galleria dei Prigioni*.«

»Prigioni?«

»Das Wort bedeutet ›Gefangene‹. Die Skulpturen stammen ebenfalls von Michelangelo.«

»Es sieht aus, als wären sie unvollendet.«

»Das sind sie auch. Einige Kunsthistoriker vertreten aber die Ansicht, der Künstler habe mit ihnen ein Sinnbild schaffen wollen für die Bindung der menschlichen Existenz an die Materie, aus der es kein Entrinnen gibt. Die Statuen waren ursprünglich für das Grab von Papst Julius II. in Rom bestimmt.«

»Und die fünfte Figur da rechts neben der Tür?« Er deutete zu dem Sockel.

»Das ist San Matteo.«

»Der heilige Matthäus?«

Sie nickte. »Die unvollendete Plastik wird ebenfalls dem Meister zugeschrieben. Bei der nächsten, der *Pietà di Palestrina*, die dort rechts zwischen den Wandpfeilern steht, ist man sich weniger sicher.«

Darwin umrundete eine japanische Besuchergruppe, die ergriffen einen der ›Gefangenen‹ umlagerte. Er beachtete kaum die Statue von Maria, ihrem toten Sohn und einer weiteren Person, denn nun schweifte sein Blick wie magisch angezogen unter den bogenförmigen Jochen der Decke entlang zum *David*, der mit jedem Schritt größer wurde. Die Figur stand in einer hohen, halbrunden Nische mit kuppelförmigem Abschluss, wie man sie häufig in Kirchenbauten sah.

»Das ist ein Mannsbild, was?«, sagte Franca mit anzüglichem Lächeln.

Darwin verzog den Mundwinkel. »Ich stehe mehr auf weibliche Formen.«

»Einigen wir uns darauf, dass er in der Renaissance das Idealbild des Menschen verkörperte.«

»Sie sind die Expertin. Ich habe den Eindruck, mancher Zeitgenosse sieht ihn auch heute noch als Inbegriff der Vollkommenheit.«

»Wohl wahr!«

»In unserem Versicherungssteckbrief heißt es, der Gigant stehe schon seit 1873 hier.«

»Das ist richtig. Bis dahin hat er bald vierhundert Jahre lang auf der Piazza della Signoria Wind, Sonne und Regen getrotzt. Die Stadtväter im Palazzo Vecchio hatten ihn dort als Symbol einer Republik postiert, die sich gegen mächtige Feinde behaupten musste – hauptsächlich Mailand, Neapel und Venedig. Um ihn zu schützen, wurde er dann gegen eine Kopie ausgetauscht, die immer noch an selber Stelle vor dem Rathaus steht. Dem Original hat man hier diese Apsis gebaut – die *Tribuna del David* – und dazu einen neuen Sockel spendiert.«

Das Paar kam in einigem Abstand zur Figur zum Stehen. Nur eine gläserne Brustwehr trennte sie von dem beeindruckendsten Kunstwerk, dass der Besucher aus England je gesehen hatte. Jetzt konnte er endlich die wahre Größe von *Il Gigante* ermessen. Ein normaler Italiener sah den Riesen etwa aus Höhe der Fußknöchel, Darwin reichte nur wenig weiter hinauf.

»Der Marmor wirkt fast makellos«, wunderte er sich. »Man könnte glauben, Michelangelo habe die Figur erst vor wenigen Jahren aus dem Stein geschlagen.«

»Sie wurde vor drei Jahren restauriert«, erwiderte Franca, danach überließ sie ihn seinem atemlosen Staunen; nur ab und zu fütterte sie ihn mit einigen erhellenden Details.

Die Statue ruhte auf einer Plinthe – einer rechteckigen Steinplatte mit der Oberfläche eines stilisierten Felsens – und diese wiederum auf dem Sockel. Dadurch wuchs der Koloss noch höher über den Betrachter hinaus, der sich im direkten Vergleich wahrhaft wie ein Zwerg vorkam.

Fotografien von Michelangelos Meisterwerk konnten nicht einmal ansatzweise die gleichen Gefühle wecken, die Darwin in diesem Moment empfand. Nackt, athletisch, ebenso kraftvoll wie sinnlich stand der *David* da – die klassische Haltung des Kontrapost, erläuterte Franca: fest gefügtes Standbein und lockeres

Spielbein, eine Synthese der ruhenden und treibenden Kräfte, wie sie der Meister von antiken Vorbildern übernommen habe. Das linke Schwungbein war gebeugt, die Ferse leicht erhoben, was die Dynamik einer gerade ausgeführten Bewegung suggerierte. Mit der Linken hielt der Hirte, von vorne kaum zu erkennen, die Schleuder, seine einzige Waffe im Kampf gegen den Riesen Goliath. Wie die Handstellung der Rechten vermuten ließ, hielt der biblische Held darin spielerisch, ja ungeduldig, den dazugehörigen Stein, welcher aber nicht zu sehen war.

Schon das Gesicht allein löste in Darwin Ergriffenheit aus. Es verriet Ernst, Argwohn, Wachsamkeit, auch die Bereitschaft, dem hünenhaften Gegner entgegenzutreten, aber weder Furcht noch eine hochfahrende Siegerpose. Ein bescheidener Streiter für Israel, der seinem Gott die Ehre gibt. Der Hirte mit der Steinschleuder schaute, leicht von oben, nach links, worin sich, wie Franca anmerkte, der mittelalterliche Glauben ausdrücken mochte, die rechte Seite eines Menschen werde von Gott beschützt, während die linke dem Bösen ausgesetzt sei. Die Haltung der Figur insgesamt symbolisiere Kraft und gerechten Zorn, Eigenschaften die während der Renaissance als Tugenden galten. Augenscheinlich habe der Künstler großen Wert auf eine naturalistische Darstellung gelegt, was der Figur ihre besondere Ausdrucksstärke verleihe.

Ja, dachte Darwin, die hat dieser Gigant. Nun erst verstand er Cadwells Entsetzen, nachdem dieser vom Plan des »Gehirns« erfahren hatte. Diese Figur wirkte vollkommen. Jeder einzelne Muskel und jede Sehne waren zu erkennen. An den Händen konnte man sogar deutlich die hervortretenden Adern sehen. Sie war perfekt. Und dennoch …

»Ich hörte, die Proportionen des *David* seien nicht ganz stimmig«, sagte Darwin leise.

»Darüber gehen die Meinungen stark auseinander«, antwortete Franca. »Aber wenn ein Meister etwas erschafft, dann finden sich immer Neider, die an seinem Werk herummäkeln. Es gibt eine nette Anekdote über Michelangelo und Piero Soderini, den Gonfaloniere der Stadt Florenz.«

»Was, bitte schön, ist ein Gonfa- …?«

»Der *Gonfaloniere di Giustizia* war der ›Bannerträger der Gerechtigkeit‹ – wenn Sie wollen, das Staatsoberhaupt von Florenz.«

»Der Boss.«

Franca lächelte. »*Si*. Der Boss äußerte also gegenüber Michelangelo, nachdem er ihm mit einigen lobenden Bemerkungen fachmännische Kritik vorgespiegelt hatte, die Nase der Figur erscheine ihm zu dick. Darauf soll der Meister schnell einen Meißel in die Linke und von den Brettern des Gerüsts ein wenig Marmorstaub genommen haben, um sodann mit dem Werkzeug über dem beanstandeten Körperteil leise in seiner pulvergefüllten Hand herumzurühren. Dabei ließ er den Staub nach und nach niederfallen, ohne an dem Gesichtserker irgendetwas zu verändern. ›So gefällt sie mir besser. Ihr habt ihr das Leben gegeben!‹, soll der Sachverständige daraufhin bemerkt haben.« Sie breitete die Hände aus. »Wie Sie sehen, setzt man sich leicht dem Spott der Jahrhunderte aus, wenn man einem Meister wie *Il Divino* Verbesserungsvorschläge macht. Er mag zwar nicht geahnt haben, *wo* seine Figur ihren Platz finden, aber mit Sicherheit wusste er, *wie* man sie sehen würde, nämlich so, wie wir zwei in diesem Augenblick.«

»Wieso hatte Michelangelo keine Ahnung über den Standort?«

»Sein Werkvertrag kam vom Domkapitel. Aber für die Kirche war der *David* dann doch etwas … unpassend. Den zeitgenössischen Berichten zufolge suchte erst eine Kommission – der übrigens auch Leonardo da Vinci und Botticelli angehörten – nach einem würdigen und repräsentativen Ort für die Aufstellung der Figur.«

»Unpassend?«, echote Darwin. Das Wort hatte sich in seinem Hinterkopf verhakt.

Francas Blick blieb an den Lenden des *David* hängen. »Der Prachtbursche war für den damaligen Zeitgeschmack schlicht und ergreifend zu nackt. Michelangelo dürfte sich bei der Wahl seiner Ausführung wohl mehr von künstlerischen als von sittlichen Aspekten leiten gelassen haben. Die Anlehnung an die antiken Akte ist unverkennbar, ein Ausdruck der Rückbesinnung oder ›Wiedergeburt‹ – nichts anderes bedeutet das Wort *Renaissance*. Eine Rückbesinnung auf die Kunst und Kultur Griechenlands, die von göttergleichen, aber heidnischen Kriegshelden geradezu überquoll.«

»Ziemliches Wagnis, sich gegen den gesellschaftlichen Konsens aufzulehnen«, sagte Darwin. Unwillkürlich musste er dabei an Alex denken.

Franca strich sich eine Strähne aus dem Gesicht und nickte. »Der Philosoph Giordano Bruno hat gesagt: ›Die allgemeine Meinung ist nicht immer die wahrste.‹ Dafür hat die Kirche ihn auch verbrannt. Vielleicht hat Michelangelo ein halbes Jahrhundert zuvor ähnlich empfunden und sich nach einer Befreiung gesehnt.«

»Denken Sie, Michelangelo war ein Revolutionär?«

»Als Künstler ganz bestimmt. Vielleicht trieb ihn aber auch nur jugendlicher Übermut. Man muss sich das einmal vorstellen: Noch sechs Jahre zuvor – unter dem Bußprediger Savonarola – hatten die Bürger von Florenz dem ›Heidentum‹ der Humanisten den Krieg erklärt und ihrer Kunst abgeschworen. Unersetzliche Werke wurden verbrannt. Kein Wunder, dass sich an der Nacktheit des *David* die Gemüter erhitzten. Das Standbild wurde während seines fünf Tage dauernden Transports vom Dom zum Rathausplatz mit Steinen beworfen. Schließlich mussten seine Genitalien mit einem vergoldeten Feigenblatt bedeckt werden. Heute können Sie den Penis von *Il Gigante* in ganz Florenz auf T-Shirts, Tragetaschen und in Gips erwerben. Absurd, was?«

»Anscheinend gehört Ausgeglichenheit nicht gerade zu den verbreitetsten Tugenden. Weil sie gerade das Alter Michelangelos erwähnen, ich stelle ihn mir immer als einen alten Mann mit Bart vor.«

»*Dio mio!*« Die Direktorin kicherte, als wäre sie wieder die Kunststudentin. »Nein, das war er nicht. Jedenfalls nicht, als er den *David* aus seinem steinernen Gefängnis befreite. Mit sechsundzwanzig fing er damit an.«

»So jung?«

Sie nickte. »Er brauchte zweieinhalb Jahre, nachdem sich mehrere andere Künstler vergeblich mit dem weißen Marmorblock aus Carrara abgemüht hatten, den man übrigens schon zu dieser Zeit *Il Gigante* – ›der Gigant‹ – nannte. Michelangelos Biograf Giorgio Vasari behauptet, zwischen den Beinen der ›verdorbenen‹ Statue sei bereits ein Loch gewesen.«

»Erstaunlich, was er trotzdem daraus schuf. Das allein ist schon, finde ich, der Sieg eines David gegen einen marmornen Goliath.«

Francas rote Lippen schmunzelten. »Das haben Sie hübsch gesagt. Es gibt tatsächlich unzählige Deutungen zu dieser Figur und ihrer Geschichte. Man kann es auch so sehen: Der David vor der Signoria – dem Rat der Stadt und eigentlich jeder staatlichen Gewalt – ist eine Warnung, sich stets bewusst zu sein, dass gelegentlich der Stein eines Furchtlosen genügt, um einen Kampf zu entscheiden – ja, um ein Gewaltregime zu beseitigen.«

»Ein Gewaltregime beseitigen?«, wiederholte Darwin leise. Nachdenklich ließ er seinen Blick erneut den Giganten erklimmen.

Kapitel 19

»Natürlich war er ein Teil meines Traumes, aber andererseits war auch ich ein Teil seines Traumes.«

Lewis Carroll

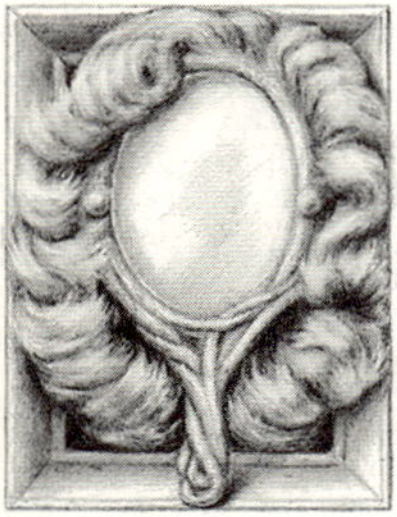

FLORENZ (ITALIEN),
Sonntag, 21. Oktober, 13.05 Uhr

Ihr Herzschlag beschleunigte sich, als im Fenster der Fokker 50 die sanfte Hügellandschaft der Toskana erschien. Das bis dahin gleichförmige Dröhnen der zwei Turboprop-Aggregate steigerte sich zu einem Crescendo; zumindest kam es Alex so vor. Sie war aufgeregt. Ihr letzter Besuch in Florenz lag schon einige Jahre zurück. Schade nur, dass der Anlass der Reise wenig Hoffnung auf touristische Entspannung versprach. Ein Blick auf die Armbanduhr verriet, die Maschine war pünktlich. In etwa fünfzehn Minuten musste sie auf dem Flughafen Amerigo Vespucci landen. Bald würde sie Darwin wiedersehen.

Als sie ihm in einem längeren Ferngespräch ihre Gründe dargelegt hatte, stieß er zunächst ins selbe Horn wie Dr. Atkey: »Musst du dich nicht schonen?« Aber schon die Frageform kam ihr seltsam vor. War seine Sorge um die »Partnerin« nur vorgeschützt? Erstaunlich schnell gab er ihrem Drängen nach und versprach, die Hinzuziehung seiner Chefberaterin gegen mögliche Bedenkenträger durchzusetzen. Und so kam es dann auch.

Sogar jetzt, im Landeanflug auf Florenz, drückte sie der Argwohn noch wie ein Stein im Schuh. Wollte er sie nur bei sich haben, um sie im Auge zu behalten? Misstraute er ihr nach wie vor? Verdächtigte er sie, irgendwie an den Museumseinbrüchen beteiligt zu sein? Sie hatte ihn ja nicht gerade mit Informationen zu ihrem Aufenthalt in Theos Versteck überhäuft.

»Du fantasierst!« Ihr Wispern ging im Gedröhne der Propeller unter.

Als Erstes fiel Alex sein ernstes Gesicht auf. Die Strapazen der letzten Zeit waren Darwin anzusehen, aber als er sie aus dem Zollbereich kommen sah, heiterte sich seine Miene schlagartig auf.

»Willkommen, Partner!«, rief er ihr entgegen, breitete die Arme aus, nahm dann indes doch nur ihre Rechte in seine Hände, um sie heftig zu schütteln. Nachdem er sich ihres Koffers bemächtigt hatte, fragte er nach ihrem Befinden.

»Die Kopfschmerzen sind noch nicht ganz weg, aber es geht«, antwortete Alex. In seiner Gesellschaft fühlte sie sich gleich viel besser, aber das wagte sie nicht auszusprechen.

»Hast du Lindsey niederschlagen müssen, um aus dem Krankenhaus zu entkommen?«

»So was Ähnliches. Er wollte mir die Reise partout ausreden. Zuletzt ließ er mich irgend so einen Wisch unterschreiben, damit ich das Krankenhaus nicht für Folgeschäden haftbar machen kann.«

»Die übliche Verfahrensweise. Ich bin froh, dass du trotzdem gekommen bist. Ach, und heute früh habe ich mit Lucy telefoniert. Sie sagte mir, dass ihr gestern viel miteinander geredet habt.«

»Stimmt. Ich kann deine Schwester gut leiden. Übrigens hat sie mir ihren Laptop geliehen, damit ich auf der Reise arbeiten kann.«

»Die ›Galerie der Lügen‹?«

Alex zog die Schultern hoch und nickte.

Darwin schüttelte lächelnd den Kopf. »Du bist wohl durch nichts klein zu kriegen.« In Richtung Ausgang deutend, fügte er hinzu: »Ich habe einen Mietwagen. Die Taxis hier sind mörderisch.«

Wenig später fuhren sie in einem silbergrauen Alfa Romeo Brera in Richtung Innenstadt. Bald erhaschte Alex einen Blick auf die Kuppel des Florentiner Doms. Ihr Herz fing wieder heftiger an zu schlagen, und ihre großen Augen waren wohl auch für Darwin nicht zu übersehen.

»Ich habe mir erlaubt, dich im Baglioni unterzubringen«, bemerkte er. »Ein nobles Vier-Sterne-Hotel, ganz in der Nähe der Piazza del Duomo. Wird dir gefallen.«

Sie sah ihn erstaunt an. »Wie komme ich denn zu der Ehre?«

»Nach allem, was du für ArtCare getan hast, sind wir dir das schuldig. Wenn du willst, können wir vom Hotel zu Fuß in die Via Ricasoli laufen.«

»Du meinst, in die Kunstakademie? Wenn wir die Zeit dazu haben, gerne.«

»Die Galerie schließt erst kurz vor sieben. Vorher ist kaum mit einem Auftauchen das ›Gehirns‹ zu rechnen.«

»Die Galleria dell'Accademia ist heute geöffnet?«, staunte Alex.

»Ja«, knirschte Darwin. »Nach außen hin fahren sie einen knallharten Kurs: ›Wir lassen uns von Terroristen nicht erpressen!‹ Andererseits wollen sie am Abend das ganze Viertel absperren. Da soll einer draus schlau werden!«

»Ist das der Grund, weshalb du so ein griesgrämiges Gesicht machst?« Alex biss sich auf die Lippe. Das hatte sie eigentlich nicht sagen wollen.

Er nickte mit säuerlicher Miene. »Ich verstehe ja, dass man einen der kostbarsten Kunstschätze der Menschheit nicht als Köder für einen zerstörungswütigen Kriminellen benutzen will. Nur fürchte ich, das ›Gehirn‹ lässt sich davon nicht abschrecken.

Alessandro Mello, der Polizeieinsatzleiter, behauptet zwar, selbst eine Fledermaus könne seinen Sicherheitskordon nicht durchdringen, aber das halte ich für eine Fehleinschätzung. Ich traue dem ›Gehirn‹ zu, einen Hubschrauber zu chartern und eine Bombe über der Accademia abzuwerfen.«

»Jetzt übertreibst du aber.«

Darwin steuerte vor dem Hotel auf der Piazza dell'Unità Italiana eine freie Parkbucht an. »Stimmt«, räumte er ein, während er am Lenkrad kurbelte. »Aber trotzdem bleibt bei mir so ein komisches Gefühl, die Verantwortlichen könnten sich zu Unrecht in Sicherheit wiegen. Normalerweise kann ich mich auf meinen Bauch verlassen.«

Einige Minuten später checkte er Alex im Baglioni ein. Schon die Lobby des Hotels verriet, dass hier Luxus und Gediegenheit im Vordergrund standen: tiefer purpurfarbener Teppichboden, dunkelbraune Holzkassetten an der Decke, dick gepolsterte Ohrensessel, Rundbogen ohne Ende sowie überall Gemälde, Fresken und Plastiken, die gewiss nicht in jedem Souvenirladen zu erstehen waren.

Auch das Zimmer war, wie sich wenig später zeigte, ein florentinischer Traum – wenn man den traditionellen Stil schätzte. Während Alex noch über die antik anmutende Einrichtung staunte, hievte Darwin ihren Trolley auf die Gepäckablage.

»Durch das Fenster kannst du den Dom sehen. Hat mich einige Überredungskunst gekostet, der Dame an der Rezeption dieses Zimmer abzuschwatzen. Ich bin ein Stockwerk tiefer untergebracht und sehe nur parkende Autos auf der Piazza. Willst du dich kurz frisch machen?«

Alex war schon um vier Uhr morgens aufgebrochen. Der Flug ging um zwanzig nach sechs. Beim Zwischenstopp in Zürich hatte sie fast drei Stunden vertrödelt. Sie fühlte sich müde, aber trotzdem antwortete sie: »Nein. Lass uns zur Akademie spazieren. Ich kann's gar nicht erwarten, den *David* endlich zu sehen.«

Darwin nickte. »Ist vielleicht keine schlechte Idee. Möglicherweise bist du eine der Letzten, denen das noch vergönnt sein wird.«

In Florenz stünden insgesamt sieben Kopien von Michelangelos Gigant, erklärte Darwin, während er und Alex bei herrlichem Sonnenschein von der Piazza del Duomo in die Via Ricasoli einbogen. Der Verkehr brandete um sie herum. Beim Brainstorming über den Einsatzplan habe doch tatsächlich ein sehr einflussreicher Vertreter der Exekutive vorgeschlagen, das Original gegen eines der Duplikate auszutauschen. Der Plan sei dann aber schnell verworfen worden.

Die Galleria dell'Accademia lag zwei Querstraßen weiter unten. Sie liefen unter dem weit ausladenden Gebälk von Häusern vorbei, das in den heißen Sommern des ausgehenden Mittelalters vielleicht schon Michelangelo oder Leonardo da Vinci Schatten gespendet hatte.

»Wie bist du hier aufgenommen worden?«, fragte Alex.

»Du meinst in Hinsicht auf die Medienkampagne gegen uns?«

Sie nickte.

»Dr. Franca Marinelli, die Direktorin der Accademia, steht auf unserer Seite. Heute früh erst sagte sie mir, sie hätte mit großem Interesse deine neueste Folge der ›Galerie der Lügen‹ im Internet gelesen.«

»Hört sich eher unverbindlich an.«

»Na ja, sie meint, sie wolle die Gentechnik nicht rundweg verurteilen. Eltern mit einem Kind, das an Mukoviszidose oder an Muskelschwäche leide, könnten wahrscheinlich nicht verstehen, warum die Öffentlichkeit ein Gewese um die Biotechnologie mache. Sie wollen Hilfe.«

»Ich bin auch nicht dagegen, sinnvolle Therapien zu finden. Aber ich denke, man muss sich über das Wann und Wie Gedanken machen. ›Wehret den Anfängen!‹ Bertolt Brecht hat dabei wohl nicht an Biotechnologie gedacht, aber es gibt viele Wege, um in sein Verderben zu rennen. Derzeit kommt mir der Einsatz mancher Verfahren so vor, als hätte man gerade erst das Fliegen erfunden und startet jetzt fröhlich in die Lüfte, ohne überhaupt zu wissen, wie man nachher landen soll. Frei nach der Devise: Runter kommen sie alle.«

»So ähnlich hat auch Franca argumentiert. Wie gesagt, sie ist uns wohl gesonnen.«

»Im Gegensatz zu …?«

»Zum Einsatzleiter der Polizei. Comandante Mello verhält sich mir gegenüber ziemlich distanziert. Franca hatte mir gesteckt, er halte mich für ein Mitglied irgendeiner Sekte, deren Ziel es sei, die Wissenschaft ihrer Forschungsgelder zu berauben. Kannst du dir das vorstellen?«

»Ist die Frage ernst gemeint?«

»Nein. Mir ist klar, du hast mich vor all dem gewarnt, aber Theorie und Wirklichkeit sind trotzdem zweierlei Paar Schuhe.«

»Vermutlich bist du in den letzten Tagen nicht dazu gekommen, im Internet zu surfen. Mittlerweile misstraut man uns in ganz Europa. Allerdings habe ich ein ermutigendes Phänomen feststellen können.«

»Ich kann jede Aufmunterung gebrauchen. Worum handelt's sich denn?«

»Seitdem die ›Galerie der Lügen‹ sich auf den Menschen fokussiert, scheint die Stimmung in der breiten Öffentlichkeit wieder zu unseren Gunsten zu kippen. Offenbar können einige sehr wohl zwischen Therapie und dem Verbesserungswahn mancher Wissenschaftler unterscheiden. Man hört zunehmend Meinungsäußerungen wie: Wir wollen, dass natürlich gezeugte, entwickelte und geborene Kinder nicht zum Auslaufmodell der Bauserie *Homo sapiens* werden.«

»Das ist allerdings eine wirklich gute Nachricht. Gratuliere, Alex.«

»Ich habe nur ein paar Gedankenverbindungen hergestellt und über die Museumseinbrüche berichtet. Mir gefällt die Vorstellung auch nicht, aber wenn einer die Lorbeeren verdient, dann ist es wohl das ›Gehirn‹.«

Sie bemerkte, wie Darwin sie auf eine unerfreulich intensive Art musterte. Rumorte da in ihm wieder das Misstrauen?

In diesem Moment erreichten sie die Kreuzung Via Ricasoli und Via degli Alfani. Alex entdeckte die ersten weiß-roten Absperrungen der Polizei. Noch war die Straße zur Kunstakademie befahrbar, aber in wenigen Stunden würde sich das Viertel in eine Festung verwandeln.

»Das Ganze ist mehr Säbelrasseln als sinnvoller Schutz«, schnaubte Darwin. »Wenn sich der Retter des gesunden Menschenverstandes, genannt das ›Gehirn‹, schon vor Wochen irgendwo gegenüber der Accademia eingemietet hat, dann könnte er sie mit sonst was in Brand schießen.«

Alex überhörte die Spitze auf ihre letzte Äußerung. Sie wiegte den Kopf hin und her. »Das wäre Vandalismus anstatt Symbolismus. Denke an den *Unachtsamen Schläfer*. Das ›Gehirn‹ will seine ›Galerie der Lügen‹ krönen. Blinde Zerstörungswut würde genau das Gegenteil bewirken.«

»Hoffentlich hast du Recht. Das Aufgebot an Sicherheitskräften ist jedenfalls immens. Sinnigerweise haben die Verantwortlichen das Unternehmen *Operazione Gigante* getauft.«

»Wie vielsinnig!«

»Kann man wohl sagen. Die ›Operation Gigant‹ steht unter der Federführung der *Carabinieri Tutela Patrimonio Culturale*, was ungefähr so viel bedeutet wie ›Polizeieinheit zum Schutz des kulturellen Erbes‹.«

»Nie gehört.«

»Ist, wie der Name schon andeutet, eine Unterabteilung der Carabinieri.«

»Verstehe.«

»Von ArtCare ist vorgestern noch Jeff Blackwater angereist, unser Experte für Sicherheitstechnik. Letztere ist in den vergangenen Tagen mit Hochdruck ausgebaut worden. Du wirst es ja gleich erleben. Da geht's rein.« Er deutete auf die karamellfarbenen Holztüren neben der Hausnummer 60.

Darwin lief als Erster unter dem gläsernen Schott im Rundbogen hindurch. Als Alex ihm folgte, spürte sie unvermittelt einen heißen Schmerz im Kopf, so als sei darin gerade ein Tauchsieder eingeschaltet worden. Sie schrie erschrocken auf und warf den Blick nach oben. Während der Schwindel sie übermannte, gewahrte sie noch die seltsame »Brückenkonstruktion« über dem Eingang. *Ein Metalldetektor!*, schoss es durch ihre brodelnden grauen Zellen.

Dann fiel sie in Ohnmacht.

Mehrere Dutzend Gesichter blickten auf sie herab. Es war nicht unbedingt ein angenehmes Erwachen. Alex spürte etwas Weiches unter ihrem immer noch glühend schmerzenden Kopf. Auch die Füße hatte man ihr hochgelegt. Zwischen dem bangen Schauen und sensationslüsternen Gaffen fand sie ein besorgtes braunes Augenpaar, das ihr vertraut war.

Als Darwin ihren Blick bemerkte, ging er sofort neben ihr in die Knie. »Ich hätte dich besser im Bart's lassen sollen, anstatt …«

»Der Metalldetektor«, unterbrach ihn Alex stöhnend. Sie deutete über ihren Kopf hinweg zum Eingang.

»Mein Gott, daran habe ich überhaupt nicht gedacht!«, stieß Darwin hervor und rief eilig zu jemandem außerhalb von Alex' Gesichtskreis, er solle das »Tor« abschalten. Dann wandte er sich wieder ihr zu. »Gleich kommt ein Krankenwagen.«

Irgendwo drang lautes Rauschen aus einem Sprechfunkgerät. Ein Polizist schimpfte auf Italienisch.

»Ausgeschaltet!«, rief eine Stimme im Hintergrund.

Sie spürte, wie die Wirkung der Strahlung nachließ, wenngleich sie nicht völlig verschwand. Offenbar hatte die Polizei im Gebäude noch andere Geräte im Betrieb, die starke elektromagnetische Felder erzeugten. Alex versuchte sich aufzurichten, was die Zellen in ihrem Schädel erneut zum Wallen brachte.

Dann, so als hätte jemand eine Höhensonne ausgeknipst, hörte die Hitze schlagartig auf.

Sie fasste sich an die Stirn. Immer noch schienen dahinter kleine Männchen mit der Zerlegung ihres Hirns in seine Einzelteile beschäftigt zu sein. Alles drehte sich um sie herum, aber das Brennen war weg.

»Was ist?«, fragte Darwin besorgt.

Der Carabiniere mit dem Walkie-Talkie hatte endlich seinen Kontakt hergestellt. Ein Wortschwall ergoss sich in das Gerät.

»... caso d'emergenza ... mèdico di turno ... ospedale ...«

Wie in der Sonne funkelndes Treibgut stachen einzelne Vokabeln aus der italienischen Mitteilungsflut hervor. Genug, um Alex in Panik zu versetzen. Sie ignorierte Darwins Frage und protestierte stattdessen: »Kein Krankenhaus!«

»Sicher ist sicher, Alex. Ich will nicht schuld daran sein ...«

»Und ich will keinen Arzt sehen«, fiel sie ihm abermals ins Wort. »Außerdem passiert mir das nicht zum ersten Mal. Gleich bin ich wieder fit.«

Er starrte sie einen Moment wütend an, doch dann wich die Anspannung aus seinen Zügen. »Na schön, aber dann lass ich dich ins Hotel bringen. In deinem Zustand bist du uns hier keine Hilfe. Entschuldige, wenn ich das so offen sage.«

Alex wollte widersprechen, aber sie sah ein, dass Darwin Recht hatte. Zähneknirschend gab sie nach.

Nur ein paar Minuten später fuhr sie mit Blaulicht in einem Polizeifahrzeug zum Hotel zurück. Ihr Gesicht war dem Seitenfenster des Wagens zugewandt, damit die beiden Carabinieri auf den Vordersitzen ihre Tränen nicht sahen. Die an ihr vorüberfliegenden jahrhundertealten Häuser nahm sie nur verschwommen wahr.

Hätte sie etwas tun können, um Theo aufzuhalten? Sie wusste es nicht. Sicher hatte er sie benutzt, als er sie durch den Kassiber zu seinem Sprachrohr machte. War sie nicht längst ein Teil seines wahnsinnigen, aber irgendwie auch genialen Plans, so wie er auch zu ihrem Traum von einem Ende des Alleinseins gehörte? Schmerzlich entsann sie sich Darwins Blick, als sie Theos Verdienste um die öffentliche Debatte über die großen Fragen des Lebens erwähnt hatte. Er war sich mit ihr nicht sicher. Dabei hatte sie ihm nur helfen wollen.

Nun kam sie sich einsam und nutzlos vor.

Kapitel 20

»Wahrlich, keiner ist weise, der nicht das Dunkel kennt.«

Hermann Hesse

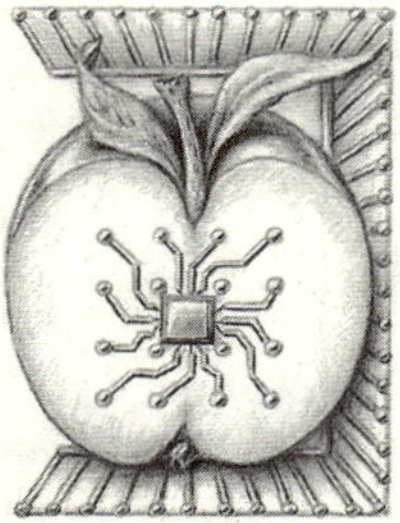

FLORENZ (ITALIEN),
Sonntag, 21. Oktober, 21.52 Uhr

Seit sieben Uhr abends befand sich die Galleria dell'Accademia im Belagerungszustand.

Die Via Ricasoli war, ebenso wie die angrenzenden Straßen, für jeglichen Verkehr gesperrt. Selbst zu Fuß kam niemand mehr in das Viertel hinein. Die Bewohner waren aufgebracht, weil man sie erst wenige Stunden vorher über die Maßnahme informiert hatte. Doch Comandante Alessandro Mello setzte den Einsatzplan rigoros um. Jeder Bürger habe die Pflicht, Italiens Kulturerbe zu schützen. Das bisschen Unbequemlichkeit sei billigend in Kauf zu nehmen.

Ein Korps des *Comando Divisione Unità Specializzate dei Carabinieri* verstärkte die nur etwa zwei Dutzend im Einsatz befindlichen Beamten der Einheit zum Schutz des kulturellen Erbes. Die Männer der Carabinieri-Spezialeinheit waren martialisch gekleidet: schwarze Kampfanzüge, kugelsichere Westen, Helme, Maschinenpistolen. Einsatzleiter Mello dagegen wirkte in seiner schwarzen Uniform mit dem roten Seitenstreifen auf der Hose und der Schirmmütze wie aus dem Ei gepellt.

Innerhalb der Kunstakademie befanden sich nur wenige bewaffnete Polizisten, die den Eingangsbereich sowie das Treppenhaus im Obergeschoss und im Keller bewachten. Dr. Franca Marinelli hatte sich gegen einen »Truppenaufmarsch« in ihrem Museum gewehrt, und das mit einer Resolutheit, die Darwin bewunderte. Ihre sonst eher rauchig weiche Stimme klang wie eine Motorsäge, als sie dem Comandante klar machte, was eine Schießerei im *Salone di Michelangelo* anrichten könne. Ob die »Carabinieri zum Schutz des kulturellen Erbes« es darauf anlegten, als Zerstörer desselben Schlagzeilen zu machen? Am Ende hatte sich Comandante Mello mit finsterer Miene geschlagen gegeben.

Gelegentlich war sich Darwin in den letzten Tagen wie ein Blitzableiter vorgekommen, wenn ihn wieder einmal der Zorn des »kleinen Korporals« traf – so nannte er *il comandante* insgeheim, weil dieser ihn in Statur und Aussehen irgendwie an Napoleon Bonaparte erinnerte.

Darwin teilte mit seinem Chef, mit Inter- und Europol sowie mit den nationalen Polizeibehörden die Auffassung, einer Ergreifung des Serientäters und seiner Komplizen müsse oberste Priorität eingeräumt werden. Es hätte Mittel und Wege gegeben, den *David* zu schützen, aber dem »Gehirn« trotzdem eine Falle zu stellen. Davon wollte der kleine Korporal jedoch nichts hören. Wenn sein britischer Kollege an Wunder glaube, hatte er mit einem kleinen überheblichen Lächeln bemerkt, dann solle er mit derart irdischen Nebensächlichkeiten keine Schwierigkeiten haben.

Immerhin gestattete man Darwin in seiner Eigenschaft als ArtCare-Repräsentant, sich im selben Raum aufzuhalten wie der *David*. War das angesichts der Ressentiments auf Seiten der Verantwortlichen nicht auch schon ein kleines Wunder?

Kurz nach Schließung der Galleria dell'Accademia war Alessandro Mello zu Darwin gekommen und hatte ihm verstohlen eine Plastiktüte zugesteckt.

»Nehmen Sie das«, hatte er gesagt. Sein Englisch klang immer etwas schroff.

Darwin reagierte überrascht. »Ein Snack für die lange Wache?«

»Reden Sie keinen Unsinn. Da ist ein Walkie-Talkie drin, eine Taschenlampe und eine Beretta, Model 92 FS. Ich nehme an, Sie können damit umgehen.«

»Eine *Pistole*? Sie kennen doch Dr. Marinellis Meinung zur Artillerie im Museum.«

»Ja«, schnaubte Mello. »Sie ist eine Frau.«

»Was hat das damit …?«

»Nehmen Sie das Ding schon!«, polterte Mello, um sich sogleich nach der Direktorin umzusehen. Raunend setzte er hinzu: »Oder sind Sie sich für eine italienische Waffe zu fein?«

»Als Versicherungsdetektiv kommt man selten in die Verlegenheit, eine Pistole zu benutzen.«

»Jetzt hören Sie endlich auf, sich zu zieren, Shaw. Bei der Militärpolizei werden Sie auch nicht mit Wattebäuschchen um sich geworfen haben.«

Widerstrebend hatte Darwin das knisternde Paket entgegengenommen.

Inzwischen waren fast drei Stunden vergangen.

Eine unheimliche Stille erfüllte die *Galleria dei Prigioni*. Darwin schätzte die Länge des Raumes auf ungefähr dreißig Yards, seine Höhe auf sieben oder acht. Im Verhältnis zu anderen Sälen der Galerie, die mit Skulpturen oder Gemälden regelrecht voll gestopft waren, herrschte hier eine geradezu beängstigende Leere. Diese verstärkte die klaustrophobische Wirkung der Meisterwerke nur noch. Jetzt, wo Darwins Fantasie nicht von der Gegenwart anderer Besucher abgelenkt wurde, schienen die im Stein eingeschlossenen Gestalten zu erwachen. Sie bewegten sich nicht, aber es sah aus, als versuchten sie es.

Um sich dem beklemmenden Zauber der gequälten Kreaturen zu entziehen, schritt er vor zum Gigant. Das letzte Viertel der Galerie diente der *Tribuna del David* gewissermaßen als Entree. Zwei bogenförmige Joche ruhten auf Wandpfeilern und ihnen vorgelagerten schlichten grauen Säulen. Diagonale Grate verbanden diese Widerlager unter der gewölbten Decke. Darwin konzentrierte seine Aufmerksamkeit jedoch auf das schlichte Rautenmuster der roten Fußbodenplatten, um sich von der *Pietà Palestrina*, die rechts zwischen den Säulen stand, nicht erneut bannen zu lassen. Als er unversehens am Rande des Gesichtsfeldes einen hellen Fleck bemerkte, wandte er aber doch den Kopf.

Es waren nur einige von einer Heftklammer zusammengehaltene Papierbogen. Darwin erkannte das aufgedruckte Logo der Carabinieri wieder und verdrehte die Augen. In seiner Jackentasche steckte das gleiche Pamphlet. Es handelte sich um Comandante Mellos Einsatzplan. Auf Italienisch. Darwin widerstand der Versuchung, sich als Müllmann zu betätigen, und widmete sich stattdessen lieber der Betrachtung des *David*.

Der Fußboden unter der Kuppel war deutlich kunstvoller gestaltet als jener in der Galerie. Graue Ornamente aus geraden und geschwungenen Linien zogen sich durch den roten Grund. Der einsame Museumsbesucher verharrte in respektvollem Abstand vor jener Figur, die Franca Marinelli eine Verkörperung des menschlichen Idealbildes genannt hatte. *Il Gigante* ignorierte den Zwerg, sah einfach an ihm vorbei. Darwin fragte sich, was wirklich im Kopf des »Gehirns« vor sich ging. Würde es tatsächlich so weit gehen, dieses einmalige Meisterwerk zu zerstören? Und wenn ja, warum? Wollte es damit lediglich gegen jene Wissenschaftler protestieren, die sich an die Stelle Gottes gesetzt hatten? Oder steckte mehr dahinter?

Das blasse Gesicht von Alex erschien vor seinem inneren Auge. Sie war der Schlüssel zu allen Fragen, die ihn im Moment beschäftigten. Ihm fielen die Worte aus Shakespeares Sonett ein, die sie einmal rezitiert hatte.

Von schönsten Wesen heischen wir Vermehrung,
Auf dass der Schönheit Rose nie vergeh'.

Alex hätte jedes andere Gedicht wählen können, um ihm die immaterielle Seite des Universums zu vergegenwärtigen. Es musste einen Grund geben, warum sie aus den zahlreichen Versen des Dichters ausgerechnet diese beiden Zeilen ausgewählt hatte. Kannte sie schon damals Theos Ansichten zum Thema Vollkommenheit? Sah sie in der von Shakespeare beschworenen Vermehrung der schönsten Wesen einen Hinweis auf ihr eigenes Geschick wie auch auf das ihrer im Reagenzglas erzeugten Geschwister?

Eine Äußerung von Comandante Mello drängte sich unsanft in Darwins Überlegungen. Zwei Carabinieri hatten Alex gerade in ihr Auto gesetzt und waren in Richtung Hotel entschwunden, als der kleine Korporal zu ihm trat und etwas sagte, das zur Saat der Zweifel, die vor Tagen Mortimer Longfellow ausgebracht hatte, weitere Samenkörnchen hinzufügte.

»Schon komisch«, knurrte der Einsatzleiter, »dass Ihre Freundin ausgerechnet jetzt ihre Migräne bekommt.«

Mehr hatte Mello nicht gesagt, aber seine Worte setzen in Darwins Kopf eine ächzende und knirschende Gedankenmaschinerie in Gang. Könnte Alex' Anfall nur gespielt gewesen sein? Was hatte Theo mit ihr in seinem Landhaus angestellt? Was hatte er ihr erzählt? Was von ihr *verlangt* …?

Darwin kniff die Augen zusammen und schüttelte ärgerlich den Kopf. *Lass dich nicht kirre machen!*

Als er sie wieder öffnete, war es dunkel um ihn herum.

Von der jähen Blindheit überrascht, zuckte er zusammen. Ein kalter Schauer lief ihm über den Rücken. Das war kein gewöhnlicher Stromausfall, so viel sagte ihm sein Instinkt.

Rasch lief er in die »Galerie der Gefangenen« zurück, um aus dem Fenster zu sehen. Gleichzeitig versuchte er über Sprechfunk Alessandro Mello zu erreichen. Es gelang ihm nicht.

Der Hof des Museums war stockfinster. Also mussten im ganzen Gebäude die Lichter ausgegangen sein.

Er drückte abermals die Taste am Walkie-Talkie, aber wieder drang nur ein starkes Rauschen aus dem Gerät. Darwin wusste, wie es sich anhörte, wenn eine Funkfrequenz von einem Störsender überlagert wurde.

»Es geht los!«, flüstert er und griff nach seiner Pistole.

Kapitel 21

»Erfahrungen sind Wegweiser – keine Lagerplätze.«

George Bernard Shaw

FLORENZ (ITALIEN),
Sonntag, 21. Oktober, 21.26 Uhr

Das Hotelzimmer glich einem Karussell, in dessen Zentrum das Doppelbett stand. Immer wenn Alex die Augen öffnete, sah sie den rotbraunen Schrank vorüberziehen oder den Schreibtisch oder andere Einrichtungsgegenstände – das Baglioni geizte nicht mit Komfort.

»Wenn das Leben sich immer schneller um einen dreht, dann ist es um so wichtiger, still stehen zu bleiben«, murmelte sie. Nie hatte sie den Sinnspruch ihrer Mutter buchstäblicher verstanden.

Seit sie von den beiden Carabinieri vor ihrem Hotelzimmer abgesetzt worden war, wiederholte sich in ihrem Geist immer wieder die dramatische Episode in der Galleria dell'Accademia: das Betreten des Gebäudes, der brennende Schmerz im Kopf, die Ohnmacht, das Erwachen …

Irgendetwas stimmte nicht.

Sie hatte ja nicht zum ersten Mal einen Metalldetektor durchquert. Zwar besaß sie ein ärztliches Attest, das ihr die unangenehme Prozedur an Flughäfen gewöhnlich ersparte, in manchen Gebäuden nahmen die Sicherheitskräfte jedoch nicht so viel Rücksicht. Aber nie hatte sie auf die Geräte so heftig reagiert.

Woher war das elektromagnetische Feld gekommen, das sie nach Abschaltung des Metalldetektors immer noch gespürt hatte, bis es urplötzlich verschwand? Vor ihrem Auge zogen noch einmal die Bilder des Erlebten vorbei: die Polizisten, die Spezialeinsatzkräfte in ihren kugelsicheren Westen, die Walkie-Talkies …

Sie fuhr aus dem Kopfkissen hoch und hauchte: »Das Funkgerät!«

Warum fiel ihr das jetzt erst ein. Irgendjemand jenseits ihres Gesichtskreises hatte versucht, den Notarzt zu rufen. Aber aus seinem Walkie-Talkie kam nur lautes Rauschen. Mit einem Mal war das elektromagnetische Feld verschwunden gewesen. Und danach konnte er wieder kommunizieren.

Theo musste einen Weg gefunden haben, um den Funkverkehr der Polizei zu blockieren.

Vermutlich hatte er irgendwo in der Nähe gesessen und seine Anlage getestet. Vielleicht besaß er sogar Kameras, die Bilder von der allgemeinen Verwirrung einfingen. Alex konnte sich lebhaft vorstellen, wie er sich ins Fäustchen gelacht hatte. Rechtzeitig bevor die Carabinieri die Störung als ernstes Problem erkennen konnten, war wieder alles ganz normal gewesen.

Alex griff zum Telefon, das auf einem halbrunden Bord neben dem Bett stand. Sie hatte den Hörer schon in der Hand, als sie zögerte.

Was wollte sie den Leuten in der Rezeption denn sagen? Rufen Sie bei den Carabinieri an und erklären Sie ihnen, jemand störe ihren Funkverkehr. Vermutlich würde man sie für hysterisch halten. Selbst wenn das Hotel die Meldung an die Polizei weitergab, war äußerst fraglich, ob man sie dort überhaupt beachtete. Vermutlich konnten sich die Beamten ohnehin kaum vor wütenden Anrufen der Anwohner retten. Nein, sie musste selbst hingehen und Darwin warnen.

Nachdem sie bei der Rezeption ein Taxi bestellt hatte, kämpfte sich Alex auf die Beine. Aus dem brennenden Schmerz in ihrem Kopf war ein leises Pochen geworden. Sie hatte in den letzten Tagen durchaus Schlimmeres durchgemacht. Wankend lief sie ins Badezimmer und benetzte ihr Gesicht mit kaltem Wasser. Der anschließende Blick in den Spiegel war erschreckend.

Sosehr sie sich auch dagegen sträubte, unterlag sie doch dem Zwang, ihre Haare zu bürsten. Zum Umziehen blieb keine Zeit.

Sie nahm ihre Jacke, die sie nachmittags auf die Bank am Fußende des Bettes geworfen hatte, und eilte aus dem Zimmer. Als sie die Lobby erreichte, wartete das Taxi bereits vor dem Hoteleingang. Mit Hilfe des Portiers teilte sie dem Fahrer mit, er solle sie so dicht wie möglich an die Galleria dell'Accademia heranbringen. Es sei dringend, nein, lebenswichtig.

Der rundliche Mann am Steuer schien über den Auftrag erfreut zu sein. Mit quietschenden Rädern startete er durch.

Die Annäherung an die Via Ricasoli gestaltete sich schwierig. Ohnedies war es die Zeit, in der das Nachtleben von Florenz erwachte – die Italiener gingen selten vor neun Uhr abends in ein Restaurant. Das ausgeklügelte System aus Einbahnstraßen machte zudem einen Riesenumweg erforderlich. Und dann kamen noch die Verkehrsbehinderungen durch die Absperrung rund um die Akademie hinzu.

In der Via Cesare Battisti ging dann gar nichts mehr. Das Taxi steckte in einer Wagenkolonne fest, die zwar Motoren- und Hupgeräusche von sich gab, sich aber in den letzten fünf Minuten um kein Stück bewegt hatte. Alex bezahlte den Fahrer, ließ sich in Zeichensprache den Weg zur Akademie beschreiben – zweite Querstraße links – und nahm das letzte Stück zu Fuß in Angriff.

Neue Schwierigkeiten kündigten sich an, als sie sich der Piazza di San Marco näherte, von der man in die Via Ricasoli gelangte. Mindestens zwei-, vielleicht sogar dreihundert Schaulustige standen vor der Absperrung. Einige Männer und Frauen schimpften mit südländischer Inbrunst. Vielleicht waren es Anwohner, die zu ihren Häusern wollten, aber nicht durften. Grimmig dreinblickende Carabinieri mit Maschinenpistolen ließen keine Zweifel darüber aufkommen, wie man mit Durchbruchsversuchen umgehen würde.

Alex blickte auf ihre Armbanduhr. Kurz nach zehn. Wenn Theo seine Strategie nicht änderte, dann würde er vor Mitternacht zuschlagen. Es blieb also nicht mehr viel Zeit.

Mühsam kämpfte sie sich bis zu den Polizisten durch.

»Wer hat den Befehl?«, rief sie auf Englisch.

Niemand beachtete sie.

»Il comandante?«, versuchte sie es bei einem hageren Uniformierten auf Italienisch.

Er schüttelte nur den Kopf.

Sie lief an dem Kordon entlang zum nächsten Polizisten und wiederholte zweisprachig ihre Frage. Wieder Fehlanzeige. Alex zog weiter. Fast hatte sie schon das Ende der Postenkette erreicht, als ihr ein junger Carabiniere auf Englisch antwortete.

»Sie können hier nicht durch, Signora.«

»Ich gehöre zu Darwin Shaw, dem Versicherungsdetektiv von ArtCare«, erklärte sie.

Der Beamte sah sie verständnislos an.

Alex stöhnte. Ihr war übel. Wie hieß nur der Einsatzleiter …?

»Sagen Sie Comandante Alessandro Mello, dass Ms Alex Daniels eine dringende Nachricht für ihn und Mr Shaw hat. Es geht um den *David.*«

»Das kann ich nicht«, entgegnete der Polizist.

Alex riss der Geduldsfaden. Ihre Stimme schrillte wie eine Sirene. »Aber Sie *müssen* es tun, Sie verdammter Holzkopf. Michelangelos *David* kann jeden Moment in die Luft fliegen. Wenn Sie nicht Ihre Pension verlieren wollen, dann nehmen Sie gefälligst Ihr Funkgerät und machen Ihrem Kommandanten Meldung.«

Der Carabiniere wirkte eingeschüchtert. Er konnte höchstens Anfang zwanzig sein und war im Umgang mit derlei Krisensituationen offenbar wenig erfahren. Der Miene nach zutiefst unglücklich, erklärte er: »Sie haben mich nicht verstanden, Ms Daniels. Ich *kann* den Einsatzleiter nicht anfunken, weil unsere Walkie-Talkies nicht funktionieren.«

Ihre Augen wurden groß. »O nein, dann ist es womöglich schon zu sp...«

Plötzlich erschütterte eine gewaltige Detonation das Viertel. Fensterscheiben klirrten, und die Menschen fingen an zu schreien.

Kapitel 22

»Keine Gnade mehr mit denen, die nicht erforscht haben und doch reden.«

Bertolt Brecht

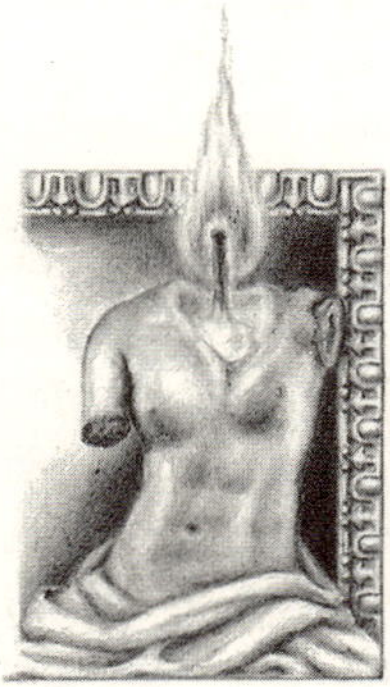

FLORENZ (ITALIEN),
Sonntag, 21. Oktober, 22.00 Uhr

Das Rumpeln aus dem Obergeschoss rief einen weiteren Schauer über Darwins Rücken. Er ahnte, was das Geräusch bedeutete. So jedenfalls würde es sich anhören, wenn schwere Körper zu Boden fielen. Rasch schaltete er seine Taschenlampe aus.

»Hier ist Shaw. Kann mich irgendjemand hören?«, versuchte er es abermals mit dem Walkie-Talkie. Seine raunende Stimme verhallte ungehört im Äther. Aus dem Lautsprecher drang nur heftiges Rauschen und gelegentliches Pfeifen. Inzwischen zweifelte Darwin nicht mehr daran, dass ein Störsender den Funkverkehr behinderte. Er rechnete mit dem Schlimmsten.

Wenn der oder die Gegner die Beleuchtung ausgeschaltet hatten, dann verfügten sie vermutlich über Nachtsichtgeräte. Bei der Spezialeinheit der Carabinieri waren Darwin derartige Sehhilfen nicht aufgefallen. Niemand hatte wohl ernsthaft damit gerechnet, dass jemand Kontrolle über die Elektrik des Hauses erlangen könnte.

Er fragte sich, was das »Gehirn« noch ausgeheckt haben mochte, um unter den Polizisten Verwirrung zu stiften. Theo war gerissen. Was, wenn er vor dem Zusammenbruch der Kommunikationen einen Funkspruch abgesetzt hatte? Etwas in der Art wie: Immer schön cool bleiben, Leute, ich habe dem *David* gerade einen Sprengstoffgürtel umgeschnallt.

Man würde sich die Erstürmung des Gebäudes gewiss zweimal überlegen. Das Überraschungsmoment war eindeutig auf Seite des »Gehirns«. Letztlich würde davon abhängen, wie viel Zeit ihm für die eigentliche Aktion blieb.

Darwin fürchtete, dass sich diese Frist für ihn zu einer Ewigkeit dehnen konnte.

Er legte das rauschende Funkgerät auf eine der schmalen, hochlehnigen Bänke, die sich wie das Chorgestühl einer Kirche an beiden Wänden der Galerie reihten, nur unterbrochen von den Schemen der »Gefangenen«. Durch die beiden Fenster fiel ein wenig Streulicht in den Korridor, gerade genug, um den Unterschied zwischen Blindheit und Nichterkennen zu erahnen. Den Blick unverwandt auf den Eingang gerichtet, die Beretta in der Rechten, die ausgeschaltete Halogenstablampe links haltend, zog er sich in Richtung *David* zurück. Als er sich zwischen dem ersten Säulenpaar befand, öffnete sich unvermittelt die Tür am Ende des Saales.

Reflexhaft wich er nach links aus, um zwischen den Pilastern und Säulen Schutz zu suchen. Dabei kam er fast zu Fall, weil ausgerechnet an dieser Stelle die Papiere lagen, die aufzuheben er sich vorher geziert hatte. Schliddernd prallte er gegen die Wand hinter der Skulptur. Erst als er hinter dem Marmorblock der *Pietà Palestrina* hervorspähte, wurde ihm sein Fehler bewusst. Er hätte zur anderen Seite laufen sollen. Hier setzte er ein Kunstwerk von unschätzbarem Wert dem Risiko eines Beschusses aus.

Offenbar brannte im Eingangsbereich noch irgendeine schwache Lichtquelle – vielleicht eine zu Boden gefallene Taschenlampe –, jedenfalls konnte Darwin für einen kurzen Augenblick eine schemenhafte Gestalt ausmachen. Sie war groß. Der Silhouette nach zu urteilen, trug sie eine kugelsichere Weste, aber weder

Helm noch Nachtsichtbrille. Darwin atmete auf. Das musste ein Carabiniere sein. Er trat einen halben Schritt aus der Deckung heraus und schaltete seine Lampe ein.

Der vermeintliche Polizist trug eine Skimaske.

In Sekundenbruchteilen löste Darwins Instinkt den Alarmzustand aus. Auf dem verkohlten Gesicht der Louvre-Leiche waren ebenfalls Textilreste gefunden worden. Vermutlich hatte Donatien Demis, bevor eine Bombe ihn tötete, ein ähnlich vermummtes Gesicht gesehen. Darwin trat den Rückzug an.

Ehe er wieder in Deckung war, hörte er ein trockenes Zischen. Sofort zog er den Kopf ein. Hinter ihm prallte etwas von der Säule ab.

Das Geräusch verwirrte ihn. Eine Kugel, die durch einen Schalldämpfer abgefeuert wurde, hörte sich anders an. Vielleicht verschoss der Angreifer irgendeine Betäubungsmunition. Vorsichtig spähte er hinter der Skulptur hervor.

Sofort zischten zwei weitere Geschosse an ihm vorbei.

Der Detektiv schreckte keuchend zurück und machte zugleich die Taschenlampe aus. Wie war das möglich? Der Bursche hatte definitiv *keine* Nachtsichteinheit getragen. Darwin hörte ein Rascheln, wie wenn eine Fußsohle über den Boden streicht. Sein Gegner kam näher. Darwins Puls beschleunigte sich. Noch ein paar Sekunden, und seine Deckung zwischen den Säulen würde zur Falle werden. Er durfte sich nicht in die Defensive drängen lassen. Wer reagiert, verliert. Höchste Zeit zu handeln.

Um nicht erneut zu straucheln, schob er mit der Schuhsohle sacht die am Boden liegenden Papiere hinter sich. Danach kontrollierte er den Sicherungshebel seiner Waffe und legte die Hand mit der Stablampe stützend unter den Griff der Beretta. Gerade als er seine Deckung verlassen wollte, hörte er ein Wispern.

»Tu das nicht!«

Darwin kämpfte gegen einen Schauder an. Der Bursche war doch keine Fledermaus. Wie konnte er …? *Alex' lässt ihre Haut im Dunkeln leuchten. Er wird auch seine Besonderheiten haben.* Der

Gedanke versetzte Darwin einen gehörigen Schrecken. So musste es sein. Theo – oder wer immer sich ihm da näherte – war ebenfalls eine Chimäre, ein Mensch mit tierischem Erbgut. Vielleicht besaß er durch eine genetische Manipulation mehr Lichtsinneszellen als normal.

Aber er war gewiss kein Superman.

Ehe sein Zweckoptimismus erneut in Zweifeln versinken konnte, schnellte Darwin hinter der Figur hervor. Zugleich schaltete er seine Taschenlampe wieder an und feuerte drei schnelle Schüsse ab.

Noch während er sich wieder in die Deckung zurückzog, sah er etwas aufblitzen. Fast synchron dazu hörte er ein puffendes Geräusch und spürte einen Schlag am rechten Oberarm, der ihm die Pistole entriss. Sie klapperte auf den Boden und rutschte in unerreichbare Ferne. Vor Überraschung geriet er auch noch ins Straucheln und verlor auf der Suche nach Halt seine Taschenlampe. Sie fiel auf die Steinplatten und erlosch.

Darwins Linke tastete nach dem verletzten Arm. Erst spürte er feuchtes Blut, und dann meldete ihm das Bewusstsein Schmerz. Offenbar hatte sein Gegner die Waffe gewechselt, nachdem er sich von einer Pistole bedroht sah.

»Komm heraus, dann geschieht dir nichts!«

Das lockende Flüstern des Schemen ließ Darwin abermals erschauern. Es war ein Katz-und-Maus-Spiel, in dem er die Rolle des Nagers innehatte. Was konnte er noch tun, um sich der Krallen des Jägers zu erwehren? Die Aufforderung, sich zu zeigen, war gewiss nur eine Kriegslist. Allerdings – warum ging sein Gegner nicht längst zum Angriff über?

Weil er nicht ausschließen kann, dass du noch eine zweite Waffe hast.

Doch was nützte ihm diese Einsicht? Die Katze würde nicht ewig warten. Er musste das Heft in der Hand behalten, in Aktion bleiben. Aber wie konnte er agieren, verletzt, wie er war, ohne Waffe und ohne Licht …?

Mit einem Mal durchfuhr Darwin ein elektrisierender Gedanke. Er ignorierte den Schmerz im Arm und griff in die linke Jackentasche. Seine Hand schloss sich um kühlen Stahl und Kunststoff. Sein Schweizer Messer war Waffe und Licht zugleich, denn es besaß ja die blaue »Laserflamme« (genau genommen handelte es sich um ein gebündeltes Gaslicht). Rasch klaubte er die vorher achtlos beiseite geschobenen Zettel vom Boden.

Er konnte nur ahnen, auf welchem Prinzip das Nachtsehen seines Kontrahenten basierte. Die von der Armee und den Spezialeinsatztruppen eingesetzte Technik benutzte gewöhnlich leistungsfähige Restlichtaufheller, oft in Verbindung mit Infrarotsensoren. Beide Methoden kamen auch im Tierreich zur Anwendung. Eine heiße helle Lichtquelle mochte die auf schwächste Reize adaptierten Augen des Jägers lange genug blenden, um ihn überrumpeln zu können.

Darwin drehte sich mit dem Gesicht zur Wand, um sein Tun so lange wie möglich mit dem Körper zu verbergen. Er holte die Messerklinge weit genug aus ihrer Bucht, um sie nachher sofort aufklappen zu können. Hierauf legte er den Einsatzplan aus der rechten Jackentasche zu den Blättern, die sich schon in seiner Hand befanden, und betätigte den piezoelektrischen Zündmechanismus. Eine hoch konzentrierte heiße Flamme schoss mit leisem Fauchen aus dem Griff. Rasch ließ er sie am Rand der Papierbogen entlangwandern. Im Nu brannte der Packen lichterloh.

Jetzt musste er schnell handeln, denn auch der Jäger dürfte den Widerschein des Feuers inzwischen bemerkt haben. Darwin ließ die Klinge des »SwissFlame« nun gänzlich herausschwingen, drehte sich um und schleuderte das brennende Papierbündel der schwarzen Gestalt entgegen – noch in der Bewegung hatte er sie nur etwa vier Yards weit von sich entfernt ausgemacht.

Während die brennenden Blätter noch in Augenhöhe des Gegners durch die Luft flogen, ließ Darwin sich zu Boden fallen. Sofort rollte er aus der Schusslinie. Über ihm schlugen mehrere

Kugeln ein. Der Schmerz in seinem verletzten Arm war mörderisch. Trotzdem schaffte er es, den Schwung der Bewegung ausnutzend, wieder auf die Beine zu kommen.

Seine Rechnung war aufgegangen. Der vermummte Gegner hielt sich den rechten Arm vor die geblendeten Augen und feuerte blindlings Schüsse ab. Im Flammenschein der auf den Bodenplatten lodernden Papiere machte Darwin eine entsetzliche Entdeckung. Was den Oberkörper des Einbrechers so unförmig erscheinen ließ, war keine kugelsichere Weste. Es musste Sprengstoff sein, so zumindest sah es aus. Also stimmte die Theorie vom »dramaturgischen Bogen«: Es hatte mit der Zerstörung einer Skulptur begonnen, und so sollte es auch enden. Darwin war klar, was seine Entdeckung bedeutete. Er musste mit allen Mitteln verhindern, dass dieser Wahnsinnige zum *David* durchbrach.

Mit einem Mal glich der Kampf einem bizarren Rugbyspiel. Der Verteidiger näherte sich dem Angreifer, im sicheren Abstand zu den lodernden Papieren, und warf sich von der Seite gegen die schwarze Gestalt. Zugleich schlug er mit der Linken nach der Pistole. Im Karate war die Rechte zwar Darwins stärkere Hand, aber der Fausthieb reichte aus, um den Kontrahenten zu entwaffnen.

Der Bodycheck verlief leider weniger erfolgreich. Irgendwie schien der Maskierte die Attacke erahnt zu haben, denn er versuchte sich noch wegzudrehen. Dadurch traf Darwin ihn nicht voll, die Messerklinge verfehlte ihn sogar ganz. Eingedenk seiner schwindenden Kräfte hatte er gehofft, den Kampf schnell zu beenden, stattdessen ging er nun erst richtig los.

Die Sehfähigkeit des Vermummten kehrte unerhofft rasch zurück. Ein Hieb auf Darwins verletzten Oberarm ließ diesen vor Schmerzen aufbrüllen. Seine Hand sprang auf, das Schweizer Messer fiel zu Boden. Doch seine in Hunderten von Trainingsstunden entwickelten Reflexe übernahmen den Kampf, wo das Bewusstsein für kurze Zeit versagte. Wie ein Ringer umklammerte er den Leib des Gegners.

Darwin fühlte die harten Pakete in der Weste des anderen. Ja, das musste Sprengstoff sein. Es war Irrsinn! Glaubte das »Gehirn« denn wirklich, es könne die Idee von der Vervollkommnung der menschlichen Evolution einfach in die Luft sprengen?

Ein verzweifeltes Geziehe und Gezerre setzte ein. Ächzend und stöhnend wankten die beiden Ringer durch die dunkle Galerie. Es war ein bizarrer Tanz, in dem es nicht nur um die Rettung eines unersetzlichen Kunstwerkes ging. Darwin kämpfte längst auch ums eigene Überleben, denn sein Gegner schien den Märtyrertod nicht zu fürchten. Irgendwo am Körper des Attentäters gab es vermutlich einen Kontakt, mit dem sich die Sprengladung zünden ließ. Wo immer sie war, er durfte nicht herankommen.

Mit einer schnellen Drehbewegung riss sich der Vermummte los, geriet aber vom eigenen Schwung ins Straucheln. Darwin setzte nach und bekam die Gestalt abermals zu packen. Einen Moment lang rangen sie direkt über den ersterbenden Flammen des Papierbündels, und er konnte im Licht des Feuers die Augen seines Gegners sehen.

Sie waren violett. Genauso wie bei Alex. *Oder …?*

»Alex?«, keuchte er. Für einen Moment erlahmte Darwins Kampfeswille.

»Lass mich los«, zischte die Gestalt und wand sich abermals aus seinem Griff. Diesmal kam sie frei.

Sofort lief sie in Richtung des *David*.

Höchstens zwei Schritte rechts von sich entdeckte Darwin die Pistole mit dem Schalldämpfer. Er warf sich zu Boden, klaubte die Waffe auf und drehte sich auf den Bauch. Dann feuerte er kurz hintereinander zwei Schüsse ab. Als er den Abzug zum dritten Mal betätigte, war das Magazin leer.

Die schwarze Gestalt schrie auf. Er hatte sie also getroffen.

Stöhnend stemmte sich Darwin wieder auf die Beine und stolperte auf den Vermummten zu, dessen Vorwärtsdrang zum Stehen gekommen war. Ja, der irgendwo im Rücken Getroffene torkelte sogar ein paar Schritte zurück und dann nach rechts.

Darwin erreichte ihn kurz vor der Skulptur zwischen den Pilastern. Wie schon zuvor warf er sich gegen den Attentäter, jedoch nicht heftig genug, um ihn von den Beinen zu reißen. Gemeinsam taumelten sie Richtung Wand.

Abermals schrie Darwin vor Schmerzen auf, als er mit der Schulter gegen die Mauer prallte. In diesem Moment dachte er nicht mehr darüber nach, wie er aus dieser Sache lebend herauskommen konnte. Er versuchte nur, die Arme des Wahnsinnigen an dessen Körper zu drücken, damit er nicht die Bombe zünden konnte. Darwins rechter Bizeps brannte wie Feuer. Wie lange würde er noch durchhalten? Wollte er in diesem verzweifelten Ringen nicht unterliegen, dann brauchte er dringend Verstärkung, denn der Angeschossene tobte wie ein verwundetes Raubtier.

Weil Darwin um keinen Preis den Klammergriff um den Gegner lockern durfte, versuchte er einen Fußschlag gegen dessen Beine. Aber wieder überraschte ihn sein Widersacher mit einer erstaunlichen Reaktion. Er wich mit einem schnellen Schritt aus, und ehe Darwin sein Bein wieder zurückziehen konnte, verhakten sich die Gliedmaßen ineinander. Wäre da nicht die Wand und im Rücken die *Pietà Palestrina* gewesen, hätten vermutlich beide das Gleichgewicht verloren. So aber wankten sie wie ringende Flamingos einbeinig hin und her.

Darwin ächzte vor Anstrengung. Wenn er schon sterben musste, dann sollte wenigstens der *David* davonkommen. Zwischen ihm und seinem Gegner befand sich immer noch die Säule. Das müsste reichen, um die Wucht der Explosion zumindest aufzufächern und damit abzuschwächen.

Plötzlich hörte er, wie die Tür am Ende der Galerie aufgerissen wurde und Stimmen in den Korridor drangen. Aus den Augenwinkeln sah er Lichtfinger durch den Raum huschen. Schon wollte er innerlich jubeln, weil endlich Rettung nahte, als sein Widerpart den Moment der Unachtsamkeit nutzte. Mit einer ruckhaften Drehung wand er sich aus dem Klammergriff. Doch dann tat er etwas völlig Unerwartetes.

Zwischen der Säule und dem Pilaster war ein toter Winkel, den die Schützen der hereinstürmenden Spezialeinsatzkräfte mit ihren Maschinenpistolen nicht abdecken konnten. Anstatt zu versuchen, hier hindurchzuschlüpfen, um so doch noch in die Nähe des *David* zu gelangen, trat der Einbrecher nur einen Schritt weit aus der Denkung der *Pietà Palestrina* heraus.

Mehrere Lichtkegel fokussierten sich auf der schwarzen Gestalt, die ihre Gegner mit Nichtachtung zu strafen schien. Denn sie blickte geradewegs in das Gesicht des Detektivs.

Es war ein unwirklicher Moment, in dem die Zeit sich wie ein Gummiband zäh in die Länge zog. Darwin bildete sich ein, die violetten Augen im Ausschnitt der Maske lächeln zu sehen. Dann griff die Hand des Vermummten nach einem Knebel an seinem Anzug. Eine Salve von Schüssen peitschte durch den Raum.

Darwin sah nicht mehr, ob und wo die Projektile der Carabinieri trafen, denn er zwängte sich hektisch durch die Lücke zwischen Wand und Marmorskulptur.

Hierauf zerriss eine gewaltige Explosion den überdehnten Augenblick.

Das Letzte, was Darwin sah, war ein greller Lichtblitz. Er spürte einen Schlag am Hinterkopf. Dann umfing ihn Dunkelheit.

Kapitel 23

»Nur der Oberflächliche kennt sich selbst.«

Oscar Wilde

FLORENZ (ITALIEN),
Sonntag, 21. Oktober, 22.06 Uhr

Für jemanden wie Alex, die einen Großteil ihres Lebens im stillen Alleinsein verbracht hatte, war die panische Menschenmenge ein kaum zu übertreffendes Horrorszenario. Überall um sie herum wurde geschrien, gestoßen und gerannt. Ihre Angst drohte sie zu überwältigen, aber trotzdem klammerte sie sich an der Absperrung fest, um nicht abgedrängt oder gar von den Beinen gestoßen zu werden.

Weiter unten in der Via Ricasoli war Rauch zu sehen. Direkt vor der Galleria dell'Academia hatten nach der Detonation alle Deckung gesucht. Scharfschützen in kugelsicheren Westen kauerten in Hauseingängen und hinter Mauervorsprüngen, die Gewehre im Anschlag, als wollten sie auf alles schießen, was sich bewegte. Etwas weiter vom Explosionsort entfernt liefen Einsatzkräfte von Polizei und Feuerwehr durcheinander. Auch einige Sanitäter konnte Alex entdecken. Alles wirkte eher improvisiert als koordiniert – das Zusammenbrechen der Kommunikation war laut Einsatzplan offenbar nicht vorgesehen.

»Ich muss da durch«, verlangte Alex von dem Uniformierten, der sie nun schon mehrmals zurückgewiesen hatte. Seine Kameraden waren vollauf damit beschäftigt, die aufgeregten Anwohner zurückzudrängen. Ohnehin verstanden sie wohl nur Italienisch. Der blutjunge Carabiniere wirkte bestürzt.

»Sind Sie verrückt? Da kann jetzt niemand rein.«

»Dass ich nicht lache! Dort hinten wimmelt es nur so von Leuten.«

»Ja, aber die sind befugt, sich hier aufzuhalten.«

»Hören Sie mir eigentlich zu? Ich bin auch befugt. Comandante Mello kann Ihnen das bestätigen.«

»Bei nächster Gelegenheit werde ich ihn fragen.«

»Seien Sie doch nicht so stur! Mein …« Alex zögerte. Wenn sie nur endlich wüsste, welche Rolle sie Darwin in ihrem Leben zuweisen sollte! Sie schüttelte ärgerlich den Kopf. »Mein Partner ist in der Akademie. Ich muss zu ihm. Lassen Sie mich wenigstens zu den anderen Einsatzkräften durch.«

Der Widerstand des Polizisten geriet ins Wanken.

»Bitte!«, setzte Alex nach und ließ ihre violetten Augen funkeln. Leiser fügte sie hinzu: »Schauen Sie einfach einen Moment zur Seite. Ich sage auch nicht, dass Sie mich haben durchschlüpfen lassen.«

Ein fatalistischer Ausdruck trat auf das junge Gesicht. Der Beamte seufzte. »Also meinetwegen. Aber halten Sie sich bis zur Entwarnung von der Accademia fern. Der Befehlsstand von Comandante Mello befindet sich in der Straße, die um die Piazza herumführt, hier gleich rechts um die Ecke.« Er drehte sich in der Hüfte und deutete zu der Einmündung. »Ob Sie ihn da allerdings antreffen, wage ich zu bezweifeln.«

Alex fühlte vor Aufregung ihr Herz schlagen. »Danke. Sie sind ein Schatz.«

»Ich bin ein Niemand und habe nichts gesehen.«

Sie nickte. »Alles klar.«

Alsbald widmete sich der junge Carabiniere sehr gewissenhaft einigen wild herumbrüllenden Landsleuten. Hierzu hakte er sich sogar vom Kameraden zu seiner Rechten los. Alex wartete einen passenden Augenblick ab. Als der zweite Polizist abgelenkt war, schlüpfte sie zwischen den beiden hindurch.

Kurz darauf erreichte sie die mobile Kommandozentrale auf der Piazza di San Marco, einen Truck mit einem Haufen Antennen auf dem geschlossenen, blauen Anhänger. Der Einsatzleiter war, wie befürchtet, nicht dort. Aber ein anderer Carabiniere erkannte Alex wieder. Es war derselbe Mann, der für sie zuvor in der Eingangshalle der Akademie den Krankenwagen angefordert hatte.

»Comandante Mello ist vorne bei der Accademia«, erklärte der Polizist. Er stand in der Tür des Anhängers.

»Kann ich zu ihm?«

»Erst wenn das Gebäude für sicher erklärt worden ist.«

»Und wie erfahren Sie davon, wenn Ihre Walkie-Talkies nicht funktionieren?«

»Irgendjemand wird vorbeikommen und es uns sagen.«

Alex atmete tief durch. »Darwin Shaw – mein … *Partner* – ist in der Akademie.«

Der Carabiniere schluckte. »Ich weiß. Rechnen Sie mit dem Schlimmsten.«

Am liebsten wäre Alex dem Kerl an die Gurgel gegangen. Hätte er nicht etwas anderes sagen können? Machen Sie sich keine Sorgen. Er wird schon auf sich aufgepasst haben. Stattdessen ging er gleich vom schlimmsten anzunehmenden Fall aus. Sie atmete trotzig durch.

»Ich *muss* wissen, wie es ihm geht. Bringen Sie mich zu Ihrem Comandante.«

Der Carabiniere sah sie mürrisch an. Offenbar musste ihr die Unnachgiebigkeit ins Gesicht geschrieben stehen, denn nach einigen Sekunden rief er etwas auf Italienisch in den Anhänger hinein. Vielmehr als den Namen Tomaso verstand sie nicht.

»Kommen Sie, Signora. Ich bringe Sie zu Ihrem Partner«, sagte der Polizist sodann und wies mit der Hand in Richtung Via Ricasoli.

Quälend lange Minuten verstrichen. An der Seite des Beamten, der sich ihr mittlerweile als Ernesto Stagi vorgestellt hatte, wartete Alex auf Einlass in das Gebäude. Zuvor waren ganze Divisionen Bewaffneter hinein- und wieder herausgelaufen, so kam es ihr zumindest vor. Auch einen Notarzt in Begleitung mehrerer Sanitäter hatte sie in das Museum eilen sehen, was ihre Sorge um Darwin nur noch verstärkte. Immer noch konnte oder wollte ihr niemand sagen, was genau in der Galleria dell'Academia vorgefallen war.

Endlich trat eine Frau ins Freie, die nicht wie eine Polizistin aussah.

Sie trug einen braunen Hosenanzug und hatte ihr blondes Haar zum Pferdeschwanz gebunden. Soweit Alex das im pulsierenden Sirenenlicht der Streifenwagen beurteilen konnte, war die Fremde leichenblass.

»Das ist die Direktorin, Dr. Marinelli«, erklärte Stagi.

Alex näherte sich der Frau, stellte sich vor und fragte nach Darwin.

Marinelli drückte ein Taschentuch an ihre Lippen, als müsse sie sich jeden Augenblick übergeben. Mit bebender Stimme antwortete sie: »Ich habe nur vom Eingang aus einen Blick in die *Galleria dei Prigioni* geworfen und kurz mit Comandante Mello gesprochen. Er sagte, der Terrorist habe sich in die Luft gesprengt, als Signor Shaw ihn vom *David* zurückdrängen wollte.«

»Aber … was ist mit Darwin, ich wollte sagen, mit Mr Shaw? Ist er verletzt?«

Marinelli schüttelte traurig den Kopf. »Ich habe nur Trümmer gesehen. Überall war Blut und …« Sie würgte. Hastig presste sie sich wieder das Taschentuch auf den Mund.

Alex starrte die völlig verstörte Frau entsetzt an. Sie wollte nicht wahrhaben, was die Direktorin nur allzu deutlich durchblicken ließ. Bevor der Carabiniere an ihrer Seite reagieren konnte, lief sie zum Eingang der Akademie. Hinter sich hörte sie Marinellis Rufen.

»Gehen Sie nicht da rein, Ms Daniels! Der Anblick ist nichts für schwache Nerven.«

Alex ignorierte sie. Sie wollte Gewissheit haben. Darwin konnte nicht tot sein, er *durfte* nicht tot sein … Warum nur empfand sie so starke Gefühle für diesen Mann?

Im Eingangsbereich traf sie auf Alessandro Mello. Sie hatte den korpulenten Einsatzleiter kurz gesehen, nachdem sie aus ihrer Ohnmacht wiedererwacht war. Seine Uniform mit den roten Streifen an den Hosenbeinen wirkte nach wie vor makellos, seine Mütze saß perfekt, aber sein Gesicht war aschfahl. Als er sie bemerkte, versuchte er sie aufzuhalten.

»Aber ich muss da rein«, beharrte sie einmal mehr.

Nun schüttelte auch er den Kopf, wie es zuvor Franca Marinelli getan hatte. »In Ihrem eigenen Interesse, Ms Daniels: Ersparen Sie sich das. Mr Shaw ist …«

Mehr hörte Alex nicht, denn sie hatte nun auch den ranghöchsten Polizisten vor Ort stehen lassen. Geradewegs lief sie in die *Galleria dei Prigioni* hinein.

Der Korridor bot ein Bild der Verwüstung. Offenbar hatte es gebrannt, denn sie sah weiter vorne bei den Rundbogen undeutlich rußgeschwärzte Säulen. Außerdem vermeinte sie mehrere Blutlachen auszumachen. Auch an den Wänden klebten Spritzer, als hätte jemand rote Farbbeutel daran zerplatzen lassen. In der Nähe dieser Flecken lagen weiße Plastikplanen auf dem Boden, die offensichtlich etwas abdeckten, dessen Anblick man unvorsichtigen Besuchern dieses Chaos ersparen wollte. Vieles erahnte Alex mehr, als dass sie es deutlich erkannte, denn ein Schleier aus Staub und Rauch erschwerte die Sicht.

Rasch lief sie weiter die Galerie entlang, vorbei an den »Gefangenen«, Polizisten und Sanitätern. Unter ihren Füßen knirschten die Reste abgebrochenen Putzes und kleinere Trümmerteile. Aus dem Gewölk des Unglücks schälte sich ein kolossaler Schemen hervor.

Es war der *David*.

Also hatte Darwin das »Gehirn« aufhalten können. War es Theo, dessen Reste hier überall zerstreut lagen? Alex entsann sich der Figur mit den verbundenen Augen, die sie in seiner Werkstatt entdeckt hatte. Sie wusste, die Statuette stellte ein anderes Mitglied der »Familie« dar, aber ihr fiel der Name nicht ein. Schon gar nicht hier, wo ihre Sinne und Gefühle mit den furchtbarsten Eindrücken gepeinigt wurden.

Zu ihrer Linken bemerkte sie eine weitere Plane. Sie verbarg nur stümperhaft, was sich darunter befand – eine Hand ragte hervor, rohes, halb verkohltes Fleisch. Ihr Herz setzte einen Schlag aus. War das Dar…?

»Alex!«

Der verhaltene Ruf kam von rechts. Sie fuhr herum, und im Nu holte ihr Herz den versäumten Schlag vielfach nach. Zwischen einer Säule und einem Marmorblock saß Darwin, den Rücken an die Wand gelehnt. Sein rechter Arm war bandagiert und hing in einem Tuch. Bei ihm kauerte ein weiß gekleideter Mann, vermutlich der Notarzt.

Sie konnte ihr Glück kaum fassen. Er lebte! Tränen unsagbarer Freude schossen ihr in die Augen. Schnell lief sie zu ihm und ließ sich an seiner freien Seite auf die Knie sinken. Ehe sie sich dessen gewahr wurde, hatte sie ihn auch schon umarmt.

»Au! – *Au!* Nicht so fest«, beschwerte er sich.

Jetzt erst begriff Alex, was sie gerade getan hatte, und ging rasch wieder auf Abstand. Dabei bemerkte sie, dass auch Darwin geweint hatte. Auf den Rettungshelfer mussten sie wie ein Liebespaar wirken, das sich verloren geglaubt und doch wiedergefunden hatte.

Der Arzt, ein dunkelhaariger Mittvierziger mit großer Hakennase, zwinkerte ihr zu und erklärte: »Ehe Sie fragen: Unser Held muss einen Glücksengel haben. Außer der Schussverletzung und ein paar kleineren Schnittwunden fehlt ihm nichts. Ach ja, und Sie müssen schreien, damit er Sie versteht.«

»Was? Wieso?«

»Seine Trommelfelle haben die Explosion weniger gut verkraftet. Aber sie sind nicht gerissen. Wie gesagt, Ihr Mann hat großes Glück gehabt.«

Alex lächelte Darwin selig an. Mit einem Mal wurde ihr bewusst, was der Arzt da eben gesagt hatte.

»Wir sind nicht verheiratet. Wir sind Partner«, stellte sie rasch klar.

Der Helfer schmunzelte. »Natürlich. Das sieht man ja.«

»Was …?«

»Ich gehe mal nach draußen und vergewissere mich, ob die anderen Verletzten gut versorgt sind«, unterbrach sie der Mediziner.

»Ist jemand ernstlich zu Schaden gekommen?«

»Zum Glück nicht. Die Spezialkräfte haben hier drinnen alle Helme und Schutzwesten getragen. Die Splitter müssen wie Schrapnelle durch die Luft gesaust sein. Es gibt ein paar unschöne Fleischwunden, nichts, was man mit Nadel und Faden nicht reparieren könnte.« Der Arzt hob die Hand. »Also dann. In fünf Minuten schicke ich zwei Sanitäter, die Ihren … Partner ins Krankenhaus bringen, damit wir ihn nach allen Regeln der Kunst zusammenflicken können. Er hat es verdient. Ohne ihn hätte die Welt keinen *David* mehr.«

Der Nothelfer verschwand in Richtung Ausgang.

»Wie geht es dir, Partner?«, fragte Darwin. Er sprach ungewöhnlich laut. In seinen Augen lag etwas, das Alex nicht zu deuten vermochte.

»Vermutlich besser als dir«, rief sie. In ihrer Nähe drehten sich einige Polizisten um.

Stampfende Schritte näherten sich den beiden. Es war Comandante Mello mit zwei seiner Adjutanten; einer davon war Ernesto Stagi.

»Sie sind vorhin so damit beschäftigt gewesen, Ihre Besinnung zurückzuerlangen, dass ich Ihnen noch gar nicht zur Rettung unseres *David* gratuliert habe«, sagte der Einsatzleiter auf eine eher spöttische als anerkennende Weise. Seine befehlsgewohnte Stimme war offenkundig kräftig genug, um von Darwin verstanden zu werden.

Der verzog das Gesicht. »Ihr Notarzt meinte, da seien höhere Mächte im Spiel gewesen.«

Mello lächelte säuerlich. »Oder die Geistesgegenwart eines militärisch gedrillten Mannes, der weiß, wo er sich in einer brenzligen Situation verschanzen muss. Aber möglicherweise hat Dottor dei Rossi auch Recht, und ich habe Unrecht. Vielleicht muss man an Wunder glauben, um so etwas zu überleben. Immerhin war es die Mutter Gottes, die Sie vor dem Tod bewahrt hat.« Er zeigte auf die *Pietà Palestrina*.

Alex gefiel der ironische Unterton des Kommandanten nicht. Dennoch folgte ihr Blick der deutenden Hand. Sie bemerkte einige frische »Narben« auf der ohnehin zerklüfteten Figurengruppe. Am Fußboden entdeckte sie darüber hinaus einen rechteckigen Fleck. Die Druckwelle musste das Kunstwerk von der Stelle gedrückt haben. Wäre es auf den dahinter kauernden Mann gekippt, hätte es ihn vermutlich erschlagen.

»Wie auch immer«, schrie Darwin. »Ich bin heilfroh, noch am Leben zu sein.«

Der Kommandant nickte ernst. Mit einer raumgreifenden Geste schloss er alle Skulpturen im näheren Umkreis ein. »Die Restauratoren werden vermutlich länger mit der Behebung der Schäden zu tun haben als Ihr Körper, Mr Shaw.«

»Hat sich schon jemand den *David* angesehen?«

»Die Figur ist praktisch unversehrt. Wenn Sie die Säule sehen, die den Druck der Explosion abgelenkt hat, dann wissen Sie warum.«

»Ich bin noch nicht dazu gekommen«, rief Darwin.

»Sie ist ungefähr einen Meter fünfzig über dem Sockel zur Hälfte weggesprengt worden. Schätze, man muss sie gegen eine neue austauschen. Mal was anderes, Mr Shaw.«

»Ja?«

»Hat die vermummte Person irgendetwas zu Ihnen gesagt, bevor sie sich in die Luft jagte?«

»Nichts. Warum?«

»Nun, das ist seltsam. Der Truppführer, der bei der Erstürmung des Korridors dabei war, wollte gesehen haben, wie sich die Person Ihnen zuwandte, so als spräche sie zu Ihnen.«

Alex horchte auf.

»Da hat er sich geirrt«, sagte Darwin. Sein Stirnrunzeln verriet Argwohn. Vermutlich fragte er sich, worauf der Kommandant eigentlich hinauswollte.

»Danach, meinte er, sei die Attentäterin regelrecht ins Sperrfeuer seiner Männer gelaufen«

»Das stimmt. Fragen Sie mich aber nicht nach dem Grund. Ich kann mir darauf auch keinen Reim machen.«

Mello zuckte die Achseln. »Wahrscheinlich hat sie am Ende resigniert. Wie auch immer, ich will Sie jetzt nicht länger quälen, Mr Shaw. Ungeachtet unserer persönlichen Differenzen möchte ich Ihnen im Namen der *Repubblica Italiana* für Ihren Einsatz danken. Die paar Ungereimtheiten klären wir später.«

»Was für Ungereimtheiten?«

»Die Täterin muss sehr intime Kenntnisse unseres Einsatzplanes besessen haben. Sie wusste genau, wie sie die Erstürmung der Accademia mit einem irreführenden Funkspruch hinauszögern konnte. Sie hat unsere Frequenzen lahm gelegt, die Energieversorgung des Museums. Nur ArtCare wusste um alle diese Dinge.«

»Was wollen Sie damit andeuten?«, knurrte David.

Mello lächelte süffisant. »Nichts, Mr Shaw. Gar nichts. Aber Sie kennen das Verfahren. Es ist auf der ganzen Welt ähnlich. Offene Fragen verlangen eine Klärung. Jetzt lassen Sie sich erst einmal ordentlich verarzten, über alles andere reden wir zur gegebenen Zeit.«

Der Kommandant lüpfte die Mütze und zog mit seinem Gefolge von dannen.

Darwin schüttelte fassungslos den Kopf. »Der arrogante Wicht glaubt tatsächlich, ich stecke mit dem ›Gehirn‹ unter einer Decke.«

Alex reagierte nicht. Sie hatte die unverschämte Anschuldigung nur am Rande mitbekommen, weil ihre Gedanken sich um eine ganz andere Frage drehten. Darwin stupste sie an.

»He, Partner. Was ist mit dir?«

Sie blinzelte. »Ist dir auch aufgefallen, dass Mello von einer ›Attentäterin‹ gesprochen hat. Er sprach von ihr wie von einer Frau.«

»Stimmt.« Darwin hob die Schultern. »Und wenn schon. Theo ist doch wie du ein ...«

Sie legte ihm rasch die Hand auf den Mund und bewegte ihr Gesicht nahe vor das seine. »Noch lauter kannst du das wohl nicht herausschreien.«

»'tschuldige«, murmelte er unter ihren Fingern.

Sie gab ihm wieder Luft und drehte sich zu der Plane um, unter der die Hand hervorlugte. Eine Sekunde lang versuchte sie sich den zerrissenen Torso vorzustellen: den Kopf, die Schultern – waren die Erhebungen, die sie da sah, weibliche Brüste? Sie kniff die Augen zusammen. Unsinn! Ihre Fantasie spielte ihr Streiche. Was nach der verheerenden Explosion von dem Oberkörper der Einbrecherin noch übrig war, konnte vermutlich nur ein Pathologe noch identifizieren. Andererseits ... Irgendetwas musste Mello ja zu seiner Beurteilung veranlasst haben.

»Worüber denkst du nach?«, fragte ihr Partner.

Sie wandte sich ihm wieder zu und schob ihren Mund dicht vor sein Ohr. »Theo ist unten herum ein Mann. Außerdem hat er noch flachere Brüste als ich.«

Darwin sah sie überrascht an. »Was heißt hier flach?«

»Du weißt genau, was ich meine.« Alex deutete mit dem Daumen über die Schulter. »Wenn Mello einen berechtigten Grund hat, diese Person als Frau zu bezeichnen, dann war sie mit ziemlicher Sicherheit nicht Theo.«

»Na ja, im Louvre hat das ›Gehirn‹ auch eine Komplizin über die Klinge springen lassen. Müssen wir uns jetzt darüber den Kopf zerbrechen?«

Sie blickte erneut zu der Hand unter der Plane. »Ich weiß nicht. Irgendwie werde ich das Gefühl nicht los, dieser ganz Albtraum ist noch nicht vorbei.«

Kapitel 24

»Wer die Dummköpfe gegen sich hat, verdient Vertrauen.«

Jean-Paul Sartre

FLORENZ (ITALIEN),
Montag, 22. Oktober, 8.55 Uhr

Die gleiche Szene. Nur die Rollen waren vertauscht. Alex saß an Darwins Krankenbett und tätschelte seine Hand. Es war der Morgen nach dem Bombenanschlag. Der »tragische Held« – so bezeichnete er sich selbst im Laufe seines Berichtes vom vergangenen Abend – war ins *Ospedale di Santa Maria Nuova* eingeliefert worden, eine Klinik im historischen Zentrum von Florenz. Das Hospital lag nur wenige Krankenwagenminuten von der Galleria dell'Accademia entfernt.

»Wir sollten das nicht zur Gewohnheit werden lassen«, sagte Alex laut. Darwin hatte immer noch ein ständiges Summen im Ohr, das erst einmal übertönt sein wollte.

Er sah sie fragend an.

»Die gegenseitigen Besuche im Krankenhaus«, erklärte sie.

Er lächelte. »Wenn's nach mir ginge, wäre ich schon längst wieder draußen.«

»Geht es aber nicht. Außerdem bezweifle ich, dass der angeblich zu deinem Schutz abgestellte Carabiniere draußen auf dem Flur dich so einfach gehen lassen würde.«

Darwin drehte seinen Kopf kurz zur Tür, als könne er hindurchsehen. »Mello ist ein Dummkopf.«

»Er misstraut dir, weil du neuerdings den Ruf eines religiösen Eiferers hast.«

Er verzog den Mund. »Dank deiner ›Galerie der Lügen‹, Partner.«

»Ich hatte dich gewarnt, Darwin. Alles ist eingetroffen: man hat versucht, deinen Ruf zu zerstören, dir unlautere Motive zu unterstellen, man schimpft dich einen zurückgebliebenen Narren und stellt deine Zurechnungsfähigkeit in Frage.«

»Fehlt eigentlich nur noch, dass man mich als Gefahr für die Gesellschaft verfemt.«

»Vielleicht kommst du ja drum herum, wenn du der Öffentlichkeit klar machen kannst, dass ich dich verführt habe.«

Darwin hob zu einer Antwort an, zögerte aber, als er in ihre violetten Augen sah. Es waren die gleichen, die er letzte Nacht im Schein der Polizeilampen gesehen hatte. War er zu etwas gezwungen worden, das er nicht wollte? Er schüttelte den Kopf. »Ich bin nicht wie die anderen. Wenn jemand eine gegenteilige Meinung vertritt, dann höre ich sie mir an. Ich finde vieles von dem, was du sagst, vernünftig.«

»Danke.«

»Natürlich habe ich meinen eigenen Kopf.«

»Schon klar. Winston Churchill meinte mal: ›Wenn zwei Menschen immer dasselbe denken, ist einer von ihnen überflüssig.‹ Ich möchte nicht, dass du für mich überflüssig bist, Darwin.«

Ein Kribbeln lief über seinen Nacken und den Rücken hinab. Ihr intensiver Blick verwirrte ihn. Er suchte verzweifelt nach Worten, um etwas auszudrücken, das er selbst nicht verstand. »Als du mich gestern umarmt hast … Ich wollte sagen … Das war okay.«

Ihre funkelnden Augen verunsicherten ihn einige weitere Sekunden, bis überraschend ein kleines Lächeln ihre Lippen umspielte. »Übrigens habe ich über Mellos Verdächtigungen nachgedacht. Irgendwie kann ich ihn auch verstehen.«

»Was soll denn *das* jetzt?«

»Willst du abstreiten, dass Theo die Einbrüche nur mit dem Wissen von ArtCare durchführen konnte?«

»Nein«, knirschte er. »Willst *du* länger abstreiten, dass Theo das ›Gehirn‹ ist? Seit gestern Nacht verplapperst du dich nämlich pausenlos.«

»Das wusstest du doch sowieso schon. Spätestens, seit ich dir sagte, er wolle dich töten. Jetzt hat er 's versucht. Damit ist unsere Vereinbarung hinfällig.«

»Du hast mit Theo eine Vereinbarung …?«

Es klopfte an der Tür des Krankenzimmers. Sie öffnete sich. Ein dunkelhaariger Mann mit kantigem Gesicht und Schnurrbart trat ein. Er trug einen schlammgrünen Trenchcoat und darunter einen schokoladenbraunen Anzug. Darwin schätzte den Besucher auf Anfang fünfzig. Als der Fremde näher kam, erschien hinter ihm eine zweite Gestalt. Es war Comandante Alessandro Mello.

Die beiden nahmen Aufstellung am Bett, gegenüber von Alex. Der hochrangige Offizier der *Carabinieri Tutela Patrimonio Culturale* stellte seinen Begleiter als Commissario Carlo Pieri vor.

»Ich möchte mich gerne ein wenig mit Ihnen unterhalten«, übernahm selbiger dann auch gleich das Gespräch. Sein Englisch war besser verständlich als das des Comandante.

Darwin wechselte einen Blick mit Alex.

Pieri erriet wohl, was in den Köpfen der beiden vor sich ging, denn er fügte rasch hinzu: »Betrachten Sie es bitte nicht als Verhör, sondern als eine zwanglose Unterhaltung. Ich habe nichts dagegen, wenn Ms Daniels hier bleibt.«

»Zu gütig von Ihnen. Könnten Sie bitte etwas lauter sprechen? Die Rettung Ihres Kulturerbes hat mein Trommelfell lädiert«, erwiderte Darwin kühl. Allein die Anwesenheit des Zivilbeamten war für ihn schon Zwang genug.

Der Commissario überhörte den abweisenden Ton. Seine Miene blieb neutral. Vernehmlich fragte er: »Haben Sie mit irgendjemandem über die neuen Sicherheitsmaßnahmen in der Galeria dell'Accademia gesprochen, Mr Shaw?«

Darwin spürte, wie sich sein Magen verkrampfte. »Welchen Vergehens wollen Sie mich eigentlich verdächtigen?«, knurrte er.

»Ich möchte lediglich ein paar Unklarheiten aus der Welt räumen. Bitte beantworten Sie meine Frage, Mr Shaw.«

»Dr. Martin Cadwell. Mit ihm habe ich telefoniert. Übrigens auch gestern Nacht nach dem Anschlag.«

Mello sprach leise etwas in Pieros Ohr, das wohl die Funktion des Vorstandsvorsitzenden präzisierte. Der Kommissar nickte und wandte sich wieder Darwin zu.

»Wir finden einiges von dem, was gestern Abend in der Galleria dell'Accademia geschehen ist – wie soll ich mich ausdrücken –, merkwürdig. Ehrlich gesagt, verstehen wir nicht ganz Ihre Rolle in der Inszenierung.«

»Bitte was?«

»Sie sagten Comandante Mello, es habe einen erbitterten Kampf gegeben. Seine Männer dagegen berichteten von einem – ich zitiere – ›beinahe einvernehmlichen Abschied‹. Warum hat die Täterin nicht die Deckung der Säulen benutzt, um näher an den *David* heranzukommen und dann erst die Bombe zu zünden?«

»Wieso fragen Sie das mich? Sind Sie denn sicher, dass sie die Figur überhaupt zerstören wollte?«

Mello lachte. »Damit haben Sie uns doch die letzten Tage ständig in den Ohren gelegen, Mr Shaw. Sie schienen sehr genau zu wissen, was diese Selbstmordattentäterin …«

Piero legte seinem Kollegen die Hand auf den Unterarm und brachte ihn damit zum Schweigen. Danach wandte er sich wieder Darwin zu.

»Zweifellos können Sie uns *irgendeine* Interpretation zu den gestrigen Geschehnissen anbieten, Mr Shaw. Ich würde sie gerne hören.«

Darwin hatte das Gefühl, der Commissario sei weniger verbohrt als sein uniformierter Kollege, daher mäßigte er sich im

Ton. Ruhig legte er dem Zivilbeamten seine Überlegungen dar. Natürlich habe auch er sich über die Eigentümlichkeiten des vergangenen Abends seine Gedanken gemacht: das unerwartete Zögern des Täters, die Art und Weise, wie er die verschärfte Bewachung des Museums umgegangen habe, und schlussendlich die Explosion, die ihn zwar getötet hatte, aber zu schwach gewesen war, um die *Pietà di Palestrina* zu zerreißen.

»Die Ladung war nicht optimal angebracht und vielleicht auch falsch berechnet«, sagte Mello.

»Ich glaube eher, die Zerstörung des *David* war nur die Ultima Ratio.«

Piero zupfte sich stirnrunzelnd am Schnurrbart. »Das müssen Sie mir erklären.«

»Denken Sie an die Supermächte, die sich im Kalten Krieg mit ihren Atomarsenalen bedroht haben. Natürlich waren die Bomben und Raketen einsatzbereit, aber keine Seite wollte sie unbedingt gebrauchen. Hier, denke ich, war es ähnlich. Wer immer die Aktion geplant hat, er wollte der Öffentlichkeit etwas klarmachen. Vielleicht konnte er seine Botschaft sogar deutlicher und eindrücklicher vermitteln, indem er Michelangelos Statue unversehrt ließ.«

Darwin bemerkte, wie sich Alex auf ihrem Stuhl unruhig bewegte.

»Und was wäre das für eine Botschaft?«, fragte Pieri.

»Eine simple Wahrheit, die wir angesichts dessen, was Wissenschaft und Technik heutzutage vollbringen können, fast schon vergessen haben: Perfektion aus Menschenhand gibt es nicht. Etwas anderes zu glauben – ob für heute oder für die Zukunft – wäre ein gefährlicher Irrtum. Unsere Werke sind so sensibel wie Michelangelos *David*. Nur weil wir uns seiner Verletzlichkeit bewusst waren, konnten wir ihn retten. Wir sollten unsere eigenen Schwächen in Demut anerkennen, um diesen Planeten auf Dauer bewohnen zu können – er ist der einzige, den wir haben.«

»Schöne Predigt«, sagte Mello lakonisch.

Der Commissario bedachte ihn dafür mit einem strafenden Blick, um sich anschließend wieder an Darwin zu wenden.

»Nehmen Sie es mir bitte nicht übel, aber ist das nicht ein bisschen spekulativ?«

Darwin wiegte den Kopf hin und her. »Vielleicht. Vielleicht aber auch nicht. Ich musste in der vergangenen Nacht lange über etwas nachdenken, was mir einmal Dr. Ken Simmons begreiflich zu machen versuchte – er ist Kriminalpsychologe des britischen National Criminal Intelligence Service. Wir sprachen damals über den Sprengstoffanschlag im Pariser Louvre. Dr. Simmons bemerkte richtigerweise, dass diese Aktion aus dem Rahmen falle. Deshalb könnte sie ein Schlüssel zur Psyche des Täters sein. Er meinte noch, am Anfang der Serie komme ein besonderes Bedürfnis, eine einmalige Entscheidung oder etwas Vorrangiges zum Ausdruck. Im Laufe unserer Ermittlungen haben wir einige Erkenntnisse über die … nennen wir es, die *Natur* unseres Gegners gewonnen. Daraus schließe ich, dass seine beim Beginn der Serie zu Tage getretene Motivation auch zum Schluss wieder hervorgebrochen ist.«

»Vielleicht stiehlt und bombt er ja weiter. Woher wollen Sie wissen, was im Hirn dieses Verrückten vorgeht?«

»Ich habe mich nur in die Gedankenwelt des Täters versetzt.« Darwin wechselte einen Blick mit Alex. Sie nickte ihm lächelnd zu wie eine mit ihrem Schüler zufriedene Lehrerin.

Pieri musterte Darwin mit ausdrucksloser Miene. »Ich kenne einige Veröffentlichungen von Ms Daniels«, begann er hierauf grübelnd. »Was die Theorie von einer weltanschaulichen Motivation der Terroristen angeht, stimme ich Ihnen sogar zu. Aber dieser Kreuzzug gegen den Perfektionswahn – ich weiß nicht …« Er schüttelte den Kopf.

»Mr Shaw hat Recht«, sagte Alex unvermittelt. Alle sahen sie überrascht an.

»Wie können Sie das so sicher sagen?«, fragte Mello mit halb zusammengekniffenem Auge.

»Weil ich von Kevin T. Kendish, dem Hauptverdächtigen in der Einbruchsserie, entführt worden bin. Er hat mir in seinem Haus ausführlich seine Vorstellungen und Gedanken ausgebreitet.«

Jetzt staunte sogar Darwin. »Davon hast du mir gar nichts …«

Sie sah ihn traurig an. »Er hatte gedroht, dich umzubringen.« Sich wieder an Piero wendend, fügte sie hinzu: »Mr Kendish erklärte mir, am Schluss werde niemand mehr leugnen können, wie verletzlich die von Menschen geschaffene so genannte ›Vollkommenheit‹ in Wirklichkeit sei. Und das Ziel hat er, wie Mr Shaw eben bereits deutlich ausführte, erreicht.«

Mellos Miene war anzusehen, dass sein Generalverdacht gegen die englischen Gäste sich nun auf die blonde Publizistin fokussierte. Er öffnete den Mund, doch ehe er eine neue Verdächtigung aussprechen konnte, klopfte es abermals an der Tür.

»Herein«, rief Darwin.

Ein schmächtiger Mann im grauen Nadelstreifenanzug trat ein. Sein todernstes Gesicht war unten breiter als oben, die quer über den Kopf drapierten, aschblonden Haare nur noch rudimentär vorhanden und die Tränensäcke markant. Er trug ein blaues Hemd mit weißem Kragen, dazu eine rote Clubkrawatte und ein distinguiertes Gesicht. Als Darwin den Stockschirm in der Rechten des Besuchers bemerkte, zweifelte er kaum noch, einen Landsmann vor Augen zu haben.

»Guten Morgen«, sagte der distinguierte Herr mit nasalem Organ. »Mein Name ist Charles Gordon Hardstone. Ich bin Kulturattaché im hiesigen britischen Konsulat und suche Mr Darwin Shaw.«

»Gratuliere. Sie haben ihn gefunden«, sagte selbiger aus dem Bett.

Hardstone trat näher. Trotz seiner unterentwickelten Statur schaffte er es, den eher grobschlächtig gebauten Commissario zur Seite zu drängen; den kleinen Korporal räumte er dabei gleich mit aus der Bahn.

»Die britische Regierung schickt mich, um Ihnen für Ihren heldenhaften Einsatz zur Rettung eines unschätzbaren Weltkulturerbes zu danken«, erklärte der Diplomat. Dabei zwinkerte er mit dem den Polizisten abgewandten Auge, was Darwin einigermaßen irritierte. Anschließend wandte er sich Alex zu.

»Außerdem bin ich angewiesen worden, Ihnen, Ms Daniels, eine Frage zu stellen.«

Darwin war mindestens ebenso überrascht wie, dem Gesicht nach zu urteilen, seine Partnerin.

Der Attaché räusperte sich vernehmlich. »Wissen Sie, wo die gestohlenen Kunstwerke sind, Ms Daniels?«

Die Angesprochene wirkte verunsichert. Darwin erwiderte ihren Hilfe suchenden Blick mit einem aufmunternden Lächeln. Er hatte sich selbst schon diese Frage gestellt.

Alex benetzte ihre Lippen mit der Zunge. »Kevin Theodore Kendish hat mich in sein Haus verschleppt. Ob er die Gemälde dort aufbewahrt, weiß ich nicht; ich kann es nur vermuten.«

»Es würde Ihrer Verteidigung sehr nützen, wenn Sie die Polizei zu dem Haus führten«, bemerkte Hardstone.

»Das ist unmöglich«, sprang Darwin für seine Partnerin in die Bresche. »Der Kerl ist mit ihr über eine Stunde lang durch die Gegend gefahren, und die ganze Zeit über waren ihre Augen verbunden …« Er verstummte, als er plötzlich Alex' Hand auf seiner Schulter spürte.

Sie sah den Kulturattaché aus unbewegter Miene an. »Ich führe Sie zu dem Haus.«

Darwins Kinnladen sank herab. Verständnislos blickte er in die um sein Bett versammelten Gesichter. Alex wirkte auf eine erschreckende Weise friedlich. Pieros Stirn wies tiefe Verwerfungen auf. Mello grinste triumphierend.

Und Hardstone erklärte schmunzelnd: »Lord Witcombe prophezeite, dass Sie etwas in der Art sagen würden.«

Kapitel 25

»Es wäre vollkommen vereinbar mit allem, was wir wissen, dass es ein Wesen gab, das für die Gesetze der Physik verantwortlich war.«

Stephen Hawking

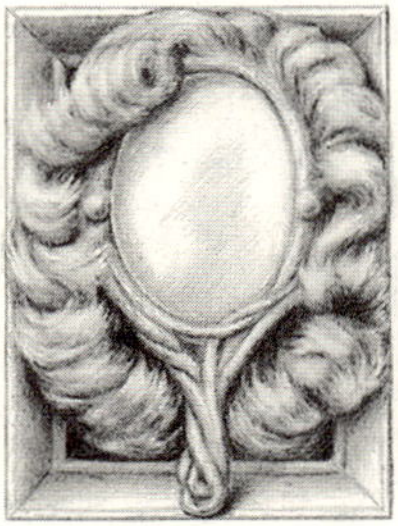

ÜBER DER ENGLISCHEN KÜSTE,
Montag, 22. Oktober, 20.20 Uhr

Die Frachtschiffe auf dem Ärmelkanal waren funkelnde Sterne in einem Meer der Finsternis. Obwohl Alex in Hinsicht auf ihre nähere Zukunft voll unguter Ahnungen war, freute sie sich auf die Heimkehr nach London. Irgendwann würde sie auch wieder Florenz besuchen und den restaurierten *David* bewundern.

Wenn alles vorüber war.

Charles Gordon Hardstone, der angebliche britische Attaché, hatte in den vergangenen Stunden wahre Wunder vollbracht. Inzwischen zweifelte Alex kaum mehr daran, dass der gute Mann vom Geheimdienst sein oder über sonstige Mittel verfügen musste, die mit Kulturaustausch wenig zu tun hatten. Jedenfalls konnte er den italienischen Behörden überzeugende Argumente liefern, Darwin und Alex ausreisen zu lassen. Jeff Blackwater, der Sicherheitschef von ArtCare, war von dem Arrangement ausgenommen. Mit der Bereitstellung des zweistrahligen Businessjets krönte Hardstone seine diplomatische Meisterleistung.

Alex saß zum ersten Mal in einem fliegenden Mercedes Benz; so kam ihr die Do 328 von Fairchild Dornier vor, die der höchste englische Staatsbeamte für sie und ihren Partner gechartert hatte. Freilich hätte das Dröhnen der Düsentriebwerke etwas leiser sein können, schon mit Rücksicht auf Darwin. Er schlief ihr gegenüber in einem ausladenden Sessel aus weißem Leder und sah alles andere als erholt aus. Der ramponierte Körper hatte ihn jedoch nicht von der Reise abhalten können. Eine weitere Nacht in einem achthundert Jahre alten Krankenhaus käme für ihn nicht in Frage, hatte er ihr lakonisch beschieden. Sie wusste, dass er die Strapazen für sie auf sich nahm, und hatte deswegen ein schlechtes Gewissen.

Zwischen ihnen befand sich ein Tisch, auf dem Lucys Notebook-Computer stand. Einige Zeit, nachdem Darwin in seinem First-Class-Ledersessel eingenickt war, hatte Alex das Gerät ausgepackt und sich an die Fortsetzung der »Galerie der Lügen« gemacht. Zunächst beschrieb sie aus Sicht der Augenzeugin die Ereignisse in der Galleria dell'Accademia, was, wie sie hoffte, schon für sich genommen genügend Abnehmer im Medienzirkus anbeißen lassen dürfte. Anschließend machte sie sich an den weltanschaulichen Unterbau. Was hatte das »Gehirn« letztlich mit der Einbruchsserie bezweckt? Sie schrieb einige Absätze zu den von Darwin so treffend analysierten Hintergründen, warf einige Fragen zum Wesen der Wissenschaft auf und blieb – mitten über dem Ärmelkanal – plötzlich stecken.

Irgendetwas stimmte nicht.

Sie konnte selbst nicht greifen, was sie an ihrem Resümee zur »Galerie der Lügen« irritierte. Es war einfach nicht rund. Der Hut aus René Magrittes *Le dormeur téméraire* kam ihr wieder in den Sinn und all die anderen Symbole und Anspielungen auf Theos verhüllte Gedanken.

»Verteufelst du gerade wieder die Wissenschaft?«

Darwins Stimme ließ sie zusammenschrecken. Als habe er sie bei etwas Unanständigem ertappt, klappte sie rasch das Notebook zu und lächelte auf eine Art, die er bestimmt als Unsicherheit deuten würde.

»Hast du ausgeschlafen?«

Er reckte seinen unverletzten Arm – der rechte steckte wieder in einer Schlinge. »Nur ein bisschen geschlummert. Du schreibst am Abgesang deiner ›Galerie‹, oder?«

»Steht das irgendwo auf meiner Stirn geschrieben?«

Er lächelte sie an. »Wer sich die Gedanken eines Menschen zu eigen macht, der lernt auch den Menschen kennen. Wie lautet deine Quintessenz aus dem, was du und ich in den letzten Wochen erlebt haben?«

»Vielleicht kann ich dich ja überraschen: Ich weiß es nicht. Jedenfalls ist es keine Attacke gegen die Naturwissenschaften. Wenn du mir so etwas zutraust, dann hast du mich immer noch nicht verstanden.« Alex biss sich auf die Unterlippe. Warum fühlte sie sich immer gleich angegriffen?

»Klär mich auf«, sagte Darwin. Er klang ehrlich interessiert.

Sie hob die Schultern. »Da gibt's nicht viel zu erklären. Wissenschaft und der Glaube an einen genialen Konstrukteur des Lebens sind kein Widerspruch. Ich denke sogar, sie passen wunderbar zusammen und können sich gegenseitig befruchten.«

»Nach allem, was du mir beigebracht hast, würde ich die Naturalisten aber nicht zu den Befürwortern dieser Haltung zählen.«

»Wohl wahr! Was nicht bedeutet, dass etliche von ihnen sehr befähigte Forscher sein mögen. Manche sind nur ein wenig … verblendet.«

»Was meinst du?«

»Poetisch ausgedrückt: Im Meer der Neugierde steckt unsere Erwartung den Kurs ab. Dieser Kapitän bewahrt uns vor mancher Irrfahrt, aber er verhindert auch die Entdeckung vieler unbekannter Ufer.«

»Au!« Darwin verzog das Gesicht, als hätte er plötzlich Zahnschmerzen bekommen. »Das war wohl eher kitschig als poetisch. Mit anderen Worten, der Forscherdrang einiger Wissenschaftler ist durch ihren Tunnelblick eingeengt.«

»So kann man es auch ausdrücken. Sie sehen lediglich, was

ihre Erwartungen ihnen wahrzunehmen erlauben.« Alex atmete ruhig durch. Sie mochte diesen Mann. Etwas aufgeräumter erklärte sie: »Nimm die Paläontologie. Die darwinistische Methode hat stets darin bestanden, ein paar fossile Belegexemplare zu finden, sie als Beweis hinzustellen und alle sich daraus ergebenden Schwierigkeiten zu ignorieren. Wenn ihnen ein Fossil in die Finger gerät, das den postulierten evolutionären Wandel nicht belegt, wird es als wertlos oder atypisch zur Seite gelegt und oft nicht einmal veröffentlicht. Ähnlich verfährt man in anderen Disziplinen. Dadurch – nicht durch die Vorstellung von einem intelligenten Designer – wird die Forschung in Wirklichkeit beschnitten.«

»Aber wirft man nicht gerade den Kreationisten die Gefährdung der Forschung vor?«

»Sicher. Einige von ihnen versuchen tatsächlich mit allen Mitteln, den Darwinisten das Wasser abzugraben. Aber die Verallgemeinerung ist reine Propaganda. Würde man sie zulassen, dürfte man mit gleichem Recht die Betrügereien einiger darwinistischer Schlitzohren zum Wesensmerkmal all ihrer Genossen erheben.«

»Wenn du entscheiden könntest: Was schlügest du vor?«

»Einen freien und fairen Wettbewerb der Theorien. Ich bin überzeugt, die Wahrheit würde ziemlich schnell über den Irrtum triumphieren.«

Darwins Zwerchfell hüpfte. »In den letzten Tagen habe ich mich oft gefragt, wie viel einigen meiner Mitmenschen tatsächlich an der Wahrheit liegt. Ich glaube, manche hätten uns beide am liebsten auf dem Scheiterhaufen gesehen.«

»Vielleicht liegst du damit gar nicht so verkehrt. Einstein bemerkte mal, dass wir von Galileis Zeit nicht so weit entfernt sind, wie wir gerne glauben möchten. Die Scheiterhaufen der Gegenwart sind nur schwerer auszumachen, weil sie mit dunkler Flamme brennen.«

Er schmunzelte. »Ich sehe schon, wenn man dich beim Schreiben unterbricht, sprudeln aus dir lauter Aphorismen hervor.«

»Ich kann's auch ganz banal ausdrücken: Sobald ein Forscher eine Macht jenseits der Natur ins Spiel bringt, wird ihm die Wissenschaftlichkeit abgesprochen. Absurd, wenn man bedenkt, dass der Absolutismus des materialistisch-naturalistischen Weltbildes erst wenige Jahrzehnte alt ist. Der Großteil der Grundlagenforschung in den letzten zweieinhalb Jahrtausenden wurde von gläubigen Denkern geliefert.«

»Hältst du denn einen fairen Wettbewerb der Weltbilder irgendwann für möglich?«

Sie verzog die Mundwinkel. »Vorerst würde ich mich damit begnügen, dass sich die Kontrahenten gegenseitig mit etwas mehr Respekt behandelten. Wenn allerdings prominente Darwinisten pauschal solche Menschen, die nicht an die Evolution glauben, als unwissend, dumm oder geisteskrank abstempeln, dann läuft das wohl eher aufs Gegenteil hinaus. Ich meine, die Achtung vor der Würde des anderen ist ein Gut, das nie leichtfertig aufs Spiel gesetzt werden darf, wie hart eine Auseinandersetzung in der Sache auch immer sein mag.«

»Du hörst dich an, als sprächest du von gegnerischen Feldherren, die vor der Schlacht nette Grußbotschaften austauschen?«

»Ich finde, das ist zu wenig. Religion und Wissenschaft sind keine Feinde, sondern zwei verschiedene Sichtweisen unserer Welt, die sich ergänzen können. Oder wie Albert Einstein es 1930 mal in der *New York Times* ausdrückte: ›Wissenschaft ohne Religion ist lahm, Religion ohne Wissenschaft ist blind.‹ Hier wie da erscheint mir auf jeden Fall etwas mehr Demut angebracht.«

»Demut? Inwiefern?«

»Im Hinblick auf das eigene Überlegenheitsdenken. Egal ob in Wissenschaft, Religion, Politik, Wirtschaft oder sonst wo, wie oft haben sich führende Köpfe schon geirrt! Und – bei allem lobenswerten Fortschritt – wie viele Probleme haben wir ihnen zu verdanken? Sollte man da wirklich denen vorbehaltlos vertrauen, die uns glauben machen wollen, das Stadium der endgültigen Wahrheit sei erreicht?«

»Du meinst, in Bezug auf die Kräfte der Natur, die allein für alles verantwortlich sein sollen, was war, was ist und was jemals sein wird?«

»Du kannst ja auch poetisch sein«, lächelte Alex, wurde jedoch gleich wieder ernst. »Glaube als Ende der Wissenschaft ist ein naturalistisches Schreckgespenst, Darwin. Religiöse Menschen können mit denselben wissenschaftlichen Methoden an der Erkenntnisgewinnung arbeiten wie Atheisten. Warst du jemals im *Cavendish Laboratory* für Physik in Cambridge?«

»Nein. Wieso?«

»James Clerk Maxwell hat über der Tür des Laboratoriums Worte aus dem einhundertundelften Psalm meißeln lassen: ›Groß sind die Werke des Herrn, zu erforschen von allen, die sich an ihnen freuen.‹ Es mag dich überraschen, aber die größte Fraktion der Naturwissenschaftler, die an einen intelligenten Konstrukteur des Universums glauben, sind die Physiker.«

»Und womit hängt das deiner Meinung nach zusammen?«

Alex zuckte die Achseln. »Ich weiß nicht. Vielleicht verstehen sie am besten das anthropische Prinzip. Der Physiker Freeman John Dyson sagte mal, das Universum habe ›in irgendeinem Sinn gewusst, dass wir kommen würden‹.«

»Klingt ziemlich metaphysisch, wenn du mich fragst. Was meinte er damit?«

»Um genau zu sein, wir reden gerade vom so genannten ›starken anthropischen Prinzip‹. Danach ist unser Universum in seinen Naturgesetzen und Naturkonstanten so beschaffen, dass es irgendwann Leben und Intelligenz hervorbringen *musste*. Es gibt eine wundersame Feinabstimmung im Universum, eine erstaunliche Harmonie kosmologischer Konstanten, die alle ineinander greifen. Nimm die elektromagnetische Kraft. Wäre sie nur etwas schwächer, hielten die Atome und Elektronen nicht zusammen. Ob du nun die Stärke der Gravitation betrachtest, das Planck'sche Wirkungsquantum, die Lichtgeschwindigkeit, die starke Kernkraft, die Energieebenen im Kohlenstoffatom und und und – würde man nur einen dieser Parameter minimal verändern, gäbe es im Universum kein Leben. Ja, nicht nur jede einzelne dieser Konstanten muss stimmen, sondern auch ihre Wechselwirkung. Schon die allerwinzigste Änderung im Verhältnis der Stärke der Gravitation zur Intensität der elektromagnetischen Kraft würde Sterne wie unsere Sonne in zu heiße blaue Riesen oder zu kalte rote Zwerge verwandeln – beides ließe kein Leben zu.«

Darwin pfiff durch die Zähne. »Eigentlich nicht verwunderlich, dass die Physiker dem Gedanken an einen Schöpfer noch am ehesten aufgeschlossen gegenüberstehen.«

Die Stimme des Kapitäns in den Lautsprechern verlangte schnarrend das sofortige Anschnallen der Passagiere.

Während Alex den Computer in der Tragetasche verstaute, sagte sie: »Hätten wir die Zeit, uns mit den Details zu beschäftigen, würdest du vermutlich zu demselben Schluss kommen wie Paul Davis, ebenfalls ein Physiker. Er sagte schlicht: ›Wir sind dazu da, hier zu sein.‹«

Eine kleine Stille trat ein. Sie bemerkte, wie Darwin nachdenklich jeden ihrer Handgriffe beobachtete. Lächelnd fragte sie: »Was ist? Habe ich was Falsches gesagt?«

Er schüttelte den Kopf. »Nein. Ich versuche nur gerade die verschiedenen Bedeutungsebenen, deiner letzten Äußerung zu verstehen.«

»Du meinst, dass wir dazu da sind, hier zu sein?«

Sie glaubte, sein Blick würde bis ins Mark ihrer Seele dringen.

Unvermittelt kräuselten sich seine Lippen, und er fragte: »Ob das ›Gehirn‹ über das anthropische Prinzip ebenso denkt wie du?«

»In welcher Hinsicht?«, entgegnete sie vorsichtig.

»Na, meint Theo, der Versuch einer Verbesserung des Menschen durch Genmanipulation wäre ein Verstoß dagegen? Bedeutet es seiner Ansicht nach das Drehen an einem der fein abgestimmten Schräubchen, die das Uhrwerk des Lebens am Laufen halten? Könnte dadurch alles zum Stehen kommen?«

Alex zögerte. Offenbar glaubte Darwin immer noch, sie sei lediglich das Ergebnis eines außer Kontrolle geratenen Experiments. Sie war drauf und dran, ihm die ganze Wahrheit zu sagen.

»Als ich in Theos Landhaus war …«

Unter ihren Füßen rumpelte es. Die Fahrwerksabdeckungen hatten sich geöffnet.

Sie fing noch einmal von vorne an. »Theo sagte zu mir: ›Manchmal komme ich mir vor wie die Verkörperung des Missbrauchs der Natur.‹«

Darwin fuhr sich mit den Fingern durchs Haar. »Das würde meine Vermutung doch ziemlich genau treffen, oder?«

»Ich weiß nicht«, erwiderte Alex. Sie knabberte einige Sekunden lang auf ihrer Unterlippe. »Ich werde einfach das Gefühl nicht los, in meiner ›Galerie der Lügen‹ etwas übersehen zu haben. Aber ich komme nicht darauf, was es sein könnte.«

Darwin schürzte die Lippen. »Das Gemälde vom unachtsamen Schläfer ist ja ziemlich übersichtlich. Es gibt eigentlich nur drei Dinge, die wir bisher nicht mit Bedeutung aufgeladen haben, wie meine Meisterin sagen würde.«

Alex musste unwillkürlich schmunzeln. »Und die wären?«

»Der düstere Himmel, der aufrecht stehende Stein und die hölzerne Kiste.«

Sie riss Mund und Augen auf, war einige Sekunden lang sprachlos, bis sie entsetzt hauchte: »Verdammt, wie hatte ich das nur übersehen können!?«

Kapitel 26

»Wer die Wahrheit nicht weiß, der ist bloß ein Dummkopf. Aber wer sie weiß und sie eine Lüge nennt, der ist ein Verbrecher!«

Bertolt Brecht

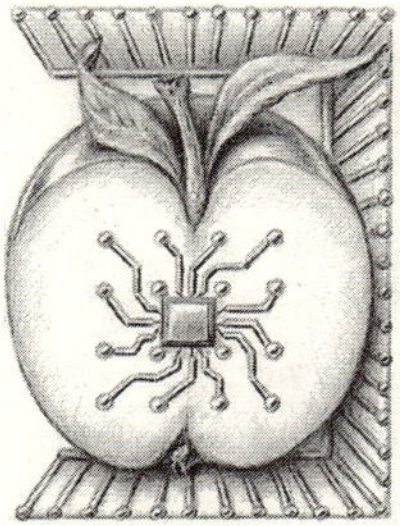

LONDON (ENGLAND),
Montag, 22. Oktober, 22.05 Uhr

Selborne House schlief, abgesehen von den nimmermüden Sicherheitskräften sowie fünf Personen in einem einzelnen Büro. Es war ein nach abgestandenem Rauch riechender, spärlich beleuchteter Raum enormer Größe mit Holztäfelungen an Wänden und Decken, schweren Teppichen auf dem Boden, antiken Möbeln, alten Ölschinken mit todernst dreinblickenden Honoratioren und einer Atmosphäre, wie man sie eher bei einer Séance als bei einem Gespräch von nationaler Bedeutung erwartete.

Das nächtliche Treffen wurde geleitet von The Right Honourable the Lord Malcolm Horace of Witcombe. Der Zweiundsiebzigjährige war nicht nur der höchste Staatsbeamte, sondern auch der Erste Justizminister von England und Wales. Sein Wort hatte Gewicht, wie Darwin inzwischen erfahren durfte. Dass Lord Malcolm auch anonyme Anrufe tätigen ließ, stand auf einem anderen Blatt.

Der Politiker wirkte wie ein alter Brigadegeneral: groß, kräftigt gebaut, grau wie ein Wolf, ständig eine Pfeife haltend, egal ob diese gerade brannte oder nicht. Er befreite das einer Seeschlange ähnelnde Mundstück aus dem Gehege seiner gelben Zähne und schöpfte tief Atem.

»Sie werden sich bestimmt fragen, wieso der Lordkanzler um diese unchristliche Zeit ein Treffen anberaumt, auf das der Terminus ›konspirativ‹ in jeder Hinsicht zutrifft«, sagte Lord Witcombe, nachdem er allen Anwesenden für ihr Kommen gedankt hatte, in der sperrigen Ausdrucksweise eines Juristen.

Außer Darwin und Alex waren noch Detective Superintendent Mortimer Longfellow und eine Stenografin anwesend. Letztere saß nicht mit am runden Besprechungstisch, sondern etwas abseits neben einer Stehlampe und protokollierte jedes gesprochene Wort auf einer Schreibmaschine für Kurzschrift.

Keiner der Anwesenden erwiderte etwas auf die Eröffnungsworte des Vorsitzenden.

»Obwohl ich Sie bitten muss«, fuhr dieser daher fort, »vorerst alles in diesem Arbeitszimmer Gesagte für sich zu behalten, bin ich mir doch der Tragweite meiner nun folgenden Ausführungen bewusst. Vermutlich werde ich von meinem Amt zurücktreten müssen. Deshalb habe ich mir diesen Schritt reiflich überlegt. Fast zu reiflich. Sie, Detective Superintendent Longfellow«, er sah selbigen an, »wie auch Sie, Mr Shaw«, sein Blick wechselte zu Darwin, »sind im Fall der Museumseinbrüche und der Hermaphroditen schon so weit vorgedrungen, dass Ihnen ohnehin bald alle Fakten vorgelegen hätten. Angesichts der in acht Tagen anstehenden Abstimmung im Unterhaus über die Gesetzesvorlage zum weitgehenden Wegfall von Beschränkungen in der humangenetischen Forschung sehe ich mich jedoch gezwungen, Ihnen noch einmal meine Unterstützung angedeihen zu lassen.«

Darwin bemerkte, wie Alex an seiner Seite unruhig hin und her rutschte. Vermutlich hätte sie – wie er – lieber ein paar Antworten im Telegrammstil als die gestelzten Erklärungen eines redseligen alten Mannes. Aber einen Lord Chancellor unterbrach man nicht.

Was dieser im Folgenden ausführte, war dann aber, trotz der barocken Diktion, derart fesselnd, ja, unglaublich, dass es Darwin ohnehin die Sprache verschlug.

Der Justizminister saugte an seiner Pfeife, die inzwischen erloschen war, nahm sie beim Kopf in seine kräftige Rechte und fixierte mit seinen graublauen Augen einen imaginären Punkt am Ende der Milchstraße an.

Vor gut dreißig Jahren, so begann er, habe MacKane Enterprises – lange bevor dem Konzern eine Versicherung namens ArtCare gehörte – eine Stiftung zur humangenetischen Forschung namens HUGE ins Leben gerufen, »um das Wissen über das menschliche Erbgut zu mehren«, wie es im Gründungsdokument hieß.

Von Anfang zeigte sich das Militär äußerst interessiert an den Experimenten, die in einem vor der Öffentlichkeit abgeschotteten Laborkomplex am Rande von Edinburgh durchgeführt wurden. Bald förderte es die Arbeit sogar mit Mitteln aus einem Geheimfond. Vielleicht hatten einige Generale zu viel Science-Fiction gelesen, bemerkte der Justizminister mit bitterböser Miene, und erhofften sich eine Armee von empfindungslosen Supersoldaten mit genau vorherzubestimmenden Eigenschaften … Er schüttelte den Kopf. Das sei natürlich völliger Unsinn. Unbestreitbar habe man zu dieser frühen Zeit jedenfalls ein Potenzial gewittert, das einen Vorteil versprach, gegen wen auch immer.

»Ich war damals Forschungsminister«, erklärte Witcombe, »und wurde darum in das Projekt eingeweiht. Obwohl ich dessen ethische Aspekte für höchst bedenklich hielt, musste ich mich dem Druck der Premierministerin beugen.« Als gelernte Chemikerin, die selbst einmal in der Forschung gearbeitet hatte, war sie ganz in den Gedanken vernarrt gewesen, der Evolution des Menschen beim Sprung auf die nächste Stufe unter die Arme zu greifen. So wurde er, der Forschungsminister, zum Schweigen verdonnert.

Bald fühlte er sich ausgebootet. Jedes Mal, wenn ihm James Jordan, der von den Militärs eingesetzte Verbindungsoffizier des Projekts, Bericht erstattete, fielen die Informationen aus Schottland spärlicher aus. Nun sei er, Malcolm Witcombe, Realist genug gewesen, um die Antipathie der Generäle gegen »Schnüffler« zu kennen. Bei Forschung und Entwicklung an neuen Waffensystemen ließen sie sich nicht gerne in die Karten schauen. Trotzdem war es ihm gelungen, zwei Informanten im Team von Dr. Thorgrim Gunnarsson, dem Projektleiter, zu gewinnen. Sie hießen Cynthia und Sean O'Connor.

Darwin sah aus den Augenwinkeln, wie sich Alex' Hände um die Armlehnen ihres Stuhl klammerten. Im Hintergrund klapperte leise die Stenotypistin.

»Die O'Connors berichteten in ihren heimlichen Dossiers von unfassbaren Vorgängen. Anfang der 1980er begann man damit, menschliche Klone herzustellen.«

Plötzlich verkrampfte sich auch Darwins Magen. Er verspürte den Drang, Alex' Hand zu nehmen, konnte sich aber nicht rühren.

Die Anfänge seien Fehlschläge der grauenvollsten Art gewesen, fuhr Lord Witcombe mit finsterer Miene fort. Die Embryos wurden Leihmüttern eingepflanzt, gingen aber schon nach kurzer Zeit wieder ab. Doch Gunnarsson war besessen von dem Gedanken, einen besseren, den *vollkommenen* Menschen zu erschaffen – und der Mann war genial. Auch, was die Auswahl seiner Mitarbeiter anbelangte. Er hatte mit den fast unbegrenzten Mitteln von MacKane und des Militärs einige der fähigsten Wissenschaftler um sich geschart. Doch all dieser Aufwand wäre vermutlich dennoch fruchtlos geblieben, wenn er sich bei seinen Menschenexperimenten nicht auf eine so immens große Zahl von Probanden hätte stützen können.

In den Slums des indischen Subkontinents, in Afrika und in Südamerika fand Gunnarsson die Versuchspersonen, die er brauchte: Frauen, die für ein Spottgeld ihren Körper zur Verfügung stellten, um darin etwas wachsen zu lassen, was allzu oft mehr an Außerirdische erinnerte als an menschliche Wesen.

Lord Witcombe stellte sich mit einem Ausdruck aus Scham und Bedauern Alex' violett funkelndem Blick. »Ihre Adoptiveltern«, sagte er, als müsse er sich für seine Spione entschuldigen, »waren in der Grundlagenforschung. Cynthia und Sean O'Connor, wie sie damals noch hießen, entwickelten technische Verfahren, um einzelne Zellen zu manipulieren. Deshalb erlangten sie vergleichsweise spät Kenntnis von dem ganzen Ausmaß des Verbrechens.«

Der Lordkanzler blickte verdrossen in die erloschene Asche seiner Pfeife. Er habe dem Treiben ein Ende machen wollen, beteuerte er, aber längst hätte das Militär die Arbeit von HUGE kontrolliert. Doch unerwartet stellte sich ein Klimawechsel ein. Die Humangenetik wurde in den Nachrichten zu einem täglichen Thema, und alle möglichen Regierungen riefen Ethikkommissionen ins Leben. Plötzlich ruderte die eiserne Lady zurück. Der Wildwestzustand in der humangenetischen Forschung wurde beendet. Neue Gesetze setzten der Wissenschaft klare Grenzen. Irgendjemand unter den Ratgebern der Regierungschefin, der wohl mehr Einfluss auf sie hatte als er, Malcolm Witcombe, machte ihr klar, dass die zweifelhaften Experimente ihrem Ruf mehr schaden als nützen konnten.

Und so wurde das Projekt eingestellt.

Unglücklicherweise hatte es HUGE ausgerechnet in den vorangegangenen Monaten geschafft, einige geklonte Eizellen von Leihmüttern austragen zu lassen, die gesunde Babys zur Welt brachten. Es waren ausnahmslos echte Hermaphroditen. Thorgrim Gunnarsson feierte die Neugeborenen als Erfolg – er führte sich schlimmer auf als ein frisch gebackener Vater.

Sein zweifelhafter Triumph fand hingegen wenig Anerkennung. Fortpflanzungsfähige Hermaphroditen seien die Lösung vieler Probleme in unserer durch den Geschlechtergraben gespaltenen Welt, behauptete er. Alle, die ihm vorher zugestimmt hatten, wandten sich flugs von ihm ab.

Nun konnte man die Neugeborenen schlecht töten. Was also tun? Wohin mit ihnen? Kurzerhand wurde beschlossen, sie in die Obhut von Adoptiveltern zu geben. In zwei oder drei Fällen, wo die Geburt kurz bevor stand, durften die Leihmütter ihre Kinder behalten – die Eltern von Terri Lovecraft seien so ein Fall gewesen. Einige Mitarbeiter aus dem Labor bewarben sich um einen Klon. Die meisten Paare waren Bürger des Vereinigten Königreichs, aber auch etwa eine kleine Zahl von Adoptionsanwärtern aus anderen europäischen Ländern wurden mit Nachwuchs aus der Retorte beglückt. Alle Kandidaten hatten eine Gemeinsamkeit: Ihr Kinderwunsch war verzweifelt genug, um jede Erfüllung zu akzeptieren, selbst die durch einen kleinen Hermaphroditen.

Ach ja, und dann gab es da noch einen Formalismus, dem sich alle zu unterwerfen hatten: den Fragebogen. Ziel des Instituts war es, die Entwicklung ihrer Schöpfungen zu beobachten. Einige der Kinder sollten völlig unverändert aufwachsen, andere die zur damaligen Zeit gängigen Prozeduren absolvieren: chirurgische Eingriffe, die Prägung auf ein spezifisches Geschlecht. Die Bewerberpaare wurden so ausgewählt, dass eine möglichst gleichmäßige Verteilung aller Konzepte erreicht wurde. Danach gab man ihnen weitgehende Freiheit in der Aufzucht ihrer Kinder. Die einzige Bedingung, die Gunnarsson stellte, waren regelmäßige medizinische Untersuchungen.

Auf diese Weise konnte man weiterhin Daten für die Wissenschaft sammeln. Eines Tages, so hoffte man offenbar, werde die humangenetische Forschung ihre Ketten sprengen und dann habe der die Nase vorn, der auf diesem Gebiet die meiste Erfahrung besitze: HUGE.

Lord Witcombe seufzte. Sein Blick wanderte wieder zu Alex' Gesicht. »Vor ein paar Wochen war das Klima für derartige Vorhaben tatsächlich noch sehr freundlich. Allerdings scheint die Gesetzgebung darauf hinauszulaufen, dass es keine Amnestie für die Sünden der Vergangenheit geben soll. Ich lehne mich wohl nicht zu weit aus dem Fenster, wenn ich annehme, dass einige Verantwortliche bei HUGE plötzlich kalte Füße bekommen haben. Um den Vorsprung auf dem Gebiet des reproduktiven Klonens von Menschen zu behalten und weiter auszubauen, durfte man sich keinen Skandal erlauben. Folglich musste die Vergangenheit ausgelöscht werden.«

»Sie meinen, *die Klone* mussten ausgelöscht werden«, wagte Alex zu präzisieren.

Der Minister nickte. Sein Gesicht wirkte versteinert. »Ich kann das nicht mit Sicherheit sagen, meine Liebe, aber vermutlich haben die Hüter des dunklen Erbes von HUGE auch Ihre Freundin auf dem Gewissen, die Reporterin Susan Winter. Sie war den beiden anderen Herren hier in der Runde offenbar um eine Nasenlänge voraus. Und das hat sie das Leben gekostet.«

Darwin glaubte zu bemerken, wie Alex für einen Moment erzitterte. Dann hatte sie sich wieder in der Gewalt. »Eins verstehe ich nicht«, sagte sie. »Ich kenne inzwischen die heutige Identität von Thorgrim Gunnarsson. Es ist niemand anderer als Mr Shaws oberster Chef, der Vorstandsvorsitzende von ArtCare. Und Martin Cadwell kennt mich. Wir hatten sogar eine lebhafte Diskussion miteinander. Wieso lebe ich noch?«

»Soweit mir bekannt ist, haben Sie drei Anschläge überlebt.«

»Die Messerattacke von Mrs D'Adderio zählt nicht. Sie ist aus rein persönlichen Motiven auf mich losgegangen.«

»Bleiben immer noch zwei Mordversuche. In der kurzen Zeit, die Ihren – verzeihen Sie das hässliche Wort – Erfindern blieb, ist das eine ganze Menge. Übrigens habe ich nicht gesagt, dass Cadwell persönlich irgendwelche Killer auf die Opfer gehetzt hat. Vielleicht sitzt er nur in Warteposition auf dem Vorstandssessel von ArtCare, um nach Verabschiedung des neuen Gesetzes wieder das Ruder bei HUGE zu übernehmen.«

Darwin horchte auf. »Kann er das denn? Ich meine, er ist ja inzwischen ein Vierteljahrhundert aus dem Wissenschaftsbetrieb heraus.«

Witcombe deutete mit dem Stiel der Pfeife auf ihn. »Wissen Sie, was er all die Jahre hindurch hinter den Kulissen getrieben hat? Außerdem verlangt die Leitung einer Biotech-Firma ohnehin eher betriebswirtschaftliche Fähigkeiten, und die scheint Ihr Boss durchaus zu besitzen.«

»Sie haben da eben einen Zeitdruck erwähnt, Mylord«, sagte Alex. »Das kann ich irgendwie nicht nachvollziehen. Wer immer bei HUGE das Feld für den neuen Aufschwung pflügen und die alten Klamotten herauslesen will – warum haben diese Leute mich nicht schon viel früher aus dem Weg geräumt?«

»Ihre Adoptiveltern waren, wie erwähnt, meine –« Witcombe malte mit den Fingern Anführungsstriche in die Luft –, »Spione. Ich habe ihnen eine neue Identität verschafft. So kamen Sie, meine Liebe, zu dem Namen Daniels. Nur wenige Leute wussten davon. Leider musste ich den Vorgesetzten von Jason Jordan einweihen, weil die Möglichkeiten eines Forschungsministers weit bescheidener sind als die der Army. Immerhin blieben Sie auf diese Weise viele Jahre lang vor HUGE verborgen. Leider habe ich nichts von den Fingerabdrücken gewusst, die sich das Militär beschafft und an die National Crime Squad sowie an Interpol gegeben hat – die wollten wohl ihre Investition noch nicht ganz in den Wind schreiben. Wie auch immer, die Abdrücke lösten die Lawine aus: Sie gerieten unter Mordverdacht, Ihre geheime Identität wurde aufgedeckt, Sie wären fast umgebracht worden – und heute sitzen wir hier.«

Longfellow rührte sich auf seinem Sitz. Sein grimmiges Gesicht verriet, wie wenig ihm diese ganze Geschichte gefiel. »Wie beurteilen Sie die Rolle von Kevin T. Kendish in diesem Schmierentheater, Mylord?«

Der Minister klemmte sich wieder das Mundstück seiner Pfeife zwischen die Zähne. Er schien über die Frage nachzudenken, wirkte aber irgendwie ratlos.

Darwin sprach aus, was er dachte. »Theo ist der Killer, Mortimer. Darauf können Sie Gift nehmen. Er hat seinen Vater ermordet, und offenbar ist er auch der bewusste Kevin, dem Mrs D'Adderio die Schuld am Tod von Terri gegeben hat …«

»… und er dürfte Kezia ins Jenseits befördert haben«, fügte Longfellow hinzu.

»Kezia?«, echote Lord Witcombe.

Der Kriminalbeamte verzog das Gesicht. »Eine Leiche auf Barbados. Wir wissen nicht wirklich, ob sie so hieß. Fest steht mittlerweile, dass die Person nicht wahllos aus irgendeinem Kühlhaus gestohlen, sondern für einen ganz bestimmten Zweck getötet wurde. So viel hat die Obduktion ergeben. Die Tote wurde an Stelle von Theo auf Barbados als Theodora Kezia Kendish beigesetzt. Deshalb dachten wir anfangs, der Sohn von Julian Kendish sei ebenfalls tot.«

»Was er aber definitiv nicht war, wie wir auf unangenehme Weise erfahren mussten«, nahm Darwin den Gesprächsfaden wieder auf und wandte sich Alex zu. »Abgesehen von Terri und den zweien, die sich in Paris und Florenz selbst aus dem Leben gesprengt haben, fürchte ich, Theo hat mindestens noch vier weitere deiner Geschwister auf dem Gewissen: zwei hier im Vereinigten Königreich, eine in Deutschland und eine weitere in Italien. Mortimer hatte mir die Namen letzten Montag gegeben, als du gerade von Dr. Atkey verarztet worden bist. Die National Crime Squad analysiert derzeit die Gemeinsamkeiten der Todesfälle, um daraus irgendein Muster abzuleiten.«

Er beobachtete, wie sich Alex' Miene verdunkelte. Dann sagte sie: »Das deckt sich genau mit dem, was ich in Theos Haus gesehen habe: eine Galerie von dreizehn Statuetten. Jede Figur stand für einen Klon. Sieben hatten verbundene Augen. Als ich ihn nach der Bedeutung dieser Gemeinsamkeit fragte, antwortete er: ›Das sind die, von denen ich *weiß*, dass sie tot sind.‹«

Lord Witcombe nahm wieder die Pfeife aus dem Mund und sah Alex mitfühlend an. »Ich kann nur ahnen, welches Leid Sie durchgemacht haben, meine Liebe. Irgendwie fühle ich mich dafür mitverantwortlich, weil mir vor fünfundzwanzig Jahren die Zivilcourage fehlte, die Machenschaften von HUGE öffentlich anzuprangern.«

»Hätten Sie 's getan, Mylord, dann würde ich jetzt vielleicht nicht hier sitzen«, antwortete Alex ausdruckslos.

Darwin glaubte in ihrer Stimme dennoch einen bitteren Unterton wahrzunehmen. Wenn ihre Zeugung auch eine Perversion der Natur gewesen sein mochte, war sie trotzdem ein Mensch, kein Laborabfall, der beseitigt gehörte. Gewiss, sie unterschied sich in manchem vom Gros ihrer Mitreisenden im Raumschiff Erde, aber trotzdem verdiente sie deren Achtung und Respekt. Er wollte ihr helfen, etwas sagen, das ihr Mut machte, doch ehe er den richtigen Ansatz fand, ergriff unvermittelt Longfellow das Wort:

»Ich glaube auch nicht, dass es Theo war, der versucht hat, Ms Daniels' Haus in die Luft zu jagen. Während unsere Helden in Florenz waren, habe ich die Ergebnisse der metallurgischen Analyse erhalten. Sie wissen schon, die Spuren, die man an der Gasabsperrvorrichtung im Haus von Ms Daniels gefunden hat.«

»Und?«, fragte Darwin.

»Tja, wie ich schon damals erklärte, es handelt sich um eine Titan-Aluminium-Nitrid-Beschichtung. In Verbindung mit dem Spezialstahl, den die Spurensicherung gefunden hat, wird diese nur im schwarzen ›A-F 12‹ benutzt. Sie wissen, wovon ich rede?«

»Das Applegate-Fairbairn, Modell 12. Ein Kampfmesser mit Kydex-Scheide, glasfaserverstärktem Kunststoff-Griff und integrierten Edelstahlgewichten. Die Standardwaffe des Special Air Service.«

»Denken Sie, ein Spezialist der SAS hat die Gasexplosion bewerkstelligt?«

Alex wandte sich Darwin zu. Dessen Gesicht wirkte beunruhigt. »Worüber denkst du nach?«, fragte sie.

»Ich habe da so einen Verdacht, wer dieser SAS-Mann sein könnte«, antwortete er.

»Nämlich?«

»Lass mir noch ein bisschen Zeit. Ich will keine voreiligen Beschuldigungen aussprechen.«

Lord Witcombe hatte ein Pfeifenbesteck aus seiner Jackentasche gezogen und stocherte damit in der Asche des Kolbens herum. Ohne von seiner Arbeit aufzublicken, sagte er: »Vielleicht werden wir morgen Früh die Wahrheit erfahren – nachdem uns Ms Daniels zu Theos Refugium geführt hat.«

Kapitel 27

»An sich ist nichts weder gut noch böse, das Denken macht es erst dazu.«

William Shakespeare

LONDON (ENGLAND),
Dienstag, 23. Oktober, 6.03 Uhr

»Sie sind sich doch klar darüber, dass Sie sich selbst belasten, wenn Sie das Haus von Mr Kendish finden«, sagte Longfellow. Er lenkte das Führungsfahrzeug durch die gerade erst einsetzende Dämmerung. Alex saß neben ihm und glaubte sich verhört zu haben.

»Was soll das, Mortimer?«, ergriff Darwin von der Rückbank aus für sie Partei.

Der Kriminalbeamte hob die Hände vom Lenkrad und ließ sie wieder darauf niederfallen. »Ich sage ja nicht, dass ich ihr misstraue, aber sie hat nun mal zu Protokoll gegeben, sie sei mit verbundenen Augen und mit einem Walkman zu dem geheimen Schlupfwinkel des Entführers gefahren worden.«

Alex spürte Zorn in sich aufsteigen. Alles, was sie für ihre Hilfe bekam, waren ständige Verdächtigungen. »Mit einem MP3-Player«, knurrte sie.

»Was?« Longfellow sah sie verständnislos an.

»Es war kein Walkman, sondern ein *iPod Shuffle*, ein digitaler Musikspeicher ohne bewegliche Teile.«

»Spielt das eine Rolle?«

»Ja, weil Sie mir nicht zuhören. Ich habe Ihnen auch gesagt, wie ich das Haus finden will.«

Longfellow bleckte die Zähne. »Allerdings. So wie eine Brieftaube.«

Darwin hüstelte im Fond.

Alex verdrehte die Augen. Ermittler waren doch alle gleich. »Ich bin kein Täubchen, sondern eher eine Bazille. Ein paar meiner Körperzellen sind bestimmten Bakterien ziemlich ähnlich. In ihnen befinden sich Magnetosomen aus membranumhülltem Magnetit. Irgendwie helfen sie mir, mich zu orientieren.«

»So lange keiner ein Handy oder einen Störsender in ihrer Nähe anschaltet«, erläuterte Darwin von hinten.

Der Kommissar hieb abermals aufs Lenkrad. »Ist ja schon gut. Hauptsache, Sie führen uns zu den gestohlenen Gemälden.«

Eine kurze Zeit lang herrschte Schweigen im Wagen. Alex fragte sich, ob Longfellow mit seinem Hinweis, sie würde sich durch das Finden von Theos Haus verdächtig machen, nicht Recht hatte. Trotzig verschränkte sie die Arme über der Brust und sagte: »Wissen Sie was, Superintendent? Verbinden Sie mir einfach die Augen!«

Der Blick des Beamten sprang zwischen der Straße und dem Gesicht seiner Lotsin hin und her. »*Was* soll ich tun?«

»Ist mir sowieso lieber«, erklärte Alex. »Der Verkehr und Ihr gemeingefährlicher Fahrstil lenken mich nur ab.«

Longfellows Augen drohten ihm aus den Höhlen zu kullern. »Ich soll …«

»Mortimer«, fuhr Darwin dazwischen. »Tun Sie ihr doch einfach den Gefallen.«

»Aber ich habe nichts, um ihr die Augen zu verbinden.«

»Dann halten Sie bitte an. Ich steige zum Sonderkommando in den Wagen«, beschied Alex.

Im Schlepptau des Führungsfahrzeuges folgten zwei Mannschaftswagen und ein Ausrüstungs-Lkw einer Anti-Terror-Einheit. Außerdem befanden sich, nebst motorisierten Bodyguards, zwei noble Limousinen in der Wagenkolonne – im Bentley saß Lord Malcolm Horace of Witcombe und im Daimler Dr. Martin Cadwell mit seinem Leibwächter. Die Nachhut bildeten einige Fahrzeuge mit handverlesenen Pressevertretern, darunter zwei Fernsehübertragungswagen, einer von der BBC und der zweite von CNN.

Lord Witcombe hatte erklärt, die Rettung einmaliger Kunstschätze dürfe und könne im Medienzeitalter nicht als Nacht-und-Nebel-Aktion vonstatten gehen. Ob der Presseauflauf letztlich der Rettung seiner eigenen Reputation diente oder auf die Intervention Martin Cadwells zurückging, wusste Alex nicht zu beurteilen. Solange der Verdacht gegen den ArtCare-Chef nicht mit Beweisen unterfüttert werden konnte, besaß er immer noch Macht, und davon offenkundig nicht zu wenig. Natürlich war ihr dazu sofort ein Zitat eingefallen. Es stammte von Friedrich Nietzsche und lautete: »Die Menschen drängen sich zum Lichte, nicht um besser zu sehen, sondern um besser zu glänzen.«

Alex stieg auf Höhe des Richmond Parks um. In einem geschlossenen Mannschaftswagen setzte sie die Fahrt in südwestlicher Richtung fort. Sie sah sich von Männern in schwarzen Kampfanzügen umringt, die sich nur wenig von ihren italienischen Kollegen unterschieden. Neugierig wurde sie gemustert. Vermutlich kam es nicht alle Tage vor, dass eine Blondine sie in den Einsatz führte.

Während sie die in ihrem Gedächtnis gespeicherten Ortsdaten abrief und den Kordon in westlicher Richtung aus London herausführte, schweiften ihre Gedanken immer wieder zu Theo ab. Hatte er sie benutzt, obwohl er genau wusste, dass er sie später töten würde? Die Symbole aus Magrittes *Unachtsamem Schläfer*, auf die sie erst Darwin aufmerksam gemacht hatte, waren in dieser Hinsicht ziemlich eindeutig: ein Stein, der wie eine Grabplatte aussah, ein Himmel, der jedem Klischee von einer Beerdigung zur Ehre gereichen würde, und eine hölzerne Kiste, die sich selbst der fantasieloseste Geist als Sarg vorstellen konnte.

Der Geruch des Todes hing über der morgendlichen Operation.

Nach etwa achtzehn Meilen erreichte das Einsatzkommando die Gegend von Oxshott, südwestlich der britischen Hauptstadt. Hier gab es mehrere Waldgebiete und Parks.

Als sie die Einfahrt zu einem Privatgrundstück passierten, sagte Alex: »Jetzt scharf rechts.« Sie hatte die ganze Zeit nicht aus dem Fenster gesehen.

Colonel Colin McCauley, der den Einsatz leitete, ließ die Wagenkolonne nicht sofort anhalten, um kein Aufsehen zu erregen. »Sind Sie sicher?«, fragte er.

»Hundert Prozent«, erwiderte Alex.

Er nickte. »Gut. Wir fahren ein Stück weiter und verstecken die Fahrzeuge. Dann beginnt unsere Arbeit.«

Der Plan sah vor, das Gebäude zunächst zu stürmen und zu sichern. Um sich nicht in die Karten sehen zu lassen, wurde dieser Teil der Operation von einem Kameramann der Spezialeinheit festgehalten und würde den Medien später in ausgewählten Sequenzen zur Verfügung gestellt werden. Erst wenn keine Gefahr für Zivilisten bestand, sollte die Pressemeute auf ihre Kosten kommen und den Minister sowie den Chef von ArtCare bei ihren Statements fotografieren und filmen und alles andere tun, was eine informationshungrige Öffentlichkeit von ihnen erwartete. Nach Möglichkeit wollte man live von der Rettung der gestohlenen Gemälde berichten.

In ihrer Rolle als Spürhund durfte Alex die Männer der Anti-Terror-Einheit begleiten, wenngleich man ihr einschärfte, sich im Hintergrund zu halten. Mit einer kugelsicheren Schutzweste bekleidet bahnte sie sich wenig später ihren Weg durch das Dickicht der Oxshott Heath. Die Sonne war noch nicht aufgegangen. Im Wald herrschte ein trügerisches Zwielicht, das aus verkrüppelten Bäumen Albtraumgestalten machte. Alex konnte fühlen, dass Theos Landhaus höchstens eine halbe Meile vor ihr lag. Colonel McCauley blieb immer dicht an ihrer Seite. Die Männer der ersten Sturmreihe schlichen etwa einen Steinwurf weit vor ihnen lautlos über Laub und trockene Zweige hinweg. Nach einiger Zeit hörte sie leise Stimmen, die aus McCauleys Headset drangen.

»Okay. Ich will einen lückenlosen Ring um das Gebäude. Aber bleiben Sie in Deckung! Ich komme nach vorn, um mir selbst ein Bild zu machen«, antwortete der Kommandeur. Sein schwarz bemaltes Gesicht wandte sich Alex zu. »Alles okay?«

Sie nickte. »Ja.«

»Ich möchte, dass Sie jetzt einen Blick auf das Gebäude werfen. Nur damit wir kein falsches Haus stürmen – stellen Sie sich vor, Sie würden morgens aufwachen und ein schwarz geschminkter Mann in Sturmausrüstung stände neben Ihrem Bett.«

»In letzter Zeit habe ich ganz andere Sachen erlebt. Bringen wir es hinter uns.« Das Herz klopfte ihr bis in den Hals.

McCauley wiederholte noch einmal ein paar Sicherheitsanweisungen, die sie sich schon vor zwei Stunden hatte einprägen müssen. Einige weitere zähe Minuten flossen dahin, während die Anti-Terror-Einheit das Haus umzingelte. Nachdem alle ihre Positionen bezogen hatten, schlich McCauley mit Alex zur vordersten Linie.

Zwischen den Zweigen einer Hecke hindurch erblickte sie einen kiesbestreuten Platz, in dessen Mitte sich ein ungepflegtes Rosenbeet befand. Dahinter ragte ein zweistöckiges Landhaus auf. Sein Sockel bestand aus grob gehauenen Steinen, darüber war Fachwerk. Die üblichen Regenrinnen hingen an den Wänden. Das Dach bestand aus moosbedeckten, verfleckten Ziegeln. Äußerlich sah Theos Anwesen eher vernachlässigt aus. Nichts ließ das teilweise hoch moderne Interieur erahnen.

»Das ist das Haus«, sagte Alex.

»Sicher?«, fragte McCauley noch einmal.

»Was wollen Sie hören?«, erwiderte sie gereizt und gestikulierte mit ihrem Arm in Richtung Haus. »Ich habe einen Blick aus einer Abstellkammer im Obergeschoss geworfen und mal durch die Eingangstür da rechts gesehen. Der Kies stimmt, das umsäumte Blumenbeet stimmt – mehr kann ich Ihnen nicht sagen.«

Der Einsatzleiter nickte. »Nehmen Sie 's nicht krumm, Ms Daniels. Aber bei dem, was gleich hier abgehen wird, musste ich das fragen.«

Er winkte einen in der Nähe kauernden Mann heran, legte ihm die Hand auf die Schulter und erklärte: »Das ist Second Lieutenant Aitken. Er sichert diesen Abschnitt, falls der Vogel versucht auszufliegen. Ab jetzt ist er außerdem Ihr Bodyguard. Sie tun nichts, es sei denn, der Lieutenant erlaubt es Ihnen. Verstanden?«

Alex nickte und sah ein wenig beklommen in das ebenfalls schwarz geschminkte Gesicht ihres neuen Leibwächters. Sie schätzte es jünger ein als das des schnurrbärtigen McCauley, eine Vermutung, die sich durch die fast jungenhafte Stimme Aitkens zu bestätigen schien.

»Ich bin Peter«, sagte er und streckte ihr seine Rechte entgegen.

»Alex.« Sie griff nach der Hand und schüttelte sie.

»Sie sind mir persönlich für die Lady verantwortlich, Peter«, schärfte McCauley seinem Mann noch einmal ein. Dann verschwand er hinter einem Busch.

Aus ihrem Versteck konnte Alex gut beobachten, was beim Haus vor sich ging. Die Dämmerung war inzwischen weit fortgeschritten. Ungefähr sieben der schwarzen Gestalten erschienen zwischen den Bäumen und überquerten die Auffahrt. Sie schienen mehr zu gleiten, als zu laufen. Allerdings konnten selbst die Männer der Eliteeinheit nicht fliegen – der Kies knirschte verräterisch unter ihren Stiefeln. In Rautenformation rückten sie zum Eingang vor. Die hinteren zwei Kämpfer schleppten an Trageschlaufen einen schweren Zylinder mit sich, dessen Funktion Alex schnell klar werden sollte.

Aus anderen Verstecken näherten sich weitere Männer dem Haus. In geduckter Haltung rückten sie bis zur Außenmauer vor und warteten dort beiderseits des Eingangs.

Nachdem Ruhe in das Huschen und Schleichen gekommen war, schwangen die beiden Kämpfer aus der Rautenformation ihren Zylinder gegen die Tür. Das Ding war ein Rammbock, schwer genug, um das Schloss mit einem einzigen Schwung zu sprengen.

Als würden die schwarzen Gestalten plötzlich in das Gebäude gesaugt, stürmten die Männer durch das Nadelöhr.

»Das ist immer der heikelste Moment«, erklärte Second Lieutenant Aitken flüsternd.

»Warum werfen Sie keine Blendgranaten und Brandbomben und seilen sich vom Dach ab, um durch die Fenster zu springen?«, entgegnete Alex.

Das schwarze Gesicht grinste. »Sie gucken zu viel Fernsehen, Alex. Solche Mätzchen erlauben wir uns nur bei Geiselnahmen, wenn eine ganze Bande von Terroristen auf einen Schlag unschädlich gemacht werden muss. Hier haben wir es mit einem Einzelgänger zu tun.«

Sie blickte wieder zum Haus. Nachdem sie einen Teil der morgendlichen Einsatzbesprechung mitbekommen hatte – die Anti-Terror-Kämpfer orientierten sich im Gebäude anhand der von ihr erstellten Pläne –, konnte sie sich in etwa vorstellen, was jetzt da drinnen ablief. Die Bewaffneten würden in jeden Raum vordringen und ihn nach eingehender Inaugenscheinnahme als »sicher« melden. Wenn alle Zimmer gecheckt waren, bekam das ganze Haus den Unbedenklichkeitsstatus, und der offizielle Teil des Vormittags konnte beginnen: stolz lächelnde Honoratioren, Fernsehkameras, Fotoobjektive, Interviews …

Kein einziger Schuss wurde abgegeben.

Alex rechnete mit allem Möglichen. Es würde sie nicht wundern, wenn man in dem Gebäude Theos Leiche fand, vielleicht neben einem guten Glas Wein. Er hatte seine Botschaft in die

Welt getragen, die »Galerie der Lügen« war komplett. Die Symbolik des *Unachtsamen Schläfers* schien auf ein morbides Ende hinzudeuten. Einen lebensbejahenden Eindruck hatte ihr Bruder jedenfalls nicht auf sie gemacht, als sie mit ihm dinierte und er ihr sein Innerstes offenbarte. Es war eine Weltsicht am Rande des Wahnsinns gewesen …

»Ja, Sir. Ich höre«, sagte unvermittelt Aitken neben ihr. Nach kurzem Lauschen nickte er und bestätigte: »Habe verstanden, Sir. Ich spreche mit ihr. Warten Sie einen Moment.«

»Sie stehen vor der Tür, stimmt's?«, fragte Alex, ohne den Blick von dem Haus zu nehmen.

»Ja. Sie haben vorhin beim Briefing gesagt, sie sei genauso gesichert wie die Ihrer Zelle.«

Sie nickte. »Mit Panzerung und Zahlenschloss.«

»Das ist das Problem«, erklärte Aitken. »Die Tür lässt sich nicht öffnen. Wir müssten Sprengstoff einsetzen, um da hindurchzukommen. McCauley ist nicht wohl bei dem Gedanken. Sie können sich vorstellen, was die Presse daraus machen würde, wenn sich hinter der Tür die Gemälde befinden und wir uns den Weg freibomben. Könnten Sie Ihr Glück versuchen?«

Alex zögerte nicht lange und erklärte sich einverstanden.

Aitken und zwei weitere Elitekämpfer begleiteten sie. Unbehaglich blickte sie zu den Fenstern im ersten Stock. Wo war ihr Gefängnis gewesen? Mit jedem Schritt, den sie sich dem Haus näherte, schlug ihr Herz schneller. All die mit diesem Ort verbundenen dunklen Erinnerungen stiegen jäh in ihr hoch. In der Diele wurde sie von McCauley empfangen.

»Geht's noch?«, fragte er überraschend sanft. Vermutlich war sie – die einzige Person ohne Tarnfarbe im Gesicht – leichenblass.

Sie quälte sich ein Lächeln ab. »Unterschätzen Sie mich nicht, Colonel. In mir steckt ein zu allem entschlossener Kerl.«

Seine Lippen kräuselten sich. »Ja, ja. Schon okay. Dann kommen Sie mal …«

»Warten Sie«, unterbrach Alex ihn, von einer plötzlichen Eingebung getrieben. »Dürfte ich kurz einen Blick in den Speisesalon im Obergeschoss werfen?«

Die Brauen des Einsatzleiters rückten zusammen. »Kann das nicht bis später warten?«

»Nein.«

»Na schön.« Er gab Aitken einen Wink. »Sie und Ihre Männer gehen mit, Peter. Wir warten so lange hier unten.«

Der Second Lieutenant bestätigte den Befehl und eilte schnell seiner Schutzbefohlenen hinterher, die schon auf dem Weg zur Treppe war.

Als Alex das große Esszimmer betrat, überkam sie ein Gefühl der Beklemmung. Alles sah so aus wie in der Nacht, als sie mit Theo in diesem Raum gesessen hatte. Alles?

Sie wandte sich der »Familiengalerie« zu. Auch Aitken musterte die in den Nischen aufgereihten Akte. Vor allem die Hermaphroditen schienen ihn zu verwirren. Schnell hatte Alex gefunden, wonach sie suchte: Die kleine Aphrodite, die so lasziv ihre Arme hinter dem Kopf verschränkte, als wolle sie dadurch ihre wohl geformten Brüste zur Geltung bringen. Alex nickte. Es war die Figurette von Bo Johansen.

Mit verbundenen Augen.

Auch McCauley war dieses Detail aufgefallen, das einige der kleinen Statuen gemein hatten, andere dagegen nicht. »Gibt's einen Grund für die Binde?«, fragte er.

»Ja«, antwortete sie leise. »Sie bedeutet, dass Bo Johansen – meine Schwester – in Florenz gestorben ist.«

»Das tut mir Leid. Könnten wir dann erst mal …?«

»Einen Moment noch«, unterbrach Alex den Lieutenant und lief zur nächsten Nische.

Der kleine Herkules war unverändert. Immer noch trug er den Globus auf den Schultern, seine Augen blickten grimmig.

»Theo lebt noch«, murmelte Alex.

»Sie meinen Mr Kendish? Sind Sie sicher?«, fragte Aitken.

»Ja. Ziemlich jedenfalls.«

Sie machte zwei weitere Schritte nach rechts, und ein Schauer lief ihren Rücken hinab.

Auch die Augen der Figurette mit dem Namenszug »Alex« auf dem Sockel waren unverhüllt.

»Jetzt können wir«, sagte sie.

Kurz darauf standen Alex, der Second Lieutenant, Colonel McCauley und einige andere Elitekämpfer wieder in der Diele. Aitken erstattete Bericht.

Der Einsatzleiter kratzte sich am Hals. »Wenn Sie Recht haben, Ms Daniels, und dieser Theo Kendish noch lebt, dann hat er sich vermutlich längst aus dem Staub gemacht. Lassen Sie uns bitte nachsehen, ob die Bilder noch da sind.«

Sanft, aber bestimmt schob er Alex am Arm in den Gang, an dessen Ende sie ein Zahlenschloss erwartete. Als sie an Theos Bildhauerwerkstatt vorbeikamen, wurden Alex' Schritte langsamer. Sie streckte den Arm nach der Tür aus, die nur angelehnt war.

»Dahinter ist nichts außer ein paar Figuren«, sagte McCauley ungeduldig und schob sie weiter den Flur hinab. Vor der letzten Tür auf der rechten Seite blieben sie stehen.

»Jetzt sind Sie an der Reihe«, sagte der Colonel und deutete aufs Zahlenschloss.

Alex knabberte auf ihrer Unterlippe, während sie sich an die Impulsfolge zu erinnern versuchte. Schon einmal hatte sie diese Tür öffnen wollen, war aber von Theo unterbrochen worden. Warum hatte sie es damals nicht geschafft …?

»*Le dormeur téméraire!*«, flüsterte sie unvermittelt.

McCauley kratzte sich abermals am Hals. »Äh … mein Französisch ist leider recht bescheiden …«

»Das ist der Name eines der gestohlenen Gemälde. Er bedeutet ›Der unachtsame Schläfer‹. Das Bild ist so eine Art Codebuch bei der Entschlüsselung der Einbrüche gewesen. Vielleicht geht diese Funktion noch weiter.«

»Wie meinen Sie das?«

»Auf der Steintafel, die Magritte gemalt hat, sind sechs Symbole zu sehen. Zählt man sie von oben nach unten zeilenweise von links nach rechts durch …« Alex drückte die erste Zifferntaste.

»Warum ausgerechnet die Eins?«, wollte McCauley wissen.

»Weil der Spiegel für den ersten Einbruch steht, den *Schlafenden Hermaphroditen* in Paris. Danach kam der Einbruch im Tate Modern, da lag die Decke … Mist!«

»Was ist?«

»Die rote Decke ist nicht auf der Steinplatte abgebildet.« Noch einmal rief sie sich die Impulsfolge in den Sinn. Es begann mit einem großen Sprung …

Sie drückte die Ziffer sieben.

Danach folgte sie der Reihenfolge der Einbrüche. Sie wählte einfach die Traumsymbole, die jedes einzelne Kunstwerk repräsentierten: sechs, zwei, fünf, drei …

Klick!

Beim Drücken der siebten Taste hatte das Schloss hörbar reagiert.

»Treten Sie zurück«, befahl McCauley flüsternd. Er gab Second Lieutenant Aitken einen entsprechenden Wink.

Alex wurde in Richtung Diele gezogen. Als sie auf Höhe der Bildhauerwerkstatt war, stürmten die Elitekämpfer durch die Tür.

Gespannt lauschte sie. Kein einziger Schuss wurde abgegeben. Ja, sekundenlang herrschte geradezu gespenstische Stille. War der Raum leer? Oder nur ein weiterer Kerker?

Erneut wurde Alex' Blick von dem Spalt der nur angelehnten Werkstatttür angezogen. Wieder streckte sie die Hand aus, um ihre Neugier zu stillen …

Plötzlich stolperte ein Mann aus dem erstürmten Raum und übergab sich auf dem Flur.

Alex' Arm zuckte zurück. Was hatte das nun wieder zu bedeuten? Lag Theos Leiche etwa in dem Zimmer, womöglich zerrissen von einer Bombe?

Colonel McCauley kam aus dem Raum. Er schüttelte den Kopf, wirkte irgendwie verstört.

»Jetzt reden Sie endlich!«, rief Alex, während sie rasch den Flur hinablief. »Sind die Gemälde da drin?«

McCauley verstellte ihr mit ausgestreckten Händen den Weg. »Vielleicht ersparen Sie sich besser den Anblick, Ms Daniels.«

»Wieso? Was ist darin?«, verlangte sie zu wissen.

»Zum einen die Gemälde. Alle fünf.«

»Und zum anderen?«

Ein weiterer Kämpfer kam aus dem Raum, ebenso kopfschüttelnd wie zuvor sein Kommandant. »Mein Gott, was für eine Freakshow«, murmelte er.

Alex sah den Mann verständnislos an.

Anstatt ihr endlich eine Antwort zu geben, setzte sich McCauley per Funk mit dem Justizminister in Verbindung.

»Das Gebäude ist gesichert, Mylord«, meldete er und nach kurzem Lauschen: »Ja, die Gemälde sind alle da. Allerdings befindet sich in dem Raum noch etwas, mit dem … wir nicht gerechnet haben …« Er wurde offenbar vom Lordkanzler unterbrochen, hörte abermals in sein Headset hinein und antwortete dann gequält. »Nein, eine Gefahr für Sie und Ihre Begleiter besteht nicht. Wenn Sie sich das wirklich antun wollen. Da drinnen sind lauter … Was? – Habe verstanden, Sir. – Ja. Wir warten, bis Sie und die Medienmeute eingetroffen sind.«

»Was hat Lord Witcombe gesagt?«, fragte Alex, nachdem das Gespräch beendet war.

»Hauptsache die Gemälde sind gerettet. Alles andere sei nebensächlich.« Der Colonel schnaubte verächtlich. »Die Sesselfurzer haben ja keine Ahnung!«

Martin Cadwell strahlte, als er im Licht einer CNN-Kamera in die Diele des Landhauses trat. Dicht hinter ihm befand sich sein

Schatten, Jack Jordan. Wenn ein Reporter dem ArtCare-Chef zu nahe kam, wurde er von dem Hünen sofort wieder auf Abstand gebracht. Das Konzept zum Schutz des Lord Chancellors sah ziemlich ähnlich aus.

»Ich möchte, dass die Fernsehkameras den großen Augenblick live übertragen«, erklärte Lord Witcombe dem Einsatzleiter.

»Aber …«, hob McCauley zum Widerspruch an. Offenbar war ihm die eherne Regel nicht bekannt: Den Lordkanzler unterbrach man nicht.

Sofort legte sich die Pranke des alten Haudegens auf seine Schulter. Leise, aber sehr bestimmt, erklärte Lord Witcombe: »Lächeln Sie, mein Freund, wie es sich für einen Helden gehört. Sie sagten doch, das Gebäude sei sicher.«

»Ja, Mylord, allerdings …«

»Jetzt lassen Sie uns ein bisschen Schadensbegrenzung betreiben«, ging ihm der Justizminister abermals dazwischen.

McCauley hatte keine Ahnung von dem nächtlichen Treffen im Selborne House und sah dementsprechend ratlos aus.

Wie ein doppelköpfiger Komet durchquerten Witcombe und Cadwell den Flur des Landhauses. Dichtauf folgten Jack Jordan und ein weiterer Leibwächter, dann Darwin und Alex; den eigentlichen Schweif bildeten die Medienvertreter. Überwiegend herrschte gute Laune im Gefolge. Endlich konnten der Welt ihre schon verloren geglaubten Kunstschätze zurückgegeben werden.

Bereits als Alex die von ihr geöffnete Tür durchquerte, merkte sie, dass etwas nicht stimmte. Die Männer vor ihr wirkten wie zu Salzsäulen erstarrt. Sie zwängte sich an ihnen vorbei – und erlitt einen Schock.

Der Raum war zehn oder zwölf Yards lang und vielleicht acht breit. In ihm herrschte ein Zwielicht, wie man es von manchen Ausstellungen kannte – die Beleuchtung kam im Wesentlichen von den angestrahlten Exponaten. Den fünf Gemälden.

Und den kleinen Monstern.

Tatsächlich glich der Saal einem jener fragwürdigen Kuriositätenkabinette, wie man sie in früheren Zeiten auf Jahrmärkten finden konnte. Beiderseits eines Mittelgangs waren etwa zwanzig gläserne, effektvoll von unten beleuchtete Säulen aufgestellt. Darin schwammen, in klarer Flüssigkeit, Ungeborene. Sämtliche Föten waren missgebildet. Ja, es hatte den Eindruck, dass sie gerade wegen ihrer Abnormität in diese Sammlung aufgenommen worden waren.

Alex sah Kinder mit zwei Köpfen, mit vier Armen, mit offener Wirbelsäule, mit Zyklopengesicht und anderen Anomalien, die zum Teil so grauenvoll waren, dass kein Horrorschriftsteller sie sich hätte ausdenken können. Jetzt verstand sie, warum einer der hartgesottenen Anti-Terror-Kämpfer sich hatte übergeben müssen.

Längst waren die Kameraleute und die anderen Medienvertreter in den Raum gedrängt. Die »Freakshow«, wie sie ein anderer aus McCauleys Truppe genannt hatte, wurde direkt ins Frühstücksfernsehen übertragen. Alex konnte sich lebhaft ausmalen, wie den Zuschauern die Cornflakes im Halse stecken blieben. Die fünf gestohlenen Bilder zwischen den konservierten Proben menschlicher Experimentierfreudigkeit fielen vermutlich den wenigsten auf.

Während der Lordkanzler in seiner Benommenheit wohl erst ahnte, was er da sah, hatte Martin Cadwell bereits seine Fassung zurückgewonnen.

»Das ist geschmacklos. Schalten Sie sofort die Kameras aus«, verlangte er von den Fernsehjournalisten.

Die dachten nicht daran.

Erst die Autorität des Justizministers brachte sie zum Einlenken. Die schweren Kameras sanken am langen Arm herab.

Während Alex sich noch wunderte, warum an dem Gerät des CNN-Mannes immer noch ein kleines rotes Lämpchen leuchtete, hallte plötzlich eine wohl vertraute Stimme durch den Raum.

»Herzlich willkommen in *Kendish's Gallery of Curios*, Gentlemen.«

Zwischen den schimmernden Säulen trat eine schlanke Gestalt hervor.

Es war Theo. Er trug eine Weste, die jenen der Spezialeinsatzkräfte verblüffend ähnlich war. Bis auf ein kleines Detail: einen Knebel über dem Herzen, den er fest umklammert hielt.

Sofort richteten sich die Läufe von mindestens einem Dutzend Maschinenpistolen auf ihn. Alex bemerkte, wie links von ihr Jack Jordan unter sein Sakko griff, aber er förderte keine Pistole zu Tage, sondern ein Messer. Silbrige Kratzer auf der mattschwarzen Klinge reflektierten das Licht.

Eine Hand legte sich auf Alex' Schulter. Es war Darwins. »Sieh nicht dorthin!«, flüsterte er, aber sie hatte keine Ahnung, ob er das Kampfmesser des Leibwächters meinte.

»Na, na, na!«, rief inzwischen Theo. »Wozu diese martialischen Gesten? Sie nützen Ihnen sowieso nichts. Ich trage eine Sprengstoffweste. Eine einzige Kugel da hinein, und wir sind alle Geschichte. Und selbst wenn Sie mir woanders hinschießen, wird meine erschlaffende Hand den Zündmechanismus auslösen. Also am besten, wir verhalten uns alle wie zivilisierte Leute.«

Alex konnte die Unruhe der Anti-Terror-Kämpfer förmlich fühlen. Auch der Bodyguard des Lordkanzlers bewegte unruhig den Daumen an seiner Waffe. Die Situation drohte zu eskalieren.

»Tun Sie, was er sagt!«, befahl Lord Witcombe barsch. Er stand am weitesten links im Raum.

Rechts von Alex machte Colin McCauley beschwichtigende Gesten. Seine Männer wurden merklich lockerer.

»Na sehen Sie, es geht doch«, freute sich Theo. Er schlenderte jetzt in die Mitte des Raumes und machte nicht den Eindruck, als stehe er unter besonderem Stress. Im Gegenteil wirkte er fast euphorisch.

Vielleicht hat er wieder einen Drogencocktail gemixt, dachte Alex. Diesmal, um sich aufzuputschen.

Als habe er sie erst jetzt bemerkt, verbeugte sich Theo in ihre Richtung und sagte: »Auch dir ein herzliches Willkommen,

Schwester. Ich muss dir ein Kompliment machen: Du hast dich wacker geschlagen.«

Alex spürte, wie die Hand auf ihrer Schulter zuckte.

»Was soll dieses Theater, Theo?«, fragte sie trotzig.

»Du wirst die Antwort sofort bekommen, Alex. Doch zunächst bitte ich die Medienvertreter, wieder ihre Aufnahmegeräte einzuschalten.

»Tu das nicht, Theo«, sagte unvermittelt Cadwell. Wohl nicht nur Alex wunderte sich über den vertrauten Ton des ArtCare-Chefs.

»Ich bestehe darauf – *Vater*«, antwortete Theo. Ein Raunen ging durch den Raum.

»Das hier ist eine persönliche Sache zwischen dir und mir. Habe ich Recht?«

»Längst nicht so persönlich, wie du glaubst, Vater.« Theo wandte sich wieder den Medienvertretern zu und sagte mit frostiger Freundlichkeit: »Wenn Sie Lust haben, noch ein bisschen länger zu leben, dann sollten Sie jetzt endlich Ihr Equipment anschmeißen.«

»Jetzt machen Sie schon!«, knurrte Lord Witcombe.

Kameras und Sprachrekorder wurden eingeschaltet. Es klickten sogar einige Fotoapparate.

»Keine Blitze!«, rief Colonel McCauley aufgeregt. »Die könnten allzu leicht für Mündungsfeuer gehalten werden.«

Theo lachte lautlos in sich hinein. »Sehr rücksichtsvoll.«

Der Lordkanzler trat einen Schritt vor. »Jetzt verbreiten Sie endlich Ihre Botschaft, Mr Kendish, damit wir die Angelegenheit so schnell wie möglich hinter uns bringen.«

»O ja, Mylord«, erwiderte Theo in spöttischem Ton. »Sie haben mit Sicherheit noch eine Menge Termine heute. Aber ich muss Sie enttäuschen. Die ›Galerie der Lügen‹ war Botschaft genug. Mehr habe ich zum Thema nicht zu sagen. Allerdings dürfte Dr. Cadwell noch einige erhellende Fußnoten liefern können.« Er wandte sich dem ArtCare-Chef zu. »Nicht wahr, Vater?«

»Ich habe keine Ahnung, wovon du sprichst«, brummte dieser.

»Erzähle den Öffentlichkeitsvertretern, woher die Föten kommen, die sich in den Gläsern hier befinden.«

»Das müsstest du besser wissen als ich.«

»Du willst es nicht sagen? Na, dann fliegen wir eben alle mit deinem Vermächtnis an die Menschheit und den wunderschönen Meisterwerken in die Luft.« Es sah aus, als wolle Theo den Knebel an seiner Weste ziehen.

Lord Witcombe funkelte Cadwell zornig an. »Sehen Sie nicht, dass der Bursche ernst macht? Jetzt reden Sie schon endlich!«

»Sie haben mir gar nichts zu befehlen, Mylord«, erwiderte Cadwell kühl.

»Muss ich Sie erst daran erinnern, dass ich der Justizminister bin? Ich kenne einige Gefängnisse in England und Wales, in denen ein Mann wie Sie immer noch recht einsam verrotten kann. Wollen Sie 's gerne ausprobieren?«

»Das wäre Amtsmissbrauch und Rechtsbeugung, Mylord. Wollen Sie mir tatsächlich vor laufenden Kameras damit drohen?«

»Nein, mein Lieber. Die Gesetzeslage reicht durchaus, um Sie für den Rest Ihres Lebens hinter Gitter zu bringen. Sie wissen, dass ich die Wahrheit kenne, und ich habe mich entschlossen, nicht länger zu schweigen. Es ist aus, Dr. Cadwell. Oder sollte ich Sie besser Dr. Frankenstein nennen? Dies ist die letzte Gelegenheit, Ihren Abgang zu gestalten.«

Alex bemerkte, wie die Hände des Mannes, dem sie ihre Existenz verdankte, zu zittern begannen. Mit einem Mal wirkte er müde und gebrechlich. Sein Blick wanderte zu den erleuchteten Säulen. »Die Föten stammen von Leihmüttern«, sagte er leise.

»Lauter!«, verlangte Theo gnadenlos. »Und etwas ausführlicher, wenn ich bitten darf.«

Das Hin und Her zwischen den beiden ging noch eine Zeit lang weiter. Nach und nach trotzte Theo dem ehemaligen Projektleiter von HUGE jedoch ein Geständnis ab. Im Wesentlichen bestätigte Cadwell, was schon in der Nacht zuvor im Selborne House gesagt worden war. Hier und da schloss Theo einige Wissenslücken, etwa in Bezug auf seinen Adoptivvater.

Als Sicherheitschef von HUGE hatte Julian Kendish Zugang zu allen Bereichen des Laborkomplexes gehabt, der sich an der westlichen Peripherie von Edinburgh befand. Eines Tages entdeckte er durch Zufall in der pathologischen Abteilung in einem Abfallbehälter einen Fötus mit zwei Köpfen. Aus einem Impuls heraus nahm er das missgebildete Kind mit und konservierte es in Formaldehyd. Bald kamen weitere hinzu, einige waren das Ergebnis von Abtreibungen, andere von Fehlgeburten. An Nachschub mangelte es nicht, denn die Embryos wurden aus aller Herren Länder nach Schottland gesandt. Es gab so viele kleine Leichen im Keller des Labors, dass man gar nicht alle auseinander schneiden und untersuchen konnte.

Aus dem »Abfall« baute Julian seine »Freakshow« zusammen, berichtete Theo. Anfangs habe sein Adoptivvater tatsächlich vorgehabt, sich damit den Ruhestand zu vergolden. Im Laufe der Jahre, die er im MacKane-Konzern tätig war, stellte sich bei ihm jedoch ein Sinneswandel ein. Zum einen war das öffentliche Klima gegenüber genetischen Experimenten eher ablehnender als wohlwollender geworden, und andererseits veränderte sich Julians Einstellung zum Leben, nachdem er an Blutkrebs erkrankt und dem Tod nur durch eine aggressive Chemotherapie entronnen war. Ihm wurde immer bewusster, welches Leid die Experimente verursacht hatten. Auf seine Art liebte er sein Adoptivkind. Julian gehörte zu jenen Menschen, die etwas einmal Gewonnenes nicht wieder hergeben mochten. Auch von der Sammlung seiner »kleinen Monster« im Keller seines Reihenhauses wollte er sich nicht trennen. »Das ist meine Rückversicherung«, sagte er, »falls sie mir an den Kragen wollen.«

Für ihn, Theo, sei die Freakshow dagegen eine ständige Provokation gewesen, ein »Dorn im Fleisch«, eine psychische Folter, die ihn nie zur Ruhe kommen ließ.

»Denn ich wurde als perfekter Hermaphrodit geboren«, sagte Theo. Seine Stimme klang nicht zornig, eher schwermütig.

Wieder ging ein Raunen durch die versammelte Menge.

»Ja«, fügte Theo mit gewichtigem Nicken hinzu. »Auf der Waage zwischen männlich und weiblich saß ich genau in der Mitte. Dr. Cadwell, dem ich einen Großteil meiner Gene verdanke, hielt das wohl für ein amüsantes Experiment – kein Geschlechterkrieg mehr, der neue vollkommene Mensch. Trotzdem unternahm er nichts, als meine Adoptiveltern mir diese Einzigartigkeit wegschnitten. Erst war ich ein Mädchen, später versuchte ich mir, meine Männlichkeit zurückzuerobern. Unterwegs habe ich irgendwann meine Selbstachtung verloren. Ich kam mir vor, als sei ich eines der kleinen Monster in den Formaldehydgläsern, nur mit dem Unterschied, dass ich dem Mutterschoß entflohen war. Aber mein Adoptivvater wollte nichts von meinen Zweifeln und Ängsten wissen. Mein Anderssein war für ihn ein Tabuthema, das ich nur meinem Tagebuch anvertrauen durfte und sonst niemandem. Julian glaubte bis zum Schluss, mit einem Skalpell und anhaltendem Schweigen ließen sich alle Probleme aus der Welt räumen. Er war eben ein Mann von schlichtem Gemüt.« Theo schüttelte bedauernd den Kopf. »Sei's drum, er hat für seine Sünden gesühnt; die Leukämie kehrte zurück, verbündete sich mit dem Diabetes, und diesmal gewannen die Krankheiten die Schlacht. Leider hat er mir selbst im Tode nicht zuhören wollen.«

Unvermittelt deutete er auf den ehemaligen Projektleiter des Klonprogramms. »Bis eines Tages er in mein Leben trat und mich zum Mord an meinen Geschwistern anstiftete.«

Cadwell schnappte nach Luft. »Das ist eine Lüge!«

»Nein«, beharrte Theo. »Ist es nicht. Du wolltest wieder in deine alte Rolle zurück, wolltest wieder Dr. Thorgrim Gunnarsson sein, der Schöpfer vollkommener Menschen, der Großsiegelbewahrer der Evolution. Das sich am Horizont abzeichnende neue Gesetz versprach dir endlich die Rückkehr auf die Bühne der Wissenschaft. Lediglich deine Vergangenheit stand zwischen dir und dem Ruhm. Ich sollte dir dabei helfen, sie auszutilgen.«

»Glauben Sie ihm nicht. Er ist wahnsinnig«, rief Cadwell in Richtung der Kameras.

Theo blieb gelassen. Er wandte sich ebenfalls den Pressevertretern zu und deutete zugleich auf seinen Vater. »Dieser Mann hat mich auf Terri Lovecraft angesetzt. Sie erinnern sich vielleicht noch an die junge Frau, die im Blackwall-Tunnel ums Leben kam. Ihr Bild ging damals durch alle Medien. Ich sollte sie für ihn töten. Stattdessen habe ich versucht, Terri ihr wahres Ich zu zeigen. Dann hat jemand anderer sie umgebracht und es wie Selbstmord aussehen lassen, vermutlich in Dr. Cadwells Auftrag. Hierauf bin ich untergetaucht und habe versucht, meine anderen Geschwister zu finden und vor ihm zu warnen. Mein Adoptivvater war ein emsiger Sammler. Er vertraute sein Wissen Tagebüchern an, und von jedem wichtigen Dokument, das er zwischen die Finger bekam, archivierte er Kopien. Außerdem fiel es mir leicht, ihm Einzelheiten über seine Arbeit zu entlocken. In seiner Engstirnigkeit deutete er meine Abkapselung gegenüber der Außenwelt als Verschwiegenheit und lebte an mir seinen Hang zum Prahlen aus. Auf diese Weise bin ich an die Sicherheitsvorkehrungen von ArtCare gekommen, doch leider nur an zwei meiner Geschwister, in Frankreich und Schweden. Ich habe versucht, die anderen aus der Reserve zu locken, aber vergebens – bis auf Alex Daniels. Ob die übrigen noch leben, habe ich nie erfahren.«

Er seufzte. »Wenn die Abgeordneten des Unterhauses in einer Woche über die Gesetzesvorlage abstimmen, werden sie jetzt wohl einiges mehr zu bedenken haben.« Und mit einem wehmütigen Blick auf die beiderseits von ihm zwischen den Glassäulen hängenden Gemälde fügte er leise hinzu: »Ich glaube, damit ist alles gesagt. Sie können nun gehen.«

Lord Witcombe und McCauley wechselten einen irritierten Blick. »Wollen Sie nicht Ihre Sprengstoffjacke ablegen?«, fragte der Lordkanzler.

Der Gefragte schüttelte den Kopf. »Das wäre nicht klug. Ich muss ja noch die kleinen Monster aus der Welt schaffen.«

»Aber die Gemälde …!«

»Was bedeuten schon ein paar Kunstwerke angesichts der größten Verschwörung der Wissenschaftsgeschichte?«, unterbrach Theo den alten Mann.

»Wovon, um Himmels willen, reden Sie?«

»Von der ungeheuerlichsten Irreführung, die es je gegeben hat, Mylord. Ich spreche von der Unmenge naturwissenschaftlicher Sendungen im Fernsehen oder Artikel in Zeitschriften, in denen die Evolution beschworen wird. Selbst wo das Thema sich gar nicht dafür eignet, kommt man immer wieder auf sie zurück. So etwas nennt man Gehirnwäsche, Mylord.«

»Das ist ein Standpunkt, über den man reden kann, Mr Kendish. Mit Gewalt gegen Kulturschätze …«

»Wäre es anders«, redete Theo weiter, als habe er die Worte gar nicht gehört, »würden die vielen tausend Forscher weltweit damit beginnen, die Beweise unvoreingenommen zu interpretieren, die uns als Geschöpfe eines erhabenen Geistes ausweisen. Stattdessen leugnen sie ihn und wollen der Evolution auf die Sprünge helfen.« Er schüttelte traurig den Kopf. »Ich habe die Hoffnung noch nicht aufgegeben, dass mit der ›Galerie der Lügen‹ auch die große Täuschung selbst in Feuer und Rauch aufgehen wird.«

»Tu jetzt nichts Unbedachtes, mein Sohn!«, sagte Cadwell beschwörend. »Lord Witcombe hat Recht. Nicht wenige Menschen würden lieber die Wahrheit opfern als ihre größten Meisterwerke. Indem du diese Gemälde zerstörst, erreichst du genau das Gegenteil.«

Theo sah ihn nachdenklich an.

Cadwell wagte zwei Schritte auf den verminten Bilderdieb zu. »Du hast eben gesagt, wie sehr es dich berührt hat, als dir endlich jemand zuhörte. Das hat *mich* bewegt, Theo. Ob du es glaubst oder nicht, aber ich fühle mich als dein Vater.«

Alex hatte kein gutes Gefühl bei dem, was sie da hörte. Sie fragte sich, ob Cadwell gerade eine Möglichkeit witterte, sich mildernde Umstände zu erschleichen.

»Ist es nicht merkwürdig, wenn ein Vater seine eigenen Kinder tötet?«, fragte Theo. Er machte keine Anstalten, die Annäherung Cadwells aufhalten zu wollen.

»Manchmal treibt einen die Verzweiflung zu verzweifelten Taten.«

»Warum hast du versucht, Alex umzubringen, Vater? Wenn einer von uns vollkommen gewesen ist, dann sie.« Theo schien plötzlich den Tränen nahe.

Cadwell blieb stumm. Er machte einen weiteren Schritt auf Theo zu, aber dieser schien es gar nicht zu bemerken.

»Alex ist so, wie ich hätte sein sollen. Wieso sollte sie sterben?«

Nun stand Cadwell seinem Sohn direkt gegenüber. »Komm mit mir heraus«, bat er sanft und doch drängend, »und wir reden darüber, unter vier Augen.«

»Nein. Ich will, dass du es hier und jetzt sagst«, entgegnete Theo trotzig. Seine Hand ruckte am Knebel.

Ein kollektives Stöhnen ging durch den Raum.

»Halt!«, sagte Cadwell schnell. »Ich will dir erklären, was Alex Daniels zu etwas so Besonderem macht«, begann er, schwieg aber dann.

»Ich kann dich nicht verstehen«, knurrte Theo. Er klang wie ein in die Enge getriebener Wolf.

»Alex war der erste Klon.«

Cadwells gemurmelte Erklärung ging nur deshalb nicht unter, weil man im Raum eine herabfallende Stecknadel hätte hören können.

Theo war trotzdem nicht zufrieden.

»Es ist immer noch zu leise. Am besten du drehst dich um und sagst es ihr selbst. Laut und deutlich.«

Der Mann, der zwei Jahrzehnte lang seinen Namen verleugnet

hatte, wandte sich den Kameras zu, doch seine verschiedenfarbigen Augen waren direkt auf Alex gerichtet.

»Nachdem unsere Testlinien endlich Erfolg versprechend verliefen, haben wir mit meiner DNA eine Serie von Eizellen geklont und sie mit einem Cocktail aus mutagenen Substanzen behandelt. Bald fanden wir eine Zygote mit einem doppelten Paar von Geschlechtschromosomen: einen Hermaphroditen. Nachdem wir ihr mittels Viren einige andere Gensequenzen eingebaut hatten, regten wir sie durch elektrische Stimulation zur Teilung an. Bevor der Embryo das Achtzellstadium erreichte, haben wir ihn gesplittet, genauer gesagt, ihm drei Zellen entnommen und sie mit einer künstlichen Schutzhülle versehen. Wir wollten drei verschiedene Linien von Hermaphroditen herstellen, jede mit leicht divergierenden Eigenschaften. Nun stellten wir aber fest, dass der ursprüngliche Embryo sich munter weiter teilte. Also pflanzten wir auch ihn einer Leihmutter ein. Daraus entstandest du, mein Kind.«

Alex kam sich vor wie durch Eiswasser gezogen, an den scharfkantigen Schollen in Einzelteile zerschnitten und nachher wieder zusammengesetzt. *»Ich?«*, war alles, was sie herausbrachte.

Cadwell nickte. »Wenn ich für Theo und deine Geschwister der Vater bin«, sein Brustkorb blähte sich, »dann bist du ihre Mutter.«

Alex wankte. Ein Schwindel schüttelte ihren ohnehin geschwächten Körper. Vielleicht wäre sie in diesem Moment sogar umgekippt, aber Darwins Hand ruhte immer noch auf ihrer Schulter und gab ihr Halt.

»Bist du jetzt zufrieden?«, hörte sie Cadwell sagen.

Theo nickte. »Mein Vater sagte mir, dass einer von uns von besonderer Art gewesen sei. Ich ahnte, dass es Alex war, aber nun weiß ich auch den Grund.«

»Dann lass uns das Drama jetzt beenden, mein Sohn. Gehen wir hinaus und reden wir miteinander.«

Nach kurzem Zögern nickte Theo. »Ja, lass es uns zu Ende bringen.«

Colonel McCauley sprach leise in sein Mikrofon. »Gleich kommen Dr. Cadwell und Kevin T. Kendish heraus. Schießen Sie nicht auf die Personen. Ich wiederhole: *nicht* schießen!«

Cadwell legte seinem Klonsohn die Hand auf die Schulter, gerade so wie auch Darwin es die ganze Zeit bei Alex getan hatte. Theos Rechte hielt immer noch den Zündknebel der Sprengstoffweste. Niemand hielt die beiden auf. Im Gegenteil, die Menge aus Medienleuten und Anti-Terror-Spezialisten teilte sich vor dem Ausgang. Bevor sie auf den Flur hinausgingen, blieb Theo neben Alex stehen.

»Ich hätte dir nie etwas zuleide getan, Schwester.«

Mit einem Mal konnte Alex nachvollziehen, wie es war, diesen violetten Augen ausgesetzt zu sein, mit denen sie so oft die anderen bezwungen hatte. Unbehaglich erwiderte sie: »Du hast mich unter Drogen gesetzt, Theo, mich in einen dunklen Raum gesperrt, mir die Freiheit genommen …«

Er lächelte voller Bedauern. »Nimm es als wertvolle Erfahrung. Wie sagte schon Seneca? ›Mit dem Leben ist es wie mit einem Theaterstück: es kommt nicht darauf an, wie lang es ist, sondern wie bunt.‹«

Von Cadwell geführt, verließ er das Schreckenskabinett.

Nur allmählich wich die Benommenheit aus der »Mutter der Hermaphroditen«. Alex wusste nicht mehr, was sie denken sollte. Sosehr sie Theos Vorgehen verurteilte, konnte sie seine Verzweiflung doch auch nachempfinden. Allerdings …

Sie drehte sich um. »Darwin?«

»Ja?«

»Als Detective Longfellow dir die Unterlagen von den vier getöteten Klonen zugespielt hat, da sagtest du, alle hätten eine Gemeinsamkeit.«

Er runzelte die Stirn. »Ach ja! Richtig. Sie hatten ausnahmslos eine Geschlechtsumwandlung hinter sich. Ich weiß nicht, ob dieses Wort bei einem Hermaphroditen überhaupt passend …«

»Er hat uns alle belogen!«, stieß Alex hervor. Am Rande

ihres Blickfeldes nahm sie wahr, wie sich ihr mehrere Gesichter zuwandten.

»Was?«

»Mich, dich, uns alle …« Plötzlich sprudelten die Worte nur so aus ihr heraus. »Als Theo mich hierher verschleppt hatte, zeterte er über diejenigen Klone, die ihr Wesen verloren hatten, weil sie chirurgisch einem der beiden Geschlechter angepasst worden waren. Sogar sich selbst klagte er an. Er sagte, manchmal komme er sich vor wie die Verkörperung des Missbrauchs der Natur. Dafür *hasse* er sich.«

»Ich erinnere mich. Du hast mir davon erzählt.«

Alex drehte sich um und lief zur Tür hinaus. Sie konnte gerade noch sehen, wie Cadwell und Theo aus der Diele ins Freie traten.

Dicht hinter ihr folgten Darwin und all die anderen. »Was ist plötzlich in dich gefahren?«, raunte er.

»Ich war so blind!«, wetterte sie, während sie mit weit ausholenden Schritten den Flur durchmaß. »Nicht mein Bruder, sondern Martin Cadwell ist der ›unachtsame Schläfer‹. Theo hatte es mir selbst erklärt, freilich ohne den Namen zu nennen. Er schlafe – er verstecke sich –, sagte er, aber er lebe.«

Bei der Bildhauerwerkstatt war Alex stehen geblieben. Sie stieß die Tür auf.

»Himmel!«

Ein Schauer ließ sie erzittern.

»Rede nicht in Rätseln!«, flehte Darwin.

Sie deutete nur auf die fertige Figur des kleinen Herkules. Seine Augen waren verbunden.

Darwin schüttelte verständnislos den Kopf »Was …?«

Alex drehte sich um, fand neben ihrem Partner auch den Einsatzleiter, verkrallte sich in dessen Ärmel und schüttelte ihn. »Sie müssen Theo sofort aufhalten, Colonel.«

»Wieso? Der Doktor schien ihn unter Kontrolle zu haben.«

Verzweifelt deutete Alex zu dem blinden Herkules. »Aber verstehen Sie denn nicht? Die Figuren mit verbundenen Augen sind *Tote*. Theo hat sie umgebracht. Wenn Sie ihn nicht aufhalten, wird er sich mit unserem Vater in die Luft sprengen.«

»Halten Sie Kendish auf, Colonel«, befahl Lord Witcombe aus dem Hintergrund.

Ehe der Einsatzleiter seinen Funkspruch absetzen konnte, drängte sich Jack Jordan durch die Menge. Wie ein Hundertyardsprinter raste er in die Diele und aus dem Haus.

»An alle Einheiten«, sprach derweil McCauley in sein Mikrofon. »Neuer Befehl: Eliminieren Sie Kevin Theo Kendish! Er will sich mit Dr. Cadwell in die Luft sprengen. Ich wiederhole: finaler Rettungsschuss auf den Begleiter von …«

Eine ohrenbetäubende Explosion schnitt McCauley das Wort ab. Fensterscheiben klirrten, und Putz rieselte von der Decke. Im Haus zogen alle die Köpfe ein. Einige Männer schrien.

»Bericht«, brüllte der Einsatzleiter in sein Mikrofon. »Ich will sofort einen Bericht haben. Was ist da draußen passiert?«

Er lauschte einen Moment. Alex konnte sehen, wie sein Gesicht zu einer Maske erstarrte. Schließlich bedankte er sich und wandte sich an den Lordkanzler.

»Tut mir Leid, Mylord. Wir kamen zu spät. Theo Kendish hat sich in die Luft gesprengt.«

»Das ist wohl offensichtlich. Was ist mit Dr. Cadwell, Colonel?«

McCauley schüttelte den Kopf. »Ist nicht viel von ihm übrig geblieben. Von beiden nicht. Seinen Bodyguard hat's auch erwischt.«

Epilog

»Sleeper [engl. ›Schläfer‹]
›… jemand der scheinbar keine Bedeutung hat und für gewisse Zeit unbemerkt bleibt, bevor er sehr wichtig wird …‹«

Websters Third New International Dictionary

LONDON (ENGLAND),
Dienstag, 30. Oktober, 21.50 Uhr

Ein paar Tage lang berichteten die Medien noch über das dramatische Geschehen im Landhaus bei Oxshott. Der Reporter von CNN hatte seine Fernsehkamera keine Sekunde lang abgeschaltet, wodurch alle Geschehnisse im »Schreckenskabinett des Theo Kendish«, lückenlos und live ausgestrahlt worden waren. Millionen Menschen sahen in nicht enden wollenden Schleifen, wozu ungezügelter Forscherdrang führen konnte. Auch Alex Daniels' letzte Folge der »Galerie der Lügen« lieferte dazu erhellende Hintergründe und sorgte noch einmal für Gesprächsstoff.

Ob eine Woche nach dem medienwirksamen Abgang von Kevin Theodore Kendish das Konglomerat an spektakulären Nachrichten und die damit einhergehende hitzige öffentliche Diskussion oder schlicht die kühle Vernunft den englischen Parlamentariern die Hand geführt hatte, darüber lässt sich trefflich streiten. Fest steht, dass am 30. Oktober vom Unterhaus das Gesetz zur Freigabe des reproduktiven Klonens und der quasi uneingeschränkten Forschung am menschlichen Erbgut mit überwältigender Mehrheit abgeschmettert wurde. Es blieb alles beim Alten.

Vorerst jedenfalls.

Alex wurde vom Vorwurf der Mittäterschaft an den Museumseinbrüchen endgültig entlastet. Aber jene, die glaubten, dass nur Messbares und Beobachtbares zur Realität unseres Daseins gehört, sahen in ihr weiterhin eine Feindin, die mit allen Mitteln zu bekämpfen sei.

Andere dagegen hatten begonnen, über Fragen zu diskutieren, die bis vor kurzem für sie überhaupt nicht zur Debatte standen: Besitzt die Wissenschaft, so wie sie sich in den vergangenen einhundertfünfzig Jahren definiert hat, das alleinige Recht, die Ursachen und Wirkungen im Universum zu erklären? Dürfen Forscher das Machbare auch machen? Oder sollten sie sich in Selbstbeschränkung üben? Haben sie das Recht und die Pflicht, sich in die Anwendung ihrer Ergebnisse einzumischen?

Noch auf einem anderen Gebiet sorgte die wochenlange Medienpräsenz der Wissenschaftspublizistin Alex Daniels für ein Aufhorchen. Mit einem Mal interessierten sich die Menschen brennend für die Intersexualität. Als Alex drei oder vier Tage nach Theos Tod endlich ihre aufgestauten E-Mails durchforstete, stach ihr sofort eine Betreffzeile ins Auge.

BITTE UM MITARBEIT BEI SACHBUCH
ÜBER HERMAPHRODITEN

Die Nachricht stammte von einer »Kollegin«, wie Yeremi Silbermann sich selbst bezeichnete. Sie sei Wissenschaftsjournalistin und gelernte Anthropologin. Zuerst war Alex skeptisch. Oft genug hatte sie erlebt, dass Ihresgleichen nur als Kuriositäten der Natur wahrgenommen wurden, als Auflagen steigernde Monster. Aber diese Yeremi schien es ehrlich zu meinen. Sie interessierte sich weniger für die körperlichen Abweichungen vom sexuellen Durchschnitt als vielmehr für die psychischen Aspekte. Sie wolle einen Beitrag zu einer neuen Sichtweise im Hinblick auf Hermaphroditen leisten.

»Bitte betrachten Sie mein Ansinnen nicht als Voyeurismus«, schrieb die Journalistin mit dem deutschen Familiennamen in perfektem Englisch. »Ich bin selbst mit einem Mann verheiratet, der in mancher Hinsicht von der Norm abweicht, und kann nachfühlen, wenn Sie skeptisch sind. Mir geht es wirklich darum, den Kreis des Schweigens zu durchbrechen. Leider ist es mir momentan kaum möglich, Sie in London zu besuchen. Ich bin gerade Mutter geworden, und mein kleiner Sohn hält mich ziemlich in Atem. Wenn Sie an einer Mitarbeit interessiert sind, besuchen Sie mich doch einfach für ein paar Tage in meinem Landhaus auf der Insel Gavrinis. Sie liegt im Golf von Morbihan, in der Bretagne. Für Unterkunft ist gesorgt, und die Reisekosten übernehme natürlich ich. Überlegen Sie es sich.«

Ein Buch über Hermaphroditen? Warum eigentlich nicht, dachte Alex. *Den Kreis des Schweigens durchbrechen.* Diese Frau Silbermann schien die Empathie, das nötige Einfühlungsvermögen, zu besitzen, um so ein Tabuthema anzupacken. Und ein paar Tage raues Atlantikklima konnten auch nicht schaden, um die grauen Zellen mal richtig durchzulüften. Du willst ja ohnehin durch Europa touren.

Alex' Reisepläne standen in Zusammenhang mit einer aufregenden Namensliste, die ihr der Lordkanzler nach dem Ableben ihres Klonbruders zugespielt hatte.

Überdies war sie in den Vorzug gekommen, als eine der Ersten das von Theo erwähnte Tagebuch zu lesen. Man hatte es in seiner Hinterlassenschaft gefunden. Es beantwortete ihr einige Fragen, zu denen sich ihr Bruder selbst nicht mehr äußern konnte. Vor allem ging aus seinen sehr persönlichen Aufzeichnungen hervor, was für ein verzweifelter Mensch er gewesen war. Das Hin- und Hergestoßensein zwischen den Geschlechtern hatte ihn zuerst verbittert und letztlich in eine Manie getrieben, die bekanntermaßen für ihn, seinen DNA-Spender Cadwell und einige seiner Geschwister tödlich endete.

Ohne die abartigen Präparate seines Adoptivvaters hätte Theo vielleicht eines Tages gelernt, mit seinem künstlich bestimmten Geschlecht umzugehen. So aber wurde er immer wieder an sein vermeintliches Versagen erinnert. Er scheiterte an der Bändigung des »Monsters«, das er zu sein glaubte. Dafür hasste er sich, hielt sich für eine wandelnde Lüge. Und er hasste alle, die wie er »Verrat an ihrer Natur« begangen hatten. Diese und nur diese Hermaphroditen tötete er – nicht für Martin Cadwell, der ihn dazu hatte anstiften wollen, sondern aus eigenen Beweggründen. Die anderen verewigte er unter die Sehenden in seiner Familiengalerie.

Zum irrationalen Element von Theo Kendishs verstümmelter Psyche gehörte bestimmt auch seine Anklage gegen alle, die er für sein Schicksal mitverantwortlich machte: die Forscher von HUGE. Er hasste sie ausnahmslos.

Einige Zeit nachdem Theos genetischer Vater – der ehemalige Dr. Thorgrim Gunnarsson – zu ihm Kontakt aufgenommen hatte, machte Julian Kendish jene Erbschaft, die ihm zum Verhängnis werden sollte. Schon seit einigen Jahren musste in Theo ein diabolischer Plan gereift sein, jetzt sah er seine Stunde gekommen. Er ermordete seinen ohnehin vom Tode gezeichneten Adoptivvater durch eine Überdosis Insulin, sicherte sich dessen Vermögen und verbrachte das Kuriositätenkabinett in das durch einen Strohmann erworbene Landhaus. Dann inszenierte er seinen eigenen Tod in der Karibik und arbeitete die letzten Details jenes Plans aus, den Alex später die »Galerie der Lügen« taufte.

Auf ArtCare hagelte in der Woche nach der CNN-Ausstrahlung eine Flut von Vertragskündigungen nieder. Nicht allein der Ruf des Versicherungsunternehmens war beschädigt, sondern der des ganzen MacKane-Konzerns. Wegen des Verdachts auf Verstrickung in die kriminellen Machenschaften von HUGE wurden mehrere Manager verhaftet. The Right Honourable the Lord Malcolm Horace of Witcombe, dessen Rücktritt die Opposition täglich ungefähr tausendmal forderte, hatte darüber hinaus ein Verfahren gegen Human Genetics eingeleitet. Niemand zweifelte daran, dass der Biotech-Firma die Zulassung entzogen werden würde.

»Manchmal denke ich, das alles gehörte zu Theos perfidem Racheplan«, sagte Alex. Sie hatte sich am Abend der Parlamentsabstimmung mit Darwin in der Bar Solo in Camden Town zu einem »Abschiedsessen« getroffen. Auf dem Tisch vor ihnen lagen Krümel und zerknüllte Servietten. Jeder klammerte sich an sein Rotweinglas, als fürchte er, andernfalls von seinen widerstreitenden Gefühlen fortgeschwemmt zu werden.

»Du meinst den Niedergang meiner Firma, der nicht nur mich, sondern noch knapp dreihundert andere Kollegen den Job kosten wird?«, erwiderte Darwin. »Gehst du da nicht ein bisschen zu weit?«

»Ich weiß nicht. Theo hat uns alle manipuliert. Nachdem er mir durch seinen Kassiber aus dem Gefängnis verholfen hat, tat ich genau, was er von mir verlangte. Ich schrieb die ›Galerie der Lügen‹. Er nutzte meine Passion aus.«

»Du hast dich nicht gesträubt«, gab Darwin zu bedenken.

Sie schüttelte den Kopf. »Nein. Ich war das Lämmchen, das er zur Schlachtbank führte, und gleichzeitig redete er mir ein, ich sei ein Wolf.«

»Wie das?«

»Er benutzte eines meiner Lieblingszitate von Einstein: ›Um ein tadelloses Mitglied einer Schafherde sein zu können, muss man vor allem ein Schaf sein.‹«

»Raffiniert.«

»Kannst du wohl laut sagen. Sogar Cadwell ließ sich von Theo täuschen. Mir ist erst viel zu spät aufgegangen, dass dein Chef der ›unachtsame Schläfer‹ war. Du weißt ja, was in Geheimdienstkreisen ein Schläfer ist.«

»Ein Spion, der ein unauffälliges, scheinbar ganz normales Leben führt, und irgendwann wieder ›geweckt‹ wird: um ein Attentat zu verüben, brisante Informationen auszukundschaften …«

»… oder wieder ein Institut zu leiten, das Menschen klont«, komplettierte Alex die Aufzählung. »Aber der ›Vater‹ war *unachtsam*, weil er seinen ›Sohn‹ unterschätzte und dessen Doppelspiel nicht durchschaute. Über Julian kannten sich die beiden schon seit Jahren, und Theos psychische Konstitution schien ihn zum idealen Killer zu machen: leicht zu manipulieren, voll Hass auf seinesgleichen und am Ende durch einen vorgetäuschten Selbstmord, ohne Verdacht zu erregen, aus dem Wege zu räumen.«

»Fatale Trugschlüsse.«

Alex nickte. »Theo ließ sich scheinbar bereitwillig als Mörder anheuern, um die Identität seiner Geschwister herauszufinden. Unbewusst verlängerte Cadwell dadurch sein eigenes Leben, indem er die Namen der zu liquidierenden Klone nur häppchenweise herausrückte. Theo hat ja nur diejenigen ausgelöscht, die keine echten Hermaphroditen mehr waren, weil sie sich, wie er glaubte, selbst verleugnet hatten.«

»Fast hätte dich Cadwell trotzdem aus dem Weg geräumt. Ich hatte Jack Jordan schon länger im Verdacht, für seinen Boss einige Drecksarbeiten zu erledigen, die jenseits der Legalität waren. Das Abhören meines Telefons ging bestimmt auch auf sein Konto. Aber ihm den Mordanschlag zuzutrauen …« Darwin schüttelte den Kopf. »Irgendwie sperrte sich bei mir was gegen diesen Gedanken. Erst als ich im Schreckenskabinett sein verschrammtes Kampfmesser sah, hat's auch mein Gefühl akzeptiert.«

»Stimmt! Mir sind die Reflexe in den Kratzern aufgefallen, aber als du mir zurauntest, ich solle da nicht hinschauen, ich wusste nicht, was du meintest.«

»Ich wollte Jordan so lange wie möglich in Sicherheit wiegen.«

»Glaubst du, er hat auch Susan auf dem Gewissen?«

»Mortimer geht davon aus. Seine Kollegen von Scotland Yard haben schon einige Anhaltspunkte. Ein paar Zeugen wollen ihn zur Tatzeit in der U-Bahn-Station Canary Wharf gesehen haben. Auffällig genug war er ja.«

Wieder nickte Alex. »Jack Jordan hat dein Auto in die Luft gesprengt und beinahe auch dich. Könnte das ein persönlicher Vergeltungsakt gewesen sein, weil du seinen alten Herrn als Fixer entlarvt hast?«

Darwin zuckte die Achseln. »Keine Ahnung. Vielleicht hat Cadwell diese Information benutzt, um seinen Bodyguard gegen mich aufzustacheln. Nachdem mein Boss wusste, welchem Kunstwerk der letzte Anschlag gelten würde, brauchte er mich ja nicht mehr. Die Bombe in der Tiefgarage hätte ihm den unbequemen Schnüffler vom Hals geschafft und obendrein auch noch dich, das Corpus Delicti seiner dunklen Vergangenheit.«

»Was denkst du, warum er letztlich damit aufgehört hat, uns nach dem Leben zu trachten?«

»Wer sagt denn, dass es so war? Ich vermute eher, er wollte abwarten, bis sein Unternehmen und auch wir beide aus den Medien verschwunden wären. Immerhin fand der letzte Anschlag ja im ArtCare Building statt, gewissermaßen unter seinem Chefsessel. Alle Zeitungen und Sender haben darüber berichtet. Er war lange genug im Geschäft, um sich der Konsequenzen bewusst zu sein.«

»Offenbar war er ziemlich verzweifelt.«

»Worauf du Gift nehmen kannst. Erst recht, nachdem wir beide überlebt hatten. Mehr Publicity konnte er sich wirklich nicht leisten. Schon der Gasanschlag und der Tod von Susan Winter hatten ja eine Menge Staub aufgewirbelt. Andere können auch eins und eins zusammenzählen. Deine Freundin schnüffelt in Cadwells Vergangenheit herum und kommt ums Leben. Danach tue ich das Gleiche und werde ebenfalls Opfer eines Anschlags.«

»Ich bin froh darüber, dass mein Vater es sich anders überlegt hat.« Alex drehte eine Weile ihr Weinglas auf dem Tischtuch. Es war immer noch ungewohnt für sie, sich dies über Cadwell sagen zu hören: *Mein Vater.* Dann fragte sie: »Weißt du übrigens, was in Theos Tagebuch über Terri steht?«

»Du hast es gelesen, nicht ich.«

»Sie war *sein* Menschenexperiment. Vor dem Einbruch im Louvre wollte er wissen, ob er seine Geschwister so weit bringen kann, für ihn zu sterben. Oder, besser gesagt, für seine verquerte Heilslehre, die er ihnen gepredigt hat. Das ist doch pervers, oder?«

»Nicht abartiger als Cadwells Treiben.«

»Das stimmt allerdings.«

Darwin nippte an seinem Glas. »Theo war alles andere als dumm.«

»Leider hat der Hass seinen Verstand zerfressen.«

»Auf seine Weise war er aber ziemlich effektiv. Und er hat es geschafft, an allen Rache zu üben. Mehr oder weniger.«

Das Gespräch der beiden ging noch eine ganze Weile so weiter, unterbrochen von immer längeren Perioden des Schweigens. Als es bereits weit nach elf war, erzählte Alex von ihren Plänen. Lord Witcombe hatte ihr eine Liste beschafft. Darin standen die Namen sämtlicher Klone. Insgesamt waren es sechzehn – und neben Alex waren sieben von ihnen noch am Leben, weil Theo sie verschont hatte oder sie ihm unbekannt geblieben waren.

Der Ober kam an den Tisch und fragte höflich, ob er abkassieren dürfe, das Restaurant schließe nun.

Darwin bezahlte die Rechnung, und die beiden verließen das Lokal. Bald waren sie auf dem Gehweg allein. Verlegen standen sie sich gegenüber.

»Was wird nun aus uns?«, fragte Darwin endlich.

Alex zuckte die Achseln. »Was soll schon aus uns werden? Lucy und du, ihr beide seid die einzigen Freunde, die ich habe.«

»Du hast den Lordkanzler vergessen.«

Sie verdrehte die Augen. »Wenn du jetzt auch noch Mortimer Longfellow erwähnst, schreie ich.«

»Der alte Knochen hält mehr von dir, als du vielleicht glaubst. Jetzt mal ehrlich, Alex. Du willst dich in ein Flugzeug setzen und durch Europa jetten. Das hört sich für mich verdächtig nach Flucht an.«

Alex legte den Kopf schräg und ließ seine Worte in ihr Bewusstsein sickern. War sie schon wieder dabei, sich zu verstecken? »Nein«, beschied sie, »ich fliehe nicht. Ich will nur meine ›Kinder‹ kennen lernen.« Noch so ein Wort, an dass sie sich erst gewöhnen musste.

»Kinder?«

»Hast du etwa vergessen, was mein Vater in Theos Haus sagte. Alle bei HUGE hergestellten Hermaphroditen stammen aus *meiner* Eizelle. Ich bin ihre Mutter.«

Plötzlich trat Darwin an Alex heran und umarmte sie.

»He, was soll das, Partner?«, fragte sie leise. Ihre Hände hingen wie bei einer Marionette quer in der Luft. Seine Stimme erklang bebend neben ihrem Ohr.

»Ich bin ein verdammter Trottel.«

Unbeholfen tätschelte sie seinen Rücken. »Du bist ein lieber Kerl, der ein bisschen durch den Wind ist. Glaube mir, ich kenne das.«

»Ich liebe dich, Alex.«

Ihre Beine gaben nach, aber sie konnte nicht zusammensacken, weil Darwin sie festhielt. »W-wie … wie meinst du das?«, fragte sie unsicher.

»Das ist ja das Malheur, ich weiß es nicht! Ich kann es dir nicht erklären. Als ich im Bart's an deinem Bett gesessen und deine Hand gehalten habe, da kam Dr. Atkey, um dich zu besuchen. Weißt du, was er mir sagte?«

»Nein«, erwiderte sie leise. Ihre Hände schlossen sich fester um Darwins Rücken. Es tat ihr unendlich gut, seine Wärme zu spüren.

»›Mein lieber Freund‹, hat er gesagt. ›Alex kann jede Liebe gebrauchen, die Sie ihr zu geben vermögen.‹ Ich weiß nicht, was für eine Liebe in mir steckt, aber ich darf dich nicht gehen lassen, bevor ich dir davon erzählt habe.«

Alex gab ihren Widerstand auf. Sie fing an zu weinen. Kein lautes Schluchzen, kein Greinen, nur stille Tränen des Glücks rannen über ihre Wangen, während ihr Gesicht dicht neben dem seinen war.

»Ich liebe dich auch, Darwin.«

Er streichelte zärtlich ihren Rücken. »Das ist gut. Das kann nicht verkehrt sein.« Hörbar bemühte er sich um Festigkeit in der Stimme.

»Ja, es ist gut«, seufzte sie.

»Dann werden wir uns wiedersehen?«, fragte er, als ob er dem Augenblick nicht traute.

»Ganz bestimmt, Darwin. Irgendwann.«

Ein langer Augenblick des Schweigens behütete ihre Umarmung. Dann erst lösten sie sich voneinander. Alex lächelte auf jene neue, befreite Art, die sich neuerdings ihrer bemächtigt hatte.

»Weißt du, was ich am meisten an dir bewundere?«, fragte Darwin.

»Sag's mir«, forderte sie ihn auf.

»Du haderst nicht mehr mit deinem Schicksal, so wie Theo und vermutlich auch viele deiner Geschwister es getan haben. Du akzeptierst dich so, wie du bist, und versuchst deinen eigenen Weg zu gehen.«

»Ich habe noch eine weite Strecke vor mir.«

»Heißt es nicht: ›Der Weg ist das Ziel‹? Wer hat das gesagt?«

»Konfuzius.«

Er schmunzelte. »Dich kann man wohl mit gar nichts in Verlegenheit bringen.«

»Doch, Darwin. Mit sehr vielen Dingen. Aber ich fühle mich heute stärker als vor fünf Wochen. Das verdanke ich den Helfern, die mich bis hierher begleiteten: dir und deiner verrückten Schwester, Susan und sogar Theo. Er mag viel Böses in sich getragen haben, aber durch ihn weiß ich, dass es andere gibt wie mich. Ich fühle mich jetzt mehr denn je eins mit mir selbst, beiden Seiten zugehörig, wohl ausgewogen gemischt.«

Sie lachte wie ein fröhliches kleines Mädchen.

»Ich glaube, in keiner Sprache der Welt gibt es ein Wort für dieses besondere Empfinden. Vielleicht bin ich nicht das, was Gott sich vorgestellt hat, aber ich denke, wir beide können trotzdem gut miteinander auskommen.«

»Davon bin ich überzeugt«, sagte Darwin.

Sie sagten sich Lebewohl. Alex küsste ihn auf beide Wangen. Ohne weiter zu zögern, drehte sie sich um und lief die Straße hinab. Er sah ihr nach, bis sie in der Nacht verschwand.

Nachwort des Verfassers

»HÄUTUNGEN«

Nach und nach
die alten Häute abstreifen
und mir selbst näher kommen

die Masken fallen lassen
die Fassaden einreißen

keinen Schein mehr wahren
keine Rollen mehr spielen

bis ich mich gefunden habe
bis ich bin, wer ich bin

Was bleibt, mag kümmerlich wirken
doch es ist massiv – und echt

Nach und nach.

Stephan Krebs

Meine literarischen Projekte sind wie Samenkörner, die manchmal lange vor sich hin schlummern, bis sie schließlich auf ein fruchtbares Stückchen Bewusstseinsboden fallen und zu keimen beginnen. Auf keinen anderen meiner Romane trifft dies so sehr zu wie auf *Die Galerie der Lügen*. Bereits 1995 bewegte mich die Frage, ob in unserem westlichen, oft als fortschrittlich und aufgeklärt bezeichneten Kulturkreis die Ratio zu Recht zum Maß aller Dinge erhoben wird. Wie zuverlässig sind Vernunftschlüsse? Bis ins späte Mittelalter hinein glaubten die Menschen, die Erde sei eine Scheibe. Neuere Überlegungen wurden aufs Erbittertste bekämpft. Ohne Frage hielten viele unserer Altvorderen ihr Weltbild für alles andere als ein Hirngespinst, sondern vielmehr für das Produkt rationalen Denkens. Trotzdem irrten sie. Ich wollte herausfinden, ob es einen Punkt gibt, an dem das angehäufte Wissen vor weit reichenden Trugschlüssen immun macht. Um dieser Frage nachzugehen, brauchte ich zunächst eine weit reichende Weltanschauung. Das passende Studienobjekt war bald gefunden.

Pierre Teilhard de Chardin, der etwas andere Jesuit, der möglicherweise bei der »Entdeckung« des Piltdown- und des Peking-Menschen eine sehr kreative Rolle gespielt hat, entwarf zu Beginn des 20. Jahrhunderts ein Konzept des »kosmischen Optimismus«, das er visionär wie folgt zusammenfasste:

> *Ist die Evolution eine Theorie, ein System oder eine Hypothese? Sie ist noch viel mehr – nämlich ein allgemein gültiges Postulat, vor dem sich alle Theorien, alle Hypothesen, alle Systeme künftig beugen und dem sie genügen müssen, um als vorstellbar und wahr gelten zu können. Die Evolution ist ein Licht, dass alle Tatsachen erhellt, eine Bahn, der alle Gedankengänge folgen müssen – all das umfasst die Evolution.* *

* Entnommen aus: Phillip E. Johnson: *Darwin im Kreuzverhör*. CLV Christliche Literatur-Verbreitung. Bielefeld, 2003 (engl. Orig. 1993).

Kurz gesagt, der Katholik Teilhard stellt uns die Evolution als Götzen vor, den allein wir anzubeten haben. Oder anders ausgedrückt: Er präsentierte sie uns als Diktatur des Denkens.

Wenn die Evolution der Haken ist, an dem das ganze Netz unseres Daseins hängt, dann kann man wohl zu Recht von einem weit reichenden Gedankengebäude sprechen – sollte der Haken brechen, könnten wir viel, wenn nicht gar alles verlieren. Sofern auch nur der kleinste Zweifel bestünde, das »allgemein gültige Postulat« der Evolution könnte eine Luftnummer sein, wäre es ziemlich töricht, sich nicht noch irgendwo anders abzusichern.

Das Terrain für mein Gedankenexperiment war damit abgesteckt. Aber wie konnte ich das Thema in eine literarische Form bringen? Wer interessiert sich schon für einen Roman über das Denken im Allgemeinen und die Evolutionskritik im Besonderen? Jahrelang schlummerte das Samenkorn in einem großen Sack voll Korn, der irgendwo auf dem Dachboden meines Bewusstseins abgestellt war.

So unglaublich es klingen mag, aber eine Fernsehreportage über Lichtschutzfaktoren in Sonnenschutzmitteln brachte die Saat schließlich zum Keimen. Laut Professor Wolfgang Wuttke, Endokrinologe an der Universitätsklinik Göttingen, docken beim Menschen einige UV-Filter an den Rezeptor für weibliche Geschlechtshormone an. Dadurch wirken die Substanzen wie Östrogene. Millionen sonnenhungriger Touristen tragen diese ins Meer oder in die Binnengewässer. Schweizer Forscher haben die Auswirkungen solcher so genannten »hormonaktiven Stoffe« auf die dort lebende Fauna untersucht. Bei Männchen führen sie verstärkt zu Unfruchtbarkeit und Verweiblichung.

Männchen, die zu Weibchen werden? Oder ein bisschen von beidem sind? Also Zwitter?

So in etwa muss die Gedankenkette ausgesehen haben, die mich zu den Hermaphroditen führte; wie wenig die meisten Intersexuellen den Begriff »Zwitter« mögen, ist mir erst im Laufe meiner Recherchen klar geworden. Dabei stieß ich auch auf die

Aussage, das »dritte Geschlecht« – die Hermaphroditen – sei der nächste Schritt der Evolution. Plötzlich fügte sich alles zusammen.

Ich begann intensiver zu recherchieren, kaufte mir Darwins *Entstehung der Arten* und andere Fachbücher, auch und gerade solche, die vom so genannten Konsens der »Tatsache Evolution« abwichen. Und je tiefer ich mich in die Materie hineinfraß, desto zutreffender erschien mir Einstein Feststellung, wir seien von Galileis Zeit nicht so weit entfernt, wie wir gerne glauben möchten. Mir dräute, der rapide Wandel in der Wissenschaft vollzog sich fast ausschließlich auf der fachlichen Erkenntnisebene, jedoch kaum an den Umgangsformen zwischen den Vertretern der tonangebenden Klasse und den ungeliebten Querdenkern.

Sehr schön kann man die archaischen Verhaltensweisen in der Verwendung stigmatisierender Begriffe erkennen. So ist es kaum möglich, die Postulate der Evolutionstheorie zu kritisieren, ohne ins fundamentalistisch-kreationistische Lager abgeschoben zu werden. Das jedoch ist eine unzulässige Verallgemeinerung. Wer die Erklärungsnotstände der Evolutionstheoretiker nicht widerspruchslos schluckt, ist keinesfalls automatisch ein religiöser Fanatiker. In einem Leserbrief an die Londoner *Times* vom 25. Mai 2005 schrieb der Biologe Milton Wainwright sinngemäß, viele seiner Kollegen nähmen die Theorie des Intelligent Design lediglich als Attacke gegen die Evolution wahr, nicht aber als ein Gedankengebäude, das sich im Wesentlichen mit dem – im Roman erläuterten – Anthropischen Prinzip deckt. Man solle derartige Überlegungen nicht allein deshalb verwerfen, weil sie unter anderem auch von Kreationisten übernommen wurden. Rationale Kritik an der Evolutionstheorie und eine Abneigung gegen den biologischen Reduktionismus sei nicht gleichzusetzen mit religiösem Fundamentalismus. Bigotterie, so Wainwright, solle man sich widersetzen, aus welcher Richtung auch immer sie komme. Dieser Einstellung schloss ich mich gerne an in jenem Monat, in dem aus meinem Samenkorn längst ein frisches Pflänzchen geworden war: *Die Galerie der Lügen*.

Bei der Behandlung komplexer wissenschaftlicher Sachverhalte, das sollte angemerkt werden, kann ein Roman schwerlich dieselbe Gründlichkeit und Präzision an den Tag legen wie gute Fachliteratur. Seine primäre Aufgabe ist es, niveauvoll zu unterhalten und dabei einige Denkanstöße zu geben. Weil die Hintergrundinformationen zum vorliegenden Roman aber auch manchen Leser interessieren mögen, habe ich sie in verdichteter Form auf meiner Website unter www.isau.de/id/ online gestellt. Dort ist zudem eine Auswahl der über vierhundert Quellen zu finden, die ich für dieses Buch herangezogen habe. Wer tiefer in die Materie eintauchen will, findet also genug Stoff.

Ohne kompetenten Rat hätte ich es vielleicht trotzdem nicht gewagt, *Die Galerie der Lügen* in Angriff zu nehmen. Das wissenschaftliche Korrektiv wurde mir von unerwarteter Seite zuteil. Als ich nämlich einen der wunderbaren, weil auch für Laien gut verständlichen, Filme von Fritz Poppenberg (www.dreilinden-film.de) anschaute, entdeckte ich ein bekanntes Gesicht. In meinen Jugendtagen gehörte es zu einem Biologielehrer, der es wagte, die Evolutionstheorie zu kritisieren, und nun, dreißig Jahre später, haftete es an einem gestandenen Genetiker im Kölner Max-Planck-Institut für Züchtungsforschung – typischer Fall von Mikroevolution. Bei der Entstehung der *Galerie der Lügen* wurde mir Dr. Wolf-Ekkehard Lönnig (www.weloennig.de) dann eine unschätzbare Hilfe. Mein tief empfundener Dank gilt zuallererst ihm, dem unermüdlichen Ratgeber. Seine über einhundert E-Mails zu biologischen Fach- und Sachfragen waren eine wertvolle Fundgrube. Für den positiven Einfluss auf sein Leben und berufliches Wirken dankt er, wie er mir versicherte, dem »intelligenten Designer«, der alle Dinge erschaffen hat. Obwohl die wissenschaftlichen Passagen des Romans von Wolf-Ekkehard gründlich überprüft und kommentiert wurden, könnte sich durch meine nachträglichen Überarbeitungen und Zusätze dennoch der ein oder andere Lapsus eingeschlichen haben. Solche Fehler wären nicht ihm anzulasten. Ich nehme sie voll auf meine Kappe.

Mein Dank gilt fernerhin Professor John Lennox vom Green College der University of Oxford, dem ich manche Einsicht über die Einsichtslosigkeit orthodoxer Naturalisten verdanke und der mir darüber hinaus bei der Suche nach einem passenden Lokal für die Verleihung des *Intelligent Design Encouragement Award* an Alex Daniels behilflich war. Frau Angela Seemüller von der Alten Pinakothek München und Becky Chetley vom Londoner National History Museum danke ich für die Unterstützung bei der Faktensuche. Stephan Krebs hat mir freundlicherweise die Veröffentlichung seines einfühlsamen Gedichts *Häutungen* zugestanden, das zu Beginn dieses Nachwortes zu bewundern ist. Dafür gebührt ihm mein aufrichtiger Dank. Selbiges ist, *last but not least*, an die Adresse meines Agenten und kritischen Erstlesers Roman Hocke zu richten, der mir überdies einmal mehr im Dickicht der italienischen Sprache eine Schneise schlug. Ich hoffe, die genannten und ungenannten Helfer sind mir nicht gram für das von mir aus den Mosaiksteinen ihrer Unterstützung zusammengesetzte Bild.

Im Gegensatz zu manch anderem meiner Romane sind alle handelnden Personen frei erfunden. Das chimärenhafte Wesen von Alex und ihren Klongeschwistern und damit einhergehende besondere Fähigkeiten gehören ebenfalls ins Reich der Fantasie, wenngleich die im Roman erwähnten Mäuse und Affen, die dank eingeschleuster Gene von Tiefseequallen leuchten, auf Tatsachen beruhen. Das reproduktive Klonen von Menschen steckt noch in den Kinderschuhen, schon allein deshalb, weil es weltweit geächtet ist. Aber während ich noch die letzten Korrekturen am Manuskript bearbeitete, meldete Korea auf dem Gebiet neue bahnbrechende Erfolge. Reifte je ein geklonter Mensch bis zur Geburt heran? Dazu gibt es viele Gerüchte und bisher nichts Verlässliches. Gegner des Verfahrens glauben, jegliche Versuche zur ungeschlechtlichen Vermehrung genetisch identischer Menschen seien – zumindest auf lange Sicht – zum Scheitern verurteilt. Der

Mensch, so meinen sie, sei ein viel zu komplexes Lebewesen, um ihn ohne eklatante Schädigungen zu klonen.

Sollten beim Versuch, dieses Werk in eine Schublade zu zwängen, Verstauungsprobleme entstehen, wäre mir das sehr recht. Denn ich sehe es vor allem als Buch gegen Schubladen.

Das Evolutions-Paradigma und die Intersexuellenthematik sind, aus dem »Fenster« des Romans betrachtet, zwei Seiten derselben Münze. Die Gesellschaft wird oft wie ein selbstständig handelndes Wesen beschrieben, das entweder etwas mag oder es verschmäht. Mir ist die andere Sichtweise lieber, der zufolge wir uns als individuelle Zellen in diesem Metaorganismus zu betrachten und uns zu fragen haben, wie wir als Einzelne mit Menschen umgehen, die nicht in unser Erwartungsschema passen.

Und dazu gehören eben auch die Intersexuellen oder Hermaphroditen. In den Vereinigten Staaten von Amerika hat Anne Fausto-Sterling eine Untersuchung durchgeführt, nach der 1,7% der Bevölkerung von diesem Phänomen betroffen sind; zum Zeitpunkt der Niederschrift dieser Zeilen waren das etwa fünf Millionen US-Bürger. Mit einer etwas restriktiveren Erhebungsmethode kommt man in Deutschland immerhin auf etwa 80 000 bis 100 000 Menschen, die keinem der beiden Geschlechter eindeutig zuzuordnen sind. Grob gerechnet finden wir unter 1000 Menschen also einen, der intersexuell ist. Obwohl jeder von uns schon solchen Zeitgenossen begegnet sein dürfte, vermutlich sogar den ein oder anderen in seinem Bekanntenkreis hat, sieht und hört man von ihnen wenig. Wieso?

Weil diese Personen nicht in unser Erwartungsschema passen. Wir denken, reden und sehen in männlichen und weiblichen Kategorien. Das wurde mir schmerzlich bewusst, als ich die Unmöglichkeit erkannte, von Alex als Neutrum zu schreiben. Unsere Sprache fordert bei Personen die geschlechtsspezifische Festlegung. Und weil wir nun einmal in dieser Sprache denken, tun wir uns mit Hermaphroditen so schwer.

In Wirklichkeit ist das Problem natürlich weitaus komplexer. Erhellende, aber auch verstörende Einblicke erhielt ich im Laufe meiner Recherchen durch die Websites der Betroffen wie der deutschen XY-Frauen (www.xy-frauen.de) und besonders auch durch das hervorragende Sachbuch *Leben zwischen den Geschlechtern* von Ulla Fröhling.

Die größte Fiktion in meinem Roman ist vielleicht der Wandel im Denken jener Menschen, die durch Alex Daniels' »Galerie der Lügen« ins Grübeln gekommen sind. Mahatma Ghandi vertrat die Überzeugung: »Alle unsere Streitigkeiten entstehen daraus, dass einer dem anderen seine Meinung aufzwingen will.« Besonders bei der Frage nach der Entstehung des Lebens scheint sich dieser Grundsatz zu bestätigen. Auf beiden Seiten befleißigen sich die Kontrahenten feindseliger Polemik: Hier wird den Darwinisten mit der Hölle gedroht und dort den ID-Anhängern quasi mit Berufsverbot. »Hass ist die Rache des Feiglings dafür, dass er eingeschüchtert ist«, legt George Bernard Shaw im Drama *Major Barbara* seinem Mr Undershaft in den Mund. Hier sehe ich fürwahr eine der Quellen, aus denen sich die Angriffe gegen Kritiker gleich welcher Couleur speisen. Albert Einstein sagte: »Wenn die meisten sich schon armseliger Kleider und Möbel schämen, wie viel mehr sollten wir uns da erst armseliger Ideen und Weltanschauungen schämen.«

Auch um mich vor meinen Kindeskindern nicht schämen zu müssen, habe ich dieses Buch geschrieben, frei nach Friedrich Hebbel: »Es ist jedenfalls besser, ein eckiges Etwas zu sein, als ein rundes Nichts.«

Ralf Isau
Mai 2005

»Dieser Roman ist wie die Unruh in einer Uhr. Immer in Bewegung, präzise und aufregend.«

PASSAUER NEUE PRESSE

Ralf Isau
DER HERR
DER UNRUHE
Roman
512 Seiten
ISBN 978-3-404-15562-0

Nico dei Rossi ist der Sohn eines Uhrmachers, und er besitzt eine erstaunliche Gabe: Er spricht mit Maschinen, kann die störrischen besänftigen – oder ihnen befehlen, für immer still zu stehen. Als Nico noch ein Junge war, musste er zusehen, wie sein Vater von dem reichen Kaufmann Manzini ermordet wurde, wegen eines Dante-Zitats in einer Taschenuhr. Nun kehrt er zurück an den Ort seiner Kindheit – und sinnt auf Rache. Doch dann lernt er die bezaubernde Laura kennen. Bald erfährt er, aus welcher Familie die junge Frau stammt: Ihr Name ist Manzini, und ihr Vater, inzwischen zum Bürgermeister aufgestiegen, gilt als glühender Anhänger Mussolinis …

Bastei Lübbe Taschenbuch

»Ein rätselhaftes Volk im Dschungel von Guyana«

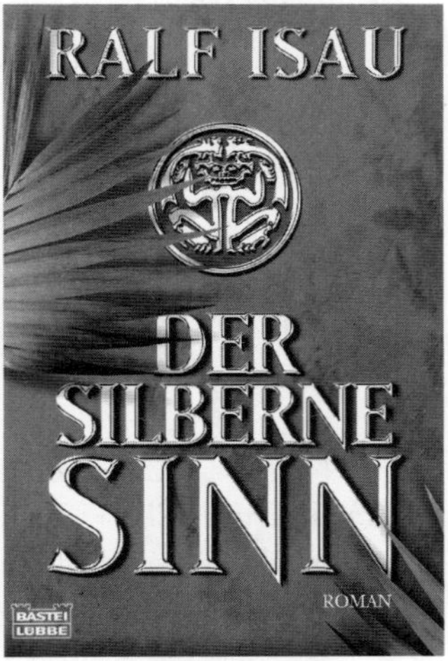

Ralf Isau
DER SILBERNE SINN
Roman
768 Seiten
ISBN 978-3-404-15234-6

Eine junge Anthropologin, getrieben von dem Drang nach Wahrheit. Und mächtige Männer, entschlossen, die Wahrheit um jeden Preis zu verschleiern. Ein gefährliches Spiel. Unerbittlich und mit allen Mitteln geführt: Denn Macht kennt keine Moral.

»Ralf Isau gelingt es, seine fiktiven Ideen mit den realen Ereignissen unseres Jahrhunderts so zu verbinden, dass nach der Lektüre mancher Leser wohl nicht mehr wissen wird, was er im Geschichtsbuch und was er in dem Roman gelesen hat.«

FRANKFURTER RUNDSCHAU

Bastei Lübbe Taschenbuch

»Wie der Erfolgstitel GRÜNER SCHNEE: Bis zur letzten Seite spannend!«

KRIMISIDEN.DK

Sara Blædel
TÖDLICHES SCHWEIGEN
Roman
368 Seiten
ISBN 978-3-404-15726-6

Bei der Mordkommission im Kopenhagener Polizeipräsidium erstattet eine junge Frau Anzeige wegen Vergewaltigung. Kriminalassistentin Louise Rick wird auf den Fall angesetzt, und es stellt sich bald heraus, dass die Ermittlungen nicht so einfach sind, wie man zunächst annahm. Die junge Frau hatte den Täter auf einer Datingseite im Internet kennen gelernt, wo er sich unter einem falschen Namen angemeldet hatte. Die Mordkommission setzt alle Kräfte daran, den Täter zu finden, der im Schutze der Anonymität des Internets operiert. Aber alle Spuren führen ins Nichts, und Louise Rick muss einsehen, dass sie den Mann mit traditionellen Ermittlungsmethoden nicht finden kann. Also versucht sie ihm eine Falle zu stellen ...

Bastei Lübbe Taschenbuch